THEIL

THEIL VERLAG
Dieser Titel ist auch als E-Book erschienen.

Wir verfolgen eine nachhaltige Buchproduktion, sind ClimatePartner und verwenden Papiere aus nachhaltiger Forstwirtschaft. Unsere Bücher werden nicht einzeln in Folie eingeschweißt.
Unsere Autoren-Wunder suchen sich jeweils Projekte, die wir fördern.
Diese finden Sie unter dem QR-Code.

Klimaneutral
Druckprodukt
ClimatePartner.com/14701-2102-1002

FSC
www.fsc.org
MIX
Papier aus verantwortungsvollen Quellen
FSC® C115691

ISBN 978-3-96857-035-8

Originalausgabe
1. Auflage

Virginia Theil, Noltenburg 3a, 30890 Barsinghausen

Text: Lisa Doberauer
Einband und Illustrationen und Satz: Virginia Theil (www.vie-vantastisch.de)
Lektorat: Cara Kolb | Korrektorat: Ann-Kathrin Möbius
Druck-, Veredelungs- und Bindearbeiten: Totem Polen

Dieses und weitere wundervolle Lesehighlights im Internet unter:
www.theil-verlag.de

Lisa Doberauer

THE DARK SECRETS OF NEW ORLEANS

Roman

THEIL

Widmung

Für Simon und Johanna

Unser so festes Band der Familie wird noch von hunderten Fäden der Freundschaft, des Vertrauens und des Immer-Füreinander-Daseins durchwoben und gestärkt.

Hinweis

Liebe Leserin, lieber Leser,
danke, dass du dich für *The Dark Secrets of New Orleans* entschieden hast.

Wenn du dieses Buch öffnest, tauchst du in eine fantastische Welt ein, die voller Licht und Schatten, gefährlichem Flüstern und einer makabren Schönheit ist. Du wirst lachen und weinen. Du wirst dich fürchten, den Atem anhalten und vielleicht sogar an deinem Verstand zweifeln. Deshalb lasse ich dir die Wahl:

Entweder begibst du dich auf diese Reise nach New Orleans, auf eine Suche nach dir selbst zwischen den Seiten alter Bücher und ergründest die Rätsel, die auf dich warten. Aber Vorsicht: Viel zu leicht könntest du selbst zu einem dieser dunklen Geheimnisse von New Orleans werden.

Oder du klappst das Buch zu, legst es zur Seite und versuchst nicht mehr daran zu denken.

Falls du keine Angst davor hast, diesen schaurig schönen Ort zu ergründen, den viel zu wahren geflüsterten Lügen zu lauschen und dich von der Magie des French Quarters verführen zu lassen, wünsche ich dir viel Spaß meinen kleinen Lieblings-Squad bei ihrem Abenteuer zu begleiten.

Um sicherzugehen, dass du dich nicht in mondlosen Nächten voller dunkler Magie verirrst, gibt es auf Seite 492 eine ausführliche **Triggerwarnung**. Ich bitte dich, dir diese bei Bedarf genau anzusehen und ernst zu nehmen, denn *The Dark Secrets of New Orleans* soll euch genauso viel Freude, wie mir bereiten und euch ein besonderes Leseerlebnis bescheren.

Bitte beachte, dass die Triggerwarnung Spoiler für das ganze Buch enthält.

Deine Lisa und dein **THEIL** Verlag

PROLOG

Er schaute in die alles umfassende, ewige Dunkelheit, die ihn umgab. Dann richtete sich sein Blick nach innen und traf auf die Schwärze seiner Seele. Sie glichen sich so sehr, dass sie fast eins zu sein schienen. Die gleiche hoffnungslose und stoische Finsternis.

Nicht ganz.

Noch nicht ganz, dachte er und lächelte. Sie hatte ihn verlassen und alles Licht, alle Farben und die Wärme des Lebens mit sich genommen. Doch sie würde wiederkommen. Sie hatte es ihm versprochen. Sein unerschütterlicher Glaube an sie hielt ihn aufrecht. Dieser Glaube entzündete wieder einen kleinen Funken Licht im ewigen Schwarz. Einen Funken, der ein Stück von ihr enthielt. Licht, Wärme, Farben.

Sie würde wiederkommen. Sie hatte es ihm versprochen.

Also wartete er. Mit geschlossenen Augen, sein gesamtes Bewusstsein auf den Funken gerichtet.

Als die Jahre verstrichen, tat es der Funke ihnen gleich. Er verging. Er erlosch. Zurück blieb die Dunkelheit. Und als diese sein Herz vollkommen eingenommen hatte, öffnete er zum ersten Mal wieder die Augen und starrte in die triste Farblosigkeit seines Seins.

Das Weiß seiner Zähne blitzte auf, als er zu grinsen begann. Oh, sie hatte einen Fehler begangen, ihn zu verraten. Selbst, wenn es ewig dauern sollte, er würde sie aufspüren und sich rächen. Er würde die Welt erschüttern. Die Gesetzmäßigkeiten umkehren. Er würde so lange wüten, bis schwarz zu weiß wurde und Vulkane Eis spuckten. Er würde ihr das Leben zur Hölle machen. O ja … eines Tages … und auf diesen Tag freute er sich! Beinahe so sehr wie darauf, ihr wieder in die Augen zu schauen. Ihren Geruch in sich aufzunehmen. Ihr Lachen zu hören.

1. DAS LABYRINTH MIT DEN 888 TÜREN

Ich schritt durch den Gang der tausend Türen. Genau genommen befanden sich hier unten tatsächlich nur 888 Türen und es war auch kein Gang, sondern eher ein Labyrinth, aber wer war ich schon, einen seit Jahrhunderten währenden Namen zu hinterfragen? Dreimal am Tag kam ich meiner Verantwortung nach und kontrollierte das Kellergewölbe der Bibliothek. Und jedes Mal, wenn ich die Geheimtür, die die Unwissenden schützen - vor allem aber von den dunklen Gängen fernhalten sollten, öffnete, suchte ich jede der 888 Türen auf.

Je tiefer ich nun vordrang, je dröhnender meine Schritte in dem Gewölbe hallten, desto schneller trugen meine Füße mich voran. Die böse Vorahnung riss an mir. Keuchend hielt ich meine stechende Seite, als ich an einer Gabelung haltmachte. Direkt vor mir brannte eine der magischen Wandfackeln, die einem hier unten den Weg erhellten und niemals erloschen.

Nach rechts oder links, dachte ich panisch. Wie immer, wenn mich eine Vorahnung im Zusammenhang mit den Türen erfasste, beschlich mich leises Grauen und meine Brust wurde eng. *Rechts oder Links? Komm schon!* Ich schloss die Augen und versuchte, konzentriert und fokussiert in mich hineinzuhören. *Komm schon. Lass mich nicht im Stich!*

Links. Die Richtung leuchtete in meinen Gedanken auf und ohne mein Bauchgefühl zu hinterfragen, folgte ich ihm und rannte weiter.

»Hier«, schrie ich nach gut dreihundert Metern zu niemand bestimmtem und hielt so abrupt inne, dass meine Zehen schmerzhaft an die Spitzen meiner Turnschuhe stießen.

Ich drehte mich zu einer der 888 Holztüren. 888 Holztüren, die vollkommen identisch waren. 888 Holztüren, die sich nicht öffnen ließen. Nicht durch körperliche Gewalt, nicht durch Magie, noch nicht mal durch die vereinte Kraft der magischen Gemeinschaft. Und das hatte einen guten Grund, denn hinter jeder Einzelnen verbarg sich ein grausames Wesen. Zumindest sollte es so sein. Doch seit geraumer Zeit musste ich immer wieder feststellen, dass den magischen Wesen der Ausbruch aus ihrem Gefängnis gelang, denn ich spürte ganz deutlich, dass hinter dieser Tür nun gar nichts mehr verweilte. Das war dann mittlerweile die vierzehnte Tür. Verdammt! Bei den neun Kreisen der Hölle und all den Lichtwesen zusammen!

Schwer atmend machte ich mich auf den Rückweg. Dabei schaute ich jede Tür, die ich passierte, genau an. Mein nächster Kontrollgang würde ausfallen müssen, deswegen wollte ich wenigstens jetzt ein Auge auf alles haben. Auch wenn ich noch nie etwas Außergewöhnliches entdeckt hatte, erledigte ich meine Aufgabe wachsam und gewissenhaft.

Sobald sich die versteckte Tür hinter mir schloss und nichts an der Mauer mit dem schweren Bücherregal davor mehr erahnen ließ, was für Geheimnisse sie hinter sich verbarg, zog ich mein Smartphone aus der Hosentasche und öffnete die Kontaktliste. Unentschlossen schwebte mein Finger über dem Namen, den ich anrufen sollte. Allerdings bestärkte mich das Ergebnis meiner letzten elf Anrufe darin, diesen Vorfall nicht zu melden. Denn, außer dass die magische Gemeinschaft noch mehr davon überzeugt war, dass ich bei dem Erdbeben vor einem Jahr nicht nur meine Erinnerung, sondern auch meinen Verstand verloren hatte, hatte Lafayette nichts unternommen. Und das ärgerte mich. Ich war zwar gerade so zu mächtig, um als Schaustellerin oder Touristen-Wicca im French Quarter abgestellt zu werden. Aber zu schwach, um der Gemeinschaft von Nutzen zu sein. Aus diesem Grund galt meine Meinung nicht wirklich viel und die Oberhäupter beschäftigten sich lieber mit wichtigeren Dingen als den erfundenen Geschichten der Bibliothekarin.

Unsicher spielte ich mit dem Handy in meiner Hand und betrachtete den Namen, der mir auf dem Display entgegenstarrte.

Bei allen existierenden Loa! Die Geisterwesen des Voodoo-Kults mögen mir beistehen, aber ich wusste genau, dass ich Lafayette nicht anrufen würde. Ihn nicht anrufen *sollte*. Langgezogen und geräuschvoll atmete ich aus, schloss die Kontaktliste und öffnete stattdessen einen Chatverlauf.

Ich brauche dich. Dich und deinen Wagen.

In Sekundenschnelle erschienen die drei Punkte, die mir verrieten, dass ich gleich eine Antwort bekommen würde. Ich konnte nur hoffen, dass sie positiv ausfallen würde.

Wir sind in 10 Minuten da.

Wir. Wer sprach schon von seinem Auto, als wäre es eine Person? Nun ja, ein Wesen gab es. Offensichtlich. Abermals atmete ich lange aus und steckte mein Telefon weg. Eigentlich hatte die Bibliothek so viele Schutzzauber, dass sie keine Hüterin brauchte, aber ich brauchte die Bibliothek. Denn sie war mein Zuhause. Die Gemäuer hießen mich willkommen wie einen alten Freund und selbst der Gang der tausend Türen – dieser Name! – jagte mir nicht solch eine Angst ein wie die Außenwelt. Die Außenwelt, die Erwartungen an mich stellte, die ich nicht erfüllen konnte. Die Fragen an mich hatte, auf die ich keine Antworten wusste.

Doch in der Bibliothek zwischen dem Geruch von altem Papier und Tinte, dem stillen Rascheln der Blätter und dem lautlosen Flüstern niedergeschriebener Worte, konnte ich einfach ich sein. Selbst unten im Keller, umgeben von den furchtbarsten Wesen, die je existiert hatten, fühlte ich mich sicherer als da draußen.

»Ich komme heute Abend wieder zu euch«, flüsterte ich, bevor ich mich von der Wand, die die Treppe verbarg, entfernte.

»Benehmt euch so lange und bitte bleibt hinter euren verdammten Türen.«

Ich hatte keine Ahnung, wohin die Monster verschwanden, nur dass sie es taten. Doch ich würde es herausfinden. Noch heute. Selbstbewusster als ich mich fühlte, schritt ich durch die wunderbar hellen Flure der Bibliothek. Wahrscheinlich kamen sie mir nur so freundlich vor, weil ich gerade aus dem dunklen Gewölbe mit dem schalen Lichtschein und den langgezogenen Schatten kam. Als ich den Ausgang erreichte, zitterte meine Hand auf der alten gusseisernen Klinke. Nervös strich ich mir mit der anderen Hand eine dunkle Korkenzieherlocke zurück unter das blaue Tuch, das ich locker um meinen Kopf gebunden trug.

»Okay, Taleyi. Du schaffst das«, flüsterte ich mir selbst zu. Es war kurz vor Mittag, vermutlich würde ich kaum jemanden antreffen. Die brütende Hitzewelle ließ fast alle in ihren klimatisierten Büros oder in ihren Häusern bleiben. Kaum hatte ich die schwere Tür aufgeschoben, umgab mich schwüle Hitze, die meine Haut sofort feucht und meine Atmung flach werden ließ.

»Hey, kleines Voodoo-Orakel. Komm schon, mein Make-up zerläuft«, rief mir eine hochgewachsene blasse Frau in einem knallorangenen Maxikleid zu, die lässig an einem bulligen Jeep lehnte. Das mit dem Make-up war eindeutig ein Scherz, sie trug nicht mal Mascara oder Lipgloss. Niemals. Sie hatte es auch nicht nötig. Ihre Haut war zwar blass, aber makellos. Ihre Augen wirkten riesig in dem schönen, markanten Gesicht und stachen in einem eisigen Blau wie zwei Bergseen im Winter hervor. Obwohl sie zu blass für die knallige Kleidung sein müsste, passten die starken Farben zu ihr. Ihr schneeweißes Haar war zu Dreadlocks verfilzt und mit allerhand bunten Perlen, Federn und Knochen geschmückt.

Lumiel war das wohl schönste und zugleich schaurigste Wesen, das ich je zu Gesicht bekommen hatte.

Eilig, bevor sie noch etwas in meine Richtung rufen und somit die Aufmerksamkeit auf uns lenken konnte, rannte ich mit eingezogenem Kopf auf sie zu. Schnell schob ich mich auf den Beifahrersitz.

»Spielverderberin«, murmelte Lumiel, als sie in ihr Auto stieg.

»Hallo und danke«, erwiderte ich nur, was ihr ein Schnauben entlockte.

Ich schnallte mich schnell an, als sie, ohne in den Rückspiegel zu schauen, zurücksetzte.

»Was bei allen sterbenden Seelen ist geschehen, dass du dein Refugium der heiligen Hallen verlässt?«

Ich wollte ihr gerade antworten, als *Cry of a Banshee* von *Blackbriar* laut aus den Boxen zu dröhnen begann. Gleichzeitig raste Lumiel über eine rote Ampel und ignorierte gekonnt das entrüstete Hupen, das uns für mehrere Sekunden verfolgte.

»Was?«, fragte sie, als sie meinen Blick bemerkte.

Ich beschloss, ihre Fahrweise unkommentiert zu lassen, da mir die Erfahrung sagte, dass es nichts brachte. Lumiel war … nun ja, sie war Lumiel. Also warf ich ihrem aufgemotzten Autoradio einen eindeutigen Blick zu. »Sehr witzig«, schnaubte ich, als die Sängerin den Refrain einstimmte.

Lumiel grinste mich frech von der Seite an. »Ich liebe subtile Andeutungen. Das weißt du doch.«

»Ja. Nur dass das hier …«, ich wedelte mit meiner Hand zwischen dem Lautsprecher in der Armatur und meiner Freundin hin und her, »… in etwa so subtil ist wie ein bongospielender und dazu lambadatanzender Poltergeist.«

Lumiel verzog schmollend die Lippen. »Findest du? Ich dachte, das wäre so ein verstecktes Easter-Egg, wie wir es aus Filmen kennen.«

Ich hüstelte. »Ganz subtil. Wirklich.«

Vor allem da jeder wusste, dass das wunderschöne, schneeweiße Mädchen eine Banshee war. Und sie jedem, der auch nur einen Hauch Touristenausstrahlung an sich trug, sofort darüber aufklärte, was sie war. Zu ihrem Glück liebten die Besucher New Orleans Schauergeschichten über Hexen, Voodoo und eben auch Banshees.

Wir fuhren durch das French Quarter. Ich betrachtete das

Viertel. Die bunten Häuser. Ihre signifikanten gusseisernen Balkone, von denen sich blühende Pflanzen nach unten rankten. Die Straßenmusiker und Schausteller, die den Besuchern New Orleans die Karten legten oder ihnen als Sumpfhexe oder Schattenmann verkleidet, Liebestränke, Flüche oder kleine Voodoo-Puppen darboten.

Eigentlich war das French Quarter das blühende Leben. Laut, bunt und bewegt. Egal zu welcher Tages- oder Nachtzeit. Doch der Juli war die eine Ausnahme. Zumindest tagsüber. Es war der heißeste Monat. Erst wenn die Sonne unterging und die Abendluft ein kleines bisschen Kühlung mit sich brachte, war das Stadtviertel wiederzuerkennen. Wie auf ein Zeichen hin füllten sich dann die Gassen mit Menschen, Farben und Musik. Die Gerüche von Gumbo, Jambalaya und Beignets erfassten jeden Winkel und New Orleans wurde in eine ganz eigene Magie gehüllt.

Ich beobachtete das Treiben meist von dem großen Fenster der Bibliothek aus. Meine Familie verstand nicht, weshalb ich mich zurückzog. Doch sie konnten auch nicht verstehen, wie es sich anfühlte, nicht zu wissen, wer man war. Von der Gesellschaft ständig mit diesem Blick bedacht zu werden, der halb Enttäuschung und halb Mitleid ausdrückte. Von den meisten mächtigen Familiensprösslingen immerzu nur beleidigt zu werden. Tatsächlich war es meinem Onkel insgeheim sogar lieber, dass ich mich versteckte. Das fremde Mädchen, das ihnen aufgebürdet wurde und eine Schmach für ihren reinen Namen war.

»Wohin wollen wir eigentlich?«, fragte mich Lumiel schließlich und riss mich aus meinen Gedanken, bremste dann aber so abrupt ab, dass ich, anstatt zu antworten, leise quietschte.

»Verdammt, Lumiel!«, rief ich aus und setzte mich wieder gerade hin.

»Ups.«

»Ups?« Ich schaute bitterböse in ihre Richtung. »Willst du mich …« Ich erkannte, dass sie gar nicht mich ansah, sondern über meine Schulter aus dem Seitenfenster und folgte notgedrungen ihrem Blick. Als meine Augen den Grund für ihre Vollbremsung fanden, nickte ich. Wieder ertönte lautes Hupen, da wir mitten auf der Straße standen und so den Verkehr blockierten. Lumiel drückte auf den Knopf, der die vorderen Fenster herunterfahren ließ. Während ich meinen Kopf peinlich berührt aus dem Fenster schob, streckte meine Freundin nonchalant, wie sie war, den Mittelfinger in die Höhe.

»Necdet«, rief ich mit gedämpfter Stimme. »Hey, Nec.«

»Ach, komm schon, Kleines. So wird das nichts«, murmelte Lumiel und stieg ihres Zeichens in das Hupkonzert ein, bis sich ein hoher, schwarzer Zylinder wirklich in unsere Richtung drehte. Das Gesicht darunter blickte zunächst verzweifelt und dann verdutzt drein, leuchtete aber erleichtert auf, als die schwarzen Augen mich erfassten. Necdet sah aus wie immer. Auf seinem hohen Zylinder baumelten ein paar Schrumpfköpfe, die die Touristen stets lachend bestaunten, die aber in seinem Fall tatsächlich echt waren. Das verriet er natürlich keinem der Fotos machenden Schaulustigen. Die ebenfalls schwarze, ärmellose Weste war knapp geschnitten und gab so eine Knochenkette frei, die ihm um den Hals hing. Sein Gesicht war totenkopfähnlich verziert. Zu seinem Verdruss war das keine Theaterschminke, die man abends abwaschen konnte, sondern sein Erbe. Necdet war ein Schattenmann. Er besaß die Gabe, die Geisterwesen des Voodoo, die Loa, anzurufen. Die wohlgesinnten Rada-Nachon. Die neutralen Totengeister Ghede-Nachon. Aber auch die abgrundtief bösartigen, gefährlichen Petro-Nachon. Doch er konnte die Loa nicht nur beschwören und mit ihnen handeln. Er konnte auch den Schleier zum Schattenreich lüften und die Essenzen aus diesem in die sterbliche Welt bringen. Vor Nec hatte es noch keinen seiner Art gegeben, der die Kraft besaß auf beiden Seiten zu wandeln. Wenn er es darauf anlegen würde, könnte er den Tod betrügen. Necromantie. Allein dieses Wort zu denken, schickte einen Schauer durch meinen Körper. Es war mächtig. Und angsteinflößend. Denn der Tod gehörte zum Leben. Und damit zu spielen, etwas daran zu verändern, konnte gefährlich werden. Auch wenn die meisten Mitglieder der magischen Gemeinschaft Nec verachteten, sah ich oft den Neid und die Gier in den Augen vieler aufblitzen. Und ihre Furcht. Necdet besaß eine Macht, die seinesgleichen suchte.

»Taleyi? Was zur …«, setzte mein bester Freund gerade an und kam auf uns zugeeilt.

»Steig schon ein«, warf die Banshee ungeduldig ein und starrte böse in den Rückspiegel. »Bevor ich … ja, ja, ja. Hup noch ein Mal und ich …«

Wieder ertönte ein langgezogenes Hupen und Lumiels Miene veränderte sich. Die Wut darin verrauchte und machte einem engelsgleichen Lächeln Platz. Langsam stieg sie aus und schlenderte mit wiegenden Hüften zum roten Sportwagen hinter uns.

»O weh«, hauchte Nec, der sich gerade auf die Rückbank geschoben hatte und nun nervös hin und her rutschte.

O weh, traf es ziemlich gut. Ich drehte mich im Sitz herum, um durch die Heckscheibe hindurch meine Freundin dabei zu beobachten, wie sie immer noch zuckersüß lächelnd und seelenruhig vor das Auto trat. Dann griff sie nach den Scheibenwischern und riss sie ab.

Der Kerl im Auto beobachtete sie perplex, so überrascht schien er von dem, was sich gerade abspielte.

Die Banshee trat an die Fahrerseite, reichte ihm die ehemaligen Autobestandteile durch das offene Fenster und beugte sich dann ebenfalls hinunter. »Wir haben nur ganz kurz gehalten, um einen Freund aufzugabeln. Wenn ihr verdammten Arschlöcher euch nicht dem Rhythmus dieser Stadt anpassen könnt, dann hab ich einen kleinen Vorschlag: Haut ab!« Sie sprach leise und entspannt, was vollkommen im Gegensatz zur Situation stand. Dennoch schien die Stimme durch die ganze Stadt zu hallen. Wir hörten sie so laut und deutlich, als würde sie direkt in unseren Wagen sprechen und nicht in den des offensichtlich zugezogenen Großstadttypen.

Bevor sein Verstand erneut einsetzte, saß Lumiel wieder hinter dem Lenkrad und stieg aufs Gas. Begleitet von einer souligen Jazznummer.

»So. Also?«, warf die Banshee entspannt in die Runde.

»Also was?«, hakte ich nach, als sie mich ungeduldig ansah.

»Du wolltest mir gerade kundtun, wo die Reise hingehen soll, als mich dieser Schwachmat mit Minderwertigkeitskomplex und dysfunktionalem Hupverständnis unterbrochen hat.«

Ich schüttelte leicht überfordert meinen Kopf. »Ach so. Ja. Ich muss in den Bayou. Zu Mama Safiya, um genau zu sein.« Darauf erntete ich Stille. Selbst die Musikanlage schien von meiner Offenbarung so geschockt, dass sie den Geist aufgab.

2. TREFFEN SICH EINE BANSHEE, EIN SCHATTENMANN UND EINE HÜTERIN IN EINEM AUTO ...

»Ah ja. Kannst du mich da vorn vielleicht rauslassen? Ich hab etwas vergessen.« Necdets zitternde Stimme beendete die kurze Schockstarre, in die ich meine Freunde katapultiert hatte.

Ja, ich verstand, warum er nicht in den Bayou wollte. Trotzdem enttäuschte mich seine Reaktion ein wenig. Immerhin hielten wir zusammen, seit wir das erste Mal vor einer kleinen Gruppe der Gemeinschaft füreinander eingestanden waren. Damals kannte ich Necdet kaum. Und auch wenn meine erste Intention gewesen war, mich rauszuhalten, den Kopf einzuziehen, kannte ich das Gefühl zu gut, allein und ohne Rückhalt, dem Spott der magischen Gemeinschaft ausgesetzt zu sein. Necdets eingezogene Schultern, und wie er die verletzende Demütigung hinnahm, rührte etwas in mir und ehe ich mich versah, hatte ich mich neben ihn gestellt und für ihn Partei ergriffen. Der Schuss war ordentlich nach hinten losgegangen. Vor allem, nachdem sich Lumiel auch noch zu uns gesellt hatte. Ihre Schlagfertigkeit hatte die Gruppe bald dazu gebracht, von uns abzulassen. Zumindest für den Moment. Dann hatten wir drei den Voodoo-Priestern und -Priesterinnen sprachlos nachgeschaut, ehe Lumiel in schallendes Gelächter ausgebrochen war und Nec und mir auf die Schulter geklopft hatte. »Das hat Spaß gemacht«, hatte sie uns grinsend zugeraunt. Die blöden Sprüche waren an keinem von uns vollkommen spurlos vorüber gegangen, aber zu dritt ließ es sich leichter ertragen.

»Nichts da, Freundchen. Es ist noch keine fünf Minuten her, da haben wir dir den Arsch gerettet und nun willst du Taleyi im Stich lassen? Glaub ja nicht, wir hätten die Schatten und Schemen um dich herum nicht bemerkt.« Ihre Stimme klang so vorwurfsvoll, dass Necdet schuldbewusst den Kopf einzog.

»Das war ja nicht ernst gemeint.« Eine Lüge. Zumindest eine halbe. Vielleicht hatte er es nicht ganz ernst gemeint, aber auch nicht ganz zum Spaß.

»Außerdem war ich vorhin gerade dabei, den Schleier wieder zu schließen. Es war nur … Ein kleines Aufeinandertreffen mit einem *allzu freundlichen* Mitglied der Führungsriege. Das hat mich ein bisschen aus der Bahn geworfen.« Er schaute aus dem Seitenfenster und verzog die Lippen zu einer harten Linie. »Ich hatte alles im Griff«, murrte er nach ein paar Sekunden.

Lüge Nummer zwei. Diesmal zu einhundertzehn Prozent.

Die Banshee bog von der Hauptstraße ab und fuhr in Richtung Cajun-Land. Hier draußen waren die Straßen holprig. Grobe Risse, scharfkantige Steine und ab und an Wurzeln, die durch die schlecht asphaltierte Fahrbahn brachen. Das Land wurde rauer. Wilder. Rechts neben der Straße breitete sich ein schier unendlich weites Feld aus. In der Ferne erkannte ich ab und zu das Wellblech-Dach einer Cajun-Hütte. Doch keine Menschenseele war zu sehen. Je tiefer wir in den Bayou vordrangen, desto stärker leuchtete das saftige, grüne Sumpfgras zwischen den trockenen, bräunlichen Halmen durch. Wir näherten uns eindeutig dem Sumpfland. Auf der linken Seite wuchsen immer mehr Bäume. Die Stämme waren stellenweise verkrümmt. Die Äste verformt. In der Dunkelheit, unter dem Licht der Sterne, mussten sie groteske, gruselige Schatten werfen. Ein paar der festen Stämme waren mit Schutzsymbolen versehen worden. Auf anderen prangten Symbole, die bestimmte Loa anriefen. Wir brausten zu schnell an ihnen vorbei, um Genaues zu erkennen. Und das war auch besser so. Es war besser nicht über alles Bescheid zu wissen, was hier draußen geschah.

»Süßer, sei mir nicht böse, wenn ich deine Seifenblase zum Platzen bringe, aber man sieht es dir wirklich an, wenn dir der Arsch auf Grundeis geht. Da hilft dir auch deine ganze sexy, dunkle Voodoo-Aura nichts, um das zu verbergen.«

Nec hatte schon den Mund geöffnet, um etwas zu erwidern. Beim letzten Satz klappte er ihn jedoch wieder zu. Mit großen Augen blickte er in den Rückspiegel.

»Okay, jetzt zu dir, Miss Geheimnisvoll.« Lumiel stieß mich mit den Ellenbogen an. »Du hast bisher noch kein Sterbenswörtchen über die Laus erzählt, die dir über die Leber gelaufen ist. Ich rate mal so ins Blaue hinein und behaupte, eine der Türen im Gruselkabinett hat sich wieder geöffnet.«

Ich zog die Brauen zusammen. »Sie öffnen sich nicht. Das ist ja eines der Probleme. Würden sie sich öffnen, würde Lafayette wissen …«

»Lafayette würde die Wahrheit nicht mal dann sehen, wenn sie als wunderschöner Succubus einen heißen Striptease vor ihm hinlegen würde. Tut mir leid, Kleines, aber dein *Onkel* ist nicht der hellste Stern am Firmament.«

Lumiel nannte das Oberhaupt der magischen Gemeinschaft selten meinen Onkel und wenn betonte sie das Wort, als wäre es ein schlechter Witz. Sie konnte sich nicht vorstellen, dass ich auch nur über hundert Ecken mit der Familie Dubolouis verwandt war.

»So habe ich leider nur *meine unverlässliche, kaum nennenswerte Gabe* …« Deren Worte, nicht meine.

»Hör sofort damit auf, dich kleinzumachen, Taleyi.«

Die Worte, die Lafayette so gern gebrauchte, um mein magisches Erbe zu beschreiben, stachen jedes Mal tief in mein Herz und erregten Lumiels Wut.

»Deine Magie rockt. Sie hat bei deinem Unfall vielleicht auch etwas abbekommen und braucht noch ein wenig Schonzeit, um sich wieder zu erholen. Aber du bist ein Orakel.«

Die Übertreibung des Jahrtausends. »Ich bin kein Orakel.

Wäre ich eines, hätten sie mich nicht in die Bibliothek abgeschoben.« Ich fristete meine Tage an einem Ort, den ich zwar liebte, doch die Menschen, die meine Blutsverwandten waren, hielten mich auch dort versteckt. Am liebsten hätten sie mich aus ihrer Geschichte gestrichen.

Meine Magie war nicht wirklich die eines Orakels. Ich beherrschte weder die Hellsichtigkeit noch den Blick in Vergangenes. Meine Magie glich eher einem sechsten Sinn, einem verstärkten Bauchgefühl, einem eingebauten, hochsensiblen Radar. Sie war von allen Mächten, der eines Orakels am ähnlichsten, deswegen nannten mich Lumiel und Necdet manchmal so. Wenn etwas Schlimmes oder Gefahr bevorstand, übermannte mich eine böse Vorahnung, doch mehr hatte ich nicht zu bieten. Darum war ich für meine mächtige Familie eine Bürde. Darum war ich eine Ausgestoßene. Meine Magie war ihnen zu schlicht. Sie war nichts Besonderes. In ihren Augen war sie noch nicht einmal Durchschnitt.

Lumiel schaute mich schweigend an. Sie verzog keine Miene, was meistens weit gefährlicher war, als wenn ihre Augen böse funkelten oder sie ihre Stirn verärgert runzelte. Ich erwiderte den Blick und mir wurde warm ums Herz, als mir klar wurde, dass ihr Zorn nicht mir galt, sondern meiner Tante und meinem Onkel.

»Ähm … Lumiel?«, warf Nec leise ein, wurde aber von uns beiden ignoriert.

»Wir könnten jederzeit unsere Zelte hier abbrechen und versuchen herauszufinden, wer du bist.« In Lumiels Blick leuchtete Abenteuerlust auf.

»Das haben sie doch versucht. Niemand konnte etwas finden. Der Ring -«

»Papperlapapp. Erstens haben sie nur halbherzig recherchiert und zweitens sind sie nicht wi-«

»Lumiel?«, warf der Schattenmann wieder leise von der Rückbank ein.

»Selbst Mama Safiya konnte nicht -«

»Lumiel!«, unterbrach Necdet uns laut.

»Was denn, verdammt noch mal?«, gab die Banshee genervt zurück.

»Die Straße?«

»Ja? Ist eine asphaltierte Strecke, die von A nach B führt. Zumeist von Autos befahren. Und?«

»Und könntest du deine Augen vielleicht wieder mal auf sie richten?« Erst jetzt fiel mir auf, dass Lumiels Aufmerksamkeit seit mehreren Minuten nur mir galt.

»Du weißt schon. Autounfälle. Enden meist mit Verletzten. Häufig auch mit Toten«, versuchte Nec Lumiels Tonfall zu imitieren, was ihm überraschend gut gelang.

Wäre ich nicht so geschockt davon, dass Lumiel während unserer ganzen Unterhaltung, die Straße keines Blickes gewürdigt hatte, hätte ich fast lachen müssen. So könnte doch ein schlechter Witz anfangen. Treffen sich eine Banshee, ein Schattenmann und eine Hüterin im Auto …

»Necdet, war das etwa ein Scherz, in dem es um den guten alten Gevatter Tod ging?«

Lumiel griff sich gespielt schockiert an die Brust und starrte durch den Rückspiegel auf die Rückbank.

»Die Straße, Lumiel«, gab der Schattenmann trocken zurück und verengte dabei die Augen. Was seine markanten, von den seltsamen Zeichnungen durchzogenen Züge, noch düsterer und unheilvoller, aber durchaus attraktiv machte.

»Schon gut, Gott Bondye noch mal. Du weißt schon, dass ich quasi einen Sensor eingebaut habe, der mir verrät, wenn etwas Schlimmes passiert oder jemand stirbt?« Die Banshee verdrehte die Augen und richtete ihren Blick dann nach vorn. Ihre Hände platzierte sie mit einer auffälligen Bewegung perfekt auf das Lenkrad. Um ihre Mundwinkel spielte ein kleines, verdächtiges Zucken. »Zu Mama Safiya also, ja?«, bemerkte Lumiel euphorisch und wich in letzter Sekunde einem großen Schlagloch aus.

Von der Rückbank kam ein gequältes Stöhnen. Ob es eine Reaktion auf den Namen oder den unverhofften Schlenker war, wusste ich nicht.

»Ja, wie du schon mit wunderbarer Wortmalerei ausgeführt hast, versucht Lafayette noch nicht einmal herauszufinden, ob ich recht habe. Mein Gefühl sagt mir, dass wir zu Mama Safiya müssen.«

Die Banshee übertönte mit lauter Stimme das lange, tiefe Seufzen, das von hinten kam. »In Ordnung. Dann auf zur alten Sumpfhexe.«

»Pst!«, zischte Nec nach vorn. »Bist du verrückt?«

»Sie ist ein Orakel, keine Fledermaus mit Supergehör.«

»Mama Safiya weiß alles. Außerdem ist sie eine bösartige Vett … Frau.«

»Ich fand sie damals eigentlich ganz nett«, warf ich ein. Die alte Frau hatte zu der Zeit, als ich hierhergebracht worden war, versucht meine Vergangenheit und meine Zukunft zu lesen. Beides erfolglos. Dabei war sie der erste wirklich freundliche Mensch gewesen, der mir in New Orleans begegnet war. Lumiels helle Augenbrauen schossen so weit nach oben, dass sie beinahe den Haaransatz erreichten.

Necdet schnaubte belustigt. »Nett? Reden wir von derselben Person? Die Frau, die gemeinhin als alt, bösartig und hellsichtig gilt, tief im Bayou lebt, als Mama Safiya bekannt ist und das mächtigste Orakel aller Zeiten ist?«

Ich nickte grinsend. Sie hatte wirklich nicht den besten Ruf. Aber jetzt übertrieben die beiden, als sie mich fassungslos anstarrten und unisono den Kopf schüttelten. »Die alte Sumpfhexe mag vieles sein. Nett ist kein Wort, das dazugehört.«

»Hör bitte endlich damit auf, sie als Sumpfhexe zu bezeichnen, Lumiel«, hauchte Necdet flehend. »Außerdem warst du nicht gerade noch hocherfreut darüber, ihr einen Besuch abzustatten?«

Lumiel lachte laut auf und warf dabei ihren Kopf leicht nach hinten, was die Perlen und Knochen in ihren langen Dreadlocks zum Schwingen brachte. Wenn sie aufeinandertrafen, entstand ein seltsames hohles, aber dennoch melodisches Geräusch.

»Süßer, ich glaube, deine geringste Sorge sollte sein, wie wir sie nennen. Ich habe schon Geschichten von zu neugierigen, aber mittlerweile als verschollen geltenden Touristen, und vollkommen verängstigten kleinen Voodoo-Priestern gehört, die von Mutproben aus dem Bayou zurückgekehrt sind. Wenn Mama Safiya eines nicht mag, dann unangekündigten Besuch.«

Necdets dunkle Schatten um die Augen schienen sich auszuweiten und die gruselige Zeichnung um seinen Mund, die einem Glauben machte, seine Lippen wären zusammengenäht, trat noch stärker hervor. Es war ein schauriges, makabres Bild.

»Sie macht mir eben Angst«, entgegnete er kleinlaut.

Lumiel schüttelte ihren Kopf, sodass ihre langen Dreads herumflogen. Doch sie wirkte eher belustigt, als frustriert. Endlich erwachte die Musikanlage mit einem Rauschen und Knacken wieder zum Leben. *Highway to Hell* dröhnte mit einem Mal laut durch den Jeep. Im Ernst?

»Du solltest dringend deine Playlist überarbeiten«, bemerkte ich und verschränkte die Finger ineinander, die nun leider nichts mehr zu tun hatten. Um ehrlich zu sein, hatte ich selbst Angst. Nicht vor Mama Safiya. Aber vor dem, was sie mir sagen würde. Lafayette hatte sich zusammen mit den anderen Oberhäuptern das Gewölbe angesehen. Und keiner von ihnen hatte etwas Auffälliges gespürt. Nicht einmal die kleinste magische Aktivität, die dort nicht hingehörte. Dass ich trotzdem etwas wahrnahm, erklärte sich Lafayette mit dem simplen Wort der Hochstapelei. Denn wenn er nichts spürte, dann konnte da auch nichts sein.

Als die asphaltierte Straße in einen Pfad überging, hielt ich mich am Seitengriff der Tür fest. Der Weg war nun dermaßen holprig, dass er nur mit einem Geländewagen befahrbar war, und im Stillen dankte ich dem Schicksal dafür, dass Lumiel dieses Gefährt aus der Hölle fuhr und keinen kompakten Kleinwagen.

Die Sumpfgräser ragten mittlerweile so hoch hinauf, dass ich nicht mehr über sie hinwegsehen konnte. Als Lumiel scharf bremste und einen engen Bogen um eine immense Bodenwelle fuhr, bewegte sich etwas in dem Feld neben dem Pfad. Etwas Großes. Hier draußen gab es eine Menge Tiere. Harmlose und weniger harmlose. Wahrscheinlich war es ein Alligator gewesen, den wir beim Dösen gestört hatten. Oder beim Verdauen seiner letzten Mahlzeit. Lumiel gab wieder Gas und Nec stöhnte gequält auf, als sie nicht gerade behutsam über eine Wurzel bretterte. Der Boden neben dem Pfad wurde immer sumpfiger und auch die Reifen machten schmatzende Geräusche. Wir fuhren tiefer in das Bayou-Gebiet.

»Wie viele sind es jetzt?«, fragte Nec mich schließlich. Anscheinend ließen ihn die Türen genauso wenig los wie mich. Die ganze Zeit drehten sich meine Gedanken um das Warum. Warum verschwanden die Wesen gerade jetzt, nachdem sie doch Jahrhunderte lang sicher verwahrt gewesen waren? Warum fiel es niemandem auf?

»Vierzehn. Mit der von heute sind es vierzehn«, antwortete ich.

»Glaubst du, die Dinger bleiben dennoch da unten?«

Mir stockte bei dem Gedanken kurz der Atem. Denn manchmal, wenn ich auf meinem Kontrollgang war, erfasste mich eine kurze Ahnung, das minimale Aufleuchten eines Gefühls von dem Schrecken, der sich hinter der ein oder anderen Tür befand. Wenn diese Wesen das Labyrinth verlassen hätten … nicht auszudenken, welches Grauen sie auf der Welt verursachen würden.

»Ich … Ich weiß es nicht«, hauchte ich leise. »Aber ich glaube nicht, dass ich dann noch am Leben wäre.«

Der Schattenmann sog scharf die Luft ein. »Wo, meinst du, gehen sie hin? Hast du heute irgendetwas gefühlt?«

Ich schüttelte den Kopf. »Ich weiß nicht. Was auch immer dort unten geschieht, ist seltsam. Deswegen muss ich zu Mama

Safiya. Wenn jemand weiß, was vor sich geht, dann sie. Wie du so schön gesagt hast, sie weiß alles.«

Lumiel war verdächtig still. Als ich zu ihr sah, war ihr Blick konzentriert nach vorn gerichtet. Nach einer gefühlten Ewigkeit hielten wir plötzlich an. Ich schaute mich um, doch da war nichts. Nur Bäume. Egal, wohin ich auch blickte.

»Wir müssen das letzte Stück zu Fuß gehen.« Lumiel hatte mir die Frage von den Augen abgelesen.

»Warst du schon einmal bei ihr?«

»Ja. Erinnerst du dich an die verängstigten Teenager und die Mutproben?« Sie zeigte vielsagend mit dem Daumen auf sich.

»Das war ja klar«, maulte Necdet und öffnete die Tür.

Ich tat es ihm gleich und wurde direkt von der schwülen Luft erschlagen. Zu gern hätte ich mich zurück in das mit einer Klimaanlage gesegnete Auto verzogen. Langsam streckte ich mich und ließ die Knochen knacken. Lumiel sah mich angewidert an. »Du verbringst eindeutig zu viel Zeit im Sitzen.«

»Das stimmt doch gar nicht«, verteidigte ich mich. »Weißt du, wie viele Meilen ich am Tag zurücklege? Außerdem trainieren wir.«

Das stimmte. Seit ich Lumiel meine Vermutung anvertraut hatte, dass sich diese Monster aus ihren Gefängnissen befreiten, trainierte sie mich zweimal in der Woche in Selbstverteidigung. Angefangen hatten wir mit kleinen Manövern, um einen Angreifer kurzzeitig außer Gefecht zu setzten. Mittlerweile unterrichtete sie mich in Krav Maga und Aikido. Und wäre die Lage nicht so ernst, würde es mir sogar noch mehr Spaß machen, denn so hielt ich mich zumindest fit.

»Bereit?«, fragte ich verunsichert und schaute Necdet in die Augen. »Du musst nicht mitkommen. Du kannst auch hier im Auto warten.«

»Allein? Bist du verrückt? Nein, nein. Auf gar keinen Fall.«

Lumiel schnaubte und wandte sich zum Gehen. »Dann los. Auf zur alten Su … Safiya. Alles mir nach.« Als sie sich selbst verbesserte, verzogen sich Necs Lippen für eine Sekunde zu einem warmen Lächeln.

»Dann los«, murmelte er.

»Es ist nicht sehr weit«, versicherte uns die Banshee über ihre Schulter und marschierte direkt mitten in das Sumpfland hinein.

Nec trat neben mich und legte mir einen Arm um die Schultern. »Du weißt, dass ich dich niemals im Stich lassen würde?«

Ich schaute zu dem furchteinflößend aussehenden Schattenmann hoch und hatte plötzlich einen Kloß im Hals. Nec drückte mit der Hand leicht meine Schulter.

»Ja.« Meine Stimme brach und ich räusperte mich leise. »Ja, das weiß ich.«

Es war die Wahrheit. Ich schlang die Arme um seine Mitte und umarmte ihn fest. Nec erwiderte die Umarmung sofort. Sein Geruch nach feuchter Erde und kaltem Eisen umgab mich und ganz kurz atmete ich ein wenig tiefer ein und genoss das warme Gefühl des Glücks.

3. EIN MAL DIE MENÜFOLGE AUF ALLIGATORISCH, BITTE

›Nicht weit‹ war ein sehr dehnbarer Begriff, wie Nec und ich lernen mussten, als wir durch den sumpfigen Morast des Bayou wanderten. Unsere Schritte wurden von schmatzenden Geräuschen begleitet und schon bald drang die Nässe durch meine Sohlen. Trotz des dünnen Tuches, das ich mir locker ums Haar gebunden hatte, klebten mir feuchte Strähnen im Nacken. Die Luft schien mit jedem Meter schwerer, heißer und sauerstoffärmer zu werden.

»Da vorn ist es«, rief Lumiel schließlich und zeigte mit ihrem Finger zwischen Sumpfbäumen und hohen Zypressen hindurch. Dank des subtropischen Klimas und der erheblichen Niederschläge hatte die Hitzewelle, die so gut wie jedes Jahr im Juli auftrat, hier noch keine großen Auswirkungen auf die Vegetation oder den Wasserstand genommen.

Ein Stück rechts von uns floss ein breiter Flussarm des Mississippi gemächlich vor sich hin. Einer seiner Ausläufe trennte uns von der Stelle, auf die die Banshee zeigte. Wir standen mitten im Sumpfland. Hier draußen gab es nur Bäume, Morast, Flüsse und sehr verborgen die eine oder andere Cajun-Hütte.

Nec schlug sich zum hundertsten Mal mit der flachen Hand auf den Oberarm. »Ha! Erwischt!«

Und Moskitos.

Ich kniff die Augen zusammen und folgte mit meinem Blick der Richtung, in die Lumiel zeigte. Tatsächlich auf der anderen Seite des Flussarmes erkannte ich, wenn ich ganz genau hinsah, eine Holzhütte.

Necdet trat neben mich. »Nur mal so eine Frage am Rande, aber wie kommen wir von hier«, er machte eine öffnende Bewegung mit seinen Händen, die uns und die Stelle, an der wir uns befanden, umfasste, »nach dort?« Nun wies er mit beiden Zeigefingern über den Flussauslauf, der eindeutig nicht schmal genug war, um darüber zuspringen.

Lumiel deutete mit dem Kinn zu einer Stelle ein paar Meter von uns entfernt. Und tatsächlich – wenn ich die Augen zusammenkniff, erkannte ich zwischen hohem Sumpfgras und tiefhängenden Zweigen der Zypressen eine alte, marode wirkende Hängebrücke. Das Wasser, das unter ihr hindurchfloss, war dunkel und trüb. Ich konnte nicht einmal erahnen, was sich alles hinter dem dunklen Spiegel der Wasseroberfläche befand.

»Das hatte ich befürchtet. Und dazu sage ich Nein. Nein, nein, nein. Diese Brücke … da könnten wir gleich durch den mit Blutegeln verseuchten Fluss waten, mit einer Speisenfolge-Empfehlung auf alligatorisch.« Nec stellte sich aufrecht hin und tat so, als würde er von einem unsichtbaren Blatt lesen, das er spitz zwischen seinen Fingern hielt. »Als Appetizer legen wir Ihnen eine kleine, wunderbar zarte Bibliothekarin ans Herz. Eine wahre Rarität, die Ihren Gaumen erfreuen wird. Eine Vision und Offenbarung. Als Hauptgang gibt es den hellen vollmundigen Geschmack einer Banshee. Eine Todsünde, glauben Sie mir. Der allerletzte Schrei aus dem Bayou. Und zum Dessert - der Schattenmann. Dunkel und zartbitter, gefüllt mit der süßen, cremigen Versuchung von Adrenalin und Todesangst.«

Ich prustete laut los.

»Du bist so ein Idiot«, schnaubte die helle, vollmundige Banshee grinsend und boxte Nec spielerisch in den Oberarm. »Die Brücke ist stabiler, als sie aussieht.«

»Das da ist keine Brücke.«

»Doch und bisher ist sie weder eingestürzt noch ist jemand von ihr heruntergefallen.«

Während sich die beiden weiter kabbelten, schaute ich immer

wieder zu der Hütte, die nur schwer zwischen den Bäumen zu erkennen war. Ich bekam nicht mehr mit, was meine Freunde sich neckisch an den Kopf warfen. Irgendwann setzten sich meine Füße einfach in Bewegung. Ein unsichtbares Band zog mich näher und näher zu der Behausung des Orakels.

»Scheiße, Taleyi!«

Als würde ich aus einer Trance erwachen, schreckte ich hoch und drehte mich zu meinen Freunden um. Die Hängebrücke hatte ich fast überquert, doch die verbliebenen Bretter vor mir wirkten alles andere als stabil.

»Oh«, war mein einziger Kommentar dazu.

»Miss Appetizer hat es eilig. Warte aber auf der anderen Seite, ja? Wir gehen einzeln über die Brücke. Dass sie mehr als einen trägt, traue selbst ich ihr nicht zu«, meinte Lumiel und hob kurz ihre schweren Dreadlocks an, um sich ein wenig Luft in den Nacken zu wedeln.

Ich nickte und ging weiter. Kaum berührten meine verdreckten Schuhe den Boden am Ufer, zog es mich wieder magisch zu der Hütte. »Es ist nicht schlimm. Komm schon, Nec.« Ungeduldig trat ich von einem Bein aufs andere, während sich mein Freund quälend langsam über die Hängebrücke kämpfte. Als er endlich neben mir stand, atmeten wir beide erleichtert aus. Das Geräusch war kaum verklungen, da gesellte sich Lumiel auch schon zu uns.

Schweigend traten wir auf die kleine, unscheinbare Hütte zu und wurden mit jeder Treppenstufe, die wir erklommen, nervöser. Den Grund und Boden einer Sumpfhexe, ohne Erlaubnis zu betreten, war gefährlich. Die Flüche und Schutzzauber lagen verborgen unter Steinen, auf Baumstämmen oder sogar versteckt unter der Erde auf den Wurzeln. Wenn ein Eindringling sie nicht lesen konnte, nicht auf die richtige Art um Erlaubnis bat und so Achtung zeigte, wirkten sie. Und zwar ohne Rücksicht auf die Unwissenheit der Grenzüberschreitenden. Hier draußen im Bayou erlebte man das wahre New Orleans. Ungeschönt und pur.

Ich musste mich immer wieder ducken oder meinen Kopf zur Seite neigen, um Amuletten, Talismanen mit Schutzzaubern und hängenden, gebundenen Kräuterbüscheln auszuweichen.

Necs Zylinder streifte sie allesamt, was von nicht gerade dezentem Rascheln, Klingeln und Klappern begleitet wurde.

»Sorry«, flüsterte er und verzog dabei die Lippen. Lumiel kicherte. Ich schaute die beiden ermahnend an und drehte mich, um an die Tür zu klopfen.

»Du bist spät dran, Taleyi.«

Mir klappte der Mund auf, und ich ließ meine Hand, die ich schon zum Anklopfen geballt hatte, fallen. Vor mir, im offenen Türrahmen, stand eine alte Frau, kaum größer als ich. Auch wenn sie dank des quietschgelben Turbans, den sie sich um den Kopf geschlungen hatte, so wirkte. Mit ihrem rundlichen Gesicht blickte sie mich, entgegen ihrem tadelnden Tonfall, freundlich an.

»T-tut mir leid«, stammelte ich, unsicher, was ich darauf erwidern sollte. »Wenn wir stören, dann …«

Der Blick ihrer braunen Augen schien kurz abzuschweifen, und ich verstummte verwirrt.

»Nun, komm rein.« Sie winkte mich vorbei und ich trat nervös über die Schwelle.

»Halt!«

Ein dumpfer Ton ließ mich herumfahren. Necdet stand leicht vornübergebeugt vor dem Eingang. Mama Safiyas knorriger Gehstock versperrte ihm den Weg. Nec trat einen kleinen Schritt zurück und rieb sich über den Bauch. »Autsch. Was?«

»Du musst hier schon reingebeten werden, Schattenmann. Ich mag alt sein, aber weder dämlich noch leichtsinnig. Alles hier ist von Schutzzaubern umgeben.«

Necdet starrte die alte Frau entgeistert an. Diese erwiderte den Blick unnachgiebig.

»Ähm. Hoppla … also, ich meine sorry. Ich wusste nicht …«, stotterte er kleinlaut, als er endlich verstand. Mama Safiya mochte klein und alt sein, doch sie war so respekteinflößend, wie es Lafayette wohl gern von sich behaupten würde. Magie und Macht umgaben das Orakel, das weit über New Orleans hinaus bekannt war. Bekannt, berüchtigt und auch gefürchtet.

»Los, los. Geh schon rein«, entgegnete sie schließlich und winkte Necdet vorbei, als wäre er eine lästige Fliege. Dieser machte einen so weiten Bogen um sie, wie es nur möglich war. Als er neben mich trat, hörte ich ihn schwer schlucken. Armer Nec.

Lumiel trat nach vorn. »Mama Safiya, du siehst heute -«

»Oh, hör auf, dich einzuschleimen, Lumiel. Ich bin noch nicht senil. Ich kann mich sehr gut an dich erinnern. An dich und deine verfluchten Schandtaten«, unterbrach Mama Safiya sie.

Lumiel zog den Kopf ein und biss sich auf die Unterlippe. Ich hatte sie noch niemals so demütig gesehen wie jetzt gerade. »Ah ja?«

»Als wäre es gestern gewesen. Einige der Schutzzauber sind dank dir entstanden. Nun komm schon rein. Die alte *Sumpfhexe* verträgt die Hitze nicht mehr ganz so gut wie früher.«

Lumiel schluckte laut und folgte Necdet und mir, der ihr einen eindeutigen Blick über die Schulter zuwarf, ins Haus.

»Sumpfhexe«, formte er dabei lautlos, aber sichtbar anklagend, mit den Lippen.

Als das Orakel die Tür schloss, umhüllte uns ein angenehmer, kühler Windhauch. Mehrere kleine Ventilatoren standen in den Ecken und wirbelten die klimatisierte Luft auf. Ich seufzte leise.

»Kommt weiter«, trieb Mama Safiya uns an und marschierte an uns vorbei. Ich folgte ihr in einen Raum, der sowohl Wohn- und Esszimmer als auch Küche war. Der runde hölzerne Tisch in der Mitte war gedeckt. Vier Teller, Gläser und ein großer Krug Zitronenlimonade standen darauf.

»Du erwartest Besuch. Das tut uns leid. Wir kommen ein andermal …«

»Ich habe euch erwartet, Dummkopf.« Diesmal krachte der Gehstock Nec auf den Kopf. Ein Hoch auf den Zylinder, der den Schlag abfing.

»Autsch«, murrte er dennoch und duckte sich. Fast könnte man glauben, dass sogar die Schrumpfköpfe auf Necdets Zylinder, die alte Frau fassungslos anstarrten.

Lumiel machte ein seltsames Geräusch. Eine Mischung aus Hüsteln und Räuspern, das wohl ihr Kichern verbergen sollte.

»Setzt euch. Ich habe frische Beignets und selbstgemachte Limonade.« Sie verschwand hinter einer Theke, die beinahe so hoch war wie sie und die offene Küche zumindest ein wenig vom Rest des Raums abgrenzte.

»Limonade und Beignets. Das ist doch sehr nett«, bemerkte ich leise. Necdet schüttelte nur den Kopf und Lumiel bedachte mich mit einem mitleidigen Blick.

»Ja. Wirklich nett«, flüsterte sie, betonte aber das letzte Wort, als würde ich das Schattenreich als bunten, sonnigen Ort beschreiben.

»Lumiel, sei so gut und geh von rechts um den Tisch«, klang es gedämpft aus der Küche.

Lumiel hatte sich gerade nach links gewandt, hielt nun inne und warf mir einen Blick aus großen Augen zu, der gleichzeitig Ehrfurcht, Belustigung und Gereiztheit ausstrahlte. Dann drehte sie sich nach rechts und setzte sich schulterzuckend auf den Stuhl, der ihr am nächsten stand.

Ich bewegte mich auf den Platz zu, den meine Freundin zuerst anvisiert hatte und lauschte bei jedem Schritt, den ich tat in die Küche, ob nicht ein warnender Laut kam. Doch es blieb ruhig.

Schließlich tauchte Mama Safiya wieder auf. Eine große Platte mit gezuckerten Beignets in den Händen.

»Warte, ich helfe dir«, rief Nec und wollte schon auf sie zu treten, um ihr die Platte aus der Hand zu nehmen.

»Setzt dich nur, Junge. Ich kann meine Gäste gerade noch selbst bedienen.« Dabei wurde ihre Stimme um einiges weicher.

»Danke«, wandte sich Mama Safiya jetzt an meine Freundin, während sie die duftenden Hefeteigkrapfen auf den Tisch stellte. Sie deutete auf einen großen, Talisman, der an der Wand hinter mir hing. Auf der runden Holzplatte, die sein Herzstück bildete, waren viele feine Gravuren geschnitzt worden. Drei geflochtene Lederbändchen hingen von der Unterseite hinab, an deren Enden je ein Kristall baumelte. Sie sahen aus, als hätte der Künstler den Nachthimmel selbst eingefangen und in den Edelsteinen verborgen.

»Dieser Talisman hier ist sehr wertvoll. Du hättest ihn unabsichtlich von der Wand gerissen.« Mama Safiyas Blick wurde traurig, aber sie lächelte sanft. »Er war ein Geschenk von einer sehr lieben Freundin. Vor langer, langer Zeit. Erinnerungen, du weißt schon.«

»Wie alt bist du eigentlich?«, schoss es nervös aus Necdet heraus. »Autsch!«, rief er, als ihn der Gehstock auf den einen und Lumiels Faust auf den anderen Oberarm trafen.

»Man fragt eine Dame nicht nach ihrem Alter, Junge.«

»Tut mir leid.«

»Mama Safiya«, warf ich leise ein, um das Gespräch auf das zu lenken, weswegen wir eigentlich hier waren. »Die Türen …«

»Ich weiß«, fiel sie mir ins Wort. »Nimm dir zuerst ein Beignet. Ich war extra in der Stadt dafür.«

Sie war … Sie war extra nach New Orleans gefahren, um Beignets zu holen, weil sie gewusst hatte, dass wir hier rauskommen würden? Egal. Hinterfrag es nicht. Eine Faustregel der Cajun. Stelle keine unnötigen Fragen. Als ich das zweite Beignet und mein viertes Glas Limonade vernichtet hatte, lächelte mich das Orakel zufrieden an.

»Lafayette glaubt dir nicht?«, fragte sie ohne Einleitung oder Umschweife.

»Nein. Aber ich bin mir fast sicher …«

Lumiel schüttelt daraufhin energisch mit dem Kopf. »Sie ist sich sicher.«

»Lumiel.« Ich freute mich zwar, dass sie so viel Einsatz für mich zeigte, aber in Gegenwart von Mama Safiya war es mir fast ein bisschen peinlich.

»Ist doch wahr.«

Ich machte ein warnendes Geräusch.

»Also Lafayette will dir nicht glauben«, unterbrach das Orakel unsere kleine Meinungsverschiedenheit. Sie spielte gedankenverloren mit einem ihrer langen Federohrringe.

»Nein. Niemand glaubt mir, aber es ist wahr.«

»Oh, ich weiß das«, gab Mama Safiya zurück, was mir den Wind aus den Segeln nahm. »Erinnerst du dich an das Erdbeben?«

Natürlich. Das große Beben in Baton Rouge vor fast einem Jahr war schließlich der Grund dafür, dass ich keine Erinnerung mehr hatte.

»Was genau meinst du?« Ich hatte keine Ahnung, worauf Mama Safiya anspielte, doch sie schien mit ihren Gedanken schon wieder woanders.

»Ja. Seltsam. Seit dem Tag gibt es auffallend viele starke Erdbeben, findet ihr nicht?«

Ich dachte darüber nach. Laut den Nachrichtensprechern hatte es noch nie so viele und vor allem so starke Erdbeben gegeben, wie in diesem Jahr. Allerdings waren der Klimawandel und die damit einhergehenden Katastrophen kein Grund, sich zu wundern. Das war leider ein bekannter Fakt.

»Neulich habe ich gehört, dass seit einigen Wochen vermehrt Leute Geisterjäger anrufen, weil sie schwören, dass es bei ihnen spukt.«

Was hatte das mit unserem Problem zu tun? Ich war verwirrt und versuchte einen Sinn hinter dem Gesagten zu erkennen, bis mich Mama Safiya plötzlich anschaute. Ihre Augen verengten sich leicht und ihr Blick wurde seltsam intensiv. Als würde sie versuchen, etwas in mir zu finden, von dem sie gedacht hatte, es wäre da. Ich schaute ratlos zu meinen Freunden, die beide mit den Achseln zuckten.

Naturkatastrophen. Erdbeben. Geister. Poltergeister.

Scheiße.

»Das sind sie, oder? Die Kreaturen aus dem Kellergewölbe … Das sind sie. Auch das Erdbeben. Das Erdbeben, bei dem ich meine Familie verloren habe.«

Mama Safiya lächelte breit. »Ja, das kann sein«, raunte sie und zwinkerte mir zu. »Es kann auch sein, dass die Erde einfach die Schnauze voll von uns hat, und die Leute zu viel Horrorfilme sehen. Aber ich glaube, du hast recht und es hat eher magische Ursachen.«

Ich ballte meine Hände unter dem Tisch zu Fäusten, als mir ein Gedanke kam. »Du wusstest, dass die … diese Monster einen Weg gefunden haben, auszubrechen? Warum hast du niemandem etwas gesagt? Wieso?«

Aus den Augenwinkeln sah ich, dass sich Lumiel und Necdet versteiften, während das Orakel plötzlich gar nicht mehr so freundlich aussah, wie noch vor wenigen Augenblicken. In ihren Augen blitzte etwas auf, das ich nicht benennen konnte, das mir aber einen Schauer über den Rücken jagte.

Mama Safiya hätte schon längst ein Wort sagen können. Ihr hätte Lafayette geglaubt. Ihrem Wort hätte sich keiner in den Weg gestellt. Doch sie hatte mich auflaufen lassen. Sie hatte mich noch mehr zur Ausgestoßenen und zur Lachnummer in New Orleans gemacht. Wie hatte ich mich nur so sehr in ihr täuschen können?

4. DES ORAKELS VERLORENGEGLAUBTES OBERSTÜBCHEN IM MISSISSIPPI

Die Lippen des Orakels verzogen sich zu einem höhnischen Grinsen und in ihren Augen blitze es gefährlich auf. »Natürlich wusste ich es, Mädchen. Ich bin Mama Safiya.«

Fassungslos suchte ich nach Worten. Was sollte ich denn auf eine solche Aussage erwidern?

Eine Bewegung, ein Stück hinter der alten Frau, zog meine Aufmerksamkeit auf sich. An der Holzvertäfelung über ihrer linken Schulter hing ein Bild. Es zeigte eine Mambo in knallrotem Kleid. Auf ihren zur Seite ausgestreckten Armen ruhte je der Kopf einer Schlange. Die Leiber, einer smaragdgrün und einer dunkelgrau geschuppt, wanden und schlängelten sich um die Frau.

Ich verengte verwirrt meine Augen und atmete japsend ein, als ich erkannte, welche Bewegung meinen Blick angezogen hatte. Die Zunge der einen Giftschlange fuhr zitternd aus deren Maul, während die Schwanzspitze der anderen sich hin- und herbewegte. Wie gebannt starrte ich auf das Bild, aus dem sich die beiden Tiere langsam lösten. Sie reckten sich und streckten ihre langen Körper, bis sie die Schultern von Mama Safiya erreichten.

Mein Verstand versuchte, eine Erklärung zu finden. Ja, wir lebten in New Orleans. Ja, Magie, Zauber, Flüche, das Totenreich – all diese Dinge waren hier vollkommen normal. Aber Schlangen, die aus Bildern krochen?!

»Ach du Scheiße. Lumiel?«, kam es atemlos von Nec. »Lumiel! D-die …« Er endete mit einem hellen, langgezogenen Ah.

»Ja, ich sehe es. Was bei allen sterbenden Seelen …«

Das Orakel neigte lächelnd ihren Kopf erst zur rechten Schulter, auf der nun ein großer, gefährlicher, dreieckiger Kopf ruhte, dann zur linken. Necdet saß praktisch auf Lumiels Schoss. Seine Schnappatmung war nicht zu überhören. Mit der einen Hand hielt er seinen Stock fest umklammert, mit der anderen umfasste er die Hand der Banshee. Rund um Nec und Lumiel flackerte die Luft bedrohlich. Immer wieder blitzten dunkelgraue Schwaden auf, verschwanden und zeigten sich erneut. Hinter dem Schattenmann schienen sich die feinen Nebelschlieren neu zu ordnen. Sie formten sich mehr und mehr zu den vagen Umrissen einer Gestalt. Mit jedem Aufflackern wurde der Schemen deutlicher, greifbarer, gefährlicher. Und er drängte mehr und mehr nach draußen, in dem Versuch der Schattenwelt zu entkommen.

Scheiße. Scheiße. Scheiße.

Einfach großartig! Das hatte uns noch gefehlt. Ich wollte gerade eine Warnung aussprechen, als Lumiel endlich zu bemerken schien, was um sie herum geschah. Mittlerweile war auch ihre Gestalt umhüllt von grauem Nebel, der mit jedem kurzen Aufflackern dichter wurde. Necdet verlor die Kontrolle über den Übergang zum Totenreich, was gleichzeitig seine größte Angst war. Doch wenn er in Aufruhr war, geschah es manchmal, dass sich der Schleier lichtete.

Die Banshee schüttelte leicht ihren Kopf und drehte ihn dann zu mir. Unsere Blicke trafen sich. Ich las in ihren Augen die gleichen Gedanken, die mir durch den Kopf gingen. Überforderung, Sorge, Furcht. Schweigend nickten wir uns zu. Während ich Mama Safiya und die Schlangen im Auge behielt, würde sie versuchen, Necdet so weit zu beruhigen, dass er sich wieder unter Kontrolle bekam.

Das Orakel kraulte eine der Schlangen unter dem Kinn, während es fast schon genervt zu meinen Freunden sah. *Ja, wie unsagbar ungehobelt von uns die Contenance zu verlieren.*

Das geschuppte Biest züngelte immer wieder über das Handgelenk der alten Frau. Eklig!

»Manchmal müssen Dinge einfach geschehen, kleine Taleyi. Das Schicksal mag es nicht besonders, wenn man ihm Schnippchen schlägt.«

Ihre Augen lagen immer noch auf Necdet, der sich nach und nach wieder beruhigte. Die Schemen lösten sich langsam auf und die Nebelschwaden lichteten sich zusehends. Lumiel drückte seine Hand und sprach eindringlich flüsternd auf ihn ein.

»Du meinst, du hast nichts gesagt, weil diese Monster verschwinden *sollen*?« Als mir die Gemeinschaft die Bibliothek und ihre Geheimnisse anvertraute, hatte mir Lafayette ein paar Schriften über die Türen überreicht. Es gab nicht viel darüber zu erfahren. Laut den Schriften hatte einst ein uraltes Wesen die 888 bösartigsten und mächtigsten Kreaturen allesamt in das Kellergewölbe der Bibliothek verbannt, nachdem sie drauf und dran gewesen waren, die Welt zu zerstören.

»Es geht um den Moment, kleines Orakel. Es geht um den Zeitpunkt und den Ort.«

Ich verstand nur Bahnhof. Während Necdet, vor Anstrengung zitternd, versuchte den Schleier zum Schattenreich zu verschließen, ohne eines der Geisterwesen entwischen zu lassen, und Lumiel ihm dabei gut zusprach, gab ich mir alle Mühe aus den Worten schlau zu werden.

»Denk nach, Taleyi. Du weißt, was ich sagen möchte. Deine Magie kennt die Bedeutung.«

Ich stockte. Hinter meinen Schläfen begann es zu pochen. Der Schmerz nahm rasend schnell zu und breitete sich aus. Es war, als würde die Alte ihre Nägel in meinen Geist krallen. Eine seltsame Spannung lag in der Luft und ich konnte die Magie, die uns umgab, fast schon auf der Zunge schmecken. Ob das Necs Kontrollverlust geschuldet war, oder doch Mama Safiya und ihren gruseligen Schlangen, konnte ich nicht sagen.

»Weshalb wehrst du dich gegen deine eigene Macht, Taleyi?«, wollte das Orakel von mir wissen. Ihre Stimme klang viel zu kräftig für ihr Alter.

Die Worte drangen durch die Wand aus Schmerz. Am liebsten hätte ich die Hände gegen meine Schläfen gepresst und die Augen geschlossen. Doch ich musste das Orakel im Blick behalten. Nicht, dass sie wieder irgendwelche Tiere aus Gemälden holte oder etwas anderes tat, das Necdet aus der Fassung brachte.

Das war weder die rechte Zeit noch der rechte Ort für –

Zeit und Ort. Irgendetwas flackerte in meinem Bewusstsein auf. Zeit und Ort. Ein Gefühl. Das Gefühl zur richtigen Zeit am richtigen Ort zu sein. Und plötzlich war der Schmerz verschwunden. So schnell, dass ich fast glaubte, ich hätte ihn mir eingebildet.

»Und?« Mama Safiya beugte sich leicht nach vorn, was den Schlangen gar nicht zu gefallen schien. Eine zischte laut, was fast schon aufgebracht klang. Die andere starrte mich aus ihren Schlitzpupillen bedrohlich an.

»Als ich dein Haus zwischen den Bäumen gesehen habe, wusste ich, dass ich zur richtigen Zeit am richtigen Ort war.«

»Ah ja. Bauchgefühle sind schon etwas Seltsames, nicht wahr?«

Ich hatte keine Ahnung, was ich darauf sagen sollte, deshalb nickte ich nur zustimmend.

Das Orakel betrachtete mich einen Moment und begann dann schallend zu lachen. So plötzlich, dass ich zusammenzuckte, Lumiel erschrocken fluchte und Necdet kurz aufwimmerte.

»Mama Safiya, könntest du …«, stammelte er. Seine Hand lag immer noch in der der Banshee. Seine Knöchel traten bei dem Versuch, sie nicht zu fest zu packen, weiß hervor. »K-Kö-«

Das Orakel verstummte und legte den Kopf ein wenig schief. »Ich könnte, wenn ich wollte.«

Necdets weiße Zeichnungen wurden noch heller. Das war wohl seine Art zu erblassen.

Für einen Moment starrte das Orakel den Schattenmann unbeugsam an, dann verschwand der strenge Ausdruck in ihrem Gesicht. Zuerst wirkte das finstere, freudlose Grinsen und die zusammengezogenen Brauen, als hätte der Schattenmann sie zutiefst enttäuscht. Dann zeichnete sich nach und nach ein Lächeln ab, das nicht mehr bösartig, sondern warm war.

»Schon gut, schon gut.« Mit ihrem Zeigefinger malte sie ein seltsames Symbol in die Luft und die Schlangen zogen sich wieder zurück. Als würde das Bild sie zurück hineinziehen, schlängelten sie mit der Schwanzspitze voran rückwärts. Gefangen beobachtete ich, wie ihre Körper nach und nach erneut zu Pinselstrich und Farbe auf der Leinwand wurden. Sie beide starrten zurück. Ihre gruseligen, gelben Augen auf mich gerichtet. Als ihre Köpfe wieder auf den Armbeugen der Mambo zum Liegen kamen, und nicht die kleinste Bewegung durch ihre Körper floss, atmete ich auf.

»Na endlich«, kam es verhalten von Lumiel. Ich wusste, wie viel es sie kostete, ihr Temperament zu zügeln. »Diese ekligen Viecher solltest du bei Besuchern lieber da drin lassen«, fügte sie an und nickte mit einem eindeutigen Ausdruck im Gesicht zu dem Gemälde.

»Vorsicht, kleine Banshee«, bemerkte das Orakel mit einem gefährlich langgezogenen Tonfall. »Diese *Viecher* sind sehr, sehr alt, hören gut, vergessen nichts und werden schon sehr bald den Platz in diesem Bild endgültig verlassen.«

Necdet fuhr zu Mama Safiya herum. »Meinst du, diese riesigen, mächtigen Schlangen sind nur vorübergehend in dieses Bild gebannt?«

»Gebannt?«, hakte ich nach. »Du meinst, sie gehören da gar nicht rein?«

»Nein«, gab das Orakel ungeduldig von sich. »Sie sind nur vorübergehend in diesem Gemälde, bis ihre Besitzerin sie holen kommt.«

»Und warum konnten sie dann raus?«, fragte Lumiel fassungslos.

»Och, Besuch macht sie neugierig. Anscheinend wollten sie euch kennenlernen.«

Necdet gab einen erstickten Laut von sich. »Wie nett, dass wir so einen E-Eindruck hinterlassen haben.«

»Mama Safiya?«, fragte ich leise. Ich durfte nicht vergessen, dass wir aus einem bestimmten Grund hier waren. Als sich die Augen der alten Frau erneut auf mich richteten, straffte ich darum meine Schultern und nahm mir vor, mich nicht wieder vom Thema abbringen zu lassen. »Weißt du, wer diese Kreaturen damals hinter die Türen gebannt hat? Ich habe versucht, etwas darüber herauszufinden, aber bisher bin ich in keinem Buch fündig geworden.«

Das Orakel schnalzte mit ihrer Zunge. »Alles steht irgendwo niedergeschrieben. Egal, wie tief das Geheimnis vergraben wurde, wird es wieder auftauchen. Du suchst nicht gründlich genug, Taleyi.« Gedankenverloren griff sie zu ihrem Glas und nahm einen großen Schluck Limonade. »Ja, ich weiß, wer damals den Siegelfluch aussprach«, fügte sie hinzu, nachdem sie das Glas wieder abgestellt hatte.

Ich atmete zischend ein. Das war eine erste greifbare Spur. Vielleicht könnten wir die Person ausfindig machen und sie bitten, die Siegel zu erneuern.

»Wer war es?«, hauchte ich gespannt.

»Das wirst du schon noch früh genug herausfinden.«

Ich unterdrückte ein Stöhnen.

»Kannst du uns sonst noch etwas mit auf den Weg geben?«, fragte ich so unschuldig wie möglich. Doch anstatt einer Antwort wurden die Augen des Orakels seltsam glasig und ihr Blick schweifte ein wenig ab. Sie erhaschte einen Blick auf die Zukunft oder auf das Vergangene. Mein Herz begann schneller zu schlagen. Vielleicht bekam ich jetzt endlich eine vernünftige Antwort.

»Morgen wird der heißeste Tag des Jahres«, raunte die alte Frau voller Überzeugung und warf mich damit vollkommen aus der Bahn. Ich kniff mir in die Nasenwurzel und atmete durch.

»Ich meinte in Bezug auf die Türen und die Kreaturen, Mama Safiya.« Angestrengt versuchte ich, einen freundlichen Ton beizubehalten und meinen Frust zu verbergen. Ich spürte etwas auf meinem Fuß und schaute alarmiert nach unten. Fast schon rechnete ich mit einer weiteren Giftschlange, einem Alligator oder einer riesigen Bananenspinne. Erleichtert ließ ich meine Schultern fallen, weil es lediglich Necdets großer, schwarzer Anzugsschuh war. Mein wunderbarer Freund hinderte mich daran, nervös mit meinem Bein zu wippen. Dankbar lächelte ich ihn an und er zwinkerte mir darauf verstohlen zu.

»Alles hat seine Zeit und seinen Ort, kleines *Orakel.* So ist es. So war es stets.« Das Wort ›Orakel‹ betonte sie auf eine seltsam intensive Weise. So als würde sie etwas vollkommen anderes meinen.

»Gut zu wissen«, brach es aus Lumiel heraus.

Mama Safiyas orange Federohrringe baumelten wild, als sie ihren Kopf zur Banshee herumwarf. Necdet neben ihr spannte sich sichtlich an. Das Orakel aber grinste nur und zeigte ein paar bräunliche Zähne.

»Tatsächlich ja. Das, wonach ihr sucht, ist gar nicht so weit weg, mein Kind.«

Ich setzte mich aufrechter hin. »Du meinst die Person, die die Kreaturen gebannt hat?«, fragte ich aufgeregt.

»Die Antwort darauf, wer euch helfen könnte.«

Ich schaute mich um, doch da war nichts, was mich weiterbrachte. Seufzend richtete ich meinen Blick wieder auf das Orakel.

»Wir sind zu dir gekommen, weil ich dachte …
Ich dachte …«

»Du dachtest, ich hätte Antworten.«

»Ja.«

»Die habe ich.«

»Dann gib mir eine«, bat ich und verknotete die Finger in meinem Schoß.

»Stell eine Frage«, forderte sie mich auf und gähnte unverhohlen mit weit geöffnetem Mund.

»Wer hat die Wesen gebannt?«

»Stell eine andere.«

»Weshalb brechen sie plötzlich aus?«

»Eine andere.«

»Wie kann ich sie wieder wegsperren?«

»Stell die richtige Frage, Taleyi.«

Ich schluckte und starrte die Schlangen, die nun unbewegt im Bild ruhten, an. Diesen Besuch hätten wir uns sparen können. Meine Magie, mein Bauchgefühl, sie hatten mich ganz klar hier rausgezogen. Zu dem Orakel. Was meinte die Alte mit *Stell die richtige Frage?* Woher sollte ich denn wissen, wie die Frage lautete, die sie hören wollte. Ich versuchte, meine Macht zu beschwören, doch nichts geschah. Die Intuition, die mich leitet, ließ sich nicht anrufen. Manchmal hatte ich das Gefühl, sie folgte ihren eigenen Regeln. Und dann schwieg sie. So wie jetzt. Konnte Mama Safiya nicht auch einfach sagen, was sie zu sagen hatte?

»Welche Frage wäre denn die richtige?«, wollte Necdet wissen und kam mir so zu Hilfe.

Mama Safiya seufzte enttäuscht. Ihre Augen flogen von Lumiel zu Necdet und blieben schließlich an mir hängen. Sie verzog unwillig ihren Mund. »Wenn ihr nicht allein darauf kommt, muss ich euch die Antwort schuldig bleiben.«

Ich funkelte sie an. Nach ein paar Atemzügen ließ ich die Schultern hängen. Welcher Logik das Orakel auch folgte, anscheinend kamen wir nicht dagegen an.

»Und was jetzt?«, fragte ich und seufzte leise.

Mama Safiya schaute mich noch einen Moment reglos an, dann blinzelte sie und schnalzte mit der Zunge.

»Jetzt … Jetzt werde ich euch die Karten legen«, erwiderte sie schließlich und erhob sich von ihrem Stuhl.

»Das ist aber nicht nö…«, setzte Lumiel abwehrend an.

»Ich werde euch die Karten legen«, unterbrach Mama Safiya Lumiel mit einem Tonfall, der keine Widerrede zuließ.

»Okay«, gab die Banshee beschwichtigend zurück.

Mama Safiya verließ den Raum. Wahrscheinlich, um ein Kartendeck zu holen. Und ich sackte in dem Moment, in dem sie uns den Rücken gekehrt hatte, in mich zusammen. Um ehrlich zu sein, war ich gerade mehr als enttäuscht von der Situation. Ich war mir sicher gewesen, die Hütte nicht mit vollkommen leeren Händen zu verlassen. Genaugenommen war das Fragezeichen, das über uns schwebte, nur noch gewachsen. Wie sollte ich denn jetzt vorgehen? Ich musste doch etwas unternehmen! Bei den neun Kreisen der Hölle, irgendetwas ging in der Bibliothek vor sich. Und jedes Wesen, bis auf meine Freunde, dem ich davon erzählt hatte, hatte nicht einen Finger gerührt, um mir zu helfen. Oder mich aufzuklären. Oder etwas zu unternehmen. Doch wenn die Kreaturen so furchtbar waren, wie beschrieben, und sie verschwanden … Was bedeutete das? Für uns? Für die Gemeinschaft? Für die Welt?

»Yeah. Tarot, wie toll«, flötete die Banshee gespielt begeistert.

»Lassen wir ihr die Freude«, warf ich nach einer Weile beschwichtigend in den Raum. Ich blickte zu den beiden. »Sie legt uns die Karten, wir bedanken uns und gehen.«

»Aber sie hat uns nichts verraten. Gar nichts«, flüsterte Nec, nachdem er sich näher zu mir gebeugt hatte. Seine Schrumpfköpfe wippten durch die Bewegung, was einem zustimmenden Nicken sehr ähnlich sah.

»Die alte Sumpfhexe ist gar nicht unfreundlich. Die hat einfach einen Knall.«

Necdet fuhr hektisch zu Lumiel herum. »Bist du von allen guten Loa verlassen?«

»Mich hat niemand verlassen. Aber ganz offensichtlich sie. Und zwar ihr Oberstübchen. Muss ihr wohl in den Mississippi gefallen sein.«

»Lumiel …«

»Ist doch wahr, Nec. Überleg dir mal, was genau sie die letzte Stunde Hilfreiches von sich gegeben hat.«

Als Necdets Miene leise Verzweiflung widerspiegelte, grinste sie triumphierend. »Siehst du. Die alte Sumpfhexe hat sie nicht mehr alle.«

»Trotzdem ist sie mächtig und angsteinflößend«, gab Necdet leise zurück.

Als wir die Schritte des Orakels näherkommen hörten, zuckte ich zur Bestätigung nur mit den Achseln. Lumiel sah mir prüfend in die Augen, nickte dann aber. Mehr als diese seltsamen, nichtssagenden Andeutungen und kryptischen Firlefanz bekamen wir nicht aus ihr heraus.

»So«, stieß sie zufrieden aus, als sie wieder neben mir Platz nahm.

Sie öffnete das Päckchen und holte ein wunderschönes, handbemaltes Deck hervor. Ich beobachtete sie, als sie die Karten mischte. Ihre faltigen Finger waren so geschickt und flink, dass sie ihr Alter Lüge straften. Nicht, dass ich es kannte. Aber schon als Lafayette ein Junge gewesen war, war Mama Safiya eine wirklich, wirklich alte Frau gewesen. Mächtige Voodoo-Priesterinnen konnten tatsächlich mehrere hundert Jahre, vielleicht sogar noch älter, werden. Manche schlossen einen Pakt mit einem der Geisterwesen, den Loa, gar mit einem der Petro-Nachon. Doch Mama Safiya kam mir nicht so vor, als würde sie zu solchen Mitteln greifen. Aber was wusste ich schon?

Das Orakel legte die Karten auf den Tisch und hob drei nacheinander an. Als sie vor mir lagen, drehte sie sie um.

Das Schicksalsrad.

Der Turm.

Der Mond.

»Interessant«, rief Mama Safiya begeistert aus. »Wie außergewöhnlich!«

Bevor ich noch nachfragen konnte, nahm sie die Karten

wieder an sich und mischte erneut. Dann deutete ich mir die Karten eben selbst. Ich war kein Profi, doch die Bedeutungen waren mir bekannt.

Der Mond. Der Mond zeigte die Träume und das Unterbewusste. Die Karte stand außerdem für das zweite Gesicht aber auch für Ängste.

Der Turm erzählte vom Gefängnis der Gedanken, von der Erschütterung und sogar Zerstörung des Weltbildes.

Das Rad des Schicksals. Wenn ich mich recht erinnerte, ging es bei dieser Karte darum, dass die Person, der die Karte gelegt wurde, mit eingebunden war in das Wirken, das Leben. Es zeigt uns den ständigen Fluss, die ständige Bewegung des Seins.

Das Orakel drehte sich zu Nec. Als dieser den Kopf schütteln wollte, stieß ihn Lumiel mit dem Ellenbogen an. *Tu es*, wollte sie sagen. *Damit wir endlich verschwinden können*. Ich hatte dem nichts entgegenzusetzen.

Der Tod – wie passend.

Der Magier.

Der Narr.

»Ah ja. Dachte ich es mir doch«, murmelte das Orakel.

Nec zuckte mit den Schultern und blickte wohl ähnlich ratlos wie ich selbst drein. Wir kannten zwar die Bedeutungen der einzelnen Karten, aber was sie als gelegtes Set aussagten, davon hatten wir keine Ahnung. Doch auch hier ließ sich Mama Safiya zu keiner weiteren Erklärung herab.

Nun war Lumiel an der Reihe.

Der Eremit.

Der Gehängte.

Das Gericht.

Lumiel grinste und wackelte mit ihren Augenbrauen. »Wie rosig«, stellte sie sarkastisch fest.

Mama Safiya aber lächelte nur geheimnisvoll. »Schön, schön.«

Ich machte mich gerade daran, mich zu erheben, um aufzubrechen, als der Stock des Orakels mich sanft hinderte. »Nicht so schnell, Taleyi. Wo willst du hin?«

»Ähm, wir sollten langsam los. Es wird Zeit«, versuchte ich mich zu verabschieden.

»Ah ja die Zeit. Ich dachte, du wolltest Antworten. Willst du nicht wissen, was die Karten sagen?«

Ich verengte meine Augen. Ich wagte kaum, zu hoffen, dass sie diesmal etwas Hilfreiches von sich geben würde. Aber wenn das mächtigste lebende Orakel Tarotkarten legte, sollte doch wohl etwas dran sein.

»Warum, denkst du, hätte ich sie sonst gelegt?«

5. EINE ANSAMMLUNG AN VERBLÖDUNG AUF ZWEI BEINEN – PARDON, DIE ELITE VON NEW ORLEANS

Ich ließ mich als Antwort einfach wieder auf den Stuhl plumpsen.

»Na bitte«, bemerkte das Orakel zufrieden.

»Schicksalsrad, Turm und Mond. Wie originell. Weißt du, was zumeist das Chaos besiegt, kleine Taleyi?«

»Die Ordnung«, erwiderte ich, ohne nachzudenken.

»Ja, das sollte man meinen. Das ist nur leider Unsinn.«

Ich runzelte die Stirn und schaute Mama Safiya verwundert an.

»Nur Chaos besiegt das Chaos. Finde das Chaos. Aber gib Acht, kleine Taleyi, gib Acht. Denn zumeist verschont es einen selbst nicht. Wobei es dir sicher guttun würde, aufgerüttelt zu werden. Du verkriechst dich in der Bibliothek, allerdings scheint genau das der Ort, an dem du gerade sein sollst. Finde das Chaos, finde Antworten.« Sie stockte kurz und sah mich an. »Das Schicksalsrad. Ja … es soll sich wieder drehen.«

»Ähm …«

»Du!« Mama Safiya drehte sich zu Necdet.

»Lerne mit deiner Macht umzugehen. Deine Angst steht dir bei allem im Weg. Habe Respekt, aber fürchte dich nicht.«

Necdet sah mich verdattert an, während ich Mama Safiyas Worte auf mich wirken ließ. Die Macht, die sich um ihre Worte geschlungen hatte, umgab mich immer noch.

»Und du …«, wandte sich das Orakel an meine Freundin.

Lumiel machte ein trotziges Gesicht.

»Auf dich kommen Veränderungen zu, Banshee.«

Meine beste Freundin hob ihre Augenbrauen. Sie sah zwar

das Orakel an, aber ihr Gesichtsausdruck galt eindeutig Necdet und mir. Ich brauchte gar nicht viel Fantasie, um sie in meinem Kopf zu hören. *Seht ihr? Alles auslegbar!*

»Ist das alles?«, hakte Lumiel nach, als nichts weiter kam.

»Brauchst du noch mehr?«

»Nein. Danke. Alles gut. Veränderungen sind toll«, murmelte meine Freundin mit einem Hauch Sarkasmus in der Stimme.

»Jetzt geht endlich. Ich bin müde und mein Nachmittagsschläfchen ist längst überfällig.« Mama Safiya machte eine Bewegung mit ihrer Hand, als würde sie uns hinausfegen wollen. Wie nett.

»Sollen wir dir noch helfen, den Tisch abzu-«, setzte Nec an.

»Raus!«

»Okay, okay. Wir sind ja schon weg.« Lumiel zog Nec hoch und hinter sich her in Richtung Tür.

Ich folgte ihnen, drehte mich aber noch mal kurz um, bevor ich den Raum verließ.

»Du hast gesagt, die Antworten sind näher, als wir denken. Meintest du damit eine Person oder einen Ort?«

Mama Safiya blickte auf.

»Schlaues Mädchen. Beides, kleine Taleyi. Beides.«

Ich nickte ihr dankend zu. Vielleicht war der Besuch keine ganz so große Zeitverschwendung gewesen. Vielleicht …

»Taleyi?«

Ich schaute erneut über meine Schulter zu der alten Frau, die immer noch am Tisch saß.

»Ja?«

»Dreh das Schicksalsrad.«

Wie ich schon sagte: Vielleicht …

»Ich versuche es«, flüsterte ich, obwohl ich keinen Schimmer hatte, was sie mir sagen wollte.

✧ ✧ ✧

»Bei all den sterbenden Seelen …«, brachte Lumiel hervor, nachdem wir die Hängebrücke überquert hatten. »Sie hat ihren Verstand verloren.«

Necdet warf einen prüfenden Blick über seine Schulter und zuckte dann mit den Achseln.

»Hast du schon einen Plan, Kleines?«

Ich starrte meiner Freundin verständnislos auf den Rücken. Sie spürte meine Blicke wohl, denn ohne dass sie sich umdrehte, zuckte sie mit den Schultern.

»Na ja zuerst Lafayette – Fehlanzeige. Nun Mama Safiya – Griff ins Klo, sogar ein wirklich tiefer Griff …«Ich biss mir auf die Unterlippe.

»Was?«, hakte Nec nach, als ich schwieg.

»Ich weiß, ihr werdet mich jetzt für eigentümlich halten, aber ich glaube zwischen all dem Nonsens hat sie uns zwei oder drei Hinweise genannt.«

»Ah ja? Und welche?«

»Das Chaos.«

»Oh, beim Totenreich, Taleyi! Das Chaos soll ein Hinweis sein? Auf was?«, fragte Lumiel laut.

»Ich weiß es noch nicht.«

»Toller Hinweis.«

»Sie meinte, die Antworten sind mir näher, als ich glaube, und dass ich mich in der Bibliothek verkrieche.«

»Ja, und?«, fragte mich Nec nun verwirrt.

»Sie sagte auch, dass ich da wohl gerade sein soll. Versteht ihr? Ich glaube, in einem der Bücher finde ich vielleicht etwas. Wer damals die Kreaturen gebannt hat zum Beispiel. Oder wie ich es erneut schaffe.«

Nec blieb stehen und schaute mich aus verengten Augen an. Dann verzog er seine Lippen. »Da könnte zwar was dran sein, aber bei allen Geisterwesen, weißt du, wie viele Bücher es in deinem Refugium der heiligen Hallen gibt?«, fragte er.

»Ein paar hunderttausend.«

Das brachte Lumiel dazu, wie ein Fisch auf dem Trockenen, den Mund immer wieder auf- und zuzumachen.

»Ab jetzt stecke ich in jeder freien Minute meine Nase in die

Bücher und suche nach …«

»Nach was?«, fragte mich die Banshee. Sie warf sich die Dreadlocks über eine Schulter.

»Nach etwas«, gab ich hilflos zurück. Ich wusste es ja selbst nicht.

»Das hatte ich befürchtet«, seufzte Lumiel ergeben.

»Helft ihr mir?«

»Einer für alle und so weiter, und so weiter. Wir sind ein Team, Taleyi. Natürlich helfen wir dir«, versprach Nec sofort.

»Dann retten wir mal diese wunderbare Welt, die uns doch stets mit so offenen Armen empfängt«, flüsterte Lumiel sarkastisch.

✧ ✧ ✧

Als wir vor der Bibliothek hielten, dämmerte es bereits. Lumiel parkte den Jeep mit einer fließenden, aber viel zu schnellen Bewegung ein. Ihr abruptes Bremsen ließ mich ausatmen. Wir waren heil zurückgekommen.

Necdet war aus dem Auto, kaum dass es wirklich zum Stillstand gekommen war, und öffnete mir nun galant die Tür. Ich lächelte ihm dankbar zu. Er war schon ein Unikat, unser Schattenmann.

»Na, wenn das nicht die drei komischsten Vögel von New Orleans sind«, tönte es über den Platz. Verhaltenes Gelächter begleitete die Worte und ich drückte meinen Rücken durch. Als ich mich umdrehte, fand ich mich Etienne und seinen entzückenden Freunden gegenüber. Mein Cousin war wie eine Art Kronprinz der Stadt. Als Sohn des Oberhauptes und mächtiger Elementarmagier stand er in der Hierarchie recht weit oben. Was für rosige Aussichten für die Zukunft der Stadt. Ein Tyrann und Arschloch umringt von einer ganzen Traube an nichts hinterfragenden Vollpfosten und Speichelleckern alias die Elite von New Orleans.

»Halt die Klappe, Eti«, fluchte Lumiel und drückte auf den Knopf, der den Jeep abschloss.

Etienne ignorierte sie und wandte sich stattdessen an seine Freundin Cecile, die mächtige Mambo, die zu seiner Rechten stand und Xavier, seinem treusten Anhänger. Sie bildeten jetzt schon die Spitze des zukünftigen Gremiums. Ceciles Magie spezialisierte sich auf Verwünschungen und Flüche. Die egozentrische Voodoo-Priesterin sah überheblich auf uns herab. Genau genommen blickte sie auf alles und jeden herab – ausgenommen Etienne und seine Eltern.

Mein Cousin schaute mir bösartig in die Augen. »Was ist schlimmer als eine ausgestoßene Banshee, ein Schattenmann, der selbst vor seinem eigenen Schatten erschrickt und einem Gör, dessen magische Begabung der größte Schandfleck der Dubolouis ist?«

Cecile tippte sich gespielt nachdenklich mit dem Zeigefinger auf die Unterlippe.»Da fällt mir beim besten Willen nichts ein, Etienne«, pflichtete sie ihm grinsend bei.

»Weil es da auch nichts gibt«, gab dieser zurück. Seine Augen verweilten immer noch triefend vor Hass auf mir. Genau wie die schwarzen Augen seines besten Freundes.

»Wie lange musstest du üben, um eine solch lange Aneinanderreihung von Wörtern flüssig und grammatikalisch korrekt von dir zu geben?«, fragte ich.

In die goldbraunen Augen meines Cousins trat für eine Sekunde Verwirrung, bevor Wut darin aufblitzte. Es war niemandem, aber am wenigsten mir, erlaubt, sich über Etienne Dubolouis lustig zu machen.

»Pass auf, du kleine Ratte. Ich lasse dich in so heißen Flammen verglühen, dass nicht mal mehr Asche von dir übrig bleibt.«

Lumiel trat neben mich und verschränkte ihre Arme vor der Brust. »Du passt jetzt auf, du kleiner, verwöhnter Pisser. Daddy ist gerade nicht da, um dir den Arsch zu retten, also würde ich zusehen, dass ich Land gewinne.«

»Sonst was, Banshee?«, fragte Xavier. Er ließ das Wort Banshee wie ein Schimpfwort klingen. Dabei waren Banshees ein wichtiger Bestandteil unserer Gemeinschaft, vor allem für das Totenreich, aber leider galten sie in der magischen Gemeinschaft als minderwertig. Doch sie waren es, die die menschlichen Seelen hinübergeleiteten. Sie tauchten drei Tage vor dem Tod in der unmittelbaren Nähe des alsbald Sterbenden auf. Brauchte dieser Beistand, um sein Ableben zu akzeptieren, sprachen sie mit ihm, fanden beruhigende Worte und Trost. Wenn die Seele dann aus dem Körper fuhr, begleiteten sie sie in das Totenreich. Aber all das sah die Führungsriege der magischen Gemeinschaft nicht. Sie war geblendet von Macht und dem Gefühl der Überlegenheit.

Etienne erwiderte immer noch voller Abscheu meinen Blick. Seine Augen – die goldenen Augen der Dubolouis – fixierten meine grünen. Wir besaßen den gleichen dunklen Hautton und das tiefschwarze Haar. Damit endeten unseren Gemeinsamkeiten aber auch schon.

»Sonst zeige ich euch, wie angsteinflößend so ein kleiner Besuch im Schattenreich ohne Rückfahrschein sein kann.« Necdets Stimme klang tief und ruhig. Die Zeichnungen auf seinem Gesicht begannen auf furchterregende Weise zu fließen. Ich sah nur kurz zu ihm, hätte aber schwören können, dass die Schrumpfköpfe und selbst der Totenkopfknauf seines Stockes, Etienne und sein Gefolge bedrohlich musterten. Zu allem Überfluss ließ Necdet den Schleier, der die Welten trennte, ein wenig fallen. Die Nebelschlieren waren längst nicht so dicht wie vorhin bei Mama Safiya, doch sie reichten aus, um Cecile dazu zu bringen, sich etwas näher an Etienne zu schieben. Der Blick aus ihren hellbraunen Augen folgte den Bewegungen von Necs Zeichnungen.

»Komm schon, Etienne«, zischte sie leise in Richtung ihres Freundes. Dabei konnte sie die Angst, die jetzt doch Besitz von ihr ergriffen hatte, nicht verbergen. Keiner von ihnen. Das Schattenreich war furchterregend.

»Lass uns von hier verschwinden. Sie sind es ohnehin nicht wert«, drängte Cecile weiter. Die Überheblichkeit war aus ihrem Blick gewichen.

»Ja, lasst uns abhauen. Wir mischen die Kakerlaken ein anderes Mal auf. Vergiss nicht, Lafayette hasst es, wenn wir zu spät kommen«, pflichtete Xavier ihr bei. Auch aus seinen hasserfüllten Worten klang ein leises Zittern mit.

Mein Cousin biss seine Zähne zusammen, aber ich hatte gesehen, wie er vor Nec zurückgewichen war. Auch er wollte aus der Nummer rauskommen, ohne sich die Blöße zu geben. Xavier hatte ihm den perfekten Ausweg geboten. Seinen Vater.

»Du hast recht. Wir haben keine Zeit mehr«, murmelte er und trat den Rückzug an. Seine anderen Freunde hatten sich längst unauffällig ein paar Schritte entfernt. So sah also die nächste Führungselite unserer Gemeinschaft aus.

»Die kleine, lächerliche Drohung werdet ihr noch bereuen«, rief er, als er sein Auto erreichte.

Mit aller Macht hielt ich mich an Ort und Stelle und verzog keine Miene. Erst als endlich mehrere Autos mit lautstarkem Getöse vom Parkplatz fuhren, kreischte ich aufgeregt auf.

»Nec, das war … Du bist …«

»Der absolute Burner«, brachte Lumiel meinen euphorischen Ausruf zu Ende.

»Ja, du bist der Burner«, stimmte ich zu und fiel dem Schattenmann um den Hals. Die Nebelschwaden waren verschwunden. Nur der schwache Geruch von kalter Asche und totem Rauch lag noch in der Luft.

Lumiel klopfte Nec auf die Schulter und ließ die Hand dann dort verweilen. Sie grinste ihn verwegen an. »Das war ziemlich heiß, Nec. Ich wusste gar nicht, dass du eine solch morbide, dunkle Seite hast. Das steht dir.«

Necdet lächelte verlegen. Würden seine dunkle Haut und die weißen Linien es nicht verbergen, wäre überdeutlich zu erkennen, dass er rot, wie ein Blutdiamant angelaufen war.

»Ich schwöre es euch, ich bin nur noch einen selbstverliebten Augenaufschlag oder abfälligen Tonfall davon entfernt, meiner *Familie* im Nachhinein einen wahren Grund zu liefern, mich ausgeschlossen zu haben«, fauchte Lumiel. Ihre Stimme zitterte vor Wut.

Ich wusste, dass Lumiel so etwas niemals ernsthaft in Erwägung ziehen würde. Denn auch wenn sie gegen die Regeln verstoßen hatte, war es damals aus einem guten Grund passiert. Sie hatte nur versucht, ein Unrecht zu verhindern und ein Leben zu bewahren.

»Meint ihr, irgendwer wird uns danken, wenn wir die Welt retten?«, fragte Necdet, während wir die Stufen zum Bibliothekseingang hochstiegen.

»Pff«, machte Lumiel und ich schwieg. Wer sollte uns schon danken? Niemand beachtete den *Pöbel*, selbst dann nicht, wenn er die Welt rettete.

6. DER ETWAS ANDERE SPIELE-ABEND

Ich kniff mir seufzend in die Nasenwurzel. Das schummrige Licht der Leselampe tanzte über die Wand und den Schreibtisch vor mir. Die letzten Tage waren ernüchternd gewesen. Die anfängliche Euphorie war längst verraucht und zurückgeblieben war einzig und allein eine Art träge Taubheit, die uns alle erfasst hatte. Ich überstreckte meinen Nacken und ignorierte Lumiels angeekelten Laut, als meine Halswirbel leise knackten.

»Hast du etwas gefunden?«, fragte mich meine Freundin. Ich ersparte uns beiden die Antwort darauf, stützte meine Ellbogen auf dem hölzernen Tisch ab und blätterte die Seite um.

»Ich geh zum *Café Du Monde* und hol uns ein paar Sandwiches und Beignets. Habt ihr bestimmte Wünsche?«, gähnte Necdet mehr, als dass er sprach, und erhob sich steif.

Sein Stuhl schabte neben mir laut über den Fußboden.

»Bäh, Nec! Dieses Geräusch«, maulte Lumiel kraftlos.

»Sorry«, erwiderte er beschwichtigend grinsend. »Also?«

»Egal. Hauptsache nichts mit Thunfisch oder Ei. Bring aber lieber mehr mit. Ich glaube, das wird heute wieder eine lange Schicht hier.«

Dabei ging uns so langsam echt die Luft aus. Wir wälzten Buch um Buch. Aufzeichnung um Aufzeichnung. Legende um Legende. Und immer klappten wir die Einbände ernüchtert zu. Legten die Schriften seufzend wieder zur Seite. Nichts. Wir fanden nichts Hilfreiches. Und wenn nicht bald ein kleiner Erfolg am Horizont auftauchte, musste ich mir wohl eingestehen, dass ich meine Freunde und mich in eine Sackgasse geführt hatte.

»Wie kannst du nur keinen Ei-Aufstrich mögen?« Nec schüttelte ungläubig den Kopf und drehte dann seinen Zylinder gerade. »Was ist mit dir, Taleyi?«

»Mir ist alles recht«, antwortete ich, ohne meinen Blick zu heben.

»Eine Frau nach meinem Geschmack«, witzelte Necdet mit einem leisen Lachen in der Stimme.

Aus dem Augenwinkel sah ich, wie Lumiel ihm feixend die Zunge herausstreckte.

»Du hast keinen Geschmack, Süßer. Nichts gegen dich Taleyi, doch unser Schattenmann hier mag Ei-Aufstrich, Thunfischsalat und diesen widerlichen Früchtequark.«

»Wie schrecklich«, murmelte ich, hörte aber nur mit halbem Ohr zu. Ich bekam am Rande mit, wie Necdet den Raum verließ.

In dem Kapitel, das ich gerade las, ging es um eine Gruppe furchterregender Dämonen, die die Menschen in den eigenen Albträumen, voll von ihren größten Ängsten und furchtbarsten Horrorszenarien, gefangen hielten. Dabei nährten sie sich von den Qualen und der schieren Panik ihrer Opfer, bis diese irgendwann starben. Meist aus Pein oder Angst. Ich markierte die Seite mit einem blauen Post-it. Wir hatten keinen genauen Plan, kein System. Doch diese kleine Kennzeichnung gab uns ein besseres Gefühl, als hunderte ungekennzeichnete Bücher auf dem Gelesen-Stapel zu sehen.

»Das ist doch Zeitverschwendung«, maulte Lumiel zwanzig Minuten später.

»Wie wahr«, stimmte ich ihr murmelnd zu.

Das leise Klicken eines Türschlosses drang zu uns.

»Na endlich. Ich verhungere.« Lumiel hielt sich demonstrativ den Bauch und unter ihrem knallpinken Kleid knurrte es in diesem Moment tatsächlich laut auf.

Ein leises Pfeifen näherte sich uns. Ich kannte die Melodie. Mir fiel nicht ein, zu welchem Lied sie gehörte, doch ich wusste, dass sie mir vertraut war.

Das Pfeifen kam nähe, und ich begann leise mitzusummen.

»Beeil dich doch, Nec«, drängte Lumiel und legte das Buch, das sie gerade durchgeblättert hatte auf den Gelesen-Stapel – ohne Post-it-Markierungen.

Ich wollte etwas erwidern, als mich ein lautes Rumpeln unterbrach.

»Oh, verdammt!«, schrie ich. »Lumiel!«

Meine Freundin stand bereits alarmiert neben mir.

»Was ist los, Kleines?«

Die dunkle Vorahnung, die mich wie aus dem Nichts befallen hatte, das schiere Grauen, das mein Herz plötzlich rasen ließ, wurde stärker. Finsterer. Drängender. Meine Magie ballte sich in meinem Bauch zusammen. Wie die Warnanlagen in Laboren oder Fabriken, die bei Gefahr zu leuchten begannen, schien ich für drei oder vier Atemzüge alles durch einen grünen Schleier zu sehen, der mir praktisch *Bedrohung* zu schrie. So hatte meine Magie noch niemals reagiert. Eigentlich hatte sie sich bisher kaum geäußert. Am stärksten schlug sie immer aus, wenn sich der Zustand hinter den Türen änderte. Ich atmete gepresst aus.

»Irgendetwas stimmt nicht.«

Mein Blick flog herum, blieb an dem langgezogenen Schatten an der Wand vor dem Türbogen hängen.

»Nec?«, rief ich laut.

Die Melodie verstummte für den Bruchteil einer Sekunde, bevor sie den Takt wieder aufnahm. Der Schatten flackerte mit dem Lichtschein, wurde kleiner, je näher er kam.

»Necdet, hör auf. Das ist nicht lustig«, knurrte nun Lumiel.

»Taleyi?«, fragte sie, nachdem das Pfeifen ununterbrochen weiterging. Ein seltsamer Hall begleitete meinen Namen. Kein gutes Zeichen. Auch wenn Lumiel ihren Schrei nicht mehr anwenden durfte, war sie doch immer noch eine Banshee.

Ich starrte angespannt auf die Wand. Der Schatten wurde gediegener, stämmiger – nein, er … er teilte sich.

Zwei.

Zwei Schatten.

Oh, verdammte Scheiße.

In meinem Bauch begann es fast schon schmerzhaft zu ziehen und zu pochen.

»Lumiel«, flüsterte ich und deutete mit meinem Kinn zur Tür.

Lumiel nickte. »Ja«, presste sie ebenso leise hervor, doch die Klangfarbe vibrierte durch das ganze Gebäude. Etwas wirklich, wirklich Schlimmes würde geschehen. Meine Gabe sagte mir das, genauso wie Lumiels es ihr verriet. Neben ihrer Aufgabe die Seelen der Toten hinüberzugeleiten, spürten Banshees, wenn in ihrem Umfeld ein Unglück bevorstand. Oder etwas wirklich Furchtbares geschehen würde. Die Magie, die mit ihrem Schrei wirkte, kam aus ihrem Innersten und war wie ein natürlicher Reflex, der einen Ausgleich darstellte. Lumiel hatte mir das Gefühl so beschrieben, als würde ein ganz spezieller Radar ausschlagen, und Banshees reagierten instinktiv. Meiner Freundin wurde der Schrei verwehrt, dennoch spürte sie, dass etwas bevorstand. Meine Gabe wirkte anders. Es war ein Gefühl, als würde ich dem Schrecken schon gegenüberstehen. Adrenalin kochte in meinen Adern, ließ mein Herz schneller schlagen und meine Härchen sich aufstellen. Als würden sie auf die Spannung des Moments reagieren. Ein sechster Sinn. Eine dunkle Vorahnung. Eine unbestimmte Angst, die mir das Blut in den Adern gefrieren ließ.

Das Pfeifen wurde leiser und verklang.

»Zeit zum Spielen«, trällerte eine Stimme, die sich wie zwei anhörte.

Und da drehte sich der Schatten und verschwand. Stattdessen trat jemand in unser Sichtfeld.

Ich schnappte keuchend nach Luft.

Sie waren Kinder. Doch das Unschuldige, das Unverdorbene und Reine, das Kindern sonst ganz selbstverständlich zu eigen war, fehlte den beiden. Aus ihren Augen sprach eine Leere, die mich zu verschlucken drohte. Dabei hätten sie unfassbar süß sein sollen. Wie sie dastanden, mit ihren Pausbäckchen und den goldenen Locken. Das Mädchen trug ein himmelblaues Kleid, das ihre Augen, in der fast gleichen strahlenden Farbe, unterstrich. Der Junge stand in einem kindlichen Matrosenanzug da. Nur die Mütze fehlte.

Mir stockte der Atem, als ich sah, was sie in den Händen hielten.

Das konnte nicht sein. Das war ein Albtraum. Lass mich bitte aufwachen. Bitte. Ich musste über dem Buch, über die Nachtmahre eingeschlafen sein. Ich hatte zuerst gedacht, das Mädchen würde ein Plüschtier mit sich tragen. Doch bei genauerer Betrachtung drehte sich mir der Magen um. Es war ein Welpe. Ein Welpe, dessen Inneres nach außen gekehrt war. Sein grotesker Körper aus roten Sehnen und fleischiger Masse zitterte vor Schmerz.

Er lebte.

Das konnte doch alles nicht wahr sein.

»Endlich neues Spielzeug«, trällerte der kleine Junge mit einer Singsangstimme, die so kindlich und voller Freude klang, dass mir schlecht wurde. Die Stimme des Mädchens schien ihn zu begleiten.

»Ich nehme mir die Puppe.« Er zeigte mit einem Finger auf Lumiel. »Ich nenne sie, Cindy.«

Der Kleine spielte beim Sprechen mit einer Marionette. Und auch hier musste ich feststellen, dass die Marionette so wenig aus Holz bestand wie der Welpe aus Plüsch.

»Du lässt schön die Finger von mir«, fluchte Lumiel und holt mich damit aus meiner Schockstarre.

»Sie hat eine so zauberhafte Stimme. Schade, dass ich ihr die Zunge rausreißen muss.« Der Junge und das Mädchen sprachen gleichzeitig.

»Die andere trägt so viele Geheimnisse in sich. Oh, es wird ein Spaß, sie dir allesamt zu entreißen.« Die blauen Augen des kleinen Mädchens fixierten mich. Wieder sprachen die Kinder vollkommen synchron, nur diesmal war die hellere Stimme des Mädchens im Vordergrund.

»Geheimnis, Geheimnis mein,
sollst du sein.
Geheimnis, Geheimnis kein,
ist mehr dein.
Ich nehm sie mir,
ich raub sie dir.
Ich entreiß sie deinem Herzen,
bis du schreist vor all den Schmerzen.
Mein Bruderherz lässt dich verstummen,
bis du nicht mal mehr kannst summen«,

sang das Mädchen mit einer Melodie und Klangfarbe eines Kinderliedes.

»Scheiße, wer seid ihr, und was wollt ihr?«, entfuhr es Lumiel.

Der Junge trat vor. In seinen Augen blitzte es. »Was für eine lebhafte Puppe du bist. Du musst lernen, ruhiger zu werden.«

Lumiels Blick schoss zu der Puppe an den Fäden und pures Entsetzen stand ihr ins Gesicht geschrieben, als auch bei ihr der Groschen fiel.

»Bei all den sterbenden Seelen! I-ihr kommt von unten, oder? Ihr wart hinter einer Tür eingesperrt.«

Das Mädchen lachte mit einer so unschuldigen Freude auf, dass ich fast versucht war zu glauben, sie wäre wirklich nur ein Kind. Wieder hallte das Geräusch doppelt durch die Gemäuer. Ich konnte den Blick kaum von den beiden lösen, aber mein Gefühl sagte mir, dass ich etwas übersah. Etwas Wichtiges. Etwas, das ich wissen sollte, wissen *musste*. Nur was?

»Ja, wir hatten Hausarrest. Aber jetzt dürfen wir wieder raus und spielen«, trällerte sie.

Dann verzog sie ihre Lippen weinerlich zu einem Schmollmund. »Sie hat mir all meine schönen Spielsachen weggenommen. Ich konnte gerade noch das hier festhalten.« Das Mädchen hob den Welpen an.

»Jetzt holen wir uns neue Sachen«, kam die Stimme des Jungen in den Vordergrund. »So viele neue Stofftiere und Puppen, dass uns niemals wieder langweilig werden wird.«

Das Mädchen klatschte aufgeregt in ihre kleinen Hände, dann traten die Kinder vor.

Lumiel ging in eine Angriffspose über. Und mir wurde schlagartig klar, was ich übersehen hatte.

»Noch einer«, flüsterte ich. »Es gibt noch einen.«

Entsetzt starrte mich meine beste Freundin an.

»Was?«

»Das Pfeifen.«

»Ehm?«

»Das Pfeifen war einstimmig. Diese … diese Dinger da sprechen immer gleichzeitig.«

Als ihr ein Licht aufging, fluchte sie ungehalten.

»O fuck. Stimmt.«

Sie schaute zum Türbogen und in diesem Moment kam Necdets Zylinder im Türrahmen hinter den Kindern zum Vorschein. Er sah verwirrt über sie hinweg, erkannte die Körperhaltung von Lumiel und stellte die Tüten aus dem *Cafés Du Monde* leise ab.

»Na, na, na«, ertönte es von irgendwo aus den Gängen. »Wir wollen uns doch benehmen. Die Kleinen möchten bloß ein wenig spielen.«

Necdet schnellte erschrocken über die Stimme an den Dämonengeschwistern vorbei und stellte sich neben uns. So bildeten wir wenigstens eine Front gegen die beiden und gegen was auch immer auf uns zukam. Das Pfeifen ertönte wieder. Die gleiche Melodie wie vorhin näherte sich.

»Schau mal wie süß. Da ist ja noch einer. Und er ist so lustig angezogen«, flötete das Mädchen. In ihren Augen glitzerte es gierig.

»Ihr könnt ihn haben«, erklang die fremde Stimme wieder. Diesmal ganz nah.

»Der Schattenmann und die Banshee gehören euch, aber …«

Eine Frau in einem eleganten, schwarzen Kleid trat durch den Bogen. »Aber die Kleine mit den grünen Augen gehört mir.«

Die Kinder tauschten einen Blick und bleckten dann die Zähne, bevor sie sich zu dem Neuzugang umdrehten.

»Du hast uns nichts vorzuschreiben, Succubus«, erwiderte der Junge trotzig.

Die Frau sah mir direkt in die Augen. Ihre rotglühenden Iriden leuchteten kurz, erbost über die Worte des Jungen, auf. Ansonsten verzog sie keine Miene. Ihre rubinroten Haare fielen in weichen Wellen bis zu ihrer Taille. Ihr Gesicht war scharf geschnitten und wirkte auf eine wunderschöne Weise hart. Der Goldton ihrer Haut schimmerte im Licht.

»Du gehörst mir, kleine Taleyi, nicht wahr?«

Ihre weinroten Augen, mit den goldenen Sprenkeln darin, hielten meinen Blick gefangen. Ich konnte nicht anders. Ich nickte.

»Du bist perfekt. Perfekt für mich. Das wusste ich schon immer.« Sie drehte sich zu den Kindern um. »Ihr habt die Wahl«, drohte sie ihnen an, »entweder ihr nehmt die beiden, oder ich sperre euch zurück in euer Gefängnis.«

Ich schüttelte benommen meinen Kopf. Woher kam denn plötzlich dieses verhangene Gefühl in meinem Kopf?

»Alles gut, Kleines?«, flüsterte Lumiel, aber ich konnte nicht antworten. Stattdessen kniff ich meine Augen zusammen und versuchte, den seltsamen Nebel in meinem Verstand loszuwerden. Je länger die Frau sich auf die Dämonengeschwister konzentrierte, desto klarer wurde ich wieder.

»Dazu bist du doch gar nicht in der Lage, Succubus«, rief der Junge zornig. Das Mädchen verschränkte ihre Arme vor der Brust.

Diese roten Augen. *Succubus* nannten die Kinder die Frau. Es gab verschieden mächtige Succuben und Inkuben. Diese musste eine besonders starke Dämonin der Verführungskünste sein.

»Was machen wir jetzt? Ich habe keine große Lust darauf, die neue Puppe dieses Psychokindes zu werden. Oder das neue Stofftier der goldlockigen Ausgeburt des tiefsten Höllenkreises. Scheiße. In welchem Horrorfilm sind wir da reingeraten?« Lumiel schüttelte fassungslos ihren Kopf.

Ich wollte gerade antworten, da drehte sich der Succubus wieder zu uns. Schnell verankerte ich meinen Blick auf ihre linke Schulter. So hatte ich sie im Blick, ohne ihr wieder zu verfallen. Das hoffte ich zumindest.

Das frustrierte Knurren, das ich von ihr hörte, ließ mich aufatmen.

»Ihr dummen, dummen Bälger. Weshalb nur musste ich mit euch zusammen freigelassen werden.«

Freigelassen.

Ich biss die Zähne zusammen. Sie brachen nicht aus. Sie wurden freigelassen.

»Du bist stärker, als ich dachte. Noch nie hat sich jemand so schnell vom Rausch meines Blickes befreit.«

Ihre Stimme umhüllte mich und alles in mir drängte danach, aufzugeben. Nachzugeben. Mit jedem Funken Willenskraft, den ich besaß, ballte ich meine Hände zu Fäusten und widerstand dem schier endlosen Drang in mir.

»Da ich die einzig Erwachsene von uns bin, entscheide ich, dass Taleyi mir gehört.«

»Na gut«, maulte das Mädchen und verzog ihre Lippen schmollend. Der Junge schaute trotzig auf den Rücken des Succubus, gab aber keine Widerworte.

»Schau mich an, schönes Mädchen.« Fast wären meine Augen von allein zu ihr geflogen. In letzter Sekunde stoppte ich und schaute auf die Hände mit den schwarz lackierten Nägeln.

»Du wirst mich ansehen. Du kannst nicht ewig widerstehen.

Oh, ich habe so lange auf jemanden wie dich gewartet. Jemanden, der eine Herausforderung bietet. Jemanden, der stark ist und voller Feuer, mit lodernder Leidenschaft und eisernem Willen.«

»Dann lasst uns endlich spielen«, riefen die Kinder ungeduldig.

»Schade, wir haben heute leider schon was vor«, knurrte Lumiel zwischen zusammengebissenen Zähnen.

»Sei still. Du redest mir zu viel«, klagte die Kleine.

Die Banshee gab einen warnenden Ton von sich, und als ich aufblickte, stürzten die Kinder auf meine Freunde zu. Ihre hübschen Gesichter mit den blauen Augen und den vollen Lippen waren zu bösartigen Fratzen verzogen, die, so grotesk sie auch waren, endlich Sinn ergaben.

Lumiel schrie schmerzerfüllt auf und bevor ich mich zu ihr drehen konnte, bevor ich meinen Freunden zu Hilfe eilen konnte, hatte mich etwas – nein jemand – fest am Handgelenk gepackt. Ich hob überrascht meinen Blick und traf auf rote Augen. Rote Augen mit goldenen Sprenkeln darin.

Die aufgeregten Rufe, die Schmerzensschreie und das Fauchen und Zischen traten in den Hintergrund. Meine Welt wurde rot und golden.

»Oh, ich hoffe, Keos wird als Nächstes befreit. Ich hoffe, er kann uns beide sehen, sobald du erst ganz mir gehörst, kleine, wunderschöne Taleyi. Komm. Komm zu mir.«

7. VERFÜHRT, VERRATEN, VER –VERDAMMT NOCH MAL!

»Schau nur, Taleyi«, flüsterte mir der Succubus ins Ohr und deutete auf eine der Linien in meiner Handinnenfläche. Meine Augen folgten gebannt dem schwarzlackierten, spitz zulaufenden Fingernagel, der sachte über meine Haut strich. Ich lehnte meinen Rücken an die Brust der Frau. Mittlerweile saß ich auf ihrem Schoß. »Diese Linie zeigt, welch große Macht in dir schlummert.«

Ich schüttelte den Kopf. »Ich besitze kaum magische Begabung.«

»Nicht?«

Wieder ein Kopfschütteln. »Meine Familie schämt sich für mich.« Den Stich in meinem Herzen, wann immer ich diesen Satz aussprach, oder dachte, kannte ich gut.

»Deine Familie?«, hakte sie nach und begann wieder die Linie auf meiner Handinnenfläche zu streicheln. Ganz sanft. Die Berührung war kaum zu spüren. Und trotzdem so intensiv, dass mir kleine Stromschläge über die Hautoberfläche jagten.

»Ich bin aus einer weit entfernten und wohl in Ungnade gefallenen Linie der Dubolouis hervorgekommen.«

Die Frau hielt in ihrer Bewegung inne, schwieg aber.

»Letztes Jahr gab es ein großes Erdbeben in Baton Rouge. Man hat mich gefunden, wie ich ziellos umherirrte.« Ich hob meine andere Hand an. »Dieser Ring war der einzige Hinweis auf meine Identität.« Ich zeigte ihr den breiten, silbernen Ring mit dem pompösen, geschwungenen ›D‹, das sein Herzstück bildete. Ich hätte ihn längst abgelegt, doch er war das einzige Verbindungsglied zu meiner Vergangenheit.

Der Succubus starrte mich an. Ein Ausdruck, den ich nicht deuten konnte, flackerte in den roten Augen.

Ich wollte gerade fragen, was sie von meiner Geschichte hielt, weshalb sie plötzlich so nachdenklich wirkte, als ein lauter Schrei uns unterbrach. Mein Kopf schnellte hoch. Ich hatte beinahe vergessen, dass Necdet und Lumiel ja auch hier waren. Sie spielten mit den Kindern.

»Schau nur. Bald sind sie rettungslos an ihr Dasein gebunden.« Das zufriedene Hauchen des Succubus strich über meinen Nacken hinweg.

Unweigerlich breitete sich eine Gänsehaut auf meinen Armen aus. Bei ihren Worten erfasste mich eine seltsame Unruhe. Ein aufgeregtes Drängen braute sich in meiner Magengegend zusammen, das ich nicht verstand. Meine Freunde spielten doch nur. Es sah so lustig aus, dass ich am liebsten mitgemacht hätte. Aber dann hätte ich vom Schoß der Frau rutschen müssen und das kam nicht infrage. Nicht, wo ihr Duft nach Hitze und Leidenschaft mich einhüllte. Nicht, wo ich ihr noch näher sein wollte. Noch viel, viel näher. Am liebsten würde ich sie küssen. Meine Lippen auf ihre pressen. Ihren Geschmack kosten. Ob sie wohl schmeckte, wie sie roch? Nach Feuer und Sehnsüchten? Nach dunkler Verheißung und grenzenlosen Versprechungen? Ich würde bei einer späteren Gelegenheit mit meinen Freunden und den Dämonengeschwistern spielen. Immer wieder versuchte Nec, das Mädchen, das um ihn herumtollte, zu packen. Während Lumiel den Anschein machte, als wollte sie den Jungen von sich fernhalten. Es sah zu lustig aus.

»Nec, pass auf!«, schrie Lumiel. Doch zu spät. Das Dämonenmädchen stieß sich, wie eine Raubkatze, die zum Sprung ansetzte, von der Zimmerdecke ab und landete auf Necs Schultern. Er schrie auf. Es klang wie ein Schmerzensschrei, doch da musste ich mich irren. Wahrscheinlich frustrierte es den Schattenmann nur, dass ihn ein Kind austrickste. Meine Augen folgten dem Schweißtropfen, der sich von seinem Nacken löste. Er bahnte sich einen Weg über den Oberarm, die Außenkante des Unterarms und perlte schließlich von der Spitze seines kleinen Fingers. Wie hypnotisiert begleiteten meine Augen seinen Fall und den Aufprall auf dem Boden.

Tropf.

Dort zerschellte er und hinterließ lauter winzig kleine, rote Sprenkel. Nec rieb sich mit der Hand genau über die Stelle, von der sich der Schweißtropfen gelöst hatte.

Tropf.

Meine Augen wanderten zu Lumiel, die immer noch in dieser seltsamen Pose dastand.

Unsere Blicke begegneten sich. Statt Lachen und Freude, schrien mir Pein und Angst entgegen.

Als ein Schatten blitzschnell über den Lichtkegel an der Wand flackerte, knurrte sie frustriert.

»Noch schreist du und schimpfst, du schöne Puppe, mein.
Bald schon aber wirst du leise, ja ganz still sein.«

Das unangenehme Ziehen in mir wurde stärker.

Als der Junge auf Lumiel zu rannte und ihr linkes Bein fassen wollte, trat sie nach ihm. Lachend wich er aus und lief, wie seine Schwester gerade eben, über die Wände und die Zimmerdecke. Schneller immer schneller, bis man nur noch seinen Schatten im schwachen Lichtschein vermuten konnte.

»Taleyi, Kleines, verdammt noch mal. Hilf uns!«, schrie mir Lumiel entgegen.

Mir lag bereits eine scherzhafte Bemerkung darüber, dass sie Hilfe brauchte, um einen kleinen Jungen zur Ruhe zu rufen, auf der Zunge. Doch dieses seltsam nagende Gefühl hielt mich davon ab.

Ich drehte mich wieder zu Nec. Als hätte er meinen Blick

gespürt, hob er den Kopf. Seine schwarzen Augen lösten sich langsam von meinen. Sie wanderten zu der Hand, die auf meinem Oberschenkel lag. Zu dem Finger, der liebevoll immer wieder darüberstrich. Ich schluckte. In mir machte sich ein schlechtes Gewissen breit.

Und da endlich begriff ich.

Die Sprenkel auf dem Boden. Die *roten* Sprenkel. Die nassglänzende Haut. Meine Gedanken rasten, immer mehr Details stürmten auf mich ein. Es war, als hätte ich durch ein Kaleidoskop geschaut. Als wäre ein Fenster von innen beschlagen gewesen. Die seltsame Haltung meiner Freundin, die der einer Marionette glich. Die Angst und Pein in ihren Augen. Das Fauchen und Schreien. Die unzähligen tiefen Kratzer und Bissverletzungen im Fleisch meines Freundes. Meines besten Freundes.

Necs Blick traf mich erneut und ich löste mit einem inneren Aufbäumen, einem lautlosen Peitschenknall, den Bann, den der Succubus auf mich ausübte.

»Bald schon wirst du mir ganz erliegen, süße Taleyi.« Die Dämonin strich mir eine Haarsträhne hinters Ohr und ich widerstand dem Drang, meinen Kopf wegzudrehen. Stattdessen lehnte ich mich in die Berührung und seufzte leise.

»Ich bin ganz dein«, hauchte ich und hoffte, dass ich mich so anhörte, als stünde ich immer noch unter ihrem Zauber und nicht, als würde ich ihr am liebsten an die Gurgel springen.

Aus den Augenwinkeln sah ich eine Bewegung und hob das Kinn. In einer der oberen Ecken hockte das Mädchen. Es leckte sich genüsslich das Blut von ihren Fingernägeln. Ihre Augen lagen hasserfüllt auf dem Succubus. Sie war gar nicht glücklich darüber, dass die Dämonin ihr das Spielzeug – mich – weggenommen hatte. Das nagte vermutlich gewaltig an ihrem Ego.

Mir kam eine Idee. Wenn es mir gelang, die Wut und das Misstrauen zwischen den Kreaturen noch anzustacheln, gingen sie vielleicht aufeinander los. Das würde uns Zeit verschaffen.

Ich versteifte mich noch mehr und drückte mich eng an die Dämonin. »Ich traue den Kindern nicht. Sie wollen mich dir wegnehmen, das kann ich spüren.« Ich ließ meine Worte ein wenig vor Angst vibrieren.

Der Succubus stockte in ihrer Bewegung.

»Was meinst du?«

»Schau«, flüsterte ich und deutete unauffällig auf das Mädchen, das immer noch in der Ecke saß. Die Hand, die nun bewegungslos auf meinem Handgelenk ruhte, spannte sich an.

Ich wusste, dass ich mich auf dünnem Eis bewegte.

»Dumme Kinder. Sie wollen dich umso mehr, weil ich dich für mich ganz allein möchte.«

Ich nickte.

»Ich will nicht weg von dir«, murrte ich und legte eine verzweifelte Sehnsucht in meine Stimme.

»In dir steckt so viel, mein Liebling. Du wirst für eine kleine Ewigkeit nicht allein sein. Glaube mir.«

Verdammt.

Lumiel wankte leicht. Sie schien all ihr Gewicht nur auf ein Bein verlagert zu haben.

O nein. Es fehlte nicht mehr viel.

Necdets Arme und seine Schultern waren von unzähligen Kratzern und Bissen übersät. Unweigerlich schob sich mir der Anblick des Welpen vor die Augen. Das kleine Miststück würde meinem Freund dasselbe antun. Auch der Junge war dabei aus meiner Freundin eine Puppe zu machen. Die schmerzerfüllten, aber abgestumpft resignierten, fast schon seelenlosen Augen seiner anderen Marionette würden mich wohl mein restliches Leben verfolgen.

»Sie sind verschlagen und tuscheln ständig. Immer wieder sehen sie mich so gierig an.«

Die Dämonin fasste mein Kinn und drehte meinen Kopf zu sich. Sie sah mir tief in die Augen. Doch meine Welt blieb klar. Das Rot und Gold zogen mich nicht mehr in den Nebel der verlogenen Lust und falschen Liebe. Dabei glitt mein Blick unwillkürlich zu ihren Lippen und auch wenn ich bei klarem Verstand war, konnte ich nicht anders. Ich malte mir aus, wie es wohl wäre, sie zu küssen.

»Ich verspreche dir, dass nichts und niemand dich mir wegnehmen wird. Niemand. Vertraust du mir?«

Verflucht. Bei der Urmutter Nana Buluku und der großen Gottheit Mawu-Lisa! Mein Versuch den Succubus auf die Horrorzwillinge zu hetzten, ist sowas von nach hinten losgegangen. Sofort löste sich alles Verlangen in Luft auf.

Scheiße.

Ich musste es weiter versuchen. Auch wenn die Chance noch so gering war, dass es uns retten würde, wenn die Wesen aufeinander losgingen … Es war das einzige, das mir gerade einfiel.

Ganz sanft legte ich meine Hand auf ihre und schaute sie vertrauensvoll an. Dann ließ ich meinen Blick zu ihren Lippen wandern und zog meine Unterlippe ein kleines Stück zwischen die Zähne. Ich betete zur großen Schöpfungsgottheit des Voodoo-Kults, dass ich es schaffte, ihren Besitzanspruch auf mich noch zu steigern. Ich musste …

Der Succubus stöhnte leise auf. Als ich meinen Blick hob, sah ich, dass die goldenen Sprenkel im Rot aufglühten. Ihr lodernder Blick lag auf meinen Lippen.

»Natürlich vertraue ich dir. Ich liebe dich«, hauchte ich und hoffte inbrünstig, nicht zu dick aufgetragen zu haben.

Ich liebe dich. Ich wusste, es war notwendig und richtig, es zu ihr zu sagen. Ihre Reaktion hatte es mir deutlich gezeigt. Sie brauchte Liebe. Für mich aber waren diese Worte gewichtig. Ich hätte sie gern zum ersten Mal an jemanden gerichtet, für den mein Herz schlug.

»Na gut, mein Engel. Schau hier.« Ich öffnete meine Augen. Der Succubus wickelte sich ein filigranes Goldkettchen von ihrem Unterarm. Ich beobachtete, wie ihre schlanken Finger das Schmuckstück von ihrer Haut lösten. Dabei fiel mir auf, dass das letzte Glied nicht in einem Verschlusskarabiner hing, sondern durch einen lockeren Knoten am Rest der Kette befestigt war. Sie war lang genug um eine Halskette zu sein.

»Erzähl es nicht weiter, aber damit lassen sich fast alle Wesen fesseln.«

Ich schluckte und versuchte krampfhaft, meine Aufregung zu verbergen. Ich hatte es geschafft. Ich hatte es wirklich geschafft.

»Fast?«, fragte ich nach.

»Ja. Es gibt ein paar sehr mächtige Lichtwesen und Höllenfürsten, bei denen sie unbrauchbar ist. Aber das sind höchstens zwei oder drei.«

Ich bemühte mich um einen besorgten Ausdruck, schaute die Dämonin aus großen Augen an und krallte meine Finger leicht in ihre Haut.

»Würde es bei dir gelingen?« Ich stieß die Worte fast schon panisch aus und hoffte, dass ich nicht übertrieben hatte. In ihren Augen sah ich, dass es funktionierte. Mein banger Tonfall gefiel ihr und ließ ihre Gedanken in eine Richtung wandern, die ihre Augen gierig zum Aufleuchten brachten. Es war wohl nicht schwer, einen Sexdämon an Sex denken zu lassen, dennoch machte sich ein wenig Stolz in mir breit.

»O ja, das tut sie, meine kleine besorgte Schönheit.«

Ich lächelte den Succubus schüchtern an. Diesmal musste ich nichts vorspielen, wobei die Bilder in ihrem Kopf den meinen wohl so gar nicht glichen.

»Und bei den Kindern?«

Die Frau nickte. »Ja. Sie sind mächtig, aber bei weitem keine Höllenfürsten. Darum gebe ich sie dir. Wenn du das Gefühl hast, dass sich einer von ihnen nähert, fessle sie. Sei lieber zu vorsichtig als zu nachlässig. Du hast recht. Sie sind verschlagen und gierig und wollen, was mein ist.«

»Wie funktioniert es?«

Sie hatte die Goldkette um ihr Handgelenk geschlungen getragen und es hatte ihr rein gar nichts ausgemacht.

»Siehst du die beiden größeren Glieder hier?« Sie hielt die Kette der Länge nach vor mein Gesicht.

Ich nickte.

»Schau her.« Sie ließ sie ineinander gleiten. Ein Symbol, das dem der Unendlichkeit ähnelte, erschien dadurch, und die Goldkette leuchtete auf. »Wer auch immer es so trägt, fällt in eine Art Schockstarre.«

»Schockstarre?«, wiederholte ich verblüfft.

Der Succubus nickte und verzog die roten Lippen. Sie berührte die goldenen Glieder und in ihren Augen leuchtete eine Mischung aus Faszination und Angst auf. Es war ein mächtiges Werkzeug, das sie in Händen hielt.

»Ja. Der Träger wird vollkommen hilflos, ist nicht mehr imstande Magie, egal welcher Art, zu wirken. Nicht mehr fähig, sich zu bewegen, zu sprechen oder auch nur mit der Wimper zu zucken«, flüsterte sie andächtig.

Ein Laut der Verblüffung entrang sich meinen Lippen, was die Frau zum Auflachen brachte. »Es ist großartig, nicht wahr?«

Da konnte ich ihr nur zustimmen. Ich streckte meine Hand nach dem goldenen Schmuckstück aus, berührte es aber nicht. Ehrfürchtig ließ ich meinen Zeigefinger darüber schweben. Ein dermaßen zart wirkendes Kettchen sollte eine solche Macht besitzen? Das war kaum zu glauben.

»Ein Höllenfürst hat es mir überreicht. Als Zeichen seiner ewig währenden Liebe«, hauchte der Succubus.

»Wo ist der Höllenfürst jetzt?«, fragte ich und hörte selbst, wie atemlos ich klang. Ich hatte wenig Lust, neben dem Sexdämon und diesen sadistischen Kindern auch noch einem Fürsten der Finsternis gegenüberzustehen.

Der Succubus neigte den Kopf. »Er wurde mir langweilig. «Als sie meinen bestürzten Gesichtsausdruck bemerkte, strich sie mir schmunzelnd über die Wange. »Keine Sorge. Er regiert einen der tiefsten Höllenkreise und ich werde mich hüten, seinem Reich zu nahe zu kommen.«

Sie strich mit dem Nagel ihres Daumens noch einmal über die im Licht schimmernden Glieder und hielt mir die Kette gleich darauf hin.

Ich stockte und zögerte, das Schmuckstück zu ergreifen. Dann gab ich mir einen Ruck.

»Ich habe nur dieses Unikat, benutze die Kette für einen der Zwillinge. Das verschafft dir mehr Zeit und du kannst mich zu deiner Unterstützung rufen.«

Ich nickte und lehnte mich an die Frau.

»Danke.«

»Nicht dafür. Ich werde alles tun, um zu schützen, was mein ist.«

Ich musste mich wirklich zusammenreißen, um mein Zittern zu unterdrücken. Sie hatte nichts gemerkt. Sie war in die Falle getappt. Wir hatten eine Chance. Doch ich sah dieser nicht nur erfreut entgegen. Denn mit der Erleichterung ging eine furchtbare Angst vor dem Kommenden einher.

»Du hast gesagt, du liebst mich«, unterbrach der Succubus meine Gedanken. »Deine Sinne und dein Herz sind Mein. Endlich. Komm her.« Sie legte ihre Hand an meinen Hinterkopf und ehe ich mich versah, lagen ihre Lippen auf meinen. Ich stöhnte auf. Verdammt noch mal! Diesmal klang es tief und kehlig. Diesmal war es nicht geplant oder vorgetäuscht. Diesmal war es ehrlich, echt und sinnlich.

8. SEI EIN BRAVES, KLEINES SPIELZEUG!

Klick.

Ich öffnete meine Augen und schaute direkt in die der Dämonin. Für eine Sekunde loderte Überraschung darin auf. Dann wurde der Goldton ihrer Iriden matt und sie blickten ins Leere. Die Frau saß vollkommen erstarrt da. Sie hatte die Wahrheit gesagt. Nichts an ihr, nicht einmal die Augenlider, regten sich. Ich hatte es geschafft. Ich hatte sie überlistet und mit ihrer eigenen Waffe geschlagen.

Schnell rutschte ich von ihrem Schoß und wischte mir mit dem Handrücken über die Lippen, um ihren Geschmack loszuwerden. Ihre Magie widerte mich an. Ich wollte nicht den leisesten Rest davon auf mir spüren. Denn auch, wenn ihre Opfer in dem Moment glaubten, sie wollten all das, was sie versprach, war es nicht echt. Es war aufgezwungene Leidenschaft. *Übergriffiges Miststück*, dachte ich und wandte mich ab.

Als meine Augen den gesamten Raum erfassten, stockte mir der Atem. Zwar hatte ich jetzt den Succubus außer Gefecht gesetzt, doch was sollte ich schon gegen diese Satansbraten ausrichten?

Nichts, schoss mir ein fremdes zweistimmiges Zischen durch den Kopf.

Was zur …

Panisch sah ich mich um. War das eine weitere Kreatur in meinem Kopf? Die Horrorzwillinge? Oder verlor ich den Verstand?

Zu schwach. Du bist zu schwach.

Ich rieb mir über die Stirn. Mit der Stimme, die nicht meine war, aber dennoch durch meinen Geist zischte, begann es in meinem Kopf unangenehm zu pochen.

Mehr Zeit. Du brauchst mehr Zeit.

Ich hatte aber keine Zeit. Lumiel schrie gellend auf und ich holte zitternd Luft. Mein Überlebenswille, gepaart mit dem Wunsch, meinen Freunden zu Hilfe zu eilen, drängte alle anderen Gefühle zurück.

Ohne mir einen weiteren Gedanken zu erlauben, rannte ich auf Lumiel zu.

»Bruderherz, schau nur«, kreischte das Dämonenmädchen aus einer Ecke und klatschte aufgeregt in die Hände. Ich hatte ihre Aufmerksamkeit. Sehr gut.

Lumiel warf ihren Kopf zur Seite und starrte mich fassungslos an. Ihr Blick schoss zu der Dämonin, die in ihrer Schockstarre gefangen auf dem Stuhl saß, dann zu dem Türbogen, der aus der Nische hinausführte. Ich wusste, woran sie dachte. Was sie mir sagen wollte. Doch ich würde nicht einfach versuchen zu fliehen. Ich würde meine Freunde niemals zurücklassen. Abgesehen davon, war es ohnehin zu spät. Zu diesem Schluss schien meine Freundin auch gekommen zu sein. Sie blickte mich traurig und resigniert an. Ein schmales Rinnsal Blut lief über ihren Arm, der nach oben gestreckt war.

»Wie ist das möglich«, hörte ich es hinter mir raunen. Ich sprang erschrocken nach vorn und drehte mich zischend um. Der Junge war blitzschnell aufgetaucht. Er funkelte mich an und zeigte auf die Sexdämonin.

»Was ist mit ihr?«, fauchte er und starrte mich aus weit aufgerissenen Augen an.

»Taleyi, pass auf«, schrie Necdet. Kaum erreichte mich seine panische Stimme, traf mich etwas hart im Rücken. Ich taumelte nach vorn und fiel auf meine Knie. Das Dämonenmädchen packte mich grob in den Haaren und riss meinen Kopf nach oben. Aus Reflex versuchte ich, mich aus dem Griff zu winden. Erfolglos. Das Mädchen packte mich nur fester.

»Mein lieber Bruder hat dich etwas gefragt. Sei ein braves Spielzeug und antworte ihm, ja?« Das Dämonenmädchen riss nochmals grob an den Haaren.

Trotz oder gerade wegen meiner Angst zog ich einen Mundwinkel hoch.

»Du scheinst ja so auf Geheimnisse zu stehen?« Immer noch hatte ich die Verse ihres grausigen Liedes im Ohr. »Tja meine Antwort ist eines«, knurrte ich durch den Schmerz hindurch.

»Oh, was für ein böses Spielzeug du doch bist. Aber nicht mehr lange.« Das Mädchen fauchte mir die Worte in einer Mischung aus Wut und Vorfreude ins Ohr.

»Die ist wie versteinert«, rief der Junge dazwischen, der sich dem Succubus genähert hatte.

Aufgeregt grub das Mädchen ihre Nägel in meine Kopfhaut. Ich stöhnte.

»Was hat sie mit ihr gemacht?«, fragte ihr Bruder erneut. Fasziniert sprang er der Dämonin auf den Schoß. Das Einzige, was sich bewegte, war der Stoff ihres Kleides, der sich unter seinem Gewicht spannte. Als sie nicht reagierte, holte er aus und fuhr mit seinen krallenartigen Fingernägeln quer über das schöne Gesicht. Sie zuckte nicht zurück. Sie gab keinen Laut von sich. Vier tiefe Kratzspuren leuchteten rubinrot auf der hellen, ansonsten makellosen Haut.

»Anscheinend liegt ein Zauber auf ihr«, rief der Junge aufgeregt über seine Schulter. »Ein Fluch vielleicht?«

Als das Mädchen sich fasziniert vorbeugte, musste ich ihrer Bewegung folgen, dennoch spürte ich das schmerzhafte Reißen an meiner Kopfhaut.

Necdet war verletzt. Doch soweit ich das Szenario erfasst hatte, konnte er sich noch frei bewegen. Im Gegensatz zu Lumiel, die an Fäden zu hängen schien. Bei allen Lichtwesen, lass mich nicht irren. Lass den Schattenmann nicht auch irgendwie gefesselt sein. Vielleicht schaffte er es, Lumiel von diesen Strippen zu befreien. Womöglich gelang ihnen sogar die Flucht. Seine Worte von vor einigen Tagen schossen mir durch den Kopf. Er hatte beteuert, an meiner Seite zu stehen, selbst gegen diese bösartigen Wesen aus dem Gruselkabinett. Wahrscheinlich bereute er es längst, dass er nicht aus dem Jeep gestiegen war, als er die Chance gehabt hatte. Mir kam ein Gedanke. Was wenn … ? Ich räusperte mich. »Jetzt wäre wohl der richtige Moment, um aus dem Auto auszusteigen«, rief ich an niemand Bestimmten gerichtet. *Flieht!*, dachte ich verzweifelt. Ich hoffte inständig, Nec und Lumiel verstanden den Wink. Die Aufmerksamkeit der Zwillinge lag nach wie vor auf der erstarrten Dämonin und mir. Vielleicht konnten meine Freunde tatsächlich fliehen, wenn ich es schaffte, die Kinder weiter abzulenken.

»Wovon spricht sie? Welches Auto?«, fragte der Junge.

Der Griff des Mädchens lockerte sich und sie sprang von meinem Rücken. Als sie leichtfüßig vor mir auf dem Boden landete, betrachtete sie mich aus zusammengekniffenen Augen.

»Keine Ahnung. Vielleicht hat sie etwas auf den Kopf bekommen?«

»Egal«, grölte der Junge und drehte sich händeklatschend um, nachdem er dem Succubus ein letztes Mal mit dem Zeigefinger gegen die Stirn geschnippt hatte. Seine Augen hefteten sich gierig auf mich, was mir eine Gänsehaut bescherte. Reflexartig wollte ich zurückweichen, doch ehe der Satansbraten auf mich zustürmen konnte, weiteten sich seine Augen und er blickte nur stumm über meine Schulter.

»Die ganze Arbeit umsonst«, maulte das Mädchen und stampfte mit dem Fuß auf.

Ich wollte mich gerade umdrehen, doch bevor ich über meine Schulter blicken konnte, spürte ich, wie sich Lumiel und Necdet jeweils links und rechts neben mir positionierten.

»Vergiss diesen Unsinn mit dem Austeigen ganz schnell, Taleyi.

Wie ich dir schon sagte, ich lasse dich nicht im Stich«, knurrte Necdet. Ich hörte die Erschöpfung klar und deutlich aus seiner Stimme.

»Dafür, dass du das auch nur in Erwägung gezogen hast, reiße ich dir nachher den Arsch auf«, zischte mir Lumiel zu. Ihr Arm streifte meinen ganz leicht.

»Vorausgesetzt wir überleben das«, gab ich zurück. Ich hatte mir gewünscht, sie hätten die Chance ergriffen und wären geflohen. Doch ich war auch unfassbar erleichtert, dass ich nicht allein war. Diese Dummköpfe. Diese wunderbaren, mutigen, loyalen Dummköpfe. Ich liebte sie.

»Genug der Gefühlsduselei«, fauchte das Dämonenmädchen und sprintete gemeinsam mit ihrem Bruder los. Im Laufen stießen sie sich vom Boden ab und landeten auf allen Vieren an der Wand, krabbelten hoch zur Decke.

Lumiel, Necdet und ich standen mit den Rücken zueinander. Die Kinder liefen rasend schnell über die Zimmerdecke, die Wände und um uns herum. Immer wieder hörten wir sie kichern. Ein fast unschuldiges, kindliches Geräusch, das die ganze Situation in noch abscheulicheres Grauen tauchte. Als ob es das gebraucht hätte.

Und dann griffen sie an. Das Mädchen sprang mir in den Nacken und vergrub ihre spitzen Zähne in meinem Fleisch, während ihre Hände wieder grob an meinen Haaren rissen. Ich schrie auf und wollte die Kleine packen und von mir schleudern, doch ich erreichte sie nicht. Je mehr ich mich wand und mich wehrte, desto grober wurde mein Kopf zurückgerissen. Kaum lösten sich die Zähne aus meiner Haut, erklang ihr schrilles Lachen. Hinter mir hörte ich ein lautes Dröhnen. Dann Lumiels Triumphschrei, der sich nach nur wenigen Herzschlägen in ein schmerzhaftes Aufkeuchen wandelte.
Das schien das Mädchen für eine Sekunde abzulenken. Ein entzücktes Raunen entrang sich ihren Lippen, bevor sie ihre Krallen in mein Fleisch bohrte.

»Bald bist du mein kleines Spielzeug«, trällerte sie mir ins Ohr. Ich spürte das reißende Brennen, das die Kieferbewegung auslöste, bis in die Knochen.

Als ich mit meiner Seite hart gegen eine Wand knallte, wurde mir bewusst, dass ich in meiner Panik mich zu befreien, angefangen hatte, mich wild um die eigene Achse zu drehen. Ich fuhr schnell herum und prallte noch mal mit Absicht rückwärts gegen das Gemäuer. Leider brachte mir das kleine, verzweifelte Manöver rein gar nichts. Das Mädchen war einfach hochgesprungen, ohne meine Haare loszulassen, und als sie erneut auf meinem Rücken landete, schoss mir der Schmerz seitlich an meiner Wirbelsäule entlang und erreichte schier jedes Nervenende.

»Zuerst reiß ich dir die Haare aus.« Wie zur Beteuerung zog sie daran. »Dann sind deine Ärmchen und Beinchen dran.«

Der stechende Schmerz in meiner Wirbelsäule ließ mich die Augen aufreißen. Vor mir erkannte ich verschwommen Lumiel. Sie griff den Dämonenjungen an, der sich auf Necdet gestürzt hatte. Und tatsächlich erzielte sie einen Treffer. Der harte Hieb schleuderte den Jungen ein Stück weg. Ich wollte innerlich applaudieren, doch hielt in der Bewegung inne, als ich sah, wie er sich geschmeidig abrollte und auf die Füße kam.

»Großer Fehler. Du bist eine böse, kleine Puppe«, knurrte er. In seinen Augen blitzte eine Boshaftigkeit auf, die mich erschaudern ließ.

Meine Freunde hätten fliehen sollen. Warum waren sie nur nicht geflohen? In einem letzten Aufbäumen versuchte ich mich von dem Dämonenkind zu befreien, doch der ständige Schmerz, den es durch meine Wirbelsäule schickte, ließ mich vornüberkippen.

Ein heftiger Tritt drehte mich auf den Rücken. Das Mädchen setzte sich auf meinen Brustkorb. »Jetzt mach ich dich zu unserem Spielzeug.«

Das Mädchen setzte sich auf meinen Brustkorb. Als ich sie abschütteln wollte, riss etwas schmerzhaft an meinen Handgelenken. Ich schaute hoch. Meine Arme hingen wie der von Lumiel in der Luft. Scheiße.

Vor meinem inneren Auge erschienen der Welpe und die Puppe. Mir wurde übel bei dem Gedanken, dass das auch mein Schicksal sein sollte, und ich musste würgen.

Zu schwach. Du bist zu schwach. Begleitet von einer Schmerzwelle fuhren die zischenden Worte durch meinen Kopf.

Mir verschwamm die Sicht. Hinter mir stieß Lumiel einen erstickten Schrei aus. Ich drehte meinen Kopf und ignorierte die furchtbaren Schmerzen. Der Dämonenjunge stand grinsend vor der Banshee, die sich vornübergebeugt erbrach. Alle ihre Gliedmaßen hingen bereits an den teuflischen Fäden. Ich sah in Necdets entsetztes Gesicht. Er sah von Lumiel zu mir. Der Junge klatschte in seine Hände und drehte sich zum Schattenmann.

Verzweiflung kochte in mir hoch. Ja, ich war zu schwach. Zu schwach, um meine Freunde zu schützen. Verdammt. Reiner Seelenschmerz durchfuhr mich wie ein Stromschlag und meine Welt leuchtete grün auf.

Plötzlich ließ das Dämonenmädchen von mir ab und ich hörte einen furchtbaren Schrei, der durch den Raum hallte. Als ich versuchte, die Quelle auszumachen, musste ich erkennen, dass ich es war. Ich schrie mit dieser seltsam tiefen Stimme. Erschrocken wollte ich verstummen. Aber es gelang nicht. Bis sich ein Gewicht auf meine Kehle legte und mir so Einhalt gebot. Die Stimme versiegte zwar, doch ich spürte den Schrei noch in mir nachhallen. Er brachte selbst meine Seele zum Schwingen.

Das Mädchen hatte eine Hand auf meine Kehle gelegt und drückte so fest zu, dass meine Stimmbänder nicht arbeiten konnten.

»Wa – O verdammt«, hörte ich den Dämonenjungen panisch flüstern. Ich öffnete meine Augen.

Necdet stand gebeugt neben Lumiel. Um ihn herum krochen die Schatten. Der Schleier lichtete sich mehr und mehr. Er wurde mit jeder Sekunde durchlässiger. Fratzen und Schemen schienen sich daraus zu lösen. Ich atmete gurgelnd ein.

Plötzlich stob die Finsternis aus den Schlieren, nur um einer viel größeren Düsternis Platz zu machen. Es war ein Schatten, ein machtvoller Schemen. Das Flüstern, das ihn umgab, schien alles Licht aus dem Raum zu saugen. War das …? War das einer der Petro-Nachon? Eines der Geistwesen, die nur aus Bosheit und Grauen bestanden? Ich wollte Nec etwas zurufen. Ihn warnen. Doch nur ein leises Gurgeln kam aus meiner Kehle.

»Kann das sein?«, kreischte sie panisch und sprang dann mit einem Satz von mir runter. Ich hatte nur Augen für meinen Freund. Die bösartigen Geistwesen waren schon gefährlich genug, wenn sie im Schattenreich ihr Dasein fristeten, und nur ein Teil ihrer Essenz von den Bocor angerufen werden konnte. Doch ein Petro, der vollständig in unsere Welt treten würde, wäre … Die große Schöpfungsgottheit Nana Buluku bewahre, dass das geschah.

»Nec«, krächzte ich. Meine Stimme drang kaum bis zu meinen Ohren, so schwach kam sie nach dem lauten Schrei über meine Lippen. Doch irgendwie erreichte meine Warnung den Schattenmann. Er riss den Kopf hoch und sein Blick fing meinen ein.

»Nein. Nein, das kann nicht sein«, fauchte der Dämonenjunge. »Spürst du das auch?«

»Ich will nicht wieder eingesperrt werden. Nein, nein«, plärrte das Mädchen.

»Komm schnell«, hörte ich den Jungen. »Lass uns abhauen.«

»Aber …«, zischte das Mädchen und warf einen hektischen Blick auf uns.

»Scheiß auf die. Uns gehört die ganze Welt, Schwesterherz. Komm, schnell.«

Nur am Rande bekam ich das Gespräch der Geschwister mit. Viel zu sehr war ich auf meinen besten Freund fixiert. Sein Blick verhakte sich mit meinem, nutzte ihn als Ankerpunkt. Langsam veränderten sich die Nebelschlieren um ihn. Der Schleier wurde wieder dichter und undurchdringlicher und der Schemen dahinter verschwamm. Der Nachhall seiner finsteren Bedrohlichkeit strich nur noch leicht über uns hinweg.

Mit jedem Herzschlag gewann Necdet die Kontrolle über den Schleier zurück, bis sich auch die letzten Schlieren auflösten, und die Schemen in den Schatten verschwanden.

Necdet starrte mich immer noch an. Seine Augen waren schreckgeweitet. Die Zeichnungen auf seinem Gesicht flossen düster über seine Züge.

»Scheiße«, flüsterte er schließlich und riss sich damit selbst aus der Starre.

»Wo sind sie?«, rief ich panisch, als auch ich endlich wieder zu mir kam. »Wo ist die Teufelsbrut hin?«

»Abgehauen«, flüsterte Lumiel schmerzverzerrt. »Nec, würdest du …« Lumiel nickte zu einem ihrer Handgelenke. Die Fäden führten nach oben bis zur Decke. Sofort trat Necdet auf sie zu und durchtrennte sie. Sobald sie durchschnitten waren, segelten sie locker von der Deckehinab auf den Boden. Wo sie zu Staub zerfielen.

Als Necdet Lumiel befreit hatte, strauchelte sie, doch der Schattenmann hielt sie, bis sie ihm dankbar zunickte. Lumiel gab ein ersticktes Geräusch von sich. Mein Blick löste sich von den sich auflösenden Marionettenfäden und glitt zu ihr.

»Das brennt.« Sie rieb sich abwechselnd über ihre Gelenke. »Aber sie sind weg.« Dort wo die Fäden in der Haut verschwunden waren, zeigten sich kleine, entzündet aussehende Wunden.

Ich schaute zurück auf den Steinboden, wo nicht mal mehr das kleinste Überbleibsel der Fasern zu erkennen war.

Die Banshee schüttelte ihre Hände aus und bewegte dann ihre Finger, als würde sie auf einem unsichtbaren Klavier spielen. »Oh, es fühlt sich gut an, wieder die Kontrolle über meine Gliedmaßen zu haben. Diese sadistischen Quälgeister …« Sie setzte sich auf den Boden und nahm ihre Fußgelenke unter die Lupe. »Auf alle Fälle hatten die vor irgendetwas ziemlichen Schiss.«

»Das war wirklich knapp«, murmelte ich und nahm meine Arme vorsichtig in Augenschein. Die Fäden mündeten in der Haut direkt unter meiner Handwurzel.

Necdet trat auf mich zu. »Dann wollen wir dich mal befreien.«

Die Sehnen meines Arms spannten für eine Sekunde unangenehm. Doch kaum, dass die Schnüre durchtrennt waren, verging das ziehende Gefühl. Dafür setzte ein furchtbares Brennen um die kreisrunden Verletzungen ein.

»War das wirklich ein … ?« Ich ließ die Frage verklingen.

Nec verzog gequält seine Lippen. »Ja«, gab er zurück. »Ich hätte fast einen der Petro-Nachon auf die Welt losgelassen.«

Schwere Schuld lag auf seinen Schultern.

»Man könnte es auch so sehen, dass du uns vor den Satansbraten gerettet hast.« Ich lächelte ihn sanft an. Necdet hielt inne und erwiderte meinen Blick. Er atmete tief durch, was in einem Seufzen endete.

»Du lässt die Tatsache außen vor, dass sich diese zwei sadistischen Wesen nun frei bewegen und Mawu-Lisa weiß was veranstalten.«

Ich schluckte. Schwermut legte sich über uns. Als ich endlich frei war, kam ich wankend auf die Beine. Ich bestand nur aus Schmerz.

»Geht es dir gut?«, fragte Nec und ließ seinen Blick prüfend über mich wandern. Er schaute mir tief in die Augen.

»Irgendetwas hat das kleine Monster mit dir angestellt. Deine Augen haben geleuchtet. Ich dachte schon, du wärst zu ihrem *Spielzeug* geworden.«

Ich fasste mir an den Kopf. Schmerzen quälten mich, Erschöpfung riss an meinem Bewusstsein. Aber ich fühlte mich wie ich selbst.

»Jetzt sind sie wieder normal. Geht es dir gut?«, fragte er noch einmal eindringlich.

Ich bewegte meinen Kopf irgendwo zwischen Nicken und Kopfschütteln. »Nicht gut. Aber ich fühle mich … den Umständen entsprechend. Was ist mit euch?«

Lumiel trat neben mich und zog mich schwach in ihre Arme. Ich erwiderte die Geste und drückte die Banshee mit aller Kraft, die mir geblieben war, an mich.

Sie keuchte leise auf, aber dann wurde auch ihr Griff fester. »Mir geht es soweit gut, Kleines. Ein paar Kratzer und Schrammen hauen mich doch nicht um«, murmelte sie in mein Haar. Heiße Tränen brannten in meinen Augen. Die Sorge um meine Freunde drohte mich mit einem Mal zu übermannen. Es waren weit mehr als ein paar Kratzer und Schrammen, aber neben dem Schmerz und der Müdigkeit hörte ich auch die Ehrlichkeit aus ihren Worten.

»Sicher?«, hakte ich trotzdem nach. Ich spürte ihr Nicken und atmete auf, dann wanderte mein Blick zu Necdet. Vorsichtig löste ich mich aus Lumiels Umarmung und fiel ihm um den Hals. Er umfing mich mit zittrigen Armen. Schuld, Angst und Grauen zeichneten sich immer noch in seinem Gesicht, in seiner ganzen Haltung ab, aber er nickte und wiederholte so lautlos Lumiels Worte.

»Nec …«

»Ich bin … okay«, gab er leise zurück und zog mich fester an seine Brust.

»Du hast uns gerettet, Nec.« Ich schluckte und schmiegte mich noch enger an ihn. Sein Herzschlag beruhigte mich. Er lebte. Wir lebten. Uns ging es … den Umständen entsprechend.

Als würde er spüren, dass ich die Gewissheit brauchte, hob Necdet mein Kinn an und nickte noch einmal. Und endlich, endlich fiel eine zentnerschwere Last von mir.

»Du hast uns verdammt noch mal den Arsch gerettet, Süßer«, brachte es Lumiel mal wieder auf den Punkt.

Necdet schloss gequält die Augen. »Könnt ihr euch vorstellen, was die beiden jetzt auf der Welt anrichten?«

»Nein«, setzte die Banshee an und funkelte den Schattenmann dabei so böse an, dass dieser kurz zusammenzuckte, »so darfst du niemals denken. Du hast uns die Chance geschenkt, eine Möglichkeit zu finden, diese Ausgeburten der Hölle wieder einzusperren, verstehst du. Das, und nur das kannst du dir ankreiden und das ist verdammt nochmal etwas Gutes.«

Der dunkle Ausdruck in seinem Gesicht lichtete sich ein wenig.

»Und dir geht es wirklich gut?«, richtete sich die Banshee nun an mich. Ich nickte schwach, dann kam mir allerdings wieder diese seltsame Stimme in den Sinn, was ich meinen Freunden auch sofort berichtete.

»Meinst du, das war eine weitere Kreatur. Etwas, das deine Gedanken kontrollieren kann?«, fragte Nec schockiert.

Ich zuckte mit den Achseln. »Es hat sich nicht so angefühlt, als würde es oder sie mich kontrollieren wollen. Aber ich habe keine Ahnung, was es war.«

»Du fühlst dich nicht anders?«, fragte Lumiel mich eindringlich.

Ich schüttelte wieder meinen Kopf. »Keine Ahnung. Vielleicht war es auch eine Reaktion auf den Bann des Succubus.«

»Sobald dir etwas komisch vorkommt, oder du irgendwelche Stimmen hörst, gibst du sofort Bescheid.«

«Natürlich.«

»Was machen wir jetzt mit ihr?«, wollte Lumiel wissen und drehte sich zur Sexdämonin um.

»Wir sollten sie vorsichtshalber richtig fesseln. Hierbleiben kann sie auch nicht«, knurrte Necdet und richtete seine Aufmerksamkeit ebenfalls auf den Succubus.

Ich gab nur einen zustimmenden Laut von mir.

»Wie wäre es, wenn wir sie zu Lafayette bringen?«, fragte Lumiel und sah mich von der Seite an.

Ich schluckte und schaute zu Boden. Das war auch mein erster Gedanke gewesen. Das Oberhaupt der magischen Gemeinschaft würde wissen, was zu tun war. Außerdem hatte er so endlich einen klaren Beweis vor Augen, den er nicht mehr verleugnen konnte. Allerdings schreckte mich der Gedanke auch ab. Lafayette hatte meine Warnungen stets als Hirngespinste und Paranoia abgetan und sich über mich lustig gemacht. Wenn ich genauer darüber nachdachte, war seine extreme Abwehrhaltung dieses Thema betreffend, sogar ein wenig verdächtig. Oder nicht? Er war das Oberhaupt der magischen Gemeinschaft. Also eigentlich wäre ich verpflichtet … Andererseits hatte er auch nichts getan, was mein Vertrauen verdiente. »Der Succubus hat davon gesprochen, dass sie freigelassen wurden. *Freigelassen*. Wir vertrauen niemandem. Okay?« Mein Entschluss platzte aus mir heraus und überraschte mich im ersten Moment selbst.

Lumiel öffnete den Mund, schloss ihn aber gleich wieder und nickte einmal. »Gut. Nur wir drei gegen den Rest der Welt. So mag ich es am liebsten.«

»Wo willst du sie verstecken? Im Kellergewölbe?«, fragte Nec mit zittriger Stimme.

»Nein. Das ist zu gefährlich. Wir müssen sie im Blick behalten.« Ich rieb mir über die Stirn.

»Was, wenn wir sie hierlassen?«, überlegte ich laut.

»Hier?« Lumiel schüttelte ihren Kopf. »Mitten in der Bibliothek?«

»Wir könnten den Eingang verbergen. Mit einem Bücherregal oder so?«

Meine Freunde schienen nicht begeistert.

»Ansonsten hätte ich auch noch meine Besenkammer anzubieten«, bemerkte ich und verkniff mir ein müdes Grinsen.

Der Schattenmann keuchte auf und schaute mich schockiert an.

»Du willst dieses Ding in deine Wohnung bringen? Direkt neben dein Schlafzimmer?«

Ich erwiderte Necdets Blick und versuchte, das Beben in meinen Schultern zu unterdrücken. Meine Wirbelsäule tat höllisch weh. Nec öffnete seinen Mund, verdrehte dann frustriert seine Augen und begann ebenfalls zu lachen.

»Dann also hier«, lenkte er ein und betrachtete den Türbogen, den es zu verbergen galt.

»Ich hoffe für dich, du hast da oben auch ein paar leere Betten, Kleines«, warf Lumiel ein.

Ich schaute sie verständnislos an.

»Nach dem heutigen Abend dürfte ja wohl klar sein, dass wir dich keine Sekunde hier allein lassen. Und mein Rücken würde es dir nie verzeihen, wenn du mich auf dem Boden schlafen lässt.«

Trotz meiner Kopfschmerzen musste ich grinsen.

»Zu deinem Glück gibt es tatsächlich zwei Schlafsofas und eine Handvoll ausklappbarer Gästematratzen.«

Lumiel hob eine Augenbraue.

»Keine Ahnung, woher die stammen. Die waren schon da, als ich eingezogen bin.«

Die Banshee rieb sich gedankenverloren über ihr Handgelenk, sog aber augenblicklich scharf die Luft ein. Das sah nicht gut aus.

»Ich habe, glaube ich, eine Heiltinktur und einen Verbandskasten im Bad. Kommt mit.« Ein gequältes Stöhnen begleitete meine Worte.

Necdet nickte dankbar, hielt dann aber inne. »Warte mal. Zuerst müssen wir den Succubus fesseln. Ich schaue mal, ob wir die Vorhangkordeln nutzen können. Bin gleich wieder da.«

Er schien sichtlich erleichtert, der Nische entkommen zu können. Wenigstens für einen Augenblick.

»Was machen die Stimmen«, fragte Lumiel, als Necdet außer Hörweite war.

Ich schnaubte. Wie das klang! *Was machen die fremden Stimmen in deinem Kopf, Taleyi?* Aber der Gedanke, dass eine dieser Kreaturen vielleicht in meinen Verstand eingedrungen war, ängstigte mich bis ins Mark. Im Moment fühlte ich mich wie ich selbst. Keine Stimmen. Keine fremden Gedanken. Da war nur ich. Tja, ich konnte nur hoffen, dass es so blieb.

»Geht es dir wirklich gut, Taleyi?« Lumiel musterte mich misstrauisch aus zusammengekniffenen Augen.

»Ich weiß es nicht«, gab ich ehrlich zurück. »Ich fühle mich normal. Ich glaube, das Dämonenmädchen wurde durch Necdets kleine Showeinlage unterbrochen.«

Das seltsame Gefühl von vorhin und die Magie, die ich in mir gespürt hatte, verursachten noch immer eine Gänsehaut. Aber jetzt war alles wieder beim Alten.

Als Nec mit einem Tau zurückkam, zögerte ich. Es war seltsam, jemanden zu fesseln. Selbst eine Kreatur wie die Dämonin. Doch im Grunde hatten wir keine andere Wahl.

Wir beschlossen zuerst unsere Wunden zu versorgen und dann ein Regal zu suchen, das den Eingang der Nische verbarg. Um in meine Wohnung zu gelangen, mussten wir die Gänge der Bibliothek durchqueren. Neben der hölzernen, hohen Tür des Haupteinganges führte eine schmale Treppe gerade nach oben in mein kleines Reich.

»Das war ein Albtraum.« Necdet hielt seinen Gehstock so fest umklammert, dass seine Fingerknöchel stark hervortraten. »Das kann nur ein Albtraum gewesen sein.« Er wankte neben Lumiel und mir durch den Mittelgang.

Lumiel kaute auf ihrer Unterlippe. »Schön wär‘s.« Ihre Stimme klang ungewohnt schwach.

Wir hielten uns so nahe beieinander, dass sich unsere Arme bei jedem Schritt streiften. Nun da der Adrenalinspiegel langsam abfiel, machte sich nicht nur Erschöpfung in meinen Gliedern breit. Mir wurde jetzt erst in vollem Ausmaß bewusst, was gerade geschehen war.

Als wir das bodentiefe Fenster im Herzstück der Bibliothek passierten, schaute ich in die Dunkelheit hinaus. Wie seltsam. Niemand da draußen konnte auch nur ahnen, was hier gerade Furchtbares geschehen war. Oder welche Monster nun freigelassen worden waren. Dabei lag nur eine Hausmauer zwischen uns, dem Horror, der uns heimgesucht hatte, und der friedlichen Nacht. Ich schauderte und kam nicht umhin einen Hauch Neid mit den Unwissenden zu empfinden. Nur für einen Moment.

Ich ignorierte die langen Schatten der Regale und beschleunigte meine Schritte.

»Wo meint ihr sind *sie* jetzt?«, flüsterte Necdet.

Sie. Die Horrorzwillinge.

»Darüber möchte ich nicht einmal nachdenken. « Lumiel verzog gequält ihr Gesicht. Endlich kam die große, hölzerne Eingangstür der Bibliothek in Sicht.

Gerade als ich mich die Stufen hochhieven wollte, erklang ein lautes Klopfen am Haupteingang, das uns alle zusammenfahren ließ.

»Was war das?«, hauchte Nec erschrocken.

»Die Tür.«

»Und bitte wer soll das sein, mitten in der Nacht?«, knurrte Necdet und funkelte die Banshee an.

Vollkommen unbeeindruckt hob sie eine Augenbraue. »Das erfährst du, wenn du sie öffnest, *Sherlock*.«

Ich schüttelte belustigt meinen Kopf und wandte mich der großen, hölzernen Tür zu.

»Ru … Guidry. Was suchst du hier?«, fragte Lumiel, die hinter mich getreten war und über meine Schulter durch den

Spalt linste. Guidry – oder Rumpelstilzchen – wie er von vielen in New Orleans genannt wurde, schaute überrascht zu uns hoch. Wahrscheinlich hatte er nicht mit so vielen Leuten gerechnet. Nicht um diese Uhrzeit.

»Hallo meine Lieben. Mama Safiya schickt mich«, grüßte er und fuhr sich durch seinen langen weißen Bart.

»Mama Safiya?«

»Ja«, murmelte er, während er aus seinen trüben grünbraunen Augen Lumiel und Nec musterte. »Wir Waldgeister beherrschen die Kunst der Heilung. Sie dachte wohl, ihr hättet ein wenig Hilfe nötig.«

Ich öffnete die Tür ganz und ließ den alten Mann herein.

Das Orakel war ein Fall für sich. Sie half nicht, wenn man sie darum bat, aber dann schickte sie aus heiterem Himmel einen Heiler zu uns.

»Was habt ihr denn nur ausgeheckt, dass ihr so zugerichtet wurdet?«, fragte der Waldgeist fast schockiert und stützte sich auf seinen knorrigen Stock.

»Nichts weiter. Wir trainieren ab und zu. Selbstverteidigung. Diesmal sind wohl die Geisterwesen mit uns durchgegangen«, antwortete Lumiel, wie aus der Pistole geschossen.

Guidry schaute einen Moment irritiert, fragte aber nicht weiter nach. »Du, du und du, mitkommen«, befahl er sanft und zeigte mit dem Stock nach der Reihe auf uns. »Ein paar Tinkturen und Heilkräuter sollten euch wieder in Ordnung bringen, aber ich werfe trotzdem lieber einen genaueren Blick darauf.«

Er schob sich zwischen uns durch die Tür und hinkte Necdet und Lumiel voran, ein Stück tiefer in die Bibliothek. Vor den ersten Bücherregalen stand eine schmale Sitzbank mit senfgelbem Sitzkissen an der rechten Wand. Guidry wies ihnen, sich zu setzen. Dabei murmelte er entrüstet etwas vor sich hin. Ich schloss derweil die Tür und lehnte meinen Kopf kurz dagegen. Ich hatte eine Menge zu verarbeiten, bevor das Chaos überhandnahm. Apropos. Da war ja noch etwas. Vielleicht waren wir in all dem Durcheinander ja doch auf einen Hinweis gestoßen.

»Taleyi?«, rief Guidry fragend. »Alles in Ordnung?«

»Ja. Ja, ich komme.«

Geübt versorgte der Waldgeist unsere Wunden, tupfte kühlende Tinkturen auf geschundene Körperstellen, rieb Heilsalben darauf und verband schmerzende Gelenke. Als er meinen Rücken in Augenschein nahm, sog er zischend Luft ein.

»Himmel, Kinder«, murmelte er und schob einen kleinen Fluch hinterher, als er die Zerrung an meinem Nacken behandelte.

»Fertig«, flötete er nach einer halben Ewigkeit und erhob sich. Er reichte uns ein paar Flacons und Tiegelchen mit Salben. »Drei Tage Bettruhe. Und zwar für euch alle drei.«

Ich … Was?

Als hätte er mich gehört, blickte er mich an. »Drei Tage, Taleyi. Drei.« Er zählte mit seinen Fingern mit. »Und lasst das nächste *Training* ruhiger angehen. Ja?«

Lumiel, Nec und ich tauschten vielsagende Blicke.

»Drei Tage Bettruhe«, wiederholte er energisch und wandte sich zur Tür. Bevor er hindurchging, nahm der alte Mann meine Hand zwischen seine und drückte leicht. »Du bist ein gutes Mädchen. Hier habe ich etwas für dich.« Er ließ mich los und kramte in der Tasche seiner Weste herum. Schließlich fischte er ein Kräuterbonbon heraus und reichte es mir. Dabei strahlte er mich begeistert an und zwinkerte mir verschwörerisch zu. »Das sind die Besten. Waldkräuter und Zapfenhonig. Sie helfen auch gegen Kopfschmerzen … nur für den Fall …«

Ich nickte dankbar. »Richte Mama Safiya meinen Dank aus.«

»Das mache ich.« Er schaute auf, als Lumiel und Nec dazukamen und sich ebenfalls bedankten. Als die Tür hinter uns zufiel, wartete ich angespannt und zählte gedanklich von fünfzig runter.

»Was hat das Rumpelstilzchen mit der Sumpfhexe zu schaffen?«, fragte die Banshee, kaum dass ich bei eins angekommen war.

»Sie sind beide uralt und seltsam?«, antwortete Necdet.

»Hey! Was ...?« Lumiel griff ihm an die Stirn. »Du musst Fieber haben. Wie erkläre ich das sonst, dass du nicht bei jedem unbekannten Geräusch zusammenfährst und tatsächlich so etwas wie eine Beleidigung gegenüber Mama Safiya aussprichst? Gehts dir gut?«

»Ein Psychokind aus dem tiefsten Kreis der Hölle wollte mein Inneres nach außen wenden, mir die Zunge rausreißen und nur der große Gott Bondieu weiß, was sie sich noch alles für mich ausgedacht hatte. Du wärst fast zu einer Puppe geworden und Taleyi hat einer notgeilen Dämonin hinterhergesabbert. Nein. Mir geht es nicht gut.«

Lumiel hob beide Arme zu einer entschuldigenden Geste. »Ich wollte keine alten Wunden aufreißen.«

»Witzig«, knurrte Necdet, aber einer seiner Mundwinkel zuckte leicht.

»Lasst uns ein Regal vor die Nische schieben und schlafen gehen, okay? Drei Tage Bettruhe hören sich gerade wirklich verführerisch an«, unterbrach ich das Gezanke. Ich könnte im Stehen einschlafen.

9. UND DAMIT WÄRE DAS CHAOS PERFEKT

»Suchen wir nach etwas Bestimmtem«, fragte meine Freundin angespannt.

Mit einem frustrierten Seufzen ließ ich meinen Zeigefinger über die Buchtitel vor mir fliegen. Wo sollten wir nur ansetzen? »Ich weiß es nicht. Mama Safiya hat von Chaos gesprochen und …«, setzte ich an.

»Nicht das schon wieder«, unterbrach mich Lumiel genervt.

»Der Succubus sprach von *einem* Keos, der uns sehen sollte. Sie wollte ihn eifersüchtig machen. Versteht ihr? Keos – Chaos.« Lumiel und Necdet sogen die Luft ein.

»*Ein* Keos. *Ein* sowie in *einer* Person oder *einem* … O nein. Bitte sag es nicht. Bitte«, hauchte Necdet freudlos mit geschlossenen Augen.

»*Einem* Dämon. Ja.« Ich nickte zur Bestätigung. »Mama Safiya hat ständig davon gefaselt, dass wir das Chaos finden sollen, dass es uns helfen würde.« Ich suchte mit meinen Augen ein weiteres Bücherregal vor mir ab. »Nur Chaos besiegt das Chaos«, ahmte ich das Orakel nach.

Nec drehte seinen Zylinder herum. »Meinetwegen.« Er zog willkürlich ein paar Bücher heraus und knallte sie auf einen der Tische. Wir hatten eine unausgesprochene Übereinkunft, Nischen vorerst zu meiden. Darum saßen wir vor den hohen Fenstern im Hauptgang der Bibliothek.

Eine Stunde, zwei Kopfschmerztabletten und drei Tassen Kaffee später sprang ich von meinem Stuhl auf.

»Hier!« Ich winkte hektisch meine Freunde herbei. Necdet und Lumiel stellten sich hinter mich und schauten mir neugierig über die Schultern. Ich tippte mit meinem Zeigefinger auf einen Absatz. »Hört euch das an. Der Dämon Keos: auch als Akuma bekannt, ist der Chaosdämon der obersten Riege. Angeblich ist dieses überaus mächtige dämonische Wesen aus dem Nichts, dem großen Urchaos, selbst geboren worden. Er ist keinesfalls mit den gewöhnlichen Chaosdämonen gleichzusetzen. Allerdings gilt er in den neueren Schriften als Mythos.« Ich malte mit meinem Finger einen Kreis um den kleinen Absatz. »Das ist er. Das muss er sein.«

»Okay, gut. Und was jetzt?« Lumiel strich sich eine ihrer Dreadlocks nach hinten, die mich am Ohr kitzelte, da sie sich immer noch von hinten über mich beugte.

Ich zog meine Unterlippe zwischen die Zähne.

»Oho«, murmelte Necdet.

»Ja oho trifft es. Den Blick kenne ich«, schimpfte Lumiel.

»Ich gehe runter und versuche, mit meiner Magie die Tür zu finden.«

»Und wenn du sie gefunden hast?«, wollte die Banshee skeptisch wissen, während sie sich wieder aufrichtete.

»Ich weiß es nicht«, gab ich mit hängendem Kopf zurück. Wie konnte ich sichergehen, dass uns der Dämon nicht an den Kragen ging? Und wir nicht schneller tot waren, als dass wir Chaos buchstabieren konnten. Meine Gedanken drehten sich im Kreis.

»Schlafenszeit«, gähnte Lumiel irgendwann und schlug demonstrativ den schweren Einband vor ihr zu. Erschöpft hob ich den Kopf und tatsächlich stand der Mond bereits hoch am Himmel.

Doch selbst im Bett kamen meine Gedanken nicht zur Ruhe. Unaufhörlich kreisten sie um den Dämon.

»Leute«, brach es plötzlich laut aus Lumiel heraus.

Necdet schnarchte leise, stemmte sich aber gleich darauf erschrocken hoch. »Was?«, schrie er.

Ich stand bereits breitbeinig in voller Alarmbereitschaft

zwischen meinem Bett und ihren Schlafsofas. Ein Herzschlag. Zwei. Erst jetzt erkannte ich, dass uns keinerlei Gefahr drohte.

Lumiel schnaubte belustigt.

»Erschreck uns doch nicht so«, beschwerte sich Necdet grummelnd, bevor er seinen Kopf wieder auf sein Kissen bettet.

»Warte …«

Lumiels Tonfall ließ mich erneut herumfahren. »Es könnte sein, dass mir gerade eine Idee gekommen ist«, begann sie im verschwörerischen Tonfall. »Ich weiß nicht, ob es überhaupt funktioniert, und es ist auch nicht ganz risikofrei, aber …«

»Spuck's schon aus«, befahl ich, als sie keine Anstalten machte, denn Satz zu beenden.

Ich hörte ihre Bettwäsche rascheln, als sie sich aufrichtete.

»Nec wird mir den Hals umdrehen …«, murmelte sie. Das brachte auch den Schattenmann dazu, sich wieder aufzurichten.

Necdets misstrauischer Blick ruhte auf Lumiel. »Das klingt ja vertrauenswürdig«, seufzte er schließlich und schüttelte seinen Kopf. »Spann uns nicht auf die Folter, Lumiel.«

»Ihr wisst ja, dass wir Banshees die Seelen der Toten hinüberführen. Manchmal verschließen sich Menschen allerdings so sehr vor unserer Existenz, dass sie uns nicht sehen oder hören. Häufig ist es die Angst, selten ein äußerer Umstand wie ein Koma oder dergleichen.«

Ich verengte meine Augen und lauschte meiner Freundin konzentriert. Worauf wollte Lumiel hinaus?

»Wir haben eine Lösung gefunden, um diese Probleme zu umgehen. Es ist abgeänderte Traummagie.«

Ich sog scharf die Luft ein. Diese Magie war gefährlich. Mit ihrer Hilfe konnten magisch begabte Personen in fremde Träume eindringen. Es war allerdings ein Leichtes, sich so tief in diese surreale Welt zu verfangen, dass sie nicht mehr aus ihr herausfanden. Und so verloren sie sich gänzlich in den fremden Träumen, bis der eigene Geist aufhörte zu existieren.

»Ich sagte doch, es handelt sich um *abgeänderte* Traummagie«, knurrte Lumiel, die unser geschocktes Schweigen genau richtig deutete. »Eine von uns bildet für die Reisende einen Anker, um zurückzufinden.«

»Das funktioniert nicht«, widersprach ich automatisch. »Die Träume reichen zu tief, ihr Sog ist zu stark. Kein Anker wäre stark genug. Nicht mal der mächtigste Magier könnte einen halten.«

»Das ist der Clou«, flüsterte Lumiel, als würde sie ein Geheimnis mit uns teilen. »Wir dringen nur bis zum Unterbewusstsein vor. Allerdings ist es nicht ungefährlich, denn die Träume ziehen unerlässlich an den Reisenden. Ein Schritt zu viel und du bist verloren.«

Ich schluckte schwer, als ich ihre Worte erfasste und erkannte in welche Richtung sich ihre Erzählung bewegte.

»Wenn du dem Unterbewusstsein der betreffenden Person Fragen stellst, reagiert es darauf. Ich bin mir nicht sicher, ob es bei einer der Kreaturen dort unten funktioniert, aber …«

»Aber es wäre einen Versuch wert«, vervollständigte ich ihren Satz. Meine Stimme klang atemlos. Es könnte funktionieren.

Das Mondlicht fiel durch das Fenster und tanzte über Lumiels Gesicht. Es ließ ihre Haut beinahe von innen heraus leuchten und tauchte sie in einen schaurig schönen Schein. In den Augen der Banshee blitzte Abenteuerlust auf, und ich spürte, wie meine Lippen sich zu einem Lächeln verzogen.

Ein Räuspern lenkte meine Aufmerksamkeit zu Nec, den das Licht nicht erreichte. Neben der strahlenden Banshee wirkte er noch düsterer. Er starrte mich an.

Ich öffnete den Mund, doch ich kam nicht dazu, auch nur ein Wort zu sagen.

»Seid ihr beide eigentlich vollkommen übergeschnappt?«, hauchte er. »Ihr wollt allen Ernstes in den Kopf eines Dämons spazieren?«

»Ja«, sagte ich.

»Warum nicht?«, stieß Lumiel aus. »Wenn Taleyi die richtigen Gedanken sät und ein bisschen rumschnüffelt, besteht eine gute Chance, dass sie herausfindet, ob er uns töten würde oder …«, setzte die Banshee an.

»Oder sie geht in seinen Träumen verloren und findet den Weg nicht mehr zurück?«, fluchte Necdet. »Meinst du das?«

Ich kreuzte die Arme vor der Brust. »Lumiel ist ein starker Anker. Mir wird nichts passieren.«

»Nein«, unterbrach mich Necdet. »Das ist eine leichtsinnige Idee. Er ist ein Dämon der höchsten Riege. Noch dazu einer, der in deinem Gruselkabinett eingesperrt wurde. Das ist zu gefährlich.«

»Ich glaube nicht, dass es ein Zufall war, dass Mama Safiya von Chaos sprach und der Succubus ebenfalls«, versuchte es Lumiel auf andere Art. »Wir können nicht nur rumsitzen und darauf warten, dass die nächsten Kreaturen ausbrechen und nur die große Schöpfungsgöttin Nana Buluku allein weiß, was die Nächsten mit uns anstellen.«

»Es könnte aber auch in die Hose gehen …«, murmelte er. »Was haben wir denn für eine andere Möglichkeit, Nec?«, fragte ich nun fast verzweifelt. »Wir gegen den Rest der Welt«, erinnerte ich ihn an unser Versprechen. Als er daraufhin ergeben seufzte, wusste ich, dass er eingeknickt war.

»Dann machen wir es?«, versicherte ich mich.

»Ich glaube, mir wird schlecht«, murrte Necdet. »Aber, ja. Ja, wir machen es.«

Nun machte sich neben meiner Aufregung auch die Angst breit. Ich würde versuchen in das Unterbewusstsein eines mächtigen Dämons einzudringen.

»Morgen«, gähnte Lumiel und legte sich zurück auf das Schlafsofa, wo sie sofort zwischen all den Kissen verschwand, die sie darauf drapiert hatte. Ich öffnete meinen Mund, wurde aber von einem warnenden Ton aufgehalten, den Lumiel ausstieß.

Jep, sie meinte es ernst. Dann morgen.

✧ ✧ ✧

Ich landete in einem sandigen Ödland. Die Luft war so dünn, dass mir jeder Atemzug in der Lunge brannte. Ein kleines Feuerwerk in meinen Kapillaren, das mich dafür strafte, den lebensnotwendigen Sauerstoff zu inhalieren. Ich drehte mich um meine eigene Achse, um mich zu orientieren, doch weit und breit gab es nur Wüstenlandschaft.

Und nun? Ich verlagerte mein Gewicht und erkannte den Fehler, schon bevor ich fiel. Der Boden unter meinen Füßen gab nach und brach weg. Aus dem entstehenden Spalt öffnete sich eine Grube. Panisch versuchte ich, mich irgendwo festzuhalten, doch die Suche war zwecklos. Meine Finger fanden zwischen den feinen Körnern keinen Halt. Keuchend landete ich mit beiden Füßen auf einem halbwegs festen Untergrund und fiel vornüber auf meine Knie.

Ich drehte den Kopf und schaute nach oben. Die entstandene sandige Klippe war hoch. Immer noch rieselten feinste Kieselchen über die Wände. Halt! Ich riss meine Augen auf und kalte Furcht packte mich. Mehr und mehr der feinen Körner fielen unaufhörlich auf mich herab und füllten die Grube stetig. Die Grube, auf deren Grund ich mich befand. Als ich versuchte mich hochzustemmen, zog mich die Masse wie Treibsand tiefer. Ich wandte meinen Blick nach unten und meiner Kehle entrang sich ein Schrei. Auf dem Boden war im Gegensatz zu meinem restlichen Gefängnis kein Sand mehr. Hier war die rieselnde Bewegung der Sandkörner zu einem wellenförmigen Fließen geworden. Das hallende Geräusch hatte sich zu einem Zischen gewandelt. Ich steckte bis zu den Ellenbogen in sich windenden, warmen Leibern. Ein schuppiger Schlangenkörper wand sich bereits um meinen Oberarm.

»Bei allen Loa«, stieß ich schockiert aus und machte einen vorsichtigen Schritt nach vorn, um die Schlangen nicht aufzuschrecken.

Ich musste aus dieser Todesfalle raus! Alle meine Instinkte waren nur darauf ausgerichtet. Panisch warf ich meinen Kopf herum und suchte nach einem Ausweg. Der Radius der Gruft umfasste etwa zwei Meter, die Wände aus Sand gute fünf Meter, vielleicht sogar mehr. Wenn ich versuchen würde, hochzuklettern, würde ich keinen Halt zu finden, um den rettenden Rand zu erreichen. Das wusste ich. Aber ich konnte nichts tun. Mir blieb nur dieser eine Ausweg. Bei allen neun Kreisen der Hölle und den Lichtwesen zusammen! Ich musste versuchen so schnell wie möglich da hinaufzukommen, sofort neuen Halt zu finden, bevor der Sand unter meinen Füßen nachgab und ich wieder nach unten rutschte. Inmitten der Schlangen landete. Ich schob den Gedanken daran, dass dieses Vorhaben niemals funktionieren konnte, in den tiefsten Winkel meines Verstandes. Und ich blendete das vielstimmige Zischen genauso aus wie die gespaltenen Zungen und die überdimensionalen Körper. Mein Fokus lag auf der Sandwand, auf die ich zustürmte. Kurz bevor ich mein Ziel erreichte, erstarrte ich in der Bewegung. Zwei Schlangen bäumten sich vor mir auf. Eine von ihnen starrte mich aus ihren schlitzförmigen Pupillen an. Die andere fauchte böse. Wobei sie ihre langen spitzen Giftzähne in ihrem Maul preisgab.

Ich wich zitternd einen Schritt zurück, was nun auch die andere Schlange dazu brachte, ihren Schlund aufzureißen.

Die Panik, die in mir wütete, schwoll immer mehr an, bis ich kaum noch einen klaren Gedanken fassen konnte. Doch irgendetwas musste ich unternehmen. Ich konnte nicht darauf warten, das Mittag- oder Abendessen dieser Viecher zu werden. Scheiß drauf. Ich drehte mich zur Seite und preschte los. Rannte auf die Wand zu, meine Hand bereits ausgestreckt, um so viel Schwung wie möglich mitzunehmen. Doch bevor meine Haut darauf treffen konnte, wurde ich gepackt und grob zurückgerissen. Nein, ich wurde fest umschlungen und emporgehoben. Als sich der erste Schock gelegt hatte, erkannte ich, dass die beiden furchteinflößenden Schlangen mich nach oben hoben.

Meine Euphorie über diese unerwartete Rettungsaktion verblasste, als ich den Rand fast erreicht hatte und sich dort ein Schatten aufbaute. Ein Schatten aus deren alles verschluckender Dunkelheit einzig zwei vor Hass glühende Augen auftauchten. Ich wand mich, wollte im ersten Moment doch lieber wieder zurück in die Grube springen, doch die Körper hielten mich immer noch umschlungen. Ich schaute wieder hoch, direkt in die Dunkelheit.

»Schicksal, Schicksal«, zischte mir eine Schlange ins Ohr, doch es war die Stimme von Mama Safiya.

»Was?«

»Dein Schicksal. Mein Schicksal. Dreh das Rad, kleine Taleyi.«

Ich schüttelte den Kopf, verstand nicht, was die alte Sumpfhexe mir sagen wollte. Der Schatten waberte und streckte sich gierig nach mir aus. Kurz bevor er mich erreichen konnte, verschwanden die Körper, die mich festgehalten hatten. Für eine Sekunde schwebte ich in der Luft. Zwischen dem Grauen vor mir und dem Tod in der Grube unter mir. Ein leises Wimmern entrang sich meiner Kehle und brach den erstarrten Zustand der Welt um mich herum. Dann fiel ich.

Mit einem leisen Schrei richtete ich mich auf. Meine Haut war schweißnass. Meine Kehle brannte.

»Was ist los?«, murmelte Necdet schlaftrunken vom Sofa.

Ich strampelte die dünne Decke von mir, die sich um meine Beine gewickelt hatte, und versuchte, mein wildschlagendes Herz zu beruhigen.

»Traum. Es war nur ein Traum.«

Anscheinend hatte ich laut gesprochen, ich bekam ein gähnendes »Okay« als Antwort.

✧ ✧ ✧

»Bereit?« Lumiel sah mich eindringlich an. Ihre Bergseeaugen wirkten noch tiefer und klarer als sonst.

Als ich nickte, nahm sie mich bei der Hand und führte mich in den hinteren Bereich der Bibliothek. Sie hatte nahe dem Treppenabgang zum Kellergewölbe einen Kreis aus hohen Kerzen auf den Boden gestellt. Die Flammen loderten ruhig, strahlten Wärme aus und verströmten einen Duft von Lavendel, um den Kontakt und die Überbringung der Botschaften zu erleichtern. Zusätzlich dufteten sie nach Salbei, um die Magie zu verstärken und nach Zypressenholz, um mir den Weg nach Hause zu leiten.

Lumiel trat zwischen den Kerzen hindurch und zog mich mit sich. Langsam sank sie auf die Knie und bedeutete mir, ihr zu folgen.

»Schließe deine Augen«, wies sie mich ernst an.

Als meine Lider geschlossen waren, spürte ich ganz sanft ihren Finger auf meiner Stirn. Sie malte mit Erde ein Zeichen. Ein Akt, der mehr symbolisch war, als wahrer Magie entsprach. Die Erde sollte mich stärker an diese Welt binden.

Als sich Lumiels kühle Fingerspitze von meiner Haut löste, hinterließ sie ein Prickeln. Meine Lider flogen flatternd auf und mir stockte der Atem. Die Flammen tanzten hoch im windstillen Raum. Sie züngelten und warfen fließende Lichtscheine an die Wände und auf den Boden. Necdet war hinter Lumiel getreten und hielt sie an den Schultern. Laut der Banshee verstärkte ein weiterer Kontakt ihre Funktion als Anker.

Meine Freundin nickte mir zu. »Leg dich auf den Rücken und bette deinen Kopf auf meinen Schoß.«

Ich folgte ihren Anweisungen. Mein Herz begann schneller zu schlagen und ich wischte mir die feuchten Handflächen an der Seite meiner Hose ab. Würde es funktionieren?

»Schließe deine Augen, Taleyi, und zähle deine Atemzüge.«

Sie legte ihre Hände an meinen Kopf und die Finger locker an meine Schläfen. Es kostete mich einiges an Zeit und Mühe, meine schnellen Atemzüge zu beruhigen. Ich versuchte, meine Gedanken zum Schweigen zu bringen und mich rein auf die Atmung zu konzentrieren. Als sie nach einer gefühlten Ewigkeit endlich ruhig und gleichmäßig wurde, sank ich tiefer in Lumiels Schoss. Die Anspannung wich aus meinem Körper und ich öffnete meine Hände. Mir war gar nicht bewusst gewesen, dass ich sie zu Fäusten geballt hatte. Erst jetzt begann ich damit, die gleichmäßigen Atemzüge zu zählen. Die Düfte in dem hinteren Bereich der Bibliothek legten sich um mich. Sie harmonierten miteinander. Mit jedem Einatmen schienen sie mehr und mehr ineinanderzufließen, sich zu ergänzen und zu einem einzigen, wunderbaren Geruch zu werden.

»Chaosdämon der höchsten Riege. Keos. Chaosdämon der höchsten Riege. Akuma«, klang Lumiels monotoner Singsang an mein Ohr. Wir hatten beschlossen seine beiden Namen zu nennen, da wir keine Ahnung hatten, an welchen er sich eher gebunden fühlte.

Der Boden unter mir wurde weich und Lumiels Finger verschwanden.

War das richtig?

»Zähle, Taleyi. Konzentriere dich auf deine Atmung«, flüsterte mir Lumiel zu und unterbrach dafür die beschwörende Anrufung.

Ich kam nur bis zu meinem fünften ruhigen Ausatmen, da wusste ich, dass es geklappt hatte. Denn die Gerüche waren verschwunden, und anstatt den kühlen Steinboden an meinem Rücken zu spüren, stand ich barfuß auf … Ich öffnete meine Augen. Auf Nebel? Ich schaute mich um, bemüht, nicht den leisesten Ton von mir zu geben. Ich spürte ein leises Ziehen in meinem Rücken und konzentrierte mich darauf. Wie einem Leitfaden folgte ich der Verbindung und spürte ganz klar Lumiel. Sie war ein starker, fester Anker, der mich hielt. Doch auch vor mir lockte etwas. Es flüsterte mir verführerisch zu und in all dem hellen Nebel um mich, leuchtete ein Nordlicht in den schönsten Farben. Das waren die Träume. Mit Sicherheit. Ich atmete tief durch und konzentrierte mich auf meinen Herzschlag. Lumiel hatte mir eingebläut, ruhig zu bleiben. Die kleinste Aufregung konnte mich zurückwerfen und dann mussten wir von vorn anfangen. Also schloss ich meine Augen und konzentrierte mich wieder auf meine Atmung, bis das aufgeregte Prickeln versiegte.

Als ich meine Augen öffnete, kam ich mir unglaublich blöd vor. Was nun? Was sollte ich denn nun *flüstern*? In der Theorie hatte das alles einfacher geklungen.

In meiner Vorstellung ließ ich eine der Türen erscheinen. Ich malte mir aus, wie sie aufschwang und den Dämon freiließ.

Nichts geschah. Die nebelige Umgebung blieb, wie sie war. Da waren keine Gefühle, Farben oder Stimmen, die mir signalisierten, was dieses Bild bei dem Chaosdämon auslöste.

Verunsichert versuchte ich es noch einmal. Und noch einmal. Ich fügte dem Bild immer mehr Details hinzu.

»Komm schon«, murmelte ich, ohne eine Antwort zu erwarten. »Würde dir das nicht gefallen?«

Plötzlich wurde ich von einer Welle Wohlwollen überrollt. Der Nebel begann zu tanzen, was eine freudige Erregung in mir auslöste. Aber da war noch ein anderes Gefühl. Gier, schoss es mir durch den Kopf. Gier nach was?

Also flüsterte ich genau diese Frage in den Geist des Dämons. Mein Geist wurde von Bildern überschwemmt. Bildern von Musik und Cafés. Von engumschlungenen Paaren und Lippen, die einander suchten. Aber auch düstere Vorstellungen überrollten mich. Kämpfe, Blut, Rache.

»Bist du gefährlich?«

Ein zynisches Lachen schien mich zu durchdringen.

Die Frage war vielleicht ein wenig schwammig gestellt. Er war ein Dämon der höchsten Riege. Natürlich war er gefährlich. Aber auch für uns?

»Würdest du die Welt in Schutt und Asche legen, wenn du es könntest?«

Wieder sah ich alltägliche, aber friedliche und wunderschöne Bilder des Lebens vor meinen Augen. Tanzende Menschen. Ein Sonnenaufgang und wie sich der Mond auf einem Fluss spiegelte. Und dann schmerzerfüllte Schreie. Todbringende, knisternde Magie und Wut.

Ich verstand das nicht.

»Wenn die Welt in Gefahr wäre, würdest du helfen, sie zu retten? Die Musik, das Leben, das Lachen und das Schöne zu bewahren?«

Ich bekam keine Antwort. Als ich gerade eine andere Frage stellen wollte, drangen Bilder auf mich ein. Diesmal jedoch ohne die Schrecken und die Furcht.

»Du würdest uns nichts antun?«

Ich stellte mir wieder die Tür vor. Wie sie aufschwang und wir ihn um Hilfe baten.

Dieses Mal bekam ich meine Antwort direkt in meiner Vorstellung. Ich konnte nicht sehen, was hinter der Tür lag oder wie der Dämon aussah. Doch ich hörte in meinem Geist ein klares *Ja*.

Dann übermannte mich für einen Augenblick wieder die Gier, die ich nicht zuordnen konnte.

Lumiel hatte mir versichert, dass das Unterbewusstsein nicht lügen konnte. Der Chaosdämon der höchsten Riege würde uns also helfen. Aber was hatte es mit den Bildern von Blut und Zerstörung auf sich? Ich musste sichergehen.

»Würdest du einem Unschuldigen etwas antun?«

Doch auch das brachte keine eindeutige Antwort.

Ich wollte gerade nachhaken, als ein Ruck durch meinen Körper fuhr und mich vorwärts riss. Zu spät erkannte ich, dass ich meine Verbindung zu Lumiel kaum noch spürte. Nein! Ich war zu nah an den Träumen. Panisch suchte ich nach eben diesem Band zu Lumiel. Meinem Anker, der mir den Weg nach Hause wies. Doch ich fand es nicht. Ich griff ins Leere.

Die Nordlichter waren mir so nah. Sie lockten, sie riefen, und ich vergaß, warum ich nicht zu ihnen wollte. Sie waren so schön. So wunderschön. Ich flog ihnen entgegen und fühlte mich leicht und frei.

»Hoppla«, hörte ich plötzlich. »Was machst du denn hier?«

Mein Kopf fuhr herum, doch ich konnte niemanden sehen. Ein überraschter Laut entrang sich mir.

»Du bist kein Gedanke«, knurrte die verzerrte Stimme plötzlich um einiges kühler. »Was machst du in meinem Kopf?«

Ich schluckte und stolperte einen Schritt zurück. Das sollte nicht möglich sein. Hatte der Dämon mich bemerkt? Oh, bei allen neun Höllenkreisen und den Lichtwesen zusammen! Das war nicht gut. Gar nicht gut. Ich musste hier weg.

Ich machte noch einen Schritt zurück. Und noch einen. Und dann plötzlich hatte ich die Verbindung zu Lumiel wieder. Ich spürte sie ganz deutlich. Sie hielt mich fest. Sie erdete mich. Schnell griff ich nach dem Leitfaden und wollte mich zurückziehen. Doch nach nur einem Schritt stutzte ich. Meine Gedanken rasten.

Bevor ich mich bremsen konnte, öffnete ich meine Lippen.

»Jemand bricht die Siegel und lässt die Kreaturen frei«, begann ich wild drauflos zu plappern. »Wir versuchen herauszufinden, wie wir das verhindern können.«

Ich könnte schwören, ich hörte ein überraschtes Japsen. Eine Sekunde später war ich mir sicher, es mir nur eingebildet zu haben.

»Du willst mir erzählen, dass jemand die Siegel bricht? Das ist nicht möglich.« Die Stimme bebte vor Zorn.

»Es stimmt aber«, gab ich leise zurück und hielt mich fester an der Verbindung zu Lumiel fest. Ich konnte nur hoffen, dass ich keinen folgenschweren Fehler begangen hatte. Ich fragte mich, ob es Schaden anrichten konnte, sich mit einer Person in dessen Unterbewusstsein zu unterhalten. Und was das für Folgen für mich hätte. Was, wenn es mir jetzt nicht mehr möglich war, zurückzugehen? Oder der Chaosdämon uns nicht half, jetzt da er von meinem Übergriff in seinen Geist wusste.

»Du willst mir erzählen, dass die Türen sich öffnen, und du nichts Besseres zu tun hast, als in den Geist einer ebensolchen Kreatur einzudringen? Weißt du, welch gefährliche Wesen in dem Labyrinth weggesperrt wurden?«

»Ja, darum bin ich hier. Mam–« Schnell unterbrach ich mich. Schließlich wusste ich noch immer nicht, wie er auf all das reagieren würde.

»Jemand hat angedeutet, dass du uns vielleicht helfen könntest.«

»Jemand?«

Ich schwieg. Es war seltsam, eine Unterhaltung zu führen, ohne dass da wirklich jemand war.

»Und du würdest das Risiko eingehen, mich zu befreien?«, versicherte er sich.

»Darum bin ich hier.«

»Ah. Ich verstehe. Ich bin in den letzten Jahrhunderten wohl etwas unachtsam geworden.«

»Hm.«

»Und was hast du in Erfahrung gebracht?«, fragte die Stimme fast belustigt.

»An wem willst du dich rächen? Wonach gierst du so sehr?«, fiel ich mit der Tür ins Haus.

»Nach meiner Freiheit.«

»Nein. Da ist noch mehr.«

Und während ich eine scheinbar lockere Unterhaltung mit einem Chaosdämon führte, hätte ich mich ohrfeigen können. Verdammt! Das Ganze lief aus dem Ruder. Er hätte mich gar nicht bemerken und ich hätte längst zurück sein sollen. Der immer stärkere Sog an meinem Rücken machte mir diese Tatsache nur allzu deutlich. Mir lief die Zeit davon.

»Was? Hattest du nicht genug Zeit, mir all meine Geheimnisse zu entreißen?«

Ich schluckte. Seine Worte riefen das Gesicht des Dämonenmädchens hervor. Es hatte ähnliche Worte gebraucht und dass mich jemand genauso sah, verursachte mir Übelkeit.

»So war das nicht. Ich wollte nur in Erfahrung bringen, ob du uns helfen würdest.«

Eine Sekunde herrschte Stille.

»Und?«, fragte er interessiert. »Welche Antwort hast du bekommen?«

Ich schwieg.

»Keine zufriedenstellende?« Ein süffisantes Lachen begleitete die Worte.

»Nicht ganz«, gab ich zu. »Würdest du uns helfen?«

»Ja wahrscheinlich«, antwortete er ruhig. Er klang dabei ehrlich. Dennoch …

»Wie soll ich darauf vertrauen? Du selbst hast mich vor all den gefährlichen Kreaturen im Labyrinth gewarnt«, schoss ich zurück.

Ein leises Glucksen folgte. Ich spürte ein kleines Ziehen von Lumiel.

»Es gibt eine spezielle Art von Schwuramulett, die sehr mächtig ist. Du könntest es benutzen.«

Ich stutzte. Half er uns gerade?

»Was für ein Amulett?«, fragte ich zögerlich.

»Irgendwo in der Bibliothek müsste es noch eine Aufzeichnung dazu geben.«

»Wir haben keine Zeit dafür«, erwiderte ich ungeduldig. Ich spürte, dass Lumiel mich immer drängender zurückholen wollte. Ich brauchte mehr Zeit.

»Was, wenn ich schwöre, dir zu helfen das Amulett zu beschaffen, sobald du mich rauslässt?«

»Wo wir beim nächsten Problem wären …«, murmelte ich.

Das entrang ihm ein verächtliches Schnauben und eine kurze Weile herrschte Schweigen zwischen uns.

»Als du deine Fragen gestellt hast«, begann der Dämon

nach einer Weile. »Hast du da Gefahr von mir gespürt?«

Nein. Er war nicht unbedingt unschuldig. Aber ich hatte keine bösen Absichten uns gegenüber gespürt. Im Gegenteil. Er war gewillt, uns zu helfen. Dann ging plötzlich ein Ruck durch mich hindurch, bevor ich ihm eine Antwort geben konnte. Die Nordlichter zogen mit einer Macht an mir, der ich mich nicht erwehren konnte. Ich krallte mich panisch an die Verbindung zu Lumiel. Und obwohl ich spürte, wie sie mich zu halten versuchte, entglitt der Kontakt mehr und mehr. Fuck. Ich würde mich in den Träumen des Dämons verlieren. Fast bildete ich mir ein, er hätte meinen Namen gerufen, aber das konnte nicht sein. Er kannte ihn nicht, ich hatte ihn nicht verraten.

Mein Blick war auf die wunderschönen Lichter gerichtet, von denen ich schlagartig weggezogen wurde. Es hätte Lumiels Zerren an dem Leitfaden zwischen uns gar nicht gebraucht. Diese immense, plötzlich einsetzende Kraft riss mich so gewaltsam mit sich in die entgegengesetzte Richtung, dass ich nur wenig später die Nebelwand durchbrach. Eisige Kälte durchdrang meine Knochen, die rauchige Luft nahm mir die Sicht und floss um mich herum.

Und dann spürte ich wieder den Steinboden unter mir. Ich roch den Lavendel, den Salbei und die Zypresse. Lumiel seufzte erleichtert. Panisch richtete ich mich auf und rieb mir über die Oberarme.

»K–Kalt. Mir ist so k–kalt.« Mein Stottern wurde von lautem Zähneklappern begleitet.

Nec legte mir eine dunkelgrüne Decke über die Schultern, ging vor mir in die Hocke und wickelte mich ganz darin ein.

»Das geht vorüber«, versprach Lumiel leise. Sie kniete immer noch hinter mir und klang besorgt. »Du bist viel zu lange dort gewesen. Und dann, zu allem Überfluss, viel zu plötzlich zurückgekommen.«

Ich wickelte mich noch fester in die Decke und schaffte es

nur zu nicken. Necdet hielt mich mittlerweile an den Schultern fest.

»Was war los? Ich dachte schon, du wärst in die Träume geglitten. Das waren die schlimmsten Minuten meines Lebens.« Lumiel sah mich mit großen Augen an.

»Wäre auch fast passiert.« Langsam wurde mir wärmer. Meine Lippen zitterten kaum noch. »Zuerst war alles normal. Aber dann hat er mit mir gesprochen. Also so richtig. Der Dämon dachte, ich wäre einer seiner Gedanken. Und kurz bevor ich zurückkam, wäre ich fast in die Träume gezogen geworden. Ich glaube, er hat mich zurückgestoßen.« Ich wusste, dass ich wirr daherredete und meine Freunde kein Wort verstanden. Ich hatte selbst noch keine Zeit gehabt, meine Gedanken zu ordnen.

»Warte«, murmelte Lumiel, während Nec mich verwirrt und besorgt anschaute. Die Banshee erhob sich und blies, bis auf wenige Ausnahmen, die Kerzen aus. Mit dem Handrücken schob sie die noch brennenden Flammen näher zu mir. Bald umhüllte mich der angenehm warme Geruch von Zypressenholz.

»So. Noch einmal von vorn. Erzähl der Reihe nach und lass, bei allen sterbenden Seelen, nicht das kleinste Detail aus.«

Und das tat ich. Ich erzählte von den Nordlichtern, den Bildern und Gefühlen und wie der Dämon mich plötzlich ertappt hatte. »Ich glaube, als die Träume mich fortreißen wollten, hat er mich irgendwie rausgeholt«, schloss ich meine Erzählung. Mittlerweile lag die Decke nur noch locker um meine Hüften. Die Kälte war Minute um Minute verschwunden. Dennoch wollte ich sie noch nicht ganz ablegen.

»Dem Unterbewusstsein ist es nicht möglich, zu lügen«, murmelte Lumiel.

»Aber eigentlich sollte es dem Bewusstsein auch nicht auffallen, dass jemand eingedrungen ist, oder?«, gab Necdet zu bedenken.

Lumiel stöhnte frustriert auf. »Nein, das sollte nicht geschehen.«

Die beiden tauschten einen Blick und sahen mich dann eindringlich an. Sie warteten auf meine Einschätzung. Ich wog das Erlebte ab. Eigentlich hatten mir sowohl sein Unter- als auch sein Bewusstsein verraten, dass er helfen würde. Allerdings immer mit einem Hauch an Widerspruch, der mich zweifeln ließ. Ich presste meine Lippen zusammen. Er hatte auf mich nicht so gewirkt, als wäre er wirklich bösartig. Eigentlich hatte ich das Gefühl gehabt, er sagte die Wahrheit.

»Ich glaube ihm. Ich glaube, er würde uns helfen. Allerdings … Nun ja, diese gegensätzlichen Bilder, die er mir gezeigt hat, haben mich verwirrt.«

»Hm?«, machte Necdet und sah mich argwöhnisch an.

»Versteh mich nicht falsch, ich glaube wirklich, dass er uns nichts antun wird. Aber …«

Lumiel schaute mich interessiert an.

»Er hat mich gerettet. Und doch scheint er zwielichtig. Und dann hat er von diesem Amulett gesprochen, das ihn an uns binden würde. Ich werde nicht schlau aus ihm.«

»Also nach deiner Einschätzung scheint er nicht bösartig zu sein.« Lumiel erhob sich vom Boden und streckte sich ausgiebig.

Ich nickte stumm.

»Und er scheint dich auch nicht kalt zu lassen«, ergänzte meine Freundin mit einem Zwinkern.

»Also? Was machen wir jetzt?«, fragte Necdet und musterte mich nachdenklich.

Ich erwiderte seinen Blick. Völlig verwirrt und überfordert.

»Du warst dort und hast mit ihm gesprochen. Und das ganz schön lange, um es nochmals zu betonen. Es ist deine Entscheidung.« In Lumiels Blick trat ein erwartungsvoller Ausdruck.

Ich schluckte und ließ alles noch einmal Revue passieren.

»Lasst uns die Tür finden«, lautete mein Urteil.

Necs Augen wurden groß, in seinem Blick lag Vorsicht, aber auch Vertrauen. Vertrauen in mich. »Na gut. Nach dir, Taleyi«, gab der Schattenmann trotzdem wenig euphorisch von sich.

»Meint ihr, es gibt einen Fluch, einen Zauber oder ein Wesen – etwas, das stark genug wäre, eine der Türen zu öffnen?« Ich erhob mich ebenfalls und faltete die Decke zusammen.

»Nun ja, ein Wesen gibt es mit Sicherheit.« Nec spielte auf die Person an, die die Kreaturen befreite.

»Du weißt, was ich meine«, erwiderte ich.

»Lass uns erst mal schauen, ob du diese spezielle Tür findest. Dann machen wir uns Gedanken darum, wie wir einen hochrangigen Dämon da rausholen, okay?« Nec hatte recht. Dennoch ließ mich die Frage nicht los. Wer oder was könnte uns helfen das Siegel einer Tür zu brechen?

Wir löschten die restlichen Kerzen und ich öffnete die Geheimtür zum Labyrinth. Die Wand mit dem schweren Bücherregal schob sich zur Seite und wir traten in den Gang der tausend Türen. Auch wenn ich mir fast sicher war, das Richtige zu tun, bekam ich weiche Knie.

»Das Gruselkabinett«, hauchte Lumiel. Necdet schaute sich ehrfürchtig um. Nur eine Handvoll Wesen wusste von diesem geheimen Labyrinth. Auch wenn natürlich die ein oder andere Geschichte und haarsträubende Legende die Runde machten. An die Wahrheit reichten sie kaum heran.

Mit einem prüfenden Blick zu meinen Freunden schloss ich die Augen und konzentrierte mich auf den Chaosdämon. Ich versuchte, die Quelle meiner Magie zu erreichen, und griff danach. Sie sollte mir helfen, die Tür zu finden. Wie ein Kompass zeigte sie mir die Richtung: *Rechts*. Nach einer gefühlten Ewigkeit erfüllte mich ein warmes Kribbeln. Wir hatten das Ziel erreicht.

»Das ist sie.« Ich deutete auf die Tür vor mir.

»Bist du dir sicher?«, fragte Nec unsicher. Schließlich unterschied sie nicht von den 887 anderen. Doch ich nickte vehement. Ich war mir selten so sicher gewesen.

»Und was jetzt?«, hauchte der Schattenmann.

Ich schluckte. »Die Türen wurden mit einem Bann oder Fluch an ein Siegel gebunden. Irgendwer bricht diese Zauber.«

Nec nickte und zog seine Brauen hoch. »Ähm, Taleyi … keiner von uns ist ein Fluchbrecher. Wie stellst du dir das vor?«

»Wir brauchen nicht nur einen gewöhnlichen Fluchbrecher«, erwiderte ich.

»Stimmt. Vermutlich brauchen wir den mächtigsten, erfahrensten und vor allem …« Die Augen des Schattenmannes wurden groß. Seine Zeichnung weiß wie Quellwolken. »Bitte nicht. Bitte, bitte nicht.«

Ich machte einen Schritt auf ihn zu. Das Licht der Fackel tanzte über unsere Gesichter. »Du musst Baba Jaga herbringen.«

Der Gedanke an die mächtigste Fluchbrecherin aller Zeiten schwirrte schon seit gestern in meinem Kopf herum. Es gab nur ein kleines Problem. Sie war tot. Allerdings war einer meiner besten Freunde ein Schattenmann, der mächtig genug war, sie für eine kurze Zeit zurückzuholen. Zwar wusste ich auch, dass Necdet schon öfter mit Baba Jaga aneinandergeraten war, aber eine andere Lösung sah ich nicht. Keiner aus der magischen Gemeinschaft würde uns helfen. Geschweige denn, dass einer von ihnen mächtig genug war.

»Taleyi. Ich war für dich im Bayou bei Mama Safiya. Ich habe Riesenschlangen aus Bildern kriechen sehen. Ich habe mich mit dir gegen drei der furchtbarsten Kreaturen gestellt, die je existiert haben. Bitte verlange nicht von mir, zu …« Er schaute mich an. »Taleyi«, schloss er nur flehentlich. Lumiel schaute verwirrt von mir zu Necdet. Dabei warf sie ihren Kopf so schwungvoll von einer Seite zur anderen, dass die Perlen und Knochen in ihren Dreadlocks geräuschvoll aneinanderschlugen.

»Irgendwie fehlt mir das Mittelstück. Irgendetwas habe ich scheinbar verpasst«, warf Lumiel schließlich ein.

»Wir brauchen einen mächtigen Fluchbrecher. Necdet kennt zufällig die Mächtigste von allen.«

Lumiel starrte mich eine Sekunde fassungslos an, dann lachte sie einmal hart auf und klopfte Nec auf die Schulter. »Du überraschst mich in letzter Zeit immer wieder, Nec. Wo liegt dann das Problem?«

»B-b-baba Jag-g-ga …«, stotterte Nec. Er hielt den Totenkopf auf seinem Stock so fest, dass seine Fingerknöchel hervortraten.

»Baba was?«

»Baba Jaga«, erklärte ich, als Necdet die Augen schloss. »Sie ist tot.«

»Ah. Okay, ich sehe das Problem. Das Schattenreich ist nicht gerade dein Lieblingsplätzchen.« Lumiel drehte sich zu Nec. »Süßer, brauchst du vielleicht eine Tüte? Du siehst aus, als würdest du zwischen Kotzen und Hyperventilieren feststecken.«

Necdet wimmerte, dann funkelte er mich auf einmal zornig an. »Baba Jaga hat schon mehr als ein Mal versucht, mich zu umgarnen. Und mindestens genauso oft wollte sie von mir Besitz ergreifen. Sie ist eines der gefährlichsten Schattenwesen da drüben. Du hast keine Ahnung, welche Macht sie in ihren Lebzeiten angehäuft hat. Wenn ihre magische Essenz zurück in ihren Körper kommt, und ich die Kontrolle verliere, könnte sie …«

Ich schloss meine Augen.

Nekromantie. Sie wäre wieder zum Leben erweckt.

Necdet hatte nicht umsonst Angst vor dem Schattenreich und seiner Macht, die er auf den Schleier besaß. Die Wesen und die Loa, die ständig nach seiner Magie gierten und Besitz von ihm ergreifen wollten. Manchmal verschwammen die Welten um ihn und er wurde hineingezogen. Er hat mir erzählt, dass schon mehr als einer der Loa versucht hatte, ihn zu umgarnen, seinen Willen zu brechen oder ihn zu einem Handel zu überreden. Außerdem waren die Schattenwesen furchterregend.

Baba Jaga war eine der Schlimmsten. Sie war durchtrieben. Schon in Lebzeiten hatte sie sich der dunklen Magie bedient, war immer nur auf ihren Vorteil bedacht gewesen, und es hieß, ihre Seele gehörte mehr als nur einem Loa. Sie gierte nach Macht. Heute wie damals, nur dass ihre Möglichkeiten im Schattenreich begrenzt waren. Nun ja. Ein Umstand, den Nec ändern konnte. Doch er war niemals schwach geworden. Er hatte nie auf die Verführungen der Loa gehört, hatte niemals seinen Geist übernehmen oder seinen Willen brechen lassen. Er war so viel stärker, als er selbst wusste. Nec war so viel mutiger und besser, als er es sich zutraute oder auch nur zugestand.

Dennoch … Um Baba Jaga hierherzubringen, musste er ihre magische Essenz in sich aufnehmen und zu ihrem Körper bringen. Sie würde nicht lange hier verweilen können, denn auch wenn Nec stark war, es würde ihm alles abverlangen, die Kontrolle zu behalten.

Lafayette hatte mehr als einmal seine Enttäuschung über Necs Widerstreben, seine Magie zu gebrauchen, geäußert. Doch er sah mal wieder nur die Macht und nicht die Gefahren, die unweigerlich Hand in Hand gingen.

Lumiel spielte mit einem ihrer Dreads und rollte eine Perle nervös zwischen ihren Fingern. »Das klingt übel«, bemerkte sie zerknirscht. Über ihre selbstsichere und abenteuerlustige Art vergaß sie manchmal mit welchen Problemen und Herausforderungen unser Freund zu kämpfen hatte.

»Nec?«, murmelte ich.

»Was?«, fuhr er mich an. Ich machte mit meinen beiden Händen eine öffnende Bewegung, die ihn umfasste, und hob vielsagend die Augenbrauen. »Ausgezeichnet. Hast du das mit Absicht gemacht?«

»Nein.« Diese Grenze würde ich niemals überschreiten. Der Schleier um Necdet hatte sich gelichtet. Die Nebelschwaden tanzten um ihn herum und züngelten an seiner Haut.

»Nec …« Lumiel trat neben ihn.

»Nein«, unterbrach er sie mit resigniertem Tonfall. »Ich mache es. Immerhin hat sich der Schleier schon gehoben. Was soll's.« Überrascht starrte ich ihn an, doch in mir regte sich Widerwille. Das war eine dumme Idee gewesen. Ich hatte den erstbesten Gedanken ausgesprochen, aber darüber hinaus nicht weitergedacht.

Ich schloss meine Augen. Mein bester Freund quälte sich. Und ich war schuld. Die Banshee und der Schattenmann waren mir immer gute Freunde gewesen, sie hatten mir beigestanden und so wollte ich es ihnen danken? Indem ich einen von ihnen bat, sich in eine seiner größten Ängste zu stürzen?

»Warte, Necdet«, brach es aus mir heraus. »Es war falsch von mir, so etwas von dir zu verlangen. Wir finden eine andere Lösung.«

Er schüttelte seinen Kopf und straffte seine Schultern. Ich trat auf ihn zu und umfasste sanft sein Handgelenk.

»Doch. Das war eine Schnapsidee. Wir finden eine andere Möglichkeit, das Siegel zu brechen.«

»Nein, Taleyi. Du hast recht. Es mag andere Möglichkeiten geben, aber keine, die mit einer solchen Sicherheit funktionieren wird. Baba Jaga wäre mächtig genug dazu. Du hast keine Ahnung, wie groß ihre Macht war.«

»Genau deswegen ist es zu riskant«, flüsterte ich, meine vorschnelle Leichtsinnigkeit verfluchend.

»Ich schaffe das. Okay? Ich kann das schaffen.«

Necdets Stimme zitterte, dennoch lag eine Endgültigkeit in seiner Stimme, die mich daran hinderte, weiter dagegen zu argumentieren.

Nec würde das schaffen. Und damit wäre das Chaos perfekt.

10. Meine Damen und Herren, gestatten, mein Name lautet arroganter Arsch

»Brauchst du dafür nicht eine Leiche?«

Nec schaute Lumiel wortlos an, solange bis sie den Kopf einzog.

»Leiche«, schnaubte er. »Hast du zu viele Fantasy-Romane gelesen und Sci-Fi-Filme geguckt?«, kam prompt die Gegenfrage. Ich spürte deutlich, wie er sich für das Kommende wappnete. Er durfte nicht hadern.

»Man wird ja wohl noch fragen dürfen«, murmelte die Banshee kleinlaut.

»Ich brauche ihre magische Essenz aus dem Schattenreich und ihre menschliche Substanz aus dem Totenreich. Wenn wir den Schleier übertreten, wird sie in ihrem Körper erscheinen. Dazu braucht man keine Leiche, nein«, erklärte er nachdrücklich.

»Aha.«

»Baba Jaga ist eine mächtige, zwielichtige Magierin. Sie ist durchtrieben und würde jeden Preis zahlen, um zu bekommen, was sie will. Hütet euch vor ihr, wenn ich sie auf diese Seite hole und bei allen Loa, geht auf keinen Fall einen Handel mit ihr ein. Versprecht ihr nichts. Hört ihr?«

Lumiel sah dem Schattenmann ins Gesicht. Sorge zeichnete sich auf ihren Zügen ab.

»Ich habe Geschichten gehört, dass sie früher selbst die standhaftesten Mambos, die durchtriebensten Houngan und weisesten Orakel zu Geschäften mit einem Loa verführt hat«, rief er uns noch einmal in Erinnerung.

Lumiel und ich nickten.

»Okay. Ich gehe rüber und hole sie – allein«, fügte er brüsk an, als Lumiel etwas einwerfen wollte. »Ihr könnt nicht mitkommen. Nicht dorthin.« Sein Tonfall wurde ein wenig sanfter.

Ich deutete ihm schweigend, dass ich verstanden hatte.

Necdet wandte sich Lumiel zu. »Schwör mir bei allem, was dir heilig ist, dass du dich hüten wirst, das Wort an sie zu richten, ja auch nur in ihre Richtung zu atmen«, forderte er in ernstem Ton.

Lumiel sah Nec beleidigt an. »Also, entschuldige bitte mal …«

»Lumiel, ich kenne dich. Versprich es mir einfach, okay?« Er schaute der Banshee tief in die Augen und sein Blick wurde weicher. Lumiel lächelte und sah zu Boden.

»Na gut. Ich schwöre dir auf unsere Freundschaft, ich werde dieser Baba Jaguar nichts versprechen.«

»Baba Jaga«, schnaubte Nec und grinste dann. Er drehte seinen Zylinder und seine Selbstsicherheit fiel plötzlich für einen Sekundenbruchteil in sich zusammen, während er uns gequält anlächelte und nervös mit seinem Gehstock spielte. Die Schatten um seine Augen dehnten sich aus und auch wenn sie ihm etwas Bedrohliches verliehen, wusste ich, dass sie in diesem Fall eher ein Zeichen seiner Furcht waren.

»Bis gleich«, flüsterte er angespannt und trat in den Schleier. Mit jedem Schritt verschwand er ein Stück mehr hinter den Nebeln, seine Gestalt verschwamm. Nec hatte mir erklärt, dass wir nur die Wesenheiten als Schemen und Fratzen erkannten, die direkt vor dem Übergang lauerten. Das Schattenreich selbst könnte man von hier aus nicht sehen.

»Necdet«, hauchte ich ihm hinterher. Ohne sich umzudrehen, blieb er stehen. Seine Silhouette floss schon in den Schleier über. »Ich weiß, dass du das schaffst«, wisperte ich bekräftigend. Ich hatte keine Ahnung, ob er mich gehört hatte. Aber als er kaum merklich nickte, schien seine Haltung ungezwungen und doch aufrechter zu werden. Er machte einen kleinen Schritt und verschwand vollkommen im Schleier.

Ob ihm bewusst war, dass Lumiel ihm nur einen Teil von dem versprochen hatte, was er gefordert hatte? Das ausgefuchste Schlitzohr hatte mit keinem Wort erwähnt, dass sie nicht mit der Fluchbrecherin sprechen würde. Als er weg war, trat ich nervös von einem Bein auf das andere.

»Er wird es schaffen«, meinte Lumiel angespannt. Ich war mir nicht sicher, ob sie zu mir oder sich selbst sprach.

»Ja, das wird er.« Er musste. Je länger es dauerte, je mehr sich der Nebelschleier wieder lichtete, desto stärker haderte ich mit meiner Bitte an Nec. War es richtig gewesen, ihm das aufzubürden? Was, wenn er zurückkam und sich Keos doch als gefährlich herausstellte? Was, wenn Nec nicht wiederkehrte? Ich schluckte.

»Lumiel?«

Meine Freundin starrte auf die Stelle, wo der Schattenmann vor einer gefühlten Ewigkeit verschwunden war.

»Ich vertraue ihm«, raunte sie leise und bewies damit mal wieder ihr untrügliches Gespür für Emotionen. Ein einziges Wort hatte gereicht, um ihr zu vermitteln, dass ich Angst und Zweifel hatte.

»Ich auch«, murmelte ich. »Trotzdem, ich hätte meinen Mund halten sollen. Die Idee war dämlich.«

»Mag sein«, entgegnete meine Freundin.

Das saß.

Mit einem Lächeln winkte sie ab. »Es war Necs

Entscheidung. Du hast ihn zu nichts gedrängt. Ich glaube …« Lumiel schaute gedankenverloren in den Schleier, der immer lichter wurde und biss sich auf die Unterlippe. »Ich glaube, er musste das tun. Für sich selbst. Verstehst du?«

»Ja. Ja, das verstehe ich«, gab ich zurück und richtete meine Augen zurück auf die Stelle, wo Necdet verschwunden war.

Nach einer weiteren Ewigkeit, in der ich immer nervöser wurde, flimmerte der Nebel kurz auf. Lumiel hob abrupt ihren Kopf und auch ich hielt die Luft an. *Bitte, komm zurück. Bitte, bitte, komm zurück, Necdet.*

»Wer von euch kleinen, dummen Rotzgören ist auf die Idee gekommen, mich zu nerven?«, ertönte eine kratzige Stimme aus dem Schleier. Dazu gehörte ein Mädchen. Ein Mädchen, dessen Jugend und Zartheit nicht zu ihrer alten Stimme passen wollte. Trotz des eng gewickelten Kimonos bewegte sie sich wie eine Tänzerin von der anderen Seite in unsere Welt.

»Also?«, fragte sie und hob eine ihrer schmalen Augenbrauen. Lumiel spannte sich sichtlich an und schaute starr zu Boden. »Du da, Banshee, was gibst du mir für meine Mühe? Nichts ist umsonst und einen so starken Bann zu brechen erst recht nicht. Nicht, wenn ihr es für nötig haltet, die mächtige Baba Jaga zu rufen.«

»Du musst dir nicht selbst weiter in den Hintern kriechen. Wir haben es verstanden.«

Ich sog scharf die Luft ein. Die Worte klangen so sehr nach Lumiel. Doch nicht sie hatte gesprochen. Nec erschien mit einem finsteren Gesichtsausdruck wieder im schummrigen Licht des Ganges. Sein Schatten tanzte unstet auf der Backsteinmauer, so als würde er nicht mehr ganz zu seinem Besitzer gehören.

Das zarte Mädchen lachte auf. Es war seltsam, das grölende Gelächter eines alten Weibes zu hören, wenn ich das kindliche Gesicht mit den mandelförmigen Augen, der ebenmäßigen Haut und den rosigen Wangen dazu sah. Es klang wie das Lachen von Mama Safiya, nur ohne die Verrücktheit darin.

»Ich bin die erste wahre Baba Jaga. Die mächtigste von ihnen allen. Allen Gewesenen. Allen Lebenden. Und allen noch Kommenden.« Sie trat einen kleinen Schritt auf ihn zu. Der Schattenmann richtete sich bedrohlich auf. Sein Gesicht war kaum wiederzuerkennen. Nur jemand, der ihn wirklich gut kannte, sah die Anzeichen seiner Angst. Das schnelle Fließen seiner Zeichnungen zeigte ganz klar, dass er aufgewühlt war.

»Was also bist du bereit, mir zu geben, Banshee?« Baba Jaga drehte sich zu mir um. Ihre Augen glitten mit einem gierigen Glitzern über mich hinweg. »Und du? Was würdest du mir darbieten?«

Nec reagierte kaum, nur sein Kiefer spannte sich an.

Als ich den Blick der Fluchbrecherin kalt erwiderte, verzog sie unwillig ihre Lippen und wandte sie sich wieder Lumiel zu. Ich betete, dass diese nicht darauf einging.

»Ich könnte dir deinen Schrei zurückgeben und dafür sorgen, dass er dir niemals mehr genommen werden kann.«

Lumiel ballte ihre Hände zu Fäusten.

»Warum quälst du dich selbst? Dein Körper, dein ganzes Wesen muss sich so sehr danach sehnen. Ich kann dir deine Macht wiedergeben, aber dafür musst du mir auch einen kleinen Gefallen tun.«

Ich trat neben Lumiel. Obwohl ich mir sicher war, dass sie keinen Deal mit Baba Jaga eingehen würde, wollte ich sie mit meiner Anwesenheit bestärken. Immerhin kannte ich die Banshee so gut wie ich mich selbst.

Das liebliche Lächeln und die vollkommene Ruhe, die sie ausstrahlte, waren nur eine Fassade. Sie kochte innerlich und würde der Fluchbrecherin mit absoluter Sicherheit den Marsch blasen, wenn diese nicht bald ihren Mund hielt.

Baba Jaga starrte den Schattenmann wütend an, als würde sie ihm die Schuld an unserem Schweigen geben.

»Noch einmal zu dir …« Jetzt drehte sich Baba Jaga von Necdet zu mir. Sie sah mich an und verstummte mitten im Satz. Die Fluchbrecherin kniff ihre Augen zusammen und legte den Kopf schief.

»Ich habe dir bereits eine Versprechung gemacht, und die Anzahlung geleistet, die dem Wert deiner Arbeit angemessen ist, wenn nicht gar übersteigt«, stieß Necdet angespannt hervor. Dabei klang jedes einzelne Wort wie ein Fluch, mit dem er Baba Jaga am liebsten belegen würde.

Für einen Moment sah sie mich eindringlich an, dann zuckte sie die Achseln. Irgendetwas an ihrem Blick, mit dem sie mich bedacht hatte, fühlte sich seltsam an. Als hätte sie irgendwas gesehen, oder ihr wäre etwas eingefallen, das sie vergessen hatte. Ich runzelte die Stirn, doch da wandte sie sich schon dem Schattenmann zu. Hatte ich mir das nur eingebildet?

»Na gut. Ich habe es versucht«, wiegelte Baba Jaga ab.

Ich schaute verwirrt zu Nec, doch dieser ließ sie nicht für einen Wimpernschlag aus den Augen.

»Was lautet eure Vereinbarung?« Lumiel blickte finster zwischen der Fluchbrecherin und dem Schattenmann hin und her.

Necdet hob eine Augenbraue und verzog missmutig die Lippen. Vermutlich hatte er schon damit gerechnet, dass Lumiel nicht schweigen würde.

Baba Jaga lachte gackernd auf. »Zu meinen Lebzeiten habe ich einen der Petro-Nachon angerufen.«

Ich schaute sie überrascht an.

»Ja, du brauchst nicht so entrüstet zu schauen. Das Schicksal hat es nicht gut mit mir gemeint. Ich war mächtig, aber hässlich wie eine Kröte.«

»Also hast du einen Petro angerufen, um dich mit Jugend und Schönheit zu bedenken?«, wollte ich atemlos wissen.

Nec ließ genervt den Kopf sinken. Für eine Sekunde plagte mich das schlechte Gewissen, dass nun auch ich seine Forderung überging. Doch die Neugierde war einfach zu groß.

»Ja. Dabei habe ich aber, wie ihr hört, nicht an alles gedacht.«

Verständnislos legte ich den Kopf schief. Bis die Erkenntnis kam. »Nein. Nec …«

»Du wirst keinen der Petro-Nachon anrufen, um ihr eine andere, schönere Stimme zu schenken«, bellte Lumiel und stemmte ihre Hände in die Hüften. Ich starrte meinen Freund fassungslos an.

»Zu spät.« Necdet lachte bitter auf. »Es ist bereits im Gange, Taleyi. Eine Baba Jaga geht kein Risiko ein und schlägt erst ein, wenn der erste Teil der Bezahlung erbracht wurde. Ich habe den Petro schon angerufen. Er wartet auf der anderen Seite auf sie.«

Ich schluckte.

»Es ist nur eine Stimme, Taleyi. Ich denke, wir sind ganz glimpflich davongekommen.«

Ja. Nur, dass Necdet jetzt dank der Anrufung eines bösen Geistwesens direkten Kontakt mit ihm hatte. Die Petro gierten nach seiner Macht. Ich seufzte schwermütig auf.

»Keine Angst. Eurem Schattenmann wird nichts geschehen. Euer Freund dient nur als Rufrohr, denn ist man erst eine Essenz im Schattenreich funktioniert das nicht mehr. Auch wenn es ihm einiges abverlangt, wird er wohlbehalten aus der Geschichte hervorgehen. Versprochen.«

Ich atmete auf, und auch Lumiel entspannte sich ein wenig.

»Lasst uns beginnen. Ich spüre, dass mich das Schattenreich langsam wieder zurückruft.« Beim letzten Satz starrte Baba Jaga Necdet gierig an. »Du besitzt große Macht. Du bist wie ich, nicht wahr? Es gab nie einen mächtigeren Voodoo-Priester vor dir und es wird niemals wieder jemand an dich heranreichen. Ich könnte dir deine Angst nehmen, weißt du?«

Necdet schnaubte. »Furchtlosigkeit geht immer mit Dummheit Hand in Hand. Ich bin weder das eine noch das andere, und das ist gut so.«

Die Fluchbrecherin nickte. »Nein. Du bist klug, Schattenmann. Also, *Taleyi*, welches Siegel soll ich für dich brechen?«

Baba Jaga sprach meinen Namen mit einem seltsamen und leisen Akzent aus. Aus ihrem Mund klang er melodisch und soulig, rauchig, mit einem Hauch von Schärfe. Wie der erste Schluck Sazerac, der einem die Kehle hinunterglitt, während irgendwo leise gespielte Musik vom Wind durch das offene Fenster getragen wurde.

Ich schüttelte meinen Kopf. Wo kam den dieser Gedanke her?

»Hier«, murmelte ich, immer noch ein wenig verloren in dem lebendigen Bild, einer seltsamen Erinnerung.

In dem Moment, indem ich meine Augen auf die Tür richtete, erfasste mich ein neues Gefühl. Ein Drängen, endlich diese Tür zu öffnen. Als würde ich schon ewig darauf warten, dabei war es kaum drei Stunden her, dass ich vor ihr Halt gemacht hatte.

Baba Jaga drehte sich um und sah mich dann erstaunt an. »Bist du dir sicher?«

»Ja«, erwiderte ich bestimmt, obwohl ihre Frage mich mehr als verunsicherte. Weshalb wollte sie das wissen? Sie riskierte damit, dass ihr Deal platzte.

Ich begann leicht zu zittern. Adrenalin schoss durch meine Blutbahnen und Aufregung ließ meinen Magen flattern.

»Gut«, grinste die Baba Jaga und zückte einen großen, rosaroten Fächer mit weißen Kranichen und pinken Kirschblüten darauf. Als sie sich und den Fächer bewegte, erfüllte Magie die Luft. Sie ging von ihr aus und erstreckte sich bis in jeden Winkel des Labyrinths. Ich konnte sie fast schon auf der Zunge schmecken. Eine prickelnde Süße, wie man sie von Brause kannte. Die Fluchbrecherin bewegte sich, als würde sie tanzen und mit dem Fächer eine einstudierte Choreografie darbieten. Gleichzeitig aber rührte sie sich nicht vom Fleck.

»Verlangt bitte nie wieder so etwas von mir«, bat Necdet ernst. »Bitte.«

Erschrocken zuckte ich zusammen. Ich hatte gar nicht mitbekommen, dass er zu uns getreten war.

Ich schaute in das blasse Gesicht meines Freundes. Das schlechte Gewissen, die Angst darüber, was ihn quälte und meine Sorgen um ihn machten sich in mir breit und drängten alles andere zurück. »Nie, nie wieder. Es tut mir leid, Nec. Es tut mir so leid.«

Lumiel schüttelte ebenfalls ihren Kopf.

Für einen Moment, der mir wie eine Ewigkeit vorkam, schaute mich der Schattenmann an, dann verzogen sich seine Lippen zu einem unsicheren Lächeln.

»Ich hasse das Schattenreich«, presste er hervor und trat dann an mich heran.

Ich keuchte erschrocken auf und mir traten Tränen in die Augen, als ich in eine innige Umarmung gezogen wurde. Seine Lippen berührten sanft meinen Scheitel.

»Geht … geht es dir gut?«, schluchzte ich leise. Der Geruch nach kaltem Eisen und feuchter Erde, der mich einhüllte, der mir so vertraut war, ließ mich tief und erleichtert aufatmen.

»Ja, es geht schon. Ich hab es geschafft.« Er klang müde, aber auch stolz. Und verdammt noch mal, er konnte extrem stolz auf sich sein.

»Ich habe euch gesagt, sprecht nicht mit Baba Jaga. Was war daran so schwer zu verstehen?«, schimpfte er plötzlich los. Nec löste sich ein wenig von mir und griff sanft nach Lumiels Oberarm. Sie legte eine Hand auf seine und streichelte über den Handrücken.

Ich kämpfte immer noch darum, meine Fassung zu bewahren. Die Anspannung und die Sorge um Necdet fielen von mir ab. Ein verdächtiges Brennen hinter meinen Lidern ließ mich blinzeln. Ob vor Erleichterung, dass sich der Schattenmann fast wieder, wie er selbst anhörte, oder aufgrund der nagenden Überreste meiner Schuldgefühle und meiner Angst, konnte ich nicht sagen. Vielleicht war es eine Mischung aus beidem.

»Sei froh, dass wir nur mit ihr *geredet* haben. Warum hast du eigentlich so lange gebraucht? Ihr Ego müsste doch die gesamte Schattenwelt ausfüllen.«

»Ich kann euch hören«, keifte eine krächzende Stimme. »Ihr wisst schon, wen ihr vor euch habt, oder? Ich bin *die* Baba Jaga, verdammt. O wie gern würde ich euch die Haut abziehen!«

Nec unterbrach ihr Zetern mit einem lauten Seufzen.

Es könnte sein, dass ich mir das »Elende Rotzgören« nur einbildete, aber solange die Magie der Fluchbrecherin wirkte, war es mir egal. Wie gebannt starrte ich Baba Jaga an, war fasziniert von ihrer Magie und ihrer Macht. Gleichzeitig hörte ich, wie Nec und Lumiel sich über irgendeine Belanglosigkeit stritten, was mich schmunzeln ließ. Alles war gut.

Als leises Grollen und Beben einsetzten, traten Lumiel, Nec und ich enger zusammen. Die Magie, die Baba Jaga wirkte, schien Funken zu sprühen. Sie roch nach Feuerwerk. Die Erschütterung wurde stärker und ich blickte mich panisch um. Auch wenn mir mein Verstand sagte, dass das Erzittern des Labyrinths ein Resultat davon war, dass die Fluchbrecherin auf das Siegel wirkte, ballte ich meine Fäuste. Wir befanden uns in einem verdammten Kellergewölbe. Schnell trat ich noch näher an meine Freunde heran, und Necdet hielt Lumiel und mich an je einem Oberarm fest.

»Was bei allen Loa …« Ein lautes Dröhnen unterbrach die Banshee.

Ich drückte mein Gesicht näher an Necdets Brust.

»Wie allerliebst. Entschuldigt, dass ich in diese herzerwärmende Szene platze.« Der süffisante Tonfall der tiefen Stimme, die klang, wie Anthrazit aussah – dunkel, geheimnisvoll und voller Schatten – kam gefühlt aus dem Nichts. Ich löste mich von Nec und blickte an ihm vorbei. Für einen Moment blieb mir die Luft weg. Ich hatte keine Ahnung, was ich erwartet hatte.

Chaos. Keos. Chaosdämon.

Ich dachte, wir würden einem furchterregenden Wesen gegenüberstehen. Einer Kreatur aus der Hölle. Mein Besuch in seinem Unterbewusstsein hatte dieses Bild nicht getrübt, denn ich hatte nur eine verzehrte Stimme wahrgenommen. Und da waren auch seine Gedanken an Kampf und Blut gewesen.

Doch vor mir stand ein attraktiver junger Mann, der wenig mit einem Dämon, wie ich ihn mir vorstellte, gemein hatte. Seine dunklen Augen fingen meinen Blick ein. Er musterte mich undurchdringlich. Ich war für Sekunden, Minuten in dem dunklen Grau seiner Iriden gefangen. Dann endlich gab er mich mit einem schiefen Lächeln frei.

Der Fremde trat aus dem Türrahmen und streckte sich, als wäre er für lange Zeit in einem sehr engen Raum gewesen.

Als er die Arme nach oben hob, spielten seine Oberarmmuskeln und bewegten damit seine Tätowierungen.

Ich versuchte, den Mann vor mir mit unserer gedanklichen Konversation in Einklang zu bringen. Irgendwie wollte mir das nicht gelingen. Andererseits war ich auch uneingeladen in seinen Geist eingedrungen.

»Baba Jaga«, raunte er schließlich und so wie er den Namen aussprach, klang es, als würde er sie kennen.

Die Fluchbrecherin wurde plötzlich ganz nervös und fahrig. Sie nickte zur Begrüßung und musterte eingehend ihren Fächer. Ich verengte meine Augen. Die mächtige Baba Jaga trat von einem Bein auf das andere und als ihre erweiterten Pupillen dann auch noch unstet durch den Raum wanderten, hätte ich fast aufgekeucht. Sie fühlte sich deutlich unwohl, aber es ging noch darüber hinaus. Hatte sie etwa Angst?

»Na dann. Meine Damen und Herren, gestatten, mein Name lautet Keos. Mit wem bitte habe ich das Vergnügen?«

Mir klappte der Mund auf und ich starrte den schwarzgekleideten Mann mit den scharf geschnittenen Gesichtszügen, dem einnehmenden Blick und den einen Hauch zu langen, schwarzen Haaren sprachlos an.

Da weder der freundliche Nec noch die scharfzüngige Lumiel etwas von sich gaben, waren sie wohl ähnlich überfordert wie ich.

Keos grinste mich schief an und mein Magen schlug einen Purzelbaum. Wie beim neunten Kreis der Hölle konnte so viel Attraktivität und Sexappeal in einem einzigen Wesen stecken? Als hätte er meinen Gedanken erraten, vertiefte sich sein Lächeln. »Keine Sorge. Diese Wirkung habe ich auf die meisten. Nimm dir die Zeit, die du brauchst, um mein Antlitz zu verarbeiten. Nur nicht das Atmen vergessen, Liebes.«

Liebes? Hatte er mich gerade ernsthaft …

Keos. Dass ich nicht lache. Arroganter Arsch traf es wohl eher.

»Oh, da sprühen aber Funken. Habe ich einen Nerv getroffen, Liebes?«

»Taleyi?«, flüsterte Lumiel seltsam vorsichtig.

Ich sah sie an und bemerkte, dass ich die Hände zu Fäusten geballt hatte, und auch mein Kiefer war merkwürdig verspannt.

»Taleyi, also.« Er sprach meinen Namen mit dem gleichen Akzent aus wie Baba Jaga. Nur, dass es diesmal mein Herz schneller schlagen ließ. Ja, aus seinem Mund klang er ebenfalls nach Sazerac, souliger Musik, einer lauen Nacht. Doch er klang gleichermaßen nach einem engumschlungenen Tanz unter dem Mond. Und wieder – beim großen Gott und Herr über alle Nachons Bondye, woher kamen diese Gedanken?

»Dann wären nur noch die Namen des hübschen Schattenmannes und der sexy Banshee hilfreich. Denn euch auf Dauer so zu nennen, wäre etwas umständlich.«

Ich blinzelte hektisch. Jetzt hatte er den Bogen überspannt. Lumiel würde …

»Lumiel«, entgegnete sie und winkte ihm zu. Sie winkte tatsächlich. Lumiel, die sonst nie um einen Spruch verlegen war, schon gar nicht, wenn sie direkt auf ihr Äußeres beschränkt wurde. Als sich auch noch eine leichte Röte auf ihren Wangen abzeichnete, hätte ich beinahe aufgelacht. Mit einem frustrierten Unterton versteht sich. Seine Worte von eben schossen mir wieder durch den Kopf. *Diese Wirkung habe ich auf die meisten. Nimm dir die Zeit, die du brauchst, um mein Antlitz zu verarbeiten.* Anscheinend hatte er nicht übertrieben. Keos zwinkerte mir zu. Konnte er meine Gedanken lesen?

»Nec …« Nec räusperte sich. »Necdet.«

»Sehr schön. Da ihr euch nun alle kennt … könntet ihr mich zurückbringen, bevor ihr ein Lagerfeuer entzündet, Händchen haltet und *Kumbaja My Lord* singt?« Ich blickte zur Seite. Baba Jaga stand der Schweiß auf der Stirn und sie atmete schwer. Ihre Zeit hier neigte sich dem Ende.

Als ihre Augen zu Keos flogen, zuckte sie schwach mit einer Schulter. »Entschuldige bitte, aber ich kann nicht bleiben.«

Der Dämon sah sie einen Moment schweigend an. »Danke, Baba Jaga«, erwiderte er schließlich ernst. »Grüße Asmodäus von mir, ja?«

Die Fluchbrecherin nickte. »Natürlich. Es ist schön, dass du wieder da bist. Du weißt, dass ich nicht …«

Keos winkte ab, sie deutete eine kleine Verbeugung an, und ich hob meine Augenbrauen. Was brachte ein dermaßen egozentrisches Wesen dazu, sich so demütig zu geben? Ich schluckte. Ich war mir so sicher gewesen, dass Keos zu befreien, eine gute Idee war, aber vielleicht … Vielleicht war es nicht der beste Einfall gewesen, wenn selbst eine Baba Jaga eine solche Ehrfurcht vor ihm an den Tag legte? Ich starrte ihn an.

»Necdet, mein hübscher, neuer Freund, wärst du so freundlich …« Der Chaosdämon deutete auf Baba Jaga. Ich verschränkte meine Arme vor der Brust. Jetzt kommandierte er auch noch meine Freunde herum? Ich wollte gerade eine patzige Antwort geben, als Nec auch schon nickte.

»Ja, es wird Zeit.« Er schritt auf Baba Jaga zu und die Nebelschlieren stoben auf, begannen die beiden zu verschlucken, bis nur noch Schemen übrigblieben. Schließlich verschwanden auch sie.

»Na dann, Ladies«, raunte Keos und starrte mich wieder an. »Erzählt mir noch mal genau, weshalb ihr mich nach all der Zeit freigelassen habt.« Seine ohnehin tiefe Stimme wurde schier bodenlos. »Und fangt am besten damit an, wer sich in mein Unterbewusstsein geschlichen hat, als ich nicht aufgepasst habe.«

Auf meinen Armen breitete sich eine Gänsehaut aus, während ich in seinen Augen versank. Verdammt. Der unverschämt sexy Dämon vor mir versprach Ärger.

11. Wenn das Chaos einen um den Verstand bringt – eindeutig zweideutig

Ich reckte mein Kinn nach vorn. »Das war ich«, entgegnete ich in einem trotzigen Tonfall.

Der Dämon starrte mich an.

»Was?«, schoss ich irgendwann heraus, als ich seinem bohrenden Blick nicht mehr standhalten konnte.

Sein Mundwinkel zuckte. »Das hätte ich mir denken können.«

»Ach ja?«

Der Dämon antwortete nicht, was in mir eine seltsame Verunsicherung hervorrief. Ich musste mich daran hindern, nervös mit meinen Fingern zu spielen.

»Also, erklärst du mir noch einmal, was genau ihr von mir wollt? Jetzt, da du dich nicht mehr in meinen Gedanken herumschleichst.«

Versuchte er mir ein schlechtes Gewissen zu machen?

»Das war meine Idee«, erklärte Lumiel und hatte dabei, wie in der Schule, die Hand gehoben.

Keos nickte ihr zu. »Entschuldigung angenommen, Lumiel«, schnurrte er. Oder war es ein Knurren? Egal. Es ließ mich auf jeden Fall extrem verwirrt zurück. Außerdem hatte meine Freundin sich mit keinem Wort entschuldigt.

»Gut. Dann kann Taleyi dir ja den Rest erklären«, meinte die Banshee und zwinkerte mir zu, als täte sie mir einen Gefallen.

Ich verengte die Augen. *Verräterin!*

Keos räusperte sich leise und ich seufzte ergeben. Kurz fasste ich die letzten Tage zusammen und erklärte ihm den Stand der Dinge, ließ allerdings bewusst das Aufeinandertreffen mit dem Succubus aus.

Der Dämon hörte mir aufmerksam zu. Als ich meinen Bericht schloss, verzog er missmutig die Lippen.

»Das Amulett. Das hätte ich fast vergessen.«

Ich funkelte ihn böse an. »Wenn du gelogen hast, Keos, dann …«

»Dann was, Liebes?«

»Das ist nicht mein Name«, knurrte ich und hob meinen Finger vor sein Gesicht.

Keos grinste. »Was soll das denn? Stampfst du als Nächstes mit dem Fuß auf?«

»Nein«, murrte ich ertappt und wollte den Dämon in Grund und Boden starren.

»Also, Liebes, ich kann mich dunkel an ein altes Buch erinnern, in dem von diesem mächtigen Schwuramulett die Rede ist«, überging er meinen Einwurf. »Wenn meine Erinnerung mich nicht trügt, gibt es sogar eine Zeichnung dazu.«

»Dann wüssten wir, wonach wir suchen müssen«, murmelte Lumiel.

Ich nickte. Dieses Amulett könnte tatsächlich unsere Absicherung sein.

In dem Moment trat Necdet wieder durch den Schleier. Während sich die Nebelschlieren auflösten, betrachtete er Keos argwöhnisch.

»Ich habe mich drüben ein wenig umgehört«, setzte Nec an. In seiner Stimme schwang eine Mischung aus Ehrfurcht und Vorsicht mit.

»Ein paar der alten Schattenwesen kennen den großen

Chaosdämonen noch. Seine Aura bringt Dinge durcheinander, wirft manches aus der Bahn und lässt anderes die Richtung ändern.«

Ich schaute von Necdet, dem die Erschöpfung ins Gesicht geschrieben stand, zu Keos.

»Chaos begleitet mich auf jedem Schritt. Wie mein Schatten«, raunte der Dämon. Er beugte sich beim Sprechen leicht zu mir, sodass sein Atem meine Wange streifte. Mein Herz schlug schneller und ich bekam eine Gänsehaut.

»Hast du noch etwas über ihn erfahren?«, wollte ich von Necdet wissen. Dabei versuchte ich das Zittern in meiner Stimme zu unterdrücken.

»Ein paar alte Geschichten, aber nichts, was für uns von Bedeutung wäre.« Necdet schaute von dem Dämon zu mir und Ungewissheit lag in der Luft. War es ein Fehler, ihn zu befreien?

»Kommt schon«, lachte Keos leise. »Wenn ich euch etwas hätte antun wollen, hätte ich das längst getan.« Er verzog seine Lippen zu einem spöttischen Grinsen, während er seinen Blick über jeden von uns schweifen ließ.

An seinen Worten war etwas dran. Er musste mächtig und gefährlich sein, wenn sogar die alten Schattenwesen seinen Namen noch kannten. Und er war eine der Kreaturen, die weggesperrt wurden …

»Diese Zweifel in euren hübschen Köpfchen … Na gut, dann zeige ich euch die Aufzeichnungen zu dem Amulett. Vielleicht nimmt das ja die Sorgen …«, bemerkte Keos mit dem Anflug eines selbstgerechten Grinsens im Gesicht.

Ich wechselte einen Blick mit meinen Freunden. Wie hieß es so schön? Vertrauen war gut. Kontrolle war besser. Und von Vertrauen waren wir noch Lichtjahre entfernt.

Dann also Kontrolle. Lumiel und Necdet nickten und ich war mir ziemlich sicher, dass ihre Gedanken in die gleiche Richtung gingen.

»Dann los.« Keos deutete uns, voranzugehen. Die Banshee und der Schattenmann kamen dem Wunsch sofort nach. Das Labyrinth war ihnen noch immer nicht geheuer und vermutlich sehnten sie sich nach dem Augenblick, es wieder verlassen zu dürfen. Ich hingegen rührte mich nicht vom Fleck. Mein Blick traf auf Keos' und ich suchte in seinen grauen Augen nach etwas, das seine guten Absichten unterstrich. Immerhin ließ er sich mit dem Amulett freiwillig eine Fessel anlegen.

»Ähm«, setze ich an.

Seine Hand war immer noch in der gleichen Position erstarrt. Nun zuckte sie leicht.

»Du gehst voran«, verlangte ich, nachdem ich mich endlich von seinem Blick lösen konnte.

Keos schaute mich fast belustigt an. »Sicher«, willigte er lächelnd ein und trat an mir vorbei.

Da Lumiel und Necdet den Weg nicht kannten, musste ich ihnen immer wieder von hinten die Richtung weisen. Als die Geheimtür sich endlich hinter uns verschloss, betrachtete der Chaosdämon der höchsten Riege die Wand mit dem Bücherregal einen Augenblick zu lang. »Ein geheimer Eingang?«

Ich zuckte mit den Achseln. Nachdem ich am eigenen Leib erfahren hatte, dass mit den Kreaturen wirklich nicht zu spaßen war, war ich ganz froh, dass nicht jeder x-beliebige Besucher aus Versehen ins Labyrinth stolpern konnte.

»Das Buch …«, begann ich.

»Wo sind die Schriften zu den magischen Amuletten?«

Ich zeigte auf eine Abteilung nur wenige Schritte von uns entfernt.

»Okay«, murmelte Keos und betrachtete die Reihen an Bücherregalen. »Dann lasst uns mal auf die Suche gehen.«

Während ich durch Bücher blätterte, achtete ich darauf, mich nicht zu weit von ihm zu entfernen. Aus den Augenwinkeln beobachtete ich, wie er die Titel überflog und ab und zu innehielt, um ihn genauer in Augenschein zu nehmen.

»Meinst du wirklich, du könntest es verhindern, wenn ich beschließen würde, Reißaus zu nehmen?«, fragte er zynisch, als ich meine Aufmerksamkeit wieder einmal auf ihn richtete.

»Was?« Ich klang eindeutig ertappt und spürte, wie mir Hitze in die Wangen schoss. Ach, verdammt. »Ich weiß nicht, was du meinst.«

Keos schnaubte wissend. Dann drehte er sich zu mir um und hielt mir ein Buch unter die Nase.

»Hier. Die Abbildung müsste auf Seite neunhundertsechsunddreißig sein.«

Wo zur Schattenwelt hatte er das Buch plötzlich her? Zwar standen wir hier direkt inmitten der Quelle, aber wann hatte er es zwischen den anderen Titeln entdeckt und herausgezogen? Ich nahm das Buch entgegen und blätterte schnell durch die Seiten.

Tatsächlich. Ich hielt den Atem an, während meine Augen über die Zeilen auf dem vergilbten Papier flogen. Da stand es schwarz auf weiß. Ein Schwuramulett, das selbst mächtige Träger an sich band.

Er hatte die Wahrheit gesagt. Mit meinem Finger fuhr ich die Zeichnung des kraftvollen Schmuckstückes nach und hob dann den Blick.

»Vielleicht kann uns Madam Aurelie eines beschaffen. Ich glaube sogar, ich habe schon einmal so ein Schwuramulett bei ihr gesehen«, überging ich den seltsam, peinlichen Moment.

Ich schaute wieder auf die Zeichnung. Das Amulett war recht schlicht gehalten. Es sah eher wie eine große, fremdartige Silbermünze aus. Erst bei genauerem Betrachten erkannte ich, dass die Prägung ziemlich aufwendig war. Und trotzdem hätte ich niemals ein magisches Artefakt dahinter vermutet.

»Wie toll«, schnaubte Keos gelangweilt und drehte sich wieder zu den Büchern um. Er strich mit seinem Zeigefinger die Buchrücken entlang. Bei dem ein oder anderen Titel schien er kurz innezuhalten oder sich anzuspannen. Meine Augen folgten vollkommen fasziniert den Tätowierungen an seinen Unterarmen. Die Linien waren so exakt gestochen, dass ich fast nicht glauben wollte, dass die Tinte schon vor so langer Zeit unter seine Haut gekommen war. Die Ärmel seines altmodischen, weiten Leinenhemdes reichten ihm bis zu den Ellenbogen. Ich fragte mich, wie weit die Zeichnungen noch führten und ob sie sich veränderten, größer und gröber wurden, andere Motive hinzukamen. Ob sie seine Schultern, seinen Rücken, seine Brust bedeckten? Meine Augen flogen von dem einen Arm zum anderen. Sie lagen überkreuzt vor seiner Brust und seine … o nein. Abrupt hob ich mein Gesicht und sah direkt in Keos' amüsiert funkelnde Augen.

»Wie schön, dass dir zu gefallen scheint, was du siehst.«

Genervt verdrehte ich die Augen. Ich hatte es geahnt, dass er seine dummen Sprüche nicht für sich behalten konnte.

»Ja, das tut es tatsächlich. Ich habe deine Tätowierungen bewundert. Sie sind extrem gut gestochen worden.« Mit der Wahrheit kam man bekanntlich am weitesten.

»Meine Tätowierungen. Ja, natürlich«, wisperte er mit einem Ton, der mir sagen sollte, dass er kein Wort glaubte.

»Ich habe tatsächlich nur deine Tätowierungen bewundert«, stieß ich zwischen zusammengebissenen Zähnen hervor.

»Wenn du das sagst, Liebes.«

Um Fassung ringend schloss ich kurz meine Augen. Warum nur hatte ich den nervigsten aller Dämonen befreien müssen?

»Mir scheint, als würden die Linien und Schwünge eine längst vergessene Geschichte erzählen.« Die Worte flossen ungeplant und ungefiltert aus mir heraus. »Wie ein Geheimnis, das unter deiner Haut verborgen ist.«

Keos' Augen waren von einem tiefen, vollen Anthrazit. Nun wurden sie dunkler.

»Das sind keine menschlichen Tätowierungen«, merkte er an.

»Das habe ich mir gedacht. Was bedeuten sie?«

Der Dämon verharrte für eine Sekunde reglos in seiner Position. Dann löste er seine Arme und lachte hart auf. »Nicht alles im Leben muss eine Bedeutung haben, Liebes.«

Ich seufzte.

Keos legte seinen Kopf schief. »Wie kommt es eigentlich, dass eine kleine, junge Mambo in dieser Bibliothek gestrandet ist.«

Ich drückte das Buch an meine Brust. »Vielleicht gefällt es mir ja hier.«

»Klar.«

»Ja, wirklich«, erwiderte ich stur.

Keos' Augen verengten sich leicht und er sah mich unnachgiebig an. Ich versuchte, ihm standzuhalten. Doch irgendwann hielt ich das Blickduell nicht mehr aus und schaute zur Seite.

»Ich bin zu schwach, um der Gemeinschaft wirklich zu dienen. Aber ich bin eine Dubolouis. Also war das der einfachste Weg für sie, mich loszuwerden, ohne die Schande einer Unmagischen in der Familie tragen zu müssen.« Es war kein Geheimnis. Alle kannten den Grund, auch wenn keiner ihn aussprach.

»Verstehe.«

Ich zuckte mit den Schultern. »Was ist mit dir? Warum warst du …? Was hast du angestellt?«

Es war eine gefährliche Frage, denn ich war mir nicht sicher, ob ich wirklich eine Antwort darauf wollte.

»Ich bin das Chaos in persona«, erklärte er schlicht. »Was läuft da eigentlich zwischen euch dreien?« Er nickte mit dem Kinn leicht in die Richtung, wo sich Lumiel und Necdet leise unterhielten.

Ah. Seine Vergangenheit war also kein Thema, das er vertiefen wollte.

»Was meinst du?«

»Na ja erst schmachtest du den Schattenmann an«, begann er und spielte damit auf den Moment an, wo er durch die Tür getreten war. Ich hatte mich fest an Nec gedrückt und er hatte mich wie immer gehalten. Glaubte Keos etwa Nec und ich wären ein Liebespaar? Mir fiel die Kinnlade herunter. »Dann starrst du mich vollkommen verzückt an«, fuhr der Dämon fort. »Und dann wieder scheint etwas zwischen Necdet und der Banshee zu laufen. Also Liebes, kläre mich bitte auf. Oder ist das eine Ménage-à-trois?«

Er dachte tatsächlich, dass Necdet und ich … Ich meine Nec war wirklich attraktiv und eine der wunderbarsten Personen, die ich kannte. Aber von der ersten Minute an glich unser Verhältnis dem zwischen Bruder und Schwester. Ich machte große Augen und dachte darüber nach, ob er mit seiner zweiten Vermutung recht haben könnte. Wie standen Nec und Lumiel zueinander?

Bisher hatte ich angenommen, dass es sich ähnlich verhielt, wie bei mir und wir alle einfach gute Freunde waren, doch der Chaosdämon hatte mich zum Grübeln gebracht.

Keos schien meine Reaktion vollkommen falsch zu verstehen. Er hob seine Hände nach oben.

»Oha. Ganz ruhig. Mir ist es absolut gleichgültig, was da wie zwischen euch läuft. Liebe ist Liebe. Leidenschaft ist Leidenschaft. Solange alle damit einverstanden sind, ist es doch vollkommen egal, wer sich liebt und wie viele.«

Tatsächlich. Keos hatte meinen entrüsteten Blick falsch verstanden. Und obwohl die Wut über so viel Arroganz in mir brodelte, musste ich doch über einen Teil seiner Aussage schmunzeln.

»Was?«, fragte er und musterte mich misstrauisch.

»Lass Nec und Lumiel niemals hören, dass du glaubst, zwischen ihnen würde etwas laufen.«

Ich schaute zu Keos hoch. Das Licht tanzte über sein Gesicht und ließ den goldenen Ton seiner Haut noch wärmer aufleuchten. Seine Augen blitzten, und das leichte Lächeln, das seine Mundwinkel umspielte, wirkte so hypnotisierend, dass ich mich kaum von seinen Lippen lösen konnte.

Keos. Ich hatte keine Ahnung, was es mit dem Typen auf sich hatte. Aber eines war klar. Der Name hielt, was er versprach. In mir herrschte das reinste Chaos.

»Also läuft etwas zwischen dir und dem Schattenmann?«, hakte Keos nach.

„Weshalb interessiert dich das so?“, fragte ich. Er grinste und da erkannte ich, dass es eine Falle war.

»Ich hätte ihm einen besseren Geschmack zugetraut. Die Banshee ist wohl eher sein Kaliber.«

Dieser fiese …

Meine Dopaminausschüttung kam zum Stillstand. Mein Herz schlug plötzlich einen anderen Takt. Fast erleichtert atmete ich durch, als purer Zorn durch meine Adern floss.

»Wie gut, dass deine Meinung niemanden in ganz Louisiana interessiert.« Er hatte wirklich ein Talent dafür, meinen Geduldsfaden bis aufs Äußerste zu reizen.

»Schon gut. Es geht mich ja auch nichts an.«

In dem Moment traten Lumiel und Necdet auf uns zu. Die Banshee verschränkte ihre Arme vor der Brust, während sie den Dämon eingehend musterte.

»Sag mal, wie äußert sich deine Magie eigentlich?«, wollte sie wissen.

»Na ja. Ich kann meine Magie natürlich wie jeder Dämon gebrauchen. Als Waffe im Kampf.« Er hob seine Hand und zählte an seinen Fingern ab. »Um stärker oder schneller zu werden. Um die Elemente anzurufen. Und so weiter.« Dämonen waren der magischen Gemeinschaft um ein Vielfaches überlegen. Zumindest den meisten. Wo Elementarmagier ein Element anrufen konnten, war es für Dämonen ein Leichtes sie alle zu kontrollieren. »Und das Chaos, die absolute Unordnung in ihrer reinsten Form, ist mein Naturell«, schloss er ruhig.

Ich horchte auf und runzelte skeptisch die Stirn. »Was soll das denn heißen?«, hakte ich nach.

»Genau das, was euer Freund euch vorhin erklärt hat«, erwiderte er gelangweilt. »Meine Aura bringt Dinge durcheinander. Sie wirft manches aus der Bahn und lässt anderes die Richtung ändern.«

»Aha«, warf ich ein und beäugte den Dämon misstrauisch. »Kann es auch passieren, dass sich, sagen wir mal, gewisse magisch versiegelte Türen öffnen?«

»Nein. Nein, so äußert sich das nicht.«

»Wird einer von uns irgendwie verzaubert, beeinflusst oder willenlos?«, will ich wissen.

Keos seufzte. »Natürlich könnte ich einen Bann auf euch legen, Liebes. Ich bin ein Dämon.« Er sprach so leichthin, dass ich schlucken musste. Ich durfte nicht vergessen, dass wir es hier mit einem hochrangigen Dämon zu tun hatten.

»Aber die Chaos-Magie, die mir unweigerlich folgt, äußert sich anders. Meistens passieren einfach skurrile Dinge um mich herum.«

Keine wirklich befriedigende Antwort, aber für Keos schien das Thema damit beendet. Bevor ich allerdings weiter darauf eingehen konnte, zog eine Bewegung meine Aufmerksamkeit auf sich. Necdet kniff mit Daumen und Zeigefinger seine Nasenwurzel und stöhnte kaum hörbar auf. Seine Lippen waren zusammengepresst und alles an ihm, von den hängenden Schultern bis hin zu dem glasigen Blick, zeugte von seiner Erschöpfung. Er musste sich ausruhen. Konnte ich es wagen, in der Zwischenzeit Aurelie einen Besuch abzustatten?

Ich schlug das Buch, das ich immer noch in Händen hielt, erneut auf und betrachtete nachdenklich die Zeichnung. Keos hatte recht. Er hätte uns längst, Gottheit Mawu-Lisa wusste was, antun können, wenn er gewollt hätte.

»Okay Lumiel«, setzte ich leise an. »Du bringst die beiden hoch. Necdet muss sich ausruhen. Behalte unseren Gast im Auge und vor allem von du-weißt-schon-wem-und-was fern.«

Lumiel sah mich erstaunt an. »Was ist mit dir?«

»Ich statte Madam Aurelie einen Besuch ab.«

»Was willst du denn im *The hanged One*?«

Madam Aurelies *The hanged One* war ein kleiner, schauriger Souvenirladen im French Quarter. Die Touristen liebten ihn. Dort gab es falsche Flüche, Liebeszauber oder Voodoo-Puppen zu kaufen. Im hinteren Bereich war Aurelies eigentliches Geschäft zu finden. Hier gab es alles, was die magische Gemeinschaft benötigte. Egal, wie furchtbar oder gefährlich es war.

»Mich um die Beschaffung eines Amulettes kümmern«, erwiderte ich und schaute zu Keos.

Nun waren drei Augenpaare auf ihn gerichtet.

Necdet drehte an seinem Zylinder und verlagerte sein Gewicht. »Warum genau solltest du daran interessiert sein, dich durch Schwüre an uns zu binden?«

Keos winkte ab. »Schon gut. Ihr lasst mich schwören, was immer ihr möchtet, ich muss mich daranhalten. Ihr seid beruhigt und ich kann allein pinkeln gehen.«

Necdet zog seine Mundwinkel nach unten. Ihm schien das Thema immer noch nicht zu behagen. »Klingt logisch«, lenkte er dann aber murmelnd ein und stützte sein Gewicht schwer auf den Gehstock. Mist, mein bester Freund hatte heute definitiv zu viel für sein Gemüt erlebt. Er brauchte dringend eine Pause.

»Los. Los. Ihr wisst ja, wo die Dusche ist. Der Kühlschrank ist voll. Bedient euch.«

In diesem Moment begann Necdet gefährlich zu schwanken.

»Scheiße«, flüsterte er schwach, als seine Beine unter ihm nachgaben. Mit Mühe fing Lumiel ihn auf und stützte ihn. Als sie ihn einigermaßen stabilisiert hatte, strich sie ihm mit der einen Hand sachte über den Rücken. Mit der anderen hatte sie seinen Oberarm fest im Griff.

Ich war sofort zur Stelle und tat es ihr auf der anderen Seite gleich.

»Es geht schon«, murmelte Necdet schwach und wollte sich aus unseren Händen winden.

»Nichts da, Nec. Komm, wir packen dich ins Bett.«

Zuerst schien er etwas erwidern zu wollen, doch dann nahm er unsere Hilfe mit einem dankbaren Nicken an.

»Ich bin nur erschöpft. Unfassbar erschöpft.«

Wissend nickte ich ihm zu. Natürlich war er das. Schließlich hatte er heute Unglaubliches geleistet und dass er so lange aufrecht gestanden war, zeigte nur wieder einmal, wie stark er eigentlich war. Ich hielt ihn noch ein wenig fester und war gleichzeitig so stolz auf ihn. Keos folgte uns schweigend zu meiner Wohnung.

Oben angekommen legten wir Necdet auf das Schlafsofa. Während Lumiel eine Kopfschmerztablette holte, zog ich ihm vorsichtig die Schuhe aus.

»Nicht«, hauchte mein Freund schwach und wollte mir seine Füße entziehen.

»Lass das«, schimpfte ich sanft. »Lass mich dir helfen.«

»Hier«, flüsterte Lumiel und reichte ihm die kleine Pille und ein großes Glas Wasser. Als er es ausgetrunken hatte, nickte die Banshee zufrieden.

Keine fünf Minuten später schlief Necdet tief und fest. Wir schlichen uns durch den Türbogen ins Wohnzimmer. Das leise Schnarchen folgte uns, was mich zum Lächeln brachte. Ich betete, dass Necdet sich bald erholte. Und dass uns dann eine etwas ruhigere Zeit bevorstand. Seit Tagen jagte ein furchtbares Ereignis das nächste, die Prüfungen und Herausforderungen schienen nahtlos ineinander überzugehen. Die drei Tage Bettruhe waren längst vergessen, die Erholung längst aufgezehrt.

Am liebsten hätte ich mich ebenso in mein Bett und einen tiefen Schlaf sinken lassen, doch der Dämon, der auf meinem Lieblingssessel saß, erinnerte mich daran, dass ich noch eine Aufgabe zu erledigen hatte.

»Geht es Necdet gut?«, wollte er wissen. In seiner

Stimme war keine Spur Spott, Überheblichkeit oder Belustigung zu finden, die seine Worte sonst so gern begleiteten. Er schien sich ernsthaft Sorgen zu machen.

Ich nickte und ließ mich seufzend in die Polster sinken. »Ja. Er braucht nur Schlaf.«

»Wie wir alle«, warf Lumiel streng ein. Ihre Augen lagen vielsagend auf mir.

Ich nickte. Ich wollte Madam Aurelie nur fragen, ob sie ein solches Amulett besorgen könnte. Je eher wir es hatten, desto schneller konnte Keos diesen Schwur leisten. In nicht einmal einer Stunde wäre ich zurück. Als ein lautes Schnarchen vom Schlafsofa her ertönte, mussten wir beide kichern.

Lumiel gähnte, und ich erkannte dunkle Ringe unter ihren Augen. Sie konnte diese auch kaum noch offen halten. Ich biss mir auf die Lippen und wandte mich dann an den Dämon. Er schaute sich von seinem Platz aus in meinem Wohnzimmer um. Als Lumiel ein weiteres Gähnen zu unterdrücken versuchte, was ihr eindeutig misslang, fasste ich einen Entschluss. Sie brauchte genauso eine Pause und Schlaf wie Necdet.

»Lumiel, du gehst ins Bett. Schlaf ein bisschen, okay?«

Ihre Augen flogen zu Keos, der nun zwischen uns hin und her schaute und seine Lippen dann zu einem Grinsen verzog. Wahrscheinlich konnte er sich denken, was gleich kommen würde.

»Wir könnten ihn sowieso nicht aufhalten, selbst wenn wir es wollten. Vermutlich wäre er schon im nächsten Bundesstaat, bevor wir Flucht auch nur buchstabieren könnten.«

Meine Freundin schwieg.

»Ich fände es trotzdem besser, wenn du dich auch ausruhen würdest und später …«

»Ich brauche nicht lange, versprochen. Spätestens in einer Stunde bin ich zurück.«

Lumiel gähnte erneut, warf Keos noch einen Blick zu, der wahrscheinlich warnend ausfallen sollte, und schlurfte dann durch den Türbogen Richtung Bett.

»Du kommst mit mir«, erklärte ich dem Dämon so streng wie möglich und erhob mich dann zum Gehen.

»Aye, aye Captain«, gab er süffisant zurück.

12. THE HANGED ONE – ODER WIE DIR AUS HODEN EIN STRICK GEDREHT WIRD

»Taleyi, welch seltene Freude. Guten Morgen«, grüßte mich Aurelie Laveau, oder wie sie lieber genannt werden wollte: Madam Aurelie. Ich hatte keine Ahnung, wann sie schlief, der Laden war tagsüber immer geöffnet, während ihr zweites Geschäft hauptsächlich in der Nacht besucht wurde. Und immer traf man sie an.

»Wen hast du denn da mitgebracht? Einen Fremden?«

»Er ist nur zu Besuch.«

»Ja. Ich bin nur auf der Durchreise«, merkte Keos sarkastisch an. Ich drückte warnend sein Handgelenk, das ich umfasst hielt.

»Wie geht es dir?«, fragte ich und zog den Dämon hinter mir über die Türschwelle. In diesem Bereich des kleinen Geschäftes standen und hingen überall übertriebene Dinge, die die Menschen mit Voodoo und Magie in Verbindung brachten. Die dunklen Holzwände waren behängt mit Trommeln, Talismanen und Traumfängern. In den Regalen befanden sich Flacons mit unwirksamen Zaubertränken, dysfunktionalen Flüchen und schlichten, einfachen Tees. Auf einem kleinen Tischen fand man eine Glaskugel, Tarotkarten und selbst ein paar Schrumpfköpfe, die aus Pflanzenleder bestanden. Es roch nach Salbei und Frauenkraut. Der Duft lag so schwer in der Luft, dass das Räucherwerk sicherlich noch irgendwo vor sich hin glomm. Ich konnte nicht sagen weshalb, doch ich liebte diesen Ort, der einem Schauermärchen entsprungen schien.

»Ah, die Hitze, Kindchen. Die Hitze stellt Seltsames mit den Menschen an. Es wird Zeit, dass es mal wieder regnet«, antwortete Madam Aurelie.

Wir folgten ihr in den hinteren Bereich des Ladens.

»Ich habe gehört, dass es schon lange nicht mehr so schlimm war wie dieses Jahr.«

Sie nickte. »Ich habe das letzte Mal vor genau zehn Jahren so viele Voodoo-Puppen, Liebeszauber und aphrodisierende Tränke verkauft. Ich dachte, die Touristen würden mich vollkommen leer kaufen. Aber die magische Gemeinschaft stand ihnen in nichts nach. Seltsame Dinge wurden damals bestellt. Seltsame, seltsame Dinge.«

Keos schnaubte und der Blick aus den milchigen Augen Aurelies glitt auf direktem Weg zu ihm.

»Du wirst es sehen, Fremder. Sie werden alle sonderlich.«

»Das glaube ich ihr aufs Wort. Sie steht als lebender Beweis vor mir«, flüsterte Keos, sodass nur ich ihn hören konnte. Madam Aurelie war nicht wunderlich. Nicht auf eine negative Weise. Na ja. Sie war vielleicht exzentrisch. Und einen Hauch bizarr. Aber ich mochte sie.

»Was kann ich für dich tun, Taleyi? Krötenhoden? Alligatorendärme? Einen Liebestrank? Oder etwas für die Lust?« Sie zwinkerte mir zu und schaute demonstrativ zu Keos hinüber.

Dieser arrogante Arsch lachte nur leise in sich hinein.

Ich überging die Sticheleien und kam zum eigentlichen Punkt meines Besuchs.

»Vor einigen Monaten hattest du hier ein Amulett. Ein Schwuramulett.«

Madam Aurelie nickte und lächelte. »Oh, das gefällt mir. Das gefällt mir sehr. Endlich mal etwas anderes als der Ramsch hier«, meinte sie und klatschte in die Hände. »Dafür müssen wir in den anderen Bereich des *The hanged One*. Kommt, kommt.«

Aurelie führte uns hinter den Tresen, auf dem eine alte Kasse stand und öffnete die Holztür, auf der ein *Privat*-Schild prangte.

Wir traten hindurch und die Welt wurde eine andere. Dieser Teil des *The hanged One* jagte mir Schauder über den Rücken. So sehr ich den vorderen Bereich liebte, so stark schreckte mich dieser ab. Hier stand ich der Düsternis unserer Welt, nackt und pur, wie sie war, gegenüber. Meine Härchen stellten sich auf. Die Luft schien ein wenig dicker zu sein. Außerdem nahm ich den schwachen Geruch der Flüssigkeiten aus den Reagenzgläsern unter dem Salbei wahr.

Ich fand so gut wie alles hier grenzwertig und morbide.

Widerlich.

Makaber.

Unheimlich.

Madam Aurelie praktizierte keine dunkle Magie, soweit ich wusste, aber in ihrem Laden fanden sich Utensilien für jeden Zauber, Fluch oder Bann. Dadurch führte sie das erfolgreichste Geschäft hier in New Orleans. Die Houngan, die Voodoo-Priester, die sich der hellen Magie verschrieben hatten, kauften hier ein. Ebenso die Bocor, die sich in den dunkelsten Voodoo-Künsten verstrickten und sogar mit Schattenwesen in Kontakt traten, wenn sie mächtig genug waren. Ich duckte mich unter einer Handvoll toter ausgebluteter Hühner hinweg und stand direkt einem echten Schrumpfkopf in der Größe einer Guave gegenüber. An den Stichstellen seiner zugenähten Lider und Lippen trat noch Sekret aus.

Ich trat um das verkümmerte Körperteil herum.

»Falls ihr das Sperma eines Waschbären oder den Kot einer Wasserschnepfe braucht, ich bekomme heute Abend eine Lieferung.«

Keos gab ein ersticktes Geräusch von sich und ich musste grinsen. O ja. Ich mochte Aurelie.

»Nur das Amulett«, entgegnete er.

Aurelie legte ihren langen, geflochtenen Zopf über ihre Schulter nach vorn und schnaubte leise. »Sei nicht so voreilig, Fremder. Ich habe fast alles hier.« Sie deutete auf die Regale.

»Das ist nett und dennoch unnötig«, antwortete Keos mit freundlicher Stimme.

»Manchmal hat man etwas vielleicht nicht nötig, Bursche. Aber man will es. Verstehst du?«

»O ja«, gab er mit einem anzüglichen Ton zurück. »Ich meinte, ich habe es nicht nötig Magie zu kaufen. Ich beherrsche sie.«

Madam Aurelie schaute den Chaosdämon für einige Sekunden an und mir stockte der Atem. Etwas Hartes trat in ihre Augen, und ein verkniffener Zug zeichnete sich um ihre Mundpartie ab. Ich spürte eine Anspannung von ihr ausgehen, die ich so noch nicht erlebt hatte. Aurelie öffnete ihre Lippen, als wollte sie etwas sagen, doch dann schüttelte sie den Kopf und ihre Züge entspannten sich wieder.

»Wie du meinst, Fremder«, murmelte sie kurz angebunden.

Hatte der Dämon sie mit seiner arroganten Aussage vor den Kopf gestoßen? Oder hatte sie erkannt, was für ein Wesen gerade durch ihren Laden schlenderte?

Madam Aurelie führte uns noch ein paar Schritte weiter und wir schritten an Einmachgläsern mit schrecklichen, widerlichen oder grotesken Inhalten vorbei. Als plötzlich, wie aus dem nichts, Trommeln anfingen zu schlagen, zuckte ich erschrocken zusammen.

»Keine Angst. Das ist nur mein Horace. Er übt für den großen Abend.«

»Horace ist Madam Aurelies Lebenspartner«, klärte ich Keos schnell auf. »Er ist Musiker.«

»Den großen Abend?«, hakte der Dämon nach.

»O ja. Ein Abend voller Musik, Tanz, Essen und Magie«, erklärte Aurelie mit unverhohlener Vorfreude in der Stimme. »Wartet kurz hier.« Und schon war sie zwischen zwei Regalen verschwunden.

»In ein paar Wochen findet im French Quarter ein Straßenfest statt. Natürlich werden auch Touristen da sein, aber eigentlich ist es dafür gedacht, den Zusammenhalt des Viertels zu stärken. Zu tanzen und zu feiern und die Leute zusammenzubringen«, erklärte ich ihm in der Zwischenzeit. »Aurelie und ein paar andere Geschäftsinhaber des French Quarters haben sich vor ein paar Jahren dafür stark gemacht. Einheimische Musiker, Restaurants und Bars profitieren davon. Außerdem legen sie ein klein wenig Magie über das French Quarter. Jeder Genuss, alle Gefühle, sie werden intensiver wahrgenommen.« Ich sah, wie ein Schatten über Keos' Züge huschte. Er war Jahrhunderte eingesperrt gewesen. Ewigkeiten ohne all das, was das Leben erst ausmachte. Das musste furchtbar gewesen sein. Ich erinnerte mich daran, wie seltsam er geklungen hatte, als er mich in seinem Unterbewusstsein das erste Mal angesprochen hatte.

Was machst du denn da?, hatte er gefragt, und dabei gedacht, ich wäre nur ein Gedanke von ihm.

»Musik, Essen und Magie.« Keos versuchte, es nebensächlich klingen zu lassen, doch Wehmut klang in seinen Worten. Ich trat näher auf ihn zu.

»Hast du es vermisst?«

»Was?«, fragte er und schaute mich erstaunt an. Zum ersten Mal, seit er seine Tür verlassen hatte, war der Ausdruck in seinem Gesicht ehrlich, echt und offen.

»Das Leben.«

Keos' Blick suchte meinen. In seinen Augen leuchtete etwas auf. Etwas, das ich weder benennen konnte, noch wollte. Das Leuchten nahm zu, erlosch dann aber innerhalb eines Wimpernschlages. Es war, als würde er einen Teil von sich vor der Welt verbergen. Als würde er ihn wegsperren. Jetzt, da ich kurz davor gewesen war, seine Mauern zu durchbrechen, wollte ich ganz dahinter blicken. Doch ehe ich näher darauf eingehen konnte, ergriff er wieder das Wort.

»Was weißt du schon vom Leben, Liebes?«, fragte er hart.

Statt zurückzuschrecken, schüttelte ich lächelnd meinen Kopf. Er hatte mir bestätigt, was ich geahnt hatte. Es ging ihm gegen den Strich, dass ich dieses kleine Aufblitzen an Emotion, an Sehnsucht gesehen hatte. Und nun wollte er mich vor den Kopf stoßen.

»Was?«, wiederholte Keos noch einmal. Hohn und Überheblichkeit schnellten aus seinen Worten hervor wie Peitschenhiebe. Nur war ich gegen diese Waffen längst immun. Immerhin bekam ich genau dies tagtäglich von der magischen Gemeinschaft zu spüren.

»Was weißt *du* davon?«, gab ich deshalb gelassen zurück.

Keos grinste finster und trat einen Schritt auf mich zu. Irgendwo ließ Horace das Lied verklingen und stimmte ein Neues an. Er schlug die Trommeln nicht nur, er spielte sie. Er füllte ihre Klänge mit einer ganz eigenen Art der Magie.

»Ich bin das Chaos, Liebes. Ich bin das Leben.«

Mein Herz begann im Takt der Trommeln zu schlagen. Wild, ungehemmt, wie in einem Rausch. Meine Augen wanderten unruhig über das Gesicht vor mir, als würden sie etwas suchen. Die schwarzen, welligen Locken, von denen ihm gerade eine in die Stirn fiel. Der goldene Ton seiner Haut. Die harten, scharf geschnittenen Züge, die weicher zu werden schienen, wenn er lächelte - aber auch nur manchmal. Die dunklen Augen, mit dem tiefen Blick.

Ich trat einen kleinen Schritt zurück. Keos folgte mir.

Sein Duft umgab mich. Wir waren uns zu nahe. Ein kräftiger, sommerlicher Sturm und ein nahendes Gewitter umhüllten mich. Frisch, aufgeladen, stark und gefährlich.

»Da ist es«, rief Aurelie und trat in den Gang. Der Chaosdämon grinste auf mich hinab und drehte sich dann zur Ladenbesitzerin um. Aurelie ließ das Amulett an einem Finger vor meinem Gesicht baumeln.

»Das ist …«

»Ein Schwuramulett«, bestätigte Aurelie.

Ich strich mit meinem Zeigefinger vorsichtig am Rand der münzgroßen Silberplatte entlang. Aurelie ließ das Amulett hochschnellen und fing es auf.

»Wäre das alles?«, wollte sie wissen.

Ich nickte. Zu spät fiel mir auf, dass sie mich nicht sehen konnte. »Ja«, antwortete ich deshalb schnell und folgte ihr zurück in den vorderen Bereich des Geschäftes.

Keos schlenderte mir nach. Dabei summte er die Melodie der Trommeln mit und auch in meiner Brust wechselte der Rhythmus wieder. Begleitete ihn.

Horace übte eine sehr seltene Magie aus. Er konnte sie in seine Musik weben und wer immer die Klänge hörte, lauschte ihnen nicht nur, er erlebte sie, er fühlte sie. Sie erreichte die Herzen und Seelen aller Wesenheiten.

Reiß dich zusammen, Taleyi, schimpfte ich mich selbst. Ich durfte auf keinen Fall meine Libido ans Steuer lassen. Nicht schon wieder. Die kleine Einlage mit dem Succubus reichte für den Rest meines Lebens.

»Liebes?«

»Was?«, fauchte ich über die Schulter.

»Gibt es einen Grund, weshalb du angehalten hast?«

Wusste er, was für Gedanken in meinem Kopf kreisten? Nein, das war unmöglich. Er konnte es höchstens erahnen. Ich griff, ohne hinzusehen, nach dem erstbesten Glas zu meiner Rechten.

»Ja. Ich brauche nämlich auch das.«

»Alligatorenhoden. Soso. Also doch die Lust, hm?«, bemerkte Aurelie, ohne sich umzudrehen. »Ach Kindchen, das benötigst du nicht. Du solltest dich nur ein bisschen lockerer machen. Horace zum Beispiel liebt es, wenn ich …«

Beinahe hätte ich das schwere Glas fallen lassen. »Ähm, nein«, unterbrach ich Aurelie schnell. »Ich brauche es für …«

Denk nach, Taleyi. Eine Freundin? Einen Zauber? Das leise Lachen hinter mir ließ augenblicklich meine Wangen heiß werden.

»Ah, ich verstehe. Die andere Sache … ist ein bisschen veraltet, hilft aber immer«, half mir Madam Aurelie aus der Patsche. Ich hätte sie küssen mögen.

»Ja genau«, stimmte ich schnell zu.

»Die andere Sache, soso.«

»Ja die andere Sache«, zischte ich nach hinten.

Ein ersticktes Geräusch ließ mich herumfahren. Keos presste seine Lippen aufeinander und versuchte ganz klar, sein Lachen zu unterdrücken. »Diese bösen, bösen Blähungen.«

»Ja ge …« Was!?

»Das beste Mittel dagegen«, erklärte Aurelie.

»Wäre es wirklich schlimmer gewesen, zuzugeben, dass ich dich nicht kalt lasse, als nun mit einem Glas voll Alligatorenhoden durch das French Quarter zu stiefeln?«, fragte mich Keos, als wir aus den *The hanged One* traten. Das warme Licht des Moments, kurz bevor die Sonne aufging, blendete mich, weckte aber auch gleichzeitig meine Müdigkeit. Vielleicht lag es daran. An der vollkommenen Erschöpfung. Vielleicht auch daran, dass er die Frage so schlicht gestellt hatte. Aber ich stritt nichts ab.

✧ ✧ ✧

»Wirst du uns helfen?«, fragte ich, als wir am Fuß der Stufen zur Bibliothek ankamen.

»Wobei?«

»Herauszufinden, wie die Kreaturen freigelassen werden und denjenigen aufzuhalten, der dahintersteckt.«

»Was meinst du mit *wie*? Die Wesenheit wird einen Deal mit einem Fluchbrecher eingegangen sein.«

»Nein«, entgegnete ich und blieb vor der Tür stehen.

»Was macht dich so sicher?« Keos musterte mich eindringlich.

»Es war nicht wie bei dir. Deine Tür stand offen. Bei den anderen sind die Türen immer noch verschlossen.«

»Und die Siegel?«, fragte er.

»Ich weiß es nicht.«

Er schwieg und ich betrat die Bibliothek.

»Lass uns den Schwur hinter uns bringen und schlafen.«

»Ich würde die Situation wirklich gern ausnutzen. Aber Liebes, diese Schwursache muss gut überlegt sein. Mach das nicht in diesem übermüdeten, fertigen Zustand. Ich verspreche auch, nichts anzustellen.«

Du kannst ihm nicht vertrauen, aber du kannst dich auf ihn verlassen, flüsterte eine fremde Stimme in meinem Kopf.

Ich war zu müde, um diesen Widerspruch für bare Münze zu nehmen. Ich war zu erschöpft, um wahrzunehmen, dass schon wieder diese seltsame Stimme in mir sprach, die nicht zu mir gehörte. Ich war zu fertig, um auch nur noch einen klaren Gedanken zu fassen. Also nickte ich. »Okay.«

Ich hatte keine Ahnung, wie wir es hinaufschafften.

Necdet und Lumiel schreckten hoch, als wir in das Schlafzimmer stolperten.

»Und«, wollte Lumiel schlaftrunken wissen. »Konnte Aurelie dir Auskunft geben?«

»Besser«, seufzte ich erschöpft und hielt das Schmuckstück in die Höhe.

»Sie hatte es wirklich in ihrem Laden?«, fragte Necdet ungläubig.

Ich machte ein zustimmendes Geräusch und kickte mir die Turnschuhe von den Füßen. Noch bevor ich unter meine Decke kroch, schliefen die beiden schon wieder tief und fest.

Keos ließ sich auf eine der Gästematratzen fallen, die meine Freundin hergerichtet hatte. Bei meinem Einzug hatte ich die türenlose, offene Wohnung geliebt.

Nun fand ich die Vorstellung, kein abgegrenztes Schlafzimmer und ein offenes Bad zu besitzen, nicht mehr so verlockend.

Meine Lider wurden so schwer, dass sie von allein zufielen.

»Bitte lass mich das nicht bereuen. Bitte halte dein Versprechen.« Ich spürte, wie ich wegdämmerte.

»Immer«, kam es vom Boden. »Ich halte meine Versprechen immer.« Ein leiser Schmerz klang mit den Worten mit. Ein Schmerz, der mich in meinem schutzlosen Zustand zwischen Dösen und Tiefschlaf tief berührte.

13. DORNRÖSCHEN UND PRINZ CHAR … PRINZ SOWAS VON UNCHARMING

Geflüsterte Worte, leises Rascheln und der Geruch von starkem, frischem Kaffee weckten mich. Ich blinzelte, kniff die Augen aber sofort wieder fest zusammen, als mich helles Licht blendete. Mein Kopf fühlte sich schwer und zäh an.

Leise stöhnend stützte ich mich auf den Ellenbogen ab und richtete mich halb auf.

»Na endlich, Liebes. Ich dachte schon, ich müsste jemanden suchen, der bereit wäre, Dornröschen wachzuküssen.« Keos stand vor dem Bett. »Sag mir nicht, du bist ein Morgenmuffel.«

»Der einzige Muffel hier bist du, Dämon«, kam mir jemand zu Hilfe. Vor meinem Gesichtsfeld erschien eine große Tasse, die einen Geruch verströmte, der mich lächelnd hochschauen ließ.

»Guten Morgen.« Necdet sah mich besorgt an und gab mir die Tasse. »Geht es dir gut?«

Ich trank einen großen Schluck. Ich brauchte Kaffee, bevor ich auch nur einen anständigen Satz von mir geben konnte. Beim dritten Schluck versuchte ich mich an einem zaghaften Nicken als Antwort. Ich nahm noch einen und fühlte mich endlich wie ein Mensch, und nicht wie ein halbverfaulter, hirnloser Zombie.

»Wie spät ist es?«

»Mittag.« Necdet lächelte mich beruhigend an. »Es ist

nichts passiert. Alles war ruhig. Und du hast den Schlaf dringend gebraucht.«

»Das Bad ist frei«, trällerte Lumiel gut gelaunt und kam hinter dem Perlenvorhang hervor. In ihrem grellen, sonnengelben Kleid sah sie frisch und lebendig aus. Ein Blick in ihr Gesicht sagte mir, dass sie genau das auch war. Ausgeruht. Gutgelaunt. Voller Tatendrang.

Ein letztes Mal gähnte ich herzhaft, bevor ich die Trägheit abschüttelte und wortlos ins Bad schlurfte.

Ich drehte die Dusche voll auf, stellte sie auf eiskalt und ließ das Wasser die vergangenen Stunden, ach was, die vergangenen Tage von mir abwaschen. Als ich fertig war, schaute ich in den Spiegel. Ich sah immer noch müde aus. Aber zumindest war mein Verstand jetzt endlich wach. Schnell zog ich mir lockere Leinenklamotten über und wickelte mir ein Tuch um den Kopf. Als ich aus dem Bad kam, saßen meine Freunde gemeinsam mit Keos am Tisch. Es war seltsam, sie so zusammen zu sehen. Der Dämon war jetzt wohl ein Teil unserer kleinen, eingeschworenen Gruppe. Auch wenn es vollkommen neu für mich war, störte mich das Bild nicht. Necdet füllte unaufgefordert Keos' Glas mit Orangensaft und erntete dafür ein dankbares Nicken. Ich erkannte, dass ihr Umgang miteinander noch ein wenig befangen war. Denn als er sich zu Lumiel wandte, hob sie eine Hand und kippte die Saftpackung so lange, bis ihr Glas randvoll war, was Nec kopfschüttelnd zum Lachen brachte. Der Chaosdämon hob sein Glas an die Lippen, stutzte dann aber und wandte den Blick zu mir. Wie peinlich. Jetzt hatte er mich beim Starren erwischt. Schon wieder. Andererseits … Warum auch nicht? Er selbst wurde ja nicht müde, mit seinem – wie hatte er es noch gleich genannt? – Antlitz anzugeben. Darum lächelte ich ihn einfach an und Keos grinste zurück.

Ich setzte mich auf den leeren Stuhl und vor mir auf dem Tisch stand schon eine neue Tasse Kaffee. Herrlich.

»Du hast dein Versprechen gehalten«, stellte ich fest, als ich meine Gedanken halbwegs sortiert hatte.

Keos' Miene blieb undurchdringlich. Nur seine Lippen verzogen sich zu einem kleinen Grinsen. »Denkst du so schlecht von mir?« Er lehnte sich nach vorn und stützte seine Ellenbogen auf den Tisch. Sein Blick hielt meinen fest. In seinen Augen leuchtete eine Emotion auf, die Belustigung und Ärger in sich vereinte.

»Vielleicht«, gab ich ehrlich zurück.

»Autsch. Das tut weh.« Der Dämon grinste schief, und ich zuckte mit den Schultern.

»Du willst uns doch auch nicht helfen, das Chaos mit den Türen und den Kreaturen hier zu beseitigen«, erwiderte ich ein wenig pampig.

»Das habe ich nie gesagt«, gab er zurück.

»Ich glaube, ich weiß sehr wohl, was dein Schweigen zu bedeuten hatte«, entgegnete ich scharf.

»Oh, wie interessant. Dann klär mich bitte auf.«

Ehrlich gesagt hatte ich keine Ahnung. Aber ich wollte ihn aus der Reserve locken, ihn reizen. Vielleicht half er uns am Ende ja doch. »Du hast Angst«, schoss es aus mir heraus. Am liebsten hätte ich mir sofort die Hand auf den Mund geschlagen. O weh. Das war vielleicht nicht die klügste Antwort. Ich saß wie angewurzelt da und hielt seinem Blick stand. Ein bisschen nervös wartete ich auf seine Reaktion.

Keos starrte mich für eine Sekunde überrascht an. Dann lachte er auf. Und ich … Ich atmete auf. Fast hatte ich damit gerechnet, dass er beleidigt sein würde.

»Irrtum, Liebes. Angst ist etwas, dem ich schon vor Ewigkeiten den Rücken gekehrt habe.« In diesem Satz lag eine Wahrheit, die mich erschrak. Aber auch erleichterte. So jemanden, der keine Angst kannte, sich furchtlos gegen das Zukünftige stellte und nicht so schnell kleinzukriegen war, in unserem Team zu haben, war Goldwert.

»Dann hilf uns.«

»Das werde ich«, erwiderte er.

Ich stutzte. »Wirklich?«

»Ich kann mit euch trainieren. Ich kann euch das Kämpfen lehren.«

»Oh«, hauchte ich leise. Zu mehr war ich nicht imstande. *Du darfst ihm nicht vertrauen, aber du kannst dich auf ihn verlassen*, kamen mir die fremden Worte in den Sinn. Ich lächelte ihn zaghaft an und lehnte mich zurück in den Sessel.

»Hab ich sonst noch etwas verpasst, während ich geschlafen habe?«, fragte ich.

»Nein. Wir haben dem Dämon nur ein wenig erklärt, was er in letzter Zeit so verpasst hat.« Lumiel grinste geheimnisvoll und zwinkerte Keos zu. Ich schaute stirnrunzelnd zwischen den beiden hin und her. Was war das denn?

»Ah ja. Ich …« Ein lautes Klopfen an der Eingangstür unterbrach mich. Ich schaute erstaunt von einem zum anderen, erntete aber nur ratlose Blicke, also rannte ich die Treppe nach unten zur Pforte. Der Steinboden fühlte sich unter meinen nackten Fußsohlen angenehm kühl an. Dort stand ein Paketbote. Er drehte erleichtert an seiner roten Cap, als ich die Tür öffnete. Neben ihm war ein Stapel Päckchen, der fast so hoch war wie er.

»Ähm …«

»Wiedersehen«, murmelte er schnell und ließ mich mit der Zustellung allein.

Als ich auf dem Aufkleber den Namen des Empfängers

entdeckte, runzelte ich verwundert die Stirn. Ich hob das erste Paket herunter und las das Etikett vom zweiten.

»Keos, kommst du mal bitte«, rief ich hoch.

Dank seiner Magie stand er zwei Herzschläge später neben mir und schaute erstaunt auf die Schachteln.

»Die sind für dich.«

»Wirklich?«

»Ja.«

»Seltsam.« Dann zuckte er die Achseln. Er zog die Kartons nacheinander in die Bibliothek und öffnete sie. Darin waren Klamotten. Hosen, T-Shirts und eine Lederjacke, alles in Schwarz.

»Nett«, kommentierte er die Jacke. »Ein bisschen warm vielleicht, aber sie sieht gut aus. Ich mag die Farbe.«

Das hätte mich beinahe zum Lächeln gebracht. Beinahe.

Als wir die Kisten in die Wohnung trugen, schaute Lumiel auf.

»Na siehst du. Ich sagte dir, Express-Lieferungen sind wirklich schnell.«

Ich brauchte eine Sekunde, um die Worte zu erfassen, dann klappte mir der Mund auf.

»Danke«, grinste der Dämon in meine Richtung, woraufhin ich noch argwöhnischer wurde.

»Warum danke?«

Lumiel räusperte sich laut und warf Keos einen warnenden Blick zu. Ich schaute wieder zwischen den beiden hin und her, bis mir ... hatten sie die Bestellung etwa über meinen Account getätigt?

Gerade wollte Keos etwas sagen, als ein Grollen, begleitet von einem Beben, durch die Bibliothek fuhren.

»Scheiße«, fluchte er. Sein Grinsen war schlagartig verschwunden.

Lumiel und Nec waren aufgesprungen.

»Was ist …«, setzte Lumiel an, wurde aber sofort unwirsch von Keos unterbrochen.

»Es bleibt keine Zeit für große Erklärungen. Der Schein trügt. Vergesst nicht, dass der Schein trügt«, rief er uns nervös zu.

Ich schaute ihn verständnislos an.

»Hör zu, Liebes, bleib bei mir. Okay?«

»Ich …«

»Versprich es mir«, knurrte er eindringlich. Sein Blick bohrte sich in meinen. Mir lief ein Schauer über den Rücken. Doch ich nickte. Ich hatte ihn noch niemals so … so … besorgt gesehen.

Meine Zustimmung schien ihn zu beruhigen, aber da ging schon das nächste Beben durch das Gebäude. »Haltet euch bereit. Und vergesst nicht, es sind Lü …« Er brach ab.

Bereit? Bereit wofür?

»Keos, was …«, setzte ich an, kam aber nicht weit.

»Halt dein Maul du nichtsnutzige, schwache Göre.«

Erschrocken sah ich zu dem Chaosdämon hoch, der zu mir herumgefahren war. Aus seinen Augen sprühte der Hass.

»Keos?«

»Schweig! Du armselige Kreatur. Du widerst mich an.«

Seine Hände waren zu Fäusten geballt. Die Worte spie er förmlich aus und sein Blick loderte vor Zorn.

»Keos, was soll das?« Ich konnte nicht verhindern, dass die Worte von einem beleidigten Unterton begleitet wurden.

»Kreisen deine Gedanken nicht ständig um mich, seit du mich zum ersten Mal gesehen hast? Ein sommerlicher Sturm, ein nahendes Gewitter. Aufgeladen, stark, gefährlich«, zählte er auf. Meine Gedanken, sobald sein Geruch mich einfing.

Aber wie …

Seine Stimme war so tief, dass sie mich mit in einen Abgrund zog. Sein Tonfall war so scharf, dass er mir damit direkt ins Herz schnitt.

Nichtsnutz. Göre. Du widerst mich an.

Wann hörte es auf, mich zu verletzen? Wann war es okay, wer ich war? Wann konnte ich damit aufhören, mich zu schämen? Und warum bei der großen Gottheit Mawu-Lisa traf es mich so sehr, dass Keos all das zu mir sagte? Ich hatte es unzählige Male gehört. Die gleichen Worte. Dieselbe Schärfe. Die vollkommen identische Herablassung. Von Lafayette, von meiner Tante, von Etienne und seinem Gefolge. Warum traf es mich bei Keos so viel mehr?

»Heulst du jetzt?«

Ich ballte meine Hände zu Fäusten und trat einen Schritt auf ihn zu. Es fiel mir unfassbar schwer, doch ich hielt seinem kalten Blick stand. »Hör mal zu, Freundchen, du magst vielleicht …«

Ich sah seine Hand nicht kommen, da landete sie schon in meinem Gesicht. Meine Welt drehte sich und ich mich mit ihr. Meine Wange explodierte. Als ich auf dem Boden aufkam, schmeckte ich Blut. Mir blieb keine Gelegenheit, wegzukriechen, da kniete Keos schon über mir und fasste mir mit seinen Händen grob an meine Kehle.

»Ich hasse dich«, knurrte er leise, aber umso ehrlicher. Seine Augen bohrten sich verächtlich in meine und dann drückte er zu.

14. Wer hat Angst vor Quaksi, dem wohl fiesesten Wetterfrosch im Bayou?

Mit meinen letzten Kraftreserven bohrte ich die Fingernägel verzweifelt in Keos' Hand und versuchte, seine Finger von meiner Kehle zu lösen. In meinem Hals brannte es so sehr, dass selbst das große Feuer von New Orleans in den Schatten gestellt wurde.

»Lass mich los«, krächzte ich gepresst und kaum hörbar.

Als Antwort drückte er noch fester zu und ich hätte schwören können, dass irgendetwas in mir plötzlich nachgab.

Die Punkte, die vor meinen Augen tanzten, vergrößerten sich rasend schnell und verbanden sich zu einem verwaschenen Schleier, der mir mehr und mehr die Sicht nahm. Nur noch zwei dunkle Augen mit hasserfülltem Blick blitzten aus dem hellgrauen, milchigen Nebel hervor.

Ich spürte, wie die Kraft aus meinen Händen wich und sie erschlafften. *Keiner hatte gesagt, dass sterben so einfach war und so schnell ging*, schoss es mir durch den Kopf.

Ich hatte gehört, dass in den letzten Sekunden das ganze Leben an einem vorüberzog. Aber da war nur Keos in meinen Gedanken. Keos, der mich herablassend ansah und eine Braue hochzog. Keos, der süffisant grinste und seine Arme verschränkte. Keos, der seine Hände in den Hosentaschen vergrub und gelangweilt und desinteressiert dreinschaute. Keos, der mich frech angrinste. Keos, der mich besorgt ansah. Besorgt. Besorgt … irgendetwas stimmte nicht … fieberhaft dachte ich nach … die Erkenntnis traf mich wie ein Stromschlag. Der Schein trügt. Konnte es sein, dass … konnte es wirklich sein, dass …

Keos' Angriff war aus dem Nichts gekommen. Wir hatten uns normal unterhalten, bis er sich hasserfüllt auf mich gestürzt hatte. Er hatte uns gewarnt. Konnte *der Schein trügt*, bedeuten, dass das nicht real war?

Der Druck seiner Finger ließ nach.

Ich versuchte, etwas auszumachen, das meinen Verdacht bestätigte. Meine Sicht verschwamm. Doch die hasserfüllte Fratze von Keos blieb. Sie passte so gar nicht zu ihm.

»Noch nicht mal sterben kannst du«, zischte der Dämon und griff stärker nach mir.

Aber der Druck seiner Hände erhöhte sich nicht, woraufhin ich endlich einen gepressten Atemzug in meine Lunge sog. Aber war der Schmerz vorher schon schlimm gewesen – dieser überstieg ihn bei weitem. Tausende von Nadeln bohrten sich tief und unerbittlich in meine Lungenflügel, als wären sie die Voodoo-Puppen einer verhassten Persönlichkeit.

Der Schein trügt, betete ich mir vor wie ein Mantra und rief mir immer wieder die Bilder des Dämons vor Augen, wie er mich ansah. Undeutbar, aber nicht hasserfüllt. Wütend, aber nicht hasserfüllt. Traurig, aber nicht hasserfüllt. Warte. Was? Traurig? Das musste ich halluziniert haben. Andererseits als ich wieder diesen besorgten Blick von Keos vor Augen hatte und seine Worte in meinem Kopf hörte, riss der Dämon seine Hände von meiner Kehle, als hätte er sich an mir verbrannt. Und ich schnappte erneut gierig nach Luft.

Bleib bei mir, Liebes. Der Schein trügt. *Versprich es mir.* Der Schein trügt.

Hustend und röchelnd kam ich auf die Knie. Keos' Hass schien währenddessen zu wachsen. Er schrie wütend auf. So voller Zorn, so laut, dass ein Beben durch die Bibliothek ging. Dann verschwamm er immer mehr, zersetzte sich in der Luft und löste sich schließlich auf.

Sauerstoffmangel. Verheerender Sauerstoffmangel!

Ich versuchte, noch tiefer einzuatmen, doch meine gequetschte Kehle machte da nicht mit. Der Chaosdämon war tatsächlich verschwunden. Er hatte sich einfach in Luft aufgelöst. Was, bei allen Loa, ging hier vor sich? Hatte ich meinen Verstand verloren? Oder am Ende recht behalten und, was eben auch immer geschehen war, war ein Trugbild gewesen?

Schnell ließ ich meinen Blick durch den Raum wandern. Bis ich eine Gestalt ausmachte, die nur einen Schritt von mir entfernt stand und sich schützend vor mich gestellt hatte. Sie hatte sich breitbeinig und kampfbereit vor mir aufgebaut. Keos' Körper zitterte vor Anspannung, seine Hände lagen an den Seiten und waren zu Fäusten geballt. Das schwarze Leinenhemd spannte über dem starken Rücken.

»Atme. Es ist vorbei. Atme«, befahl er ruhig. In seiner Stimme lag eine solche Kälte, dass ich nicht wusste, ob er sich gleich wieder auf mich stürzen würde.

Keos hatte sich nicht umgedreht. Ich röchelte immer noch, doch der Überlebensinstinkt war nicht mehr das einzige, das mein Gehirn einnahm. Mein Blick glitt über die Schulter des Chaosdämons. Dort stand ein Koloss eines Mannes. Keine Ahnung, was er war, jedenfalls kein

Mensch. Seine Oberarme schienen aufeinandergestapelte Felsbrocken zu sein. Er überragte Keos um gut zwei Köpfe. Wären die Decken des Gebäudes nicht so hoch angelegt, hätte er sich ducken müssen. Sein Blick richtete sich auf mich und fand direkt meinen. Die dunkelblaue Farbe seiner Augen passte perfekt zu den langen, blonden Wellen, die ihm über die Schultern flossen. Er sah aus wie ein Wikinger. Ein Wikinger im Blutrausch. Ich japste leise auf. Der Hüne vor mir sah furchterregend aus. Allein bei seinem Anblick kroch lähmende Todesangst durch mich hindurch. Aus seinen Augen sprach Zorn in seiner reinsten Form. Und der Wille zu töten. Ohne Wenn und Aber. Das sah nicht gut aus. Die Luft um ihn begann zu vibrieren, seine Magie züngelte violett und knisternd um ihn herum.

»Du«, fauchte er mit einer Stimme, die klang, als würden große Steine gegeneinandergeschlagen werden. Schwer, voll und rau füllte sie den ganzen Raum aus. Er schritt auf mich zu. »Ich hasse es, wenn meine Pläne ruiniert werden. Und ich wette, da hattest du mal wieder deine Finger im Spiel, *Keos*?« Er blieb stehen und wandte sich wieder an den Chaosdämon. So wie er den Namen betonte, kannten sie sich. Allerdings schienen sie nicht die besten Freunde zu sein.

Erschrocken schaute ich mich um und suchte nach Lumiel und Nec. Meine Freundin stand in einer Ecke des Raumes. Ihr Anblick zerriss mir das Herz. Sie hatte die Arme nach oben ausgestreckt und ihren Kopf in den Nacken geworfen. Ihre Lippen waren zu einem stummen Schrei geöffnet und Tränen flossen über ihre Wangen. Ihr Gesicht, ihre ganze Haltung zeugten von einem solchen Schmerz, von solch einer Seelenqual, dass allein ihr Anblick reichte, um mir die Tränen in die Augen zu treiben.

Ich setzte mich auf wackeligen Beinen in Bewegung, um zu meiner Freundin zu gelangen.

»Nicht«, schrie Keos harsch, aber ich ignorierte ihn. Ich musste zu ihr. Da ließ mich ein verzweifeltes Wimmern herumfahren. Necdet kauerte in einer anderen Ecke. Er hatte die Beine angewinkelt und seine Arme darumgelegt. Sein Kopf ruhte auf seinen Knien. Um ihn herum wüteten die Schatten und Nebel. Eine finstere, gespenstische Fratze hatte sich in den Schlieren bereits geformt und sah gierig auf ihn hinab. Wieder wimmerte er und in mir brach etwas. Sie litten. Sie beide litten.

»Du kannst ihnen nicht helfen. Du erreichst sie nicht, da wo sie jetzt sind.« Aus Keos' Stimme klang eine raue Sorge. Aber auch eine Endgültigkeit, die mich tief traf.

Frustriert, wütend, hilflos und vollkommen überfordert stemmte ich meine Hände in die Hüften, wollte ihn fragen, was zum Henker das alles sollte. Doch mir blieb der Mund offenstehen und ich wankte einen erschrockenen Schritt zurück, als ich ihn sah. Seine Magie umgab ihn, wie unsichtbarer Rauch, der tiefschwarz gefärbt war. Sie lag schwer in der Luft und als ihre Essenz mich traf, mich einnahm, wurde ich fast von ihr erdrückt. So etwas hatte ich noch nie erlebt. Nicht bei Lafayette, nicht bei Mama Safiya, nicht mal bei den Satansbraten. Keos sah über seine Schulter zu mir. Aus seinen Augen leuchtete die schiere Macht. Seine Lippen verzogen sich zu einem schiefen Grinsen.

»Showtime. Lehn dich zurück und genieß die Vorstellung«, sagte er mit einem Zwinkern.

Dann rannte er auf die Wikingerkreatur zu. Seine Magie umfloss ihn in aller Dunkelheit und befeuerte seine Schnelligkeit, seine Kraft. Der Wikinger sah ihn zuerst überheblich an. Doch als der Chaosdämon ihn fast erreicht hatte, riss der Blonde die Augen auf und Panik trat in seinen Blick.

Keos packte ihn hart am Oberarm und lachte. »Hast du gedacht, deine kleine Theatervorstellung würde auch bei mir funktionieren. Ich bitte dich, Qorxu.« Ehe dieser sich aus dem Griff befreien konnte, drehte Keos sich blitzschnell herum und warf den Wikinger über die Schulter. Als dieser hart auf dem Boden aufkam, schien das ganze Gebäude zu ächzen. Der Chaosdämon stürzte auf ihn zu, doch der andere war schon aufgesprungen. Für seine Größe und Muskelmasse war er erstaunlich schnell und agil. Als er wieder fest auf dem Boden stand, hielt er kurz inne und starrte Keos wütend an. Sein Körper war von einem hellvioletten Schein umgeben. Als würde er im Schwarzlichtkegel eines UV-Scheinwerfers stehen. Er bleckte seine Zähne und der Schein wurde greller. Der Wikinger – Qorxu? – jagte plötzlich auf Keos zu und versuchte, nach ihm zu greifen, doch dieser duckte sich unter seinem Arm durch und stand wie aus dem Nichts hinter ihm. Der Tritt in den Rücken war gezielt und mit voller Wucht. Der Wikinger stöhnte schmerzerfüllt auf, drehte sich um und knurrte erzürnt. Wieder bleckte er seine Zähne. Beide verharrten für eine Sekunde. Eine Sekunde, die mir den Atem raubte. Was da vor mir stand und Qorxu grinsend musterte, war durch und durch ein Dämon. O ja. Keos war das Chaos in Person.

Der Chaosdämon ließ seine Fingerknöchel knacken und trat einen bedrohlichen Schritt auf das andere Wesen zu.

Qorxu lehnte sich leicht nach vorn, als wolle er Keos einladen. Mit verengten Augen ballte Qorxu seine Hände zornig zu festen Fäusten.

»Dieses Mal nicht, Keos. Dieses Mal wirst du für alles büßen«, spuckte er ihm voller Zorn entgegen.

»Ach wirklich?«, fragte Keos langgezogen und schaute seinen Gegner fast gelangweilt an. Es hätte nur noch ein Gähnen gefehlt, um seine Gleichgültigkeit zu unterstreichen.

»Ja«, schrie der Blonde und stürmte wieder auf den Dämon zu. Dabei erstrahlte seine Magie in einem unfassbar tiefen Violett.

Und dann bekriegten sie sich erneut. Eigentlich sah man fast nur violette und schwarze Blitze, die aufeinander einschlugen. Jedes Mal, wenn sie sich trafen, krachte es laut. Die Luft begann zu vibrieren. Dunkle, knisternde Magie waberte um die beiden Gestalten, wollte sich entladen und kam dabei auf mich zu.

Ich wich zurück, hatte aber eigentlich keine Chance ihr zu entkommen. Als sie mich erreichte, war es, als würden kleine schwache Schockwellen über mich hinweg donnern. Durch mich hindurchfegen. Es war, als würden sie mich umfangen und mich willkommen heißen. Dann ließen sie von mir ab und flossen wieder auf die Kämpfenden zu.

Ich kniff meine Augen zusammen, um mehr zu erkennen. Gerade kassierte Keos einen harten Faustschlag. Die schiere, brutale Kraft hinter dem Hieb ließ ihn ächzend taumeln.

»Das war für Manchakuy, meinen geliebten Manchakuy«, brüllte der Wikinger bedrohlich.

Keos leckte sich über die Unterlippe. »Ist das so? Mehr ist er dir nicht wert?«

»Allerdings. Das war nur die Anzahlung, Arschloch.«

Als der Blonde los sprintete, – und zwar genau auf mich zu – entfuhr mir ein erschrockenes Geräusch. Es war so leise, dass ich es selbst kaum hörte. Doch Qorxus wütender Blick senkte sich und traf auf meine schreckgeweiteten Augen. Er bremste so abrupt ab, dass sich der Boden unter ihm wellenartig hob. Ein breiter Riss zog sich durch die dicken alten Steinplatten als sie unter der überdimensionalen Gewalt dieses Wesens brachen. Ich atmete keuchend auf und begann am ganzen Körper zu zittern. Wenn er mich mit dieser schieren Gewalt angegriffen hätte, wäre mir das gleiche Schicksal widerfahren wie der Steinplatte unter seinen Füßen. Allerdings wagte ich es nicht, unseren Blickkontakt zu lösen. Die kobaltblauen Augen starrten mich auf eine seltsame Art an. Dann blitzte in ihnen eine Erkenntnis auf und ich bekam es erneut mit der Angst zu tun. Hektisch versuchte ich, vor ihm zurückzuweichen.

Der Wikinger streckte seinen Arm nach mir aus, ganz so, als wollte er mich greifen. Bevor auch nur ein Wort seine Lippen verließ, brach er in einen lauten, gequälten Schmerzensschrei aus. Er riss seine Hände hoch und presste die Handflächen rechts und links gegen seine Schläfen.

»Du wagst es, mich herauszufordern, Qorxu?«, fragte Keos mit eiskalter, ruhiger Stimme.

»Hör auf!«, brachte der Blonde zwischen den schmerzerfüllten, langgezogenen Schreien hervor. Als er auf die Knie sank, sah ich Keos hinter ihm. Er grinste freudlos. Sein Blick jagte mir eine Gänsehaut über den Rücken. Er war kalt, böse und hasserfüllt.

»Hör auf«, wimmerte der Wikinger. Diesmal fast flehentlich.

»Du hast einen ganz großen Fehler begangen, Qorxu, und das weißt du.«

Neben dem Schmerz trat eine tiefe Verzweiflung, eine fast schon greifbare Zubilligung, in die blauen Augen. Dann schloss er seine Lider. Als würde er sein kommendes Schicksal akzeptieren. Ich hielt den Atem an.

Dieses machtvolle, grausame und unbeugsame Wesen ergab sich, gab nach, gab auf. Qorxu lächelte traurig.

Ich stand nur da, unfähig mich zu rühren. Ich atmete nicht einmal. Als wäre die Zeit eingefroren.

Qorxu lächelte traurig. „Ich komme, Manchakuy“, flüsterte er und dann explodierte er von innen heraus. Wirklich. Er explodierte einfach. Hautfetzen segelten durch die Luft, Blut spritzte und die Detonation hallte in meinen Ohren nach. Eine große Blutlache hatte sich, wie ein tiefroter Teich mitten in meiner kleinen Wohnung ausgebreitet. Genau an der Stelle, an der der Hüne gerade noch gekniet hatte.

Ich starrte darauf, nicht fähig meinen Blick davon zu lösen. Rot, nass, glänzend. Es war so surreal. Hätte ich nicht gewusst, hätte ich nicht selbst miterlebt, was gerade geschehen war, ich hätte geglaubt, ein Maler hätte einen Kübel mit rubinroter Farbe fallen lassen und eine große Pfütze verschüttet.

Für eine Minute herrschte Totenstille. Niemand rührte sich. Niemand gab auch nur den leisesten Hauch eines Geräusches von sich. Ich hörte noch nicht mal meinen eigenen Herzschlag.

Dann wurde dieser eingefrorene Moment schlagartig aufgetaut als Lumiel und Necdet gleichzeitig laut, zitternd und erleichtert aufatmeten.

Ich schaute zu ihnen. Lumiel sah Necdet an, der sich mühsam aufrappelte. Ihre eisblauen Augen waren riesig. Auf ihrem Gesicht erkannte man immer noch die gerade erlebte Qual. Die Spur der getrockneten Tränen, die verquollenen glasigen Augen. Als Nec den Kopf hob und sich ihre Blicke trafen, lächelte er ihr erleichtert, aber zittrig zu.

»Was bei den neun Kreisen der Hölle und allen Lichtwesen zusammen war das?«, brach es aus Lumiel heraus.

Ich schaffte es immer noch nicht einen Ton über meine Lippen zu bringen. Also drehte ich mich zu Keos. Er stand da und starrte finster auf die Blutlache. Seine Hände waren zu Fäusten geballt und seine Unterarme so angespannt, dass die Sehnen hervortraten.

»Taleyi?«, fragte Nec besorgt und schaute von mir zu dem Chaosdämon und dann wieder zu mir. Lumiel riss endlich ihre Augen von dem Schattenmann los und folgte seinem Blick. Alarmiert löste sie sich von der Wand, an die sie sich haltsuchend gelehnt hatte und kam auf mich zu. Vermutlich hatten sie nichts von dem mitbekommen, was gerade passiert war. Sie sahen einen mordlustigen Dämon, eine sprachlose, wahrscheinlich ein wenig panisch dreinblickende Taleyi und eine riesige Blutlache.

»Taleyi«, rief Necdet noch einmal, sah aber den Chaosdämon wütend an.

Die Schlieren um ihn hatten sich noch nicht ganz zurückgezogen, wirbelten jetzt erneut auf.

»Es ist alles in Ordnung«, flüsterte ich beschwichtigend. Meine Stimme war arg in Mitleidenschaft gezogen. Das Sprechen schmerzte. Genauso wie das Atmen. Necs Augen fixierten meinen Hals. Lumiel sog scharf die Luft ein.

»Du!«, keuchte sie mit zitternder Stimme und wankte einen Schritt auf Keos zu. Lumiels Gesicht war blass. Noch blasser als sonst. Ihre Augen wirkten viel zu groß in ihrem Gesicht.

»Nein«, hauchte ich. »Das war nicht er.«

Lumiels wutentbrannter Tonfall riss Keos aus seiner düsteren Starre.

Er schaute uns der Reihe nach an. Als er bei mir ankam, verschwand der wütende Ausdruck in seinem Blick, doch seine Lippen verzogen sich zu einer harten Linie.

»Das, meine Freunde, war Qorxu. Seines Zeichens der Geist der Furcht und des Grauens, die personifizierte Angst.«

Mir klappte der Mund auf.

»Was hat er mit uns gemacht?«, wollte die Banshee wissen.

»Qorxu lässt euch eure Ängste durchleben.«

»Dann war das nicht real?«, fragte Lumiel. Sie klang seltsam. Irgendwie besorgt, aufgewühlt, verwirrt.

Keos schaute zu mir. »Doch. Doch eigentlich schon. Was ihr erlebt habt, passierte nicht hier. Nicht in dieser Realität. Aber die beiden Welten, die echte und die eurer Angst, sind eng miteinander verbunden.«

»Hast du gesehen was …«, krächzte ich leise. Meine Stimme hörte sich furchtbar an.

»Nein. Bis auf Qorxu weiß niemand, was ihr erlebt habt und der …«, er nickte zur Blutlache, »wird es so bald niemandem erzählen.«

»So bald?«, hakte ich heiser nach. Mit jedem Wort wurde meine Stimme schwächer und kratzender.

»Qorxu ist ein Geisterwesen. Es braucht zwar seine Zeit, bis er sich erholt, aber dann formt er sich wieder einen Körper und kehrt zurück.«

Ich schluckte. »D-das darf doch wohl …«

»Das heißt, das, was wir erlebt haben, war real?«, fiel Lumiel mir panisch ins Wort.

Überrascht schaute ich zu meiner sonst so coolen, toughen Freundin. Was hatte sie durchmachen müssen, dass sie so verängstigt hatte?

Keos wandte sich wieder zu Lumiel. »Das, was ihr in dieser Angst-Welt erfahren habt, bleibt in eurem Kopf und wird euch für immer begleiten.« Nun wanderten seine Augen finster zu meinem Hals. »Wenn ihr in eurer

Angst sterbt, seid ihr tot. Egal in welcher Realität. Und falls ihr verletzt werdet, tragt ihr die Wunden auch hier. Die seelischen sowie die körperlichen.«

Lumiel schluckte. »Und dieser Quacksi ist nicht tot?«

»Qorxu«, verbesserte sie Nec automatisch. »Ich glaube nicht, dass ein Wetterfrosch Keos ein Veilchen verpassen könnte.«

Der kleine Witz schien Lumiel ein bisschen ihrer Anspannung zu nehmen. Sie lächelte schwach.

»Nein. Qorxu ist nicht tot. Wenn es so leicht wäre, Wesen, wie uns zu töten, hätte es dieser Türen nicht bedurft.«

Wir schwiegen betreten. Zu meinen Schmerzen gesellten sich auch Hoffnungslosigkeit und Angst. Wie sollten wir weiterhin gegen solche Kreaturen bestehen? Ganz zu schweigen davon, dass wir noch immer keine Ahnung hatten, wer die Siegel brach.

»Ich hoffe, das wird jetzt nicht zur Gewohnheit, dass wir alle paar Tage Besuch bekommen«, meinte Keos nachdenklich.

Lumiel ließ sich, ohne hinzusehen, auf einen der Stühle fallen. Sofort sprang sie quietschend wieder auf. Auf der Sitzfläche lag ein wabbeliges Stück Oberarm. Oder doch Brust? Auf alle Fälle hatte es mal zu Qorxu gehört.

„Was machen wir jetzt?“, fragte Necdet erschöpft.

„Sauber“, krächzte ich angewidert und schaute auf die Oberarm-Brust-Keule auf dem Stuhl.

„Duschen“, maulte Lumiel angewidert und starrte immer noch auf den Feind, der eben Bekanntschaft mit ihrem Hintern gemacht hatte.

„Trainieren“, raunte Keos und lachte böse auf.

15. Richtig böse ist es erst um einen bestellt, wenn sich Herz und Kopf einig sind … Scheiße

Am nächsten Morgen fanden wir uns im *Boxring* ein. So hatte Lumiel den Besprechungsraum genannt, nachdem wir ihn vor einigen Monaten für unser Training in Selbstverteidigung ausgeräumt hatten. Zwar sollte er eigentlich den Versammlungen der magischen Gemeinschaft dienen, doch sie trafen sich lieber in ihren klimatisierten Villen als in dem fensterlosen, nach Mottenkugeln müffelnden Raum im hinteren Teil der Bibliothek. Als Lumiel den Vorschlag gemacht hatte, uns ein bisschen Kampfkunst beizubringen, spielte es uns allerdings in die Karten, dass der Raum kaum möbliert war. Sobald der robuste, große Tisch und die zahlreichen Stühle verschwunden gewesen waren, und Lumiel ein paar dicke Matten für den Steinboden besorgt hatte, bot der kühle Raum die perfekten Voraussetzungen für eine Trainingshalle.

»Nicht schlecht!« Keos trat durch die Tür hindurch und pfiff leise durch die Zähne.

»Nun ja, immerhin hat Lumiel die Inneneinrichtung übernommen«, witzelte ich. »Genau wie unser Training.«

»Training?«, wiederholte der Dämon mit einem seltsamen Unterton.

Noch bevor ich die Nickbewegung meines Kopfes fertig ausgeübt hatte, war er in einer einzigen schnellen Bewegung hinter mich getreten, hielt meine beiden

Handgelenke an meinem unteren Rücken fixiert und griff mit der anderen Hand locker um meinen Bauch. Ich sog scharf die Luft ein. Auch wenn Keos mir nicht wehtat, brachte er genug Stärke auf, sodass ich mich seinem Griff nicht entwinden konnte. Ich stemmte mich fest gegen ihn und versuchte, meine Hände freizubekommen. Was ihm einzig ein raues Lachen entlockte, das mir unter die Haut ging. Keos beugte sich vor, woraufhin sein Atem direkt über meine Haut strich.

»Ich bin beeindruckt«, raunte er sarkastisch.

»Ich … Was?«

»Deine Selbstverteidigungskünste in allen Ehren, aber ich kann deiner Taktik noch nicht ganz folgen.« Er beugte sich noch näher zu mir. »Wartest du darauf, dass ich altersschwach werde?«

Ein leises Knurren entrang sich meiner Kehle. Dieser arrogante …

Er hatte mich überrumpelt. Mit seinem Angriff. Mit seiner Nähe. Aber Lumiel sei Dank war ich längst nicht mehr so hilflos. Ich wandte meinen Kopf leicht zu ihm und schaute aus großen Augen unschuldig zu ihm auf. Es kostete mich einiges an Kraft, mein fieses Lächeln zurückzuhalten. Dann hievte ich mein Knie nach oben und trat Keos mit voller Kraft auf den Fuß. Ich wartete gar nicht ab, sondern löste meine Handgelenke aus seinen Fingern und rammte ihm hart den Ellenbogen in den Unterbauch. Er ächzte leise und ich drehte mich ganz locker um und grinste, als er mich leicht vornübergebeugt anfunkelte.

»Nein. Darauf, dass du aus deiner Selbstüberschätzung heraus, zu unachtsam wirst.«

Keos verengte seine Augen. Doch dann richtete er sich auf und erwiderte mein Grinsen. »Touché«, entgegnete er.

»Gut gemacht, Kleines«, feixte Lumiel, die sich nun neben mich stellte und ihre Hände in die Hüften stemmte. Ihr Blick wanderte vom Chaosdämon zu mir und bekam einen eindeutig wissenden Ausdruck, der mich seltsam verlegen werden ließ.

»Sie scheint einige fiese Tricks gelernt zu haben.« Keos sprach zu Lumiel. Doch sein Blick lag weiterhin auf mir. Etwas leuchtete darin auf. Ich konnte nicht sagen, ob es Belustigung, Schalk oder etwas ganz anderes war.

»O nein.« Lumiel hob in einer abwehrenden Geste ihre Hände. »Ich habe ihr zwar die Werkzeuge an die Hand gegeben, doch was sie daraus macht, liegt ganz allein an ihr.«

Keos' Mundwinkel zuckte, bevor er sich geschäftig umsah. »Nec, hilfst du mir mal mit den Matten? Ich würde sie gern anders auslegen.« Der Dämon wandte sich zum hinteren Teil des Raumes und der Schattenmann folgte ihm mit einem Nicken.

»Klar. Willst du sie wegräumen?«

»Nein. Ich würde gern aus dem einen großen zwei voneinander getrennte Kampfplätze machen.«

Ich schaute den beiden einen Moment nach, dann wandte ich mich meiner Freundin zu, die sich bereits voller Vorfreude zum Aufwärmen dehnte und tat es ihr gleich.

»Was hast du gestern eigentlich in dieser Angstwelt gesehen?«, wollte ich im Flüsterton wissen.

Lumiel sah mich scharf an und drehte sich dann nach dem Dämon und Nec um, die am anderen Ende des Raumes mit den Matten beschäftigt waren.

»Das sag ich dir, wenn du mir erzählst, was da zwischen dir und Mr durchdringender Blick läuft.« Lumiel grinste und wackelte mit den Augenbrauen.

Ich schnaubte abfällig. »Du meinst, außer dass er mir den letzten Nerv raubt?«

»Oh, ich bitte dich, Kleines«, grinste sie und schüttelte belustigt den Kopf. »Ich stand eben direkt neben euch. Ich habe Ohren, die funktionieren, und auch Augen im Kopf. Und außerdem bin ich eine Frau. Eine wahnsinnig sensitive, empfindsame Frau, die eure Schwingungen genau gespürt hat.«

Ich nickte ihr ernst zu. »O ja. Du kleiner empfindsamer Kaktus.«

Lumiel lachte leise. »Mach du nur deine Scherze. Zum einen gehöre ich zufällig einer ganz seltenen, hoch empfindlichen Kakteenart an. Zum anderen hätte selbst ein Stein mitbekommen, dass zwischen dir und dem Dämon mächtig die Funken fliegen.«

»Quatsch«, winkte ich ab.

»Kleines, mir ist schon vom Zusehen heiß geworden. Bei eurem verbalen Vorspiel hätte sich fast mein Höschen verabschiedet.«

»Das war kein Vorspiel. Wir haben uns gerangelt und nicht geflirtet.« Ich ging tief in die Hocke, beugte ein Bein und streckte das andere zur Seite aus.

Lumiel lachte heiser auf. »Das eine schließt das andere nicht aus.«

Ich spürte, wie mir das Blut in die Wangen schoss. Es war nicht zu leugnen, dass Keos' Nähe und sein raunendes Flüstern, mich nicht kalt ließen. Zwischen uns bestand eindeutig eine gewisse Spannung, die nicht nur mit unserem ewigen Schlagabtausch zusammenhing. Er traf einen Nerv bei mir, von dem ich nicht einmal gewusst hatte, dass ich ihn besaß. Er forderte mich heraus, er reizte und brachte mich regelrecht zum Glühen. Und all das in mehr als nur einer Hinsicht. Seine herablassende, arrogante Art, ebenso, wie sein besorgter Ausdruck oder sein seltenes Lächeln. Keos war wie ein Rätsel, dessen Lösung mir im Blut lag, deren Anforderungen sich aber ständig veränderten. Und ich kam nicht umhin mir eine Lösung herbeizusehnen. Ich fieberte danach, ihm auf den Grund zu gehen. So sehr sie mein Blut auch in Wallung versetzten, genoss ich unsere Wortgefechte, den Reiz, ihm die Stirn zu bieten. So wenig ich es mir eingestehen wollte, seine Nähe und seine fürsorgliche Seite brachten mein Herz aus dem Takt.

»Das ist nicht wahr«, gab ich verlegen zurück.

»Du willst es wirklich leugnen?« Der Blick, mit dem meine Freundin mich bedachte, verriet mir, dass sie mich längst durchschaut hatte.

»Nein … doch … ja, ich gebe zu, Keos ist durchaus attraktiv, aber …«

»Er ist heiß«, unterbrach mich meine Freundin.

Ich stöhnte frustriert. Lumiels Grinsen sagte mir, dass jeder Widerstand zwecklos war.

»Schön, Keos ist heiß, aber …«

»Nicht, dass ich mir nicht gern weiter anhöre, wie unsagbar toll du mich findest, Liebes …«

Nein. O nein, bitte nicht. Dieser verfluchte Dämon hatte ein wirklich beschissenes Timing hinter mir aufzutauchen. Ich presste meine Augen zu und streckte meine Schultern durch. Ein genervtes Seufzen entrang sich meinen Lippen. Hatte ich nicht gerade daran gedacht, dass ich es heimlich genoss, wenn er mich reizte? Irrtum. Großer, großer Irrtum. Ich atmete tief durch und setzte dann eine gleichmütige Miene auf.

»Wolltest du etwas Bestimmtes?«, fragte ich und zwang mich zu einem unbedarften Ton.

Keos' Blick wanderte zu meinen Lippen und seine

Iriden wurden eine Spur dunkler. Das Flattern in meiner Magengegend ignorierte ich geflissentlich. Zumindest bis zu dem Zeitpunkt, in dem er mir in die Augen sah und ich mich in dem dunklen Grau zu verlieren schien. Der Farbton, an der Grenze zum Schwarz, voller Schatten und Geheimnisse, zog mich in seinen Bann.

Ein leises Räuspern aus Lumiels Richtung löste diesen abrupt. Auch Keos schien kurz seine Fassung verloren zu haben. Er zog seine Augenbrauen zusammen und musterte mich finster, wobei ich nicht zu sagen vermochte, ob sich der Ausdruck auf den Moment zwischen uns oder die Störung ebendieses richtete.

»Wie auch immer«, murmelte er schließlich gleichgültig. »Lumiel du kannst mit Nec trainieren.«

Lumiel nickte und grinste dabei wie ein Honigkuchenpferd. Wollte ich wissen, was gerade in ihrem hübschen Oberstübchen für ein Kopfkino ablief? Vermutlich nicht.

»Nicht geflirtet, hm?«, flüsterte sie leise, als sie an mir vorbeiging.

Manchmal konnte die beste Freundin wirklich der ärgste Feind sein.

Darum durchbohrte ich ihren Rücken auch mit Blicken, während sie zu Necdet schlenderte und mich in dieser peinlichen Situation allein ließ.

»Bereit für eine zweite Runde?«, kam es belustigt von Keos.

Ein leises »Mhm.« war das Einzige, was ich herausbekam.

Seine Mundwinkel zuckten daraufhin verdächtig. »Kein Grund, peinlich berührt zu sein.« Der Dämon zwinkerte mir zu. »Ich sagte dir doch bereits, dass mein Antlitz, diese Wirkung bei den meisten Lebewesen hervorruft, Taleyi.«

Als er meinen Namen mit dieser einzigartigen Betonung aussprach, hätte ich am liebsten leise aufgestöhnt. Es war so unfair. Ich machte mich hier ständig vor ihm zum Affen. Er aber war nicht nur cool, lässig und herablassend. Nein, er tränkte selbst meinen Namen mit Sexappeal. Was stimmte nicht mit ihm? Was stimmte nicht mit mir?

»Beim Trainieren bekämst du allerdings die Chance, mir in den Arsch zu treten, wenn du gut genug bist.«

Ich horchte auf. Das klang … verführerisch.

»Dachte ich mir, dass dich das interessiert«, bemerkte er.

»Die Chance, dir in den Arsch zu treten? Immer!«

Keos lachte. »Gut. Zuerst zeigst du mir, was du körperlich draufhast. Dann versuchen wir es magisch.«

Ich stutzte. »Magisch?«

»Ja klar. Die Kreaturen setzen auch Magie ein. Kraft, Magie und unfaire Tricks. Für den ersten Punkt trainieren wir deinen Körper. Für den zweiten deine Macht und für den dritten deinen Geist.«

»Meine magische Gabe ist nicht gerade …«

»Ja, ja, ja«, unterbrach er mich. »Vielleicht lässt du das lieber mich einschätzen, Liebes.«

Ich seufzte. »Na gut, Mr *Oberschlau*. Wobei sich mir nicht erschlossen hat, wer dich zum TÜV-Prüfer für meine Person ernannt hat.«

Erst als ich sein anzügliches Grinsen und seinen verschlagenen Blick sah, wurde mir klar, was ich gesagt hatte. Musste er jedes Wort als anrüchige Doppeldeutigkeit auslegen?

»Habt ihr was gegen ein wenig unaufdringliche musikalische Untermalung?«, rief Lumiel und hielt ein kleines Tablet in die Höhe. Dankbar für die Rettung in Form der Unterbrechung atmete ich auf.

Keos schaute interessiert auf ihre Hand. »Da drin ist Musik?«, fragte er zweifelnd.

Die Banshee blickte erheitert von ihm zu mir. »Das kenne ich von irgendwoher …« Sie rieb sich über die Stirn und tat so als würde sie nachdenken. »Da war doch diese kleine Mambo, weißt du noch, Nec?«

Nec trat neben Lumiel. Seine Schultern zitterten vor unterdrücktem Lachen. »O ja. Das arme Ding hatte ganz genau den gleichen Ausdruck im Gesicht wie unser Dämon hier, als wir ihr die Nutzung von Musik Streaming-Diensten erklärten.«

Ich streckte den beiden die Zunge raus. Mit einem breiten Grinsen im Gesicht wohlgemerkt.

»Hast du Schmerzen?« Auf Keos' Frage hin, ließ ich schnell meine Hand sinken. Gedankenverloren hatte ich mir über die Würgemale gerieben. Mein ganzer Hals war blau-violett gefärbt.

»Nein«, erwiderte ich rasch und zuckte leicht zusammen. Meine kratzende Stimme hörte sich gar nicht gesund an.

»Lumiel hat vorhin, als du im Bad warst, Madam Aurelie angerufen. Sie schickt Horace später los, um eine kühlende Salbe und einen Tee aus Heilkräutern für dich vorbeizubringen.«

Das war keine gute Idee. Madam Aurelie erneut zu behelligen, würde nur unangenehme Fragen aufwerfen. Und je mehr wir diesen auswichen und uns in Ausreden und Lügen verstrickten, desto misstrauischer würde unser Umfeld werden.

»Keine Sorge, sie hat Aurelie erzählt, dass sie die Heilmittel für sich braucht. Sie hat etwas von ihrem Banshee-Schrei und einem furchtbar realistischen Albtraum, bei dem sie sich selbst verletzt hätte, gemurmelt«, erklärte er mir, als ob er gewusst hätte, dass ich mich um zu viel Wirbel sorgte.

Verdutzt öffnete ich meinen Mund. Auch wenn es eine Lüge war, sah es Lumiel nicht ähnlich sich außerhalb ihres Vertrauenskreises, also uns, so verletzlich zu zeigen. Mein Blick glitt unwillkürlich zu meiner Freundin, deren Aufmerksamkeit bereits auf der Lautsprecherbox und ihrem Smartphone lag. Tränen der Dankbarkeit sammelten sich in meinem Augenwinkel und ich musste mehrmals kräftig schlucken, um sie zu unterdrücken. Ich würde den beiden bei der nächstbesten Gelegenheit unbedingt sagen, wie lieb ich sie hatte und wie wichtig sie mir geworden waren.

»Okay ihr zwei, was sagt ihr? Lieber die Badass-Ninja- oder die Berserker-Deluxe-Playlist?«

Keos beugte sich zu mir. »Wo liegt der Unterschied?«

Ich zuckte mit den Schultern und begann leise zu lachen. »Ich habe keine Ahnung. Aber wir sollten ihr lieber antworten. Lumiel ist Musik heilig.«

»Berserker-Deluxe«, rief er Lumiel zu.

»Badass-Ninja«, kam es zeitgleich von mir.

Das war ja klar.

Lumiel grinste. »Ich habe da was ganz Neues am Start. Lasst euch überraschen. Es wird euch gefallen.«

Und so trainierten wir zu den Klängen von *Bad Things, Till I Collapse, Too Old To Die Young* und *Dogs Of War*. Eines musste ich Lumiel lassen, ihr Musikgeschmack war extrem gut. Die Playlist weckte in mir das Gefühl, überleben zu wollen. Gewinnen zu wollen. Besser zu werden. Unbedingt. Komme, was wolle.

Es dauerte nicht lange und ich wischte mir den Schweiß von der Stirn. Keos hielt sich zurück. Natürlich tat er das. Ich hatte gesehen, was er mit Qorxu gemacht hatte. Dennoch schenkte er mir nichts. Er trieb mich an. Er forderte mich heraus. Ich hatte mich schon lange nicht mehr so gut gefühlt.

Gerade nahm mich Keos von hinten in die Mangel. Ich hakte mein Bein hinter seinem ein und brachte ihn so zu Fall. Als ich mich rittlings auf ihn setzte und seine Arme über seinem Kopf am Boden hielt, um ihn unten zu halten, sah er eher amüsiert, als überrascht aus. Aber das war mir egal. Ich hatte den großen, mächtigen *Keos* übers Knie gelegt. Ich war sowas von knallhart! Ich war sowas von tough. Ich war …

Verdammt …

Keos brauchte nicht viel Kraft. Er spannte kaum seine Arme an. Oder seinen Bauch. Dennoch lag ich innerhalb einer Viertelsekunde unter ihm. Er ahmte perfekt die Position nach, in der wir uns gerade noch befunden hatten. Nur mit vertauschten Rollen. Ich blickte aus großen Augen zu ihm hoch. Viel zu überrascht und überwältigt, als dass ich mich hätte wehren können. Ganz im Gegenteil. Ich spürte, wie sich die Chemie zwischen uns veränderte. Er atmete geräuschvoll aus und als meine Augen wieder seine suchten, lag etwas in seinem Blick, das mir den Atem raubte. Es war, als würde er mich zum ersten Mal richtig ansehen. Nein. Als würde er zulassen, dass ich ihn zum ersten Mal wirklich sah. Dass ich zum ersten Mal hinter die Mauern blicken konnte. In seine Augen. In seine Seele. Hinter all der Coolness und einer Mauer aus Herablassung und Arroganz versteckte er Selbstvorwürfe und Angst. Da lagen plötzlich so viel Schmerz und Einsamkeit in den dunklen Schatten, dass es mir die Luft nahm. Und dann traf ich auf eine bodenlos tiefe Herzenswärme, die er wahrscheinlich bis zum letzten Atemzug bestreiten würde. Doch sie war da und ich konnte sie fast schon körperlich spüren, während sein Gesicht dem meinen so nah kam, dass wir die gleiche Luft atmeten. Keos' Seele lag so offen und verletzlich vor mir, dass ich am liebsten meine Hand auf seine Brust gelegt hätte, genau über sein Herz. Einfach um ihm zu zeigen, dass ich ihn verstand. Dass er sicher war bei mir. Ich würde seinen Schmerz nicht gegen ihn verwenden oder ihn mit Absicht verletzen. Ich würde sein Vertrauen in Ehren halten. Doch ich bewegte mich nicht. Um nichts in der Welt, wollte ich, dass dieser Moment endete, und Keos sich wieder hinter die Mauer zurückzog.

»Liebes …« Sein Blick flackerte und schweifte für eine Sekunde zu meinen Lippen.

Plötzlich wurde der Wunsch, ihn zu berühren, übermächtig. Ich wollte meine Hände aus seinem Griff befreien, um sie in seinem wuscheligen Haar zu vergraben. Allein sein Gesicht, seine Locken, seine Augen, seine Lippen, die über mir schwebten, existierten in dieser von uns selbst geschaffenen Blase. Ganz leise sickerten die Töne aus dem Tablet zu uns herüber. Als sich aber die Musik viel zu schlagartig von einer Sekunde auf die andere änderte, runzelte Keos kurz verwirrt die Stirn. Als würde er aus einem Traum erwachen, schüttelte er träge seinen Kopf und als sein Blick wieder meinen traf, war alles anders. Die seltsame Mauer fuhr erneut hoch. Seine Aura schloss mich aus.

Schnell zog sich der Dämon von mir zurück, als hätte er sich verbrannt. Dabei hinterließ er ein Gefühl von Kälte und Leere. Verwirrt und überfordert mit den letzten Minuten lag ich einfach da und starrte meine Freunde an. Lumiel hielt erneut das Tablet in der Hand und schaute zerknirscht zu Boden. Ihr war durchaus bewusst, dass sie die Situation ruiniert hatte. Fahrig griff ich nach dem Saum meines Shirts, das hochgerutscht war, und zog es mit zittrigen Fingern herunter. Dabei sah ich unwillkürlich zu Keos. Ich wünschte, er würde meinen Blick erwidern, doch er starrte nur finster zu Boden. Seine Kiefer mahlten. Seine Haltung war so angespannt, wie ich sie bei ihm noch nie gesehen hatte. Aufgelöst rappelte ich mich hoch und trat einen kleinen Schritt nach vorn, hielt aber inne, als sich Keos im Gegenzug einen von mir entfernte. Dann hob er seinen Kopf und grinste mich anzüglich an. Das war nichts Neues. Der seltsam entfernte Ausdruck in seinen Augen jedoch schon. Da war nicht mehr nur die Mauer, da lagen ganze Ewigkeiten und Universen zwischen uns.

Das Kampftraining hatte einiges gebracht heute. Doch eine Lektion hatte ich noch viel dringender notwendig gehabt. Ich musste mich von Keos fernhalten. Mein Herz zog sich bei dem Gedanken zusammen. Und gerade deshalb war es unumgänglich. Als ich in den grauen Augen besagten Dämons für den Bruchteil eines Wimpernschlages den vollkommenen Einklang aus dunkler Wut, verheißungsvoller Verzweiflung, tiefem Verlangen und schierer, gefährlicher Verführung ausmachte, winkte mein Verstand mit einem weißen Fähnchen. Zu spät. Jep. Eindeutig.

»Nette Showeinlage. Jetzt zeig mir mal, was eine Hüterin sonst so draufhat.«

Ich schluckte schwer. Gleichzeitig wurde mein Mund trocken.

»Ich meine magisch, Liebes.«

»Was solltest du auch sonst meinen? Ich gehe nicht davon aus, dass dich mein Wortschatz oder meine Fachkenntnis über die Loa von den Socken hauen würden«, gab ich schlagfertiger zurück, als ich es mir selbst zugetraut hätte.

Keos lachte auf. Er versuchte, es leicht und belustigt klingen zu lassen. Doch ein bitterer Ton hatte sich daruntergemischt.

Ein Ton, der mir ganz klar zu verstehen gab, dass er den Moment zwischen uns zutiefst bereute. Es musste trostlos sein, niemandem zeigen zu können, wer er wirklich war. Mit niemandem den Schmerz und die Angst, aber auch die Wärme teilen zu können. Und obwohl sich mit jeder Sekunde, die verging, mein Herz mehr zusammenzog, wuchs auch die Sehnsucht, ihn in meine Arme zu schließen und ihn einfach nur zu halten.

16. AUCH GÜRTELTIERE MÜSSEN MAL AUFS KLO

Ich stand vor dem deckenhohen und bodentiefen Fenster der Bibliothek, das den Blick auf das French Quarter freigab, und betrachtete das bunte Treiben auf den Straßen. Es war gerade dunkel geworden und das hieß, dass New Orleans zum Leben erwachte. Musik durchfloss jeden versteckten Winkel und ließ überall ihre ganz eigene Magie wirken. Lichter überfluteten den kochenden Teer und die alten Gemäuer, zeichneten fast schon greifbare Tänze zwischen ihren hellen Schimmern und den nächtlichen Schatten. Stimmen und Gelächter füllten die farbenfrohen Gassen.

Leise seufzend lehnte ich meine Stirn an das kühle Glas und folgte mit den Augen einer Gruppe junger Touristinnen. Wenn sie nur wüssten. Wenn sie nur wüssten, in welchen Sumpf sie gerade bereitwillig und voller Euphorie mit ihren schicken High Heels und den übertriebenen Hüftschwüngen wateten. Es blieb nur zu hoffen, dass sie es niemals erfuhren. Dass sie unbehelligt und sorglos in ihre alten Leben zurückkehrten, ohne dass tiefe Schatten ihre Seelen zeichneten. Es blieb nur zu hoffen, dass sie niemals auf eine der Kreaturen trafen, die sich nach und nach wieder in der Welt einnisteten.

Seit unserem Aufeinandertreffen mit Qorxu vor vierzehn Tagen war nur ein einziges weiteres Wesen befreit worden.

Seit zwei Wochen gab es keine Kämpfe, keine Dämonen, Geister oder andere Kreaturen, die uns nach dem Leben trachteten. Und genau das war so dermaßen erschreckend, dass die Anspannung, die Erwartung auf ein unheilvolles Ereignis, wie eine schwere Wolke über uns lastete.

Das Klingeln meines Handys riss mich schließlich aus meinen Gedanken.

»Lafayette«, begrüßte ich meinen Onkel.

»Ich möchte, dass du herausfindest, weshalb die Viecher in New Orleans, im Bayou, ja selbst im tiefsten Cajun-Land plötzlich verrücktspielen«, bellte mein Onkel ohne Begrüßung in den Lautsprecher.

»Danke. Mir geht es gut und dir?«, fragte ich sarkastisch.

»Wie bitte?«, drang Lafayettes Stimme in einem abgelenkten Tonfall an mein Ohr. Meine Schultern hoben und senkten sich in dem geräuschlosen Seufzen, das ich ausstieß.

»Was meinst du?«, lenkte ich ein.

Ein paar Sekunden herrschte Stille. Wahrscheinlich rollte er genervt mit den Augen.

»Wenn du ab und zu mal rausgehen würdest, wüsstest du, dass alles, was kreucht und fleucht, vollkommen außer Rand und Band ist. Vollkommen! Als hätten die Viecher ihre eigene Anarchie ins Leben gerufen.«

Ich wartete auf weitere Erklärungen, doch ich hörte nur das Knistern, das erzeugt wurde, wenn jemand direkt in den Hörer atmete.

»Bist du noch da?«, fragte er nach einigen Sekunden der Stille. Mein Onkel war wirklich ein ungeduldiger Mensch.

»Natürlich, Lafayette. Ich versuche, das Ganze nur gerade zu verdauen.« Lüge. Ich hatte eine leise – nun ja vielleicht nicht Flüsterton-leise, eher so Marschkapellen-ohrenbetäubende – Ahnung, was da los war.

»Hm …«, ertönte es unzufrieden von der anderen Leitung. »Vielleicht kannst du dich damit ein bisschen beeilen.«

»Ja«, murmelte ich gedankenverloren und spielte mit dem türkisen Tuch, das mir meine wilden Korkenzieherlocken aus dem Gesicht hielt. Ich erkannte Guidry durch das Fenster und hörte Lafayettes Schimpftiraden über die Tierwelt Louisianas nur mit halbem Ohr zu. Guidry wanderte durch das French Quarter und blieb immer wieder stehen, um entgegenkommende Personen zu beobachten. Dabei legte er seinen Kopf leicht schief und seine schmalen, faltigen Lippen bewegten sich unaufhörlich. Sein moosgrüner, dünner Mantel reichte ihm nur bis zu den knochigen Knien und legte seine stelzigen O-Beinchen offen. Der kleine, kauzige Waldgeist trug nicht zu Unrecht den Spitznamen Rumpelstilzchen. Genauso stellte ich mir das Märchen-Männlein im Wald vor. Doch er war harmlos. Verschroben und seltsam, ja. Aber er hatte auch immer ein Lächeln und ein freundliches Wort für einen übrig. Er war hilfsbereit und einer der wenigen, die mich überhaupt beachteten.

»Was erwartest du von mir?«, fragte ich, als Lafayettes Gezeter verstummte.

»Du steckst deine Nase doch ständig in sämtliche Bücher und Schriften. Finde heraus, ob es so etwas schon mal gab und was dem zugrunde liegen könnte.«

Ich nickte lautlos. Niemand schien Guidry zu beachten, was mich aufatmen ließ. Abends streunte er gern durch das French Quarter. Nicht selten wurde er von Touristen, aber auch von Einheimischen verspottet oder verjagt. Ich hatte beschlossen, ein Auge auf ihn zu haben.

Wir Außenseiter mussten zusammenhalten.

»Taleyi, bist du noch da?«, bellte es in diesem Moment laut. Ich zog mir mit schmerzverzerrtem Gesicht das Handy vom Ohr.

»Ja. Entschuldige. Ich sehe gerade schon ein paar Regale durch. Vielleicht sticht mir ja etwas ins Auge«, log ich, ohne rot zu werden.

Das schien ihn zu besänftigen. »Gut. Melde dich, wenn du etwas gefunden hast.«

»Bis bald«, seufzte ich leise in die Stille. Lafayette hatte längst aufgelegt. Kopfschüttelnd steckte ich mein Handy in die Hosentasche.

Seit dem Vorfall bei unserem ersten Übungskampf war Keos mir gegenüber seltsam kühl und distanziert. Beim Training sprach er kaum mit mir. Was allerdings weit mehr war, als man außerhalb des *Boxrings* behaupten konnte. Denn dort mied er mich tunlichst. Wie es schien, würde ich diese verdammte Grenze, die er klar gezogen hatte, nun übertreten. Keos wollte nicht mit mir sprechen? Tja, Pech gehabt. Denn nun hatte ich ihm etwas zu sagen. Voller Vorfreude auf die längst überfällige Konfrontation machte ich mich auf den Weg. Zumindest konnte mir mein Bauchgefühl, so mickrig es auch sein mochte, ganz genau sagen, wo ich den Chaosdämon finden würde. Ich hatte es tatsächlich noch niemals zum Aufspüren von Personen benutzt. Aber als ich mich auf das Gesicht des Dämons konzentrierte, spürte ich den leichten Sog in eine Richtung. *Links. Geradeaus. Links.*

»Keos«, rief ich laut, als ich eine der Lesenischen betrat. Er stand mit der Hüfte lässig an einen der hölzernen Tische gelehnt und hatte ein Buch in den Händen. Die Art und Weise, wie er es hielt, zeugte davon, dass er wirklich darin gelesen, und es nicht nur acht- und wahllos aus dem Regal gezogen hatte. Schnell holte ich mir all die Momente ins Bewusstsein, in denen er unerträglich gewesen war. Arrogant. Selbstverliebt. Oder wie in den letzten Wochen abweisend, launisch und kühl. Denn ein Mann, der ein Buch auf diese wertschätzende und gleichzeitig alltägliche Art in Händen hielt, war meine Achillesferse, mein Kryptonit, meine Schwachstelle. Und dann lag das verfluchte Ding auch noch in diesen tätowierten Händen.

»Weißt du noch, der Waschbär, der letztens in meiner Küche zu Creole-Jazz getanzt hat?«

Keos hob, ohne aufzublicken, eine Augenbraue und murmelte etwas Unverständliches.

»Oder das Gürteltier, das auf unserem Klo saß, als Necdet duschen wollte?«, versuchte ich es weiter.

Keos' Schultern begannen leise zu beben.

»Oder die …«

»Die Bisamratte, die Lumiel Avancen gemacht hat, war mein Favorit«, fiel er mir leise lachend ins Wort.

Ich konnte ihm nur zustimmen. Die sonst so toughe Banshee war vollkommen hilflos, panisch und überfordert gewesen, als das Tier ihr einen kargen Blumenstrauß überreicht hatte, ständig ihre Hände abschlecken und partout nicht von ihrer Seite weichen wollte.

»Lafayette hat mich gerade angerufen. Anscheinend möchten Schildkröten neuerdings das Autofahren und Opossums das Kochen lernen.«

Nun schaute der Dämon immer noch grinsend hoch und ich konnte nicht anders. Meine Lippen verzogen sich ebenfalls.

»Wirklich?«, fragte er und in seinen Augen blitzte es amüsiert auf.

»Eine Schildkröte hat meinem Cousin in den Hintern gebissen.«

Der Dämon legte das Buch hinter sich auf den Tisch und trat auf mich zu. »Deinem zufriedenen Tonfall zu urteilen, hat er es durchaus verdient.«

»O ja. Das hat er.«

Keos musterte mich forschend.

»Diese kleinen tierischen Einlagen hängen nicht ganz zufällig miteinander zusammen?«, fragte ich in übertrieben unschuldigem Ton.

Er strich sich übers Kinn und wog nachdenklich seinen Kopf. »Nun ja. Die Vermutung wäre wohl naheliegend, nicht wahr?«

»Und sie haben nicht ganz zufällig mit dem Aufenthalt eines bestimmten Dämons zu tun?«

Die Mundwinkel besagten Dämons zuckten. »Kommt darauf an, welchen Dämon du meinen könntest«, raunte er.

Ich tat so, als würde ich nachdenken müssen. »Nun sagen wir mal, ich spräche von einem selbstverliebten, arroganten Kerl, dem das Chaos auf dem Fuße folgt …« Ich vollführte eine ausladende Bewegung aus meinem Handgelenk, die offenlegte, dass es nur eine mögliche Theorie war, von der ich sprach.

Keos fuhr sich mit der Hand durchs Haar und schaute nachdenklich in eine der oberen Ecken.

»Rein hypothetisch, versteht sich«, fügte ich an.

»Selbstredend.« Er verengte seine Augen, als er mich wieder ansah. Dennoch funkelte Belustigung aus seinem Blick. »Gehen wir mal davon aus, es wäre besagter arroganter, gutaussehender Arsch …«

»Ich habe ihn nicht Arsch genannt«, warf ich ein.

»Aber du hast es gedacht, Liebes.«

»Ich habe auch niemals das Wort gutaussehend von mir gegeben«, fügte ich an.

»Aber du hast es gedacht, Liebes.«

Ich hob eine Augenbraue.

»Also gehen wir davon aus, es geht um diesen sexy Dämon …«

»Du meinst den selbstverliebten, egomanen, unhöflichen Chaosdämon, der seit einiger Zeit bei mir wohnt?«, unterbrach ich ihn.

»Ahhh. Was ich meinte, war, den sexy, charismatischen, unwiderstehlichen Chaosdämon der höchsten Riege …«

»Den kenne ich leider nicht«, wandte ich ein und verschränkte meine Arme vor meiner Brust. »Ich habe nur einen unterkühlten, eingebildeten, wortkargen Blödmann im Angebot.«

»Autsch«, erwiderte er und hob einen Mundwinkel. »Das habe ich wohl verdient.«

Betreten schaute ich zu Boden und beobachtete die tanzenden und flimmernden Lichterkegel auf dem Stein. Ich hatte ihm nicht zeigen wollen, dass es mir etwas ausmachte, dass er so distanziert gewesen war. Oder dass es mir überhaupt aufgefallen war.

»Also«, begann ich schließlich von Neuem. »Könnte es vielleicht zufällig an dir liegen, dass die Fauna Louisianas ein bisschen spinnt?«

Während Keos nicht aufhörte, leise weiterzulachen, spielte ich verlegen mit meinen Fingern vor mir.

Als seine Augen sich an meine Hände hefteten, verstummte er. Stirnrunzelnd sah er mir zu. Eine leise Traurigkeit schien plötzlich von ihm auszugehen. Woran auch immer er dachte, was auch immer ihn beschäftigte, das Gefühl war so intensiv, dass es den Raum ausfüllte, wie der dicke, weiße Rauch von einem von Aurelies Räucherwerken.

»Also?«, fragte ich und versuchte, meine Verunsicherung zu überspielen.

»Ja«, seufzte er und schaute mir nun wieder in die Augen. »Ja das könnte rein theoretisch an meiner Anwesenheit hier liegen.«

Ich nickte. »Bleibt das so?«, hakte ich neugierig nach.

»Nein. Normalerweise beruhigen sich die Tiere nach ein paar Tagen wieder.«

»Und dann?«

Keos sah mich fragend an. »Dann?«

»Du hast gesagt, das Chaos begleitet dich auf Schritt und Tritt wie ein Schatten. Du hast gesagt, du *wärst* das Chaos. Also was kommt danach?«

Er schaute mich kurz verdutzt an, dann grinste er. »Ich vergesse zu oft, was in dir steckt, Taleyi. Du überraschst mich immer wieder aufs Neue.« Er flüsterte die Worte mehr zu sich selbst, als dass er sie an mich richtete.

Ich versuchte, meine Verlegenheit zu überspielen, indem ich ihn scharf musterte.

»Da seid ihr ja!«, ertönte es plötzlich hinter uns. Necdet trat in die Nische. »Ich habe sie gefunden«, rief er laut über seine Schulter. »Lumiel hat entschieden, dass du und ich heute für die Essensbeschaffung zuständig sind.« Necdet sah mich vielsagend an. »Sie hat auch entschieden, dass wir heute Lust auf *Arceneaux* haben.«

Ich erwiderte Necs Blick und wir kamen zu einem stillen Einverständnis. Denn in den seltenen Fällen, in denen Lumiel etwas wirklich wollte und das auch kundtat, war es keine schlechte Idee, sich einfach zu fügen.

»*Arceneaux* klingt super.« Und tatsächlich lief mir schon beim Namen das Wasser im Mund zusammen.

Das *Arceneaux* war ein unscheinbar wirkendes Speiselokal. Die Küche musste seinesgleichen suchen und finden. Ich zog den kleinen Familienbetrieb, den hauptsächlich die Einheimischen besuchten, jedem anderen

Lokal vor. Vorausgesetzt man liebte die originale, echte, unverfälschte Küche von New Orleans. Ryan, der Inhaber, kochte nach über Generationen überlieferten Geheimrezepten und verband die Cajun-Küche mit der creolischen Kochkunst.

»Dann los«, flötete Lumiel und klatschte in die Hände. »Und wir zwei unterhalten uns in der Zwischenzeit mal.« Sie wandte sich an Keos und lächelte ihn sanft an. Meistens wurde ihr Ausdruck so liebreizend und weich, wenn sie vor Wut kochte oder ihr etwas auf der Seele brannte … Oder wenn sie jemandem den Kopf abreißen wollte.

Necdet sah mich besorgt an. Auch ihm war die plötzliche Sanftmut unserer Freundin nicht entgangen. Ich zuckte mit den Schultern und wandte mich zum Gehen. Der Dämon würde schon mit ihr zurechtkommen.

»Können wir kurz bei Madam Aurelie anhalten? Ich würde gern noch eine Heilsalbe und den Tee für meine Stimme bei ihr abholen«, erklärte ich gutgelaunt. Der Tag hatte nicht herausragend begonnen, aber er schien umso besser zu enden. Ich freute mich auf ein wenig Zeit allein mit Necdet. Es klang widersprüchlich, doch ich hatte das Gefühl, seit wir so viel Zeit zusammen verbrachten, gab es weniger vertraute, verbindende Momente zwischen mir und meinen Freunden.

»Klar.« Necdet nickte zustimmend. »Meinst du, Ryan hat heute wieder diese genialen süß-marinierten Kartoffeln?«

Ich stöhnte leise. »Das hoffe ich doch.«

»Beeilt euch lieber, ansonsten habt ihr viel darüber gesprochen, aber nichts mehr abbekommen«, schallte Lumiels Stimme drängend durch die Bibliothek.

Ich kicherte.

»Sie hat recht. Los komm«, drängte Necdet, konnte sich ein Grinsen aber auch nicht verkneifen.

17. DAS *ARCENEAUX* – ODER DER ANGRIFF DER KILLERLIANE

»Das war … seltsam«, murmelte Necdet.

Ich nickte nachdenklich. Horace hatte uns in seiner wortkargen Art gebeten, erst morgen wiederzukommen, da Aurelie gerade nicht anwesend sei.

»Meinst du, es geht ihr gut?«, fragte ich, während wir den Touristenmassen auswichen, indem wir durch die kleineren, schmalen Gassen schlenderten. Es war immer noch viel zu heiß. Der erlösende erste Regen wollte einfach nicht kommen.

Necdet sah mich überrascht von der Seite an. »Madam Aurelie? Mit Sicherheit. Wahrscheinlich braut sie nur Flüche zusammen oder bindet Talismane.«

Ich nickte wenig überzeugt.

Necdet legte einen Arm um meine Oberarme und drückte mich sanft. »Komm schon, Taleyi. Du trägst die Sorge der Welt auf deinen Schultern. Aber manchmal ist da nichts, worum man sich Gedanken machen muss. Du bist nicht für alles und jeden verantwortlich.«

Ich schluckte schwer, was Nec zum Anlass nahm, mich noch enger an sich zu drücken. Mein bester Freund hatte recht. Ich machte mir viel zu viele Sorgen.

»Horace hätte wohl kaum gesagt, dass du morgen wiederkommen sollst, wenn es ihr wirklich nicht gut ginge.« Necdet duckte sich, um einem der weit nach unten hängenden Farngewächsen auszuweichen, die die Balkone im French Quarter schmückten. Eine tiefviolette Blüte schwebte vor meinen Augen von oben hinab und landete sanft vor meinen Füßen. Ich bückte mich und hob sie ganz vorsichtig auf, um die zarten Blätter nicht kaputtzumachen. Als ich mich aufrichtete und meinen Kopf hob, um nach oben zu schauen, kam ich nicht umhin den Nachthimmel zu bewundern. Der Mond bildete eine schmale Sichel, die sich inmitten des Sternenmeeres abzeichnete. Die Lichter in den Straßen und Gassen tauchten unsere Umgebung in ein warmes Licht. Ich versuchte den Balkon ausfindig zu machen, von dem die Blüte gefallen war. Zwischen den grünen Farngewächsen und Schlingpflanzen, die sich tief nach unten rankten, leuchteten auch verschiedene Blumen in allen Farben und Größen. Die bunten Balkone bildeten das Herzstück des Flairs dieses Viertels. Ein Fenster über uns öffnete sich und unvermittelt erklangen die ersten Takte einer langsamen Jazz-Nummer. Während wir unseren Weg fortführten, wurden die Klänge immer leiser. Ich drehte die Blüte zwischen meinen Fingern und summte die Melodie leise weiter.

»Vermutlich hast du recht«, gestand ich ein.

Als Necdet mich aus zusammengekniffenen Augen musterte, zuckte ich schwach mit den Schultern. »Ich mache mir zu viele Sorgen.« Tatsächlich hatte sich Horace weder besorgt noch panisch angehört.

»Na siehst du«, gab Nec zufrieden zurück und nahm mir die Blume aus der Hand. Er hielt an und als ich mich zu ihm drehte, steckte er den kurzen Stängel vorsichtig unter das türkise Tuch, mit dem ich mein Haar aus dem Gesicht hielt. Der warme Blick aus seinen tiefschwarzen Augen wanderte über mein Gesicht. Dann drehte er sich wieder nach vorn und wir schlenderten weiter.

»Übrigens ... Was immer du mit Keos gemacht hast, seine schlechte Laune ist verflogen. Er hat vorhin sogar gelächelt. Gelächelt.« Beim Reden achtete Necdet nicht auf die tiefhängenden Pflanzentriebe und verhedderte einen seiner Schrumpfköpfe. »Ich hatte ganz vergessen, dass er dazu überhaupt imstande ist«, murmelte er, während er versuchte, sich zu befreien, dabei aber mehr und mehr in die Bredouille geriet. Hilfesuchend sah er zu mir.

Leise kichernd trat ich auf ihn zu und löste ihn vorsichtig von der dünnen, aber überraschend widerstandsfähigen Liane.

»Also«, setzte er an, als wir weitergingen. »Was immer du getan oder gesagt hast, mach oder sag es weiter. Mister Eiseskälte war nicht mehr zu ertragen.«

»Ich habe gar nichts gemacht.«

Necdet grinste mich an. Seine schwarzen Augen blitzten auf und ein wissender Ausdruck machte sich in ihnen breit. Seine Schrumpfköpfe tanzten bei jedem Schritt heiter auf dem Zylinder.

»Was?«, fragte ich, als er nicht aufhörte zu grinsen.

»Nichts, Taleyi. Gar nichts. Ich habe dich lieb.« Er beugte sich zu mir hinab und drückte mir einen Kuss auf den Scheitel.»Mhm ... riechst du das?«, fragte er, als wir in eine schmale Gasse einbogen, in der sich das *Arceneaux* befand.

Das Speiselokal fiel kaum auf. Ein unscheinbares Schild leuchtete über dem Eingang an der Backsteinmauer, ein mächtiger aber dezent verarbeiteter Schutztalisman hing von dem Balkongeländer im ersten Stock so tief hinab, dass er direkt über der Tür baumelte. Leise, soulige Jazzmusik drang bis in die Gasse vor und lud zum Eintreten ein.

»Hey, ihr beiden«, begrüßte uns eine Frau mit rundem

Gesicht und einem warmen, einladenden Lächeln, sobald wir drin waren.

»Hallo, Barbara. Wir nehmen dieses Mal nur etwas mit«, antwortete Necdet höflich.

»Oh, das kann heute leider ein bisschen dauern. Setzt euch doch an den hinteren Tisch und trinkt etwas. Man munkelt, der Eistee sei super.«

Ich dankte ihr und trat tiefer in das angenehm klimatisierte, gemütliche Lokal ein. Es war einfach und schlicht eingerichtet. Die Holzvertäfelungen waren dunkel, doch die schönen, farbenfrohen Fotografien brachten Leben und Licht in den Raum. Die bunten Balkone des French Quarters im Hochsommer. Zwei Fischerboote während des Sonnenunterganges im Bayou. Eine alte Sumpfhexe, die einen Fluch braute. Eine Gruppe Jazzmusiker mitten in ihrem Auftritt.

Die Bilder strahlten so viel Leben und Emotionen aus, dass ich mir nicht sicher war, ob die Fotografin ein Ausnahmetalent oder ob ein wenig Magie im Spiel war.

Nec und ich setzten uns an den kleinen Tisch neben der Küchentür. Ich ließ meinen Blick schweifen. Hier gab es keine Fremden, die Fotos wollten, Fragen stellten, Zauberstücke forderten. Ich sah die junge Kellnerin auf uns zueilen. Anouk war eindeutig Ryans und Barbaras Tochter. Sie vereinte so viel von beiden in sich, dass es eine Freude war, die drei nebeneinander zu sehen.

»Hallo. Was darf es sein?«, fragte Anouk freundlich. Als sie aufblickte und Necdet erkannte, wurde ihr Lächeln noch herzlicher. »Necdet, wie schön dich zu sehen.«

Der Schattenmann winkte ihr fröhlich zu. »Anouk, dir geht es besser? Ich habe gehört, dass du dich verletzt hattest.«

»Ach das«, meinte sie verlegen und spielte mit dem Saum der kurzen Schürze, die sie über den knappen Shorts trug. »Das war nicht der Rede wert. Ich habe mir nur den Knöchel verstaucht, aber es tut schon gar nicht mehr weh.« Zum Beweis hob sie ihren rechten Fuß an und ließ ihn in der Luft ein paar Mal kreisen.

»Das ist gut«, bemerkte Nec. Als er den Blick auf ihren Knöchel richtete, schoss eine ganz leichte Röte in die Wangen der jungen, hübschen Frau.

»Wir würden etwas zum Mitnehmen bestellen«, erklärte Necdet und schaute zur Küchentür.

»Gern. Wollt ihr während der Wartezeit etwas trinken?«

»Deine Mom hat uns vom Eistee vorgeschwärmt. Also bitte zwei Gläser davon«, erwiderte ich.

Anouk sah verwirrt zu mir. Anscheinend hatte sie erst jetzt mitbekommen, dass ich auch da war.

»Natürlich, gern.« Verlegen strich sie ihre Schürze glatt und verzog ihre Lippen erneut zu einem freundlichen Lächeln, das nicht ganz die Leuchtkraft von eben erreichte. »Taleyi, nicht wahr?«, vergewisserte sie sich.

»Ja, genau. Schön, dass es dir besser geht.«

Anouk nickte, strahlte aber gleich wieder den Schattenmann neben mir an.

»Also, zwei Eistee und von allem eine Portion zum Mitnehmen«, bestellte dieser und rieb sich die Hände voller Vorfreude.

Ryan blieb seinen Lieferanten treu. Es gab jeden Tag das, wozu er die Zutaten geliefert bekam. Nicht mehr. Aber auch nicht weniger.

Anouk machte große Augen. Das war sicher keine alltägliche Bestellung, aber sie hatte keine Zeit, es weiter zu hinterfragen, denn in diesem Moment rief jemand nach der Rechnung. Also nickte sie nur kurz und eilte dann davon.

Ich saß zur Theke gewandt und konnte beobachten, wie sie sich immer wieder nervös durch den Pony fuhr und verstohlen zu uns sah. Oder besser gesagt zu Necdet.

»Lumiel und ich waren heute Morgen in unserer Lieblingsnische. Der Succubus ist immer noch in ihrer Schockstarre gefangen«, flüsterte ich Necdet zu.

Er nickte erleichtert und legte eine Hand in seinen Nacken. »Meinst du Keos weiß, dass eine Sexdämonin in dieser Nische sitzt?«

Ich kniff mir in die Nasenwurzel. »Da bin ich mir sogar ziemlich sicher.«

»Ach ja?« Necdet beugte sich über den Tisch näher zu mir. »Hat er etwas zu dir gesagt?«

Ich schüttelte den Kopf. »Nein, das nicht. Aber er mustert das Bücherregal vor dem Eingang immer einen Augenblick zu lang.«

»Das ist mir nicht aufgefallen«, gab Necdet zurück und lächelte verhalten. »Aber ich beobachte den Dämon auch nicht so eingehend wie du.«

Zur Antwort schnaubte ich nur leise.

»Warum hast du ihm noch nichts von unserem *Gast* erzählt?«

Ich zog meine Augenbrauen hoch. »Er war es, der in den letzten Tagen nicht gerade mitteilsam war.«

Necdet nickte und lehnte sich wieder in seinem Stuhl zurück.

Meine Finger begannen ungeduldig auf der Tischplatte zu trommeln. In letzter Zeit fühlte ich mich ruhelos. Eine Anspannung umgab mich, die immer erdrückender wurde und mich unter Strom setzte. Nicht zum ersten Mal erwischte ich mich dabei, dass ich nicht stillhalten konnte.

»Dich beunruhigt es, dass es gerade so still um die Türen ist, nicht wahr?«, fragte mein Freund leise über den

Tisch und zog meine Aufmerksamkeit damit wieder auf sich. Seine Augen lagen auf meinen Fingern. Er wartete keine Antwort ab. »Also *ich* könnte nicht glücklicher über diesen Umstand sein«, sprach er flüsternd, aber dennoch energisch weiter. »Die vermaledeiten Bälger bescheren mir immer noch Albträume. Wie kann es Lumiel und dich *beunruhigen*, dass wir gerade unsere Ruhe haben?«

»Es geht nicht darum, dass wir wollen, dass sie freikommen. Es ist nur so *verdächtig* still. Was wenn, wer auch immer sie freilässt, seine Kräfte sammelt und dann gleich mehrere auf einmal zu uns schickt?« Am schlimmsten war diese verfluchte Ungewissheit. Natürlich wollte ich auf keinen Fall einem weiteren dieser furchtbaren Wesen gegenüberstehen. Aber nicht zu wissen, was als Nächstes auf uns zukam, was wir zu erwarten oder zu befürchten hatten, war reine Folter.

Ich stellte die Ellbogen auf den Tisch und vergrub frustriert meinen Kopf in den Händen. Ja, die Ungewissheit machte mich fertig. Mit ihr kam die Angst und eine leise Verzweiflung, und sie hielten mich fest im Griff. Wir waren den Launen und Plänen von jemandem ausgeliefert, zu dem wir kein Gesicht hatten. Was waren seine Ziele, was wollte dieser Jemand mit all dem bezwecken?

Ich erkannte, wie es hinter der Stirn meines Freundes arbeitete. Wie seine Gedanken meinem letzten Satz folgten. Der Befürchtung, dass derjenige, der die Siegel brach, seine Kräfte sammelte, um vielleicht noch mehr Kreaturen auf einen Schlag zu befreien.

Necdet verengte seine Augen. Dann wurde er blass. »Scheiße, du meinst …«

Ich zuckte mit den Achseln. »Ich meine gar nichts. Ich möchte nur auf alles vorbereitet sein, was auf uns zukommt. Etwas sagt mir, das ist die Ruhe vor dem Sturm.«

Anouk kam an unseren Tisch und stellte die zwei Gläser Eistee vor uns ab. Sie wartete einen Moment länger, als sie gemusst hätte und sah Nec hoffnungsvoll aus ihren großen, braunen Augen an. Doch der Schattenmann starrte nur zu mir. Als sie sich enttäuscht einem anderen Tisch zuwandte, um die Bestellung dort aufzunehmen, lehnte er sich vor.

»Das ist nicht gut. Gar nicht gut«, murmelte er leise und griff nach seinem Glas, was die Eiswürfel zum Klirren brachte. »Die ganze Situation läuft langsam aus dem Ruder. Ich bin nicht so unerschrocken wie Lumiel. Oder so mutig wie du. Oder so krass wie …«

»Nec«, unterbrach ich ihn. »Wir haben eine Scheißangst. Wir alle.«

»Ehrlich?« Die Frage klang fast überrascht, was mich innerlich schmunzeln ließ. Nec und sein falsches Bild von sich selbst. Wann würde er wohl erkennen, wie stark und mutig er eigentlich war?

»Natürlich. Ich meine, Keos bildet vermutlich die Ausnahme. Aber wir – Lumiel und ich – wir haben eine Scheißangst.« Ich schlug mit der Faust auf den Tisch. Bevor ich weitersprach, schaute ich mich schnell um, ob niemand auf uns aufmerksam geworden war. »In meinem verfluchten Keller wohnen die schlimmsten Kreaturen, die es jemals gegeben hat, und irgendwer spielt Monstersamariter und lässt sie frei.«

Mein Freund sah mich aus großen Augen an und hielt die Luft an. Dann atmete er aus und plötzlich fiel eine Anspannung von ihm ab, die sich in den letzten Minuten aufgebaut hatte.

Ich sah ihn über den Tisch hinweg eindringlich an. »Angst zu haben, ist keine Schwäche, Nec. Und wenn ich bedenke, welche Verantwortung und welche Schatten, dir auf Schritt und Tritt folgen … Ich glaube, es gibt da draußen weit mehr als nur eine Person, die unter dieser Last zusammengebrochen wäre.« Als er seinen Blick beschämt auf die Tischplatte heftete, tippte ich mit meinem Fuß auf seine Schuhspitze, bis er mir wieder in die Augen sah. »Aber nicht du. Du stellst dich dem jeden Tag. Und ganz nebenbei hilfst du mir, die Kreaturen in meinem Keller in Schach zu halten«, beschwor ich ihn.

Für eine Weile sagten wir nichts. Ich ließ meinen Fuß noch eine Weile auf seiner Schuhspitze liegen.

Necdet rang nach Fassung und in seinen schwarzen Augen glitzerte es verdächtig. Er räusperte sich verlegen und begann an seinem Zylinder herumzudrehen. »Danke«, murmelte er betreten und ich nahm meinen Fuß von seinem.

»Nicht dafür.« Nicht für die Wahrheit.

»Meinst du, wir finden noch etwas Brauchbares in den Büchern?«, fragte er schließlich ernst. Necdet schaute mich über den Tisch hinweg an. Immer noch umgab in eine leichte Verlegenheit, auch wenn er darum rang die Contenance zu bewahren.

Ich wollte gerade antworten und öffnete meinen Mund, da stutze er plötzlich.

»*Etwas*«, wiederholte er schließlich seufzend.

Etwas. So hatte ich es genannt, als wir damals von Mama Safiya aufgebrochen waren. Es kam mir wie eine Ewigkeit vor. Ich trank einen großen Schluck Eistee und schüttelte den Kopf. »Keine Ahnung. Aber was bleibt uns anderes übrig. Wir müssen herausfinden, wer die Siegel erneuern kann.«

Necdet fasste über den Tisch und griff nach meiner Hand. »Du hast recht. Außerdem birgt Hoffnung ihre ganz eigene Magie.« Seine Hand drückte meine.

Mein Blick senkte sich und ich erwiderte den Druck seiner Hand. In dem Moment kam Anouk mit zwei Papiertüten zu uns. Sie schaute auf unsere Hände. Dann sah sie mich lange an und schlussendlich richtete sie ihre Augen auf Necdet. Mein Freund lächelte zwar unbedarft, hielt aber seine Aufmerksamkeit auf mich gerichtet. Ich zog beide Augenbrauen in die Höhe. Necdet hatte wohl keine Ahnung, welche Wirkung er auf Anouk hatte.

»Hier bitte, Nec.« Die Stimme der jungen Frau klang bei weitem nicht mehr so überschwänglich.

»Danke, Anouk. Das riecht wunderbar.«

»Ich wünsche euch noch einen schönen Abend. Hat mich gefreut, Taleyi«, verabschiedete sie sich mit fast schon trauriger Stimme.

»Mich auch«, antwortete ich.

Draußen auf der Straße grinste ich den Schattenmann vielsagend an.

Er erwiderte meinen Blick nur verwirrt. »Was ist?«, fragte er.

»Anouk mag dich.«

Das ließ ihn stutzen. Er schaute mich ungläubig an und schüttelte dann den Kopf. »Anouk ist zu jedem freundlich. Das liegt in ihrem Naturell.«

»Nein, Nec. Sie mag dich«, erwiderte ich immer noch grinsend und betonte jedes Wort des letzten Teils.

Necdet winkte ab. »Unsinn. Komm jetzt, sonst wird alles kalt«, drängte er mich.

»Bei der Hitze? Da sollten wir eher aufpassen, dass es nicht zerkocht.«

Das brachte ihn zum Lachen.

18. DIE MEISTERIN DER DÄMONEN, BEHERRSCHERIN DER SCHATTENWELT UND GEBIETERIN SEINER WENIGKEIT KEOS

»Glaube mir, Taleyi, du solltest kommen. Du solltest wirklich, wirklich kommen.« Madam Aurelie sprach in einem für sie ungewöhnlich drängenden Tonfall. »Es wird eine besondere Nacht. Die Zeichen, Kindchen, sie besagen alle Veränderung. Die Nacht wird keine gewöhnliche Nacht. Sie wird … schicksalhaft.« Das letzte Wort hauchte sie bedeutungsschwanger.

Außer uns war gerade keine Kundschaft im *The hanged One*. Wir standen im hinteren Teil des Ladens vor einer hüfthohen, alten Truhe, auf deren Deckel Madam Aurelie immer die Vorbestellungen bereithielt.

Hinter mir ertönte ein spöttisches Schnauben. Eine eindeutige Reaktion auf Madam Aurelies Überzeugungsversuch mich auf das Straßenfest zu locken. Ich verdrehte genervt die Augen. Die Ladenbesitzerin ebenfalls.

Sie drückte mir den Jutebeutel mit den getrockneten Kräutern in die Hand. Die Ladenbesitzerin sah gut aus. Gesund und munter. Ich begann anscheinend wirklich, Gespenster zu sehen.

»Du solltest diese Nacht nicht versäumen, Kindchen«, zischte sie mir erneut zu. Dabei starrten mich die milchigen Iriden so intensiv an, dass ich mir tatsächlich nicht sicher war, ob sie tatsächlich nur in eine nie endende Dunkelheit blickte. »Verstecke dich nicht hinter den Mauern der Bibliothek. Nur dieses eine Mal.« Sie griff nach meinen Oberarmen und drückte sie leicht. So als würde sie ihre Worte und ihren nachdrücklichen Tonfall damit noch unterstreichen wollen. »Es wird eine interessante Nacht. Eine Nacht voll Wunder und Magie. Eine Nacht voller Überraschungen und Lockrufen.« Mit diesen Worten nickte sie mir noch mal verschwörerisch zu, ließ mich los und drehte sich dann wieder zu Keos und Horace um.

»Was ist mit dir, Fremder?«, fragte sie und deutete in Keos' Richtung.

Der grinste Aurelie dunkel an. »Oh, mich brauchst du nicht zu überzeugen. Du hattest mich schon bei gutem Essen und Fest. Eine lange, unbeschwerte, laute Nacht voller Musik, Speis und Trank, Gelächter und schönen Frauen? Dazu sage ich ganz sicher nicht Nein.«

Aurelie schnalzte mit der Zunge. Es klang allerdings eher zustimmend als tadelnd.

Bei Keos' Worten fielen meine Augen unweigerlich auf seine Brust. Unter dem schwarzen T-Shirt, auf seiner goldenen Haut lag das Schwuramulett. Es war zu fein und glatt verarbeitet, als dass es sich unter dem dunklen Stoff abzeichnen würde. Doch ich wusste, dass es da war. Ich wusste, dass Keos das kühle Metall Tag und Nacht auf seiner Haut spürte.

Wir hatten die Zeremonie, am Tag nach der Konfrontation mit Qorxu durchgeführt. Das schlechte Gewissen nagte seit jenem Abend an mir. Mit jeder Stunde, jeder Minute, die verstrich, mehr. Keos gab sich zwar entspannt, doch ich wusste, dass der ranghohe Dämon das Ding um seinen Hals hasste. Wie auch nicht? Wie sollte er es nicht verabscheuen?

Ich hatte damals stark damit gerechnet, dass er das Weite suchen würde, noch bevor ich Schwuramulett überhaupt sagen konnte. Doch das hatte er nicht. Er hatte genickt und sich auf das kleine Sofa im Wohnzimmer gesetzt.

»Dann schmiede mal meine Ketten und plane meinen Kerker.« Keos verzog spöttisch seine Lippen, doch seine Haltung wirkte angespannt. Auch wenn er darüber hinwegtäuschen wollte, indem er sich in die Kissen fläzte.

Ich starrte auf das leere Blatt und spielte mit dem Kugelschreiber zwischen meinen Fingern. Mir gefiel das Ganze nicht.

Ein leises Räuspern ließ mich hochschauen. Der Dämon betrachtete mich und sah dann vielsagend auf das Blatt vor mir. »Und ich dachte, du würdest dich darauf stürzen und gar nicht mehr aufhören, Schwüre niederzuschreiben, die mich unterjochen und mir meinen Willen rauben.«

Ich konnte fast spüren, wie ich erblasste. Mir klappte die Kinnlade runter, und ich wollte etwas erwidern, aber mir fehlten die Worte. Ich wollte dieses Schwuramulett nicht benutzen. Keos war nicht mehr nur ein Dämon. Er wohnte bei mir, wir verbrachten Zeit miteinander und er trainierte mit uns. Der Chaosdämon hatte sich gegen Qorxu gestellt und uns gerettet.

»Das war ein Scherz, Liebes.«

Mein Blick wanderte von seinem Gesicht zu dem Blatt und wieder zurück.

Keos richtete sich auf. »Geht es dir gut? Du siehst aus, als müsstest du dich übergeben.«

Ich wippte den Stift zwischen Daumen und Zeigefinger und schüttelte den Kopf. Und Keos hakte nicht nach. Er beugte sich vor, stützte seine Arme auf die Knie und faltete die Finger.

»Ich verstehe«, murmelte er irgendwann. »Hör mal, Taleyi, es wäre leichtsinnig, dich nicht abzusichern. Vergiss nicht, dass auch ich eines der Wesen hinter den Türen war.«

Seine Worte gaben mir einen Schubs, und ich setzte den Stift an. Er hatte recht. Es wäre töricht, ihm blind zu vertrauen.

Du kannst ihm nicht vertrauen, aber du kannst dich auf ihn verlassen, kam mir das fremde Zischen in meinem Kopf wieder in den Sinn.

Ich hob den Kopf und schielte in seine Richtung.

Unbeeindruckt gähnte er. »Konzentriere dich, Liebes. Nimm das Ganze nicht auf die leichte Schulter.«

Ertappt richtete ich meinen Blick wieder auf das Blatt.

Irgendwann schob ich es ihm schweigend über den Tisch. Keos nahm es entgegen und las die Zeilen mit konzentrierter Miene.

»Du solltest noch hinzufügen, dass ich die Bibliothek nicht verlassen darf. Sonst erwachst du eines Morgens und ich bin auf und davon.« Er legte nachdenklich den Kopf schief. »Warte, warte. Zumindest sollte es mir nicht möglich sein, *ohne deine Erlaubnis*, die Bibliothek zu verlassen. Denn als Begleitschutz bin ich gar nicht so schlecht. Außerdem möchte ich wirklich gern auf das Straßenfest.« Er grinste mich schief an und zuckte mit einer Schulter, während er das Blatt zurückgab. Und genau da hätte ich den Zettel am liebsten in tausend Einzelteile gerissen und das Amulett vom Tisch geschleudert. Doch stattdessen biss ich meine Zähne zusammen und formulierte die Sätze widerwillig um. Keos nickte zufrieden, als ich ihm den Zettel erneut unter die Nase hielt. »Das ist gut. Ich kann keine Schlupflöcher mehr entdecken.«

Ohne dass ich es geplant hätte, nahmen weitere Worte in meinem Geist Gestalt an. Sie waren ein Zugeständnis an ihn.

Um ihm zu danken.

Um es ihm leichter zu machen.

Um mein Gewissen zu besänftigen.

Gezeichnet mit Blut.
Gesprochen aus freiem Willen.
Geschmiedet durch Ehrlichkeit.
Geschlossen zwischen Taleyi, Hüterin der magischen Bibliothek von New Orleans und Keos, Chaosdämon der höchsten Riege.
Du, Keos, wirst dich nicht gegen uns stellen, solange du das Amulett trägst.
Du wirst uns nicht verraten und du wirst an unserer Seite kämpfen.
Du wirst die Bibliothek nicht, ohne meine klare und eindeutige Erlaubnis verlassen.
Du wirst niemanden, von dem keine Gefahr ausgeht, verletzen oder ihm Schaden zufügen, außer es bedarf dem unsrigen oder dem deinigen Schutz.
Schwöre, Keos.

Ich, Taleyi, schwöre, dass du von dem Amulett und deinen Pflichten befreit bist, sobald alle Wesen wieder eingesperrt sind und das Siegel intakt ist.
Sollte ich sterben oder die Mission scheitern, bist du frei.
Wenn unser Schutz, dein Schutz oder dein Leben davon abhängen, darfst du die Bibliothek ohne mein Einverständnis verlassen. Unter der Voraussetzung, dass du, sobald es dir möglich ist, zurückkehrst.
Ich werde dich nicht länger als nötig an dieses Amulett und damit an mich binden.
Das schwöre ich, Taleyi, dir, Keos.

Gezeichnet mit Blut.
Gesprochen aus freiem Willen.
Geschmiedet durch Ehrlichkeit.
Geschlossen zwischen Taleyi, Hüterin der magischen Bibliothek von New Orleans und Keos, Chaosdämon der höchsten Riege.

Ich hörte den Widerhall der Worte in meiner Erinnerung. Und wie immer goss ich damit nicht nur Öl, sondern reines Benzin ins Feuer und entfachte mein schlechtes Gewissen aufs Neue.

Es hatte zwar keiner Versprechen von meiner Seite bedurft. Doch ich wollte, dass er wusste, dass ich es nicht ausnutzen würde.

Bei den letzten, ihm unbekannten Sätzen des Schwures hatte der Dämon gestutzt. Aber er hatte nichts dazu gesagt.

»Du musst mir das Amulett anlegen«, brach Keos das Schweigen. Seine Stimme klang hölzern. Ich schluckte und trat auf ihn zu. Das kühle Metall war so leicht, dass man es kaum wahrnahm. Dennoch wog es schwer in meinen Händen. Keos sah auf mich hinab, als ich vor ihn trat. In seinen Augen loderte eine Sekunde lang Trotz auf und ich dachte schon, er würde mich mit einer spöttischen Bemerkung abweisen. Da blinzelte er und als er die Augen wieder öffnete, schlich sich ein halbes Lächeln auf sein Gesicht.

Mit einem Seufzen beugte er sich so weit vor, dass ich mit meinen Armen um seinen Hals fassen konnte. Ich räusperte mich und schaute über seine rechte Schulter. Der Verschluss war so klein und unhandlich, dass ich drei Anläufe brauchte, um das letzte Glied endlich in den Karabiner zu haken. Meine Daumen streiften Keos' Haarspitzen, als ich meine Hände zurückzog.

»Jetzt kommt der Teil mit dem Blut«, hauchte der Dämon. Dramatisch griff er nach dem Messer, das ich schon bereitgelegt hatte. »Das ist die letzte Chance für einen Rückzieher, Liebes.«

Ich blinzelte verwirrt. »Weshalb sollte *ich* einen Rückzieher machen?«

»Wenn wir den Schwur mit Blut besiegeln, gibt es kein Zurück mehr. Dann hast du mich am Hals.« Keos deutete auf die Silberplatte.

Ich entrang mir ein schwaches Lächeln.

»Na komm.« Er reichte mir das Messer mit dem Griff voran. »Ein kleiner Tropfen sollte genügen.«

Als ich die scharfe Seite an die Haut meines Mittelfingers legte und Druck ausübte, zischte ich leise.

»Leg den Finger hier drauf.« Keos hielt mir die Silberplatte hin und griff nach dem Messer. Blitzschnell fuhr er mit der Schneide über seinen Daumen und drückte ihn ebenfalls auf das Amulett. Und wieder leuchtete Trotz in seinen Zügen auf. Er sprach aus seinem Blick und aus dem verkniffenen Zug um seine Lippen.

Als Keos seinen Daumen von dem Schmuckstück löste, betrachtete ich die Blutstropfen auf dem strahlenden Silber. Das Blut sickerte langsam in den Anhänger und die linienartigen Einkerbungen begannen blutrot und golden zu leuchten.

Ein ehrfürchtiger Laut entfuhr mir und ich starrte gebannt auf das Amulett. Es war wunderschön.

So schnell es zu leuchten begonnen hatte, so schnell verblasste es wieder in seine normale Färbung. Das Blut war verschwunden. Der Pakt war besiegelt.

Erst jetzt bemerkte ich, wie nah ich Keos gekommen war, während ich mich über das Schmuckstück gebeugt hatte. Ich hielt sein Handgelenk locker umschlungen.

Jetzt trat ich zurück. Meine Augen waren auf meine Schuhspitzen gerichtet. Die Faszination hatte schlagartig wieder der Realität Platz gemacht.

Ich hasste das Amulett. Und ich hasste mich selbst noch viel mehr. Langsam hob ich meinen Kopf. Keos' Augen waren so dunkel, dass sie mehr schwarz als anthrazit wirkten. In seinem Blick lag etwas, das mich erschütterte.

Er war nicht wütend. Er war nicht verzweifelt. Er war nicht traurig. Was in seinem Blick lag, schien so groß zu sein, dass ich dafür keine Bezeichnung fand. Und es hatte mich in meinem Innersten getroffen, etwas in mir gerührt, von dem ich vergessen hatte, dass es da gewesen war. Schon vor langer Zeit. Vor dem Erdbeben und meinem Gedächtnisverlust.

Zwei Wochen lag der Schwur nun zurück. Zwei Wochen voller Zorn auf mich. Wut auf ihn. Und einer zentnerschweren Schuld.

Als ich hochsah, traf ich Keos' Blick. Für eine Sekunde sahen wir uns still an. Dann schaute er auf die Stelle, wo das Schwuramulette verborgen war, und sein Mund verzog sich spöttisch.

»Das heißt natürlich, ich komme gern, sollte die Meisterin der Dämonen, Beherrscherin der Schattenwelt und Gebieterin meiner Wenigkeit es erlauben.«

»Was soll das bedeuten?«, fragte Aurelie und richtete ihren nicht sehenden Blick scharf auf mich. »Hast du dich auf ein Schattenwesen eingelassen? Oder, bei allen Geisterwesen, gar einen Handel mit einem der Petro-Nachon geschlossen? Taleyi … die dunklen Künste sind nichts für dich. Sie würden dich verschlingen.«

»Mit Haut und Haar«, stimmte Horace leise zu.

Ich funkelte meinerseits Keos an. »Nein, nein«, winkte ich ab. »Ich habe nichts mit dergleichen zu schaffen.« Außer dass der Mann neben mir ein hochrangiger Dämon war. »Unser lieber Fremder meint wohl, der Titel wäre lustig.«

Für eine Sekunde blieb der Ausdruck in ihrem Gesicht misstrauisch. Doch dann begann sie so heftig zu kichern, dass ihr geflochtener Zopf auf und ab hüpfte.

»Ah, ja. Ein Witzbold«, japste Madam Aurelie, als sie sich kaum wieder beruhigt hatte und grinste wild. Bizarr. Ein wenig gruselig. Irgendwie makaber.

Horace verlagerte sein Gewicht so, dass er nun ganz leicht zwischen uns und Aurelie stand. Er sagte nichts, aber sein Blick glitt von Keos zu mir und wieder zurück.

Ich verstand die Welt nicht mehr. Was war denn jetzt los?

»Ganz ruhig, Liebling. Taleyi ist ein gutes Kind. Das war nur ein Scherz. Du hast es ja gehört«, beschwichtigte Aurelie ihren Lebenspartner.

Das beruhigte den großen Mann kein Stück. Er legte einen Arm schützend um ihre Taille und beobachtete uns weiter wie ein Habicht.

Zuerst hatte ich gedacht, er würde uns vor Madam Aurelie abschirmen, doch nach ihren beschwichtigenden Sätzen wurde mir klar, dass es genau andersherum war. Ich musterte Horace. Seine Augen lagen misstrauisch auf Keos. Ahnten sie, dass der Dämon mehr war, als er schien? Er hatte mir versichert, dass kaum jemand spüren konnte, wie mächtig er war, außer er wollte das. Aber die Inhaberin des *The hanged One* war auch nicht irgendjemand. Was wenn sie erahnte, dass Keos kein mächtiger Houngan oder Bocor war? Was wenn sie in seiner Aura etwas Dämonisches wahrnahm und wusste, dass er kein gewöhnliches Mitglied der magischen Gemeinschaft war?

Ich musterte Aurelie und versuchte zu ergründen, woher dieses seltsame Benehmen kam. Doch der gruselige Ausdruck war verschwunden. Unbedarft starrte sie ins Leere. Ihre Lippen waren leicht geöffnet und ihre Haltung entspannt.

Sie verlagerte ihr Gewicht und griff nach der Hand ihres Partners. Als sie diese sanft drückte, entspannte auch er sich sichtlich.

»Auf der Welt passieren seltsame Dinge. Ihr müsst verzeihen, wenn wir ein wenig argwöhnisch bei solcherlei Scherzen reagieren.« Aurelie lächelte uns entschuldigend an und drückte noch einmal Horaces Hand.

»Seltsame Dinge?«, hakte ich aufhorchend nach.

»Mhm. Anscheinend häufen sich unerklärliche Naturkatastrophen. Versteh mich nicht falsch, unsere wunderbare Mutter Erde war schon immer unberechenbar, aber dieses Ausmaß … Und all die anderen Phänomene …«

Ich machte einen Schritt auf Aurelie zu. »Wie meinst du das? Phänomene?«

»Na ja zum Beispiel kommt es in Kanada täglich zu einer Vielzahl an Geistersichtungen, in Deutschland hat sich eine groteske Sekte gebildet, die eine Teufelin anbeten soll und keine Hemmungen mehr kennt. Nacktheit, Raub, Sex.«

»Das klingt für mich nicht so …«

»Die Sekte besteht aus Nonnen, Priestern und Bischöfen«, unterbrach Horace Keos vielsagend.

»In Australien ist eine seltsame Krankheit ausgebrochen. Die Menschen fallen in einen komatösen Schlaf und sind auch durch nichts mehr aufzuwecken.« Aurelie lächelte mich an. »Die Gemeinschaft ist angespannt.«

Ich nickte. In meinem Kopf rasten die Gedanken. Sahen wir hier die ersten Auswirkungen der entflohenen Kreaturen? Warum hatte Lafayette nicht längst reagiert? Ich hatte ihm schon vor Monaten erzählt, dass sich hinter einigen Türen keine Wesen mehr befanden. Immer wieder. Bei jedem Siegel, das gebrochen wurde.

»Aber reden wir von etwas Angenehmeren«, wechselte Madam Aurelie das Thema. »Horace ist schon ganz aufgeregt, wegen des Fests. Es wird ihm guttun, ein paar bekannte Gesichter zu sehen.«

Mein Blick huschte zu dem hochgewachsenen, wortkargen Mann und mein Mundwinkel zuckte unwillkürlich. Ja, ich sah das Lampenfieber deutlich. Er stand stoisch da und verzog keine Miene. Keos und Aurelie aber musterten mich abwartend, was mich dazu brachte, ergeben aufzuseufzen. »Ist ja gut. Wir kommen.«

Aurelie lächelte daraufhin noch breiter. »Oh, das wird ein Spaß. Das wird so gut.«

»Wir sind nicht gerade gerngesehene Gäste, das weißt du«, rief ich ihr ins Gedächtnis.

Doch Aurelie winkte ab. »Ach was. Die Oberhäupter der Gemeinschaft sind sich ohnehin zu fein, zu einem niederen Straßenfest zu kommen«, beteuerte sie und grinste böse. »Diese Narren. Wie geht es eigentlich deinen Blä …«

Keos unterbrach Aurelie mit einem lauten Fluch. Überrascht warf ich den Kopf herum. Er stand mit geballten Fäusten da und starrte mit einem konzentrierten Ausdruck zur Tür. Meine Alarmsirenen begannen zu klingeln und eine schlimme Vorahnung erfasste mich. Adrenalin schoss durch meine Adern.

Bei Mawu-Lisa!

Keos' Blick richtete sich auf mich, und ich hielt den Atem an.

»Wir müssen zurück in die Bibliothek. Jetzt«, stieß er schroff aus.

»Ja?«, fragte Madam Aurelie. Sie musterte den Chaosdämon mit erneut geweckten Misstrauen. »Wieso?«

»Ich habe vergessen, dass …« Ich suchte fieberhaft nach einer Ausrede, die ihren Argwohn zerstreuen würde.

»Dass Lumiel ihre Hilfe braucht«, half mir Keos aus. Dabei wusste ich, dass es nur eine halbe Lüge war. Wenn es tatsächlich erneut eine Kreatur nach draußen geschafft hatte, benötigten meine Freunde jede Hilfe, die sie bekommen konnten. Ich hoffte nur, dass Aurelie und Horace es dabei beließen.

Die rothaarige Mambo heftete ihren Blick auf mein Gesicht. Sie runzelte ihre Stirn und legte ihren Kopf schief. Dann zuckte sie mit den Schultern. »Wenn das so ist, möchten wir euch natürlich nicht aufhalten.« Sie klang nicht überzeugt. Doch ähnlich wie ich vor wenigen Minuten, schien sie beschlossen zu haben, es vorerst auf sich beruhen zu lassen. Horace folgte ihrem Beispiel. Wenn auch ungern, was ich seinem unzufriedenen Knurren entnehmen konnte.

»Ja, tut mir leid. Danke für den Tee«, fügte ich an und schwenkte den Beutel, während mich Keos schon am Unterarm gepackt hatte und zum Ausgang zog.

Als die Tür hinter uns ins Schloss fiel, beschleunigte er seine Schritte.

»Was ist denn los?«, rief ich ihm hinterher, denn obwohl ich fast rannte, war er um einiges schneller.

»Irgendetwas stimmt in der Bibliothek nicht. Ich spüre eine extrem große magische Quelle.« Nach ein paar Metern stoppte der Chaosdämon und kam kopfschüttelnd zurück. »Zu langsam.«

Ich wollte ihm gerade meine Meinung pfeifen, da legte er die Arme um mich. Sein Geruch, seine Wärme, seine Essenz hüllten mich ein und ich schloss meinen Mund wieder.

»Halt dich fest«, raunte mir Keos' einzigartige dunkle Stimmfarbe samtweich ins Ohr und ich schlang wie von selbst meine Arme um seinen Nacken. Ich spürte, dass etwas passierte, doch ich konnte es nicht einordnen. Ein seltsamer Wind kam plötzlich auf und fuhr mit kräftigen Böen durch meine Kleider. Meine Füße verloren den Kontakt zum Boden. Was auch immer da geschah, ich ließ es einfach geschehen. Ich hatte alle Hände voll damit zu tun, das Gefühl zu verarbeiten, das gerade in mir hochkroch. Ausgehend von Keos' Händen auf meiner Taille, seiner Brust, die meine streifte, der Stelle, an der sein Atem meine Schläfe kitzelte. Von all diesen Berührungspunkten breitete sich dieses Gefühl in meinem Körper aus.

Geborgenheit, schoss es mir plötzlich durch den Kopf. Dieses warme, wohlige Gefühl … das war Geborgenheit. Ich schloss die Augen und versuchte die Tränen zu unterdrücken. Geborgenheit. Wann hatte ich mich zuletzt geborgen gefühlt? Eine Träne kämpfte sich aus meinem Augenwinkel, überwand den Wimpernkranz und floss mir über die Wange. Eine Träne für das Ich, das ich nun war. Das nicht wusste, wie sich Geborgenheit anfühlte. Diese eine Träne … diese einzelne Träne sagte so viel. Erst als der Wind ihre Spur getrocknet hatte, öffnete ich meine Augen wieder.

Eine Sekunde später spürte ich den Boden unter mir. Die Böen verstummten schlagartig und Keos stand eine Armbreite entfernt von mir.

»Los, komm«, drängte er und drehte sich zur Seite.

Ich schaute auf die steinernen Stufen der Bibliothek vor mir.

Wo war …

Was war …

Wie war das möglich?

»Wie …«

»Später.« Er deutete auf das Gebäude vor uns. »Erinnerst du dich? Ärger. Lumiel und Necdet. Bibliothek.«

Ich schloss meinen Mund wieder und raste los. Immer zwei Stufen auf einmal nehmend die breite Steintreppe hoch.

Keos war direkt hinter mir. Ohne nachzudenken, drückte ich die große Tür auf und trat über die Schwelle. Scheiße.

Die schwere, unheilvolle Wolke, die seit zwei Wochen auf uns niederdrückte, sie entlud sich gerade über uns.

Scheiße. Scheiße. Scheiße.

Das war keine Regenwolke, das war ein Orkan mit Hagelschlag und Starkregen.

19. Gehst du ihr ins Netz, heißt es: Buon Appetit

Mein Zuhause sah aus, als wäre seit hunderten von Jahren niemand mehr hier gewesen. Die Decke, die Ecken, ja selbst jedes einzelne Bücherregal war von dichten, weitläufigen Spinnweben benetzt. Mich traf ein Gestank, den ich aus alten, modrigen Gemäuern kannte. Er trat so stark in den Vordergrund, dass der Duft nach Tinte, Papier, Geschichte und geschriebenen Worten darin verloren ging.

»Liebes …«, wisperte Keos und trat an meine Seite. »Ich glaube, dass hier nicht nur eine Kreatur frei herumläuft. Ich glaube, wir stören gerade eine kleine Party.«

»Weißt du, wie viele es sind?«, zischte ich.

Keos schüttelte den Kopf. »Ein paar.«

Ein paar.

Ich kniff mir in die Nasenwurzel und unterdrückte den Wunsch, die Tür neben mir wieder zu öffnen, rauszumarschieren und mich vom nächsten Taxi zum Flughafen fahren zu lassen. Stattdessen lachte ich freudlos auf und ergab mich meinem Schicksal. »Okay«, murmelte ich, mehr zu mir selbst, dann schaute ich zu Keos. »Lass uns Lumiel und Nec finden. Und dieses Desaster beseitigen. Und vielleicht, nur vielleicht, schaffen wir es, irgendwie zu überleben«, murmelte ich mutlos.

Was würde wohl auf meinem Grabstein stehen?

Hier liegt Taleyi

Sie wird weder vermisst noch betrauert. Endlich ruht sie und fällt keinem mehr zur Last.

Das wären wohl die Worte, die meiner Familie vorschweben würden. Falls ich ihr überhaupt einen Grabstein wert war.

Keos griff sanft nach meinen Schultern und drehte mich zu sich. »Wir werden überleben. Zufällig weiß ich, wem wir das hier zu verdanken haben.«

Natürlich wusste er das.

»Lass mich raten. *Spidey* hier ist kein großer Fan von dir?« Ich zeigte vielsagend in eine der oberen Ecken, wo eine riesige Spinnwebe hing.

Keos' Lippen verzogen sich zu einem jungenhaften, verschmitzten Grinsen. »Ich weiß es nicht mehr. Es ist schon eine Weile her, seit ich mit Arenyen zu tun hatte. Aber ich glaube, wir hatten eigentlich keine Probleme miteinander.«

Wie beruhigend. Er *glaubte*, dass er keine Probleme mit der Kreatur hatte, die sich nun in der Bibliothek tummelte. Unversehens traten mir die Bilder von den Horror-Zwillingen vor Augen. Von Qorxu. Und dem Succubus. Nachdem der Chaosdämon über die Entfernung zwischen dem *The hanged One* und der Bibliothek die Anwesenheit einer fremden Magie gespürt hatte, war ich mir nun sicher, dass er um den Succubus wusste. Warum aber hatte er bisher nichts gesagt?

»Arenyen?« Allein der Name klang schon furchteinflößend. Ich war mir nicht sicher, ob ich wirklich wissen wollte, was für ein Wesen sich dahinter verbarg.

»Eine Spinnendämonin.« Keos' Antwort ließ meine Befürchtung wahr werden. Ich hatte keine Angst vor Spinnen, aber eine Dämonin war eine andere Hausnummer.

»Genaugenommen die Mutter aller Spinnendämonen.« Keos schob seine Unterlippe ein wenig vor. Machte er sich doch Sorgen? Oder interpretierte ich zu viel in diese kleine Bewegung? *Die Mutter aller Spinnendämonen* klang mehr als unheilvoll.

»Weißt du, wo deine Freunde sind?«, fragte der Chaosdämon und ließ den Blick in alle Richtungen schweifen. »Nutze deine Magie. Du hast es bei meiner Tür geschafft. Da kannst du Lumiel und Necdet sicher auch aufspüren.«

Ich hatte gar nicht an die Möglichkeit gedacht, sie mit Hilfe meiner Magie aufzuspüren. Aber Keos hatte recht.

»Ich versuche es.« Sofort schloss ich meine Augen und hörte in mich hinein. *Lass es funktionieren. Bitte.*

Leider war da aber nur das unangenehme, alles andere ausblendende Prickeln, die Warnung vor Gefahr, die vor meinen geschlossenen Lidern grün aufleuchtete. Angestrengt presste ich meine Augen fester zusammen, versuchte die Warnung auszublenden und mich voll und ganz auf die Banshee und den Schattenmann zu konzentrieren. *Wo seid ihr?*

Ich schüttelte meinen Kopf und öffnete meine Lider. Bittere Enttäuschung machte sich in mir breit.

Keos verzog missmutig seine Lippen. »Schade«, grummelte er. »Dann müssen wir eben auf die altmodische Art suchen.« Er nahm mich bei der Hand. »Lass nur nicht los.« Seine Stimme klang drängend und der Druck seiner Finger forderte mich auf, ihm Folge zu leisten.

Wäre die Situation eine andere, hätte ich sie ihm sofort entrissen. Jetzt aber griff ich noch fester danach und er verschränkte unsere Finger miteinander. Als hätte er es schon tausendmal gemacht. Und das hatte er mit Sicherheit. Schließlich wandelte er schon seit geraumer Zeit auf Erden und hatte wahrscheinlich Millionen an Liebschaften vorzuweisen.

»Bereit?«, fragte er und schaute über seine Schulter zu mir.

»Bereit«, antwortete ich ernst und setzte mich gleichzeitig mit ihm in Bewegung.

Wir hatten keine vier Schritte gemacht, da ertönte vom anderen Ende des Gebäudes ein seltsames lautes Klackern. So als würden Beißzangen aufeinanderschlagen. Ich drückte Keos' Hand unwillkürlich fester.

»Sie scheint in der Nähe der Geheimtür zum Keller sein, oder?«

Keos nickte zur Antwort. Er schaute finster in die Richtung, aus der das furchtbare Geräusch kam. Die Anspannung kehrte augenblicklich zurück.

»Jetzt wissen wir zumindest, wo wir als Erstes nachschauen sollten.« Die Worte drangen gerade so laut an mein Ohr, dass ich sie hören konnte.

So leise wir uns auch bewegten, unsere Schritte hallten durch die gespenstisch wirkenden Flure. Immer wieder ertönte das Klackgeräusch, was mir eine Gänsehaut verursachte und eine widerliche Übelkeit. Ich trat einen Schritt näher an den Chaosdämon heran, riss mich aber sofort von ihm los, als mich etwas zuerst sanft an der Wange streifte und mir dann in die Haare griff. Ich warf beide Hände hoch und versuchte, mich zu befreien. Dabei unterdrückte ich nur mit Mühe einen erstickten Aufschrei. Was auch immer da nach mir langte, es zerrte nicht mehr nur an meinen Haaren. Es hatte mittlerweile außerdem meine Kehle, meine Brust und meine Schultern fest umschlossen und versuchte, mich ganz einzunehmen. Ich wand mich, um den Fängen zu entkommen. Dabei wurde ich immer panischer und hektischer.

»Pst. Hör auf, Taleyi.«

Keos fasste nach meinen Handgelenken und zog mich sanft zu sich. Warum tat er das? Warum nahm er mir jegliche Bewegungsfreiheit? Sah er nicht, dass ich Hilfe brauchte?

»Das ist nur eine Spinnwebe. Beruhige dich, Liebes.« Er drückte meine Handgelenke nach unten und zwang mich, meine Arme ruhig zu halten. Ich schüttelte wild meinen Kopf. Dabei gab ich den Fängen die Chance, sich noch enger um meinen Hals zu legen.

»Taleyi, hör mir zu«, knurrte Keos mit einer solchen Schärfe, dass ich kurz stutzte und ihn aus großen Augen ansah. »Du hast dich in einer ihrer Spinnweben verfangen. Je mehr du dich windest, desto mehr fangen die Fäden dich ein. Dann kannst du dich bald nicht mehr daraus befreien und endest schließlich als Abendessen für ihre kleinen Dämonenkinder. Halte jetzt still, damit ich dich befreien kann, okay?«

Ich starrte ihn mit offenem Mund an. Mir fiel auf, dass seit ich ruhig dastand, der Zug nicht stärker geworden war.

»Geht es wieder?«, fragte er mich und lockerte den Druck seiner Finger.

Ich nickte vorsichtig.

Er ließ meine Hände los. »Ich hole dich jetzt da raus.« Keos trat hinter mich und begann langsam, Faden um Faden zu entfernen. Ich spürte, wie sich die klebrigen Spinnweben nur widerwillig von meiner Haut lösten und mich dank seiner Unnachgiebigkeit nach und nach doch freigeben mussten. Seine Hand streifte meinen Hals. »So das war die letzte.«

Das Klackgeräusch ertönte erneut und es hörte sich verdammt nah an. Ich zuckte zusammen. In dem Moment stieß mich Keos so hart von sich, dass ich ein paar

Schritte nach vorn stolperte. Genau in die Richtung, aus der die Geräusche kamen.

Was zum …

Als ich herumfuhr, fluchte er laut und unflätig. Mir stieg ein Geruch in die Nase, der mir die Galle hochkommen ließ. Er war scharf, faulig und irgendwie verwesend.

»Keos?«, wisperte ich. Was war das denn gewesen? Ein leises Stöhnen aus seiner Richtung ließ mich zu ihm zurückstolpern. Er hatte den Rücken durchgestreckt und seine Kiefer fest aufeinandergepresst. Irgendetwas stimmte nicht. Weshalb hatte er mich nach vorn gestoßen? Ich sah mich um, doch ich konnte in unserer Umgebung nichts finden, das ungewöhnlich wäre. Nun ja. Bis auf die Spinnweben.

»Alles gut«, erwiderte er gepresst. »Komm weiter.« Er nahm mich wieder bei der Hand und zog mich hinter sich her. Der verwesende Geruch wurde stärker, nachdrücklicher. Ich zog abrupt an seiner Hand und blieb stehen.

»Was ist passiert?«, wollte ich wissen.

Keos starrte mich finster an. Ich starrte genauso finster zurück. Irgendwann atmete er genervt durch und hielt mir seinen Unterarm hin. »Hier.«

Ich schaute hinab und keuchte erschrocken auf. Dort, wo goldene Haut und geheimnisvolle, tiefschwarze Linien sein sollten, klaffte ein großes Loch, das selbst Knochen und Sehnen freilegte. Die Ränder schienen sich mit jeder Sekunde auszudehnen und die hässliche Wunde noch zu vergrößern. Ich schlug mir eine Hand vor den Mund.

»Was ist das?«, brachte ich würgend hervor.

»Spinnengift.«

Ich griff ganz vorsichtig nach seiner Hand, um ihm

nicht noch mehr Schmerzen zuzufügen, beugte mich darüber und sah mir die grausige Verletzung genauer an. Keos zischte leise, und ich nahm sofort meine Finger von seinem Handgelenk.

»Das Gift hätte mich getroffen, nicht wahr?«, fragte ich ernst, ohne in sein Gesicht zu schauen.

Er sagte nichts.

Ich biss mir auf die Innenseite meiner Wange. »Nicht wahr?«, hakte ich nach.

Dieses Mal nickte er. »Das Gift hätte dir unsägliche Qualen bereitet oder eventuell sogar den Tod.«

»Danke«, hauchte ich.

Keos neigte seinen Kopf und eine seiner Locken fiel ihm in die Stirn. »Nicht dafür, Liebes«, gab er sanft zurück.

Ein lautes Klackern ließ uns hochfahren.

»Wir müssen weiter.« Es jagte mir eine Höllenangst ein, dass man bis auf das Geräusch nichts hörte. Wo bei allen neun Kreisen der Hölle steckten meine Freunde?

Der Chaosdämon ging langsam weiter. Er wich den Spinnweben geschickt aus. Manche von ihnen waren so hauchdünn, dass man sie kaum sehen konnte. Nur ein zartes Glitzern, wenn man direkt davorstand, zeugte von ihnen.

Ich kannte die Bibliothek in- und auswendig. Sie war mein Zuhause. Jeder Winkel, jede Ecke, jede Nische waren mir vertraut. Doch heute kam mir der Gang zwischen den Regalen fremd, feindselig und schier endlos vor.

Als Keos abrupt stehenblieb und seinen Kopf anhob, als würde er etwas wittern, verkrampfte ich mich. Und dann, eine Sekunde später, ertönte es.

Klack, klack.

Direkt über uns.

Klack, klack.

»Keos«, ertönte es in einer schrillen Stimme. »Bist du das wirklich, Keos?«

»Arenyen«, grüßte Keos. Er zog mich ganz leicht hinter sich. Als ich zu ihm sah, erkannte ich, dass sein Blick zielgerichtet nach oben ging. Ich folgte ihm und sah nichts.

»Nach all der Zeit wagst du es?«, spie es aus dem Dickicht der Fäden. »Du wagst es, mir unter die Augen zu treten und mich auch noch zu begrüßen, als wären wir alte Bekannte!« Ihr Kreischen troff vor Zorn.

Keos legte seinen Kopf schief. »Ich dachte, du würdest dich freuen, einen alten Bekannten zu sehen.«

»Du bist eine Seuche, Chaosdämon. Ein Parasit«, schrie die Stimme schrill.

»Ich dachte, ihr hättet keine Probleme miteinander«, zischte ich ihm flüsternd zu.

»Da habe ich mich wohl geirrt«, gab er leichtfertig zurück und zuckte mit einer Schulter.

»Du erinnerst dich noch nicht einmal? Du hast sie alle getötet. Du hast sie mir genommen. Meine Babys. Meine Kleinen.« Sie schrie markerschütternd und voller Qual auf.

Meine Trommelfelle vibrierten zuerst schmerzhaft und fühlten sich dann zum Reißen gespannt an. Selbst das Schlucken übertrug sich auf die dünnen Häutchen in meinen Ohren und verursachten ein ungutes Gefühl.

Keos richtete sich auf. Seine Schultern strafften sich und sein Griff wurde fester.

»Verdammt«, murmelte er leise. »Das hatte ich vergessen.«

»Ver …« Ich atmete japsend ein. »Du hast vergessen, dass du ihre Familie umgebracht hast?«

Ich wollte gerade nachhaken, als ich über mir eine Bewegung wahrnahm. Ein leiser Schrei kam mir über die Lippen, als ich den Kopf hob. Acht grellgelb glühende Augen, in der Größe von Autoreifen eines Schwertransporters starrten mich an. Die Kiefertaster und Beißklauen klackerten wieder aufgeregt gegeneinander. Ein Tropfen löste sich zähflüssig von den Beißzangen und fiel zu Boden. Dabei zischte er während seines Falles gefährlich auf. Arenyen war behaart, riesengroß und sie vibrierte vor Wut und Mordlust. Keos schob mich noch weiter hinter sich.

»Wen hast du mir denn da mitgebracht?«, hörte ich plötzlich eine samtige Stimme hinter mir. Bevor ich reagieren konnte, hatten mich zwei Hände an den Oberarmen gepackt und von Keos weggerissen.

»Taleyi«, schrie er und seine Stimme bebte dunkel vor Zorn.

»Ach nein, wie goldig. Du bist also das neue Liebchen des Schwerenöters?«

Ich stand mit dem Rücken zu der Kreatur und konnte sie nicht sehen. Aber ich erkannte, dass wir uns ein ganzes Stück von Keos und Arenyen entfernt hatten. Plötzlich fuhr mir ein furchtbarer, stechender Schmerz in die Oberarme, als mir die Kreatur ihre langen Klauen in die Haut trieb. Noch niemals hatte ich eine solche Qual empfunden. Die spitzen Nägel rissen mein Fleisch auseinander, bohrten sich tiefer und tiefer und zerfetzten meine Muskeln und Sehnen. Ich beugte meinen Oberkörper vornüber und schrie gellend auf. Keos fluchte laut. Es klang gepresst. Als würde er gegen etwas ankämpfen.

»Schsch, mein Schatz. Ich tu dir nichts«, ertönte es hinter mir sanft, fast zärtlich.

»Lass sie los, Raghba«, knurrte Keos. Seine Stimme klang immer noch entfernt. Zu weit entfernt.

Dann, von einer Sekunde auf die andere, hörte der Schmerz auf. So rasch er gekommen war, so schnell war er verschwunden. Die Klauen steckten mir noch tief im Fleisch. Ich konnte sie spüren. Sie und ihre zahllosen Widerhaken, die sich unnachgiebig in mir versenkten und mich daran hinderten mich zu befreien. Doch von den langen Krallen ausgehend, floss anstatt Pein nur Wärme durch mich. Wie flüssiger Sonnenschein durchdrang sie mich. Es fühlte sich gut an.

»Lass mich rein, Schatz. Lass mich in dein Innerstes.«

Was? Nein! Ich spürte, wie das Licht in mir gegen eine Mauer stieß. Eine Mauer, die meine Seele schützte.

»Komm schon, öffne dich.«

Der Schmerz kehrte mit aller Macht zurück.

»Komm schon, *Liebes*«, raunte die samtige Stimme und versuchte Keos' Tonfall zu imitieren.

Ich biss meine Zähne zusammen. »Nein«, presste ich laut und bestimmt hervor. Niemals würde sich eine dieser Kreaturen an meiner Seele laben. Niemals würde sie meinen Geist brechen.

»Ich sagte, lass sie los.« Keos sprach den Befehl in einem so ruhigen Ton aus, dass sich meine Nackenhaare aufstellten.

Zu meiner Überraschung interessierte das weder das rachsüchtige Spinnenweib noch den skrupellosen Blender hinter mir.

20. Ein Urumi-Schwert auf zwei Beinen. Ich sage nur: »En garde und touché«

Lass ihn nicht rein. Lass ihn nicht rein. Lass ihn nicht rein.

Die fremden, zweistimmigen Worte zischten in einer Endlosschleife durch meine Gedanken.

»Das habe ich nicht vor«, schrie ich aufgebracht.

Die Kreatur hinter mir verlagerte ihr Gewicht. »Oh, du wirst mich in deine Seele lassen, Schatz«, säuselte sie. »Lass mich rein und ich erfülle dir alle deine tiefsten Sehnsüchte, dein geheimstes Begehren und deine unsäglichsten Wünsche.« Der Tonfall wurde samtiger. Vertrauensvoller. Einlullender.

Ich knurrte frustriert auf. Es war ein Ding der Unmöglichkeit, meine Magie gegen die Magie dieses Wesens einzusetzen. Da hätte ich genauso gut mit einem Spielzeugmesser aus elastischem Gummi gegen ein Urumi-Schwert antreten können.

»Ich sage es dir genau noch ein Mal«, ertönte es plötzlich aus der Dunkelheit direkt vor uns. »Ein allerletztes Mal. Lass sie los.«

Keos.

An Raghbas Stelle hätte ich mich sofort zurückgezogen und wäre abgehauen. Die Stimme des Chaosdämons hatte eine dermaßen düstere Färbung angenommen, dass eine Drohung an Raghba hinfällig war. Jedes Wort in diesem unheilvollen Ton war ein besiegeltes Todesurteil.

Raghba spannte sich an, was ein unangenehmes Ziehen in meine Oberarme schickte.

»Niemals. Ich spüre all diese Wünsche, all diese Sehnsüchte. Ich möchte sie erfüllen. Oh, es wäre ein Festmahl. Ich möchte in ihr Innerstes.« Bei seinem vor Gier fiebrigen Tonfall hätte ich am liebsten gewürgt.

War das eine Art Flaschengeist?

Heilige Schöpfungsgötter sämtlicher Voodoo-Strömungen! Bei Bondye und Mawu-Lisa und der heiligen Urmutter Nana Buluku zusammen!

Das war nicht gut.

Lass ihn nicht rein. Lass ihn nicht rein, raunte es weiterhin unablässig in meinem Kopf. Vorsichtig verlagerte ich mein Gewicht. Immer noch sah ich nichts als Finsternis vor mir, doch plötzlich spürte ich eine mir bekannte Aura, die sich näherte. Eine dunkle Magie, die wie Elektrizität die Luft auflud.

»Das wirst du bereuen.« Keos trat in mein Sichtfeld. Mir stockte der Atem. Er erinnerte mich an die Version, die Qorxu geschaffen hatte. Die Version von Keos, die mich Nacht für Nacht heimsuchte. Die eisige Kälte, die seinen Blick einnahm, durchfloss ein furchtbares, loderndes Inferno der Wut.

»Ich mag es nicht besonders, wenn man sich *meinen Wünschen* widersetzt«, warnte er und kam einen weiteren drohenden Schritt auf uns zu.

»A-Keos.« Sein Name kam mir nur keuchend über die Lippen und mündete in einem erstickten Laut, als mein Blick über ihn wanderte und an seinem Hals innehielt. Ich presste die Lider zusammen und öffnete sie wieder, um die Punkte zu verscheuchen, die vor meinen Augen tanzten. Mein Kreislauf spielte nicht mehr mit. Auch wenn ich keine Schmerzen fühlte, entging meinem Körper nicht, dass er verletzt war.

Neben der furchtbaren Wunde auf Keos' Arm befand

sich an seinem Hals eine weitere, vom Spinnengift herbeigeführte, Verletzung.

»Bei allen neun Kreisen der Hölle.« Ich schüttelte den Kopf bei dem grausigen Anblick und mein Herz zog sich zusammen. Der Dämon musste gerade Höllenschmerzen erleiden. Aus der Wunde dampfte es sogar leicht. Dieses Spinnengift hatte etwas von einer stark ätzenden Säure. Ich kämpfte gegen den Drang, mich mit Gewalt von den Klauen loszureißen und zu Keos zu rennen. Doch seine dunklen Augen waren starr auf die Kreatur hinter mir gerichtet.

»Alles gut. Das ist nur ein Kratzer.«

Ich stieß zitternd den angehaltenen Atem aus. Das war weit mehr als nur ein Kratzer. Nicht einmal er konnte eine solche Wunde einfach so wegstecken.

Als wollte er mir das Gegenteil beweisen, legte Keos seinen Kopf ein winziges bisschen schief. Wie eine Raubkatze kurz vor ihrem Angriff. Dann huschte ein böses Grinsen über sein Gesicht. Er ballte seine Hand zur Faust, leckte sich über die Lippe und trat einen weiteren Schritt auf uns zu.

Wieder schoss ein leiser Schmerz durch meine Oberarme, als Raghba seinerseits einen Schritt zurückwich und mich mit sich riss. Vielleicht fochten seine Gier und seine Angst vor dem Chaosdämon einen Kampf in ihm aus. Doch zu einer Entscheidung kam es nicht, denn in diesem Moment kam Keos auf uns zu gerannt. Es lagen kaum drei Meter zwischen uns. Er hatte uns fast erreicht, da stockte er plötzlich und schrie wütend auf. Ein silbernes Glitzern umgab ihn und er wurde brutal zurückgeschleudert. So weit, dass er wieder in der Dunkelheit verschwand.

»Meinst du wirklich, ich würde dich so einfach davonkommen lassen«, kreischte Arenyen aus der Finsternis.

Das groteske Klackern entfernte sich schnell in die Richtung, in die der Chaosdämon verschwunden war.

Entschlossen kämpfte ich gegen Raghbas Griff an. Die Schmerzwelle riss mich fast von den Füßen, doch ich hörte nicht auf. Ich konnte nicht. Keos brauchte mich. Lumiel brauchte mich. Necdet brauchte mich. Ich schrie zwischen meinen zusammengebissenen Zähnen laut auf und wand mich immer stärker. Versuchte, meine Arme zu befreien.

»Bist du des Wahnsinns! Halt still.« In Raghbas fassungslosen Aufschrei schwang auch ein Hauch von Ehrfurcht mit.

»Nein«, knurrte ich. Ein dunkelroter Nebel aus Qual schob sich vor meine Sicht. Doch ich hörte nicht auf, mich gegen den harten Griff seiner Krallen zu wehren. Im Gegenteil spornte es mich fast noch an. Ich riss meine Arme nach vorn. Wieder und wieder. Und ich spürte, wie sich die Widerhaken lösten. Warmes, klebriges Blut bedeckte meine Haut. Doch irgendwie schaffte ich es, mich zu befreien, wankte einen Schritt nach vorn, weg von Raghba.

Und dann fühlte ich es. Ein Teil von ihm war in mir geblieben. Ich schrie gepresst auf und drehte mich fluchend zu dem Mistkerl um.

Vor mir stand ein schlaksiger, junger Mann. Sein chromleuchtend stahlgraues Haar war zu einem scharfkantigen Irokesen gekämmt und seine Augen leuchteten im schönsten, vollsten Indigo, das ich je gesehen hatte. Doch aus seinem Gesicht, das auf den ersten Blick jugendlich und schön wirkte, sprach der blanke Wahn.

»Was …«, fluchte ich. Ein kleiner goldener Funke Sonnenschein, mit dem Raghbas Klauen mich vorhin geflutet hatte, war in mir. Ich fühlte das Licht und die

Wärme. Und ich wollte es am liebsten mit meinen bloßen Händen aus mir herausreißen.

Raghba sah mich an. Seine Arme hingen nun kraftlos an seinen Seiten und von seinen spitzen Nägeln tropfte mein Blut. In seinen Augen lag eine Mischung aus Bewunderung und Gier.

»Zu spät.« Seine Lippen verzogen sich zu einem Grinsen, das breiter und breiter wurde. »Du hast dich zu spät losgerissen.«

Der fremdartige Funke wühlte sich durch mein Innerstes, bahnte sich unaufhaltsam seinen Weg zu meiner Seele.

»Du hast dich umsonst verletzt, kleine Taleyi. Was hast du dir nur dabei gedacht?« Fassungslos starrte der junge Mann zu seinen Klauen und dann wieder zu mir.

Unwillkürlich richtete sich mein Blick auf meinen Oberarmen. »O Gott«, hauchte ich. Tiefe Schnittwunden zierten meine Arme und dort, wo die Widerhaken sich festgesetzt hatten, waren meine Haut und mein Fleisch regelrecht aufgerissen. »Was hast du mit mir gemacht? Was ist da in mir?« Ich spie ihm die Fragen angewidert entgegen.

Zur Antwort warf er seinen Kopf in den Nacken und stöhnte laut und zufrieden auf. Dann sah er mich unverwandt an. »Du und dein Wunsch …so besonders. So anders. Du bist …«

»Meine Wünsche gehören mir«, fuhr ich ihn an und unterbrach sein Gestammel. »Mir allein.«

Er schluckte schwer und geräuschvoll, was seinen Adamsapfel auf und ab hüpfen ließ und schaute mich aus großen Augen an. Ich wankte einen kleinen, zittrigen Schritt auf ihn zu. Meine Arme hingen müde an den Seiten hinab. Eigentlich schrie alles in mir, vor Raghba wegzurennen. Doch ich musste wissen, wie ich diesen lästigen Fremdkörper loswerden konnte.

»Ich wollte dir nichts wegnehmen.« Er leckte sich über die Lippen. »Ich wollte nur, dass du sie mit mir teilst«, stotterte der junge Mann. Er schien zu gleichen Teilen fasziniert wie auch schockiert zu sein. Immer wieder glitt sein wirrer Blick zu meinen Armen. Dabei hatte er das zu verschulden. Das war das Resultat seiner Macht. Seiner Gier.

»Lügner«, fauchte ich. »*Ich* habe Nein gesagt. Nein zu dir. Nein zu deinem Übergriff. Aber dir war das gleichgültig. Du hast meine Wünsche missachtet.«

Raghba wich zurück und schüttelte verständnislos den Kopf. »Ich wollte wirklich nur helfen, dir deine Wünsche erfüllen, dir alles geben, was du dir ersehnst.«

»Ein Flaschengeist erfüllt niemals Wünsche, ohne, dass man diese genau formuliert.« Ich war mir mittlerweile ziemlich sicher, dass er kein Flaschengeist war, aber vielleicht brachte ich ihn so dazu, mir zu verraten, mit wem oder was ich es hier zu tun hatte. Zwar wusste ich noch nicht, inwieweit mir das helfen würde, doch zumindest schindete ich so ein wenig Zeit. Raghbas entsetztes Schnauben gab mir die Antwort.

»Flaschengeist?«, rief er empört. »Ich bin doch kein Flaschengeist. Ich bin Raghba.«

Ich sah ihn nur verständnislos an.

»Raghba, der aus dem Begehren des ersten Gottwesens und der Gier seines dämonischen Zwillings erschaffen wurde. Raghba, gebadet in trockenem Wasser, getränkt im eisigen Feuer, genährt von Äther und gebettet im Nichts. Ich bin Raghba.«

Als ich tief durchatmete, um gegen den Schwindel anzukämpfen, der mich langsam erfasste, schoss mir abermals Schmerz durch die Arme. Ich biss mir fest auf die Wange. »Mir ist egal, wer oder was du bist«, fauchte ich schwach.

Der Funke. Der Funke.

Ich runzelte meine Stirn. Das fremde Zischen war wieder da. Zwar war ich weit davon entfernt, ihm mein Vertrauen zu schenken, aber es hatte recht. Ich musste dieses goldene Licht loswerden.

Der Funke. Der Funke.

Das Zischen wurde drängender.

Greif danach. Hol ihn raus.

Ich runzelte die Stirn. Ihn rausholen? Wie sollte das funktionieren?

Stell ihn dir vor. Greif nach ihm. Hol ihn raus.

Mit all meiner Vorstellungskraft versuchte ich, den Anweisungen Folge zu leisten. Doch es klang weit einfacher, als es war. Zwar fühlte ich das kleine goldene Licht in mir, aber ich konnte es beim besten Willen nicht greifen.

Hol ihn raus. Jetzt.

Als ich spürte, wie sich das Licht in mir bewegte, immer wieder gegen die Mauer stieß, die ich um meine Seele errichtet hatte, kam mir ein Gedanke. Ich stellte mir das Licht vor, richtete all meine Sinne darauf und griff gleichzeitig nach meiner Magie. In meinem Geist packte ich den Funken und löste ihn von mir, zog in aus mir heraus und warf ihn der Kreatur vor die Füße. »Nimm deinen ekelhaften Parasiten wieder an dich«, knurrte ich. Und tatsächlich zwischen mir und Raghba funkelte eine Art Nebel aus hellem Licht. Es hatte funktioniert. Während ich erleichtert aufatmete, sah Raghba fassungslos auf den Strahl, der langsam in sich zusammensackte, schmächtiger wurde und sich wie ein Wurm vor ihm wand.

»Wie hast du …« Raghbas tiefviolette Augen trafen meine. »Wie hast du das gemacht? Es ist nicht möglich, sich von meinem Licht zu befreien.«

Ich lachte sarkastisch auf. »Wovon sprichst du?«

»Was bist du?«, stellte er mir eine Gegenfrage.

Als Antwort sah ich ihn nur schweigend an. Seine Frage verdutzte mich. Was meinte er damit, *was* ich wäre. Hatte er jetzt vollends den Verstand verloren und war von der ungestillten Gier in den Wahn getrieben worden?

»Dein Wunsch war … ich habe ihn … o so schöne Sehnsüchte …« Raghba stammelte unzusammenhängend vor sich hin, während er auf den Funken vor uns starrte.

Ich schaute mich schnell um. Wo befanden sich Arenyen und Keos? Mein Blick hetzte zur spinnennetzverhangenen Decke der Bibliothek. Ich roch die metallene Schärfe von Blut und den stechenden Gestank von Erbrochenem.

»Ich weiß, o ich weiß. Dein Wunsch …es konnte gar nicht anders sein …«, hörte ich, als ich leise stöhnend meine Arme anhob. Sie bluteten nur noch schwach. Ich bewegte vorsichtig meine Finger und meine Handgelenke. Der Schmerz breitete sich zwar von den Fingerspitzen bis zu den Schultern aus, aber ich konnte sie bewegen.

Ein seltsames Geräusch ließ mich aufblicken.

Raghba stand vor mir. Der Blick seiner in Indigo getränkten Augen lagen wieder wahnhaft auf mir.

»Ich war in dir. Ich war in dir«, murmelte er in einem irren Singsang. »Aber was bist du?«

»Ich bin Taleyi, Hüterin der Bibliothek von New Orleans und jener Verliese, aus denen du freigelassen wurdest. Wer hat das Siegel für dich gebrochen?«, presste ich hart hervor.

»Ich will von deiner Seele kosten. Deine Geheimnisse ergründen«, säuselte Raghba anstatt mir eine Antwort zu geben und leckte sich gierig das Blut von einer Kralle. Der Blick aus seinen weit aufgerissenen Augen ließ mich nicht los. »Dein Wunsch«, fuhr er fort. »So besonders. So anders.«

»Raghba«, unterbrach ich ihn fordernd. Es musste mir gelingen, irgendeine Information aus dem Wesen herauszubekommen.

»Ich war in dir. Ich war in dir«, flüsterte er und leckte sich über die Lippen. Ein gieriges Glitzern trat in seine Augen und nun konnte er das Ausmaß seines Wahns nicht mehr verbergen. Er starrte mich aus großen Augen an. Seine Lippen waren zu einem verstörenden Lächeln verzogen.

Dann bewegte er kaum merklich seine Hand. Eine kleine Warnung, nur eine Sekunde, bevor sie ruckartig nach vorn schnellte. *Na toll. Runde zwei*, dachte ich sarkastisch als das Urumi-Schwert auf zwei Beinen auf mich zuraste.

21. VERFLUCHT SEIST DU, FLUCHBRECHERIN

Raghba bewegte sich schnell. Nicht ganz so schnell wie Qorxu und Keos es getan hatten. Aber doch weit schneller, als es Menschen möglich war. Dennoch war dieses Mal irgendetwas anders. Ich erahnte seine Bewegung, spürte sein Vorhaben und duckte mich unter seinem Griff hinweg. Die Verwunderung in seinem Blick, als er zu mir herumfuhr, spiegelte meine eigene Überraschung.

Als er erneut auf mich zuraste, rannte ich mit zusammengebissenen Zähnen in seinen Angriff hinein. Ich sah noch seinen verdutzten Ausdruck, bevor ich meine Faust mitten in sein Gesicht knallen ließ. Meine eigenen Schmerzen traten in den Hintergrund. Mein Überlebensinstinkt hatte übernommen.

Den kleinen Trick mit dem Überraschungsangriff hatte mir Keos beigebracht. »Sei gerissen, unvorhersehbar, nicht einschätzbar. Sei schnell und brutal«, hatte er mir eingebläut. »Sie kämpfen nicht fair. Niemals. Also schlag sie mit ihren eigenen Waffen. Deine Magie ist nicht stark genug. Schön. Dann lass deinen Körper und deinen Geist diese Schwachstelle wettmachen.«

Ich hörte etwas knacken und bersten. Raghbas Nase, dachte ich zufrieden. Eine Sekunde später fuhr mir der Schmerz von meinen Fingerknöcheln ausgehend bis zum Ellbogen. Ich hatte mir die Hand gebrochen.

Als ich zu Raghba herumfuhr, sah ich allerdings mit Befriedigung, dass rotviolettes Blut aus seiner Nase spritzte.

Sei brutal. Ich war brutal.

Sei entschlossen. Ich war entschlossen.

Dieses Monstrum würde sich niemals wieder an irgendjemandem vergreifen.

Ich machte mich bereit, mich auf ihn zu stürzen und mit allem, was ich hatte zu bekämpfen, da floss eine mir bekannte dunkle Magie an mir vorbei und sengte sich auf Raghba. Sein Kreischen fuhr mir durch Mark und Bein. Und es verschaffte mir eine grenzenlose Befriedigung. Ich stürmte auf die Kreatur zu, doch bevor ich sie erreichen konnte, zog irgendetwas an mir. Versuchte mich von Raghba fortzureißen.

»Liebes, ich bin es«, hörte ich ihn an meinem Ohr. Doch ich war wie im Rausch. Zu keinem klaren Gedanken fähig.

Dunkle, wilde Elektrizität hüllte mich ein. Ein sommerlicher Sturm tobte um mich herum und ein nahendes Gewitter lud die Luft auf. Es war stark und gefährlich. Tröstend und vertraut.

Ich löste atemlos meine Fäuste und spürte Keos' Brust an meinem Rücken. Er hielt mich locker fest, zeigte mir lediglich, dass er da war. Meine Augen wanderten zu Raghba, der sich jaulend am Boden wand. Immer noch umfloss ihn die Magie des Chaosdämons.

»Du hast ihn ganz schön zusammengefaltet.« Keos' Stimme vibrierte vor Belustigung.

Ich drehte meinen Oberkörper so weit, dass ich über meine Schulter sehen konnte. Als mein Blick seinen traf, verschwand die erheiterte Genugtuung schlagartig. Er schaute mich mit einer solchen Intensität an, dass ich meinte, er würde bis in meine Seele blicken.

»Taleyi?«, fragte er nach einer gefühlten Ewigkeit vorsichtig. Der eigenartige Akzent schien stärker als je zuvor. Der melodische und soulige Klang meines Namens von seinen Lippen. Rauchig, mit einem Hauch von Schärfe.

Ich schluckte.

Seine Lippen waren leicht geöffnet und sein Griff um mich wurde fester. »Taleyi?«, wiederholte er eindringlicher.

Langsam ließ ich meine Arme sinken.

Keos drehte mich zu sich herum und musterte mich eingehend. Als sein Blick meine Oberarme streifte, knurrte er leise. Ich beobachtete, wie er mit den Augen meinen Körper abtastete und sich schließlich wenig zufrieden meinen Armen widmete. Ich war so unsagbar erleichtert ihn zu sehen, festzustellen, dass es ihm gut ging. Aber ich war nicht in der Lage, mich um ihn zu kümmern, wie er es gerade tat. Unsäglich sanft nahm er einen meiner Arme in seine Hände und drehte ihn leicht. Vorsichtig fuhr er mit seinem Daumen über die tiefen Schnitte. Ich stöhnte leise auf, als er nach meiner zweiten Hand griff.

»Das wird wieder. Du kommst wieder in Ordnung«, flüsterte er. Fast kam es mir vor, als würde er sich so selbst beruhigen. Keos griff nach dem Tuch um meinen Kopf. Während er es löste, sah er mir tief in die Augen. Darin loderte Wut, aber auch Sorge.

Sorge um mich?

Als er das Tuch von meinem Haar gewickelt hatte, zerriss er es in zwei Bahnen und verband meine Arme damit.

»Das sollte vorerst reichen.« Er knotete den Verband fest und hielt meine Hand einen Moment länger, als es notwendig gewesen wäre. Doch genau das riss mich aus meiner Trance. Seine Fürsorge holte mich aus dem Zustand der Überforderung und mein Verstand setzte wieder ein.

»Wo ist Arenyen?«, fragte ich hölzern. Ich betrachtete den Dämon kritisch. Die Wunden an seinem Unterarm und an seinem Hals sahen übel aus. Doch ansonsten schien ihm nichts zu fehlen.

»Sie hat sich wohl ein wenig verheddert«, raunte er und nickte hinter sich, während er sich erhob. Ich folgte seiner Bewegung und erkannte im Schatten ein großes Bündel aus verknoteten Beinen und verwickelten Fäden, das fluchte und zappelte.

Ich schaute wieder zu dem sich windenden Monster vor mir.

Keos fasste mich sanft am Handgelenk, um mich von ihm wegzuziehen.

»Er wird dir nichts mehr tun«, versprach er mir, als ich zögerte.

Ich schwieg. Es war nicht der richtige Zeitpunkt für einen Zusammenbruch, eine Identitätskrise oder eine Panikattacke. »Kannst du ihn …« Ich räusperte mich, als mir die Stimme versagte. »Unschädlich machen sowie sie.« Mit einer Bewegung meines Kinns deutete ich auf die zappelnde Arenyen.

»So gut wie erledigt.« Keos wollte sich zu Raghba umdrehen, da griff ich schnell nach seiner Hand und er hielt inne. Er schaute überrascht über seine Schulter und zog fragend die Brauen zusammen.

»Geht es dir gut?«, fragte ich leise.

Für eine Sekunde regte sich nichts in Keos' Miene. Dann lächelte er mich warm an, dass ich gar nicht anders konnte als es schwach zu erwidern.

»Ja. Und die beiden Kratzer«, er deutete auf die Wunden, »heilen bei mir relativ schnell.« Mit diesen Worten löste er sich sanft von mir und schlenderte auf Raghba zu. Nur, um ihn am Kragen zu packen und ihn daran hochzureißen.

»Lass mich los«, kreischte er. »Lass mich los.«

Keos zerrte ihn schweigend in Richtung Arenyen.

»Du Arschloch«, jaulte Raghba panisch und hörte sich beinahe so schrill an wie die Spinne. »Du elendes Arschloch.«

Als Keos seine Muskeln anspannte, um Raghbas Aufbegehren zu unterbinden, meldeten sich erneut seine Wunden. Sie rauchten und dampften. Er zuckte zusammen. So arrogant er sich auch gab, er war nicht unverwundbar. Eine Spinnwebe hing ihm in den Locken und breite Schmutzschlieren erstreckten sich über seine Wangen.

»Ich kümmere mich später um euch«, beteuerte Keos mit einem drohenden Unterton, nachdem er die beiden Kreaturen mit Arenyens Netzen aneinandergefesselt hatte.

Als er auf mich zutrat, wollte ich ihm danken. Ich wollte mir seine Wunden ansehen und endlich zur Ruhe kommen. Doch ich wusste, dass die Horrorshow jetzt erst in die Verlängerung ging.

»Lumiel und Nec«, hauchte ich erschrocken und hob meinen Kopf.

Das Labyrinth!

Meine Magie schrie es mir förmlich zu. Ich sprintete los, ohne auf den Dämon zu warten. Kaum hatte ich den ersten Gang betreten, hörte ich ein leises Wimmern.

Nein. O nein. Necdet …

Keos kam neben mir zum Stehen. Er legte den Zeigefinger an seine Lippen und bedeutete mir, still zu sein. Ich nickte und bewegte mich auf leisen Sohlen vorwärts.

Das Flackern der brennenden Fackeln ließ mich immer wieder zusammenzucken.

»Du kannst das«, hörte ich eine zarte Stimme, die mir vage bekannt vorkam. »Du kannst das, Bursche.«

Ich trat auf die nächste Ecke zu. Keos spannte sich neben mir an.

»Du hast die Macht. Nutze sie«, sprach die mädchenhafte Stimme mit dem lieblichen Klang weiter.

»Das ist nicht richtig. Das ist nicht richtig. Das ist nicht richtig.«

»Dann wird sie sterben.«

»Nec«, hörte ich Lumiel fast schon fordernd ausrufen. Mir rutschte das Herz in die Hose. »Du darfst nicht zulassen, dass sie wieder auf dieser Seite wandelt.«

Necdet stieß ein verzweifeltes Wimmern aus.

Hatte ich etwas verpasst? Was bei den neun Kreisen der Hölle …?

»Nec, sei nicht dumm. Ich richte keinen Schaden an und du rettest deiner Freundin das Leben«, fuhr die klangvolle Stimme fort.

»Oh, ich bitte dich. Du richtest jetzt schon Schaden an. Das hast du bereits, als du den Schleier überwunden hast.« Nur Lumiel schaffte es, solch einen trockenen Tonfall an den Tag zu legen, wenn sie offensichtlich in Bedrängnis war.

Ich unterdrückte ein Keuchen. Ein Schattenwesen hatte den Schleier überwunden. Necdets größter Albtraum war wahr geworden.

»Ich mache dir einen Vorschlag, ich bringe dich zurück und wir vergessen all das. Noch ist nichts passiert«, lenkte Nec ein. Er klang ernst. Vorsichtig. Aber bestimmt.

»Zurück«, schrie die Stimme. »Ich gehe nicht zurück. Endlich habe ich alles, was ich möchte. Was ich mir immer erträumt habe. Nur das Leben fehlt mir noch. Du wirst mich zurückholen.«

Keos knurrte leise und ich presste meine Kiefer fest

zusammen. Fast gleichzeitig kamen wir zu dem Schluss, diesem Psychospiel ein Ende zu bereiten. Noch einmal tief durchatmend, machte ich mich für einen weiteren Kampf bereit. Dann rannte ich los.

Nur leider war da nichts.

Die Stimmen hatten sich so nah angehört. Sie mussten hier gewesen sein. Genau hier. Weshalb war hier niemand?

»Niemals«, vernahm ich Necdets Ausruf.

Ich lief den nächsten Gang entlang. Diesmal war es mir gleichgültig, ob mich jemand hörte oder nicht. Wir bogen um eine weitere Ecke. Ich schrie frustriert auf. Mauern. Mauern und Türen. Türen und Mauern. Wo verflucht noch mal war der Ursprung der Stimmen? Wo waren meine Freunde?

Keos hielt mich zurück, als ich um die nächste Ecke biegen wollte. Er deutete auf ein Symbol an der Wand. »Das ist ein Irrweg-Zauber.«

»Wie gehen wir jetzt vor?«, drängte ich den Dämon und trat unruhig von einem Bein auf das andere.

Er legte eine Hand auf das Zeichen. Ich spürte seine immense magische Essenz und hörte im nächsten Moment ein Knacken. Der Zauber brach. Das Symbol verschwand. Keos nahm mich bei der Hand und ich spürte, dass wir diesmal auf dem rechten Weg waren. Am Ende dieses Ganges, hinter der nächsten Ecke, würde ich auf meine Freunde treffen.

»Nein«, hörte ich Necdets gebrochene Stimme. Es brach mir das Herz. *Haltet durch. Wir kommen*, dachte ich. *Haltet durch.*

Vier. Die Ecke war schon so nah.

Drei. Ich sah bereits die Schatten im Lichtkegel an der Wand.

Zwei. Gleich.

Ein lauter, gequälter Schrei fuhr mir bis in die Knochen. Niemals würde ich diesen Klang vergessen. Niemals.

Eins.

Etwas war geschehen. Etwas, was nicht hätte passieren dürfen. Etwas Unsägliches. Etwas, dass …

Nein!

Lumiels Augen trafen auf die meinen.

Das eisige Blau darin wurde noch kälter. Es gefror. Die Wärme in ihrem Blick verwandelte sich in eine Eiswüste. Das Eis bekam Risse vor Kälte. Kristalle zerstoben in den Iriden.

Bis das Leben ganz aus den wunderschönen Bergseeaugen wich, und die Frau, die mir wie eine Schwester war, leblos in sich zusammenfiel.

Nein.

Ich rannte, strauchelte und sackte schließlich vor Lumiel auf die Knie.

Ganz vorsichtig nahm ich ihren Kopf in meine Hände und bettete ihn in meinen Schoß. Behutsam strich ich ihr die Dreadlocks aus dem mir so vertrauten Gesicht. Sie sah aus, als würde sie schlafen. Ihre blassen Lippen lagen locker aufeinander. Die Lider waren geschlossen und ihre langen hellen Wimpern ruhten gefächert auf der weißen Haut. Ihre scharfen Gesichtszüge waren entspannt. Ihre Haut warm.

»Lumiel«, hauchte ich. »Alles ist gut. Ich bin da. Ich bin jetzt da. Ich werde nicht zulassen, dass dir etwas zustößt. Hörst du mich? Öffne die Augen. Bitte, Lumiel, sieh mich an«, bettelte ich leise und streichelte unablässig ihr Gesicht. Ihr Haar. Ihre Wangen. Ich beugte mich über sie und drückte meine Stirn an ihre.

Nein, nein, nein.

Ein klägliches Schluchzen entwich meinen Lippen. Das durfte nicht sein. Nicht so. »Bitte, Lumiel. Bitte mach die Augen auf«, flehte ich sie leise an. »Bitte.«

Hilflos und voller Panik warf ich meinen Kopf herum. Ich begegnete Necs Blick. Er stand ein paar Schritte entfernt. Gebrochen. Zerstört. Die Zeichnungen flossen wild über seine Gesichtszüge. Die Schatten um ihn herum waren längst keine Schemen mehr.

»Nec …«

Er schüttelte den Kopf und schluchzte auf. »Ich kann nicht …« Seine Stimme war dünn und zittrig. »Ich *darf* nicht, Taleyi.«

Sein Schmerz war greifbar. Ich presste mir eine Hand auf den Mund und spürte Tränen heiß über meine Wangen laufen.

Bitte, bitte nicht.

Lumiel.

Alles in mir verwandelte sich in Schmerz und Müdigkeit.

Mein Blick verhärtete sich als ich erkannte, wer neben uns stand. Wer Lumiel getötet hatte. Wer sich aus den Schatten erhoben hatte.

Baba Jaga schaute von Lumiel zu mir. Der Blick ihrer braunen, leicht schrägstehenden Augen wirkte fast schon entrückt. Sie legte nur schweigend den Kopf schief und betrachtete mich seltsam distanziert. Dann drehte ich mich um und suchte mit meinen Augen nach Keos. Er stand hinter mir. Kalt. Emotionslos. Wie eine Statue aus Gold und Eis. »Hilf ihr«, schluchzte ich. »Ich flehe dich an, hilf ihr, bitte.«

Keos erwiderte meinen tränenverhangenen Blick, seine Augen loderten auf. Langsam kam er zu mir und beugte sich hinab. Er umschlang mich mit seinen Armen und hob mich hoch, als würde ich nichts wiegen. Keos drückte mich tröstend an seine Brust und setzte mich eine Sekunde später wieder ab. Direkt vor Nec. Bevor er noch seine Hände zurückgezogen hatte, lag ich schon in Necs Armen.

»Du bleibst hier«, donnerte Keos' Stimme durch das Labyrinth.

»Keos, ich …«, kam es panisch von der Frau.

»O nein«, schrie er wutentbrannt. »Du bleibst hier. Du hast vor dem Schleier gewartet und auf einen schwachen Moment gelauert, nicht wahr, Baba Jaga? Hast du die Macht bekommen, den Schleier zu umgehen, sobald er ein wenig dünner wird?«

Die Frau, die Lumiel getötet hatte, japste leise auf. Ich drückte mich noch enger an meinen besten Freund. Ich wollte nichts mehr hören. Nichts mehr sehen. Aber am wenigsten wollte ich noch fühlen. Es tat so weh. Es tat so unfassbar weh. Mir schnitten Millionen Scherben ins Herz. Mir gefror das Blut und gleichzeitig verbrannte meine Seele zu Asche. Wie sollte ich diesen Schmerz nur überleben?

»Keos, ich … ich …«, stammelte Baba Jaga nervös.

»Schweig«, schrie er, »Du weißt, alles hat seinen Preis.«

»Du hast keine Ahnung. Ihr, die ihr ewig seid. Ich möchte wieder meine Magie wirken. Ich möchte sie unter meiner Haut brodeln spüren und ich möchte meine Kraft schmecken. Ich möchte meine Zauber sehen. Mich an meiner Macht ergötzen. Und wenn es nicht um dein Herz ginge, würdest du mich verstehen. Du würdest mich ziehen lassen. Aber es geht immer um sie und deine Liebe zu ihr.«

In ihrer Stimme klang eine leise Furcht. Dennoch hörte ich die bedeutungsschwere Betonung auf dem *sie*. Wer immer sie sein mochte. Keos lachte kalt auf. »Ich bringe dich jetzt zurück.«

Für drei Sekunden war es still. So still, dass ich meinen eigenen Herzschlag hören konnte. Dann kreischte Baba Jaga voller Gram auf.

In dem Moment, in dem das wilde Klagen versiegte, schob mich Necdet entschieden von sich. Die Tränen auf seinem Gesicht waren noch nicht getrocknet, der Schmerz noch in jedem Millimeter seines Gesichtes verewigt.

Doch sein Blick lag feurig und entschlossen auf mir.

»Was?«, schniefte ich.

»Ich hole sie zurück. Es ist noch nicht zu spät. Ihre Seele ist noch nicht im Totenreich. Ihre Essenz noch kein Schattenwesen.« Seine Stimme zitterte.

Ich stutzte. In meinem geschundenen Herzen regte sich ein kleiner Hoffnungsschimmer.

»Geht das?«, fragte ich ängstlich.

Der Schattenmann sah mich weiter schweigend an. Dann hob er seine Hand an mein Gesicht und wischte mit dem Daumen meine Tränen fort.

»Nun …«, setzte er an. »Sie ist noch nicht gänzlich hinübergetreten. Noch nicht. Das heißt, ich kann sie zurückholen. Ich kann es versuchen«, warf Nec bestimmt ein. Mein bester Freund strich mir ein letztes Mal über die Wange. Dann nahm er seine Hand langsam von meinem Gesicht.

»Es haben schon viele versucht …«, Keos hob beschwichtigend seine Hand, als Nec etwas einwerfen wollte. »Aber du hast recht. Du bist stark. Es könnte funktionieren«, ergänzte er. »Aber wenn es für Lumiel zu spät sein sollte, musst du die Stärke besitzen, sie dort zu lassen.«

Ich schluckte schwer. Necdet musste sich beeilen, bevor die Zukunft unserer Freundin in den Nebelschlieren verschwand und ihr Schicksal nur noch im Schattenreich zu finden wäre.

Ich drehte meinen Kopf zu meinem Freund. Zuerst war der Blick aus seinen schwarzen Augen hart. Unnachgiebig. Dann verzogen sich seine Lippen zu einem traurigen kleinen Lächeln. »Ich würde es ignorieren«, flüsterte er.

Genau wie ich, gestand ich mir ein. Ich hätte nicht die Größe, nicht mal annähernd. Wie könnte ich auch, wenn ich ihrer Essenz gegenüberstünde.

»Aber Lumiel würde das nicht zulassen«, sprach der Schattenmann weiter. Seine Stimme gewann an Wärme, als er den Namen unserer Freundin nannte. »Sie weiß um die Gesetze der Reiche. Sie weiß um die Preise. Verdammt, sie hat einen bereits zahlen müssen. Sie würde mich mit einem Arschtritt zurück vor den Schleier befördern und mir wahrscheinlich einen Haufen Poltergeister hinterherschicken, die mich bis an mein Lebensende heimsuchen würden, wenn ich versuchen würde, die Gesetze zu umgehen.«

Ich drückte Necs Hand. »Ist es gefährlich für dich?«

»Natürlich«, antwortete er ernst und lachte dann freudlos auf. »Was an unserem momentanen Leben ist denn nicht gefährlich?«

Er sah mich entschlossen an. »Ich werde dich nicht allein lassen, okay. Das verspreche ich. Ich werde mit Lumiel zurückkommen.«

Prüfend erwiderte ich seinen Blick. Er hatte Angst. Er kämpfte immer noch mit seiner Schuld. Mit der Trauer. Aber er war entschlossen. Es gab eine Chance Lumiel zurückzuholen.

Nec drückte mich und küsste meinen Scheitel. Dann rannte er auf Lumiel zu, legte eine Hand in ihren Nacken und eine unter ihre Kniekehlen und hob sie vorsichtig hoch. Er war so sanft, als wäre sie eine Kostbarkeit. Ein wertvolles, unersetzbares Unikat. Und das war sie. Nec schaute Lumiel ins Gesicht und dabei stürmten so viele Gefühle über seine Züge, dass es mir eng in der Brust wurde und ich mir eine Hand vor den Mund halten musste, um nicht ergriffen zu wimmern.

»Nec!«, rief ich, als er vor den Schleier trat, den ich noch niemals so dicht und gleichzeitig offen erlebt hatte.

Er drehte den Kopf zu mir herum und sah mich fragend an.

»Wehe, *du* kommst nicht zu mir zurück«, schluchzte ich ernst und hoffte, er verstand, wie wichtig mir das war.

Nec nickte und verschwand.

22. Wie viele Herzinfarkte an einem einzigen Tag überlebt man wohl?

Die Minuten zogen sich zähflüssig wie heißes, dickes Pech.

Keos und ich saßen an die Backsteinmauer gelehnt. Meine Augen fixierten die Stelle, an der Nec mit Lumiels leblosem Körper verschwunden war.

Ich zog meine Knie enger an mich und umschloss meine Beine mit meinen Armen. Erst als es zu spät war, und Keos sich versteifte, wurde mir klar, dass ich meinen Kopf an seine Schulter gelehnt hatte. Ich wollte mich wieder aufrichten. Doch ich hatte keine Kraft. Und um ehrlich zu sein, brauchte ich die Empfindung, die er in mir auslöste. Ich gierte nach dem Gefühl, nicht allein zu sein. Mich an jemanden, an ihn, lehnen zu können. Statt mich aufzurichten, lehnte ich mich nur noch stärker an ihn.

»Wird er es schaffen?«, fragte ich leise.

»Ich weiß es nicht, Liebes«, antwortete er schlicht. »Aber wenn es überhaupt zu schaffen ist, dann von diesen beiden.«

Auf meine Lippen schlich sich ein winziges, müdes Lächeln. Keos hatte recht. Wenn es jemandem möglich war, dem Tod zu entgehen, dann meinen Freunden.

»Was meinte Necdet, als er gesagt hat, dass Lumiel schon einmal den Preis hatte zahlen müssen?« Keos' leise Frage durchbrach die Stille.

Ich war so in meinen Gedanken gefangen, dass ich

einen Moment brauchte, um mich zu sammeln. »Lumiel ist eine Banshee. Eine Banshee, der der Schrei untersagt wurde.«

»Warum?«, fragte er neugierig.

»Vor einigen Jahren sollte Lumiel einen Tod ankündigen. Aber …« Ich hielt inne und schloss meine Augen. Es war erschreckend, wozu Menschen fähig waren. Nicht die magische Gemeinschaft. Nicht die Unmagischen. Nein. Menschen in ihrer Gesamtheit.

»Vor ihr stand ein kleines Mädchen. Ein kleines, fünfjähriges, kerngesundes Mädchen, das nicht sterben wollte. Das nicht sterben *sollte.* Es gab keine Krankheit, keinen Unfall, kein Unglück. Nichts an ihr wollte gehen. Nicht ihr Körper. Nicht ihre Seele. Lumiel wurde klar, dass etwas nicht stimmen konnte. Sie rief ihre Familie an, um den Fehler zu beheben. Doch ihre Schwestern, ihre Sippe, blieben hart. Das Kind musste sterben.« Ich presste meine Lippen aufeinander und schüttelte langsam meinen Kopf. »Die Mutter des Mädchens hatte einen Pakt mit einem sehr bösartigen Petro geschlossen. Der Tod des Mädchens, die Seele ihrer eigenen kleinen Tochter war das Pfand. Dem Mädchen, mit den goldenen Zöpfen und den veilchenblauen Augen, mit dem lieben Lächeln, der Zahnlücke und dem schiefen Gesang, war der Tod noch nicht bestimmt. Noch lange nicht. Sie hätte als Greisin gehen sollen. Als liebende und geliebte Großmutter. Und dennoch musste das Kind gehen, ohne seine Zukunft und all die Liebe, erleben zu dürfen. Ohne Seele, die ihr entrissen würde, sobald sie das Totenreich betrat. Sie würde zum Geist werden. Unstet, ohne Halt. Ein seelenloser Toter.«

Keos spannte sich leicht an, was unser beider Gewicht so verlagerte, dass wir uns noch näher waren. Ich ließ seine Wärme die Kälte in mir vertreiben, und seine Kraft meine Erschöpfung verdrängen. Es war tröstlich, nicht allein hier zu sitzen und zu warten. Zu hoffen. Zu bangen. Voller Angst, dass ich meine beiden besten Freunde verloren haben könnte.

»Auch wenn es die unumgängliche Pflicht der Banshees ist, die Seelen der Verstorbenen mit ihrem Schrei zu sich zu rufen. Sie in das andere Reiche zu führen, um das Gleichgewicht nicht zu stören … Lumiel konnte diese Ungerechtigkeit nicht ignorieren. Sie weigerte sich, das Kind zu sich zu holen.«

Keos neigte seinen Kopf ein Stück. Ich spürte seinen Kiefer an meiner Schläfe.

»Natürlich«, flüsterte er. Ich konnte sein trostloses Lächeln fast hören. »Sie wäre wohl nicht Lumiel, wenn sie sich nicht mutig gegen ihre eigene Sippe oder gar die ganze verdammte Welt stellen würde, um ein Unrecht abzuwenden. Oder es zumindest zu versuchen.«

Auf meine Lippen schlich sich der traurige Versuch, das Lächeln zu erwidern. Es freute mich, dass er verstand, weshalb Lumiel so reagiert hatte.

»Der Rat der Banshees hat mit Absprache der magischen Gemeinschaft die Strafe erhoben, ihr den Schrei zu verbieten.« Bei meinen Worten entbrannte in meiner Brust erneut Zorn. »Dank eines mächtigen Fluches, der ihr das Leben nehmen würde, wenn sie erneut *schreien* sollte.«

»Und das Mädchen?«, wollte Keos nach ein paar Sekunden leise wissen. In seiner Stimme klang das Wissen um die Antwort bereits mit.

»Das Mädchen wurde von einer anderen Banshee geholt. Ihre Seele bekam der Petro und ihre Mutter lebt heute in Reichtum.«

Eine Weile sagte keiner von uns etwas. Wir saßen einfach nur da.

Meine Gedanken kreisten um Lumiel und die Ungerechtigkeit unserer Welt, in der ein Leben nichts wert war. Nicht wenn es an ein Geistwesen verkauft worden war. Eine Welt, in der eine Banshee bestraft wurde, die es nicht einfach hinnehmen wollte. Der die Hände gebunden waren, ein unschuldiges Leben zu bewahren, da sie nicht die Macht besaß, das Schicksalsrad neu zu drehen. In der ein mächtiger Schattenmann aus der Gemeinschaft ausgestoßen wurde, weil er sich seiner Verantwortung und der Gefahr, die mit seiner Gabe einherging, bewusst war. Und diese gebührend respektierte und auch fürchtete.

Mein leises Seufzen hörte sich fast wie ein Zischen an. Das erinnerte mich an die fremden Stimmen in meinen Kopf. Sie hatten wieder zu mir gesprochen.

»Darf ich dich etwas fragen?«, flüsterte ich schließlich an Keos gewandt.

»Hm?« Er neigte seinen Kopf näher zu mir.

»Du kannst doch die magischen Energien dieser Kreaturen spüren, oder?« Ich verschränkte meine Finger vor meinen Schienbeinen. »Spürst du etwas in mir oder an mir haften?«

Er versteifte sich. »Was meinst du?«, fragte er überrascht.

»Manchmal höre ich Stimmen in meinem Kopf.« Ich lachte freudlos auf, konnte mir den spöttischen Zug um Keos' Mundwinkel bildhaft vorstellen. »Meistens, wenn ich mich in einer Notlage befinde. Zum Beispiel beim Kampf gegen Raghba.« Ich schloss meine Augen. »Könnte es sein, dass eine Kreatur Besitz von mir ergreifen oder sich in meinen Verstand einnisten will oder etwas in der Art?«

Keos' Kiefer spannte sich an. Er sagte zunächst nichts, doch ich spürte, dass er darüber nachdachte. Sein Atem streifte meine Schläfe. »Ich spüre keine fremde Macht, die dich umgibt«, erwiderte er schließlich und klang müde. So unendlich müde, was mir wieder in Gedächtnis rief, dass auch er einen schweren Kampf hinter sich hatte. »Macht sie dir Angst?«

Ich schüttelte den Kopf. Tatsächlich fühlte es sich nicht im Entferntesten so an. Es war ein wunderliches und fast erschreckendes Empfinden, fremde Stimmen in meinem Kopf zu hören. Doch ich hatte bisher nicht das Gefühl, als würden sie mit Gewalt Einlass fordern oder als würde Gefahr von ihnen ausgehen. Nun ja. Der Schein könnte trügen. »Könntest du ein Auge darauf haben. Ich möchte ungern von einem solchen Monster, wie Qorxu oder Raghba in Besitz genommen werden.«

Keos brummte zustimmend. »Das verspreche ich dir.« Er klang seltsam melancholisch.

Ich hob langsam meinen Kopf an und musterte ihn. Keos blickte über mich hinweg in die Gänge des Labyrinths. Ich hatte es mir nicht nur eingebildet. Eine ungewohnte Schwermut schien von ihm auszugehen. Ich presste meine Lippen aufeinander. Er kämpfte an unserer Seite, focht unseren Krieg aus, verriet jene, mit denen ihn eine Vergangenheit verband. Und …

Es geht dir um sie, hallte Baba Jagas Stimme in mir wider.

Keos' Kiefermuskel zuckte. Er drehte den Kopf wieder zu mir. Seine Augen loderten dunkel auf, und sein intensiver Blick hielt meinen gefangen. Er blieb an meinen Lippen hängen, was nicht nur mein Herz dazu brachte, verrückt zu spielen. Ich folgte seinem Beispiel, ließ meine Augen über seine Lippen wandern, bis der harte Zug verschwand. Die Anspannung zwischen uns fühlte sich beinahe so elektrisierend an wie seine Magie. Ich neigte mich ganz leicht nach vorn. So dezent, dass die Bewegung kaum wahrnehmbar war. Doch Keos' Blick wurde dunkler. Er rührte etwas in mir. Er brachte etwas zum Singen, das, seit man mich gefunden hatte, keine Stimme gehabt hatte. Er brachte etwas zum Leuchten, das ich schon lange als erloschen, verglüht und zu kalter, grauer Asche verfallen wähnte.

Keos beugte sich zu mir. Hier war ich in Sicherheit. Er würde mich auffangen. Er würde mich halten. Er würde …

Abrupt spannte er sich an, hob seinen Kopf und blickte wieder nach vorn. Verwirrt tat ich es ihm gleich.

Eine Sekunde später verdunkelte sich der Gang vor uns. Ich richtete mich schlagartig auf und atmete keuchend ein. Nebelschwaden und dunkle Schlieren nahmen mehr und mehr an Dichte und Form an.

Dann sah ich … Necdet. Im finsteren Schein erkannte ich eindeutig die Konturen eines Zylinders. Er kam näher. Ich knete aufgeregt meine Hände.

Und dann endlich wurden die Schemen schärfer. Sein Gesicht. Seine fließenden Zeichnungen. Seine Schrumpfköpfe. Seine knöcherne Halskette. Er trat aus den Schlieren und blickte sich um, bis er mich fand. Seine schwarzen Iriden fixierten mich. Mir gefror das Blut in den Adern.

»Bei allen sterbenden Seelen … Die Rettungsaktion hat ja ganz schön gedauert«, hörte ich auf einmal eine mir so vertraute Stimme hinter ihm. »Habt ihr erst noch einen Wellnesstag eingelegt, oder was?«

Mir klappte die Kinnlade runter. Ich starrte über Necs Schulter, der mich immer noch anvisierte.

»Ich habe ungefähr auf der Hälfte des Rückweges angefangen, zu bereuen, dass wir Gräfin von und zu Mecker-Mecker nicht doch auf der anderen Seite gelassen haben.«

Necdet grinste mich an.

Ich sprang kreischend auf und rannte so schnell auf ihn zu, dass ich strauchelte und beinahe über meine eigenen Füße gestolpert wäre.

»Hoppla«, lachte er und fing mich an den Schultern auf. Ich lugte unter seiner Achsel durch und tatsächlich. Da stand Lumiel. Quicklebendig und sarkastisch, wie eh und je. Ich tastete alles mit meinem Blick ab. Die kristallklaren Augen. Die scharfen Züge. Selbst jeder einzelne Ring saß da, wo er sollte.

»Hör auf, mich als Trugbild entlarven zu wollen«, bemerkte Lumiel und schüttelte ihren Kopf. Leise erklang das vertraute Geräusch ihrer Dreadlocks, was mir sogleich eine Gänsehaut bescherte.

»Sie ist es«, flüsterte mir Necdet ins Ohr.

Das war mir Bestätigung genug. Freudig quietschend und weinend zugleich fiel ich meiner Freundin um den Hals. Sie erwiderte die Umarmung lachend.

Wir lagen uns eine ganze Weile in den Armen. Irgendwann lösten wir uns voneinander, und ich strahlte Necdet stolz an. »Du hast es geschafft. Du hast es tatsächlich geschafft.«

»Ja«, bestätigte er schief grinsend.

»Ich möchte euer Wiedersehen und die Party darüber wirklich nicht stören, aber wir sollten zurück und uns um Arenyen und Raghba kümmern. Die Netze werden sie nicht ewig gefangen halten«, bemerkte Keos irgendwann. Dabei spürte ich seinen Blick auf mir brennen.

Nec ließ die Schultern hängen und seufzte ergeben

auf. »Mein Herz erträgt höchstens fünf Herzinfarkt-Momente an einem Tag. Die haben wir heute überschritten. Bei weitem.«

»Komm schon, Süßer. Du bist heute über dich hinausgewachsen. Mach weiter so«, ermutigte Lumiel ihn euphorisch und klopfte dem Schattenmann aufmunternd auf die Schulter.

»Das möchte ich lieber nicht zur Gewohnheit werden lassen. Ich habe mich in meiner Komfortzone immer sehr wohl gefühlt, danke«, widersprach Necdet.

»Was sein muss, muss sein. Dann mal los, lasst uns *Spidey* und – was war das noch? Rambo – zu den Akten legen.«

»Raghba«, verbesserten Keos und ich Lumiel beinahe gleichzeitig, was den Dämon zum Schmunzeln brachte – und zwar ganz ohne Spott, Herablassung oder Coolness darin. Einfach ein ehrliches Lächeln. Ganz automatisch erwiderte ich es.

»Na gut«, erwiderte Necdet, seufzte gequält und ließ sich von Lumiel an der Hand mitziehen. Keos und ich folgten ihnen den Gang zu den Stufen zurück. Erst als ich den oberen Treppenabsatz erreichte und die wutentbrannten, kreischenden Stimmen hörte, verließ mich das Grinsen.

Keos schritt zu dem Knäuel aus behaarten Beinen, Klauen und Spinnfäden zu und stupste es sacht mit dem Fuß an. Ich trat neben ihn und musterte derweil seine Verletzungen. Sie schienen tatsächlich schneller zu heilen, doch sie ließen ihn auch nicht ganz kalt. Gerade griff er sich vorsichtig an seinen Hals und betastete die verätzte Stelle. Die Haut war immer noch verzogen und von Blasen übersät, doch die Wundränder schlossen sich langsam.

Ich fuhr über meine provisorischen Verbände und sah dann nachdenklich wieder zum Dämon. Er war so unfassbar zärtlich und vorsichtig gewesen. Ein angewidertes Ächzen riss mich aus meinen Gedanken und ich sah über meine Schulter.

Necdet hielt sich ein wenig im Hintergrund. Lumiel stand zwischen dem Schattenmann und den Kreaturen und sie hatte eine abwehrende Haltung eingenommen. Necdet hatte heute alles für Lumiel riskiert. Und sie stand nun schützend vor ihm.

»Arenyen …«, herrschte Keos sie an und verpasste dem grausigen Knäuel einen weiteren Tritt. »Du wurdest aus deinem Verlies befreit. Wer hat das Siegel für dich gebrochen?«

Zur Antwort lachte die Spinne kreischend auf. Ich verzog schmerzerfüllt mein Gesicht und Lumiel hielt sich die Ohren zu.

»Wer?«, wiederholte Keos bedrohlich.

Mir stockte der Atem. Da war er wieder. Der Dämon in ihm. Seine Macht, die dunkle Gefahr, die von ihm ausging, erfüllte die gesamte Bibliothek, bis in den letzten verborgenen Winkel.

»Für dich ist ein ganz bestimmter Platz in der Hölle reserviert, Keos«, fauchte die Spinnendämonin und vier ihrer grellgelben Augen leuchteten zwischen den milchig-weiß glänzenden Fäden ihres Kokons hindurch.

»Ich weiß«, seufzte Keos. »Aber ich glaube, ich lasse Luzifer seinen Thron noch für eine Weile«, fügte er herablassend hinzu und grinste.

Lautes Klacken ertönte, das in dem gesponnenen Gefängnis unheimlich widerhallte. »Du hältst das alles für einen Scherz. Du glaubst, du seist unbesiegbar. Aber Raghba hier hat mir eine schöne kleine Geschichte erzählt …«

»Genug. Du langweilst mich. Sag mir, wer dich befreit hat«, donnerte Keos. Seine Augen begannen gefährlich dunkel zu glühen. Das schöne, satte Anthrazit wurde in Albträume und alles zerstörendes Chaos getaucht. Der Klang seiner Stimme wurde tief und düster. Unheilvoll.

»Du wirst Tsuchigumos Tod büßen, Keos. Du wirst für jedes einzelne meiner Babys büßen. Dafür werde ich sorgen«, klagte Arenyen zwischen den dichten Fäden hindurch.

»Du hast nicht zu bestimmen, wofür ich zu büßen habe. Droh mir noch ein einziges Mal … und ich vergesse mich.«

Der Kokon bebte und blieb dann still.

»Sag mir, wer dich befreit hat«, verlangte er erneut und gefährlich ruhig.

»Frag doch Raghba.« Arenyens Aufforderung ließ Raghba in ein irres Gelächter verfallen.

Keos hob eine Augenbraue. Er schaute so eindringlich auf das Knäuel, als könnte er es allein durch diesen Blick dazu bringen, ihm Rede und Antwort zu stehen. Nach einer Weile zuckte er aber mit den Schultern. »Es ist mir eigentlich vollkommen gleichgültig. Wenn du mir keine Antwort gibst, bekomme ich sie von einer der anderen Kreaturen.«

Wieder ertönte ein irres Lachen, das mir das Blut in den Adern gefrieren ließ. Necdet wich einen kleinen Schritt zurück.

»Wie …?«, fragte ich leise, »wie geht es jetzt mit diesen beiden weiter?«

Keos hob die Hand seines unverletzten Arms und hielt eine kleine Glaskugel hoch. Sie erinnerte mich an die Schneekugeln, die man in Weihnachtsfilmen oft sah.

»Was ist das?«, fragte Lumiel neugierig und legte ihren Kopf schief.

»Das habe ich bei Madam Aurelie gefunden«, erklärte Keos. »Das Gefäß ist nicht sehr stark, aber seine Macht reicht, um diese beiden hier für ein paar Tage in sich gefangen zu halten.«

Ich trat näher, um die kleine Kugel in Augenschein zu nehmen. Aus dem Geflecht brach lautes Klacken los, das von dem wahnhaften Gemurmel Raghbas begleitet wurde.

»Bist du dir sicher, dass es mächtig genug ist?«, fragte ich.

Keos nickte. »Mit dem richtigen Maß an dämonischer Magie. O ja.«

Unsicher sah ich von Keos' Gesicht zu dem Gegenstand und wieder zurück.

»Was haltet ihr davon, wenn ihr anfangt, ein bisschen aufzuräumen. Hier wäre ein kleiner Frühjahrsputz fällig. Und ich kümmere mich um die beiden.«

✧ ✧ ✧

»Wo soll ich das hintun?«, fragte mich Keos drei Stunden später. Wir hatten uns allesamt müde, schmutzig und verdammt hungrig auf den Wohnzimmerboden fallen lassen.

Ich nahm ihm das kleine Glasgefängnis ab. Es sah tatsächlich aus, wie eine Schneekugel. In ihrer Mitte zappelte ein weißes Knäuel.

»Was meinst du, wie lange es hält?«, wollte ich wissen.

Keos fuhr sich mit einer Hand durch die Locken und gähnte. »Lange genug, um eine bessere Lösung zu finden.«

Ich nickte und schüttelte die Kugel vorsichtig. Als keine Flocken hochstoben, verzog ich enttäuscht meine Lippen. Einzig der weiße Ball kugelte im Inneren umher.

»Was machen wir jetzt?«, fragte Necdet.

Lumiel seufzte langgezogen. »Eigentlich würde ich sagen: essen, duschen, schlafen. Doch angesichts meiner Erschöpfung sollten wir die Reihenfolge überdenken.«

»Ich gehe schon mal ins Bad«, murmelte Keos. Er wirkte irgendwie nachdenklich. Als er hinter dem Perlenvorhang verschwand, wartete ich noch, bis ich das Rauschen des Wassers hören konnte.

»Ich bringe das schnell in unser kleines Monster-Archiv«, sagte ich zu meinen Freunden und hievte mich schwerfällig hoch.

»Ich komme mit.« Lumiel trat auf mich zu. »Sicher ist sicher.«

Ich nickte. »Wir müssen ihm von dem Succubus erzählen.« Meine Freunde sahen zum Perlenvorhang und verzogen zustimmend ihre Lippen.

»Er hat sich als vertrauenswürdig erwiesen. Außerdem vermutest du ohnehin, dass er von ihr und der versteckten Nische weiß.« Nec drehte nachdenklich seinen Zylinder herum.

Er hatte recht. Trotzdem war es nicht so einfach. Ich wartete schon seit einiger Zeit auf den richtigen Moment für dieses Geständnis. Doch er war nie gekommen.

»Dann auf in unsere kleine Lieblingsnische.« Lumiel unterbrach meine Gedanken. Sie trat an mir vorbei und ich folgte ihr. Als die Tür hinter uns zufiel, huschten Lumiels Augen immer wieder über meine Verbände. »Hast du Schmerzen?«

Ich presste meine Lippen zusammen.

»Wenn wir zurück sind, und du geduscht hast, versorge ich das ordentlich. Was ist mit deiner Hand?«

Lumiel deutete auf meinen blauviolett verfärbten Handrücken.

»Scheint nur geprellt zu sein.« Ich konnte meine Finger und meine Hand bewegen. Sie war also nicht, wie befürchtet gebrochen. Auch wenn sie furchtbar weh tat.

»Ich schau mir das nachher an. Im Zweifelsfall geht es ohne Wiederrede zu einem Arzt.«

Meinen Lippen entrang sich schon ein ablehnender Laut, den meine Freundin mit einer einzigen Bewegung ihrer Hand wegwischte.

»Wie geht es dir, Lumiel? Ich meine … Scheiße.« Wie beschrieb man, dass die beste Freundin innerhalb einer halben Stunde gestorben und von unserem besten Freund zurückgebracht wurde.

»Ich hatte noch keine Zeit, das zu verarbeiten oder darüber nachzudenken. Vermutlich befindet sich sowohl mein Körper als auch mein Verstand noch im Schockzustand.«

Das verstand ich. Lumiel brauchte Zeit, um ihre Gedanken zu ordnen. Sie würde sich mir anvertrauen, sobald sie so weit war.

»Auf alle Fälle habe ich mir heute fast Qorxu und seine Angst-Realität zurückgewünscht … Ich meine, die Fluchbrecherin hat mich einfach gekillt, als wäre es nichts.«

Ich schluckte. Den Anblick von Lumiels Augen, aus denen das Leben wich, würde ich wohl niemals vergessen.

»Apropos«, Lumiel bemühte sich absichtlich um einen gutgelaunten Ton. Sie wollte das Thema für heute auf sich beruhen lassen. »Qorxus Realität. Was hast du damals gesehen?«

Ich stockte und spürte augenblicklich, wie mir Hitze in die Wangen schoss.

»Du schuldest mir diese Antwort, nicht umgekehrt, Lumiel.«

»Ja, ja. Schon gut.« Sie funkelte mich von der Seite an. »Meine Antwort gegen deine?«

Widerwillig ergab ich mich. »Okay.«

Für ein paar Sekunden schwieg sie. Allerdings straffte sie ihre Schultern. »Ich musste mitansehen, wie ein Schattenwesen Besitz von Necdet ergriff und ihn kontrollierte. Egal, was ich tat, ich konnte ihn nicht befreien und nach und nach verschwanden seine Seele, sein Herz. Und ich konnte nichts dagegen tun.«

Eine von Lumiels Ängsten war es Necdet zu verlieren. Ich konnte ihr anhören, dass die Erinnerung an dieses Trugbild ihr immer noch nahe ging. Mir fehlten die Worte und so nahm ich einfach ihre Hand fest und tröstend in meine. Lumiel verstand die Geste. Sie erwiderte den Druck ebenfalls wortlos.

Wir näherten uns dem Bücherregal, das die Nische verbarg. Als wir es zur Seite rückten, hielten wir beide den Atem an, bis wir den ersten kleinen Blick auf den erstarrten Succubus erhaschen konnten. Er war immer noch gefangen.

Lumiel nahm mir die Schneekugel vorsichtig aus den Händen und drehte sie zwischen ihren Fingern. »Ein paar Tage … Was sollen wir danach mit ihnen machen?«

Mein Blick heftete sich ebenfalls auf das Glasgefängnis. »Ich weiß es nicht«, gab ich entmutigt zu. Ich hatte wirklich keine Ahnung, wie es weitergehen sollte.

Meine Freundin legte die Glaskugel auf den Schreibtisch. Dann baute sie aus den schweren Wälzern, die sich noch darauf stapelten, hohe Wände.

»Nur für den Fall. Wir wollen doch nicht, dass die gläserne Kugel runterfällt, nicht wahr?« Sie hob vielsagend ihre Augenbrauen und mein fragender Ausdruck wandelte sich zu einem anerkennenden.

»Du hast recht.«

Als wir das Regal erneut vor den Eingang schoben, begann ich Lumiel leise von meiner Angst-Welt zu erzählen.

»Er hat was?«, spie meine Freundin aus und schaute böse auf meinen Hals, wo die Male noch verblassten.

»Es war nicht wirklich Keos«, beschwichtigte ich sie.

Lumiel schnaubte. »Das ist mir gerade egal. Ich würde ihn am liebsten übers Knie legen.«

Das entlockte mir ein Lachen. »So geht es mir mehrmals täglich.«

Lumiel schaute mich erheitert an. Als wir die Treppe zu meiner Wohnung hochstiegen, seufzte sie. »Was für ein Scheißtag.«

Dem konnte ich nur zustimmen.

Als wir die Tür öffneten, kam uns sofort der erste kleine Hauch der warm werdenden Cajun-Gewürze entgegen und unsere Bäuche knurrten laut und anklagend.

»Jambalaya«, murmelte Lumiel und stöhnte. Wir liefen ins Wohnzimmer und setzten uns nebeneinander auf die Couch. »Necdet, du bist mein Held«, rief die Banshee in die Küche.

Ich hatte keine Ahnung, ob das Bad schon frei war, aber mir fehlte gerade sowieso die Kraft mich vom Sofa zu erheben. Ich brauchte nur eine Minute. Eine winzig kleine Minute Ruhe.

Lumiel und ich saßen da und sprachen nicht. Ich streckte meine schmerzenden Gliedmaßen von mir, genoss das Wunder, meine beste Freundin atmend und lebendig hier neben mir zu haben und betrachtete gedankenverloren das Muster des Steinbodens.

»Als du uns unten gefunden hast«, fing Lumiel nach einer Weile leise an zu sprechen und riss mich aus meiner Trance. »Ich war am Sterben …«, murmelte sie.

Ich schluckte und versuchte das furchtbare Bild, von der sterbenden Lumiel, mit aller Gewalt zurückzudrängen.

»Damals bei den Horrorzwillingen dachte ich, wir hätten es uns eingebildet. Oder die Magie der Zwillinge hätte schon etwas mit dir angestellt … Aber dieses Mal … Ich bin mir ganz sicher, Taleyi.«

Ich richtete mich auf und sah Lumiel erwartungsvoll an. Sie fixierte mit ihrem Blick den Staubfusel am Tischbein.

»Was meinst du?«, fragte ich, als ich die Anspannung nicht mehr aushielt.

Da drehte sie endlich ihren Kopf und schaute mir fest in die Augen.

»Deine Augen … Sie haben geleuchtet. Sie hatten immer noch das gleiche Grün, dein Grün. Aber sie haben … nur geleuchtet.«

Ich runzelte die Stirn. Tatsächlich hatte mir Lumiel das schon einmal gesagt. Dennoch … Wie sollte das möglich sein?

»Noch bevor ich richtig tot war, hat es aufgehört. Aber ich schwöre dir bei dem letzten Schrei, den ich ausgestoßen habe, dass deine Augen geleuchtet haben.«

Sie klang so eindringlich, dass ich meine Hand beruhigend auf ihre legte. »Schon gut. Ich glaube dir.« Und das tat ich. Auch, wenn mein Verstand noch nach Erklärungen suchte.

»Jetzt geh duschen, damit ich deine Wunden versorgen kann und endlich etwas zu essen bekomme.«

Grinsend erhob ich mich und wankte zum Bad. Ich war so erledigt.

Als ich zurückkam, saß Keos auf einem Sessel und Lumiel verteilte eine Salbe auf seinem Hals.

»Das ist abgefahren«, hauchte sie ehrfürchtig.

Ich setzte mich auf den Sessel neben Keos und kuschelte mich in die weichen Kissen. »Was?«, sagte ich mehr gähnend, als das ich sprach.

»Schau seine Wunden …«

Ich sah auf die Stelle an seinem Unterarm und keuchte überrascht auf. Die Wunde war fast verheilt. Die Haut war noch rosa und dünn, aber kein Vergleich mehr zu vorher. Ich beugte mich zur Seite, um an Lumiel vorbeizusehen. Die Wunde an seinem Hals hatte sich ebenfalls bereits geschlossen.

»Ich habe es dir gesagt. Die Salbe hättest du für Fälle aufsparen sollen, wenn sie wirklich von Nöten ist.« Keos grinste Lumiel schief an.

Sie boxte ihn spielerisch gegen den Oberarm. »Nichts da, Freundchen. Wir stehen füreinander ein und kümmern uns umeinander.«

Ich schaute meine Freundin fasziniert an. Ob Keos es wusste oder nicht, sie hatte ihn gerade in unseren kleinen Kreis eingeladen.

»Danke, Lumiel.« Der Dämon klang ernst, doch sein Lächeln wurde breiter und wärmer. Er boxte ihr nun seinerseits freundschaftlich gegen den Oberarm.

»Alles klar. Nun zu dir.« Lumiel wandte sich mir zu und Keos sprang auf. »Ich schau mal, ob Nec Hilfe braucht. Grüß Jack den Teufel beizeiten von mir, Lumiel.« Ich zog angesichts des letzten Teils verwirrt meine Stirn kraus.

Lumiel deutete ernst auf den Sessel vor sich und ich nahm Keos' Platz ein, während sie einen Erste-Hilfe-Kasten und die Reste von Guidrys Salben durchforstete.

Sie gab sich stark, doch ich sah ihr die Erschöpfung ganz klar an. Wir alle waren erschöpft. Ich wickelte mir vorsichtig den Stoff von den Armen und musterte die Verletzungen. Die klaffenden Wunden waren hässlich, die Wundränder dank der Widerhaken ausgefranst und unregelmäßig, aber ich hätte sie mir weit schlimmer vorgestellt. Das getrocknete Blut blätterte leicht von der Haut.

Ohne Vorwarnung kippte Lumiel mir eine klare Flüssigkeit aus einem blauen Fläschchen über den einen Arm. Zuerst passierte gar nichts, dann begann es aus heiterem Himmel höllisch zu brennen.

Ich schrie verhalten auf. »Was zur …«, setze ich fluchend an.

Unbeeindruckt wiederholte sie es bei meinem anderen Arm. »Das ist der Vorschuss des guten alten Jack O'Hara.« Sie grinste böse und reinigte meine Arme von verkrustetem Blut. »Der ist so stark, dass er Desinfektionsmittel schwach aussehen lässt.« Lumiel kicherte über ihren eigenen Scherz und begutachtete dann konzentriert meine Wunden. Schließlich nahm sie meine blau verfärbte Hand vorsichtig zwischen ihre Hände. Sie drehte und bewegte die Gelenke und drückte an verschiedenen Stellen sanft zu.

»Ich glaube, du hattest Glück. Es scheint nicht ganz so schlimm zu sein. Wenn die Schmerzen schlimmer werden, musst du es mir aber sagen. Und falls du das Gefühl hast, Arme oder Finger nicht richtig bewegen zu können, gehen wir zu einem Arzt.«

Ich schüttelte meinen Kopf. »Ich glaube es wird schon gehen.« Meine Freundin hob, als Reaktion auf mein abwinkendes Nuscheln, vielsagend eine ihrer hellen Augenbrauen. »Wenn sich etwas ändert, sage ich dir sofort Bescheid«, schob ich schnell hinterher.

Lumiel nickte zufrieden und strich mir dann großzügig etwas von der Mischung aus Heilerde und Salbe auf die Wunden. Anschließend verband sie meine Arme erneut mit einer Mullbinde.

Die kühlende Tinktur, die Guidry mir für meinen Rücken gegeben hatte, benutzte sie nun für meine geprellte Hand.

»Das wird schon wieder«, munterte sie mich sanft auf, dann schaute sie nach Nec.

23. Hormonstatus … Was war noch gleich die Steigerungsform einer Überproduktion?

Nach dem ungewohnt schweigsamen Essen hatte es nicht lange gedauert, bis wir uns alle hingelegt hatten. Necdets und Lumiels leises Schnarchen hatte keinen Augenblick später – im vollkommenen Einklang miteinander – eingesetzt.

Ich war todmüde, doch ich fand keine Ruhe. Meine Gedanken liefen einen Marathon. Vorhin im Badezimmer hatte ich eine gefühlte Ewigkeit den beschlagenen Spiegel angestarrt. Meine Augen hatten schon immer eine intensive Färbung besessen. Das satte Grün war von ganz kleinen dunkleren Sprenkeln durchsetzt. Wie Blattäderchen. Aber ich konnte nichts Außergewöhnliches oder gar ein Leuchten feststellen, sie sahen aus, wie immer.

Nun lag ich im Bett und hätte mich am liebsten von einer Seite zur anderen gewälzt, um eine bequemere Schlafposition zu finden. Doch ich hatte Angst, jemanden zu wecken. Die anderen brauchten Ruhe und Schlaf. Und ich eigentlich auch.

»Es tut mir leid«, durchbrach ein fast schon lautloses Murmeln die vollkommene Stille, die lediglich von gelegentlichem leisem Schnarchen und Grunzen begleitet wurde.

»Es tut mir so leid.«

Ich öffnete ganz vorsichtig meine Lider und ließ meinen Blick schweifen. Keos saß auf seinem Schlaflager auf dem Boden. Er lehnte mit dem Oberkörper an der Wand und hatte den Kopf nach oben gerichtet.

»Bitte komm zu mir zurück. Bitte.«

Sein Tonfall schnitt mir ins Herz. Er klang ehrlich und tieftraurig. Das waren Worte, die er nur mit den Sternen teilen wollte. Gefühle, die er nur den Schatten der Nacht preisgab. Ich beneidete das Lebewesen, von dem er gesprochen hatte. Das Wesen, das ihm so sehr unter die Haut ging.

Mit angehaltenem Atem betrachtete ich ihn. Er änderte seine Haltung nicht. Seine Brust hob und senkte sich lediglich regelmäßig mit jedem Atemzug. Hätte ich seine Worte nicht vernommen, würden sie nicht immer noch den Raum mit dem Nachhall seines Schmerzes füllen, könnte ich sein Abbild für verträumt und selbstvergessen halten.

Begleitet vom Rascheln des Bettzeugs und einem kaum hörbaren Seufzen legte sich Keos schließlich auf den Rücken und schob einen Arm unter seinen Kopf. In mir wuchsen zeitgleich der Wunsch, dass das Lebewesen ihn erhörte und zu ihm zurückkehrte und das kleine, aber penetrante Stechen der Eifersucht. Ich presste frustriert meine Lippen aufeinander, als auch noch die kalten Finger der Angst nach mir griffen. Der Dämon neben mir hatte sich längst zu tief in mein Herz geschlichen und das war nicht gut. Ganz und gar nicht gut. Es verlieh ihm die Macht ebendieses zu brechen.

Was für ein verdammtes Gefühlschaos!

Als wäre ich nicht von genug Gefahren und Rätseln umgeben. Nein, ich musste mich auch noch Hals über Kopf in einen hochrangigen Dämon verlieben, der nur aus Gefahren und Rätseln zu bestehen schien. *Der große Gott Bondye steh mir bei.* Ich drehte meinen Körper zur Seite und betrachtete Keos' Silhouette beim Schlafen.

Wie mochte seine große Liebe wohl sein? Ein Gesicht nahm in meinen Gedanken Gestalt an. Der Succubus. Die Dämonin hatte angedeutet, dass sie ihn zu gern eifersüchtig gemacht hätte. Konnte sie es sein? Die wunderschöne, mächtige Frau, deren Stimme nach Kaminfeuer klang. Ich schloss meine Augen und versuchte das Bild der beiden zu vertreiben. Erfolglos.

Und irgendwann wirbelten meine Gefühle und Gedanken so durcheinander, dass ich endlich in den Schlaf und eine genauso chaotische Traumwelt glitt.

Wie so oft in den letzten Wochen erwachte ich panisch, einen Schrei gerade noch so unterdrückend. Ich zitterte am ganzen Körper. Schweißperlen flossen mir von der Stirn über die Schläfen, Tränen über die Wangen. Ich schlug die Decke zurück und wankte leise in die Küche. Ich stellte den Wasserhahn an und spritzte mir das kalte Nass ins Gesicht. Solange bis die Panik Stück für Stück von mir abfiel. Erst dann griff ich nach einer großen Flasche Mineralwasser mit Zitronengeschmack und leerte sie in einem Zug, um das Brennen in meiner Kehle zu löschen.

»Es ist Qorxu«, hörte ich wie aus dem Nichts hinter mir, gerade als ich die Flasche absetzte.

Ich zuckte erschrocken zusammen, als die schwere, vor Müdigkeit träge Stimme die kleine Küchenzeile flutete. Doch als mein Verstand Keos erkannte, entspannte ich mich wieder.

»Wovon träumst du? Was hat er dich sehen lassen, dass du jede Nacht schreiend und zitternd aufwachst?«

Es war ihm nicht entgangen.

»Wovon?«, ertönte es direkt hinter mir. Ich schloss gequält meine Augen. Wie sollte ich ihm erzählen, dass ich Nacht für Nacht von ihm getötet wurde? Dass er mit diesem hasserfüllten Blick auf mir saß, mir die Kehle zusammendrückte und mir immer wieder ins Ohr raunte, wie sehr er mich doch verabscheute.

»Taleyi …«Er fasste mich sanft an den Schultern und drehte mich zu sich herum. Keos trug eine schwarze, locker sitzende Schlafhose und ein T-Shirt, das er sich sicherlich eben erst übergezogen hatte. Irgendwie konnte ich mir nicht vorstellen, dass er eines zum Schlafen trug.

»Es ist nichts. Ich habe nur schlecht geträumt«, murmelte ich und hörte selbst, wie unglaubwürdig ich klang.

Keos sah mich eindringlich an. »Manchmal hilft es, darüber zu sprechen.«

Ich biss die Zähne zusammen.

»Taleyi«, beschwor er mich. Nichts weiter, nur meinen Namen.

Ich schüttelte schweigend den Kopf. »Ich kann nicht.«

»Wieso nicht?«, fragte er.

»Ich kann einfach nicht.«

»Geht es um mich? Träumst du von mir?«

Damit brachte er mich dermaßen aus der Fassung, dass mir ein seltsames Geräusch entwich. Es klang wie ein leises Wimmern.

Keos sah mich überrascht an. Doch als sich die Erkenntnis, mit seiner Vermutung ins Schwarze getroffen zu haben, auf seinen Zügen abzeichnete, wurde sein Blick sofort weich. »Dann solltest du es mir erst recht erzählen.«

»Wieso?«, fragte ich vorsichtig. Ein Teil von mir wollte sich ihm tatsächlich anvertrauen. Dieser Teil stellte sich vor, wie er mir auf eine unerschütterliche und widerspruchslose Weise den Schrecken nahm. Doch ein anderer Teil hatte Angst. Ich hatte Angst, dass er mich hasste. Dass er mich verriet und verletzte. Dass er mich töten wollte. Ich bezweifelte, dass es ein kluger Zug war, ihm anzuvertrauen, wie viel Macht er über mich besaß. Wie tief er sich in mein Herz geschlichen und sich einen Platz in meinem Leben erobert hatte.

»Weil ich vermutlich der Beste dafür bin, Ängsten, die mich betreffen, die Grundlagen zu rauben.«

»Und wenn du die Albträume eher verstärkst?« Es sollte schlagfertig rüberkommen. Doch der sorgenvolle Ton machte diesen Effekt zunichte.

»Nein.« Das Wort kam so resolut über seine Lippen, dass Widerspruch zwecklos war. Er sprach einen unumstößlichen, unveränderbaren Fakt aus. »Ich warte.« Er klang aber weder ungeduldig noch fordernd.

Unsicher kaute ich auf der Innenseite meiner Wange herum. Keos neigte seinen Kopf, ganz leicht. Eine seiner Locken fiel ihm in die Stirn. Bevor ich darüber nachdenken konnte, was ich da eigentlich tat, löste ich meinen Arm aus seinem Griff und strich sie ihm zurück. Mitten in der Bewegung stockte ich, erschrocken über mich selbst. Hatten mich alle guten Loa verlassen? Langsam löste ich meine Hand von ihm und sah ihn nervös an.

»Also …«, setzte Keos leise an.

Ich räusperte mich, um das Krächzen aus meiner Stimme zu vertreiben. Ich könnte ihm zumindest eine Light-Version der Albträume präsentieren. Vielleicht würde er dann lockerlassen. Doch bevor ich meinen Mund öffnen konnte, verspannte sich Keos. Seine Augen glitten zu meinem Hals und verdunkelten sich. Sein Griff wurde ein wenig fester.

»Deine Stimme … du hattest damals diese Male auf deinem Hals … war … war ich das?«, raunte er gepresst.

Ich richtete meinen Blick zu Boden. Keos sagte nichts mehr. Eine kleine Ewigkeit standen wir nur da. Schließlich lockerte sich sein Griff, und er machte einen unsicheren Schritt zurück. Dann noch einen.

Und mir wurde kalt. Am liebsten hätte ich ihn zurückgezogen. Keos' Nähe hatte die hasserfüllten Züge aus meiner Erinnerung gelöscht, doch nun nahmen sie langsam wieder Form an. Ich schaute hoch. Eine flüsternde Verzweiflung machte sich in mir breit.

»Du hast mich in Qorxus Welt gesehen. Und ich habe dir wehgetan. Und jetzt tue ich das Nacht für Nacht.« Er sagte das ganz ruhig.

Ich nickte.

Keos sah mich noch ein paar Augenblicke lang an. »Ich würde niemals Hand an dich legen. Niemals. Egal, was er dir für Trugbilder in den Kopf gesetzt hat. Egal, was ich auch gesagt habe. Das könnte ich nicht.«

Meine Augen wurden groß, als er so eindringlich sprach. Und bei der großen Schöpfungsgottheit Mawu-Lisa, ich spürte, wie sich der Knoten der Angst löste und sich mein Herz ausdehnte. Ich ließ einige Atemzüge verstreichen, in denen ich nichts sagte, mich nicht bewegte. Während sich die Welt um uns herum weiterdrehte, stand die meine vollkommen still, nur auf den Moment konzentriert.

»K-Keos«, stammelte ich schließlich unsicher.

»Nein«, unterbrach er mich, »Es ist wichtig, dass du das verstehst.« Er schien sich mir erneut nähern zu wollen, hielt dann aber inne und fuhr sich frustriert durchs Haar. Seine Miene war gequält. Immer wieder glitt sein Blick zu meinem Hals.

»Ich kann dir zwar beim besten Willen nicht sagen, warum ich mir so sicher bin. Du bist nämlich launisch und unhöflich und alles andere als vertrauensvoll«, versuchte ich mich in einem scherzhaften Ton. »Und doch«, setzte ich an und diesmal war da kein Witzeln, keine Unsicherheit, kein Übertreiben. »Und doch, vertraue ich dir. Ich vertraue dir mein Leben an. Und das von Lumiel und Nec.« Das war die Wahrheit. Ob es ihm klar war oder nicht, etwas Wertvolleres und Größeres konnte ich ihm als Vertrauensbeweis meinerseits nicht bieten.

Ich wusste nicht, wer den Schritt auf den anderen zumachte, aber plötzlich standen wir wieder ganz eng beieinander. Keos schaute auf mich herab und mahlte mit seinen Kiefern. Er hob seine Hand und fuhr mir sacht mit dem Finger über meine Kehle. Die Berührung war so sanft, so federleicht. Er folgte mit den Augen der Bewegung seines Zeigefingers.

Ich betrachtete ihn. Seine Züge, seine Lippen und seine Augen, die so schuldbewusst dreinblickten. Ich würde mich auf die Zehenspitzen stellen müssen, um … Ich schluckte und schüttelte meinen Kopf. Das war nicht richtig. Keos hielt in der Bewegung inne und runzelte seine Stirn. Eine Reihe an Emotionen zeigte sich in seinem Blick, die so schnell wechselten, dass ich keine einzige benennen konnte. Reue? Hoffnung? Wärme? Belustigung? Ich hatte keine Ahnung. Irgendwann schloss er die Augen und lehnte seine Stirn an meine. Die Geste hatte etwas Ergebenes an sich. Und sie wirkte so intim wie ein Kuss. Als er sich wieder von mir löste, war sein Gesicht entspannt. Nur in seinen Augen lag ein seltsamer Ausdruck. Als stünde er kurz davor, ein Geheimnis mit mir zu teilen. Geheimnis … Da gab es noch eine Sache, die ich ihm erzählen musste.

»Ich …« Ich schluckte. »Ich muss dir etwas zeigen.«

»Okay«, antwortete er langgezogen und folgte mir, als ich ihn langsam aus der Küche zog.

»Du sollst wissen, dass ich es dir längst erzählen wollte, aber irgendwie habe ich immer den richtigen Augenblick verpasst.« Ich schwafelte nervös vor mich hin. Es war mir bewusst und dennoch konnte ich nicht damit aufhören. Während ich Keos leise aus meiner Wohnung und durch die Bibliothek führte, wurde es immer schlimmer. Vor allem, weil sich ein stechender Schmerz in mein Herz bohrte. Seit die Sexdämonin angedeutet hatte, dass Keos unsere kleine Showeinlage hätte sehen sollen, weil sie ihm eins auswischen wollte, keimte in mir die Ahnung, dass die beiden mehr gewesen waren als nur Bekannte. Es hatte geklungen, als hätte sie ihn eifersüchtig machen wollen. Was, wenn sie das Wesen war, von dem Baba Jaga gesprochen hatte? Seine große Liebe.

»Ich weiß, wen Baba Jaga gemeint hat, als sie von deinem *Herzen* und *ihr* gesprochen hat.«

Keos versteifte sich. Er sagte kein Wort, doch der Griff um meine Hand wurde fester. Dadurch bemerkte ich, dass meine Handfläche sich schweißnass an seine schmiegte. Weshalb war ich so nervös?

Wir näherten uns dem Regal und damit der Nische und mir wurde immer mulmiger zumute. Mir klopfte das Herz bis zum Hals. »Ich weiß zufälligerweise, wo sie sich befindet.«

Keos entwich ein leises Geräusch, das mir direkt ins Herz fuhr und dort einen dumpfen Schmerz hinterließ. Denn es klang voller Wehmut und gleichzeitig voller Hoffnung.

»Ach ja?«, fragte er vorsichtig. In der Frage schwang so viel mit, dass mir der Atem stockte. Sehnsucht, Angst, Liebe, Verletzlichkeit. Es war ungewohnt so viel

Zerbrechlichkeit aus Keos' Stimme zu hören. Und auch wenn er meist seine herablassende Maske trug, hatte ich geahnt, wie viel mehr dahintersteckte.

Doch die Intensität, mit der diese Tiefe nun aus ihm herausbrach, raubte mir den Atem. Ich versuchte, diese Gefühle mit dem Succubus in Verbindung zu bringen und mir das Bild von der rothaarigen Dämonin und Keos zusammen vorzustellen. Das wollte mir so gar nicht gelingen. Auch wenn es rein oberflächlich betrachtet, gut passen würde. Der mächtige Chaosdämon und die Verführung in persona. Doch es war eben genau das: oberflächlich betrachtet. Dummes Herz. Dummes, dummes Herz. Ich würde ihn jetzt zu ihr bringen und wahrscheinlich würde er sie augenblicklich befreien. Ich kannte ihn mittlerweile zu gut, um zu befürchten, dass er uns danach im Stich ließ. Doch er wäre mit Sicherheit mächtig angepisst.

»Ja«, hauchte ich viel zu spät eine Antwort.

»Und wo soll das sein?« Keos verringerte den Abstand zwischen uns, sodass unsere ineinander verschlungenen Hände beim Gehen abwechselnd unsere Hüften streiften.

Ich presste für eine Sekunde meine Augen fest zusammen und rang meine Gefühle nieder. »Aber bevor ich dich zu ihr bringe, musst du wissen, dass sie uns angegriffen hat. Zusammen mit zwei kleinen Dämonenkindern, die aus uns ihre neuen Spielzeuge machen wollten. Und die Starre, in der sie sich befindet, ist magischer Natur. Wir haben ihr nichts angetan.« Bei Nana Buluku, Taleyi halt endlich deinen Mund und beruhige dich!

Ich wagte es nicht, Keos anzusehen. Stattdessen hielt ich meinen Blick starr auf die Seitenwand des Bücherregals gerichtet, als ich es zur Seite schob und die Nische freigab. Keos stand nun direkt vor dem Eingang, mit vollem Blick auf den Succubus. Angespannt wartete ich auf eine Reaktion von ihm. Die Stille schien sich zu einer Ewigkeit auszudehnen, in der ich immer noch nicht wagte, ihn anzusehen. Das leichte Bohren in meiner Herzgegend verstärkte sich und ich hasste es. Natürlich war mir klar, dass es sich um Eifersucht handelte. Vollkommen irrationale Eifersucht, denn bis auf ein paar kleine Momente, in denen nichts passiert war, außer dass die Möglichkeit auf einen Kuss sich um uns gelegt hatte, war absolut nichts zwischen mir und ihm geschehen. Ich grub meine Fingernägel in die Handfläche und da kam endlich eine Reaktion von Keos.

»Taleyi, wovon sprichst du? Da drin befinden sich nur ein Succubus und das Glasgefängnis von Arenyen und Raghba.«

Ich stutzte überrascht. Ähm … Okay, seinem Tonfall nach zu urteilen, hatte ich wohl etwas vollkommen falsch verstanden.

Keos löste seine Hand aus meiner und schritt durch den Türbogen. Er sah sich in der Nische um. Seine Augen blieben kurz auf dem Succubus hängen. »Nicht schlecht.« Er trat auf die Dämonin zu und betrachtete sie eingehend. Als sein Blick auf die Kette fiel, drehte er sich zu mir um. Seine Lippen verzogen sich anerkennend. »Ich habe Geschichten von dieser Fessel gehört. Damals war sie noch im Besitz eines mächtigen Höllenfürsten.« Er trat wieder auf mich zu und als er direkt vor mir stand, legte er den Kopf schief. »Wie kommt es, dass ihr ein so mächtiges Artefakt besitzt?«

Ich deutete auf die Rothaarige, die vollkommen starr und mit altmodischen Vorhangkordeln an Armen und Beinen gefesselt vor uns saß. »Ich habe sie ihr abgenommen und an ihr selbst angewandt.«

Keos lachte leise auf. »Du hast einen Succubus hinters Licht geführt? Das zeugt von großer Willensstärke.«

Ich räusperte mich verlegen.

»Ehrlich, Taleyi. Das ist keine Kleinigkeit. Die meisten verfallen ihrem Zauber innerhalb weniger Sekunden und ich kenne nur eine Handvoll Wesen, die sich daraus wieder befreit haben. Anali ist eine wirklich mächtige Dämonin der Verführung.« Er schaute sich erneut um. »Apropos ... Wen meintest du denn nun mit *ihr*?« Er musterte mich misstrauisch.

Unter seinem eindringlichen Blick verlagerte ich peinlich berührt mein Gewicht. »Na ja, ich dachte ... Sie meinte, sie wollte, dass du uns – also sie und mich, siehst, während wir ...« Mein Gestammel ließ mich rot wie eine Tomate werden. Ich atmete durch und zwang mich zur Ruhe. Ich war eine erwachsene Frau und kein unsicherer, verknallter Teenager, verdammt noch mal. »Ich dachte, ihr beide wärt ein Paar gewesen, bevor ihr durch die Türen getrennt wurdet. Ich habe mich wohl geirrt.«

So jetzt war es raus.

Das Misstrauen in Keos' Blick machte Verwirrung Platz. Er ließ ihn über mein Gesicht wandern, als fände er dort die Erklärung. Schließlich leuchtete Erkenntnis in seinen Augen auf. Er schaute zur Dämonin. Dann wieder zu mir. Und dann begannen seine Schultern zu beben. »Du hast geglaubt, sie und ich, wir wären ...«

»Ähm.« Ich verlagerte mein Gewicht und blickte ebenfalls auf die Frau. »Ja.«

Keos schüttelte grinsend seinen Kopf. »Wie wenig hältst du von mir, wenn du glaubst, dass ich mich freiwillig und bei vollem Verstand mit einem Succubus einlasse?«

Ich öffnete meinen Mund. Doch ich brachte kein Wort heraus. Immer wieder sah ich zwischen ihm und der Dämonin hin und her.

»Nicht sehr viel, wie mir scheint«, beantwortete Keos seine Frage selbst. »Wie kommst du nur auf so eine Idee?«

Es hatte doch so viel darauf hingewiesen. Oder hatte ich nur zu viel hineininterpretiert?

»Ganz zu schweigen davon, dass ich deine Ehrlichkeit und den Vorschuss an Vertrauen wirklich zu würdigen weiß, aber ich habe unsere kleine Sexdämonin schon gespürt, als ich das Labyrinth verlassen habe.«

Das war klar. Ich hatte es erwartet. Er hatte immerhin auch im *The hanged One* gewusst, dass in der Bibliothek Kreaturen freigekommen waren. Wenn ich jetzt darüber nachdachte – weshalb hätte er seine Liebste nicht sofort aufsuchen sollen, als er ihre Essenz gefühlt hatte?

Keos brach wieder in Lachen aus, und obwohl es mich ein wenig ärgerte, blubberte es auch freudig in meinem Bauch. Ich hatte ihn noch nie so unbeschwert lachen gehört.

Selbst als wir wieder in unseren Betten lagen, kam von seinem Schlaflager immer wieder ein Geräusch zu mir geschwappt, das verräterisch nach einem unterdrückten Kichern klang. Doch während er den Spaß seines Lebens zu haben schien, stellte ich mir die Frage, wer bei allen neun Kreisen der Hölle und allen Lichtwesen zusammen, war dann *sie*? Anscheinend hatte ich die Frage laut ausgesprochen, denn plötzlich herrschte absolute Stille im Raum.

»*Sie* ist nicht mehr hier«, hörte ich ihn schließlich sagen. Mit einer solchen Endgültigkeit, dass ich wusste, dass ich das Thema besser niemals wieder ansprach.

✧ ✧ ✧

»Ich kann es kaum erwarten«, sagte Lumiel lachend, als wir den *Boxring* betraten. Die zehn Stunden Schlaf hatten Wunder gewirkt.

Ich seufzte laut und ungehalten auf.

»Ach du alte Spaßbremse«, maulte die Banshee und boxte mir sanft in die Schulter »Das wird toll. Du wirst schon sehen.«

Ich schaute sie nur ungläubig an. Lumiel zupfte an meinem dunkelgrünen Leinenshirt herum. Dabei grinste sie beinahe bösartig. »Vergiss nicht, dass du mir versprochen hast, dass ich dein Kleid aussuchen darf.«

Kleid.

Kleid, so wie in: Du trägst heute mal keine Hosen.

Toll.

Richtig, richtig toll.

Lumiel hatte mir, kaum dass ich die Augen geöffnet hatte, das Versprechen abgerungen, dass ich zum Straßenfest heute Abend ein Kleid tragen würde, was sie mir aussuchte.

»Meine Damen.« Keos stellte sich zwischen uns. »Ich weiß, ich weiß«, schnaubte er grinsend an Lumiel gewandt. »Du stehst auf Zungenakrobatik und darauf dabei zuzusehen. Kleine Voyeurin. Aber heute trainieren wir die Magie. Gestern war es knapp für uns. Zu knapp. Das sollte besser nicht noch einmal passieren.«

Lumiel wackelte mit ihren Augenbrauen, nickte dann aber ernst. »Du hast recht. Necdet?!«, rief sie in einem Tonfall, der jeden Oberbefehlshaber der Army vor Neid erblassen lassen würde.

»Aye, Drill-Sergeant Gräfin Mecker-Mecker. Schon verstanden«, säuselte der Schattenmann, legte die Spitze seines Zeigefingers zum Soldatengruß an die Stirn und grinste mich dann verschwörerisch an.

»Bis gleich«, flüsterte ich Lumiel noch zu, bevor sie mit Nec im Schlepptau ans andere Ende des Raumes ging.

»Okay, Liebes. Schließ deine Augen.« Keos stellte sich vor mich und fasste mich locker an den Schultern.

»Was?«

»Du sollst still sein und deine Augen schließen«, befahl er in sanftem Ton.

Ich funkelte ihn an. »Keine faulen Tricks.«

»Was? Glaubst du, ich müsste dich wirklich die Augen schließen lassen, um dich übers Knie zu legen?«

Mir fuhr das Blut so schnell in die Wangen, dass mir ein wenig schwindelig wurde und ich meine Lider ruckartig schloss. Ein raues Lachen verriet mir, dass Keos die Zweideutigkeit natürlich beabsichtigt hatte. Hinter meinen geschlossenen Lidern verdrehte ich die Augen. Idiot.

Ich spürte seine Wärme an meinem Rücken. Er stand hinter mir und neigte sich zu meinem Ohr.

»Okay«, murmelte er mit ruhiger Stimme. »Wir gehen heute deiner Magie ein wenig auf den Grund. Konzentriere dich auf sie. Suche die Machtquelle in dir.« Er sprach immer weiter mit dieser einlullenden Stimme, die mich zugleich in eine Art Trance versetzte, aber leider nicht dazu führte, dass ich meine Magie fand. Irgendwann schüttelte ich frustriert den Kopf.

»Du benutzt sie meistens instinktiv. Du weißt also, wie du sie anrufen kannst. Folge deiner Macht. Deinem Erbe. Konzentrier dich auf deinen Geist und suche darin die Quelle deiner Macht.«

»Ich weiß nicht mal, was meine Macht ist«, entgegnete ich gepresst. Frustriert biss ich mir auf die Innenseite meiner Wange. Das brachte doch nichts. Meine Magie war passiver Natur. Sie war nützlich, keine Frage. Ohne sie hätten wir keine Ahnung gehabt, dass die Kreaturen aus der Bibliothek entkamen. Aber sie konnte noch nicht einmal eindeutig einer Wesenheit zugeschrieben werden. Lafayette hatte mich als Orakel vermerkt. Denn dies war wohl die Strömung, die meiner Macht am nächsten kam. Allerdings hatte er auch aufgeschrieben, dass meine Macht weder besonders stark ausgeprägt noch zuverlässig sei.

»Das ist egal. Bleib bei der Sache.« Keos unterbrach meine Gedanken und atmete dann tief durch. Was mich dazu brachte, selbst Luft zu holen.

»Ich suche. Ich finde«, leierte ich seine Worte herunter.

»Entspann dich. Mach dich locker. Lass los.«

Ich ließ meine Schultern hängen und atmete aus. Lauschte seinen leisen Anweisungen. Ich geriet tiefer und tiefer in einen Strudel, und dann war ich wieder an diesem Ort in mir. Tief in meinem Geist. An dem Ort, an dem meine Macht ihren Ursprung hatte. Ich griff nach ihr. Ich packte sie im Geiste mit beiden Händen. Sie vibrierte auf eine angenehme Weise, bewegte sich zwischen meinen Fingern. Sie zerfloss und formte sich neu, dehnte sich aus. Dann schlängelte sie sich wie ein grüner Nebel über meine Hände, meine Arme. Mein gesamter Körper wurde von dem sanften Vibrieren eingenommen. Sie umgab mich, füllte mich aus. Ich wollte sie weiter ausdehnen, mich von ihr noch mehr einnehmen lassen, denn sie gehörte zu mir. Hinter meinen Lidern blitzte es auf. Grün. Leuchtendes Grün umfing mein ganzes Sein.

24. THE DARK SECRETS OF THE DEEP SWAMPS OF NEW ORLEANS

Ein paar Stunden später stand ich enttäuscht vor der offenen Tür des *Boxrings*. Ich hatte es fast geschafft. Fast. Ich hatte meine Machtquelle gefunden und meine Magie gesehen. Sie gespürt. Doch dann war sie mir wieder entglitten. Vielleicht hatte ich sie zu forsch greifen wollen. Sie zu fordernd beschworen. Als sie mich durchflutet und das grüne Licht meinen Geist regelrecht ausgefüllt hatte, hielt das Pulsieren inne, und meine Magie zog sich so schnell zurück, dass mir schwindelig geworden war.

»Sei nicht so hart zu dir, Kleines«, erklang Lumiels Stimme hinter mir. »Du hast es heute fast geschafft. Das ist ein Sieg. Ein kleiner«, warf sie ein, als ich sie ungläubig musterte.

Ich schüttelte meinen Kopf und schritt an ihr vorbei. »Vielleicht. Vielleicht auch nicht.« In mir breitete sich das altvertraute schale Gefühl der Ernüchterung aus.

»Du wirst es schaffen. Da bin ich mir ganz sicher. Vielleicht nicht morgen oder übermorgen. Aber bald«, bestärkte Lumiel mich eindringlich. Sie sah mir fest in die Augen. Ich konnte ihr ansehen, dass sie wusste, was in mir vorging.

»Was, wenn *bald* zu spät ist, Lumiel?«, fragte ich und strich mir eine Haarsträhne nach hinten. »Was, wenn wir das nächste Mal nicht so viel Glück haben?«

Lumiel verspannte sich und verzog ihre Lippen zu einem dünnen Strich. »Hör sofort auf damit«, schimpfte sie plötzlich los.

»Womit?«, fragte ich verwirrt und schaute zu ihr hoch.

»Dich selbst so kleinzumachen. Ich sehe dir das an der Nasenspitze an.« Sie seufzte und legte sanft ihre Hände auf meine Schultern. »Ich hatte gedacht, du würdest langsam erkennen, wie viel mehr du bist, als diese mit Dummheit geschlagenen Tölpel dir einreden wollen.« Meine Freundin sprach eindringlich und ruhig. Ein Zeichen dafür, wie ernst es ihr war. Die Klangfarbe ihrer Stimme vibrierte trotz der leisen, fast flüsternden Lautstärke stark und volltönend durch die Gänge und Lesenischen.

Ich seufzte und rieb mir über die Stirn. »Ich weiß.« Mit Zeigefinger und Daumen kniff ich mir in die Nasenwurzel. »Und auch das andere ist mir klar. Ich versuche die Worte meiner Familie zu verdrängen. Nur manchmal … manchmal sind sie zu laut. Und dann …«

»Dann kannst du stets auf uns zählen. Auf Nec und mich, die dir sagen, dass es Blödsinn ist, was immer dir im Kopf herumgeht. Und ich glaube, wir können mittlerweile auch Keos auf die Liste derjenigen setzen, die dir im Zweifelsfall den Kopf waschen.«

Ich lächelte sie an. »Danke. Und was Keos angeht … er ist gar nicht so übel.«

»Na ja, bis auf seinen Frauengeschmack. Dieser Succubus …« Lumiel verzog das Gesicht, als ob ihr übel wäre. »Wobei, wenn ich sehe, wie er dich anschaut, glaube ich, dass sich seine Geschmacksverirrung doch noch legt.« Sie zwinkerte mir verschwörerisch zu.

Ich winkte ab. »Tatsächlich weiß ich, dass er und das notgeile Biest nie ein Paar waren.«

»Was? Woher? Wieso?«, fragte Lumiel mit einer seltsamen Betonung.

»Ich habe ihn zu ihr gebracht«, flüsterte ich und zuckte mit den Schultern.

»Du hast was?«, fragte sie fassungslos.

»Jep.«

Lumiel schaute mich bestürzt an.

»Wie ich erfahren habe, ist sie ihm weniger wichtig, als ich vermutet habe.«

»Ähm. Okay«, murmelte sie ebenfalls überrascht, bevor sie mir noch einmal prüfend in die Augen sah. »Ich gehe mal schauen, wo Necdet bleibt. Kommst du klar?«, fragte sie.

Ich nickte und drehte mich zu dem großen Fenster. Von hier aus hatte ich einen freien Blick auf die Straßen des French Quarter. Dort herrschte bereits quirliges Treiben. Die Musiker versammelten sich und stimmten ihre Instrumente. Überall standen Tische mit magischen Artefakten zum Verkauf. Holzbuden wurden mit Tellern und Gläsern befüllt. Wo immer es möglich war, hingen Lichterketten und Lampions und spendeten zusätzliches Licht. Die Touristen, aber auch die Einheimischen drängten mehr und mehr auf die Gassen.

Ich betrachtete die Urlauber, die in ihren Hawaii-Hemden, den Bermuda-Shorts, den kurzen Röcken und Tank-Tops unschuldig herumstromerten. Wie sie leichtgläubig den Wicca die falschen Amulette abkauften, und wie sie – naiv, wie sie waren, die Orakel baten, ihre Zukunft in den Karten zu lesen.

Ich schaute den Einheimischen zu, wie sie zielsicher zu den Mambos marschierten und um magische Tränke feilschten. Wie sie dabei wissend an ihrem Sazerac oder den Mint Juleps nippten und lächelten. Zwei Cocktails, die weit über die Grenzen von New Orleans bekannt waren.

Ich beobachtete, wie sich beide Gruppen vermischten, als sie sich mit vor Vorfreude leuchtenden Augen um die Musiker scharrten.

»Du solltest dein Haar öfter so tragen. Dieses wilde, ungezähmte Durcheinander steht dir.«

Ich schüttelte lächelnd den Kopf und drehte mich um. Keos schlenderte geschmeidig auf mich zu und musterte mich von Kopf bis Fuß. Sein Gang erinnerte mich an eine Raubkatze. Einen schwarzen Panther, vielleicht? Verlegen zupfte ich an dem weichen Material an meiner Taille herum. Lumiel hatte mich in ein leuchtendgrünes Kleid gesteckt. Es war weniger schrill, als ich befürchtet hatte und bei weitem bequemer. Der Stoff schmiegte sich an mich, floss aber gleichzeitig locker an mir hinab. Die Trompetenärmel waren hauchdünn und gerade so durchsichtig, dass keiner die Verbände an meinen Armen bemerken sollte.

Keos blieb mit ein wenig Abstand zu mir stehen und schaute auf meine Hände. Als ich bemerkte, dass er mein fahriges Ziehen an der ungewohnten Kleidung beobachtete, straffte ich die Schultern und löste meine Finger demonstrativ vom Stoff. »Es ist klar, dass dir das *Durcheinander* gefällt, Chaosdämon der höchsten Riege«, gab ich in leisem Spott zurück, um meine Unsicherheit zu überspielen.

Bei meinen Worten blitzen seine Augen dunkel auf. »Da hast du recht. Aber ich mag auch den strengen Bibliothekarinnen-Look. Der erweckt in mir den Wunsch, dich ein wenig durcheinanderzubringen und dein Leben, angefangen mit deiner Garderobe, mit Chaos zu bereichern.«

Darauf wusste ich nichts zu sagen. Ich stand nur da und starrte ihn mit großen Augen an. Wann war aus unserem spielerischen Geplänkel ein ernstzunehmendes Flirten geworden?

Keos überbrückte den geringen Abstand zwischen uns und ich musste meinen Kopf in den Nacken legen, um ihm weiter in die Augen sehen zu können. Sein Blick richtete sich nach unten und als ich ihm folgte, musste ich erkennen, dass meine Finger schon wieder unruhig umherflogen. So viel dazu, meine Verlegenheit nicht zu zeigen. Keos legte sanft eine Hand auf meine ineinandergeschlungenen Finger. Die Geste wirkte fast zärtlich und beruhigte meine Nerven augenblicklich. Unter der Berührung seiner Haut löste ich meine Hände und hielt länger als nötig den Körperkontakt aufrecht. Ein leises Glucksen ließ mich aufschauen. Keos kicherte. Ja, wirklich er kicherte schelmisch vor sich hin. Allerdings auf eine so gelöste und unschuldige Art, dass ich fast vergaß, dass er sich über mich amüsierte. Ich musste mir eingestehen, dass mich dieser Umstand kein bisschen ärgerte. Tatsächlich erwischte ich mich dabei, wie sich meine Lippen zu einem vergnügten Grinsen verzogen. Aber ich verengte gespielt beleidigt meine Augen. Um seine Mundwinkel zuckte es. Er durchschaute mich augenblicklich. Keos hob seine Hand und wickelte eine meiner Locken um seinen Zeigefinger. »Lumiel hat mich geschickt. Sie und Necdet warten vorn«, murmelte er.

Ich biss mir auf die Unterlippe. »Ich halte es immer noch nicht für klug, die Bibliothek so ganz unbeaufsichtigt zu lassen. Ich könnte doch …«

»Papperlapapp«, unterbrach er mich und tippte sich an die Stirn. »Schon vergessen? Ich spüre es, wenn sich plötzlich eine große Magiequelle in der Bibliothek befindet, und dann sind wir sofort zurück, um den bösen Kreaturen die Hölle heiß zu machen.«

Ich seufzte. Das stimmte schon. Aber …

»Außerdem verdienen wir einen Abend Zerstreuung. Und zwar wir alle.« Dann wurde Keos' Aufmerksamkeit von irgendetwas hinter mir eingefangen, er löste seinen Blick und sah über mich hinweg aus dem Fenster. »Das wird ein Spaß.« Seine Stimme klang so verheißungsvoll, so voller dunkler Sehnsüchte, düsterer Bedürfnisse und tiefer Lust auf das Leben.

✧ ✧ ✧

»Wohin möchtet ihr zuerst?«, fragte Lumiel, als wir in das belebte French Quarter spazierten. Die Musik füllte bereits jeden Winkel des Viertels aus. Wer auch immer durch die Gassen der Stadt wanderte, hörte aus jeder Bar und den Restaurants die einnehmenden Klänge des Jazz. Der heutige Abend würde uns die Musik nicht nur mit den Ohren hören lassen. Sie würde regelrecht unsere Herzen ausfüllen und unsere Seelen zum Schwingen bringen. Dank der Magie, die das French Quarter an diesem Abend zusätzlich einhüllte. Sie strich zart wie ein Frühlingswind über unsere Haut. Sie umgab uns. Streichelte uns. Wir schmeckten sie, atmeten sie und ließen uns von ihr beflügeln. Ich war jetzt schon voller Vorfreude auf die kommenden Stunden.

»Etwas zu Essen holen«, entgegnete Nec begeistert und visierte die verschiedenen bunten Food-Trucks an.

»Was frage ich auch?«, seufzte Lumiel belustigt.
Wir folgten dem Schattenmann. Obwohl ich erheitert meinen Kopf schüttelte, musste ich Necdet zustimmen. Bei den wunderbaren Düften, die das French Quarter

fluteten, lief mir das Wasser im Mund zusammen.

Einige umstehende Touristen schauten verzückt in unsere Richtung. Necdet und Lumiel boten wirklich ein schaurig schönes Bild. Und Keos' Aura war dermaßen finster, dass er die wohl dunkelste Strömung der Voodoo-Kunst noch mit schwarzem, gefährlichem Flair bereichern könnte.

»Ich würde mir ehrlich gesagt gern alles in Ruhe anschauen und auf mich wirken lassen«, meinte Keos, was Lumiel zum Lachen brachte.

»Okay, dann machen wir es so. Nec und ich holen was zu essen. Ihr zwei dreht eine Runde, versorgt uns mit Sazerac, und wir treffen uns in«, sie ließ ihren Blick über die Schlangen vor den Trucks gleiten, »fünfundvierzig Minuten bei den Bäumen, die ein kleines Stück von der großen Bühne entfernt stehen. Bei den Parkbänken.« Lumiel sah mich fragend an und ich nickte zur Antwort. Ich wusste genau, welche Stelle sie meinte.

»Was sollen wir euch mitbringen?« Necdet wippte mit der Schuhspitze zum Takt einer flotten Jazznummer, deren Klänge bis zu uns hallten.

»Von allem etwas.« Ich grinste Necdet an. Es war ein unausgesprochenes Gesetz, dass Lumiel, Nec und ich immer von mehreren Gerichten etwas bestellten und dann alles bunt durchprobierten.

Lumiel hakte sich beim Schattenmann unter. »Komm. Bevor die Schlange noch länger wird.« Sie winkte uns zu. »Bis gleich.«

»Das klingt doch nach einem Plan.« Keos schaute sich lächelnd um. Eindeutig genoss er den Trubel, die Musik, all die Farben und Lichter. Natürlich tat er das. Er war Jahrhunderte weggesperrt gewesen und hatte diese Zeit in trister Einsamkeit verbracht.

»Dann führe ich dich mal rum.« Ich griff nach seiner Hand und zog ihn hinter mir her. »Da hinten gibt es Stände mit Talismanen und Voodoo-Puppen. Lass uns dort anfangen.«

»Talismane und Voodoo-Puppen«, echote Keos wenig begeistert, auch wenn er mir folgte.

»Da hattest du Pech bei der Gruppenbildung. Du hast nicht gerade die beste Fremdenführerin für New Orleans' Nachtleben abbekommen«, erklärte ich ihm, während wir durch die Gassen schlenderten. In mir breitete sich tatsächlich Vorfreude aus, was mir normalerweise in solchen Situationen fremd war. Ich mochte Menschenansammlungen eigentlich nicht besonders gern. Diese Veranstaltungen waren zu laut, die Leute kamen einem zu nahe und die Lichter überreizten meine Sinne. Doch heute nicht. Ich freute mich auf den Abend und ich freute mich, ihn mit Keos erleben zu können. Sein erstes Fest seit langer Zeit.

Er schaute mich mit einem unergründlichen Ausdruck an, als ich ihn über meine Schulter anstrahlte. Dann lächelte auch er und wackelte mit den Augenbrauen. »Das wird ein Spaß«, wiederholte er seine Worte von vorhin, umfasste mein Handgelenk und zog mich mit sich.

Der letzte Rest des beklemmenden Gefühls fiel bald von mir ab. Ich wurde nicht übersehen, nicht weggedrängelt, nicht geschubst. Und das lag nicht allein an Keos.

Wir schlenderten durch die Gassen und schauten zu, wie die Touristen übers Ohr gehauen wurden und wie echte Voodoo-Priester Magie wirkten. Wir ließen uns von dem Zauber der Nacht mitreißen, von den Klängen, der Atmosphäre und den Schwingungen, die New Orleans in einer solchen Nacht zu eigen waren.

Wenig später saßen wir mit Bambustellern und Essenskartons voller Köstlichkeiten und vier Gläsern gefüllt mit kaltem starken Sazerac auf einer Bank, die nicht weit von den Musikern entfernt stand. Kaum hatten wir uns unter einem der großen Bäume getroffen, war eine Gruppe laut lachender Jugendlicher von der Bank aufgesprungen und davon geschlendert. Ob es an Necdets unheimlichem Aussehen im Mondschein gelegen hatte, in welchem seine Zeichnungen aufleuchteten, und seine Züge noch gruseliger wirken ließ? Oder daran, dass sie keine Lust hatten, dass eine Gruppe Erwachsener – wir – so nahe neben ihnen stand? Auf alle Fälle war es ein wirklicher Glücksfall.

Grinsend griff Lumiel nach der Box mit den Alligator-Wraps. »Mhm.« Sie seufzte und schloss genüsslich die Augen.

Keos schwenkte den letzten Schluck seines dunklen Cocktails im Glas und trank ihn dann aus. »Ich hole uns noch eine Runde.« Er leckte sich einen Tropfen von der Oberlippe und erhob sich.

»Ich komme mit«, erklärte sich Nec bereit. Er stapelte die leeren Teller, um sie zu entsorgen. Dann waren die beiden auch schon in der Menge verschwunden.

»Du kennst doch Anouk Bouchard, oder?«, unterbrach Lumiel meine Gedanken.

Bei ihren Worten horchte ich auf. »Ja. Sie ist Ryans Tochter. Wieso?«

»Sie hat in einem der Trucks gearbeitet«, murmelte Lumiel kurz angebunden.

»O-ka-y.« Ich schaute meine Freundin ratlos von der Seite an und wartete auf weitere Erläuterungen. Doch sie kamen nicht.

Lumiel kaute abwesend auf einem Bissen ihres Wraps

herum. Obwohl ihr Blick den Tanzenden folgte, schien sie eher durch sie hindurchzusehen.

»Hat sie etwas gesagt?«, fragte ich vorsichtig. Ich konnte mir nicht vorstellen, dass die junge Frau mit dem netten Lächeln meine Freunde auf irgendeine Art und Weise verletzt hatte, aber leider konnten wir uns der Freundlichkeit der anderen nie wirklich gewiss sein.

Lumiel leckte sich Brösel und Fett vom Finger. »Nein. Nein. Du hast recht. Sie ist nett«, erwiderte sie schließlich und schüttelte ihren Kopf.

Ich wollte nachhaken, doch da sah ich Keos durch die Menge auf uns zukommen. Lumiel hatte gewartet, bis wir allein waren, also würde ich das Gespräch jetzt nicht an die große Glocke hängen. Ich schwieg und folgte Keos mit den Augen. Die oberen Knöpfe seines Hemdes standen offen und seine Ärmel waren hochgekrempelt, was ihm trotz des einheitlichen Schwarzes einen lässigen Ausdruck verlieh. Ich sah nicht wenige verzückte Augenaufschläge und verdrehte die Augen.

»Wo ist Nec?«, fragte ich, sobald er bei uns war.

Keos nickte nach vorn. »Eine hübsche Rothaarige hat ihn abgefangen.«

Ich schaute verwirrt auf die improvisierte Tanzfläche und sah Necdet und Anouk, wie sie miteinander tanzten. Dabei unterhielten sie sich und lachten immer wieder. Anouk strahlte richtig. Irgendwann zog sie sich an seinen Schultern enger zu ihm und genau in dem Moment wechselte die Musik zu einer langsamen Nummer.

»Entschuldigt mich. Ich habe etwas zu erledigen«, presste Lumiel plötzlich mit finsterer Stimme hervor, kippte den Cocktail in einem Zug runter und stand auf. Sie schritt zielgerichtet mitten auf die Tanzfläche, zwischen all den sich zum Takt wiegenden Leuten hindurch.

Automatisch gingen sie ihr aus dem Weg. Arme Anouk. Und armer, armer Necdet.

»Möchtest du tanzen?«

Ich erstarrte. Das Glas, das ich mir gerade an die Lippen führen wollte, hing vor mir in der Luft.

»Was?«, hauchte ich mit leicht zittriger Stimme.

»Möchtest du tanzen?«, fragte Keos erneut.

Ich tat es Lumiel gleich und kippte das starke Getränk in einem Zug hinunter. Dann nickte ich und Keos grinste mich schief an, bevor er mich von der Bank hochzog und zur Tanzfläche führte. Die Musik wechselte zu einer sanften, souligen Nummer, die zum eng umschlungenen Tanzen einlud. Mir fuhr Hitze ins Gesicht. Der Alkohol hatte mich mutig gemacht. Für ganze fünf Sekunden.

Als Keos mit seiner anderen Hand meine Hüfte sanft umfasste und mich näher zu sich zog, legte ich meine freie Hand auf seine Schulter. Was nur dazu führte, dass der Abstand zwischen uns noch geringer wurde. Er lächelte auf mich hinab und fing an, sich langsam zu bewegen. Und ich war gezwungen, seinen wiegenden Schritten zu folgen.

»Alles gut?«, raunte er mir ins Ohr.

Ich nickte. Dann schüttelte ich den Kopf.

»Entspann dich. Lass dich einfach fallen.«

Und das versuchte ich. Zuerst mit wenig Erfolg. Doch Keos war ein wirklich guter Tänzer. Er führte sicher und dirigierte mich im Takt. Je länger wir uns zu den Klängen bewegten, und ich mich ganz der Musik und ihrem Rhythmus hingab, desto weicher wurde ich in seinen Armen.

»Ich hätte nicht gedacht, dass du jemand wärst, der tanzt«, neckte ich ihn in rauem Ton. Meine Stimme hörte sich sogar in meinen Ohren fremd an. Sie war rauchig und dunkel. Mit Keos zu tanzen hatte etwas unfassbar Intimes. Seine Arme lagen zärtlich um mich geschlungen und jetzt, da mein Kopf endlich aufgegeben hatte und meinem Körper gewährte, ihm zu folgen, wurde ich zu Wachs in seinen Händen. Dabei hüllte mich sein unverkennbarer Duft ein.

Ich spürte, wie sich Keos' Lippen an meinem Ohr zu einem Lächeln verzogen.

»Ich tanze auch nicht mit jedem.«

Ich hob leicht meinen Kopf und schaute ihn überrascht an. Er erwiderte meinen Blick. Dunkel, tief, aber offen und ehrlich. Ich spürte das Spiel seiner Muskeln unter meinen Fingerspitzen. Seine Wärme. Ich hörte seinen Herzschlag an meinem Ohr. Und seinen leisen Atem. Es fühlte sich nach zu viel an. Nach viel zu viel.

Das Lied verklang, die letzten Töne verstummten, und ich schaute ihn noch immer an. Die Takte des nächsten Songs begannen, was ich kaum wahrnahm. Wir standen ganz still. Ich wagte kaum zu atmen. Keos war mir so nah, dass ich die dunklen Schatten in seinen Iriden und die kleine Lichtreflexion einer Laterne in seiner Pupille erkennen konnte. Irgendwann atmete ich doch tief und zittrig ein, was seinen Blick auf meinen Mund lenkte. Noch ehe ich reagieren konnte, ehe ich überhaupt verstand, was geschah, spürte ich seine Lippen auf meinen. Das Gefühl, das er in mir auslöste, vertrieb jeden Gedanken. Ich öffnete meine Lippen und erwiderte den Kuss. Seine Zunge strich sanft an meiner Unterlippe entlang, bevor er meinen Mund erkundete. Meine Zunge folgte seiner sanften Aufforderung und unser Kuss wurde inniger. Intimer. Ich seufzte leise in seinen Mund. Er küsste mich, als hätte er es schon tausend Mal getan. Und als wäre es dennoch das erste Mal. So besonders, wie ein Moment zwischen zwei Lebewesen nur sein konnte. Und genauso küsste ich ihn zurück. Mein Herz öffnete sich für ihn. Lud ihn ein und gab sich ihm völlig hin. Keos schmeckte, wie er roch. Und ich bekam nicht genug. Als er sein Gewicht verlagerte, umschlossen meine Hände seinen Nacken und irgendwann vergrub ich sie in seinem Haar. Mein leises, zufriedenes Seufzen beantwortete er mit einem tiefen Knurren, das mich dazu brachte, mich noch enger an ihn zu schmiegen.

Als er sich irgendwann langsam von mir löste, brauchte ich einen Moment, um mich zu fangen. Keos lehnte sich ein wenig zurück, ohne mich loszulassen. Die Musiker stimmten die ersten Klänge eines neuen Liedes an. Die mystischen, dunklen Töne drangen zu mir und meine Lippen verzogen sich zu einem Lächeln. Ich liebte das Lied. Das Lied, das von der dunklen Seite von New Orleans erzählte. Von den Geheimnissen und den Schatten, die einen mit sich ziehen und gefangen nehmen konnten. Die einen niemals wieder hergaben.

»*… the dark secrets of the deep swamps of New Orleans*«, ließ der Frontsänger den Refrain in einer schattigen Stimmlage ausklingen, und bevor er noch die nächste Strophe begann, zog ich mich an Keos' Schultern hoch und legte meine Lippen erneut auf seine.

25. TANZABEND IM LABYRINTH

Am nächsten Morgen stand ich einem verträumt grinsenden Schattenmann, einer stinksauren Banshee und einem ungewohnt ernsten und zurückhaltenden Dämon gegenüber. Trotz der gänzlich unterschiedlichen Gefühlsschwingungen verband sie ihr Schweigen. Seit dem gemurmelten »Guten Morgen« hatte keiner mehr etwas gesagt. Und das war vor über vierzig Minuten gewesen.

»Okay. Was haltet ihr davon, wenn Lumiel und ich losgehen und uns Beignets holen?«, fragte ich. Nach einer Minute Schweigen warf ich genervt meine Arme hoch. »Oder nicht«, ergänzte ich aufgebracht.

»Vielleicht ist das keine so schlechte Idee«, murmelte Keos. »Das Training heute wird anstrengend. Eine Stärkung davor kann nur von Vorteil sein.«

»Gut«, presste ich hervor und musterte ihn böse an.

»Gut«, antwortete er und sah mich dabei mit einem fast schon wütenden Blick an. Als hätte ich etwas falsch gemacht. Ich biss mir trotzig auf die Unterlippe. Sollten er und seine Launen doch bleiben, wo der Pfeffer wuchs.

Keos folgte der Bewegung und schaute nun meine Lippe funkelnd an. Was mir ein schnaubendes Lachen entlockte. Meine Lippen konnten nun wirklich nichts dafür, dass er heute offensichtlich mit dem falschen Fuß aufgestanden war.

»Komm, Lumiel.« Ohne auf meine Freundin zu warten, schnappte ich mir meine Brieftasche und meine Schlüssel vom Tisch und marschierte durch den Flur. Als ich hinter mir die Tür zuknallen hörte, wusste ich, dass sie mir folgte. Wortlos. Wir ließen die Bibliothek und die breiten steinernen Stufen zu ihr hinter uns. Erst als wir außer Sichtweite des Gebäudes waren, atmeten wir beide geräuschvoll durch. Es dauerte gar nicht lang, bis die Worte nur so aus Lumiel heraussprudelten.

»Irgendetwas … Ich weiß auch nicht, aber irgendetwas hat sich zwischen uns verändert. Eigentlich ist mir das schon vor einer ganzen Weile aufgefallen. Und jetzt kann ich nicht dabei zusehen, wie er mit jemand anderem tanzt.« Sie schaute zur Seite und verlangsamte ihre Schritte.

»Liebst du Nec?«, fragte ich.

»Natürlich.«

»Nein, Lumiel. Ich meine *liebst* du Necdet?«

Lumiel blieb stehen und als ich es ihr gleichtat, sah sie mich zornig an. Ihre Augen blitzten gefährlich, und ihre ohnehin markanten Züge traten noch schärfer hervor. Oh, da hatte es aber jemanden mit voller Wucht und unwiderruflich erwischt.

»Was redest du da für einen Blödsinn? Wir reden von Nec. Necdet, dem alles zu schnell, zu gefährlich, zu unsicher ist. Necdet, der …«

»Der dich zum Lachen bringt?«, half ich ihr aus. »Der für dich alle möglichen Regeln der Schattenwelt gebrochen und dich zurückgebracht hat?«

Lumiels finsterer Blick lichtete sich.

»Necdet, der immer da ist, wenn du ihn brauchst?«

Ihre Augen wurden größer.

»Der hübsche, sexy Schattenmann, der unfassbar mächtig, aber auch lieb, loyal und lustig ist. Der Nec?«

»Schon gut. Sei still.« Lumiel presste sich beide Handflächen auf die Augen, warf ihren Kopf in den Nacken und stöhnte frustriert auf. »Ich habe ihn geküsst«, gestand sie dann wie aus dem Nichts. Aus dem knurrenden, wütenden Ton war eine weiche Stimmlage geworden. Sie klang verletzlich, fast schon schüchtern. »Gestern. Ich bin, ohne nachzudenken, auf die Tanzfläche gestürmt und habe Anouk weggeschickt.«

Oh.

»Ich habe ihn geküsst.«

»Und dann?«, fragte ich atemlos.

»Ja dann … dann habe mich umgedreht, bin abgehauen und habe Nec stehen gelassen. Ohne ein Wort.«

Jetzt verstand ich die seltsame Schwingung, die heute bei uns herrschte. Zumindest bei der einen Hälfte unserer kleinen Gruppe. Necdets verträumtes Lächeln, weil er wusste, was in Lumiel vorging. Und ihre Wut, weil sie keine Ahnung hatte.

»Ich habe Keos geküsst«, warf ich plötzlich ein.

»Was?«, rief Lumiel, mehr als das sie fragte.

»Also zuerst hat er mich geküsst. Aber dann habe ich ihn geküsst.«

Lumiel starrte mich fassungslos an.

Ich zuckte nur mit den Schultern und presste meine Lippen zusammen. »Nur schaut er mich heute so gut wie gar nicht an. Und wenn, dann mit diesem kühlen, undurchschaubaren Blick.«

»Necdet schaut mich ständig an. Ständig. Und er lächelt dabei so dämlich vor sich hin.«

»Diese Blödmänner«, schnaubten wir beide gleichzeitig und stapften weiter Richtung *Café du Monde*. Die Wut umhüllte uns wie eine kleine Glocke.

Das Café war für die fettigen, gezuckerten Krapfen

weit über die Grenzen Louisianas berühmt. Doch wir hatten Glück. An diesem Morgen war verhältnismäßig wenig los.

»Wen haben wir denn da?«, erklang eine mir bekannte Stimme hinter uns. »Schau nur, Xavier. Die Versagerschlampen.«

Lumiel und ich drehten uns um.

»Eti.« Meine Freundin spie ihm ihren ganz persönlichen Spitznamen für ihn entgegen und nickte meinem Cousin zu. »Widerling«, wand sie sich an Xavier.

Etienne mahlte wütend mit den Zähnen. »Wo habt ihr denn den Hosenscheißer gelassen? Versteckt er sich auf der Toilette, weil ihn ein böses, böses Beignet anfallen und mit Puderzucker bewerfen könnte?«

Ich biss die Zähne zusammen. Dieser Idiot und sein gruseliger Freund hatten mir gerade noch gefehlt. Die Wut in meinem Bauch ballte sich zu einem brennenden Knoten.

»Oh, Necdet ist nicht mitgekommen. Der spielt gerade mit einem ranghohen Dämon«, gab ich wahrheitsgetreu zurück. Wohlwissend, dass sie mir kein Wort glaubten.

Etienne und Xavier grinsten sich, wie erwartet, feixend an. »Ja. Klar. Wartet der kleine Angsthase zu Hause auf Mami und Papi? Bringt ihr ihm gleich seine lauwarme Milch?«, fragte Etienne spottend.

»Zunächst mal zieht der Spruch nicht, weil wir zwei Frauen sind, du Blindgänger. Und wenn ich mich recht erinnere, seid *ihr* das letzte Mal doch mit eingezogenen Schwänzen vor dem *Angsthasen* geflohen. Zu was macht euch das dann bloß?« Lumiel baute sich breitbeinig vor Etienne auf und stemmte ihre Hände in die Hüften.

Dieser funkelte sie böse an. »Du hast recht, der

Spruch funktioniert so nicht. Aber Frauen sehe ich hier keine, ihr Würmer. Und bevor ich vor dem kleinen Nec meinen Schwanz einziehe, muss schon so einiges passieren.«

»Hallo, Taleyi.« Überrascht schauten wir alle zu der Person, die sich zu uns gesellte. Guidry nahm den Platz zwischen mir und Xavier ein und füllte so den Raum zwischen uns aus. Er schien absolut nichts von der angespannten Stimmung zu bemerken, denn er nickte uns nach der Reihe vollkommen unbedarft und freundlich zu.

Xaviers Blick streifte den alten Mann kaum. Als wäre er gar nicht da. Etienne starrte den Waldgeist fassungslos an, als könnte er nicht glauben, dass sich das Männchen tatsächlich in unsere Angelegenheiten einmischte. Waldgeister waren vielleicht keine mächtigen Elementarmagier oder Voodoo-Priester, wie die Houngan oder Bocor. Doch sie waren für das Gleichgewicht der Welt und der Magie unersetzlich. Genauso wie Banshees oder Wicca. In Etiennes Augen trat dennoch ein verächtlicher Ausdruck.

»Hallo, Guidry«, grüßte ich schnell und suchte nach einer Entschuldigung, um den alten Mann zu seinem eigenen Schutz abzuwimmeln.

»Was willst du denn hier? Verschwinde.« In Etiennes Worten schwang Grausamkeit mit. Eine Grausamkeit, die ich bei der magischen Gemeinschaft leider viel zu oft wahrnahm und keinerlei mehr Worte bedurfte.

Guidry zog seine Unterlippe zwischen die Zähne und blickte unsicher zu Boden. Dann richtete er sich auf und lächelte freundlich in die Runde. »Ich wollte nicht stören. Taleyi. Lumiel.« Er verneigte sich leicht. »Bis bald. Gib auf dich acht, Mädchen«, flüsterte er, bevor er an seinem Stock gestützt weiterging. Immer wieder drehte er sich zu uns um und schien dabei etwas vor sich hinzumurmeln.

»Du bist so ein Arschloch, Etienne«, fuhr ich meinen Cousin an.

Er lachte und stieß Xavier an der Schulter. »Hast du etwa Mitleid mit der Waldmade?«

»Was wundert es dich?«, fragte Xavier an seinen Freund gewandt.

Noch bevor ich etwas erwidern konnte, kam ein Kellner vorsichtig lächelnd auf uns zu und reichte mir eine große Papiertüte. Ich bedankte mich, was er allerdings kaum zur Kenntnis nahm. Seine ganze Aufmerksamkeit galt meinem Cousin.

»Bitte nehmen Sie Platz. Ich schicke Ihnen sofort eine Kellnerin.«

Etienne schaute den jungen Mann an, als wäre er ein Käfer unter seiner Fußsohle. Und während Lumiel eine Braue hochzog und meinen Cousin in Grund und Boden starrte, behielt ich Xavier im Auge. Der treueste Anhänger und beste Freund meines Cousins glotzte mich aus seinen mitternachtsblauen Augen an. Dabei spielte er bedrohlich mit drei Nadeln, die er ständig bei sich zu haben schien. Der Voodoo-Priester mit dem offensichtlichen Hang zu Voodoo-Puppen trug eine Bösartigkeit in sich, die mir Angst machte.

»Im Ernst. Eure wertlose Anwesenheit reicht schon, um mir die …«

»Etienne. Xavier«, wurde mein Cousin von einem imposanten Mann unterbrochen, der selbstsicher und energisch auf uns zuschritt. Als seine goldbraunen Iriden auf mich trafen, stockte das einstudierte Lächeln.

»Taleyi«, grüßte er mich steif und umklammerte den altmodischen Gehstock, der direkt aus einem alten

James Bond Film stammen könnte.

»Onk … Lafayette«, gab ich ebenso hölzern zurück.

»Solltest du nicht deinen Aufgaben nachgehen, Taleyi? Was machst du hier?«, fragte Lafayette Dubolouis mit deutlichem Missfallen in der Stimme. Er schien sich alles andere als zu freuen, dass er mich hier traf.

Ich hob die Papiertüte. Doch Lafayette sah zuerst abwartend auf meine Hand und dann wieder in mein Gesicht.

»Wir haben uns Beignets geholt«, murmelte ich, ohne den leisesten Versuch zu verbergen, wie überflüssig ich diese Erklärung fand. »Und jetzt gehe ich zurück.«

»Gut«, murmelte er. »Das ist gut.«

Ich hatte mich schon abgewandt, da fuhr ich wieder herum. »Stimmt es, dass es auf der ganzen Welt unerklärliche magische Vorkommnisse gibt?« Die Frage schoss aus mir heraus.

Lafayette hob abrupt sein Kinn. »Taleyi«, spie er meinen Namen mahnend aus. »Zum einen braucht dich dieser Umstand nicht zu kümmern, zumal er auch etwas deine Kompetenzen übersteigert, nicht wahr?« Er schaute sich aufgebracht um. Sein Schnurrbart zitterte regelrecht. »Zum anderen bespricht man so prekäre Dinge nicht in einem öffentlichen Café. Du enttäuschst mich.« Das *wieder einmal* musste er nicht laut sagen. Es schrie mir förmlich entgegen. Ohne einen weiteren Blick schritt er davon.

»Etienne«, bellte er kurz darauf und mein Cousin grinste abfällig.

»Mach's gut, Abschaum«, flüsterte er giftig. Anscheinend vertrauten ihm seine Eltern doch nicht so sehr, dass sie ihn über die unheimlichen Vorkommnisse der letzten Zeit aufklärten.

Xaviers hasserfüllten Blick spürte ich im Rücken, bis die Tür des Cafés hinter uns zufiel und uns abschirmte.

»Ich habe mich in Necdet verliebt«, flüsterte Lumiel fassungslos neben mir, als wir auf den Bürgersteig traten. Sie schirmte ihre Augen gegen die Sonne ab.

»Ich weiß.« Mit meiner freien Hand tätschelte ich ihre Schulter. »Ich weiß.«

»Ich hasse deine Familie«, fluchte sie, als wir weitergingen und in die nächste Gasse einbogen.

»Ich weiß.«

✧ ✧ ✧

Eine gute Stunde später öffnete Keos Lumiel und Nec die Tür zum *Boxring*. Mit mir hatte er heute andere Pläne, wie er eben erklärt hatte.

»Was …?«, setzte ich an, brach die Frage dann aber wieder ab, als wir vor der Geheimtür hielten. »Warte … Gehen wir in das Labyrinth?«, fragte ich.

»Ja.« Keos war mir gegenüber immer noch unterkühlt, doch er war längst nicht mehr so wütend.

Im Gegenteil, ich hatte ihn vorhin über Beignets und Kaffee dabei erwischt, wie er mich mit einem enttäuschten Ausdruck gemustert hatte. Als er bemerkt hatte, dass ich ihn beim Starren beobachtete, hatte er sich abgewandt und seine gesamte Aufmerksamkeit den leckeren Krapfen gewidmet. So sehr ich mir auch den Kopf zermarterte, kam ich nicht darauf, weshalb er enttäuscht sein sollte. Deshalb beließ ich es dabei. Vorerst. Wir hatten alle unsere Launen und mal einen schlechten Tag.

Ich tastete nach dem versteckten Hebel und öffnete die Wand. »Und was machen wir da unten?« Ich begann langsam die Treppe hinabzusteigen.

»Trainieren, Liebes. Trainieren.« Seine Stimme klang resigniert, und ich hoffte, dass wir die Schlechtwetterfront aus seiner Richtung überwunden hatten. Mit einem wütenden Keos zu trainieren stellte ich mir alles andere als angenehm vor.

Schweigend setzten wir unseren Weg fort. Als wir unten ankamen, drehte ich mich um und mir stockte der Atem. Da hatte ich mich wohl zu früh gefreut. Vor mir stand Keos. Der Chaos-Dämon der höchsten Riege. Seine Essenz floss dunkel über mich hinweg. Wie immer strich sie elektrisierend über meine Haut und versuchte, mich einzunehmen. Aus Keos'seinen Augen leuchtete schiere Macht. Seine Lippen verzogen sich zu einem Grinsen. Einem dämonischen Grinsen. Die feinen Härchen in meinem Nacken stellten sich auf und ein Schauder lief mir das Rückgrat hinab. Ich war mir nur nicht sicher, ob aus Furcht oder weil ich noch niemals etwas Vergleichbares gesehen hatte. Er war schaurig. Schön. Mächtig und so düster. Verdammter Keos.

»Vielleicht schaffst du es ja, deine Magie zu nutzen, wenn es ernst wird.« Ein unheilvoller und gefährlich klingender Ton schwang in seinen Worten mit.

»E-Ernst?«, fragte ich mit bebender Stimme.

»Ja. Ernst.« Seine Augen blitzten auf und sein Lächeln wurde böse. Er sah wunderschön aus. Wunderschön, sexy und gefährlich. Durch meine Adern floss prickelndes Adrenalin.

Ich machte, ohne nachzudenken, einen kleinen Schritt nach hinten. O verdammt.

Keos lachte leise. »Ich gebe dir einen Vorsprung«, raunte er und ließ seine Macht drohend über mich hinwegstreichen. »Lauf. Lauf und versuch, deine Magie zu greifen. Denn andernfalls hast du keine Chance, Liebes.«

Ich leckte mir über die Lippe und versuchte, einen Ausweg zu finden. Tja. Es gab keinen. Keos stand direkt vor der Treppe. Ich drehte mich um und begann davonzulaufen. Vorbei an Türen und Fackeln. Immer wieder bog ich in einen Gang ab und rannte tiefer in das Labyrinth. Ich hörte nichts, außer meinen eigenen keuchenden Atem und den Widerhall meiner Schritte. Das machte mir mehr Angst, als wenn ich Keos direkt hinter mir gewusst hätte.

Irgendwann blieb ich stehen. Ich schloss meine Augen, versuchte mich auf mich, auf mein Inneres zu konzentrieren.

»Bereit? Ich komme.« Keos' Stimme floss durch die Flure wie dunkler Samt. Verzweifelt grub ich tiefer, schneller. Komm schon. Bitte.

Ich spürte ihn näherkommen. Seine Essenz begann die Luft um mich herum einzunehmen. Es war ein Spiel. Ein gefährliches, aufregendes Spiel. Und er hatte mich einfach zur zweiten Figur darin bestimmt.

»Beeil dich lieber, Taleyi.« Keos' Raunen jagte mir einen Schauder über den Rücken. Ich versuchte, Ruhe zu bewahren und meine Aufmerksamkeit wieder in meinen Geist zu richten, wo ich beim letzten Mal meine Magie gefunden hatte. Doch ich fand sie nicht.

»Komm schon«, flüsterte ich zu mir selbst. Ich spürte, wie mir der Schweiß auf die Stirn trat. »Komm schon«, knurrte ich nochmal leise.

Ich wusste, dass Keos mir nicht wehtun würde. Nicht wirklich. Aber ich war mir sicher, dass er mich dieses Mal nicht einfach so davonkommen lassen würde.

»Komm scho …« begann ich frustriert aufschreiend. Aber da war nichts. Nicht einmal den kleinsten Hauch meiner magischen Essenz konnte ich spüren. Nichts.

»Die Zeit rinnt dir durch die Finger, Liebes.«

Ein letztes Mal schloss ich die Augen und atmete durch. Doch ich fand weder grünes Licht noch die kleinste Spur von Magie in meinem Geist. Dann würde ich mich wohl auf die herkömmliche Art verteidigen. Und Angriff war bekanntlich die beste Verteidigung. Anstatt weiter in das Labyrinth zu flüchten, drehte ich mich in die Richtung, aus der ich gekommen war.

»Oha. Was haben wir denn da? Hast du dich endlich entschieden, mit mehr Einsatz ins Spiel einzusteigen?« Keos' Augen leuchteten auf, als ich ihm entgegenkam.

Seine Magie strömte auf mich zu. Plötzlich kam es mir gar nicht mehr so klug vor, ihn konfrontiert zu haben.

»Ähm, ich hätte doch gern noch einen Moment.« Einen Moment, um meine Magie anzurufen oder wegzulaufen oder mir eine gute Taktik zu überlegen.

»Nein«, unterbrach er mich. Er ging vollkommen in seinem dämonischen Sein auf. »Ich habe keine Lust mehr, zu warten. Nicht mehr. Ich habe lange genug gewartet.«

Ich wich einen weiteren Schritt zurück und stieß mit dem Rücken an die kalte Backsteinmauer. Nicht aus Angst. Es war eher eine unbewusste Reaktion meines Körpers. Diese wilde Seite des Dämons faszinierte mich.

»Ich war geduldig. Ich war sogar sehr geduldig. Findest du nicht auch, Liebes?«

»Ich weiß nicht, was du mir damit sagen möchtest, aber ich …«, setzte ich an und kam ins Stocken, als Keos finster auflachte. Die Härchen an meinen Armen stellten sich auf.

»Keine Magie?« Der Dämon schlenderte gemächlich auf mich zu. Allerdings wusste ich, dass er nur Sekunden brauchen würde, um zu einer gefährlichen Waffe zu werden.

Ich schüttelte den Kopf und erwartete fast schon ein enttäuschtes Seufzen. Weil ich den Anforderungen nicht genügte.

Er zuckte nur gelassen mit den Schultern. »Gleiche fehlende magische Macht mit deinem Körper und deinem Verstand aus. Du hattest keinen Zugriff auf aktive Magie und dennoch hast du einen mächtigen Succubus fesseln können. Du hast dich gegen Qorxu behauptet und dich aus seiner Welt befreit. Ganz ohne magische Hilfestellung.«

»Da war eine Menge Glück dabei«, entgegnete ich.

»Wie bei jedem Kampf. Ein wenig Glück kann das Zünglein an der Waage sein.«

Ich hob eine Augenbraue. »Auch bei dem mächtigen Keos?«

»Natürlich«, gab er sofort unumwunden zu. »Allerdings wettet Fortuna nicht gern gegen mich. Denn es bräuchte schon ein wirklich schweres Zünglein, um mich zu Fall zu bringen.«

Diese arrogante Antwort brachte mich zum Schnauben.

Allerdings hatte ich die Ehrlichkeit aus dem ersten Teil seiner Antwort herausgehört. Und es stimmte. Glück gehörte eben auch dazu.

»Bist du bereit für einen kleinen, wilden …« Keos sah mich vielsagend an. »Tanz?«

Ich wusste sehr wohl, dass die Frage metaphorisch gemeint war. Als hätte ich die Wahl, Nein zu sagen. Allerdings hatte mich seine kleine Ansprache motiviert. Wenn es eine Chance gäbe, den Kreaturen die Stirn zu bieten, selbst wenn meine Macht passiver Natur war, wollte ich diese auch ergreifen.

»Na dann«, meine Lippen verzogen sich zu einem zuckersüßen Lächeln, »fordere mich auf, wie es sich gehört.«

Keos' Augen weiteten sich überrascht. Er erwiderte mein Grinsen.

»Ist heute doch Damenwahl?«, wollte ich herausfordernd wissen.

Gerade stand er noch vor mir. Mit blitzenden Augen, einem verruchten Lächeln und dann lag ich auf dem Boden und sah zur Decke hoch. Eine Millisekunde bevor Schmerz durch meine gesamte Rückseite fuhr, setzte ich mich ätzend auf.

»Autsch«, murrte ich.

»Du musst schon mithalten, Liebes.«

Ich erhob mich und rieb mir den Hintern. Und vermisste dabei die Matten aus dem *Boxring*. Verblüfft sah ich mich um. Der verdammte Dämon war weit und breit nicht zu sehen. Genaugenommen war da gar nichts, dass auf ihn oder seinen Verbleib hinwies. Kein Schatten, keine Essenz, kein Ton.

Plötzlich spürte ich, wie sich seine Magie näherte. Wie *er* sich näherte. Die aufgeladene, dunkle Essenz kam schnell auf mich zu. Zu schnell. Ich wusste genau, was ich zu tun hatte. Keos selbst hatte mich trainiert und mir eingebläut, rasch zu reagieren. Ich fuhr herum, tauchte unter ihm hinweg und sprang nach vorn. Das alles passierte so rasant, dass mein Verstand kaum mitkam. Schwungvoll fuhr ich zu ihm herum.

Keos leckte sich über die Unterlippe. »Sehr gut.« Er klang stolz. Ein freches Funkeln trat in seine Augen. »Darf ich bitten?«

26. ICH KÖNNTE GANZ NEW ORLEANS MIT STROM VERSORGEN

Immer wieder griff Keos an. Meine ganze Konzentration war darauf gerichtet, seinen Attacken auszuweichen und auf einen Moment zum Gegenschlag zu warten. Dennoch fiel mir auf, dass er meine Oberarme tunlichst mied, sie nicht einmal sanft streifte. Sie waren noch verbunden, aber die Wunden heilten dank der Salben und Tinkturen gut.

Ich sprang zur Seite, als Keos wieder auf mich zustürmte und wirbelte sofort zu ihm herum. Der Dämon drehte sich ebenfalls, sein Blick dunkel und lodernd. Auch wenn er in den Kämpfen meist herablassend gewirkt hatte, durfte ich mich davon nicht täuschen lassen. Er war hochkonzentriert. Bei jeder einzelnen Konfrontation, ja selbst beim Training mit uns. Wir begannen uns langsam zu umkreisen. Ich hob meine Arme in eine Abwehrstellung vor meine Mitte, ballte die Fäuste und achtete auf jede noch so kleine Regung meines Gegenübers. Als Keos sein Gewicht auf das andere Bein verlagerte, sich abstieß und auf mich zustürmte, hielt ich den Atem an. In einer fließenden Bewegung duckte ich mich unter ihm hinweg und drehte mich um, sodass ich ihn im Auge behielt. Er war schnell, setzte aber nicht sein gesamtes Können gegen mich ein. Mit einem schiefen Grinsen begann er mich erneut zu umkreisen und ich folgte seinen Schritten. Unser Kampf glich tatsächlich einem Tanz – einem gleichermaßen gefährlichen wie verspielten. Es hatte etwas Verführendes an sich. Aber ein falscher Schritt hieß, dass ich zu Boden ging. Und auch wenn die Anspannung um uns herum so dicht war, dass ich sie mit einem Messer hätte durchschneiden können, genoss ich es. Keos forderte mich heraus, er trieb mich an über meine Grenzen zu gehen. Und er zeigte mir, dass ich nicht hilflos sein musste. *Dass ich nicht hilflos war.*

Ja, unser *Tanz* war gefährlich. Wild. Unzähmbar. Und wunderschön.

Erneut griff mich der Dämon frontal an. Gleichzeitig beschloss ich einen Schulterwurf zu wagen. Ich verlagerte mein Gewicht nach hinten, um mich in Position zu bringen, als sein leises, sexy Lachen an mein Ohr drang. Ruckartig wandte ich den Kopf und flog, wie im freien Fall mit einer solchen Wucht durch die Luft, dass ich die Augen fest zusammenkniff. Kurz bevor das Aufeinandertreffen mit einem Hindernis unausweichlich war, spürte ich Arme, die sich um mich schlossen. Hart und sanft zugleich.

Als sowohl mein Körper als auch mein Verstand endlich begriffen hatten, dass es keine heftige Landung geben würden, atmete ich zitternd aus. Der Nebel in meinem Kopf lichtete sich nur langsam und erst als sich meine Muskeln nicht mehr taub anfühlten, nahm ich ein seltsames Geräusch wahr. Es klang wie eine Trommel. Ein Hämmern. Ein Klopfen wie ein Herzschlag. Stark und beständig und doch wild und frei.

»Da habe ich wohl ein bisschen übertrieben«. Seine Lippen lagen an meinem Ohr und so strich mir ein sanftes Murmeln über die Haut.

Ich starrte ihn an.

Ein bisschen?

Er hatte mich durch die Gegend geschleudert, als wäre ich eine verdammte Stoffpuppe. Er hätte mich töten können. Er hätte … aber er hatte nicht. Keos hatte meinen Aufprall abgefangen. Er stand zwischen mir und der Mauer, auf die ich mit voller Wucht zugeflogen war. Gegen alle Vernunft brach ein Lachen aus mir heraus. Ich warf den Kopf in den Nacken und lachte ungehemmt und frei. Was auch immer das gerade gewesen war … ich hatte mich noch nie so entfesselt und lebendig gefühlt. So mächtig.

»Das war gut«, raunte Keos mir zu.

»Ja.«

Unsere Lippen kamen sich näher. Am liebsten hätte ich den Abstand sofort überbrückt. Seine Mundwinkel zuckten verräterisch, als könnte er meine Gedanken lesen.

»Ach verdammt noch mal«, fluchte ich und hob mich auf die Zehenspitzen. Genau in diesem Moment neigte Keos seinen Kopf ein wenig tiefer und unsere Münder trafen sich. Da war kein sanftes Erkunden. Kein leises Verführen. Es war, als fochten wir den Kampf von eben weiter aus. Begierig drängte ich mich näher an ihn und als er mich herumwirbelte und mich gegen die Mauer drückte, die sich hinter uns befand, stöhnte ich leise auf. Sein Körper presste sich an mich und ich grub meine Nägel in seine Schultern. Es war zu wenig. Es war immer noch zu wenig. Würde es jemals genug sein?

»Taleyi«, flüsterte Keos zwischen zwei Küssen und aus ihm sprach das gleiche verzweifelte Verlangen, das auch in mir schwelte.

Die Begierde und der Akzent, den er in meinen Namen legte, brachten mich fast um den Verstand. Ich vergrub meine Hände in seinen Haaren und zog ihn noch näher. Die Anspannung zwischen uns, um uns herum war beinahe greifbar. Ich fühlte mich aufgeladen und je näher wir uns kamen, je mehr er mir von sich gab, von seinem Geschmack, von seinem Duft – desto elektrisierender rauschte die Spannung durch mich hindurch. Keos legte eine Hand an meine Hüfte und dann stutzte er plötzlich. »Taleyi, warte. Wir sollten nicht … Wir müssen …«

Seine Stimme klang rau und tief. Ich atmete unregelmäßig, wobei ein leichtes Zittern meinen Körper erfasste. Dann drückte ich meine Hände sanft gegen seine Brust und öffnete die Augen. Ich überging meine brennende Sehnsucht und versuchte die Begierde, die in mir tobte, abzuschütteln.

»Du hast recht.«

»Nein. Ich meine … ich habe so lange …« Keos ballte eine Hand an der Mauer zur Faust und schaute mich dann mit einem heiß lodernden Blick an. Es war das erste Mal, dass er in meiner Gegenwart um Worte rang.

»Schon gut. Du musst es nicht erklären.« Ich bemühte mich um einen neutralen Ton und zwang mich zu einem verkrampften Lächeln. Hinter meinen Lidern brannte es verdächtig. Tja, Zurückweisungen waren niemals leicht. Selbst dann nicht, wenn sie von einem Chaosdämon kamen. Ich traute mir in seiner Gegenwart selbst nicht. Also tauchte ich unter seinem rechten Arm hinweg.

»Taleyi, warte«, rief er und griff nach meinem Handgelenk. Ich drehte mich um und sah ihn an. Keos' Blick glitt zu meinen Lippen. Er fuhr sich mit der Zungenspitze über die Unterlippe und sah mir dann wieder in die Augen.

»Was war *das* eigentlich?«, fragte ich leise und deutete eine Handbewegung an, die das Gewölbe um uns einschloss, als Keos nichts mehr sagte. »Was hattest du vor?«

»Ich dachte, dass du unter Stress instinktiv deine Macht aufrufen kannst.« Er zuckte seine Schultern. »Das hat nicht funktioniert.«

»Ach.« Ich lachte einmal hart auf. »Was, wenn sie nicht aktiv genutzt werden kann. Was bringt dich auf die Idee, dass meine passive Gabe, plötzlich … mehr kann?«

Keos öffnete seinen Mund und es schien, als würde ein ganzer Schwall an Worten darauf warten, ausgesprochen zu werden. Dann schaute er zur Seite und zuckte die Achseln. »Ich *weiß* es nicht. Aber wir sollten es nicht ausschließen, ohne sicher zu sein.« Sein Blick wanderte zu mir zurück. Plötzlich wirkte er distanziert. »Wir können alles brauchen, was uns zur Verfügung steht, oder nicht?«

Er hatte recht. Aber trotzdem …

»Verarsch mich nicht, Keos. Meine Gabe ist nicht mächtig oder aktiver Natur. Ich wurde von der Gemeinschaft geprüft.«

Er zog eine Augenbraue nach oben. »O ja. Die Gemeinschaft. Du meinst diese extrem scharfsinnige Gruppierung, die nicht einmal bemerkt, dass die Siegel hier unten nicht mehr intakt sind? Die nicht in der Lage ist, eins und eins zusammenzuzählen und einen Zusammenhang in deinen Warnungen und den sonderbaren Vorkommnissen auf der Welt zu erkennen? Redest du von diesen hellgeistigen Geschöpfen?«

Mittlerweile häuften sich die Katastrophen, unerklärliche Phänomene und seltsame Sichtungen tatsächlich. Selbst die unwissendsten Menschen sprachen immer öfter von dunklen Mächten.

Ich wollte aus alten Gewohnheiten heraus etwas erwidern, die Gemeinschaft in Schutz nehmen, bremste mich dann aber. Was sollte ich darauf entgegnen? Denn was die Siegel anging, traf er den Nagel auf den Kopf. Nur was meine Macht anging, lag er meilenweit daneben.

»Komm schon, Keos«, schnaubte ich ungläubig. »Ich habe ab und zu ein winzig kleines Bauchgefühl. Ich ahne dann und wann Dinge voraus oder weiß, wo ich etwas finde. Aber das war's.«

Er schaute mich fest an. In seinem dunklen Blick erkannte ich, dass er mit sich rang. Seine Kiefer mahlten, bevor er laut und wütend knurrte.

»Okay«, erwiderte er hart und trat an mir vorbei.

»Lass uns deine Freunde aus dem *Boxring* holen, bevor sie sich Sorgen um dich machen … oder übereinander herfallen.«

Ich schaute ihm fassungslos nach. Hatte er mir nicht gerade noch etwas sagen wollen? Hatte ich mir diesen Zwiespalt in seinen Augen nur eingebildet?

»Kommst du?« Keos blickte über seine Schulter. Als sich unsere Blicke trafen, zwinkerte er mir zu. »Oder möchtest du doch noch ein Tänzchen wagen?«

Dieser verdammte Arsch wusste genau, was er mit mir anrichtete. Sein leises Lachen prickelte auf meiner Haut.

Ich ballte meine Hände, grub meine kurzen Fingernägel in die Handflächen und funkelte ihn böse an. »Nein, danke«, erwiderte ich kühl und ignorierte die Schmetterlinge in meinem Bauch.

Ich eilte hocherhobenen Hauptes und mit gestrecktem Rücken an Keos vorbei in Richtung Treppe. Sein leises Lachen folgte mir. Als der Dämon die Tür zum *Boxring* öffnete, standen sich Lumiel und Necdet gerade gegenüber. Beide fuhren aus ihren Angriffspositionen hoch, als sie uns bemerkten. Sie waren vom Training verschwitzt und außer Atem. Die Anspannung, die den gesamten Raum ausfüllte, erinnerte mich stark an das zischende Knistern, das zwischen Keos und mir schwelte.

Lumiel drehte sich zu uns um. Die brodelnde Wut in ihrem Blick verrauchte, als sie mich sah. Ihre Augen wurden groß. Kurz schweifte der Blick über meine Schulter zu dem Chaosdämon, dann grinste sie mich wissend an. Aus irgendeinem Grund gab mir das den Rest. Ich ertrug sie nicht mehr um mich. Nicht Nec, nicht Lumiel und erst recht nicht den Chaosdämon selbst.

»Ich gehe zuerst duschen«, rief ich und marschierte, ohne eine Antwort abzuwarten, davon. Im Badezimmer schleuderte ich die Klamotten von mir, wickelte schnell die Verbände ab und stellte mich unter den eiskalten Wasserstrahl meiner Dusche. Ich musste seinen Geruch loswerden. Ich konnte keinen klaren Gedanken fassen, solange er überall auf mir haftete. Energisch langte ich zur Ablage und tastete nach dem Duschgel. Meine Hand griff ins Leere. Frustriert betrachtete ich das kleine Regal, auf dem sich nicht ein einziges der bunten Fläschchen befand.

»Lumiel«, schrie ich nach draußen. »Du warst doch mit dem Einkaufen dran! Wo hast du das Duschgel hingestellt?«

Alles blieb still. Leise grummelnd drehte ich das Wasser ab und wickelte mir ein Handtuch um, trat durch den Perlenvorhang und rannte direkt in eine muskulöse, schwarze Wand. Am liebsten hätte ich laut aufgeschrien. Das durfte doch nicht wahr sein. Keos schaute auf mich hinab. In seiner rechten Hand hielt er zwei bunte Flaschen. Duschgel und Shampoo.

»Hier«, raunte er heiser und streckte sie mir hin. Die Spannung zwischen uns wuchs, obwohl ich das nicht für möglich gehalten hatte, noch an.

Mein Blick wanderte ohne mein Zutun von den Flacons über seine Hände und Arme. Sie folgten den tiefschwarzen Linien auf dem warmen, goldenen Hautton. Die Muskeln seiner Oberarme spannten sich an, als mein Blick langsam auch über sie hinweg glitt.

»Alles in Ordnung?«, ertönte es plötzlich laut. Lumiel stand in der Eingangstür und schaute von Keos zu mir. Als sie die Flaschen bemerkte, schüttelte sie den Kopf. »Was stellt ihr denn mit dem Duschgel an? Trinkt ihr das? Ich habe doch erst gestern Abend zwei Stück in die Dusche gestellt.«

Ich zwang mich, meinen Blick auf meine Freundin gerichtet zu halten. »Da … Es … Das Regal war leer«, stammelte ich. »Ach egal«, warf ich schnell hinterher, riss Keos die Flacons aus der Hand und eilte zurück ins Bad. Als die Perlen hinter mir nicht mehr hin und her schwangen, lehnte ich mich an die Wand daneben. Ich schloss die Augen und richtete meinen Blick zur Decke.

Ich musste aufhören, meine Gedanken von einem bestimmten Dämon einnehmen zu lassen. Wir hatten genug Probleme. Wer wusste schon, wann die nächste Kreatur angriff? Oder entkam? Um meinen Vorsatz in die Tat umzusetzen, sprang ich unter die Dusche, trotz des eisigen Wassers schaffte ich es einfach nicht, den Chaosdämon aus meinem Kopf zu verbannen.

Ich stöhnte gequält auf, öffnete das Duschgel und seifte mich ein. Ich wusch Keos ab. Wieder. Und wieder. Und wieder. Bis ich das Gefühl hatte, nicht mehr bei jeder noch so kleinen Bewegung, von ihm eingehüllt zu werden.

✧ ✧ ✧

Eine halbe Stunde später saß ich im Wohnzimmer. So weit entfernt von einem gewissen Jemand mit grauen Augen und schwarzen Locken, wie es in dem kleinen Raum nur ging.

»Kann ich mir deine Brieftasche ausleihen? Ich muss meine verlegt haben«, rief Necdet aus dem Flur ins Wohnzimmer. Er war heute an der Reihe, für das Abendessen zu sorgen.

»Ja, klar«, murmelte ich gedankenverloren. Vorhin unter der Dusche war etwas wirklich Seltsames passiert. Da war plötzlich ein Bild vor meinem inneren Auge aufgeflackert, nur für den Bruchteil einer Sekunde. Aber ich war mir zu einhundert Prozent sicher, dass ich eine junge Frau mit langen, hellbraunen Haaren gesehen hatte, die mit gekreuzten Knöcheln auf einem großen grünen Ohrensessel saß. Ich konnte nur ihr Seitenprofil erkennen, doch auf der Wange zur Nase hin, verteilten sich Sommersprossen. Das weiße Sommerkleid glich einer Tunika. Sie warf ihren Kopf zurück und verfiel in ein glockenhelles, sanftes Lachen, das ihr gewelltes Haar zum Schwingen brachte. Wenn ich die Augen schloss, konnte ich das Lachen immer noch hören, während ihr Gesicht mit jeder Sekunde mehr verblasste.

War das eine Erinnerung? Ein winziges Puzzlestück meines Lebens vor dem großen Erdbeben? Oder war es nur ein Tagtraum? Ein unbeschwerter Moment, den mein Gehirn hervorrief, um den andauernden Stress zu kompensieren …

»Wo hast du sie denn?«, fragte Necdet und riss mich vollends aus meinen Gedanken.

»Auf der Ablage.«

»Da ist sie nicht«, kam es nach ein paar Sekunden zurück.

Ich schaute zum Küchentisch. Der war leer.

Kopfschüttelnd rappelte ich mich auf und schlurfte nach draußen. Das alte Ding war klein, aber bunt gemustert und nur schwer zu übersehen. Doch Necdet hatte recht. Die Ablage war leer. Verwirrt suchte ich den Boden ab. Nichts. Seltsam.

»Ich könnte schwören, dass ich sie heute Morgen hier hingelegt habe«, murmelte ich, während ich auf allen vieren unter die Kommode schaute.

Ein raschelndes Geräusch verriet mir, dass Necdet noch einmal seine Taschen abklopfte, und ich kam wieder hoch. Er zuckte nur ratlos mit den Schultern.

Lumiels Kopf erschien im Türbogen.

»Hier«, rief sie und warf Necdet ihren Geldbeutel entgegen.

Er fing ihn auf und steckte ihn in seine Hosentasche. »Wahrscheinlich haben wir sie am gleichen Ort verlegt. Morgen tauchen sie sicher wieder auf.«

Ich nickte. Eigentlich war ich nicht so schusselig wie mein bester Freund. Allerdings gab es im Moment einiges, das meine Gedanken in Anspruch nahm.

»Warte. Ich komme doch mit. Sonst vergisst du noch das Essen auf dem Tresen.« Lumiel trat schelmisch lächelnd neben Necdet. Sie tauschten einen langen Blick. Einen Blick, der eine ganze Unterhaltung mit nachfolgender Übereinkunft beinhaltete.

Die Tür fiel hinter den beiden zu und ich starrte darauf, überlegte mir gerade eine Ausrede, um nicht erneut allein mit Keos zu sein.

»Dann gehe ich mal duschen«, erklang es genau in diesem Moment hinter mir. Ich atmete auf und als ich den Wasserstrahl hörte gleich noch einmal.

Ein bisschen entspannter drehte ich mich um und

war schon fast im Wohnzimmer, als ein leises Kichern ertönte. Schnell fuhr ich herum, doch da war niemand. Ich hielt die Luft an und wartete. Lauschte. Aber da war nicht einmal das Echo eines Tons. Müde lächelnd rieb ich mir die Augen. Jetzt bildete ich mir tatsächlich schon Dinge ein. Während ich einen Schritt durch den offenen Türbogen ins Wohnzimmer machte, hörte ich es wieder. Ein erheitertes Kichern. Ich verkrampfte mich, ehe ich herumfahren konnte, erklang ein Klirren dicht gefolgt von dem Klicken einer ins Schloss fallenden Tür. In meiner Wohnung gab es genau eine Tür. Die Eingangstür.

27. WENN SICH DAS RICHTIGE FALSCH ANFÜHLT UND ES TROTZDEM GETAN WERDEN MUSS

»Hast du mich vermisst?«, ertönte eine Stimme hinter mir, die mich zusammenfahren ließ.

Scheiße.

Dann legte sich eine kühle, weiche Hand fest über meinen Mund. Ich schaffte es gerade noch, zu japsen und hoffte, dass Keos den leisen Ton gehört und als Warnung verstanden hatte.

»Pscht«, ertönte es direkt an meinem Ohr und ich spürte, wie der heiße Atem an meinem Hals entlangstrich. Wie sich dort eine Gänsehaut bildete, wie sich die Härchen an meinen Unterarmen aufstellten.

Heißes Kaminfeuer. Die Stimme war das reinste Kaminfeuer.

»Oh, Taleyi. Böse, böse Taleyi.« Der verführerische Ton strafte die Worte Lügen. Er klang nicht tadelnd. Nein. Ganz und gar nicht. Er klang erfreut, erregt und vor allem lockend. Viel zu lockend.

Ich wand mich erneut und versuchte, mich mit aller Gewalt loszureißen. Wie war das Teufelsweib nur freigekommen?

Sie lachte leise auf. »Oh, wie sehr ich deine wilde Leidenschaft vermisst habe.«

Die Dämonin der Verführungskünste drehte mich in einer einzigen, fließenden Bewegung herum, fasste zeitgleich unter mein Kinn und zwang mich, direkt in ihr Antlitz zu blicken. Die verheißungsvollen weinroten Iriden mit den schönen goldenen Sprenkeln nahmen mich gefangen.

Keos, dachte ich. Hoffentlich hörte sie ihn nicht. Es waren meine letzten klaren Gedanken, dann wurde meine Welt in Rot und Gold gehüllt. Wieder einmal.

»Und nun vollenden wir, was wir begonnen haben«, seufzte sie zufrieden.

Doch ein kleiner Teil von mir, der hinterste Winkel meines Geistes, versagte ihr den Einlass.

Die Frau lachte dunkel auf. Es klang wie Holz, das im Feuer krachte und für den Bruchteil einer Sekunde nahm ihre Magie mich vollkommen ein. Für einen Wimpernschlag war es mein größter Wunsch, ihr allein zu gehören. Dass dieses Lachen nur mir galt, und die sengende Lust zwischen uns auf ewig brannte, sich immer wieder neu entfachte und mich verschlang.

»Du bist sogar noch stärker geworden«, flüsterte sie völlig fasziniert. Ihre Augen verdunkelten sich, während sie federleicht mit ihrem langen Nagel über meine Unterlippe strich. Wie von selbst glitt mein Blick zu ihrem Mund.

»Ist er hier?«, fragte sie leise, woraufhin ich irritiert den Kopf schief legte. Wer? Von wem sprach sie?

Die goldenen Sprenkel blitzten intensiv auf.

»Keos. Ist er hier?«

Ehe ich mich bremsen konnte, nickte ich. »Er ist im Badezimmer.« Ich deutete zum Perlenvorhang, hinter dem gerade das Wasser abgestellt wurde.

Verdammt. Ich wusste, dass das ein Fehler war. Ihre Nähe schmälerte meine Selbstbeherrschung zunehmend. Ihr Geruch, ihr Feuer …

»Gut. Wenn er rauskommt, werden wir ihm eine Show bieten, die er nicht vergessen wird. Wir werden ihm sein dunkles Herzchen entzweibrechen.«

»Nein«, presste ich hervor, während sie mich enger an sich zog.

»O doch, mein Schatz.« Sie leckte sich über die Unterlippe. Als sie mich erneut küsste, erfasste mich ihr verführerischer Geschmack mit einer solchen Wucht, dass ich aufkeuchte. Der Succubus lächelte an meinem Mund und vertiefte den Kuss. Ich konnte spüren, wie mein Widerstand zerfloss. Ein Stöhnen schwappte zu mir hinüber. Das Geräusch sollte sinnlich sein. Das war es auch. Sinnlich und übelkeitserregend zugleich. Kräftig stieß ich die schöne Frau zurück. Sie taumelte und starrte mich aus großen Augen an.

»Wie ist das möglich?« Ihr klappte die Kinnlade runter, als sie verfolgte, wie ich mir mit dem Handrücken über den Mund fuhr. »Das kann nicht sein.« Ihr Blick wanderte unstet über mein Gesicht, als würde sie dort eine Antwort erwarten. »Mir kann so gut wie niemand widerstehen. Genaugenommen ist es erst ein paar Mal passiert, dass ich abgewiesen wurde.« In ihren Blick trat ein gieriges Blitzen. »Der verfluchte Chaosdämon war einer der wenigen und dafür wollte ich mich an ihm rächen. Ich wollte ihn leiden sehen. Ich wollte ihm sein Herz, seine Liebste stehlen, bevor ich ihn vernichtet hätte. Und dann wurde ich weggeschlossen.« Sie redete sich in Rage. Ihre Stimme wurde tiefer vor schwelender Wut und das Kaminfeuer verwandelte sich in gefährliche Glut, die unscheinbar glomm und doch zu einem Großbrand führen konnte.

»Und endlich, endlich war da meine Chance auf Rache. Doch du …« Sie zeigte mit dem Finger auf mich.

»Hast mich getäuscht. Wie machst du das?«

Ich öffnete meinen Mund. Schloss ihn aber wieder. Tatsächlich hatte ich keine Ahnung. Immer wenn sie mich in ihre Welt aus Lust und Sinnlichkeit, aus falscher Liebe ziehen wollte, hatte am Rand meines Bewusstseins ein Stück Wirklichkeit aufgeleuchtet. Meine Freunde und der Wunsch, ihnen zu Hilfe zu eilen. Das Wissen darum, dass meine Gefühle für die Dämonin gelogen und erzwungen waren.

»Wie? Sag mir wie!« Dieses Mal klang ihre Forderung schrill und drohend. Ich wich einen kleinen Schritt zurück und überlegte fieberhaft, wie ich jetzt vorgehen sollte. Die magische Kette war wohl keine Option mehr. Falls sie nicht längst zerstört war, würde sie nicht noch einmal auf den gleichen Trick reinfallen.

Ein leises Lachen schreckte uns beide auf. Keos stand vor dem Vorhang und musterte uns belustigt.

»Du dummer, dummer Succubus. Taleyi ist zu mächtig, um dir zu verfallen.«

Ich stieß ein kurzes hartes Lachen aus. Zu mächtig? Ich? Ja klar.

»Ich konnte sie schon einmal einfangen«, murmelte der Succubus leise. Trotzdem waren da auch Zweifel in ihrer Stimme.

»Ja? Seltsam …«, antwortete Keos und streifte mich mit seinem Blick. Ganz kurz leuchtete eine Emotion in seinen Augen auf. Stolz? Anerkennung? Respekt? Aber da lag noch was unter all den Gefühlen. Ein erwartungsvolles Harren. Als würde Keos auf etwas warten. Nur worauf? Und warum sah er mich so an?

»Weshalb steht sie dann zwei Armlängen von dir entfernt und schaut dich an, als wärst du eine fette kleine Made?«

Die Rothaarige blickte Keos fassungslos an. Ich wog ratlos meinen Kopf. Die Stimme. Besser gesagt die Stimmen. Sie hatten mich damals zur Ordnung gerufen.

Keos seufzte genervt auf. »Wie gesagt, *Succubus* …« Er spuckte das Wort fast schon verächtlich aus. »Sie ist zu mächtig. Damals und erst recht heute.«

Der Succubus schaute schnell zwischen uns hin und her, dann schrie sie vor Zorn laut auf.

»Verdammt seid ihr. Alle beide. Ich habe Rache geschworen und die werde ich bekommen. Niemand widersetzt sich mir. Hört ihr? Niemand.« Die Dämonin fauchte. »Alle erliegen mir. Schlussendlich auch ihr.«

Keos trat neben mich, während der Succubus starr zum ihm blickte. In ihren Augen blitzte pure Gier auf.

»Behalte deine Kunst für dich, Miststück. Du weißt, dass sie mich nicht erreicht«, knurrte er und bewegte sich dann rasend schnell. »Du kannst mein Herz nicht verzaubern, denn es gehört seit Jahrhunderten nicht mehr mir.« Er hielt die Dämonin ähnlich gefangen, wie sie mich vorhin. Ihr Blick lag jetzt starr auf mich gerichtet. In ihm spiegelte sich eine seltsame Mischung aus Faszination, Hunger und bodenlosem Hass. Verwirrt erwiderte ich den Blick und versuchte zu ergründen, was es war, dass den Succubus so von Keos und mir einnahm. War es wirklich nur, weil wir ihrem Bann nicht erlagen?

»Taleyi?« Keos' Stimme riss mich aus meiner Starre. »Wir müssen sie wieder nach unten bringen. Ich bin mir sicher, dass die Kette irgendwo achtlos auf dem Boden in der Nische liegt. In ihrer Rachsucht hat sie wahrscheinlich keinen Gedanken daran verschwendet.«

»Meinst du, die Kette existiert noch?« Ich schaute wieder in das Gesicht der Dämonin in Erwartung irgendeiner Reaktion, die uns eine Antwort geben würde. Doch sie starrte mich nur weiterhin durchdringend an.

Keos schüttelte seinen Kopf. »Es ist schwer, ein so mächtiges Artefakt zu zerstören. Nicht unmöglich, aber unwahrscheinlich.«

»Wie konnte sie sich bloß befreien?«

Der Chaosdämon presste seine Lippen aufeinander und schaute mich über die Dämonin hinweg an. Sie verhielt sich seltsam ruhig und stemmte sich nur halbherzig gegen den festen Griff.

»Ich fürchte, es hat ihr jemand abgenommen.« Auf seine Worte folgte Stille. Das erklärte die kaum vorhandene Gegenwehr des Succubus. Wenn derjenige sich in der Bibliothek aufhielt, rechnete sie wahrscheinlich mit seiner Hilfe.

»Eine weitere Kreatur?« Ein ungutes Gefühl flackerte in mir auf. Mussten wir wieder gegen eines der Wesen kämpfen?

Keos schaute finster zur Eingangstür. »Ich denke schon. Allerdings scheint es seine Macht extrem gut zu verschleiern. Ich spüre nichts. Aber wer sollte sonst …«

»Was, wenn es derjenige war, der die Wesen befreit. Was, wenn er einen Weg gefunden hat, unbemerkt in die Bibliothek zu kommen?«

Hinter Keos' Stirn begann es zu arbeiten. Ich konnte ihm von den Zügen ablesen, wie ein Gedanke den nächsten jagte. Er knurrte frustriert.

»Wir müssen ihr wieder die magische Fessel anlegen. Ich kann sie nicht ewig festhalten.« Er schaute mich unsicher an. »Ich weiß nicht, was in der Bibliothek lauert.« In diesem Satz lagen eine Entschuldigung, eine Warnung und eine Möglichkeit für mich, ihn im Stich zu lassen. Wenn ich sagen würde, ich bliebe hier und würde auf ihn warten … Er würde die Entscheidung nicht nur akzeptieren, er würde sie gutheißen. Doch ich würde den Teufel tun und ihn im Stich lassen.

»Gehen wir.« Meine leisen Worte klangen entschlossen und endgültig und so nickte Keos einfach.

Mit schnellen Schritten verließen wir zu dritt meine Wohnung, drängten uns die enge Treppe hinab und stürmten in die Bibliothek.

»Willst du uns nicht verraten, wer dich befreit hat?« Er zerrte die Dämonin hinter sich her durch die Gänge. Mittlerweile wehrte sie sich. Je näher wir der Nische kamen, desto verzweifelter kämpfte sie gegen den Chaosdämon an. Anscheinend verrauchte die Sicherheit, dass ihr der Befreier erneut zu Hilfe kam. Sie antwortete nicht, kreischte nur frustriert auf.

»Ah, verdammt!« Keos' Schrei ließ mich alarmiert den Kopf heben. Der Succubus stand ihm gegenüber und grinste ihn an. Dann leckte sie sich ein wenig Blut von den Fingernägeln. Überfordert trat ich neben Keos und sah, wie er sich über den Unterarm strich, den vier lange Kratzer zierten.

»Ich lass mich nicht mehr einsperren. Nie wieder.«

Plötzlich begann es um die Dämonin zu rauchen. Ich schaute auf den Boden, doch da war keine Brandquelle. Wo kam der Rauch her?

»O nein«, fluchte Keos. Er sprang vor und packte den Succubus an der Kehle. »Du bleibst schön hier.«

Sie riss die Augen auf, doch keine Sekunde später beugte sie sich vor und streifte mit den Lippen seine Wange. »Zu spät.« Ihr Hauchen klang zufrieden. Der Rauch umfing sie und dann war alles plötzlich weg. Der Rauch. Der Succubus. Keos' Hand war noch in derselben Position. Nur umgriff er lediglich Luft.

»Scheiße«, schimpfte er. »Ich hätte es ahnen müssen.« Während er sich sichtlich aufregte, stand ich nur sprachlos neben ihm und starrte auf die Stelle, an der gerade noch die rothaarige Dämonin gestanden hatte.

Keos ließ seine Hand sinken. Dann endlich erfasste auch ich die Situation. Sie war entkommen. Sie war uns entwischt.

Scheiße.

»Komm schnell. Wir müssen schauen, ob Raghba und Arenyen auch befreit wurden.« Ohne nachzudenken, rannte ich die letzten Schritte auf die Nische zu. Das Bücherregal war zur Seite geschoben worden. Keos packte mich am Handgelenk und riss mich zurück. »Vorsichtig.«

Ohne mich loszulassen, ging er voran und betrat die Nische. Mein Blick flog augenblicklich zu der Glaskugel. Ich atmete auf. Das Gefängnis war noch intakt. Ich trat näher und erkannte den gewobenen Ball, in dem die Spinnendämonin und Raghba verfangen waren.

Alles in Ordnung. Ich schaute erleichtert über meine Schulter und erstarrte in der Bewegung, als ich Keos' alarmierten Blick sah.

»Irgendetwas stimmt nicht.« Er deutete auf das Schmuckstück, das achtlos neben dem Stuhl, auf dem der Succubus gesessen hatte, auf dem Boden lag. »Wer war das?«

Ich trat zu der Stelle und bückte mich. Vorsichtig hob ich die Kette hoch und ließ sie durch meine Finger gleiten.

»Meinst du, sie hat einen Weg gefunden, sich …«

»Nein«, unterbrach er mich. »Man kann sich nicht selbst davon befreien.«

Ich runzelte die Stirn. Irgendetwas kratzte an meiner Erinnerung. An mir nagte das Gefühl, etwas vergessen zu haben. Etwas von Bedeutung. Der Succubus war ohne Vorwarnung in die Wohnung gekommen. Plötzlich hatte ich die Tür ins Schloss fallen hören und da war sie … nein … warte … ich erhob mich und fasste nach Keos' Oberarm. Sein Blick wanderte zu meiner Hand, dann zu meinen Augen.

»Da war ein Kichern«, murmelte ich nachdenklich und schaute zu dem Glasgefängnis. Es war intakt. Die beiden waren immer noch eingesperrt. Was also … »Es war fast kindlich. Ich konnte den Schabernack aus der Stimme hören.«

Ich blickte wieder in Keos' Gesicht, in Erwartung, dass er mich auslachte. Aber er betrachtete mich nachdenklich. Plötzlich wurden seine Augen größer. »Das darf doch nicht …«

Er fluchte leise und schaute sich dann in der Nische um. »Lys, komm raus.«

Ich sah mich um und wartete gespannt ab.

»Lys! Komm raus. Sofort.« Seine Stimme donnerte herrisch durch die Nische. Sonst blieb aber alles ru … Moment. Über Keos' linker Schulter begann etwas seltsam zu flackern und zu flimmern. Und mit einem leisen Puff-Geräusch erschien ein kleiner flauschiger Ball, nicht größer als eine Billardkugel, der von innen heraus in einem warmen Licht leuchtete. Er schien nur aus zwei riesigen, tellerrunden Augen zu bestehen. Sie blickten so treuherzig drein, dass selbst Hundewelpen bei dem Wesen Nachhilfe hätten nehmen können.

»Nein«, rief Keos, als ich meinen Mund öffnete. »Kein *Ach, wie süß*. Das Ding da ist eine Plage und kein niedliches Kuscheltierchen.«

Ertappt schloss ich meinen Mund wieder, während Chaos seine Hände zu Fäusten ballte und genervt seufzte.

»Das hat uns gerade noch gefehlt.«

Das Wesen neigte sich leicht zur Seite. Dabei ruderte es mit seinen kleinen Händen und Füßen.

Es schaute den Chaosdämon so traurig an, dass ich es am liebsten schützend in meine Hände genommen hätte, um es vor der unfreundlichen Welt zu bewahren.

»Taleyi. Lys mag unschuldig und niedlich aussehen und was es tut, meint es auch nicht böse. Aber seine kleinen Streiche enden zumeist in einem Desaster. Ich hätte schon bei den verschwundenen Dingen darauf kommen sollen. Es liebt, Krimskrams zu horten. Vor allem jenen, der nicht ihm gehört. Nicht wahr, du kleine, unruhestiftende Plage?«

Lys begann so schnell hin und her zu wackeln, dass es schon eher einem Vibrieren gleichkam. Es wirkte fast aufgeregt.

Ich trat einen Schritt auf das kleine Wesen zu und streckte meine Hand danach aus. Keos' Arm schoss vor und er umfasste mein Handgelenk.

»Nicht. Lys ist anders. Für Lys ist alles ein einziger großer Vergnügungspark. Leben. Existenzen. Das hat für dieses Wesen keinerlei Bedeutung. Für Lys besteht alles nur aus Konfetti, Legosteinen oder Spielkarten.«

Er hatte noch nicht einmal den letzten Satz verklingen lassen, da begann das Gemäuer der Bibliothek zu wanken. Die Steine schienen ihr persönliches Erdbeben zu erleben. Putz rieselte von der Decke. Die Wände schüttelten sich aufgeregt. Ähnlich wie das flauschige, leuchtende Wesen über Keos' Schulter. Je schneller der Lichtball wackelte, desto ruckartiger neigten sich alle Wände der Nische. Keos legte schützend einen Arm um meinen unteren Rücken.

»Lys, hör auf!«, brüllte er gegen das laute Knirschen an.

Der kleine Ball schaute ihn kurz an, dann verzogen sich seine Lippen und er begann zu kichern. Und ich verstand langsam, was der Chaosdämon mir sagen wollte. Für Lys hatte nichts eine tiefere Bedeutung. Alles war ein Spiel. Die Bibliothek einstürzen zu lassen, war für das Wesen gleichbedeutend, wie meine Brieftasche zu verstecken.

»Wie sollen wir vorgehen?«, fragte ich. Wir mussten uns beeilen. Die Bibliothek – jene Bibliothek, die die schlimmsten Katastrophen New Orleans überstanden hatte, begann gerade besorgniserregend zu ächzen. »Die Kette«, hauchte ich.

»Sie funktioniert nicht bei Lys. Verdammt«, fluchte er leise. Keos neigte sich näher zu meinem Ohr. »Wir müssen …«

Als er nicht weitersprach, drehte ich mich zu ihm um. Seine Augen waren weit aufgerissen und seine Lippen geöffnet. Allerdings nicht, als wäre er in seinem Satz verstummt. Sie verzogen sich in einem stummen Schmerzensschrei. Ich trat vor ihn und griff ihn an den Schultern. »Keos.« Das Wort, Frage und Aufforderung – sein Name kam mir panisch über die Lippen. »Was ist …«

Er krümmte sich vornüber und fiel auf die Knie. Der Schrei blieb nicht länger stumm und mir stockte der Atem als ein schmerzvolles, gequältes Grollen aus ihm herausbrach.

Keuchend presste ich mir eine Hand auf den Mund. »Was ist mit dir?«, murmelte ich und fiel neben ihm auf die Knie. »Keos, was ist mit dir?« Nicht in hundert Jahren hätte ich gedacht, den mächtigen Dämon einmal so zu sehen. Er warf sich auf den Rücken und wand sich vor Schmerz.

Ein Lufthauch ließ mich hochschauen. Lys schwebte

etwa einen Meter über dem Chaosdämon und der kleine Ball leuchtete. Die riesigen Augen schauten belustigt auf die Szene.

»Hör auf.« Mein Schrei verhallte. »Bitte hör auf.«

Mein Blick glitt von Lys zu Keos. Er hatte seine Augen fest zusammengepresst. Immer noch schrie er. Was mir direkt ins Herz fuhr. Verzweifelt griff ich nach seinem Arm. »Was kann ich tun?« Ob ich zu dem Chaosdämon oder dem kleinen Wesen sprach, vermochte ich nicht zu sagen. Als meine Finger auf die glühende Haut des Dämons trafen, wurden seine Laute noch gellender und ich fiel ein. Dort, wo ich ihn berührt, seine Haut federleicht gestreift hatte, bildeten sich Risse. Als wäre er aus Marmor, und meine Finger wie Meisel, die auf ihn einschlugen.

»Was?« Erschrocken zog ich meine Hand zurück und wich ein Stück nach hinten. »Was?«

Panisch rieb ich mir über die Stirn. Ich ertrug es nicht, ihn so leiden zu sehen. Die Schmerzen mussten überirdisch sein. Keos wand und krümmte sich. Die Haut platzte weiter auf. Als er seinen Kopf hob und auf den Boden fallen ließ, splitterte auch die Oberfläche seines Gesichts. Von der Schläfe bis zum Mundwinkel führte ein tiefer Riss, der sich bis zur zweiten Gesichtshälfte hin verästelte. Da war kein Blut. Warum war da kein Blut? Wurde er zu Stein? Fühlte er den Schmerz so, als würde er zerbrechen? Was ging hier vor?

»Bitte. Bitte.« Ich erhob mich auf meine Knie und streckte meine Hände Lys entgegen. »Bitte hör auf. Tu ihm nicht länger weh. Hör auf.«

Das Wesen drehte sich zu mir. Da war keine Boshaftigkeit, kein Zorn oder Rachedurst. Eine kindliche Belustigung strahlte mir aus den Augen entgegen.

Eine verzweifelte Träne floss mir über die Wange. Ich wusste nicht, wie ich diese Grausamkeit unterbinden sollte. Keos schlug mittlerweile mit seinen Fäusten auf den Boden ein. Die Risse durchbrachen die tätowierten Linien und zogen sich über die goldene Haut. Lys drehte sich aufgeregt in der Luft.

Als der Chaosdämon seine Augen aufriss und den Oberkörper durchbog, warf mich die Verzweiflung beinahe um. Die Nische verschwamm vor meinen Augen. Ich schüttelte meinen Kopf und versuchte, die Benommenheit loszuwerden. Doch sie holte mich ein.

»Halte das Ding bloß von mir fern.«

Die helle Stimme kam mir vage bekannt vor. Da tauchte plötzlich die Brünette vor meinen Lidern auf, die ich schon einmal gesehen hatte. Ich wollte gerade fragen, was sie meinte, da trat eine zweite Frau in das Bild. Ich. Das war ich. War das ein Tagtraum? Hatte ich das Bewusstsein verloren? Ich musste aufwachen. Keos brauchte mich.

»Lys ist gefährlich. Aber für den Moment ist das kleine Wesen ruhiggestellt.«

»Und für wie lange, Taleyi? Was wenn es morgen die Welt flutet, das Universum verbrennt oder alles Sein wie ein Feuerwerk explodieren lässt?«

In meiner Vorstellung legte mein Traum-Ich der brünetten Frau eine Hand beschwichtigend auf den Oberarm. »Kami …»

Kami?

»Hab Vertrauen.«

Die Frau – Kami – seufzte. »Ich vertraue dir. Du weißt, dass ich dir mein Leben anvertrauen würde, Taleyi. Aber Lys ist …«

»Lys ist in einer Trance gefangen. Der Schlaf sollte andauern, bis …«

Das Bild vor meinen Augen zerfiel wie Sand. Ich öffnete meine Augen und war fast verwirrter als vorher. Was wollte mir mein Unterbewusstsein damit sagen?

Kami? Schlaf? Was sollte das? Konnte man Lys in einen Schlaf versetzen?

Keos! Der Dunst in meinem Verstand löste sich abrupt auf, und ich sprang auf die Beine. Er krümmte sich immer noch, jedoch schien ihm so langsam die Kraft auszugehen. Sein Schrei war zu einem kläglichen Wimmern geworden, was mir noch einmal das Herz in der Brust zerspringen ließ. Ich brauchte eine Lösung, und zwar schnell.

»Lys«, spie ich tadelnd aus und drehte mich zu dem kleinen Wesen. Meine Hände stemmte ich in die Hüften und betete zu allen Göttern und Höllenfürsten, dass meine Idee funktionieren würde. »Hör sofort damit auf.« Ich deutete mit einem Finger auf Keos, hielt den Augenkontakt zu Lys aber aufrecht. Dabei versuchte ich so missbilligend und enttäuscht zu klingen, wie eine Mutter, die einem Kind zeigen wollte, dass der Streich dieses Mal zu weit gegangen war.

Der kleine Ball sah mich an und legte den Kopf schief. Zumindest glaubte ich das, denn der ganze Ball neigte sich leicht zur Seite. Eine Weile passierte nichts, dann schob Lys die Unterlippe vor und vibrierte trotzig.

Mir war klar, dass selbst wenn es funktionierte, es mir nur wenige Augenblicke schenken würde. Doch ich hatte keine andere Idee. Vielleicht reichten ein paar Sekunden, sodass Keos mir sagen konnte, wie ich gegen Lys vorgehen konnte.

»Lys«, setzte ich wieder drohend an. »Hör sofort auf.«

Der trotzige Ausdruck verschwand und der kleine Ball schwebte auf mich zu. Ich erstarrte. Blühte mir jetzt dasselbe Schicksal wie Keos? Würden wir uns gleich nebeneinander auf dem Boden winden, bis wir zersplitterten?

Ein leises Seufzen ließ mich herumfahren. Der Chaosdämon hatte sich zur Seite gerollt und stützte sich auf einem Arm ab. Ich stürzte auf ihn zu und wollte ihm helfen, doch er hielt die andere Hand abwehrend in die Höhe. »Noch nicht anfassen. Bitte.«

Bei der Erinnerung meiner Finger auf seinem Unterarm und den tiefen Rissen, die von der Berührung ausgegangen waren, wich ich zurück.

»Es geht gleich wieder«, beschwichtigte er mich. »Ich brauche nur einen Moment.«

Nach wenigen Atemzügen hievte er sich hoch, kam mir aber immer noch nicht zu nahe. »Das war verdammt knapp.« Keos wirkte blass. Er hatte dunkle Ringe unter den Augen und auch wenn seine Haut wieder ebenmäßig war, zitterte er. »Danke.« Er hob eine Hand und wischte sich den Schweiß von der Stirn.

Ich schaute zu Lys. Das kleine Ding schwirrte immer noch leuchtend in der Luft herum. »Wie geht es jetzt weiter?«

»Ich kann ihn für eine Weile außer Gefecht setzen. Aber dafür brauche ich deine Hilfe.« Keos bewegte vorsichtig seine Finger und ließ dann die Schultern kreisen, als wollte er kontrollieren, ob er nicht doch verletzt war. Er klang müde, und seine Stimme zitterte.

Besorgt sah ich ihn an. »Außer Gefecht setzen? Meinst du, du schaffst das?«

Zum ersten Mal hatte der Chaosdämon keinen lässigen Spruch auf den Lippen, sondern nickte nur. Auf eine Art, die nicht wirklich Sicherheit versprach.

»Ich denke schon.«

Ich sah ihn zweifelnd an.

Er erwiderte meinen Blick und hob dann eine Schulter. »Wir haben keine Wahl.«

Widerwillig nickte ich. »Wie kann ich helfen?«

»Ich muss deine Magie anzapfen.« Keos schaute mir nicht in die Augen und das ließ mich stutzen.

»Okay?«, hakte ich lang gezogen nach. »Das heißt?«

»Ich muss unsere Magie miteinander verbinden.«

Langsam nickte ich. »Okay.«

»Es wird verdammt wehtun.« Er sah mich gequält an und da wusste ich, dass es schlimm werden würde.

»Ich verstehe«, murmelte ich. Ich dachte an Raghba und stellte mir vor, wie Keos ebenfalls versuchen würde, mir etwas zu entreißen, was unwiderruflich zu mir gehörte. Mir wurde übel. Ich war schon fast dabei, einen Rückzieher zu machen. Doch dann besann ich mich eines Besseren. Dieses Mal war es anders. Dieses Mal wäre es Keos. Er wollte mir nicht schaden, er wollte uns retten. Er brauchte diesen Funken Magie, der in mir schlummerte, um Lys erneut in Schlaf zu versetzen. Ich hob meinen Kopf und atmete geräuschvoll aus. »Lass uns anfangen.«

Der Chaosdämon sah mich fragend an und ich erwiderte den Blick. Selbst wenn es keine andere Wahl gab, und die Welt untergehen könnte, würde er das, was er vorhatte, nicht ohne meine Einwilligung in die Tat umsetzen. Allein das zeigte den großen Unterschied zu Raghba.

»Los.« Ich schloss meine Augen und hoffte, dass Keos mich nicht auffordern würde, sie wieder zu öffnen. Doch er schwieg. Ich spürte seine Finger an meinen Händen. Er verflocht sie mit meinen. »Ich muss mich beeilen«, flüsterte er mir zu. »Ich weiß nicht, wie lange Lys so ruhig bleibt.«

Als Zeichen, dass ich ihn gehört hatte und einverstanden war, drückte ich seine Hände und wappnete mich gleichzeitig. Dann spürte ich plötzlich Keos' Magie. Wie so oft, strich sie über mich hinweg, als wollte sie mir nahe sein. Für eine Sekunde fühlte ich mich geborgen und beschützt. Eine Sekunde. Dann trieben Millionen von Nadeln in mich. Seine Magie kroch unter meine Haut. Ich hörte mich selbst schreien und wand mich, doch er hielt mich fest. Seine Hände, seine Magie, sie hielten mich. Ich krallte meine Fingernägel in Keos' Hände. Das Brennen unter meiner Haut schwoll immer mehr an. Benzin. Säure. Strom. Alles schien mich zu durchfließen. Ich musste ihm entkommen. Dem kriechenden, suchenden Ausbreiten seiner Magie in mir.

»Pst. Es ist gleich vorbei. Nur noch einen Moment.« Er wiederholte es. Wieder und wieder. Wie ein Mantra. Der Moment zog sich zu einer Ewigkeit.

»Keos«, bat ich. In mir wuchs die Angst, jeden Moment zusammenzubrechen. Dabei wollte ich doch stark sein. Stark für uns. Stark für ihn.

»Gleich.« Dieses Wort klang dermaßen gepeinigt, dass ich ihn fast losgelassen hätte. Hatte er ebenfalls Schmerzen?

Dann ebbte das Brennen ab. Die Säure zog sich zurück. »Ich habe sie.« Keos klang gepresst an meinem Ohr. »Nur noch ein Moment, okay?« Was meinte er? Der Schmerz ließ doch nach. Ich wollte gerade aufseufzen, als ein furchtbarer Sog in meiner Brust einsetzte. Der Chaosdämon riss und zerrte an etwas in mir. Keuchend fiel ich vornüber, doch seine Arme fingen mich auf. »Gleich. Es ist gleich vorbei.«

Etwas Feuchtes streifte meine Wange. Blutete ich?

Ich konnte meine Augen nicht öffnen. Es kostete mich alles an Kraft, diesen Schmerz auszuhalten. Mich zusammenzuhalten.

Der Sog schien mir selbst die Seele entreißen zu wollen und als es sich anfühlte, als würde genau das geschehen, hörte es so abrupt auf, dass ich noch einmal aufkreischte. Erschrocken dieses Mal.

»Vorbei. Es ist vorbei«, krächzte mir Keos ins Ohr. Als ich zurückweichen wollte, hielt er mich fest. »Ich weiß, du willst weg von mir, aber du musst meine Hand halten. Ansonsten verliere ich die Verbindung.« Mir war kalt und übel. Ich zitterte und hatte das Gefühl, dass tausende Ameisen über meine Haut krabbelten, doch ich biss die Zähne zusammen und öffnete die Augen. Keos schaute auf mich hinab. Seine Augen glühten vor Verachtung und Tränen rannen ihm über die Wangen. Er drückte meine rechte Hand und ließ meine linke dafür los. Doch nur um mir über die Wange zu streichen. So sanft, dass ich die Berührung kaum spürte.

Und da wurde mir klar, die Verachtung in seinen Augen galt ihm selbst. Und die Tränen vergoss er meinetwegen. Weil er mir Schmerzen zufügen musste. Ich zwang mich zu einem zittrigen Lächeln. »Lass es uns beenden.«

Er schloss die Augen und drehte sich dann bedrohlich zu Lys um. Die Hand, die meine festhielt, blieb unverändert sanft. »Lys hat die Macht das Schicksal zu ändern, aber wir werden nun das Schicksalsrad neu drehen und den ursprünglichen Kurs wieder aufnehmen.« Keos ließ seine Macht fließen. Das leise Ziehen in meiner Brust setzte von Neuem ein. Es fühlte sich unangenehm an, doch bei weitem nicht mehr so schmerzhaft.

Ich machte ein überraschtes Geräusch, als sich in die dunkle Magie von Keos leuchtend grüne Fäden zogen. War das meine Magie? Ich hoffte, sie war dieses eine Mal mächtig genug, um ihm eine Hilfe zu sein.

Lys begann aufgeregt zu fiepen. Doch das Wesen klang eher neugierig als aufgeregt.

Die Magie floss in die Richtung des kleinen Balls. Der Sog wurde ein bisschen stärker. Keos strich mit seinem Daumen über meinen Handrücken.

»Alles okay?«, fragte er.

»Ja.« Meine Antwort klang angespannt.

Als unsere Magie Lys rauchartig umgab, betrachtete die Kreatur sie verzückt.

Der Chaosdämon begann in einer fremden Sprache zu sprechen. Es waren zischende und fauchende Laute, die etwas Beschwörendes an sich hatten. War das ein Zauber? Ein Fluch? Ich hielt den Atem an und starrte auf den sich wiegenden Lys, der immer wieder durch die Magieschwaden schwebte. Der Rauch verdichtete sich und das elektrische Pulsieren durchfloss ihn nun. Keos wiederholte die letzten Laute. Wieder und wieder. Wie gebannt konnte ich meinen Blick nicht von Lys nehmen. Immer noch schwebte er in der Luft hin und her. Ich verengte meine Augen. Wurde er träger oder bildete ich mir das ein? Nein, er war ein Stück herabgesunken. Seine Augen waren verhangen und es wirkte, als würden seine Lider schwer werden.

Keos murmelte weiter. Seine Stimme wurde weicher. Melodischer. Dann trat er vor und zog mich mit sich. Als er sich zu mir drehte, sah ich Lys in seiner freien Hand. Das kleine Wesen starrte aus verhangenem Blick ins Leere. Die Lider waren halb geschlossen und die Lippen zu einem winzigen Lächeln verzogen.

Ich hob meinen Kopf und lächelte den Chaosdämon erleichtert an, doch er erwiderte es nicht. Besorgt schaute er auf seine Hand.

»Das wird nicht lange anhalten. Bei der Glaskugel ist es auch nur noch eine Frage der Zeit. Und ich darf nicht in das Schicksal eingreifen.«

Ich stockte. »Was?«

»Die Gefängnisse sind zeitlich begrenzt. Die Kette könnte entweder Raghba oder Arenyen binden, wenn die Kugel bald versagt. Aber einer von ihnen wäre in jedem Fall frei.«

»Nein. Was meintest du damit, dass du nicht in das Schicksal eingreifen darfst?«

Er schaute auf Lys hinab, der ganz ruhig in seiner Hand saß, doch er antwortete nicht. Also stemmte ich meine Hände in die Hüfte und funkelte ihn böse an. »Keos! Wenn es etwas gibt, dass du weißt, und ich wissen sollte, wäre jetzt der richtige Moment, es auszuspucken.« Die Worte kamen gepresst hervor und mein Blick lag misstrauisch auf Lys. Ich wollte das Wesen keinesfalls aus der Trance wecken.

Seine Kiefer mahlten, dann schüttelte er schweigend den Kopf.

»Bist du dir sicher?« Ich beäugte ihn zweifelnd. »Wirklich sicher?«

Keos seufzte ergeben. »Leider.«

Sollte ich daraus schlau werden? *Konnte* ich daraus überhaupt schlau werden?

Unbefriedigt ließ ich von dem Thema ab. Im Moment hatte ich keine Kraft für eine große Diskussion. Ich würde später darauf zurückkommen. »Wie lange bleibt Lys wohl so?«, fragte ich.

Keos schüttelte den Kopf. »Ich weiß es nicht. Keinesfalls länger als ein paar Tage.«

Ich schloss die Augen und rieb mir mit Daumen und Zeigefinger über die Lider. »Gibt es ein Artefakt, einen Fluch, irgendetwas?« Ich schaute ihn wieder an.

Keos erwiderte den Blick schweigend und das sagte mir alles. Auf Dauer würde Lys nur eine Tür und ein Siegel in Schach halten.

Der Chaosdämon wandte sich ab und legte die flauschige Kreatur vorsichtig neben die Kugel. Lys war so klein und zerbrechlich. Dabei so unfassbar mächtig und zerstörerisch.

»Es haben tausende Magier, Götter, Dämonen, selbst die Höllenfürsten versucht, Lys auszulöschen oder seine Macht zu binden. Es hat nichts dauerhaft funktioniert. Lys hat alle Zauber, Artefakte und Flüche zerstört. Einzig das Siegel war stark genug.«

Ich lachte hart auf. Es war ein verzweifelter Ton. Und er kam aus meinem tiefsten Inneren. Ich konnte nicht mehr. Es war zu viel. Wir gaben alles, aber es war nicht genug. Wofür sollten wir überhaupt noch kämpfen?

Da spürte ich Arme, die mich umschlangen und sanft an eine Brust zogen. Keos.

»Wir werden es schaffen, okay?«

Zur Antwort schnaubte ich. »Bist du dir sicher?«

Ein paar Herzschläge lang schwieg Chaos. »Nein«, murmelte er dann leise.

Seine Ehrlichkeit besänftigte mich ein wenig. Ich lehnte meine Stirn an seinen Oberkörper und ließ mich einfach festhalten. »Es tut mir leid«, flüsterte ich beschämt. Mein Moment der Schwäche war weder hilfreich noch stand er mir zu. Keos hatte Höllenqualen erleiden müssen. Lumiel und Necdet standen mir immer bei. Keiner von ihnen hatte bisher einen Zusammenbruch erlitten. Was also gab mir das Recht?

»Es gibt nichts, was dir leidtun müsste. Mir tut es leid, dass ich dir Schmerzen zugefügt habe.«

Ich löste mich von seiner Brust und sah ihn verzweifelt an. Entschuldigte er sich ernsthaft dafür, uns gerettet zu haben?

Lange standen wir so da und schauten uns nur an. Schließlich neigte er sich vor und küsste meine Stirn. Federleicht und dennoch spürte ich die Berührung noch lange, nachdem er seine Lippen von meiner Haut gelöst hatte.

»Ich empfinde Mitleid mit Lys. Von dem kleinen Ball geht nichts Boshaftes aus. Lys versteht nur nicht, was die Magie anrichtet.«

Keos strich sich eine Locke aus der Stirn und legte dann seine Hände an meine Wangen. Ich starrte zu ihm auf. Er schaute mich ernst an. »Manchmal obliegt es uns, Dinge zu tun, die nicht leicht sind. Man muss das Richtige wählen, auch wenn es sich falsch anfühlt. Man muss leiden, um anderen den Schmerz zu ersparen.« Er schaute zu mir und dann zu dem Regal, indem Lys neben dem Glasgefängnis lag. Das Wesen rührte sich nicht. Sanft strich er mir mit den Daumen über meine Jochbeine und löste schließlich seine Hände wieder von meinem Gesicht.

Mir war klar, dass er in erster Linie von Lys sprach. Aber er dachte auch an den Moment, als er nach meiner Magie gegriffen hatte. Ich spürte in mich hinein. Neugierig, ob ich mich anders fühlte oder meine Macht nun wahrnahm, doch nichts hatte sich verändert. Ich fühlte mich genauso wie davor.

»Das ist kein Trost«, bemerkte Keos schlicht. Ich lächelte traurig zu dem kleinen Wesen, das nichts dafür konnte, dass es so viel Macht hatte. Keos hatte recht.

28. MEINE MISSION? L´AMOUR NOIR

Wenige Stunden später wälzte mich im Bett hin und her. Meine Gedanken kreisten um Lys. Um den seltsamen Tagtraum, indem das Wesen ebenfalls in Schlaf versetzt worden war. Um die Türen. Um Keos. Das Ticken der alten Wanduhr raubte mir zudem den Schlaf. Es zeigte mir jede Sekunde, die ich versäumte, mich auszuruhen und doch eigentlich so dringend benötigte. Die Sekunden wurden zu Minuten. Die Minuten zogen sich zu Stunden.

Irgendwann ergab ich mich lautlos seufzend meinem Schicksal und schlich auf Zehenspitzen nach draußen. Leise zog ich die Tür hinter mir ins Schloss und wanderte durch die dunkle Bibliothek, direkt in eine der Lesenischen. Dorthin, wo sich das letzte Regal der Reihe befand. Es war unscheinbar, lag selbst tagsüber im Schatten und bewahrte die langweiligste Lektüre, die man in diesem Gebäude finden konnte. Neben dem Bücherregal war ein schwerer rubinroter Vorhang befestigt. Er schien nur zur Dekoration zu sein. Doch ich wusste es besser. Vorsichtig hob ich ihn an und wollte gerade hindurchschlüpfen, als mich das Geräusch von viel zu nahen Schritten herumfahren ließ.

»Was machst du da?« Keos stand im Rundbogen und schaute mich neugierig an.

»Was machst *du* hier?«, fragte ich zurück.

»Ich konnte nicht schlafen. Deine Gedanken waren zu laut. Also bin ich hier runter, um zu lesen.« Er nickte zur Seite, wo weitere Ausbuchtungen kleine Leseräume erzeugten.

Ich liebte diese räumlichen Nischen, die schützende Fluchtmöglichkeiten in die Ruhe und Einsamkeit boten.

»Du bist an mir vorbeigerauscht, als wärst du auf geheimer Mission. Das hat mich neugierig gemacht. Also bin ich dir gefolgt.« Keos legte den Kopf leicht schief. Ich spürte seinen forschenden Blick auf mir.

»Also«, raunte er. »Was ist das für eine Mission? Und brauchst du zufällig einen Verbündeten?« In seinen Worten klang eine solche Abenteuerlust mit, dass ich unweigerlich grinsen musste.

Noch ehe ich darüber nachdachte, streckte ich meine Hand nach ihm aus. »Komm. Ich möchte dir was zeigen.«

Bis auf Necdet und Lumiel kannte niemand dieses Geheimnis. Es war etwas, das nur mir gehörte. Doch es fühlte sich richtig an, es mit Keos zu teilen. Es gab so viele Momente, die uns verbanden. Ich wollte gern einen weiteren hinzufügen.

Er schaute auf meine Hand und hob dann seinen Blick. Als er sie ergriff, verzogen sich seine Lippen zu einem Lächeln, das mein Herz höherschlagen ließ. Ich räusperte mich schnell und zog ihn dann mit mir hinter den Vorhang. Dort in der Wand befand sich ein kleiner Riegel. Man erkannte ihn kaum. Lautlos öffnete sich eine schmale Tür im Gemäuer. Und wie jedes Mal hielt ich den Atem an. Obwohl ich es schon Dutzende Male miterlebt hatte.

Keos stieß einen überraschten Laut aus und ich musste grinsen.

»Noch ein weiterer Geheimgang. Dieses Gebäude steckt voller Überraschungen«, murmelte er.

Ich wäre nicht verwundert, wenn es neben dem versteckten Abgang zum Kellergewölbe und dieser Tür noch weitere geben würde. Ich hatte zwar noch keine gefunden, doch das hieß bei all den Gängen und Nischen, den Winkeln und Regalen nicht wirklich was. Die Möglichkeiten waren immens.

Als er dicht hinter mir durch die Tür trat, pfiff er leise durch seine vorderen Zähne. Als ich diesen Ort damals entdeckt hatte, war es mir ähnlich gegangen. Es war atemberaubend.

Wir befanden uns auf einem schmalen Balkon. Das hohe Geländer war so unscheinbar und fügte sich so perfekt in das Gemäuer ein, dass man von den Straßen dachte, die Bibliothek besäße nur ein paar Fenster. Ich hatte den kleinen Vorsprung mit violetten Sitzkissen und blauen Decken ausstaffiert. Eine Lichterkette lag geschlängelt auf dem Boden und hüllte das gemütliche Areal in einen sanften Schein. Und in den Ecken hatte ich ein paar gusseiserne Kübel bunt bepflanzt.

Wir konnten das ganze French Quarter überblicken, ohne dabei gesehen zu werden. Einzig die Sterne und der Mond wussten, dass wir da waren. Von hier oben aus betrachtet, konnte ich die Magie, die langgezogenen Schatten, alles Dunkle und Helle, das New Orleans bot, fast sehen. Es sprach aus den bunten Balkonen, den wunderbaren Lichterketten und Laternen, die die Stadt erhellten. Aber auch aus den finsteren Gassen, in denen die dunkelmagischen Voodoo-Priester, die Bocor, Handel mit den Petro schlossen. Es klang aus dem Gemurmel der Menschen, der Musik, den gesprochenen Zaubern, die ungehört und doch so stark über New Orleans hingen. Ich erkannte es an den Schutzamuletten und Talismanen, die überall hingen. Und den beschwörenden Symbolen, die versteckt an den unscheinbarsten Orten verewigt wurden und den Loa huldigten. Es lag über den Straßen, füllte jede Gasse, jeden Winkel, mochte er auch noch so verborgen sein, aus. Die Menschen, die durch die Stadt wanderten, wurden hineingezogen, in das Farbenspiel aus Licht und Dunkelheit, dessen Grenzen nicht erkennbar waren.

Der kleine Balkon war eine Oase. Meine ganz private kleine Oase.

Wann immer ich Zeit und Ruhe brauchte, die Einsamkeit suchte, kam ich hierher. Doch in letzter Zeit war so viel passiert, da hatte ich mir diesen kurzen Moment des Durchatmens einfach nicht leisten können. Ich hatte noch nicht einmal daran gedacht.

Keos zog anerkennend die Brauen hoch. »Nett hast du es hier. Darf ich?«, fragte er und deutete auf die Decken. Ich nickte und folgte ihm. Er setzte sich, lehnte seinen Oberkörper an die Mauer und winkelte die Beine an, dabei stützte er seine Arme lässig auf die Knie. Ich ließ mich im Schneidersitz neben ihn fallen.

»Du warst heute unglaublich, weißt du das?«, fragte Keos leise in die Stille. Sein Blick war immer noch nach oben gerichtet. Er wirkte so entspannt wie selten. »Du hast dich dem Succubus widersetzt. Das war echt krass. Und wir haben gemeinsam Lys gebunden.«

»Woher wusstest du, dass meine Macht ausreicht, um dir zu helfen, Lys zu stoppen?«, stellte ich eine Gegenfrage, denn sein ehrliches Kompliment brachte mich ein wenig aus der Fassung.

Keos schaute unverwandt nach oben. Doch bei meiner Frage zuckte sein Mundwinkel leicht. »Ach Taleyi.

Ich habe es darauf ankommen lassen.«

Ich zweifelte stark daran, dass seine Antwort der Wahrheit entsprach. Zumindest nicht vollständig. Aber ich hatte keine Lust zu diskutieren. Nicht in diesem Moment. Nicht an diesem Ort.

Ach Taleyi. Es hörte sich so vertraut an. Ich wünschte, er würde es noch abertausende Male sagen. In genau diesem Tonfall. Immer dann, wenn ich wieder irgendeinen Unfug anstellte, bei dem er im Vorhinein gesagt hatte, ich solle es lassen. Und wie ich uns kannte, würde ich es unzählige Male zu hören bekommen. Der Gedanke brachte mich zum Schmunzeln.

»Du hast vom Schicksalsrad gesprochen«, merkte ich nebensächlich an, »weißt du, wer noch?«

Keos wandte sich mir zu und betrachtete mich mit einem belustigten Funkeln in seinen Augen. »Nein. Aber du wirst es mir sicher gleich verraten.«

»Mama Safiya. Ist das nicht seltsam?«

»Ja, wirklich seltsam.«

Ich horchte auf. »Du kennst Mama Safiya?«, fragte ich erstaunt.

Er zuckte mit einer Schulter. »Möglich«, erwiderte er leichthin und schaute mich so intensiv an, dass ich auf meinem Platz unruhig hin und her rutschte. Als auch er sein Gewicht verlagerte, waren wir einander plötzlich ganz nah. Mein Herz setzte für einen Moment aus. Keos übte eine Anziehung auf mich aus, wie es kein Succubus jemals vermocht hätte.

»Was machst du mit mir, Taleyi?«, flüsterte er.

Was *ich* mit *ihm* machte?

Keos' Stimme klang rauchig und voller Soul. Wieder erinnerte mich mein Name aus seinem Mund an dieses Bild. Der scharfe Geschmack von Sazerac. Der mondbeschienene Balkon. Ein Tanz unter den Sternen.

Es raubte mir den Atem.

Seine Augen legten sich auf meinen Mund. Ich vermochte nicht zu sagen, wer den kleinen Raum zwischen uns überbrückte. Es war auch egal. Unsere Lippen trafen aufeinander, als gehörten sie genau dorthin. Der Kuss war tief und drängend. Und wer ihn auch begonnen hatte, er wurde voller Leidenschaft erwidert. Dieses Mal war es anders. Anders als beim Straßenfest. Anders als im Gang der tausend Türen. Unsere Nähe, unser Kuss … jedwede Maskerade war gefallen.

Als ich meine Lippen nur für eine Sekunde von seinen löste, griff Keos nach meiner Hüfte und zog mich auf seinen Schoß. Meine Hände entwickelten ein Eigenleben und machten sich auf fieberhafte, gierige Wanderschaft. Ich wollte alles berühren. Ich wollte jeden Teil von Keos erforschen, anfassen, liebkosen. Meine Finger tanzten über seinen Nacken zu seinen breiten Schultern. Über seine Brust. Ich streichelte seine weiche Haut und die harten Muskeln darunter. Obwohl kaum noch ein Blatt zwischen uns gepasst hätte, war es nicht nah genug. Keos umschlang mit einem Arm meine Taille und drehte uns in einer einzigen fließenden Bewegung herum. Er legte mich, ohne den Kuss zu unterbrechen, sanft auf die Decken.

Ich spreizte meine Beine und er füllte den Platz augenblicklich aus. Unsere Hüften berührten sich und meine gesamte Konzentration richtete sich für einen Moment auf diesen Punkt. Keos löste seine Lippen von meinen. Jedoch nur, um einen brennenden Pfad aus Küssen über meinen Hals und mein Schlüsselbein zu verteilen.

Ich gab dem unstillbaren Verlangen nach, mich zu bewegen. Meine Hände strichen langsam von seinem unteren Rücken nach oben. Dabei nahmen sie den Saum seines T-Shirts mit. Alles in mir drängte danach, mehr von ihm zu bekommen. Ich spürte Keos' Lächeln an meiner Schulter, als er die Lippen verzog. Er küsste noch einmal meine heiße Haut und richtete sich dann ein wenig auf. Mit einer geschmeidigen Bewegung zog er sich den Stoff über den Kopf und warf ihn achtlos zur Seite. In genau diesem Moment strich seine Magie über mich hinweg. Ganz sanft. Fragend. Und obwohl ich keine Ahnung hatte, was oder wem ich gerade zustimmte, nickte ich stumm. So als würde auch sie antworten, floss meine Magie wie von selbst an die Oberfläche. Sie legte sich um die dunkle Essenz und verband sich mit ihr. Ich keuchte auf. Es fühlte sich unbeschreiblich an.

Seine Augen weiteten sich. Der Blick darin war leidenschaftlich und so intensiv, dass ich erschauderte. Mein Blick strich über Keos' nackten Oberkörper. Die Tätowierungen verliefen nahtlos von seinen Armen über seine Brust und seinen Bauch. Verschwanden unter dem Bund seiner schwarzen Hose. Die Spitzen am Schlüsselbein klangen genauso filigran aus wie an seinen Händen. Ich konnte nicht genug von ihm bekommen. Von seinem Anblick, seinen Küssen, seinen Berührungen. Von dem intimen Spiel unserer Essenzen.

Keos' Finger wanderten über meinen Körper, befreiten mich von dem Hemd, das ich zum Schlafen trug, und erkundeten jeden Zentimeter meiner Haut. Jeden Einzelnen. Ich wand mich unter ihm, flehte wortlos um Erlösung. Mein leises Knurren ließ ihn erst innehalten. Dann fühlte ich wieder das winzige Lächeln, das seine Mundwinkeln umspielte. Es schickte kleine elektrische Schläge über meinen Körper.

»Keos …« Ich hauchte seinen Namen, mehr als dass ich ihn sprach. Obwohl er fast lautlos in der Nacht verklang, beinhaltete er so viel.

Als er sich aufrichtete, unterdrückte ich mit Mühe einen protestierenden Laut. Sein Gesicht tauchte kaum einen Wimpernschlag später vor meinem auf. Er sah mich eindringlich an.

»Sicher?«, fragte er und da quoll mein Herz über vor Liebe für diesen sündhaft gefährlichen Mann.

Ich hatte kein Wort, das ausreichte für das, was ich sagen wollte. Also zog ich ihn nur an mich und legte meine Lippen zustimmend auf seine.

✧ ✧ ✧

Ich erwachte, als der erste Streifen am Horizont begann heller zu werden. Der kräftige Herzschlag an meinem Ohr ließ mich lächeln. Vorsichtig löste ich mich aus der Umarmung und stützte mich mit der Hand ab. Keos rührte sich nicht. Er wirkte zufrieden, fast glücklich, während sich sein Brustkorb regelmäßig hob und senkte. In meiner Brust begann es angenehm zu blubbern. Es fühlte sich faszinierend an. Aufregend, warm und auf eine wunderbare Weise vertraut. Meine Augen lösten sich von dem schönen Gesicht und wanderten weiter. Sie nahmen jede Wölbung, jeden Muskel, jeden Tintenstrich in sich auf. Ich wollte mir seinen Anblick einprägen. In mich aufsaugen. Tief in mich aufnehmen. Sodass ich ihn niemals vergessen konnte. Niemals.

Plötzlich fuhr mir ein stechender Schmerz in den Kopf, der, bevor ich reagieren konnte, auch schon wieder verschwunden war. Doch dafür legte sich ein weiteres Bild über meine Sicht. Es war verschwommen, ein wenig nebulös und unscharf. Aber ich erkannte weiße Bettlaken. Neben mir lag ein Mann im Bett. Mein Zeigefinger tanzte langsam und genüsslich über die Muskeln seines Bauches. Und tiefer. Immer tiefer. Mein Herz war erfüllt von Liebe. Ich liebte diesen gesichtslosen Mann neben mir so innig, wie man nur lieben konnte. Ich würde für ihn sterben. Ich würde alles für ihn aufgeben. Und ich wusste aus tiefster Überzeugung, ihm erging es gleich mit mir.

Als sich der Nebel für einen Sekundenbruchteil schlagartig lichtete, schlug der Mann seine Augen auf. Doch genauso schnell, wie das Bild gekommen war, verschwamm es auch schon wieder und löste sich auf.

Hatte ich mich gerade an etwas erinnert? War das die Erinnerung an jemanden gewesen, den ich geliebt hatte? Liebte? Mir wurde trotz der Hitze, die schon am frühen Morgen herrschte, eiskalt und mein dummes, kleines Herz zog sich zusammen.

Was, wenn der Mann da draußen war? Was, wenn er nach mir suchte? Wenn er um mich trauerte?

Mir wurde die Brust so eng, dass ich kaum Luft bekam. Schnell sprang ich auf und zog mir das Hemd über den Kopf, betrachtetet Keos noch einmal kurz. Auch wenn der Anblick mich schmerzte und verwirrte, konnte ich mich nicht gleich loslösen. Wehmut breitetet sich in mir aus und bevor ich es mir anders überlegen konnte, schlüpfte ich durch die Tür zurück in die Bibliothek. Kopflos rannte ich durch die Gänge. Was war das gewesen? Verwirrung, Schock und Angst breiteten sich in mir aus. Wie ein Amboss lagen sie auf meiner Brust. Ich musste hier weg. Ich musste hier raus. Ich musste …

Ich musste duschen.

So schnell mich meine Füße trugen, sprintete ich die kurze Treppe zu meiner Wohnungstür hoch. Ich riss sie auf und stand Nec und Lumiel gegenüber. Sie fuhren gerade auseinander und starrten mich aus schreckgeweiteten Augen an. Lumiels Augen glänzten und Necdets Zeichnungen wirbelten wild über sein hübsches Gesicht. Hatten die beiden sich gerade …

»Lasst euch nicht stören«, forderte ich sie auf, während ich an ihnen vorbeieilte. »Ich muss duschen.«

»Was … Taleyi?«, rief mir Lumiel nach, doch ich ignorierte sie.

Ich seifte mich drei Mal ein. Während ich mit meinen Händen das Duschgel auf meiner dunklen Haut verteilte, brannten immer wieder Bilder der letzten Nacht in mir auf. Das eiskalte Wasser stach auf meiner Haut. Ich wusch mir auch drei Mal die Haare. Aber egal, was ich tat, ein Hauch von sommerlichem Gewitter, von aufgeladener Luft und Sturm blieb an mir haften.

Genauso, wie ich das Bild, die Erinnerung, sollte es eine gewesen sein, nicht vollends verdrängen konnte. Hin- und hergerissen zwischen zwei Männern schloss ich gequält die Augen und legte den Kopf in den Nacken. So stand ich eine gefühlte Ewigkeit da und verschwendete Unmengen an Wasser.

Verdammte Scheiße.

Wie sollte ich denn damit umgehen? Was sollte ich nur tun?

Meine Magie reagierte überraschenderweise auf meine wirren Gedanken. Ein Drängen kochte in mir hoch. *Bibliothek*! Das Wort leuchtete grell in meinem Geist auf. Es war so penetrant, dass ich es nicht schaffte, es beiseitezuschieben. Obwohl ich mich am liebsten irgendwo verkrochen hätte, zog ich mich an und putzte mir die Zähne. Bevor ich durch den Vorhang trat, lauschte ich nach draußen. Es war still. Ganz leise schlüpfte ich zwischen den Perlen hindurch und verließ meine Wohnung.

Meine Gabe führte mich zurück zu der Lesenische. Doch anstatt erneut auf den Balkon zu treten, tastete ich das Regal mit meinen Augen nach einem Buchdeckel ab. Einem abgegriffenen dunkelbraunen Buchdeckel. Ich zog es heraus und wog es in meiner Hand. Was hatte das zu bedeuten? Ohne nachzudenken, schlug ich es in der Mitte auf. Mir klappte der Mund auf, als ich registrierte, was meine Augen da sahen. Das war …

Ich blätterte eine Seite vor und eine zurück. Dann zwei. Drei. Zehn. Das Buch war bis auf die Abbildung in der Mitte leer. Und dieses Bild hatte ich schon einmal gesehen.

Ich konnte mich zu gut daran erinnern. Denn es hatte uns allen einen großen Schrecken eingejagt.

Bei Mawu-Lisa!

Da hatte mir jemand etwas zu erklären. Und zwar so einiges. Ich musste in den Bayou. Und zwar sofort. Eilig lief ich zurück in meine Wohnung. Als ich Lumiel und Necdet in der Küche hörte, atmete ich erleichtert auf.

»Nein. Ich bleibe dabei. Süßes sollte niemals eine Hauptspeise sein. Zum Dessert oder für zwischendurch ist es absolut in Ordnung, aber das ist kein Frühstück.« Lumiels Urteil drang leise in den Flur, dabei hörte ich sowohl den Schalk als auch die Ernsthaftigkeit aus ihren Worten. Bei Essen verstand meine beste Freundin keinen Spaß.

»Was nur beweist, dass du überhaupt keinen Geschmack hast«, schoss Nec zurück. Ich schmunzelte. Wie hieß es so schön. Gegensätze zogen sich an! Auf Zehenspitzen schlich ich zu der Kommode und stibitzte Lumiels Autoschlüssel. Das liebevolle Gezanke begleitete mich nach draußen. Schmunzelnd verließ ich die

Wohnung und zog die Tür hinter mir ins Schloss. Ich marschierte eilig auf den Ausgang der Bibliothek zu, als die Türen nach innen aufschwangen und drei Silhouetten im Torbogen erschienen. Verdattert blieb ich stehen und kniff perplex die Augen zusammen. Meine rechte Hand griff fest um den Träger der Tasche, meine linke ballte sich an meiner Seite zu einer Faust.

Die Morgensonne tauchte die Gestalten in einen hellen Schein, sodass es unmöglich war, zu erkennen, wer so ungewöhnlich früh hier aufschlug.

Bis eine der Silhouetten zu sprechen begann.

29. BESUCHEN EIN PYROMANE, EIN PUPPENSPIELER UND EINE MAMBO EINEN NICHTSNUTZ …

»Oh, schaut nur. Der kleine, armselige Nichtsnutz erwartet uns schon.« Etiennes Worte trieften vor Hass auf mich. »Wahrscheinlich hat ihr ein quer sitzender Furz verraten, dass wir in dieses langweilige Loch kommen«, spottete er weiter.

»Babe«, hörte ich Ceciles helle Stimme halb belustigt und halb angewidert aus dem Lichtkreis. »Das ist eklig.«

Ich sah die mittlere Silhouette unscharf mit den Achseln zucken. »Was soll ich sagen? Es gibt weit gemütlichere Orte. Oh, oder meintest du den Furz? Vermutlich funktioniert ihre *Magie* tatsächlich so, Cecile.«

Etiennes Freundin gab ein angeekeltes Geräusch von sich und ich konnte mir die krausgezogene Stupsnase nur zu gut vorstellen. Xavier schnaubte abfällig.

»Was wollt ihr hier?«, fragte ich. Es war zwar nicht besonders klug, Etienne und sein Gefolge zu reizen. Aber aufgrund der Ereignisse der letzten Tage gewann meine Ungeduld. Ich hatte keine Zeit zu verlieren. Und auch wenn Etienne, Xavier und Cecile keine Ahnung hatten, womit wir in den letzten Wochen zu kämpfen gehabt hatten, spürte ich einen Knoten der Wut in meiner Magengegend. Sie hatten schließlich keinen Finger gerührt. Sie waren nicht um Haaresbreite zu verstümmelten Spielzeugen geworden. Sie hatten sich nicht gegen Albträume und Riesenspinnen wehren müssen. Sie hatten sich nicht plötzlich einem Wesen gegenübergesehen, das dazu fähig war, die ganze Welt auszuradieren und dies auch noch lustig fand. Und dennoch war ich der Nichtsnutz? Ich hatte es sowas von satt.

»Dieses *langweilige* Loch, wie du es so philosophisch bezeichnet hast, ist eine Bildungsstätte. Hier wagt man einen Blick über den Tellerrand hinaus, formt seinen Geist und seine Persönlichkeit. Alles Dinge, die ich bei euch jetzt nicht so sehe. Also, was wollt ihr hier?«

Cecile schnaubte nur und Etienne warf die Türen hinter sich zu. Sie fielen laut ins Schloss. Das darauffolgende leise Ächzen war eine Mahnung an ihn, dem Gemäuer mehr Respekt zu zollen. Doch mein Cousin nahm es nicht einmal wahr. Er verstand nicht, dass es Mächte gab, die weit über unser Erbe hinausgingen. Als er wieder zum Sprechen ansetzte, hob ich meinen Blick zu ihm und borgte mir Keos' abfälligen Gesichtsausdruck. Ich war nicht halb so selbstbewusst, wie ich mich gab. Doch ich musste sie loswerden und das erschien mir die beste Möglichkeit, mich nicht mehr klein zu machen.

»Hör mir mal zu, du Kakerlake. Ich weiß ja nicht, woher du deine große Klappe oder dein dich weit überschätzendes Ego nimmst, aber ich glaube, es wird Zeit, dass wir dich mal wieder auf den Boden der Tatsachen zurückholen. Alles hier«, er vollführte eine weitläufige Bewegung mit seinen Armen, »gehört uns. Und du …«, er funkelte mich aus seinen goldbraunen Augen an. Cecile neben ihm grinste hämisch. »Du wirst der erste Fehler sein, den ich als Oberhaupt der magischen Gemeinschaft berichtigen werde.« Er sprach langsam. Kostete jede Silbe aus und legte eine Drohung in seine

Worte, die einem Schwur gleichkamen. Ich senkte meinen Blick. Zwar sprach gerade die Wut aus ihm, aber ich wusste, dass darin auch jede Menge Wahrheit steckte. Er würde mich davonjagen, kaum dass er das Zepter in den Händen hielt. Ich schluckte.

»Jetzt hat es der kleinen Kanalratte doch glatt die Sprache verschlagen«, feixte Cecile. »Wo sind denn deine großen Töne?«

Ich beachtete die Mambo gar nicht. Mein Kopf hob sich wieder und ich starrte direkt in die kalten Augen meines Cousins. Ich spürte ein leises Brodeln in mir. Und das war nicht meine Wut oder meine Ungeduld. Ich hielt den Atem an, als ich blinzelte und es hinter meinen Lidern grün aufleuchtete. Es war nur der Bruchteil einer Sekunde. Das Brodeln, die Macht, es ebbte augenblicklich wieder ab. Aber … ich war mir sicher … ich hatte meine Magie gefühlt. Sie hatte sich aufgebäumt. Und auch wenn sie viel zu schnell in sich zusammengefallen war, für einen Moment hatte sie mich durchflossen.

Mein Cousin und seine Leute bemerkten natürlich nichts davon. Sie sprachen einfach weiter. »Ja. Wo sind denn das Banshee-Flittchen und der Hosenscheißer?«, fragte Etienne.

»Es spricht nicht für deine Führungsqualität, einen dermaßen mächtigen Schattenmann zu verprellen. Und Lumiel mag verstoßen sein, aber eine Banshee ist und wird immer eine Banshee sein. Du bist kurzsichtig und eitel, Etienne. Ihr wollt die kommenden Oberhäupter unserer Gemeinschaft sein. Die Elite von New Orleans. Eine Elite bestehend aus Dummheit, Ignoranz und Faulheit.« Ich war zu weit gegangen. Aus meinem Drang heraus, die Ehre meiner Freunde zu schützen, war ich weit über das Ziel hinausgeschossen. Mein Cousin machte einen bedrohlichen Schritt auf mich zu. Aus alter Gewohnheit wich ich zurück.

»Ich werde dich nicht fortjagen. Ich werde dich verbrennen. Langsam. Du wirst um Gnade betteln, aber ich …« Etienne trat weiter auf mich zu, stutzte jedoch, als ich trotzig mein Kinn anhob.

Ich würde keinen Rückzieher machen. Das war nur mein Cousin, ich hatte schon weit mächtigeren Dämonen die Stirn geboten. Von Etienne würde ich mich nicht mehr kleinkriegen lassen. Ich war nicht mehr die Taleyi von vor ein paar Monaten, die sich einschüchtern und herumschubsen ließ.

»Ich werde dir keine Gnade gewähren. Du wirst langsam verbrennen. Und nicht einmal das Schattenreich wird deine Essenz aufnehmen. Nein, du wirst direkt ins Totenreich eingehen.« Er bleckte seine Zähne und ich widerstand dem Drang, vor ihm zurückzuweichen. Dieses Mal nicht. Nie wieder. Als er direkt vor mir stand, erwiderte ich seinen Blick.

»Xavier«, bellte er und winkte seinen Freund heran.

Xaviers Blick legte sich auf mich. Seine mitternachtsblauen Augen blitzten gierig auf, als er näherkam. Dabei spielte er wieder mit den langen Voodoo-Nadeln. Langsam ließ er sie über seine Finger gleiten, bis sie eine nach der anderen in seiner großen Hand verschwanden. Es wirkte fast wie ein Zaubertrick, ein Kunststück. Doch die Nadeln waren gefährlich. Vor allem in Händen, die wussten, was damit zu tun war. »Spielst du gern mit Puppen, kleine Taleyi?«, fragte Xavier mich. Seine Stimme klang viel zu melodisch, viel zu weich, für das, was sich hinter den Worten verbarg.

Die Kunst der Puppen war tiefste schwarze Magie.

Kaum jemand wagte sich daran, selbst wenn es seinem Erbe entsprach. Ich schluckte hart. Die Puppenmagier brauchten nur einen Gegenstand von der erwählten Person, um sie an die Voodoo-Puppe zu binden. Eine Zahnbürste, ein Haargummi, eine Wimper. Vollkommen egal was. Mit diesem Gegenstand und einem finsteren Ritual, verband der Bocor die Person untrennbar mit der Voodoo-Puppe. Die Nadeln fügten Schmerzen zu. Körperliche sowie geistige. Wenn der Priester die Puppe ins Wasser tauchte, hatte das lebende Gegenstück das Gefühl zu ertrinken. Es war ein furchtbares Schicksal.

»Nun?«, hakte er nach und machte eine schnelle Handbewegung. Wie bei einem Kartentrick wurden aus einer Nadel drei, dann wieder eine, dann verschwand sie in seiner Hand.

Das war nicht gut. Es war zwar verboten, Puppen-Magie gegen ein Mitglied der magischen Gemeinschaft anzuwenden, doch ich war mir sicher, dass in meinem Fall niemand großen Wert auf diese Regel legte. Immerhin war Xavier Etiennes rechte Hand. Ein hochangesehener Sprössling und einer von Lafayettes Lieblingen.

»Komm schon, Alter«, raunte Etienne. »Das wird langweilig.«

Ich hatte keine Ahnung, was die beiden im Schilde führten, doch als Xavier grinsend noch einen Schritt auf mich zukam, tastete ich mich langsam rückwärts. Dabei behielt ich seine Hände genau im Auge. Ich wich zurück. Schritt für Schritt. Immer weiter.

Bis ich an eine Wand stieß. An eine Wand, die mich sofort in ihren Geruch und ihre warme Stärke hüllte. »Hoppla«, murmelte sie sarkastisch hinter mir. Ich spannte mich an.

Xaviers Blick wurde finster. Seine Augen glitten von mir zu der sprechenden Wand und wieder zu mir. Seine Kiefer mahlten und diesmal war er es, der einen Schritt zurückwich. Doch dieser dunkle, unheilvolle Blick blieb auf mir haften. Ich spürte ihn auf mir brennen.

Etienne schaute über meine Schulter und hob beide Augenbrauen. Als die dunkle Essenz aber den Raum flutete, über uns hinweg strich und die Bibliothek einnahm, überwog eindeutig die Furcht. Bei allen dreien. Etienne wankte langsam zurück. Widerwillig. Er starrte Keos aus großen Augen an.

Ich war mir sicher, dass sie nicht wussten, was Keos war. Er verschleierte seine dämonische Präsenz. So hatte er auch Madam Aurelie getäuscht. Aber sie spürten, dass Gefahr von ihm ausging. Gefahr und Macht. Und so stellte sich Etienne voller Widerwillen neben Xavier.

»Liebes«, raunte Keos in süßem Tonfall. Der sarkastische Unterton ließ mich die Zähne zusammenbeißen. »Willst du uns nicht vorstellen?«

Nein. Nein, das wollte ich so gar nicht. Ich wusste, dass Keos keinen Schutz brauchte, aber genau das wollte ich unbedingt. Ihn vor dem Gift, das Etienne versprühte, beschützen. Der Chaosdämon war jetzt ein Teil unserer Gruppe und die diskriminierende Art der Elite würde auch ihn nicht verschonen. Da war ich mir ziemlich sicher.

»Das ist Etienne. Mein … Etienne Dubolouis«, stellte ich mit genauso zuckersüßer Stimme die Elite New Orleans nach und nach vor. »Ein Elementarmagier, der das Feuer beherrscht. Seine Freundin Cecile, eine begnadete Mambo, die sich auf Flüche spezialisiert hat, und sein Kumpel Xavier, ein Puppenmagier.«

Keos' Hände griffen sanft an meine Taille und hielten mich fest. »Soso. Etienne … «, murmelte er.

»Und wer bist du?«, entgegnete mein Cousin trotzig, als ich keine Anstalten machte, den Mann hinter mir ebenfalls vorzustellen.

»Und sie sind gekommen, um dich zu besuchen?« In Keos' Stimme schwang ein gefährlicher Unterton mit.

»Ähm …«

»Eigentlich soll ich dir von meinem Vater ausrichten, dass er dich zu sehen wünscht«, schoss es aus Etienne heraus.

Überrascht hob ich meinen Kopf und schaute ihn an. »Ach ja?«

Er nickte. Seine Aufmerksamkeit galt immer noch Keos. Etiennes Blick haftete an ihm in einer Mischung aus Trotz, Hass und Furcht. Mein Cousin ließ nun auch seine Essenz an die Oberfläche fließen. Die Elementarmagie des Feuers. Er hob einen Arm etwas an. Aus seiner geöffneten Handfläche züngelten Flammen hoch und Funken stoben auf. Sie tanzten über seinen Arm, ohne ihn zu verbrennen. Seine Feuermagie war stark und heiß. Mächtig.

Ich hätte ihm sagen können, dass das keine gute Idee war. Ich hätte ihn warnen können, doch ich tat es nicht. Er hätte auch nicht auf mich gehört. Die dunkle Essenz floss über mich hinweg, schien mich warm zu begrüßen. Sie drängte die Elementarmagie meines Cousins einfach zurück. Erstickte das Feuer wortwörtlich im Keim.

Etienne riss die Augen noch weiter auf. Ich konnte deutlich sehen, dass er stark dagegenhielt. Schweiß stand ihm auf der Stirn und sein Blick war starr auf den Punkt hinter mir, wo ich Keos' Brust vermutete, gerichtet. Der wiederum atmete entspannt und seinem lockeren Griff war anzumerken, dass es nicht einmal einen Hauch an Anstrengung oder Willensstärke seinerseits bedurfte gegen Etienne zu bestehen.

Schließlich gab Etienne auf. Er biss die Zähne zusammen und zog seine Magie zurück. Was ich in seinen Augen sah, war gefährlich. Diese Mischung aus Angst und Hass war bei einem Narzissten niemals gut. »Ja«, zischte er und neigte den Kopf leicht in meine Richtung, ohne mich auch nur eines Blickes zu würdigen. Er klang sachlich, fast schon höflich. »Ja. Und zwar so bald wie irgend möglich. Also sieh lieber zu, dass du deinen Arsch gleich zu ihm bugsierst.«

Hinter mir ertönte ein leises Hüsteln. »Sorry. Ganz schön staubig hier drin. Die alte Bruchbude, in der die ein oder andere Kakerlake haust, sollte dringend mal wieder auf Vordermann gebracht werden«, murmelte Keos leichthin.

Etienne wurde kreidebleich. Cecile stieß ein leises Wimmern aus und ich verkrampfte. Wie lange stand er schon hier in den Schatten? Was hatte er alles gehört?

»Es geht um die Türen und deine Verrücktheiten.«

»Verrücktheiten?«, fragte Keos hinter mir.

»Ja. Dieses … « Mit seinen Augen wanderte er wieder hoch zu Keos. Er haderte ganz offensichtlich mit sich.

Ich hatte mich noch immer nicht umgedreht. Doch ich spürte die Anspannung, die in der Luft lag.

»Taleyi«, spie Etienne schließlich aus, als wäre mein Name ein Schimpfwort. »Vor Monaten schon ist sie vollkommen aufgelöst zu uns gekommen und hat meinen Vater bedrängt, hierher zu kommen. Er sollte irgendwelche Türen kontrollieren. Anscheinend hat ihre Paranoia nicht aufgehört, aber mittlerweile glaubt selbst mein Vater diese seltsamen Flausen, die sie ihm in den Kopf gesetzt hat. Keine Ahnung, worum es geht. Auf alle Fälle hätte er sie schon damals vor die Tür setzen sollen.« Etienne zuckte die Achseln. »Vielleicht lässt er sie auch deshalb zu sich rufen. Vielleicht kommt er diesem Versäumnis endlich nach.«

Interessant. Mein Cousin hatte offensichtlich keine Ahnung vom Labyrinth und seinen Geheimnissen. Lafayette hatte wohl kein so großes Vertrauen in ihn.

»Wie dem auch sei. Er wünscht, dich umgehend zu sehen.«

»Ich komme heute Abend«, antwortete ich. Selbst wenn ich neugierig darauf war, was Lafayette mir zu sagen hatte, ich musste zuerst Mama Safiya aufsuchen. Eines nach dem anderen.

Und was auch immer Keos hinter mir trieb, es brachte Cecile dazu, die Eingangstür zur Bibliothek langsam wieder zu öffnen, und Etienne nickte nur stumm, obwohl er mich dabei noch hasserfüllter als sonst ansah. »Okay. Ich richte es ihm aus«, fauchte er giftig und drehte sich zum Ausgang.

»Was bei allen Dämonen war das?«, wollte Keos wissen.

»Das waren Etienne und sein Gefolge«, erklärte ich.

»Nicht dieser Haufen von Schwachmaten. Du!« Er klang wütend. Richtig wütend.

»Ich?«

»Ja. Du!«

Ich drehte mich um und hob entrüstet meine Augenbrauen. »Was war denn mit mir?«

»Du hast gegen Kreaturen gekämpft, die so gefährlich und bösartig sind, dass es die mächtigsten Zauber und viel zu große Opfer gebraucht hat, um sie zu verbannen. Und trotzdem kuschst du vor einem kleinen Pyromanen und seinem Puppenspieler?«

Würde Keos' Wut nicht über meine Haut flimmern, hätte ich ob seiner Beschreibung von Etienne und Xavier lachen müssen. So aber verschränkte ich abwehrend meine Arme vor mir und verengte die Augen.

»Du hast keine Ahnung, wovon du sprichst.«

»Nein?«, fragte er mich.

»Nein.« Doch. Er hatte recht. Ich hasste es, aber ich war schlussendlich wirklich vor ihnen zurückgewichen. Ich war gewachsen, über mich selbst hinausgewachsen. Necdet und Lumiel waren meine Zuflucht. Sie hatten mir immer den Rücken gestärkt und mir versichert, dass ich genug war. Keos reizte mich und bestärkte mich darin, mich immer und immer wieder an mir selbst zu messen, bis sich die Grenzen ausdehnten. Ich hatte gelernt, mich zu verteidigen und war zweifelsohne in den letzten Wochen stärker und selbstbewusster geworden. Und doch … alte Muster ließen sich nur schwer ablegen. Etienne, Xavier und die anderen kannten meine Schwachstellen, und sie hatten es sich zur Aufgabe gemacht, zielgenau ihre Finger auf die Wunde zu legen. Doch ich war nicht mehr hilflos. Wütend auf mich selbst, funkelte ich Keos an.

»Das sah mir aber verdammt danach aus, Liebes.« Er erwiderte meinen Blick, der ihn vollkommen kalt ließ.

»Wage es nicht, das auszusprechen, von dem ich glaube, dass du es sagen willst«, blaffte ich ihn an. Ich wusste, dass das eine schwache Vorstellung gewesen war. Dazu brauchte ich keinen herablassenden Chaosdämon, der mir das auch noch auf den Kopf zu sagte.

Keos hob eine Augenbraue und sah mich demonstrativ an. Sein Schweigen sagte mehr, als Worte es gekonnt hätten. Scham und Wut kämpften in mir um die Oberhand.

»Ich …«, fing ich an. »Ich …«

Keos' Braue wanderte noch weiter nach oben.

»Ich …«

»Was weißt du schon?« Er hatte keine Ahnung, wie es war, wenn man über Monate gesagt bekam, dass man nicht ausreichte. Dass man zu schwach war, zu wenig. Eine Enttäuschung. Auch eine erwachsene Frau brauchte ab und zu die Bestätigung, dass sie genug war.

»Es stimmt, wir haben uns erst vor kurzem getroffen, aber in der Zeit habe ich eine ganze Menge von dir gesehen. Deine Stärke, deinen Mut, deinen Kampfgeist für deine Freunde einzustehen. Wer sind diese«, er hielt kurz inne und suchte nach dem richtigen Wort, »unbedeutenden Wesen denn schon, dass du dir von ihnen sagen lässt, was du wert bist.« Er trat einen Schritt auf mich zu und funkelte mich an. Aber unter dem Zorn lag eine andere Emotion. Schmerz. Mir stockte der Atem. Was hatte das zu bedeuten? Keos schüttelte seinen Kopf. »Ich weiß, dass du sie auf irgendeine verkorkste Weise als deine Familie siehst. Ich weiß aber auch, dass sie es nicht wert sind, als solche von dir betrachtet zu werden. Ich weiß, dass du verdammt noch mal mehr wert bist als sie alle zusammengenommen. Als diese ganze Gemeinschaft, die hier jeder so wichtig zu nehmen scheint. Und ich weiß, dass du dich heute früh einfach weggeschlichen hast.« Er schloss seine Aufzählung und machte mich sprachlos. Kopfschüttelnd drehte er sich um und schlenderte weg. Nach ein paar Schritten blieb er stehen und schaute über seine Schulter zurück zu mir. »Ich weiß auch, dass deine *Familie* große Stücke auf dich hält.« Dann verschwand er.

Ich wollte ihm nachlaufen. Ich wollte ihm sagen, dass … doch ehe ich dazu kam, brachte mich ein Geräusch zum Stutzen.

»Du bist die Farbe in meiner grauen Welt. Du bist der Herzschlag in meiner toten Brust. Du bist die Sonne in meiner ewigen Nacht. Und du bist die Wärme in meiner gefrorenen Seele. Du bist meine Familie. Lass mich auch deine sein«, hörte ich plötzlich zärtlich geflüsterte Worte in meinem Ohr. Doch niemand außer mir war hier. Das Bild kam aus dem Nichts. Eine Männerhand, die mir unfassbar sanft über die Wange strich und Lippen, die liebevoll meine Stirn küssten. Mein Herz zog sich zusammen und dehnte sich dann voller Liebe ins Unendliche.

Als ich wieder klarsehen konnte, spürte ich eine verräterische Nässe an meinen Wangen. Meine Kehle brannte.

Wortlos drehte ich mich um und verließ die Bibliothek.

Lumiels Höllengefährt stand einsam auf dem großen Parkplatz. Ich kramte den Schlüssel heraus, stieg ein und startete den Wagen. Während ich ausparkte, ertönte *The Dark Secrets of The Deep Swamps of New Orleans* aus den Boxen. Eines der besten Lieder überhaupt. Ein Text, der es verstand, New Orleans' Wesen einzufangen. Eine Melodie, die einen mit sich zog.

Du bist meine Familie. Lass mich auch deine sein. Worte voller Liebe, Vertrauen und Respekt.

Die ganze Autofahrt benetzten heiße Tränen meine Wangen, genauso wie ich das Lied in Dauerschleife erklingen ließ. Während mein Herz mit jedem Takt ein wenig mehr brach, und meine Seele sich in dem Beat verlor, bis nur noch Schatten übrig waren.

✧ ✧ ✧

»Taleyi«, wurde ich schon an der offenen Tür begrüßt.

Sie hatte gewusst, dass ich kommen würde. Natürlich hatte sie es gewusst.

»Komm rein, komm rein. Ich habe uns frischen Eistee eingeschenkt.«

Neben dem Glas auf dem Tisch lagen eine Packung Taschentücher und eine kleine Dose mit einem leuchtend hellblauen Gel darin.

»Mama Safiya ...«

Die alte Frau ließ sich demonstrativ auf einen Stuhl fallen und bedachte mich mit einem Blick, der Bände sprach. Ich würde keine Antworten erhalten, solange ich nicht ihre Gastfreundschaft annahm, Eistee mit ihr trank und ein wenig Small-Talk betrieb. Es war genau wie bei unserem letzten Besuch. Mama Safiya bedachte mich noch immer mit einem abwartenden Blick und trank einen großen Schluck aus dem schweren Glas. Seufzend setzte ich mich.

»Die Hitze ist bald vorüber. Ich kann den Regen flüstern hören. Die Wolken nahen bereits am Horizont.«

Während sie sprach, nahm ich das Glas und führte es an die Lippen. Ich schüttete den gesüßten Eistee praktisch in mich hinein. Das Weinen und der Marsch in der drückenden Hitze hatten mich vollkommen ausgetrocknet.

»Mama Safiya ...«

»Seit du das letzte Mal hier warst, bist du gewachsen, Taleyi.«

Ich schaute sie verwirrt an. Ihre braunen Augen wirkten glasig, doch sie betrachtete mich eingehend von Kopf bis Fuß. Ihr leuchtender Turban saß ein wenig schief, aber ich würde es ihr niemals sagen.

»Mama Safiya ...«

»Nein. Noch nicht ganz gereift. Aber bald. Bald passt du in die Schuhe. Deine Schuhe.«

Hatte sie jetzt vollkommen den Verstand verloren? Hilflos sah ich auf meine Turnschuhe.

»Mama Safiya«, setzte ich nun energisch zum vierten Mal an.

»Ja, nicht mehr ganz so kleine Taleyi?«

Ich unterdrückte ein Stöhnen und hievte das Buch aus der Tasche. Dafür, dass es so gut wie leer war, wog es ziemlich viel. Weshalb hatte jemand hunderte von weißen Seiten gebunden? Nur um das, was eine einzige Doppelseite preisgab, zu verbergen?

Das Orakel starrte auf den dunkelbraunen, abgegriffenen Einband. Ihre schütteren Augenbrauen tanzten aufgeregt in ihrem runzeligen Gesicht.

Ich öffnete das Buch genau in der Mitte. Bisher hatte ich es vehement vermieden, den Blick auf eine gewisse Stelle zu richten. Doch nun richteten sich meine Augen auf die Wand mir gegenüber. Auf ein Gemälde oberhalb von Mama Safiyas Schulter.

30. ICH SEHE WAS, WAS DU NICHT SIEHST ...

Wie hypnotisiert starrte ich auf das große Bild an der Wand. Die gebannten Schlangen schienen mich im Blick zu haben. Während meine Augen auf das Gemälde gerichtet waren, war Mama Safiya vollkommen eingenommen von der perfekten Kopie in dem Buch.

Ihre Hand schoss vor und einer ihrer knorrigen Finger strich sanft über das alte, vergilbte Papier.

»Es ist so weit«, murmelte sie leise. »Es ist so weit.«

»Was ist so weit?«, fragte ich.

Mama Safiya antwortete nicht gleich. Ihr Zeigefinger folgte dem Umriss des gemalten Körpers auf der Abbildung. Sie berührte einen Punkt unter dem Schlüsselbein. Aus dem Augenwinkel sah es so aus, als wäre ihr Fingernagel der Anhänger einer Halskette. *Oder etwas Ähnliches*, schoss es mir durch den Kopf. Was für ein seltsamer Gedanke. Dann wanderte ihr Finger weiter und mit ihm meine skurrile Überlegung.

»Es ist so weit. Aber bist es du? Oder ist es die Geschichte?«, fragte mich das alte Orakel mit unheilvoll zitternder Stimme.

Ich unterdrückte ein Seufzen. Etwas sagte mir, dass dieses Treffen eine Art Wiederholung des letzten sein würde.

»Mama Safiya, bitte. Was hat diese Zeichnung zu bedeuten? Warum ist sie in einem ansonsten vollkommen leeren Buch? Warum hängt das Originalbild hier bei dir im Haus?« Die Fragen schossen aus mir heraus. Meine Worte wurden immer eindringlicher und als das letzte verklungen war, legte ich eine Hand auf die ihre. Auf die Zeichnung. Sofort zog ich sie zurück. »Wa …«

Für einen Sekundenbruchteil hatte ein Muster auf der Haut der Mambo aufgeleuchtet. Auf dem Brustbein, unterhalb der kleinen Kuhle zwischen dem Schlüsselbein. Wie der Anhänger einer Halskette, nur dass der Anhänger unter der Haut geleuchtet hatte. Ich schluckte. Hatten sich die Gesichtszüge der Frau verändert? Die Augen, sie hatten – verwirrt schüttelte ich den Kopf.

Mama Safiya hatte sich nicht gerührt. Völlig unbeteiligt, starrte sie die Zeichnung an. Mein Blick schoss wieder zu dem großen Zwilling an der Wand. Irgendetwas stimmte nicht mit dem Bild.

»Hast du das gesehen?«, fragte ich.

»Wir sehen. Wir wissen. Du erinnerst dich an das, was nie war. Du weißt, was du nicht wissen kannst. Nicht wahr? Wir sehen, Taleyi. Wir sehen, ohne die Augen zu benutzen. Wir wissen, ohne es erfahren zu haben. Und doch ist es echt, wo es zur gleichen Zeit auch Trug ist.«

Wirre Worte. Ich versuchte, aus dem Gesagten schlau zu werden, einen Sinn herauszuhören. Irgendwas.

»Ja, Mama Safiya«, entgegnete ich, als verstünde ich, was sie mir sagen wollte. »Wir haben Keos … Wir haben Keos gefunden. Du hattest recht. Wir brauchten ihn.« Ich weiß nicht, auf was ich gehofft hatte. Naja, vermutlich zumindest auf eine minimale Reaktion ihrerseits. Doch ich wurde enttäuscht.

Mama Safiya überging das Gesagte einfach. »Du musst dich beeilen.« Ihr Tonfall war drängend und sie sah mir eindringlich in die Augen. Mein Mund wurde trocken. »Die Geschichte wartet nicht auf dich, Taleyi.« Die Alte griff überraschend fest nach meiner Hand. Uraltes, mächtiges Wissen leuchtete aus den braunen Iriden hervor. Eine Macht, die so urtümlich wie unbegrenzt war.

Meine Magie summte unter meiner Haut. So als würde sie Mama Safiya begrüßen wollen.

»Du musst dich beeilen. Das Schicksalsrad, Taleyi. Dreh endlich am Schicksalsrad.« Sie sprach weiterhin mit dieser unheimlichen Ruhe. Doch ich spürte, dass sie ungehalten wurde. Als wäre ich ein stures Kind, das einfach nichthören wollte. Aber das Orakel sprach für mich in fremden Zungen.

»Ich habe am Schicksalsrad gedreht«, entgegnete ich. »Ich habe Lys aufgehalten.«

»Ich weiß.« Mama Safiya wirkte vollkommen unbeeindruckt. »Ich habe es gesehen. Ich habe es gespürt. Wir alle. Wir alle, die diese Gabe teilen. Die Welt hat aufgeatmet. Das Schicksal hat gelächelt.«

Sie hat es gesehen? Gut. Endlich Sätze, die Sinn ergaben. »Aber in diesem Fall hat eine Kreatur in die natürliche Ordnung eingegriffen«, setzte ich nachdenklich an.

»Du hörst nicht zu, Kind. Hör doch bitte zu.« Mama Safiya verlor sichtlich ihre Geduld mit mir. Ich erwiderte still ihren Blick. »Die Geschichte eilt voran. Sie wird flüssig erzählt. Doch du hinkst ihr hinterher, weil du ihr lauschst, anstatt sie zu erleben. Das Rad des Schicksals liegt in deiner Hand.«

Mir dröhnte der Kopf. All die Worte, die keinen Sinn ergaben, hämmerten hinter meinen Schläfen auf mich ein. Ich erlebte die Geschichte nicht nur. Ich steckte mittendrin. Wenn ich nur lauschen würde, würde ich nicht hier sitzen. Ich würde mich blind für das Offensichtliche und taub für die Vorboten zurücklehnen. So wie es die Gemeinschaft tat. So wie es das Orakel tat. Oder hatten sie auch nur einen Finger gerührt, um in die Geschichte einzugreifen?

Schwarze Flecken begannen vor meinen Augen zu tanzen, als der Schmerz in meinem Kopf zunahm. Ich griff nach dem Glas vor mir und trank es leer. Als ich es wieder auf den Tisch stellte, flackerte meine Sicht nebulös auf.

Eiswürfel klirrten leise, als ich den Sazerac in dem niederen Cocktailglas schwenkte. Er leuchtete dunkel und verführerisch im Kerzenschein. Ich stellte das Glas auf das dunkle Holz der Theke und leckte mir die Schärfe von der Oberlippe.

»Taleyi«, hauchte mir eine Männerstimme rauchig ins Ohr und mein Mund verzog sich zu einem sinnlichen Lächeln. Dann löste sich das Bild auf.

Mama Safiya sah mich an. Ihre Lippen bewegten sich, doch ich hörte keinen Ton. Sie wirkte nicht überrascht. Nicht einmal ein bisschen. »Du siehst, was du nicht sehen kannst. Du musst dich beeilen.«

»Ich verstehe nicht, was du mir sagen möchtest. Sind das Erinnerungen von früher? Mama Safiya? Erinnere ich mich an mein Leben vor dem Erdbeben?«

»Nein. Nein. Vor dem Erdbeben ist unwichtig, Kind. Hör doch zu. Wichtig ist jetzt. Wichtig ist, dass du siehst, was du nicht sehen kannst.«

»Weshalb ist dieses Gemälde«, ich deutete auf die Mambo und die beiden Schlangen an der Wand, »auch in diesem Buch? Was haben diese Bilder zu bedeuten, die ich sehe? Ich dachte, es wären Erinnerungen.«

»Sind es, sind es.«

Ich fuhr hoch. »Es sind Erinnerungen?«

Sie nickte.

»Aber nicht meine Erinnerungen?«, hakte ich nach.

»Das ist die falsche Frage. Weshalb stellst du nur immer die falschen Fragen?«

Die Stimmung änderte sich. Das Orakel funkelte mich ungeduldig an. Ihre Finger krallten sich in mein Handgelenk, während die der anderen Hand den Stock so festhielten, dass ich schon fürchtete, ihre Knochen würden allesamt brechen. »Siehst du jemanden?«, flüsterte sie und grub ihre Nägel tiefer in meine Haut.

Dieses Mal verstand ich zur Abwechslung einmal, was sie meinte. Sah ich jemanden in diesen Träumen und Visionen? Die Antwort war nicht so einfach. Ich sah jemanden und gleichzeitig auch nicht, denn …

»Ja.« Ich verengte meine Augen und versuchte, das Bild heraufzubeschwören. »Aber ich erkenne nicht, wer es ist.«

Mama Safiya deutete mir fortzufahren.

»Es ist ein Mann. Er kennt mich. Er kennt meinen Namen. Ich liebe ihn.« Ich schaute zu Boden. »Lebt er noch?«, fragte ich leise. Ich brauchte einen Hinweis. Einen Rat. Irgendetwas.

Das Orakel schwieg.

»Manchmal sehe ich eine Frau. Diese Bilder sind anders.« Ich schaute Mama Safiya in die Augen.

»Anders?« Sie hob fragend ihre Augenbrauen.

»Ja. Ich sehe mich auch selbst, wenn ich Kami sehe.«

»Kami«, wiederholte Mama Safiya. Es klang nicht wie eine Frage. Trotzdem antwortete ich.

»Ja, ich habe sie in einem dieser Tagträume oder Erinnerungen so genannt. Was bedeutet das alles? Wer sind diese Leute?«

Mama Safiya beugte sich langsam vor und legte eine Hand auf meine Wange. Ihre runzelige Haut fühlte sich seltsam weich an und eine angenehme Kühle strahlte von dem Kontakt aus. Vertrieb die letzten ziehenden Schmerzen in meinem Kopf, die von der Vision herrührten.

»Du stellst immer noch die falschen Fragen. Aber das ist okay. Manchmal hörst du zu. Du hast das Chaos gefunden. Du beginnst zu sehen. Vielleicht bringt die Unordnung dich dazu, Ordnung in alles zu bringen. Nur Chaos besiegt das Chaos. Womöglich verstehst du es bald.« Sie tätschelte aufmunternd meine Wange und stand dann auf. »Du musst jetzt gehen.«

»Warte«, schoss es aus mir heraus. Ich brauchte mehr. Mehr Antworten. Mehr Erklärungen. Einen weiteren Hinweis. Panisch griff ich nach ihrem Handgelenk.

Mama Safiya legte sanft ihre freie Hand auf meine. Sie fühlte sich faltig, rau und warm an. Ihr Blick lag in einer fast schon großmütterlichen Sanftmut auf mir. »Nein. Du musst erst herausfinden, wer genau du bist, bevor du die Geschichte verstehst. Bevor das letzte Kapitel beginnt, musst du erkennen, ob du Erzähler oder Zuhörer bist. Bist du eine der Figuren auf dem Spielbrett oder die Hand, die sie führt. Oder bist du der Spielmacher selbst?«

Diesmal konnte ich mein Seufzen nicht unterdrücken. Ich hatte keine einzige Antwort bekommen. Es war schlimmer als bei meinem letzten Besuch hier.

»Du solltest das Buch dorthin zurückbringen, wo du es gefunden hast. Es war sicher nicht ohne Grund genau an diesem Ort.«

Ich klappte den schweren Einband zu und steckte es in die Umhängetasche. Eine Bewegung ließ mich meinen Blick heben. Die Schlangen hatten ihre Gesichter anders positioniert. Sie waren mir zugewandt. Ihre Pupillen fixierten mich. Sie beobachteten mich. »Wie lange sind sie schon gefangen?«, fragte ich.

»Viel zu lange. Aber ihre Herrin ist unterwegs. Ich kann es sehen.«

»Weshalb hat sie sie zurückgelassen?«

Mama Safiya schüttelte lächelnd ihren Kopf. »Manchmal muss man jemanden zurücklassen, um ihn zu retten.« Mir war, als spräche sie nicht mehr von den Schlangen. Nicht mehr ausschließlich zumindest.

»Aber jetzt kehrt sie zurück?« In meiner Brust zog es schmerzhaft. Ihre Worte berührten etwas in mir. Eine Saite, die eine tragische Melodie anstimmte. *Manchmal muss man jemanden zurücklassen, um ihn zu retten.* Das klang so traurig, auch wenn der Satz die Hoffnung auf Rettung barg. Unweigerlich schossen mir die Gesichter der Personen, die mir am nächsten standen, durch den Kopf. Lumiel. Necdet. Keos. Um sie zu retten, wäre ich bereit große Opfer zu bringen. Und dann schoben sich die verschleierten Bilder des Mannes ohne Gesicht und Kami, die Frau aus meiner Erinnerung davor. Hatte ich sie zurückgelassen?

»Pass auf dich auf, Taleyi. Strebe vorwärts und nicht zurück. Was du siehst, doch nicht sehen kannst, ist wahr. Du musst nur genauer hinschauen. Dann wirst du es erkennen. Öffne deine Augen, aber sieh mit deinem Herzen. Schließe deine Augen und erkenne, was du mit offenem Blick nicht erkennen kannst. Dreh am Schicksalsrad, Taleyi. Dreh es, ehe es zu spät ist.«

Ich nickte lächelnd, stand auf und winkte ihr zum Abschied. Dann war ich auch schon zur Tür hinaus.

✧ ✧ ✧

»Mister Dubolouis erwartet Sie in seinem Arbeitszimmer«, begrüßte mich das Hausmädchen pflichtbewusst. Ich trat an ihr vorbei durch die Tür. Es roch nach Holzpolitur, teuren Zigarren, grenzenlosen Reichtum und noch viel grenzenloserer Macht.

Die junge Frau schloss leise die Tür und blieb mucksmäuschenstill neben dem Eingang stehen. Nur ihr Blick folgte mir.

Langsam setzte ich mich in Bewegung. Das Geländer der breiten Treppe war frisch poliert worden. Oben angekommen wandte ich mich der zweiten Tür auf der rechten Seite zu. Ich klopfte an. Das »Herein« kam nur gedämpft aus dem Raum.

Lafayette saß an seinem riesigen Schreibtisch gegenüber der Tür. Als ich eintrat, blickte er auf. Seine missmutige Miene entspannte sich, als er mich erkannte. Wen hatte er erwartet? Seine Familie und die Angestellten des Hauses hielten sich von diesem Zimmer fern, wenn er arbeitete. Das wusste ich von den Tagen direkt nach dem Erdbeben, die ich hier verbracht hatte. Vielleicht hatte er befürchtet, jemand aus der magischen Gemeinschaft würde ihn aufsuchen? Oder einer der Geschäftsinhaber des French Quarter mit einem Anliegen?

»Taleyi, komm rein. Schließ die Tür.«

Ich tat wie mir geheißen und trat dann vor den Tisch. Dort lagen fein säuberlich gestapelte Unterlagen, geordnete, dunkelrote Aktenordner säumten die linke Seite. Ein schwerer Briefbeschwerer aus Gold stand vergessen neben dem Kristallbehälter, in dem teure Füller steckten.

Hinter Lafayette verkleidete ein Regal die gesamte Rückwand. Es war aus demselben Holz wie der Tisch gefertigt und beinhaltete neben ein paar Büchern noch eine Menge weiterer Ordner. Die Schreibtischlampe flackerte hell und lenkte meinen Blick zurück auf meinen Onkel. Er zog seine buschigen Augenbrauen zusammen und kontrollierte die letzte Zahlenreihe auf dem Papier.

Ich hatte keine Ahnung, ob er sich mit Absicht dabei Zeit ließ, oder das Gekritzel wirklich so viel Aufmerksamkeit in Anspruch nahm. Aber die Ungeduld schwelte in mir und kochte langsam über.

»Du kannst auch in die Bibliothek kommen, sobald es dir besser in den Terminplan passt, Lafayette.«

Er schaute abrupt hoch und Überraschung glitt über seine Züge. Ob er vergessen hatte, dass ich da war, oder ihn die veränderte Dynamik zwischen uns aus dem Konzept brachte, vermochte ich nicht zu sagen.

Sein Schnauzer wackelte kurz. »Nein. Nein. Es ist dringend.« Er erhob sich und ich musste meinen Kopf in den Nacken heben, um ihm weiter ins Gesicht zu sehen. Lafayette trat auf einen kleinen Beiwagen neben dem Wandregal zu, griff nach einer der Karaffen und schwenkte die Flüssigkeit darin. »Möchtest du auch einen Drink.«

Ich nickte. »Sazerac. Bitte.«

Wortlos wandte er sich dem Servierwagen zu, der neben seinem Schreibtisch stand. Er nahm zwei Old-Fashioned-Gläser und füllte sie mit ein wenig Absinth. Geduldig schwenkte er die Gläser, bis die klare Flüssigkeit die Innenseite benetzte, aber sich nichts mehr auf dem Grund der Gläser sammelte. Dann vermengte er in einem hohen Mixgefäß Rye Whiskey, Angostura, Peychaud Bitter und Zuckersirup. Bei jedem Handgriff wirkte Lafayette hochkonzentriert. Selbst die Eiswürfel, die er mit der vorgesehenen Zange aus einer eleganten Kühlbox nahm, wählte er mit Bedacht. Die Zitronenschalen lagen auf einem kleinen Teller, zusammen mit zwei ungeschälten Zitronenhälften bereit. Sowohl die Früchte als auch die gehobelten Schalen leuchteten gelb und frisch. Wie oft wurden sie wohl an einem einzigen Tag von einem der Hausmädchen ausgetauscht? Sie zeigten noch nicht das leiseste Anzeichen einer trockenen Stelle. Lafayette begann die Zutaten zu verrühren. Dabei galt seine gesamte Aufmerksamkeit der Zubereitung. Bevor er den Inhalt großzügig auf die Gläser verteilte, schraubte er einen kleinen Siebaufsatz auf das Mixgefäß und gab ein paar Spritzer Zitronensaft direkt in die Gläser. Das Sieb verhinderte, dass die Eiswürfel und die Schalen in das Glas gerieten. Fast akribisch genau, auf alle Fälle aber großzügig, schenkte Lafayette den dunklen Cocktail in die Gläser und drehte sich endlich wieder zu mir um.

»Bitteschön.« Er reichte mir eines der Gläser. Ich nahm es entgegen und hob es dann leicht an, bevor ich es an die Lippen führte und trank.

»Nicht, dass ich einen guten Sazerac nicht zu schätzen wüsste, und dieser ist wirklich ausgezeichnet. Aber dürfte ich nach dem Grund fragen, weshalb du mich hierhergebeten hast, Lafayette?« Ich bemühte mich um einen höflichen Ton. Mein Onkel wusste Personen, die schnell auf den Punkt kamen schon immer zu schätzen. Ihm gebührenden Respekt zu zollen, kam für ihn an oberster Stelle.

Das Oberhaupt der magischen Gemeinschaft musterte mich streng. Der Blick aus seinen goldbraunen Augen schien ebenso konzentriert, wie eben bei der Zubereitung des Cocktails. »Du hast dich verändert, Taleyi.«

Ich straffte die Schultern.

Mein Onkel lächelte. »Du bist stärker geworden. Du bist auf einem guten Weg, dem Namen Dubolouis würdig zu werden.«

Ich leerte das Glas in einem Zug. Die Art, wie er das gesagt hatte, klang nicht nach einem Kompliment. Eigentlich hatte er missbilligend, ja fast erbost geklungen. Natürlich war er nicht zufrieden. Meine reine Existenz schien den Dubolouis ein Dorn im Auge zu sein.

Seufzend strich sich Lafayette über seinen Schnurrbart und neigte in leiser Zustimmung seinen Kopf in meine Richtung. »Du hast mich gewarnt. Du hast gesagt, dass Wesen auf die Welt losgelassen werden. Natürlich ist der Teil mit den Türen Unsinn. Sie sind immer noch verschlossen. Aber tatsächlich scheinen dunkle Kreaturen ihr Unwesen zu treiben.« Er trat neben mich und schenkte mir, ohne zu fragen, nach.

»Ich dachte, die magische Gemeinschaft würde sich darum kümmern?« Zumindest glaubte ich, dass Lafayette längst begabte Mitglieder ausgesandt hatte, um die Lage unter Kontrolle zu bringen. Alles andere wäre mehr als töricht, immerhin häuften sich die Ereignisse mittlerweile in einem Ausmaß, dass sogar die magische Gemeinschaft langsam unruhig wurde.

Lafayette wandte sich für einen Moment ab und griff nach Papieren auf seinem Schreibtisch. »Das haben wir. Mächtige Elementarmagier, Houngan und Mambos sind geschickt worden, den Ereignissen auf den Grund zu gehen. Sie scheinen allesamt vom Erdboden verschwunden zu sein.« Als er mir den Stapel reichte, erkannte ich, dass es ausgeschnittene Zeitungsberichte der magischen Gemeinschaft waren. »Die Orakel weigern sich, zu sprechen. Es ist, als wäre die Welt auf den Kopf gestellt worden.« Wütend donnerte er eine Faust auf den Tisch. »Verdammte Orakel … Ein Haufen starrsinniger Weiber, nichts weiter.«

Was für ein Chauvinist! Seinem Gezeter hörte ich

nur noch mit halbem Ohr zu. Mit meinen Augen hetzte ich über die Schlagzeilen.

Baton Rouge, furchtbare Geschehnisse, Fluch?, Djinn?, Katastrophe, gewaltsame Tode. Was ist hier los?

Mich überkam eine dunkle Vorahnung, worauf das hinauslaufen würde. Konnte es sein, dass es sich bei all diesen Berichten, um hervorgerufene Grausamkeiten und Katastrophen der Wesen handelte? Wenn das stimmte, musste ich mich auf etwas gefasst machen. Ich wollte mir gar nicht ausmalen, was sie alles anrichteten. Dennoch legte ich den ersten Bericht zur Seite und las die nächsten Schlagzeilen.

London. Flut. Wassermassen. Überschwemmungen. Themse. River Fleet. Selbst River Westbourne. Wochenlange, ununterbrochene Regenfälle. Die sinkende Stadt. Was passiert hier?

Ich runzelte die Stirn und blätterte zum dritten Papierbogen.

Bangkok. Kannibalismus. Kinder. Furchtbare Verbrechen. Kinder. Täter keine Erinnerungen. Kinder. Verschiedene Zeugen berichten von weißen Augäpfeln. Bei Ergreifung Iriden vorhanden. Geister? Dämonen? Exorzismus erfolglos. Mittlerweile Dutzende Kinder. Hunderte Opfer. Wir brauchen Hilfe!

»Ich verstehe, dass du als fast nichtmagische Person die Situation absolut nicht einschätzen konntest. Du bist gleich vom Schlimmsten ausgegangen, hast gedacht, die Wesen hinter den Türen wären für die Grausamkeiten verantwortlich. Ich mache dir keinen Vorwurf, aber ich bin enttäuscht, dass du nicht ein wenig mehr Weitsicht mitgebracht hast. Selbst du müsstest wissen, dass man die Siegel nicht brechen kann. Wärst du damals nicht ganz so hysterisch zu mir gekommen, hätte ich dir viele Dinge erklären können und vor allem hätte ich einige der Verbrechen hier verhindern können.«

Ich stand mit dem Rücken zu ihm am Schreibtisch. Nun griff ich erneut nach dem Glas daneben und hielt mich daran fest, während ich mich langsam wieder meinem Onkel zuwandte. Natürlich gab er mir die Schuld. Die Hölle würde eher zufrieren, als dass ein Dubolouis einen Fehler zugab. Ich unterdrückte ein Schnauben und atmete ein paar Mal tief durch. So lange bis ich mir sicher sein konnte, meine Stimme unter Kontrolle zu haben. Es würde nichts bringen, mit Lafayette zu diskutieren. Das hatte es noch nie.

»Was willst du von mir? Weshalb hast du mich hierherbeordert, Lafayette?«

Das Oberhaupt der magischen Gemeinschaft öffnete den obersten Knopf seines Hemdes und lockerte den Kragen. Etwas, das er tat, wann immer er gestresst war. »Was sind das für Wesen, Taleyi? Was bei den Höllenkreisen und allen Lichtwesen zusammen flutet anscheinend sämtliche Teile dieser Welt?«

»Irgendjemand lässt die Kreaturen hinter den Türen frei. In keiner Schrift, egal wie alt, werden furchtbarere Wesen beschrieben als diese.«

Er schien ehrlich in Sorge. Dennoch traute ich ihm nicht. In seiner Gier um Macht und Ansehen hatte er vielleicht doch etwas mit all dem zu tun. Plötzlich wurde es deutlich kühler. Der große Mann vor mir musterte mich abschätzend. Enttäuscht.

»Ich hatte gehofft, du könntest mir behilflich sein. Stattdessen spinnst du dir hier weiter irgendwelche Märchen zusammen.«

Früher hätte es mich verletzt, dass er mir noch immer nicht glaubte. Heute prallte es an mir ab.

Keos' Worte kamen mir wieder in den Sinn. Meine Familie hielt große Stücke auf mich. Und ich auf sie. Denn ich vertraute auf Lumiels und Necs Urteil. Mit dieser Bestärkung im Rücken richtete ich mich auf und erwiderte Lafayettes Blick. Seelenruhig stellte ich mein Glas ab. »Nur weil man aus Angst seine Augen vor etwas verschließt, heißt das nicht, dass es nicht da ist.«

Lafayette gab ein schockiertes Geräusch von sich. Wahrscheinlich hatte schon sehr, sehr lange niemand mehr so mit dem Oberhaupt gesprochen. Dennoch konnte ich aus dem stoischen Zug um seine Lippen schließen, dass er nicht bereit war, mir endlich zuzuhören. Ich drehte mich um und verließ ohne ein weiteres Wort das Arbeitszimmer.

31. EIN STURM ZIEHT AUF

Als ich die Autotür öffnete, sah ich im Seitenspiegel einen seltsamen Schatten, der aus einer der Gassen kroch, und auf die Treppen zu schlich. Mir stockte der Atem, ich stieg mucksmäuschenstill aus dem Wagen und ging auf leisen Sohlen in die Richtung, in die der Schatten verschwunden war. Ein schwacher Wind, der erste seit fast zwei Monaten, kam auf. Nur dass ich ihn fast nicht wahrnahm. Alle meine Sinne waren auf das Wesen vor der Bibliothek gerichtet. Ich wagte es kaum zu atmen. War eine weitere Kreatur ausgebrochen und wartete in den Schatten gierig auf ein Opfer? Gedämpftes Gelächter und seltsam schwer klingende, langgezogene Worte drangen an mein Ohr. Wahrscheinlich Touristen, die einen Sazerac zu viel getrunken oder die Mint Juleps unterschätzt hatten. Scheiße! Ich konnte nur hoffen, dass ihr Weg sie nicht in meine Richtung führte.

Mittlerweile war ich dem Schatten so nahe, dass ich sein wisperndes Flüstern hören konnte. Er hatte sich eine dunkle Nische gesucht, sodass die Lichter ringsum ihn gerade so nicht erfassten. Als ich mich auf eine Armlänge angepirscht hatte, griff ich, ohne nachzudenken, fest an die Schulter der Kreatur und drehte sie zu mir um. Ein Schrei durchbrach die Nacht.

»Taleyi«, rief mir eine entsetzte Stimme zu.

Ich verengte die Augen.

Guidry!

»Was?« Ich rang um Fassung und suchte nach Worten. Ich hatte mit einer Monstrosität gerechnet. Nicht mit dem verwirrten alten Waldgeist, der ständig durch das French Quarter stromerte.

»Was tust du hier?«, fragte ich, als sich mein Herz wieder beruhigt hatte.

Der alte Mann stützte sich schwer auf seinen Stock und betrachtete mich. War das Wut in seinen Zügen? Irritiert darüber, überhörte ich fast seine nächsten Worte, so leise und voller Hass wurden sie gezischt.

»Du magst in der Bibliothek leben. Doch sie gehört nicht dir. Willst du mir verbieten, hier draußen zu sein und mir das Gebäude anzusehen?«

»Was? Ich …«. Überrascht trat ich einen kleinen Schritt zurück. Ich hatte den alten Mann noch nie unfreundlich erlebt. Manchmal war er ein wenig zerstreut. Manchmal schien ihn eine Wehmut zu umgeben, die mir bekannt vorkam. Doch an keinem Tag hatte ich ihn so zornig und voller Hass gesehen.

Guidry sah mich verächtlich an. »Muss ich um Erlaubnis fragen? Brauche ich eine Einwilligung durch diese Straßen zu wandern? Straßen, die bereits seit Jahrhunderten meinen Namen kennen, mich wie einen alten Freund willkommen heißen. Muss ich um Einlass in eine Stadt bitten, die einst ihre Tore für alle magischen Wesen geöffnet hatte?«

Mir fiel die Kinnlade herunter.

»Ihr glaubt, euch gehört die Welt.« Seine Stimme wurde noch aufgebrachter und er fuhr sich mit finsterer Miene durch seinen Rauschebart, wobei er sich offenbar unbemerkt ein paar Haare ausriss.

Ich hob meine Hände in einer beschwichtigenden Geste nach oben. »I-ich habe mich nur erschreckt.«

Guidry sah mich noch einen Moment finster an. Dann lichtete sich langsam die Dunkelheit, die seine Augen eingenommen hatte. Er fasste sich kopfschüttelnd an die Stirn und schien wieder in sich zusammenzuschrumpfen. Nun war er einfach wieder das kleine Männlein, kaum größer, als ich, das sich gebeugt und ein bisschen buckelig auf seinen Stock stützen musste.

»Es ist … Es ist keine Entschuldigung. Ich bin angespannt. Wir alle. Auf der Welt passieren eigenartige Dinge. Die Natur ist in Aufruhr. Die Elemente wirken nervös. Etwas Sonderbares geht vor.«

»Alles gut. Du hast recht, wir sind alle angespannt. Irgendetwas scheint nicht zu stimmen.« Dabei dachte ich an meinen Besuch bei meinem Onkel und mit welcher Ignoranz die magische Gemeinschaft ihre Aufgabe vernachlässigte. Unwillkürlich ballte ich meine Hände zu Fäusten. Die Elite von New Orleans schien vergessen zu haben, dass es ihr oberstes Gebot war, die Menschen vor der schrecklichen Schattenseite der Magie zu bewahren. Würden die Menschen die wahre Magie sehen, in all ihren Strömungen und Tiefen, würden sie den Verstand verlieren. Nicht nur sprichwörtlich, sondern buchstäblich. Die tiefen Sümpfe des Bayou, ihre geflüsterten Geheimnisse und langen, gierigen Schatten würden die Menschen verschlingen und zerstören.

Der alte Waldgeist neigte seinen Kopf und nickte zur Bibliothek. »Irgendetwas stimmt nicht mit diesen Gemäuern. Eine dunkle Macht treibt seit einiger Zeit ihr Unwesen. Gib Acht hinter diesen Wänden, Taleyi. Gib Acht, dass du nicht verschlungen wirst.«

Ich dachte, er spüre, dass die Siegel brachen und die Wesen aus der Bibliothek entkamen, aber seine nächsten Worte ließen mein Herz gefrieren.

»Chaos mag manchmal hilfreich sein. Doch niemals lässt es sich bändigen. Niemals wird es seine zerstörerische Macht bündeln. Es zerstört alles. Es zerschmettert Leben und Seelen. Und es zermalmt Herzen.«

Er konnte nichts von Keos wissen. Niemand außer uns und Mama Safiya wusste, dass der Chaosdämon hier mit uns lebte und kämpfte.

»Entschuldige«, lachte der Waldgeist unsicher. »Jetzt mache ich dir schon wieder Angst. Hör nicht auf einen alten Mann und seine verwirrenden Worte. Es ist spät. Ich muss nach Hause. Der Weg ist weit.«

Kaum war die letzte Silbe verklungen, drehte er sich um und humpelte davon.

✧ ✧ ✧

Erschöpft von den seltsamen, verwirrenden und frustrierenden Ereignissen des heutigen Tages machte ich mich auf den Weg in die Küche. Lumiel war noch auf dem Parkplatz und kontrollierte, ob ihr Höllengefährt auch keinen Kratzer abbekommen hatte. Necdet war unten in der Bibliothek und durchforstete eines der Bücher auf Hinweise zu den Siegeln. Eigentlich wollte ich mich sofort zu ihm begeben, doch mein Körper und mein Geist sagten mir, dass sie eine Pause brauchten. Auf der Türschwelle zur Küche blieb ich, wie vom Blitz getroffen, stehen. Da war so ein Gefühl, dass ich dieses Bild kannte.

Meine Wahrnehmung verschwamm. Dieses Mal war da kein Nebel. Meine Sicht war so kristallklar, als schaute ich durch ein Fenster. Keos stand mit dem Rücken zu mir. Die Küche war größer. Heller. Er trug wie immer schwarz. Ohne darüber nachzudenken, trat ich auf ihn zu und schloss meine Arme von hinten um seine Taille. Es gab kein Zögern. Es war so natürlich wie atmen. Er drehte sich zu mir um und lächelte strahlend auf mich herab.

Keos' schwarze Locken fielen ihm in die Stirn und warteten nur darauf, dass ich sie ihm zurückstrich. Ich liebte es, ihm durch sein weiches Haar zu fahren. Bei jeder Gelegenheit. Im Liebesspiel, beim Tanzen, beim Küssen oder wenn er mich im Arm hielt, so wie jetzt.

»Ich liebe dich, Taleyi.«

»Und ich liebe dich. Bis zu den Grenzen des Seins und darüber hinaus«, vollendete ich unser Gelübde.

Das Bild löste sich langsam wieder auf und ich blickte direkt in Keos' entgeisterte Züge. Er umklammerte das Glas mit einer solchen Kraft, dass es mich wunderte, dass es noch nicht …

Lautes Klirren berichtigte diese Unmöglichkeit der Physik. Ich hob meinen Blick von dem Scherbenhaufen und starrte Keos an. Zur Fassungslosigkeit hatte sich etwas gesellt, das mir kurz den Atem raubte. Konnte das …? War das …? Es war leicht zu übersehen und doch war es da. Was bei Nana Buluku hatte diese Hoffnung in seinen grauen Augen zu bedeuten?

»Was hast du gesagt?« Er stieß sich von der Küchenplatte ab und trat langsam auf mich zu. Er deutete eine kleine Bewegung seiner Arme an. So als würde er sie nach mir ausstrecken wollen, ließ sie aber sofort wieder fallen. Einen Schritt vor mir blieb er stehen.

Hatte ich denn etwas gesagt?

»Was hast du gerade gesagt, Taleyi?« Die ruhige, ernste Eindringlichkeit seiner Worte ließ mich die Stirn über die vergangenen Minuten runzeln.

Das Bild. Keos. Unsere Liebesbekundung. Die Realität. Das zerbrochene Glas. Ich hatte kein Wort gesagt.

Schon wollte ich den Kopf schütteln, als mir ein neuer Gedanke kam. Ich hatte doch nicht … hatte ich das Liebesgeflüster meines kleinen, fantastischen Trugbildes etwa laut ausgesprochen?

»I-ich … habe ich etwas gesagt?«, fragte ich vorsichtig, versuchte irgendwie wieder aus der Nummer herauszukommen. Er trat vor, schloss die kleine Lücke zwischen uns und ich japste leise, bewegte mich aber ansonsten nicht von der Stelle. Ich hielt sogar die Luft an. Schon wieder. Einzig meine Augen folgten ihm und seinen Bewegungen.

»Tausende Male.« Er sah mir tief in die Augen. Fasziniert beobachtete ich die tanzende Reflexion des Lichtes in seinen Pupillen.

»Tausende Male und mit heute einmal mehr. Würdest du die Worte noch einmal sagen?« Die Bitte kam ihm so hoffnungsvoll über die Lippen, dass ich wirklich versucht war, das Gelübde meiner Vision zu wiederholen. Ich biss mir auf die Lippen, um mich zu bremsen. Keos und meine Erinnerung konnten nicht ein und derselbe Mann sein. Das war unmöglich. Der Mann vor mir war hunderte Jahre lang weggesperrt gewesen. Aber was meinte er mit *tausende Male*?

Er legte seinen Kopf schief und schaute erwartungsvoll auf meine Lippen. Und dann hob ich meine Hand und strich ihm eine Locke zurück.

Und Keos wich nicht zurück. Er grinste nicht anzüglich. Er machte keinerlei herablassende Bemerkung. Er neigte seinen Kopf ein wenig und schmiegte seine Wange in meine Hand. Ich atmete langgezogen aus.

Keos öffnete gerade seinen Mund, um etwas zu sagen, als wir von mehreren Dingen gleichzeitig unterbrochen wurden.

Die Eingangstür wurde aufgerissen und Lumiel stand panisch vor uns. Ein lautes Donnern brach draußen los, dem fast auf die Sekunde ein gleißender Blitz folgte, der alles vor meinem Fenster erhellte. Meine Gabe meldete sich eindringlich, ähnlich einer roten Warnleuchte in meinem Geist. Und Keos' Magie floss gemeinsam mit einem unflätigen Fluchen aus ihm heraus.

Als ich geschockt zu Lumiel sah, die mittlerweile im türlosen Bogen zur Küche stand, erkannte ich auch Necdet hinter ihr. Sie hielten sich fest bei der Hand. Ihre Augen waren weit geöffnet und die Angst erfüllte den Raum wie ein aufdringliches Parfüm.

»Das Kellergewölbe.« Necdet trat ganz in die Küche und zog Lumiel mit sich.

»Was auch immer freigekommen ist, es muss etwas Grauenhaftes sein. Der ganze Boden hat vor magischer Energie vibriert.« Ein weiteres Donnergrollen unterstrich Lumiels Worte. Okay, das war unheimlich! Dann fielen die ersten Regentropfen.

»Das wird ein furchtbarer Sturm«, murmelte Keos mit einem Blick nach draußen. Just in diesem Moment erhellte ein Blitz sein Gesicht. »Doch dieses Gewitter ist wohl nicht das einzige, das aufzieht«, warf er hinterher und drehte den Kopf Richtung Tür, die die Bibliothek von meiner Wohnung trennte.

Keos hielt mich immer noch an den Armen fest. Und ich war dankbar dafür, lehnte mich sogar ein Stück an ihn. Meine Augen glitten von meinen Freunden, über das Fenster, vor dem das Gewitter und der Sturm erst richtig an Fahrt aufnahmen, zu ihm.

»Diesmal sind ein paar mehr ungeladene Gäste gekommen, Liebes«, raunte er ohne den leisesten Humor in der Stimme.

Ich löste mich langsam und vorsichtig von ihm, drückte aber dankbar seinen Unterarm und richtete mich auf. Lumiel und Nec traten zu uns.

»Weißt du, wie viele es sind?«, fragte Necdet. Er hatte mittlerweile seine Hand aus Lumiels gelöst, aber nur, um sie auf ihren unteren Rücken zu legen. Eine vertraute Geste, die so viel Schutz versprach, dass mir kurz das Herz für die beiden aufging.

Keos' düsteres »Alle« ließ mein Herz auf die Größe eines getrockneten Alligatorenaugapfels schrumpfen.

»Haben wir einen Plan?« Lumiel schaute von mir zu dem Chaosdämon. »Sagt mir, dass wir für die Eventualität, dass sich alle Türen zur gleichen Zeit öffnen, einen Plan haben?«

»Sie öff …«, begann ich mechanisch.

»Ich weiß, Kleines«, unterbrach mich meine Freundin. »Ich brauche nur ein bisschen Hoffnung, dass wir lebend aus dem Schlamassel herauskommen.«

Keos nahm meine Hand in seine. »Kein Plan. Aber Hoffnung. Die Essenzen werden weniger. Die meisten sind schon in die Welt entschwunden. So haben wir zumindest eine Chance zu überleben.«

Wo er recht hatte …

»Okay. Also stürmen wir einfach da runter und treten ein paar Monstern in den Hintern?«, fragte ich ungläubig.

»So ungefähr, Liebes«, erwiderte er und wackelte mit den Augenbrauen. »Noch ein paar letzte Worte, die ihr loswerden wollt? Nur für den Fall …« Keos schaute in die Runde.

Zuerst war es still. Als Necdet nach Luft schnappte, so wie man es tat, bevor man zu einer längeren Rede ansetzte, trat Lumiel ihm blitzschnell die Beine unter dem Körper weg und baute sich bedrohlich über dem nunmehr auf dem Rücken liegenden Necdet auf. Er blinzelte verdattert, rührte sich ansonsten aber nicht. Die Banshee stemmte ihre Hände in die Hüften und sprach mit leiser Stimme. Dennoch schienen die Worte das Gemäuer zu erfüllen, jeden Winkel von New Orleans und vielleicht sogar darüber hinaus.

»Du hörst mir jetzt mal zu, Freundchen. Du wirst schön die Klappe halten. Was du zu sagen hast, sagst du mir später. Wir reden, wenn das vorbei ist. Wir klären das, wenn wir auf der Couch sitzen und uns haufenweise Essen von *Arceneaux* reinhauen. Verstanden?«

Necdet starrte Lumiel an. Zuerst überrascht, doch dann trat eine Wärme in seine kohlrabenschwarzen Augen, die ich noch nie gesehen hatte. So ungefähr sah ich wohl aus, wenn ich den Dämon neben mir anschmachtete.

Meine Freundin reichte Nec eine Hand und half ihm auf die Füße.

»Also, wenn niemand was sagen *will* …« Er warf Lumiel einen Seitenblick zu. »Dann lasst uns keine Zeit verlieren.«

Ich schaute Necdet an. Er hatte sich in den letzten Wochen so sehr verändert. Wir alle hatten das. Vor nur wenigen Wochen wäre Necdet vollkommen erstarrt vor Angst gewesen und Lumiel hätte sich schützend vor ihn gestellt. Nun standen sie Hand in Hand in meiner Wohnung. Ebenbürtige Partner, die sich auf einen Kampf vorbereiteten. Trotz aller Angst verzogen sich meine Lippen zu einem Lächeln. Die beiden waren wirklich Partner, die sich auf Augenhöhe begegneten, auf mehr als nur einer Ebene.

Keos griff nach meiner Hand und mein Blick wanderte zu unseren ineinander verflochtenen Fingern.

Wir vier würden uns gemeinsam dem Ungewissen da draußen stellen. Als eine Einheit. Als hätte er meine Gedanken erraten, drückte er meine Hand.

»Ich weiß, dass du knallhart sein kannst, wenn du willst«, Keos stockte kurz. Er sah mich nicht direkt an, sondern neigte nur seinen Kopf in meine Richtung. »Aber«, sprach er leise weiter, »bleib in meiner Nähe und riskiere bei den Fürsten der neun Höllenkreise nicht dein Leben.«

Ich musste gar nichts erwidern. Er seufzte, als ihm die Absurdität seiner eindringlichen Forderung bewusst wurde. Immerhin waren wir drauf und dran uns einer Vielzahl bösartiger, mächtiger Kreaturen in den Weg zu stellen. Und das mehr oder weniger freiwillig.

»Ich meine, geh keine unnötigen Risiken ein.« Die Farbe seiner dunkelgrauen Augen schien noch tiefer zu werden. Wie Anthrazit, das im Schatten lag, schoss es mir durch den Kopf.

»Das Ganze wird ohnehin ein Himmelfahrtskommando«, fuhr er nachdrücklich fort, »und ich werde mich nicht auf diese Monster und den Kampf gegen sie konzentrieren können, wenn ich mir nicht sicher sein kann, dass du zumindest versuchst, am Leben zu bleiben.« Er schluckte. »Lass mich hoffen, dass es nicht das letzte Mal ist, dass ich dir in die Augen sehe, deine Hand halte, deinen Geruch einatme.«

»Keos«, ich flüsterte seinen Namen kaum hörbar.

Er schloss seine Augen und presste die Lippen aufeinander.

»Ich dachte …«, ich sprach nicht weiter. Ich hatte gedacht, dass es für ihn nur dieses eine Lebewesen gab. Diese eine Person, von der er gesagt hatte, es gäbe sie nicht mehr, die aber sein Herz berührt hatte. Doch das gerade … Es hatte sich angehört, als würde er … Als wäre ich nicht nur …

»Taleyi«, flüsterte er und klang dabei beinahe gequält. Für einen Moment schloss er seine Augen. »Ich ertrage es nicht, wenn du bedroht wirst, wenn du Angst hast, oder mögen alle Loa die Welt davor bewahren, wirklich Schmerzen hast. Was glaubst du, hätte ich am liebsten mit deinem Cousin und seinen kleinen Schoßhündchen gemacht? Warum glaubst du, war ich so wütend? Oh, wenn das verfluchte Ding nicht gewesen wäre.« Er zeigte frustriert auf seine Brust, wo das Amulett unter seinem Shirt versteckt auf seiner Haut leuchtete. Erst jetzt öffnete er die Augen und sah mich an. Und in seinem Blick loderte ein gefährliches Feuer. »Ich hätte die Welt in Schutt und Asche gelegt. Ich hätte sie, ohne mit der Wimper zu zucken in ihren Grundfesten erschüttert und die verdammten Gesetzmäßigkeiten umgekehrt, bis Schwarz zu Weiß geworden wäre und Hoch zu Tief. Doch davor hätte ich ihnen die Haut abgezogen und ihnen ihr erbärmliches Leben zur Hölle gemacht.«

Ich atmete zischend ein. Seine Worte drangen direkt in mein Herz. Ich schaute ihm in die Augen und er erwiderte meinen Blick. Ohne nachzudenken, hob ich meine Hand und murmelte einen Satz. Keos sah mich zuerst verblüfft an, dann breitete sich ein schiefes Lächeln auf seinem Gesicht aus. Ein warmes Lächeln.

»Das hättest du nicht tun müssen«, murmelte er, als das Schutzamulett unter dem Saum seines T-Shirts hervorrutschte und zu Boden glitt. Die Magie des gebundenen Versprechens war daraus gewichen.

»Doch. Und zwar schon vor langer Zeit.« Die Wahrheit war, ich hatte das dumme Amulett vergessen.

Immer, wenn es in meinem Sichtfeld aufgetaucht war, waren meine Gedanken mit anderen Dingen beschäftigt gewesen.

»Nein, Taleyi, ich meine, es wirkt bei mir sowieso nicht.«

Mir klappte der Mund auf.

»Was?«, fragte ich und musste schlucken. Meine Gedanken wirbelten durcheinander, überschlugen sich, versuchten zu verstehen.

»Ähm. Leute?« Lumiel stand vor der noch geschlossenen Tür zu meiner Wohnung. Ihre Hand lag auf der Klinke und war auf halbem Wege sie nach unten zu drücken erstarrt. Necdet stand direkt hinter ihr und schien vollkommen fasziniert von den Steinplatten unter seinen Füßen. »Wollen wir?«, fragte meine Freundin.

Ich presste meine Lippen aufeinander und nickte angespannt.

Auch Keos hatte sich ihnen bei Lumiels Worten zugewandt. In seinen Augen brannte die Hoffnung darauf, dass wir überlebten. Dass das Schicksal auf unserer Seite war. Ein Donnergrollen begleitete uns, als wir die Tür zu meiner Wohnung öffneten und hinaus ins Ungewisse traten.

32. ENTSCHULDIGUNG, DIE BIBLIOTHEK HAT EIGENTLICH GESCHLOSSEN

Wir setzten einen Fuß vor den anderen und lauschten in die schwach beleuchteten Gänge der Bibliothek. Es war still. Zu still. Bis auf unser unterdrücktes Atmen und das leise Abrollen der Schuhsohlen war nicht ein Geräusch zu hören. Ich zuckte zusammen, als wir um eine Ecke bogen und etwas Großes flackernd vor uns auftauchte. Ich griff nach Keos' Hand und keuchte leise auf. Als mir bewusst wurde, dass ich mich vor meinem eigenen Schatten erschreckt hatte, merkte ich, wie mir die Hitze in die Wangen stieg.

Ich wollte mich gerade zu Lumiel und Nec umdrehen, als mir Keos' Blick auffiel. Vorhin war er wachsam herumgeschweift, hatte haltlos alles gescannt. Nun war er auf die Schatten fixiert. Er mahlte mit seinen Kiefern und seine Augenbrauen waren konzentriert zusammengezogen. Ich folgte seinem Blick und versuchte, zu sehen, was er sah. Was ließ ihn bei dem Anblick innehalten? Ich erkannte Necdets Zylinder und einen wirr aussehenden Turban, der wahrscheinlich Lumiels Dreadlocks zeigte. Ich sah weitere eher unauffällige Köpfe, die eindeutig zu mir und Keos gehörten. Und … Moment da waren fünf Köpfe. Fünf Köpfe aber nur vier Lebewesen, die Schatten warfen.

»Ich glaube, sie haben uns«, zischte es tief aus den Schatten. »Kommt raus.«

Plötzlich schien die Luft um uns herum abzukühlen, alles Licht, alle Wärme wurde aus unserer Umgebung gezogen. Die Schatten verselbstständigten sich. Sie zogen sich in die Länge und dehnten sich über den Fußboden, die Wände, ja selbst die Decke aus. Auf einmal erkannte ich darin Krallen und scharfe Zähne. Immer mehr Köpfe wuchsen aus dem Schemen. Necdet entwich ein Geräusch, das irgendwo zwischen Panik und Ohnmacht lag. Dennoch spannte er sich entschlossen an.

»Skyggen«, fluchte Keos neben mir und mir rutschte das Herz in die Hose. Es war das erste Mal, dass ich so etwas wie Respekt vor dem Namen aus seiner Stimme hörte.

»Keos?«, fragte ich unwillkürlich und hoffte, dass er gleich grinsen oder irgendeinen blöden Witz reißen würde. Doch er ließ die immer mehr und größer werdende Armee von Schattenwesen nicht aus den Augen.

»Okay.« Keos ließ meine Hand los und drehte sich so, dass er vor mir und meinen Freunden stand. »Ich kümmere mich um die. Ihr bleibt hier, klar?«

Ich zog meine Brauen zusammen. Nein. Niemals. Wir würden ihm helfen. Wir würden …

»Skyggen ist eine Nummer zu groß für euch, Liebes. Er heftet sich an deinen Schatten, übernimmt dich. Dein Denken. Dein Handeln. Bis du zu einem von ihnen wirst.«

Ich stutzte und drehte mich zu den Wänden. Ich betrachtete den Boden. Die Decke. Sie waren überall. Hieß das …? Waren das alle einst Wesenheiten gewesen? Der Schock über meine Gedanken musste mir ins Gesicht geschrieben stehen, denn Keos lachte hart und humorlos auf.

»Kümmert euch um die anderen Mistviecher, die vielleicht noch auftauchen, okay?« Sein Blick war eindringlich.

Lumiel seufzte leise. »Okay, wir halten uns bei Skyr zurück.«

»Skyggen«, verbesserten Keos, Necdet und ich fast gleichzeitig.

Lumiel grummelte, griff aber nach meiner Hand und zog mich neben sich. »Er macht das schon, Taleyi.« Sie bemühte sich eindeutig um einen beruhigenden Tonfall. Leider ging das vollkommen daneben. Immer noch tanzten die Schatten bedrohlich und geräuschlos über die Wände.

Keos trat einen Schritt tiefer in die Bibliothek hinein. Einen Schritt von uns weg.

»Warum greifen sie nicht an?«, flüsterte ich gepresst. Eine leise dunkle Vorahnung beschlich mich.

»Ich weiß es nicht. Vielleicht wollen ihn die Sk … die Schattenwesen damit verunsichern«, erwiderte Lumiel leise. Sie klang genauso angespannt, wie ich mich fühlte.

»Warum tut er nichts?«, fragte ich.

Lumiel schwieg.

Dann pfiff Keos durch seine Zähne, was meine Aufmerksamkeit wieder voll und ganz auf ihn zog.

»Haben dich die Jahrhunderte im Dunkeln so sehr geschwächt? Oder weshalb brauchst du dermaßen lange, um alle Verlorenen um dich zu scharren?«, fragte der Chaosdämon herablassend.

Ein tiefes, aber auch seltsam verzerrtes Fauchen erklang. »Du bist arrogant wie eh und je.« Die grotesk klingende Stimme hallte von den Wänden wider.

Ich fröstelte. Mir war, als zögen die Schatten immer

mehr Licht und Wärme aus der Umgebung. *Ohne Licht keine Schatten*, rief ich mir in Erinnerung. Eine Gänsehaut breitete sich auf meinen Armen aus und ich musste den Drang unterdrücken, meine Arme um mich zu schlingen. Meine Magie begann unter meiner Haut zu knistern und mein Magen krampfte sich regelrecht zusammen. Ich spürte, dass etwas in der Luft lag. Ich ballte meine Hände zu Fäusten.

»Oh, Skyggen. Verwechsle Arroganz nicht mit dem schlichten und demütigen Wissen darum, dass ich einfach unglaublich bin«, erwiderte Keos und zwinkerte einer Stelle auf dem Boden ungefähr drei Meter vor ihm zu.

Ein dröhnendes Schnauben erklang. »Hast du die Zeit genossen? Bist du unter der Sonne spaziert? Hast du im Mondenschein getanzt? Gegessen, gefeiert, gefickt? Ich werde dich mir einverleiben und wenn es das Letzte ist, was ich tue. Ich werde euch alle hier zu einem der mei …«

Ein lauter Schrei unterbrach die bösartige Ansprache. Ich schaute alarmiert umher, bis ich erkannte, dass Skyggen selbst schrie. Und im selben Moment sah ich auch weshalb. Keos' Magie stob mit einer Intensität heraus, dass auch mir kurz schwindelig wurde. Und dass obwohl ich sie mittlerweile so gut kannte, als wäre sie ein Teil von mir.

Skyggen begann langgezogen zu lachen. »Du Tölpel. Ist dir denn nicht klar, dass du mich so nicht erreichen kannst?«

Keos' Lippen verzogen sich bitter. »Aber ich kann dir wehtun.« Seine Stimme bebte vor Wut. »Warum kommst du nicht raus, damit ich dir endlich das Licht ausknipsen kann, Skyggen?«

»Wie viel Verrat möchtest du noch begehen? Wann

ist es genug?« Mittlerweile hatten sich die Schatten über die ganze Bibliothek ausgedehnt.

»Verrat?«, fragte der Chaosdämon drohend. »Das klingt, als würde ich zu euch gehören.«

»Das tust du.« Skyggen schrie die Antwort heraus. Sie schien aus dem Nichts zu kommen. Aus allen Schatten zugleich. »Du bist eine dunkle Wesenheit, die älter ist als die Welt selbst. Du gehörst zu uns. Du bist wie ich.«

»Keos hat nichts mit dir gemein«, hörte ich mich sagen und bevor ich wahrnahm, was zum Henker ich tat, stand ich neben ihm.

»Wenn das nicht die einzig …«

»Genug«, donnerte Keos. »Du wirst sie nicht ansehen. Du wirst ihr nicht zu nahekommen. Du wirst noch nicht einmal in ihre Richtung atmen. Klar? Und wenn auch nur ein Schattenschemen in ihre Richtung flackert, dann wird das Verlies dir vorkommen wie ein Wellnessurlaub auf Bora Bora.«

Für eine Sekunde herrschte Stille.

»Ich will deinen kleinen emotionalen Striptease nicht unterbrechen … Nun, doch eigentlich möchte ich das. Ich bin ein bisschen in Eile, musst du wissen. Ich muss Jahrhunderte aufholen.«

Keos verlagerte ganz leicht sein Gewicht und stieß mich ein wenig zurück. Es war nur die Andeutung einer Berührung, aber die Botschaft war klar. *Geht zurück.*

Aus den Augenwinkeln konnte ich erkennen, dass Necdet und Lumiel der stillen Aufforderung Folge leisteten und zurückwichen. Trotzig reckte ich das Kinn nach oben, doch Lumiel zischte warnend und Necdet griff einfach nach meinem Handgelenk und zog mich zu sich. Ich schaute ihn empört an, sein Blick war fest nach vorn auf Keos gerichtet. Unweigerlich folgte ich

Necdets Blick. Ich stand nun zwei kleine Schritte von dem Chaosdämon entfernt und konnte nicht sehen, was sich auf seinen Zügen abzeichnete. Die Schatten auf dem Boden und an den Wänden, die die Bücherregale warfen, begannen sich auszudehnen und ihre Form zu verändern. Als ich mich umsah, erkannte ich, dass es nicht die Schatten der Regale waren, die sich bewegten. Es waren Schatten ohne dazugehörige Subjekte, die über Mauern und Steine glitten. Ich widerstand dem Drang, mich erneut neben Keos zu stellen. Er hatte mich gebeten, nicht zu leichtfertig zu handeln. Und auch wenn ich es hasste, untätig hinter ihm zu stehen, musste ich mir eingestehen, dass der Chaosdämon zumeist sehr wohl wusste, was er tat.

»Komm schon. Bevor ich das Licht ausmache …« knurrte Keos. Ich konnte das diabolische Grinsen fast schon aus seinen Worten hören. Auf alle Fälle schwang etwas zutiefst Bedrohliches mit ihnen mit.

Mein unheilvolles Bauchgefühl war mittlerweile zum Reißen gespannt. Rund um uns bewegten sich plötzlich weitere Schemen aus den Nischen und Winkeln, sie glitten hinter Regalen hervor und seilten sich von der hohen Decke. Mit angehaltenem Atem erkannte ich, dass diese Schemen allerdings körperlicher Natur waren. Da waren sie. Die anderen Mistviecher.

»Haltet sie von Keos fern«, schrie ich zu meinen Freunden. Wir mussten ihm so viel Zeit und Raum verschaffen wie möglich. Lumiel begab sich sofort in Abwehrhaltung.

Necdet keuchte leise auf. »Scheiße.“

Ich drehte mich zu ihm herum. Sein verzweifelter Blick wanderte von einem der näherkommenden Wesen zu Lumiel.

Sie fing ihn auf, als sie die Lage sondierte und erstarrte. Dann schüttelte sie warnend den Kopf. »Nein«, rief sie wütend. »Wage es nicht.«

Erschrocken sah ich zwischen dem Schattenmann und der Banshee hin und her. Was hatte ich verpasst? Hatte er etwas Dummes vor?

»Lumiel«, begann Nec mit bebender Stimme.

Sie kreuzte die Arme vor der Brust und presste ihre Lippen fest aufeinander.

Ich runzelte meine Stirn. Was war denn bloß los?

Dreh am Schicksalsrad. Sieh endlich, was du nicht sehen kannst.

Das zweistimmige Zischen in meinem Geist ließ mich für den Bruchteil einer Sekunde straucheln und meine Freunde aus dem Blick verlieren.

Dreh am Schicksalsrad.

»Ich liebe dich, Lumiel«, brach es aus Necdet heraus.

Meine Freundin hob vielsagend eine Augenbraue und atmete zischend aus.

»Ich weiß, du wolltest, dass ich es dir später sage, aber nur für den Fall, dass später ... Dass später vielleicht ein wenig länger dauert, möchte ich, dass du das weißt. Ich möchte, dass du die Worte von mir gehört hast«, sprudelte es weiter aus Necdet heraus. Ich hatte keine Ahnung, ob Lumiel noch etwas erwidern konnte. In dem Moment, in dem das letzte Wort verklungen war, wurde ich angegriffen. Allerdings war es mir, als hätte ich Lumiel »Ich liebe dich auch« rufen hören. Direkt gefolgt von einem »Du Idiot«.

Ich wehrte die Frau, die zwar elfenhaft aussah, aber wie ein Raubtier angriff, mit einem Konter meines Unterarms ab. Sie leckte sich die Lippen, während sie gierig auf meine Brust starrte. Auf mein Herz genauer gesagt.

Ich schluckte, als sie drei Reihen spitz zulaufender Zähne entblößte. Meine Magie brodelte schwach in mir. Ich ignorierte es. Es kostete mich wahnsinnig viel Zeit und Konzentration, sie auch nur für einen Moment an die Oberfläche zu ziehen. Und ich hatte sie nicht trainiert. Ich musste mich auf meine körperlichen Fähigkeiten verlassen. Und auf meinen Verstand.

»Skyggen hat gesagt, wir können teilen. Er bekommt deinen Schatten und ich dein Herz.« Die Elfe vor mir verlagerte ihr Gewicht, täuschte Bewegungen an, um meine Abwehr zu erkennen oder eine Schwachstelle zu finden. In Abwehrhaltung kreuzte ich meine Unterarme vor der Brust und ließ meine Gegnerin nicht aus den Augen. Ich spürte, wie sich zwei Schweißtropfen lösten. Einer rann zwischen meinen Schulterblättern hinab. Der andere tropfte mir von der Nasenspitze. Ich hatte keine Ahnung, wie ich die kleine Vampirelfe besiegen sollte.

Wieder leckte sie sich über die Lippen. Sie wirkte nicht, als würde sie mit einem Angriff meinerseits rechnen, und genau das könnte meine Chance sein. Ohne mir die Zeit zu lassen, meine Gegnerin durch eine unbedachte Muskelbewegung zu warnen, schnellte ich vor. Die Vampirelfe starrte mir perplex entgegen und ich nutzte das Überraschungsmoment und trat ihr mit voller Kraft in den Bauch. Tatsächlich fegte sie die Wucht des Trittes von den Füßen. Allerdings reichte der Angriff nicht aus. Sie sprang behände wieder auf die Beine und stemmte ihre Hände in die Hüften.

»Das war unhöflich.« Die Frau hob ihre buschigen pinken Augenbrauen. Sie hoben sich von dem gleichmäßigen Teint ihrer Haut deutlich ab. Ihre Stupsnase war mit einem Diamantring gepierct, dessen babyrosafarbener Stein bei jeder Bewegung aufflackerte. Irgendwie sah sie fast niedlich aus, wären da nicht ihre scharfen Zahnreihen und ihre Gier nach meinem Herzen.

Ich sah mich hilfesuchend um. Lumiel befand sich nur ein paar Schritte von mir entfernt. In dem Moment sprang sie aus ihrer geduckten Abwehrhaltung nach vorn und schlug einem hochgewachsenen, abscheulichen Mann mit der Faust ins Gesicht. Dabei schälte sich die faulige Haut von seinem Jochbein und irgendetwas fiel zu Boden. Und zwar etwas, das sich bewegte. Angewidert sah ich von den Würmern zu seinen Füßen zurück in sein Gesicht. Der Mann war ekelerregend. Er schien wirklich zu verfaulen. Die Haut hing in Fetzen von ihm herab und dort, wo sie aufklaffte, krümmten sich Maden und Würmer auf ihm. Oder besser in ihm. Als ein dicker Wurmschwanz in seinem Nasenloch verschwand, schüttelte es mich. Als er erneut auf Lumiel zuraste, stockte mir der Atem. Sie stand völlig still da. Sah sie ihn denn nicht kommen? Ich wollte schon eine Warnung rufen, da umfasste sie mit festem Griff den Kopf des Angreifers. Sie hielt ihn zurück und krallte gleichzeitig ihre Nägel in sein Gesicht. Das Fleisch fiel praktisch von ihm ab. Dann bohrte sie, ohne den Griff zu lockern die Daumen in seine Augen. Gleichzeitig rammte sie ihm das Knie in den Unterbauch. Eine unfassbar starke Aura umgab sie. Das war durch und durch Lumiel – meine beste Freundin, die sich durch nichts und niemand unterkriegen ließ. Der Mann krümmte sich, bekam aber aus diesem Winkel Lumiels Kehle zu fassen.

Ich wollte schon losrennen, aber bevor ich meiner Freundin zu Hilfe kommen konnte, musste ich mich um das kleine Vampirmädchen kümmern. Mit einem gezielten Schlag brachte ich sie erneut zu Fall und mit einem weiteren Tritt schleuderte ich sie von mir weg.

Das verschaffte mir zumindest ein bisschen Zeit. Ich fuhr abermals zu Lumiel herum, die sich gerade über den Mundwinkel wischte. War das Blut? Sofort war sie wieder in Angriffshaltung. Ich atmete zitternd auf. Sie hatte sich aus dem Griff des Mannes befreit. Mein Blick glitt weiter über das Szenario hinweg, bis ich den Zylinder des Schattenmannes ausgemacht hatte. Ich drehte mich ganz herum und erstarrte. Aus Necdets Mund und Nase kam unerlässlich Wasser. Er hielt sich eine Hand an die Kehle, die andere streckte er nach oben. Sein Röcheln klang erstickt. Er ertrank. Wieder und wieder. Oder immerfort. Und als wäre das nicht genug, näherte sich von hinten eine weitere Kreatur. Sie sah aus wie eine riesige, schleimige Made. Auf ihrem speckigen Körper befanden sich spärlich ein paar borstige Haare und ein einzelnes Auge zierte die faltige Stirn. Der Mund glich eher der runden Öffnung eines Hochleistungssaugers. Ringsum waren kleine spitze Widerhaken verteilt.

Von hinten griffen zwei zarte Arme um mich herum. Ich stemmte mich dagegen, doch der Griff war fest. Das Vampirmädchen hielt ihre Hände vor mir fest verschränkt. Ich riss meine Arme nach oben.

»Uff«, entschlüpfte es der Vampirelfe. Sie schaffte es gerade so mich weiter festzuhalten.

Ich schrie frustriert auf, als ich Necdets verzweifelten Ausdruck sah. »Großer Fehler, Vampirelfe. Riesengroßer Fehler.« Ich sah rot oder besser grün, als meine Magie hochkroch und sich mit meiner Wut vermischte. »Stell dich niemals zwischen mich und meine Freunde, Miststück.« Kaum verklang meine gefauchte Drohung, riss ich meine Arme erneut mit vollem Einsatz nach oben und beugte mich gleichzeitig vor. Meine Magie befeuerte die Anstrengung meiner Arme und ich spürte, wie der Griff meiner Gegnerin auseinandergesprengt wurde, als ihre Hände sich lösten. Sie segelte über mich hinweg und landete ächzend auf dem Boden vor mir. Ich richtete mich auf und spürte, wie meine Magie wieder abebbte. Die Elfe lag noch auf dem Rücken und stöhnte leise. Bei allen Loa! Hoffentlich war sie für eine Weile außer Gefecht. Wenigstens so lange bis ich Necdet helfen konnte.

Schnell drehte ich mich um. Die Made war ihm viel zu nahe und er glich mehr einer Wasserleiche als einem Schattenmann.

Kurz bevor ich vor meinem Freund zum Stehen kam, durchfuhr es mich eiskalt.

Wasser.

Wasser füllte meinen Mund. Meine Lungen. Ich griff nach meiner Kehle und bekam Panik, als ich nicht mehr atmen konnte.

Magie. Nutze deine Magie. Schließe die Augen und öffne dein Herz, um zu erkennen. Öffne die Augen und sieh, was du nicht sehen kannst.

33. DREH ENDLICH DAS SCHICKSALSRAD!

Es war hoffnungslos. Meine Lunge schmerzte, als sie immer wieder mit Wasser geschwemmt wurde. Necdet hatte bereits aufgegeben. Ich sah das Feuer seines Überlebenswillens langsam erlöschen. Dabei schaute er unentwegt zu Lumiel, als würde er sich stumm von ihr verabschieden.

Nein.

Nein. Nein. Nein.

Das durfte nicht sein. Angst und Schmerz schnürten mir die Kehle ab. Ich konnte nicht zulassen, dass Nec aufgab. Ich konnte diesen Schmerz, diesen Verlust, einen meiner besten Freunde zu verlieren, nicht noch einmal durchleben.

Egal wie furchtbar es für ihn gewesen war, egal wie viel Angst er gehabt hatte, Necdet war immer für mich eingestanden. Er war immer an meiner Seite gewesen.

Nec und Lumiel hatten sich mit mir gegen Etienne behauptet, sie hatten mir Glauben geschenkt, als mich jeder belächelt hatte, und dann hatten sie sich Kreaturen entgegengestellt, die furchtbarer waren als alle unsere Albträume. Ich schrie innerlich auf, stemmte mich gegen die fremde Magie, gegen die unsichtbare, starke Mauer. Es gab Personen, die auf mich zählten und mich brauchten.

Lumiel. Nec. Keos.

Ich zwang meine müden, sterbenden Muskeln dazu, durchzuhalten, und schrie gegen das Wasser an, riss meine Arme hoch und mit ihnen erneut meine Magie. Wie einen Rammbock ließ ich sie mit voller Wucht nach vorn schnellen. Und noch einmal. Und noch einmal. Ich achtete nicht mehr auf meine Erschöpfung und die Schmerzen. Dann plötzlich fiel ich auf die Knie und holte keuchend Luft.

In meinen Ohren rauschte es. Trotz meiner Benommenheit hörte ich ein klagendes Wimmern. Kam das von der Kreatur, die uns hatte ertrinken lassen wollen? Von der Made? Oder etwa von einem meiner Freunde? Ich schüttelte den Kopf und versuchte, die tanzenden schwarzen Punkte zu vertreiben. Die Welt drehte sich für einige kostbare Augenblicke. Sie wankte. Mir schmerzte jeder Atemzug, als würde ich Eiskristalle in meine Lunge zwängen. Aber ich preschte trotzdem erneut vor. Die schleimige Made hatte sich hinter dem ertrinkenden Necdet aufgebaut und wollte gerade mit weit aufgerissenem Maul nach unten schnellen. Ich stolperte auf Nec zu und stieß ihn hart zur Seite. Meine Augen erstarrten panisch als ich zu der Kreatur hochsah. Verdammte Scheiße! Das war widerlich und gefährlich. Der Kopf des Wesens schnellte nach unten. Instinktiv schoss mein Arm nach vorn Ich ballte eine Faust und schlug auf eine Stelle etwas unterhalb des Kopfes. War das der Hals? Die Brust? Der erwartete Widerstand blieb aus. Die Haut und das Fleisch gaben einfach nach und meine Faust verschwand in der Made. Das Wesen bäumte sich auf und gab ein jaulendes Geräusch von sich.

»Necdet!«, schrie ich verzweifelt und riss meinen Arm mit aller Kraft aus der Kreatur heraus. Ich unterdrückte ein Würgen. Am liebsten hätte ich mich übergeben.

Schleim, Blut und Hautfetzen klebten daran. Angewidert wischte ich alles an meiner Hose ab und konzentrierte mich wieder auf meinen Freund. »Du kannst den Bann lösen.«, rief ich. »Nec, du musst …«

Ein lautes Knurren unterbrach mich und mir schien, als hätte ich das Wesen ein wenig wütend gemacht. Der Kopf fuhr plötzlich wieder hinab und ich konnte mich gerade noch zur Seite rollen. Kaum sprang ich auf die Füße, musste ich die Bewegung wiederholen. Das stinkende Ungetüm war verflucht schnell und wurde mit einem Mal immer schneller.

»Kämpfe dagegen an«, rief ich Nec zu und wich der Kreatur ein weiteres Mal aus. Ich sprang nach hinten und entging dem Saugloch haarscharf. Schnell rollte ich zur Seite. »Wehre dich gegen das Wasser, gegen die Magie. Du schaffst das, Nec!« Ich verlor die Orientierung. Waren wir noch in der Nähe des Schattenmanns oder hatten wir uns entfernt? Ich schrie lauter. Atemloser. Verzweifelter.

Als ich das nächste Mal zur Seite sprang, streifte mich die Made und mir fuhr es eiskalt den Rücken hinab. Ich konnte das nicht mehr lange durchhalten.

»Taleyi!« Necdets Schrei erreichte mich in der Sekunde, in der ich einen leisen Luftzug an meiner Seite spürte. Ich rollte mich erneut herum.

»Halte durch. Ich habe eine Idee«, rief Nec.

»Beeil dich«, erwiderte ich laut keuchend, während ich diesmal eine Rolle rückwärts vollführte. Gleichzeitig bäumte sich das Wesen auf und traf mich, kaum dass meine Füße wieder den Boden berührten. Es schleuderte mich zur Seite. Ich prallte gegen die Wand, fiel zu Boden und stöhnte auf vor Schmerz.

Sofort richtete ich meine Augen wieder auf die angreifende Kreatur und dann sah ich den Kopf auf mich zurasen. Ich starrte in das gierige Maul und wälzte mich zur Seite. Zu spät. Ein stechender Schmerz fuhr durch mein Bein. Der seltsame Saugnapf versenkte sich in meinem Oberschenkel. Die Widerhaken gruben sich tief in mein Fleisch. Scheiße. Er würde mir das Bein abreißen. In meiner Hüfte riss etwas und ich warf den Kopf herum. Es war, als würden nach und nach die Muskeln, Bänder und Sehnen, die mein Bein mit dem Rest meines Körpers verbanden, überdehnt werden. Ich ballte meine Hand und starrte in das einzelne Auge. Mit meiner Faust schlug ich hinein. Ich handelte aus purem Überlebenswillen. Das Reißen hörte plötzlich auf. Die Made hob den Kopf und blinzelte.

»Taleyi«, hörte ich Necdets tiefe Stimme neben mir. Adrenalin schoss durch mich hindurch. Für einen Moment spürte ich keinen Schmerz mehr und sprang auf die Beine. Ich riss die Augen auf, als ich die Schatten um meinen Freund wahrnahm. Sie bildeten einen dunklen, nebeligen Rahmen um ihn. Ich tastete, ohne hinzusehen nach der Stelle an meinem Oberschenkel, an der mich das Biest erwischt hatte. Meine Finger trafen auf klebrige, warme Nässe. Blut.

Necdet schaute mich ernst an. »Ich kann dir zumindest dieses Ding vom Hals halten. Oder es versuchen.« Er deutete auf die rauchigen Schemen, die immer mehr Gestalt annahmen. »Ich brauche dazu aber alle meine Konzentration. Kümmere dich um Lumiel.«

»Wie …?«

»Keine Zeit«, rief er, schob mich hinter sich und hob seine Arme. Plötzlich strömten Schatten aus dem Schleier. Für eine Sekunde schien es, als würden sie sich entfernen. Doch Necdet spannte sich an. Er richtete sich auf. »Ihr werdet mir gehorchen«, sprach er mit einer solchen Endgültigkeit, die ich noch nie bei ihm gehört hatte. »Ihr werdet so viele Kreaturen in Schach halten wie möglich.«

Die Schatten zitterten, ergaben sich dann aber widerwillig ihrer Aufgabe und stürzten sich auf die Made.

»Geh!« Necdet sah mich nicht an, doch mir war klar, dass die Aufforderung mir galt. »Hilf Lumiel. Bitte.«

Ich drehte mich um. Als ich mein verletztes Bein belastete, knickte ich stöhnend ein. Das Adrenalin ließ nach und der Schmerz kam mit voller Wucht zurück.

»Verflucht.« Ich richtete mich auf und verlagerte mein Gewicht auf das heile Bein. Auf meiner Leinenhose prangte ein großer dunkler Fleck, der sich langsam ausbreitete. O bei allen Loa, welcher Nachon sie auch angehören mögen. Das ist nicht gut. Ein lautes Fluchen, das eindeutig von meiner besten Freundin stammte, ließ mich herumfahren. Entschlossen wischte ich mir das Blut von den Fingern. Humpelnd rannte ich auf Lumiel zu und zwang mich, die Sorge um Keos auszublenden. Er musste sich noch für einen kurzen Augenblick ohne uns verteidigen. Meine Freundin kämpfte immer noch tapfer gegen den Mann mit seinen Würmern.

Gerade wich sie einem Schlag aus und verteilte dafür einen Kinnhaken. Der Mann taumelte nach hinten und strich die Haut an seinem Unterkiefer glatt.

Ich trat neben Lumiel. Sie neigte nur leicht ihren Kopf und lächelte dann schwach.

»Hey, Taleyi.«

»Ich dachte, du könntest vielleicht ein bisschen Unterstützung gebrauchen.« Wie Lumiel ließ ich die Kreatur nicht aus den Augen. »Irgendeine Idee, wie wir vorgehen?«, fragte ich.

Lumiel stieß mich sanft mit der Schulter an. »Nur überleben, Kleines. Hast du Nec gesehen?«

Als der Mann wieder auf uns zu rannte, hob ich meine Fäuste. Ich sah aus den Augenwinkeln, dass Lumiel die gleiche Haltung einnahm. »Ja. Es geht ihm gut.«Als er nur noch einen Schritt entfernt war, ließ ich mich rasch in die Hocke gleiten und riss ihm mit einem Bein die Füße weg. Lumiel schnellte vor und schmetterte unserem nach hinten fallenden Gegner den Ellenbogen mit voller Wucht gegen die Brust.

Ich hörte das keuchende Geräusch, als der Aufprall dem Mann die Luft aus der Lunge presste. Bevor ich mich aus der tiefen Position hochstemmen konnte, rollte sich das Wesen herum und war wieder auf den Beinen. Auf dem Boden blieben ein paar kriechende Tiere zurück.

Erneut bewegte er sich auf uns zu. Scheiße. Scheiße! Wie bei Mawu-Lisa sollten wir dieses Monster nur aufhalten. Wie … »Die Kette.«

»Was?«, keuchte Lumiel.

»Die Kette. Wir können zumindest den hier mit der Kette bannen.«

»Warte kurz.« Lumiel wehrte den Angriff des Mannes auf mich ab und warf ihn sich über die Schulter nach hinten. Sein Aufprall auf dem Steinboden wurde von einem Ächzen begleitet.

»Die Kette, die du vom Succubus bekommen hast?« Lumiel schnaufte, rieb sich über den Nacken und verzog schmerzerfüllt ihr Gesicht. Ihre Erschöpfung sah ich ihr an, sie würde nicht mehr lange durchhalten.

Ich nickte. »Schaffst du es, ihn noch ein paar Minuten in Schach zu halten? Die Kette ist oben.« Ich drehte mich bereits um und war im Begriff loszulaufen.

Lumiel hielt mich mit einer Hand an meinem Oberarm auf. »Warte. Was ist mit den anderen? Vielleicht brauchen wir eine so mächtige Fessel noch.«

Ich schaute ihr in die Augen. »Wenn der uns tötet, müssen wir uns um die anderen erst gar keine Sorgen mehr machen. Wir finden schon eine Lösung.« Ich glaubte dem letzten Teil selbst nicht. Doch uns blieb einfach nichts anderes übrig.

Meine Freundin kaute auf ihrer Unterlippe und schien Nutzen und Risiko abzuwägen. Dann nickte sie.

»Halte durch«, rief ich, während ich so schnell es ging, loshumpelte. Dabei betete ich zu allen Loa, dass ich unbehelligt in die Wohnung kam. Einen weiteren Angriff würde ich vermutlich nicht überleben. Dazu war ich allein und ich durfte Lumiel nicht im Stich lassen. Doch dieses Mal schien das Schicksal auf meiner Seite zu sein, denn ich schaffte es tatsächlich ohne Zwischenfälle in die Wohnung. Ich rannte zur Kommode. Panisch riss ich die Türen auf und warf jeglichen unnützen Kram achtlos auf den Boden. Endlich hielt ich das filigrane Kettchen in den Händen. Schnell griff ich noch nach einem meiner Tücher, die ich gerade auf den Boden geworfen hatte und band es mir fest um das Bein, um zumindest die Blutung zu stoppen. Dann rannte ich aus der Wohnung und die Treppe runter. Schlitternd kam ich neben Lumiel zu stehen.

»Hast du sie?«, schnaufte diese. »Bei allen Höllenwesen, bitte sag mir, dass du sie hast.«

Als Antwort hob ich meine Faust, die ich fest um das magische Artefakt geschlossen hatte. Der Mann griff erneut an. Zwei Schritte von uns entfernt fixierte er Lumiel, holte aus und lenkte seine Faust in letzter Sekunde um. Er traf mich am Kiefer. Ich wurde hart zur Seite geworfen und wollte gerade wieder aufstehen, als ich erneut zu Boden gedrückt wurde und sich der Mann über mich beugte. Ich schaffte es nicht, ihn zurückzudrängen, egal wie sehr ich mich wand. Er drückte mir mit einer Hand den Mund auf, schob sein Gesicht in mein Sichtfeld und öffnete seinerseits den Mund. Erst begriff ich nicht, was er damit bezwecken wollte, dann quollen aber Würmer und Maden daraus hervor. In allerletzter Sekunde konnte ich meinen Kopf zur Seite drehen.

»Komm schon«, befahl er mit dröhnender Stimme. »Öffne diese schönen Lippen und werde zu einem meiner Ghule.«

Ghule waren schlimmere Wesen als Zombies. Vollkommen willenlos gehorchten sie nur noch ihrem Herrn, während sie langsam verwesten. Als die Kreatur erneut gewaltsam meinen Kopf zu sich drehte, sah ich, wie Lumiel sich hinter ihm aufbaute. Ihre Nase blutete und sie zitterte am ganzen Körper. Ich suchte ihren Blick und schüttelte kaum merklich meinen Kopf. Dann hob ich meine Faust an, bis ihr Blick endlich daran hängenblieb und sie begriff. In der Hoffnung, dass mein Plan aufgehen würde, warf ich die Kette in die Höhe, stemmte mich gleichzeitig gegen den Mann über mir und versuchte seinen ekligen Maden und Würmern auszuweichen.

Als Lumiel böse grinste, atmete ich auf. Die Glieder des mächtigen Schmuckstücks glitten ineinander und der Mann erstarrte mit geöffneten Lippen.

»Urgh!«, schrie ich und stemmte ihn von mir herunter. Er fiel zur Seite. Das Getier in ihm war gleichermaßen in den Moment gefangen. Während ich auf die Beine kam, zertrat ich möglichst viele der ekligen Kriechtiere, die sich noch auf dem Boden herumtummelten.

Lumiel verzog angewidert das Gesicht. »Widerlich.«

Für genau drei Herzschläge standen wir bewegungslos da und starrten auf das zerklüftete Gesicht. Dann schauten wir uns an.

»Wo ist Keos?« Lumiel wischte sich mit dem Handrücken das Blut aus dem Gesicht und zog die Nase hoch.

»Ich weiß es nicht. Ich glaube ein Stück weiter hinten. Geht es dir gut?« Besorgt betrachtete ich ihre Nase.

»Ja.« Lumiel winkte ab. »Ich muss zu Nec. Sorg dafür, dass Keos und du heil zu uns zurückkommt, ja?«

Ich presste meine Lippen zusammen und zog meine Freundin in eine feste Umarmung. »Ich versuche es«, seufzte ich. »Bei Nana Buluku, ich versuche es. Das Gleiche gilt für Necdet und dich.«

Lumiel nickte und drehte sich zu dem Schattenmann. Die Schattenwesen um ihn lenkten einige Kreaturen erfolgreich ab. Hoffentlich behielt Nec die Kontrolle über sie. Es war ein guter Plan, doch er verlangte viel von ihm ab. Lumiel tat gut daran, ihm beizustehen. Er konnte gerade jede Unterstützung gebrauchen. Wenn es schieflief, konnten wir auch noch Schattenwesen auf unsere Liste der Gegner setzen. Solange Necdet sie beherrschte, waren sie an das Schattenreich und an ihre Rückkehr dorthin gebunden. Verlor er die Kontrolle wurden die Schemen zu bösen Geistern in dieser Welt. Und auch das waren wirklich grausame Geschöpfe.

Während meine Freundin loslief, drehte ich mich in die Richtung, in der ich Keos wähnte. Ich bewegte mich tiefer in die Bibliothek hinein. Mein Blick suchte alles ab, auch wenn mir klar war, dass das bei manchen der Kreaturen nicht viel brachte. Skyggen zum Beispiel hätte ich nicht gesehen. Ich tastete mich immer weiter voran und dann wurde ich herumgerissen. Ich schnappte erschrocken nach Luft und keuchte laut auf, als ich spürte, wie Krallen mein Fleisch aufrissen. *Nein.*

»Hallo, Prinzessin«, flötete mir jemand ins Ohr. Die Samtstimme mit dem nunmehr unverhohlenen Wahnsinn darin war mir leider nur zu bekannt.

Déjà-vu, dachte ich und schon zerrissen gierige Klauen erneut meine noch nicht verheilten Oberarme.

Während Raghbas gierige Magie in mir wütete und alles an sich riss, schloss ich voller Resignation die Augen. Ich konnte nicht mehr. Ich hatte keine Kraft mehr. Es war zu viel. Der eiserne Geschmack von Blut füllte meinen Mund. Alles verlor an Bedeutung.

Na ja, fast.

Entfernt hörte ich Lumiel schreien und etwas das sich verdammt nach knirschenden Knochen anhörte. Kurz schloss ich die Augen, und als ich sie das nächste Mal öffnete, sah ich, wie sich die Banshee mit der Vampirelfe am Boden wälzte. War ich nur so langsam vorangekommen oder hatte Raghba mich wieder ein Stück zurückbefördert? Ich wusste es nicht …

Mein Blick glitt zu Necdet und das Schluchzen, das sich schon bei dem Anblick meiner Freundin aus meiner Kehle befreien wollte, brach heraus. Necdet stand gekrümmt da. Die furchtbare Made machte sich gerade wieder auf den Weg zu ihm. Unter großer Anstrengung rief er die Schattenwesen zurück. Schemen um Schemen. Bis der Schleier verrauchte und die Welt zumindest vor den Geistern sicher war, die nicht mehr in diese Welt gehörten.

Wir verloren.

Mit einem leisen Wimmern drehte ich meinen Kopf in die andere Richtung. Keos war mächtig. Aber während Skyggens Schatten ihn unerlässlich attackierten und er sie mit seiner Magie in Schach hielt, griff ihn eine weitere Kreatur an. Eine Art Luftwesen. Wie sollte er auf Dauer gegen diese Angriffe bestehen? Skyggen allein war schon erschreckend. Er hatte es selbst gesagt. Ja, diesen Kampf würden wir nicht gewinnen. In der Dunkelheit der Bibliothek blitzten gelbe Augen auf, die sich Keos näherten. Nicht zwei. Acht. Es waren acht gelbe Augen.

Arenyen.

Ich brachte keinen Ton über meine Lippen. Ich konnte ihn nur ansehen. Heiße Tränen flossen mir über die Wangen. Als spürte Keos meine Augen auf sich, hob er das Gesicht und erwiderte meinen Blick. Ich hielt den Atem an. Egal wie groß mein Schmerz war, wie tief meine Resignation, es ging immer noch mehr. Noch tiefer. Noch schlimmer. Bei allen Loa. Aus Keos' Gesicht begannen Dornen zu wachsen. Wie viele verdammte Kreaturen waren noch hier? Er schrie auf. Seine Brust wurde von einem weiteren Dorn durchbohrt. Spinnengift tropfte auf ihn nieder, während Arenyen gierig ihre behaarten Beine nach ihm ausstreckte.

Mir blutete das Herz und immer mehr Tränen flossen über meine Wangen. Wie Säure brannten sie auf meiner Haut. Ich wollte meine Augen schließen. Vor allem. Ich ertrug es nicht länger. Doch Keos' Blick, diese wunderschönen Augen hielten mich gefangen.

»Ich liebe dich, Taleyi. Bis zu den Grenzen des Seins und darüber hinaus.« Obwohl er mehr die Lippen bewegte, als wirklich sprach, hörte ich seine Stimme.

Etwas in seinem Blick erlosch, und mir zerriss es das Herz. Das Anthrazit wurde matt. Ich wusste, dass er unsterblich war, doch er selbst hatte einmal gesagt, dass es weit schlimmere Schicksale als den Tod gab. Und Keos ergab sich gerade seinem Schicksal. Während er langsam die Lider schloss, barst etwas in mir.

Schicksal. Schicksal. Schicksalsrad. Dreh es. Schicksal. Schicksal. zischte es in meinem Geist.

»Was ist denn hier los«, donnerte es plötzlich hinter mir. Panisches Stimmengewirr folgte dem fassungslosen Ruf. Ich blickte mich um. Mit meinen Augen registrierte ich … Lafayette? Lag ich bereits im Delirium? Nein. Nein. Raghba war noch nicht durch den Schutzwall meiner Seele gedrungen.

»Was bei allen Loa?«, hörte ich eine weitere bekannte Stimme. Aurelie.

Ich blinzelte und als ich endlich einen klaren Gedanken fassen konnte, schoss eine Feuerwalze an mir vorbei. Die Kampfgeräusche in der sonst so ruhigen Bibliothek wurden lauter. Die Schmerzensschreie um mich herum vielstimmiger. Ich schluckte. Waren sie alle hier? Die Führungsriege der magischen Gemeinschaft? Waren sie endlich zur Vernunft gekommen?

»Bringt das unter Kontrolle. Vernichtet diese Kreaturen!« Ich erkannte Lafayettes Stimme in dem auffordernden Ruf, der nicht über die geschockte Nuance darin wegtäuschen konnte. Ja, es war erschreckend. Nicht wahr? Seht ihr es jetzt endlich? Aber so wie es schien, waren sie längst zu spät. Unser Schicksal war besiegelt.

Schicksal. Schicksal. Schicksalsrad. Dreh es. Schicksal. Schicksal, zischte es abermals durch meinen Geist. *Dreh es endlich!*

Bilder schossen mir durch den Kopf. Vollkommen ungefiltert fluteten sie meinen Verstand. Bilder, Geräusche, Farben, Gerüche. *Erinnerungen.*

Ich sah, was ich nicht sehen konnte. Ich schloss meine Augen und sah alles vor mir. Ich öffnete meine

Augen und erkannte, wie blind ich gewesen war.

Raghba wich kreischend zurück. Er riss seine Krallen aus mir heraus, doch dieses Mal zuckte ich nicht mit einer Wimper. Ich spürte keinen Schmerz.

Ich spürte gar nichts.

Nur eine Sekunde später gefror mein Inneres. Mein Blut wurde zu Eis und zugleich verbrannte ich. Meine Haut ging in Feuer auf. Mein Kopf wollte bersten, mein Herz zog sich zusammen. Ein Rammbock schlug immer wieder auf meine Brust ein. Ich fiel auf die Knie und warf den Kopf in den Nacken. Und dann schrie ich. Ich schrie und schrie. Würde ich damit aufhören, würde ich zerspringen. Es war alles zu viel. Die Hitze und die Kälte zerfetzten mich von innen heraus.

»Taleyi.« Das geschockte tiefe Flüstern gab mir den Rest. Ich wusste nicht, wer meinen Namen ausstieß, doch der Bariton kam mir bekannt vor.

»Mach, dass es aufhört. Mach, dass es aufhört«, kreischte ich in einer Stimme, die nicht mir zu gehören schien. Mittlerweile brannte meine Kehle, als würde sich Stacheldraht um meine Stimmbänder legen. Und dennoch kreischte ich weiter.

»Taleyi«, hörte ich ein Krächzen an meinem Ohr. »Du darfst dich nicht wehren. Nimm es an. Nimm es an.«

Mama Safiya? »Ich kann nicht. Es ist zu …«

»Es ist nicht zu viel. Du bist endlich, endlich bereit. Nimm dein Schicksal an. Sei dein eigenes Schicksal. Taleyi, so wie es dein Name schon zu Zeiten des Nichts in die Sterne schrieb. Du musst es annehmen.«

»Was?«, fragte ich. Was? Den Schmerz? Die Angst? Das Zerbrechen? Was?!

»Deine Vergangenheit. Deine Gegenwart. Deine Zukunft«, murmelte Mama Safiya. »Dich!«

Ich ballte meine Hände zu Fäusten. Meine Vergangenheit … Die Bilder. Die Erinnerungen. Sie prasselten wieder auf mich ein. Ich versuchte, sie zuzulassen, doch sie stürmten mit einer solchen Schlagkraft auf mich zu, dass ich mit den Fäusten auf den Steinboden einschlug.

»Hör auf.« Mama Safiya stieß einen Fluch aus. »Hör auf. Lass es zu. Du selbst hast bestimmt, dass der Moment gekommen ist. Es ist an der Zeit, dass du dein Schicksal annimmst.«

»Ich?«, hauchte ich kraftlos.

»Natürlich du. Wer sonst könnte den Bann brechen, den du selbst auf dich gelegt hast?«

Ich hatte nicht die Kraft, ihre Wörter zu enträtseln. Welcher Bann? »Es ist zu viel«, rief ich verzweifelt.

Mama Safiya griff nach meinen Händen. Von ihren Fingern floss blankes Eis über meine Haut. Es rang mit dem Feuer um die Vorherrschaft. Ein Krieg, der auf meinem Körper, in meinem Geist ausgefochten wurde und nichts als Asche zurücklassen würde. Ich biss mir auf die Lippen, bis ich Blut schmeckte, um nicht wieder zu schreien.

»Wir müssen uns beeilen. Sie brauchen dich. Sie alle.« Der Griff des Orakels verstärkte sich. Ihre Worte wurden immer drängender.

Ein Wimmern drang aus meiner Kehle.

»Ich helfe dir, Taleyi. So gut ich kann. Ich bin da.«

Und dann hielt mich das Orakel fest, während ich in einer schieren Endlosigkeit zersplitterte, mich zusammensetzte und erneut zerbrach. Ich verbrannte und gefror. Ich zerfiel zu Asche und ging wie ein Phönix daraus hervor. Nur um gleich wieder zu Eis zu erstarren. Immer und immer wieder. Bis mir nichts anderes blieb, als es kraftlos über mich ergehen zu lassen.

Irgendwann flauten die Qualen ab. Sie wurden mit jedem Atemzug erträglicher, bis sie in sich zusammenfielen. Vorsichtig öffnete ich meine Augen und sah Mama Safiyas Gesicht verkehrt über meinem schweben. Sie lächelte und entblößte ihre braunen Zähne. Mein Kopf lag in ihrem Schoß gebettet. Als ich mir sicher war, dass der Schwindel verflogen war, erhob ich mich langsam. Sanft nahm ich die Hände des Orakels in meine.

»Ich danke dir, alte Freundin.«

Das brachte Mama Safiya zum Lachen und als sie verstummte, lag absolute Glückseligkeit auf ihrem Gesicht. »Oh, das tut gut.«

Da konnte ich ihr nur zustimmen. Langsam stemmte ich mich hoch. Alles fühlte sich so vertraut an und doch so fremd. Ich tastete mich an meine Magie heran, bis mich ein Keuchen herumfahren ließ. Ich hatte keine Zeit. Ich musste später lernen, wer ich war. Jetzt galt es meine Freunde zu retten.

Das Keuchen kam eindeutig von Lumiel. Ich betrachtete den Gang vor mir. Raghba kauerte sich an die Wand und starrte mich an. Die Erinnerungen, die meine Seele durchdrungen hatten, mussten ihn von mir gestoßen haben. Im wahrsten Sinne des Wortes aus mir hinausgeworfen. Lumiel hielt gerade so die Zähne des Vampirmädchens von ihrer Brust fern. Necdet wich der saugenden Made aus, strauchelte aber und entkam den Widerhaken nur knapp. Lafayette stand nicht weit von ihm entfernt. Aus seiner Nase und seinem Mund quoll Wasser. Aurelie hielt eine tierartige Kreatur mit einem Schutzwall auf Abstand. Doch so sehr die rothaarige Mambo auch versuchte, das Wesen abzuwehren, sie wich bereits zurück. Der Wall gab langsam, aber sicher nach.

Ich erblickte einen kleinen, stämmigen Erdmagier. Einer der engsten Vertrauten von Lafayette. Doch er stellte sich gegen Etienne. Auf seiner Schulter saß ein kleines affenähnliches Wesen. Es brauchte einen Moment, bis ich erkannte, dass es den Erdmagier kontrollierte. Wann immer die Kreatur den Kopf drehte, tat es ihm der Mann gleich, und wenn es eine Hand zum Angriff hob, folgte der Magier ihm. Etienne warf wieder und wieder Feuerbälle auf den Mann. Mit mäßigem Erfolg. Ich hatte es mir also nicht eingebildet. Schlussendlich waren sie gekommen und sie kämpften. Seite an Seite mit uns, den Ausgestoßenen.

Ein Klackern brachte mich dazu, mich umzudrehen. Keos. Mein Geliebter. Sie hatten ihn umzingelt. Wut kroch durch meine Adern, als ich die Dornen sah, die ihn durchbohrten. Die verätzte Wunde, die von Arenyen stammte, gab mir den Rest. *Schluss*, dachte ich und schleuderte eine Welle aus Magie in Keos' Richtung. Dann wanderten meine Augen zu Lumiel und Necdet. Meine Magie stob zu ihnen. Schluss damit.

Wie hatte ich nur so blind sein können? Wie? Warum? Meine Magie drängte die Wesen zurück. Nicht weit, dazu war ich noch zu schwach. Viel zu schwach. Aber ich verschaffte meinen Freunden ein wenig Raum zum Atmen. Nicht für lange, aber zumindest so lange, dass sie vorerst die Oberhand gewannen.

Ein geschocktes Flüstern ließ mich aufblicken. Keos trat langsam auf mich zu und schaute mich an. Er sah schlimm aus. Blut tränkte sein T-Shirt, wo der Dorn aus seiner Brust geschossen war. Ein hässlicher, tiefer Riss prangte auf seiner Wange und seine Arme waren mit Verätzungen übersät. Ihn schien das alles jedoch nicht zu kümmern. Langsam kam er Schritt für Schritt auf mich zu. Seine Hände hatte er leicht angehoben. So als wollte er mich beruhigen. Oder galt die Geste ihm selbst?

»Taleyi?«, fragte er, als er ganz vor mich trat.

Ich lächelte traurig. Gequält. Da stand er. Mein Geliebter.

Wie schwer musste es ihm gefallen sein, Stillschweigen zu bewahren? Er hatte kein Wort über unsere Vergangenheit verloren. Wie furchtbar mussten die Jahrhunderte gewesen sein, in denen er gedacht hatte, ich hätte ihn verlassen? Verraten.

»Taleyi, du …«

»Ja«, hauchte ich. »Ich bin wieder ich. Oder so gut wie.«

Ich … Taleyi … Schicksalsgöttin Taleyi.

Seine Augen weiteten sich und in mir schwoll etwas an. All die Worte, die Gefühle, die Berührungen, die uns gestohlen wurden. Die Erklärungen, die ich ihm schuldete. Aber dafür war weder die rechte Zeit noch der richtige Ort. Ich unterbrach den Blickkontakt und schaute stattdessen auf seine Brust. Der schwarze Stoff seines T-Shirts sog sich weiter mit Blut voll. Schnell band ich mir mein breites Tuch vom Kopf und spannte es in meinen Händen. »Darf ich?« Ich deutete auf die Wunde. Keos runzelte die Stirn. Als er den feuchten Fleck sah, der das Schwarz noch dunkler färbte, nickte er langsam. Er hob seine Arme und ich legte das Tuch vorsichtig darüber und band es dann fest, um die Blutung zu stoppen.

»Danke«, hauchte er, als ich fertig war und ich zuckte zusammen. Er hatte sich hinuntergebeugt und raunte das Wort in mein Ohr. Ich schloss meine Augen und blieb wie angewurzelt an Ort und Stelle. So nahe bei ihm, dass ich seine Wärme spüren konnte. Es zerriss mich. Wir waren uns wieder nahegekommen. Die Taleyi ohne Erinnerung und Keos. Aber konnte er mir verzeihen, jetzt wo ich wieder ganz ich war? Wo ich wieder wusste, was ich ihm angetan hatte?

Keos trat einen Schritt zurück und gab mir so die Chance mich zu fassen. »Wir machen erst hier *sauber*. Aber dann …« Er schluckte schwer.

Dann hatten wir so vieles zu besprechen. Ich musste mich bei ihm entschuldigen, ihm die Dinge erklären, die er vermutlich längst wusste, aber er sollte es aus meinem Mund hören. Und ich hatte Angst vor seiner Reaktion. Angst vor einer Zurückweisung.

»Bist du stark genug«, er machte eine kurze Pause. »Bist du stark genug, sie wieder in die Verliese zu schließen?«

Mir wurde das Herz schwer. Beim letzten Mal war er für Jahrhunderte hinter eine Tür verbannt worden.

»Ich hoffe es.«

Keos lächelte zaghaft. »Dann lass uns mit dem Frühjahrsputz beginnen. Mir scheint, wir haben Ungeziefer hier.« Er klang beinahe wieder wie er selbst. Herablassend. Abenteuerlustig. Arrogant.

Ich nickte. Das war nicht unser erster Tanz. Taleyi. Schicksal. Die Ordnung in persona und das schiere Chaos Seite an Seite. Er wandte sich dem vorderen Bereich der Bibliothek zu. Ein letztes Mal musterte ich sein Seitenprofil, bevor ich es ihm gleichtun wollte. Eine einzelne Träne floss über seine Wange und mein Herz flog ihm zu. Ich hatte mich endlich, endlich wieder gefunden.

Meine Geschichte hatte vor langer Zeit begonnen. Ewigkeiten vor dem Erdbeben. Und doch hatte das Schicksal an diesem Tag die erste Seite eines bedeutenden Kapitels dieser Geschichte aufgeschlagen.

34. DEINE TRÄNEN KOMMEN MICH TEUER ZU STEHEN

Wir rannten zu Lumiel und Nec, die Rücken an Rücken gegen das Vampirmädchen und eine weitere Kreatur, die aussah, als würde ihr Körper aus Felsen bestehen, kämpften. Als ich an Lafayette vorbeiging, kreuzten sich unsere Blicke. Er hielt geschockt inne. Was seiner Gegnerin, einer Luftdämonin, die Chance gab sich an seine Brust zu heften und ihm so den Atem zu rauben. Sie war kaum zu erkennen. Nur ein Flimmern in der Luft. Es sah aus, als hätte sich ein filigraner, fast durchsichtiger Schmetterling zur Rast auf ihn gesetzt. Lafayette stieß ein panisches Geräusch aus und fasste sich an die Kehle.

Ich griff nach seiner Hand und drückte sie auf das Flimmern in der Luft. »Feuer«, presste ich eindringlich hervor. »Du musst es beschwören.«

Das Oberhaupt der magischen Gemeinschaft starrte mich aus großen Augen an. Er röchelte verzweifelt. Seine Lippen liefen schon blau an.

»Feuer!«, forderte ich ihn noch nachdrücklicher auf. »Los, beschwör dein Element, verdammt.« Ich dachte schon, dass er nicht auf mich hörte und wollte mich gerade abwenden, als endlich Funken aus seiner Hand stoben.

Lafayette legte seine glühenden Finger um die Luftdämonin. Eine kleine Flamme brach aus seiner Handfläche hervor. Das Flirren in der Luft krümmte sich zischend zusammen und die Luftdämonin floh aus dem feurigen Klammergriff, als er seine Hand zurückzog. Er atmete keuchend ein. Gierig sog er die Luft in seine Lunge. Ich wandte mich ab, doch er packte blitzschnell mein Handgelenk und hielt sich daran fest. Seine Atemzüge wurden tiefer. Die Lippen färbten sich wieder rot, aber seine Haut blieb leichenblass und er starrte mich an. Sein Blick glitt von meinen Augen zu meinem Brustbein und dann zu meinen nackten Armen. Er klappte den Mund auf und sah aus, wie ein Fisch auf dem Trockenen.

Ich zog eine Augenbraue hoch. »Ich erkläre es dir später. Zuerst muss ich diese Kreaturen wieder hinter die Türen sperren. Verschafft mir so viel Zeit, wie ihr könnt, aber denkt daran, dass sie unsterblich sind. Ihr müsst klug vorgehen. Nutzt alles, was ihr habt, okay?«

»Was wir haben?«, fragte Lafayette.

Verwirrt sah sich das Oberhaupt der magischen Gemeinschaft um.

»Wir haben nichts, was wir diesen Wesenheiten entgegensetzen könnten.«

Ein lautes Fluchen lenkte mich ab. Ich drehte den Kopf und sah gerade, wie Keos die Vampirelfe von Lumiel riss. Er ließ sich nicht anmerken, wie sehr ihm seine Verletzungen zusetzten, aber ich wusste, dass er Schmerzen hatte.

Ich schaute wieder zu Lafayette zurück und deutete auf seine Hand. »Ihr müsst kämpfen. Mit allen Mitteln. Zeig, dass du der Position würdig bist, die dir die magische Gemeinschaft gegeben hat. Zeig, dass du sie führen kannst, auch in Zeiten der Not.« Ich wollte mich gerade abwenden, hielt aber inne, als Lafayette erneut nach meinem Handgelenk griff. Er hielt in der Bewegung inne, bevor seine Haut auf meine traf.

Ich drehte mich ganz um und sah ihn erwartungsvoll an.

»Du bist …« Lafayette Dubolouis starrte wieder auf das Dekolleté. Ich wusste weshalb. Was er sah. Unter meiner Haut leuchteten Wirbel, Linien und Ranken in einem tiefen Grün. Ähnlich einer Tätowierung. Direkt unter der Kuhle zwischen meinen Schlüsselbeinen war ein Abbild von dem Schicksalsrad aus Mama Safiyas Tarotkarten. Von der schönen Zeichnung ausgehend bahnten sich Linien über meinen ganzen Körper. Grüne Linien, die eine Geschichte zu erzählen schienen, in einer Schrift, die niemand mehr kannte. Eine Geschichte. Sie erzählte von einer mächtigen, uralten Göttin. Dem Schicksal. Der Ordnung in persona. Und einem der ersten Dämonen, die es jemals gab. Dem schieren Chaos. Sie erzählte von Liebe. Einer grenzenlosen Liebe. Und nun … Ich strich über eine Linie direkt unter meinem Herzen, von der zahllose Wirbel ausgingen. Nun erzählte sie auch von Leid. Von Leid, Verlust und Schmerz.»Vergiss nicht, was ich dir geraten habe, Lafayette.« Mit diesen Worten wandte ich mich endgültig von ihm ab und schritt eilig zu meinen Freunden.

»Taleyi!« Lumiel warf mich fast von den Füßen, als sie mir in die Arme fiel. Ich konnte nirgends das rosafarbene Haar des Vampirmädchens ausmachen. Auch die felsige Kreatur war nicht mehr zu sehen.

»Es geht dir gut«, seufzte meine Freundin an meinem Ohr. Als sie mich ein wenig von sich schob, stockte sie bei meinem Anblick. Forsch schaute sie mir wieder ins Gesicht, wollte ergründen, was es war, dass mich so verändert hatte.

»Später«, sagte ich schnell. Als ein gellender Schmerzensschrei neben uns ertönte, fuhr ich herum. Eine Voodoo-Priesterin brach nur wenige Meter vor uns bewusstlos zusammen. Innerhalb eines Wimpernschlags wurden ihre pechschwarzen Haare schneeweiß. Ich drehte mich um.

»Später«, murmelte sie erschrocken und starrte noch immer über meine Schulter zur Mambo.

Necdet trat auf mich zu. Mit einer Hand wischte er sich Blut von der Stirn und legte einen Arm um meine Schultern. Er drückte mich fest an sich und hauchte einen Kuss auf meinen Scheitel. »Was sollen wir nur …« Ein hochgewachsener Bocor rammte Nec, als dieser panisch Richtung Ausgang rannte. Necdet taumelte einen Schritt zurück. Dabei fiel mir auf, dass er sein rechtes Bein nicht richtig belastete.

Lumiel streckte den Arm aus und packte ihn am Saum seines Shirts. »Hab dich, Hübscher.«

Wir sahen dem flüchtenden Bocor hinterher. Die Kampfgeräusche erfüllten den Raum, die panischen Rufe verursachten mir Übelkeit. Vom hinteren Bereich drang ein markerschütternder Schrei voller Todesangst zu uns durch. Die Bibliothek war erfüllt von Geräuschen. Von Krieg und Schmerz. Und einem penetranten Geruchscocktail aus Blut und Tod.

Keine Zeit. Ich hatte keine Zeit. Mir blieb nur eines zu tun, um so viele Leben wie möglich zu retten. »Ich muss dich um etwas bitten, Nec«, fiel ich mit der Tür ins Haus.

Er musterte mich. »Spuck es aus, Taleyi. So schlimm kann es ni …« Er stoppte abrupt. »Deine Bitte steht nicht zufällig in direktem Zusammenhang mit dem Schattenreich, oder?«

Ich schwieg.

Necdet stöhnte demonstrativ. »Schon wieder?«

»Nein. Du musst nicht in das Schattenreich. Aber du musst für mich einen Loa anrufen.«

Lumiel trat vor mich und sah mich entgeistert an. »Bist du auf den Kopf gefallen, Kleines?«

Keos rieb zufrieden seine Hände gegeneinander, während er sich zu uns gesellte. »Okay. Wir sollten für ein paar Sekunden Luft haben. Unsere bissige Elfe hat sich in einem von Arenyens Netzen da hinten verfangen. Nicht ganz zufällig, aber …« Erst jetzt schien er die drückende Stimmung zwischen uns zu bemerken und schaute von mir zu dem Schattenmann und dann zu der Banshee. »Was ist hier los?«

»Taleyi möchte sich auf einen Handel mit einem Loa einlassen.« Lumiel sah immer noch geschockt aus.

»Vielleicht plant sie ja keinen Handel …« Necdet klang hoffnungsvoll.

»O ich bitte dich Nec. Weshalb sonst sollte man einen Loa anrufen?«

»Wartet mal. Ich komme nicht ganz mit. Wozu brauchst du bitte einen Loa?« Keos sah mich fragend an.

Es war klar, weshalb sie so bestürzt reagierten. Geschäfte mit Loa waren nicht ungefährlich. Selbst jene mit den wohltätigen Rada-Nachon.

»Ich bin nicht stark genug, einen solchen Bann zu wirken. Dieses Mal nicht.« Ich streckte meine Arme nach vorn und zeigte Keos meine Handflächen, als könnte er darin erkennen, dass meine Magie nicht stabil genug war.

»Dieses Mal?«, wollte Lumiel wissen.

Ich schaute sie verzweifelt an. Jede Erklärung würde nur weitere Fragen aufwerfen und wir hatten nicht die Zeit für meine Lebensgeschichte.

»Später«, gab Lumiel sich selbst die Antwort.

»Wen?« Necdet drehte mich zu ihm. »Wen soll ich anrufen?«

»Damballah.« Er war die beste Wahl. Damballah war der Vater aller Loa, Menschen und Schutzgeister. Wen sollte ich sonst darum bitten, mit mir die Welt zu retten? Wer wenn nicht er, würde die Notsituation nicht ausnutzen – nicht vollends zumindest – und den größtmöglichen Preis von mir verlangen.

Necdet schloss seufzend die Augen. »Wenn ich ihn anrufe, legt sich ein Nebelschleier um euch. Niemand wird euch hören können. Er wird dir den Preis nennen und den Handel augenblicklich abschließen, sobald du einwilligst.«

Ich schaute ihn aus großen Augen an. »Heißt das, du rufst ihn an?«

»Natürlich, Taleyi. Schau dich um. Wir sind verloren. Wenn das unsere letzte Chance ist … Willige nur nicht blindlings in einen Handel ein, der dich zu viel kostet. Das musst du mir versprechen.«

Ich griff nach seiner Hand und drückte sie dankbar. »Danke. Und ja, ich verspreche es dir.«

»Bist du dir sicher?«, mischte sich Keos ein. »Ich könnte den Handel abschließen.«

»Nein«, rief ich und Nec schüttelte wild den Kopf. Keos schaute zwischen uns hin und her und schnaubte.

»Du hast viele gute Eigenschaften. Deine Arroganz würde einen Loa aber eher noch dazu provozieren, den Preis zu hoch anzusetzen. Vielleicht sogar unbezahlbar.«

»Aha.«

Ich trat auf Keos zu und legte ihm eine Hand an die Wange. »Vertrau mir. Ich weiß, was ich tue.«

Er schaute auf mich hinab, schüttelte dann aber nachgiebig den Kopf. »Schon gut.« Er schnaubte abermals. Dieses Mal halb belustigt, halb beleidigt. »Jetzt fühle ich mich wie ein arrogantes Arschloch. Natürlich vertraue ich dir.« Er schaute mir in die Augen und in dem dunklen Anthrazit sah ich nichts als den tiefen Glauben an mich.

Ich räusperte mich. »Alles klar.« Dann drehte ich mich erneut zu Nec und sah ihn erwartungsvoll an. »Was soll ich tun?«

»Gar nichts. Ich rufe den Rada Damballah an und sobald seine Essenz naht, trittst du in den Schleier. Er wird dort auf dich warten. Wenn es vorbei ist, rufst du mich, okay?« Necdet wartete keine Antwort ab, er schloss seine Augen und begann eine Beschwörung zu flüstern. So leise, dass ich kein Wort verstand, nur seine Lippen bewegten sich.

»Es ist so weit«, bemerkte er nach wenigen gemurmelten Worten und deutete auf den seltsamen Schleier, der ihn umgab.

Ich ging zielstrebig darauf zu und Nec schob mich sanft hindurch. In dem einen Moment hatte ich in der Bibliothek gestanden, umringt von meinen Freunden, umgeben von Kreaturen und Mitgliedern der magischen Gemeinschaft. Einen Schritt später befand ich mich im Nebel. Es gab keine Wände, keinen Boden, alles war rauchig und in fließender Bewegung. Erstaunt sah ich mich um. Das war wunderschön. Ich hob eine Hand, war aber nicht verwundert, dass ich die Schlieren nicht zu fassen bekam. Es roch sogar nach Nebel. Nach Nebel und Regenwolken.

»Damballah«, rief ich leise, als nichts weiter geschah.

»Wer ruft nach mir?« Die Stimme kam aus allen Richtungen, donnerte durch diesen verschleierten Raum und ließ selbst meine Knochen vibrieren. Ich sank unfreiwillig auf ein Knie und legte eine Hand fest auf den Boden, um wieder Halt zu gewinnen. Als ich mein

Gleichgewicht wiedergefunden hatte, schaute ich mich um und keuchte leise auf, als sich vor mir etwas regte. Aus dem Nebel, der den Boden bildete, floss plötzlich dunkler Rauch hoch empor und setzte sich zusammen. Eine Säule aus finsterem Nebel baute sich vor mir auf. Die Schwaden wanden sich umeinander und dehnten sich aus. Bis der Schemen einer großen Wesensart auf mich hinabsah. Seine Augen bestanden aus zwei bodenlosen schwarzen Löchern. Da waren keine Iriden, keine Pupillen. Ich musste mich zwingen, nicht zurückzuweichen. Selbst als gestaltloser Rauch war dieser Loa gewaltig. Mächtig.

»Eine Göttin«, raunte der Loa mit einem leisen, grollenden Lachen in der Stimme, das mir wieder die Knie schlottern ließ. »Was könnte eine Göttin von mir wollen?«

Ich atmete einmal durch und schaute ihm dann fest in die Augen. »Damballah, die Welt wird von bösartigen Kreaturen heimgesucht, die alles vernichten werden, was existiert. Sie waren bis vor Kurzem gebannt, doch die Siegel brachen und nun …«

»Warum wollen sich nur immer alle erklären. Nenn mir dein Begehr, damit ich den Preis bemessen kann.«

Ich erzitterte innerlich. Die Macht und die Kraft dieses Loa sprach aus jeder Silbe, die er von sich gab, ließ den gestaltlosen Raum erbeben und verlangte mir jedes Quäntchen Energie ab, was ich noch besaß.

»Hilf mir, diese Kreaturen wieder hinter die Türen zu sperren und die Siegel zu erneuern.« Ich hielt meinen Blick fest auf die bodenlosen schwarzen Löcher gerichtet.

Auf meine Worte kam lange Zeit keine Antwort, dann wirbelte die Rauchgestalt auf und verdichtete sich.

»Eine noble Bitte. Gerade darum wird der Preis kein geringer sein. Ist dir das bewusst, Taleyi – Göttin des Schicksals?«

Ich schluckte. Der erste Teil hatte gut geklungen. Meine Hoffnung hatte darin gelegen, dass eine noble Bitte, wie er es nannte, den als sanftmütigen, beschützend geltenden Loa, gnädig stimmen würde. Da hatte ich mich getäuscht.

»Natürlich.« Ich wusste, was ich Necdet versprochen hatte. Aber in unserer aktuellen Lage war fast kein Preis zu hoch. Welche Wahl hatte ich also?

»Lass mich überlegen. Eine noble Bitte, ein hoher Preis.«, murmelte Damballah. »Du hast gerade erst dein Gedächtnis zurückgewonnen. Wertvolle Momente und unbezahlbare Augenblicke. Erst wenn du weißt, wie es sich anfühlt, dass sie fehlen, erkennst du, wie kostbar sie sind. Nicht wahr?«

Eine dunkle Vorahnung keimte in mir auf. Er würde mir doch nicht wieder die Erinnerungen nehmen? Bitte nicht.

»Ich möchte eine dieser vergangenen Momente von dir. Eine Erinnerung, die für dich gleichsam wertvoll, tief und bedeutend ist. Ich werde sie dir nehmen. Du wirst wissen, dass dir eine Erinnerung fehlt, ein dir sehr wichtiger Teil, aber dieser Augenblick wird auf ewig mir gehören.«

Er sprach meine Befürchtung aus. Allerdings wäre es nur eine einzige Erinnerung. Mir wurde zwar schlecht bei dem Gedanken, dass mir schon wieder etwas entrissen wurde, das ich gerade erst zurückbekommen hatte. Aber wie gesagt: Was hatte ich für eine Wahl? Fieberhaft dachte ich darüber nach, welche meiner zahllosen Erlebnisse und Augenblicke einen Loa interessieren könnte.

»Es geht um *einen* Augenblick, oder? Du würdest mir keine ganze Geschichte aus meiner Erinnerung nehmen«, hakte ich vorsichtig nach.

»Mir geht es nicht um die Länge, sondern um die Kostbarkeit, die der Moment für dich birgt. Also nein. Nein. Ich werde dir keine Schlucht in dein Gedächtnis schlagen. Ich nehme lediglich einen Kieselstein von deinem zurückgelegten Weg.«

»Kieselsteine haben die Macht Steinlawinen loszutreten.« Ich erkannte selbst, dass ich Zeit schindete. Welcher Augenblick würde es sein, den er mir nahm? Das erste Mal, dass man meinen Namen nannte? Taleyi. Schicksal. Als ich Keos zum ersten Mal traf? Oder als ich ihn zum zweiten Mal das erste Mal traf? Unseren ersten Kuss? Einen geteilten Augenblick zwischen Lumiel, Necdet und mir? Alles Schätze, die ich nicht hergeben wollte.

»Genug. Ist dir meine Hilfe nun eine Erinnerung wert oder nicht?«

Meine Hände begannen zu zittern. Damballah hatte recht. Erst, wenn sie verloren gingen, ließ sich die Kostbarkeit jedes einzelnen Wimpernschlages auf seiner Reise bemessen. Jeder Moment meiner Geschichte formte mich zu der Person, der Göttin, der Freundin, die ich war.

»Einverstanden.« Das Wort schoss aus mir heraus, bevor ich meine Meinung ändern und einen Rückzieher machen konnte. Es war an mir, den Beitrag zu leisten.

Eine Erinnerung für den Fortbestand der Welt. Was für ein kleines Opfer. Was für ein Riesenverlust.

Damballah brummte zufrieden. »So sei es.« Aus seiner Mitte fuhren Nebelschwaden, die sich zu einem Arm bildeten. Er hob ihn zu einem der dunklen Löcher, die ich als seine Augen wähnte und fuhr darunter entlang.

»Du brauchst einen starken Bann, der die Wesen in ihre Verliese zieht.« Der Rauchstrang fuhr plötzlich zu mir. An seinem Ende glitzerte etwas und ich beugte mich darüber. Ein kleiner Stein lag darin, der wie ein gefrorener Wassertropfen aussah. Der Loa verübte mit dem körperlosen Arm eine auffordernde Bewegung und ich griff ganz vorsichtig nach dem Stein. Er fühlte sich nicht kalt an und seine Oberfläche war glatt. Aber ich spürte die Macht in ihm pulsieren. Bevor ich ihn genauer in Augenschein nehmen konnte, sprach Damballah weiter. »Und du brauchst einen Bann, der sich auf das Siegel legt, um es zu stärken, sobald alle Wesen wieder gefangen sind.« Dieses Mal strich er unter seinem anderen Auge hinweg. Ich versuchte zu erkennen … mir stockte der Atem. Eine Träne floss aus seinem Auge. Als er sie auffing, erstarrte sie und wurde zu Stein.

»Hier.« Er reichte mir auch diesen. »Wenn du zurück bist, zerbrichst du die erste Träne, um die Wesen aus allen Winkeln der Welt zurück in ihre Verliese zu rufen. Sie können sich nicht dagegen wehren und innerhalb weniger Augenblicke sollten sie allesamt wieder dort sein, wo sie hingehören.«

Ich schaute den Stein in meiner rechten Hand an und schloss dann fest die Finger darum. Die Träne eines Loa. Die Macht pulsierte in dem winzigen Stein.

»Dann zerbrichst du die andere.« Er neigte sich leicht zu meiner linken Hand. »Um das Siegel zu stabilisieren.«

Ich ballte auch um diesen Stein eine Faust und nickte ernst.

»Gut dann …«

»Warte«, forderte ich ihn auf.

Damballah brummte grollend.

Ich nahm es als Zustimmung, fortzufahren. »Wenn

ich, bevor der zweite Bann gänzlich wirkt, ein Wesen gegen ein anderes austausche, würde das funktionieren?«

Damballah schwieg. Der Nebel, der ihn formte, wurde dafür umso unruhiger. Er floss unstet über die Oberfläche des Schemens.

Ich kaute nervös auf meiner Unterlippe.

»Ja.«

Dieses eine Wort reichte aus, um wieder frei durchatmen zu können. Mir war gar nicht aufgefallen, dass ich die Luft angehalten hatte. Erleichterung schwemmte durch mich hindurch.

»Du darfst nicht zögern, Göttin des Schicksals. Dein Zeitfenster ist begrenzt.«

Ich nickte.

»Nun zu deinem Anteil des Handels.«

Prompt versteifte ich mich. Ich wusste, dass es meine Entscheidung, meine Wahl gewesen war. Dennoch wäre ich am liebsten davongelaufen, so feige es auch war. Gegensätzlich zu meinen Gedanken reckte ich das Kinn. »Muss ich entscheiden, welche Erinnerung ich aufgebe?«

»Ein interessanter Gedanke, aber nein. Ich werde bewerten, welche Erinnerung meine Tränen wert sind.«

Ich schluckte schwer. Ein Teil von mir war erleichtert, dass ich diese Entscheidung nicht treffen musste. Wie sollte ich dazu auch imstande sein? Ein anderer Teil in mir hasste den Gedanken, dass Damballah einfach darüber richtete, welcher Moment besonderer als andere wäre und mir diesen dann auch noch entriss. Ich richtete mich noch mehr auf. »Okay.«

»Schließ deine Augen. Ich werde ganz sanft durch deinen Geist wandern und mir deine Galerie ansehen.«

»Galerie?«, fragte ich.

»Ja. Stell dir vor, ich würde durch ein Museum spazieren. Das Museum deiner wichtigsten Momente.«

Das war allerdings eine schöne Vorstellung. Wenn man außen vorließ, dass er eines der Kunstwerke rauben würde.

»Es wird nicht wehtun. Zumindest der Akt an sich. Den wirst du gar nicht mitbekommen.«

Ich schloss meine Augen und verabschiedete mich wortlos von einem Moment meines Lebens und ich dankte ihm. Denn dank dieses Augenblicks konnte ich den Bann ausüben. Und egal, welche Erinnerung er mir stahl, sie hatte mich unter anderem zu der Person geformt, die ich heute war.

»Du kannst die Augen öffnen.«

Erstaunt riss ich die Lider auf. Bitte? Das soll es gewesen sein? Es hatte nicht einmal zehn Sekunden gedauert. Ich horchte in mich hinein, versuchte zu ergründen, welche Erinnerung mir fehlte. Panisch ging ich die Momente durch, die mir in den Sinn kamen.

Sie nannten meinen Namen. Er wurde in die Sterne geschrieben. Ich traf Keos das allererste Mal. Wir küssten uns. Er gestand mir seine Liebe. Ich öffnete seine Tür und traf ihn erneut. Lumiel, Necdet und ich. Wir saßen auf dem Sofa, lachten und aßen zusammen. Es war unser erster unbeschwerter Abend, den wir gemeinsam verbrachten. Ein Grundstein unserer Freundschaft.

Auch wenn mir mein Verstand sagte, dass es ein Ding der Unmöglichkeit war, festzustellen, welchen Augenblick der Loa mir entrissen hatte, ratterte ich gedanklich wichtige Momente meines langen Lebens herunter.

»Wenn es sonst nichts mehr gibt …« Das Donnern riss mich aus meinen Gedanken.

Ich zwang mich, ihn nicht anzubetteln, mir zu verraten, welche Erinnerung mir nun fehlte. Stattdessen drückte ich meine Fäuste zusammen, bis ich die Tränen, die die Bannflüche enthielten, in meiner Handfläche fühlte. »Danke Damballah«, hauchte ich. Die Nebelsäule fiel in sich zusammen und glitt in den rauchigen Boden.

»Necdet?« Ich drehte meinen Kopf herum. »Nec!«Einen Herzschlag später stand ich wieder im Kreis meiner Freunde, mitten in der Bibliothek. Wären die tränenförmigen Steine in meinen Händen nicht, hätte ich mir einreden können, mir all das nur eingebildet zu haben.

»Hat es funktioniert?« Lumiel musterte mich besorgt.

»Ja.« Ich öffnete meine Hände. »Ja, hat es.«

Doch ihr betroffener Ausdruck verschwand nicht.

Ein lauter Schrei hallte von den hohen Wänden der Bibliothek wider.

»Haltet die Kreaturen von Taleyi fern«, rief Lafayette.

Ich drehte mich herum und schnappte nach Luft. Die magische Gemeinschaft tat, was sie konnte, aber sie hatten keine Chance. Ich sah einige Körper leblos auf dem Boden liegen. Die Zahl derer, die noch kampffähig oder in Besitz ihres eigenen Willens war, hatte sich stark dezimiert.

Mein Blick traf den von Lafayette. Wir sahen uns einen Moment an, dann nickte er mir zu.

»Was hat es dich gekostet?«, fragte Keos hinter mir. Er umfasste meine Schultern und für eine Sekunde lehnte ich mich an ihn. »Später. Wir müssen nur diese Träne …« Ich stockte, als mir hinter Lafayette etwas ins Auge stach. Ein grüner Umhang, der sich seltsam bewegte. Der Träger drehte sich ein bisschen zur Seite und hielt einen knorrigen Stock in der Hand. Als spürte er meinen Blick auf sich ruhen, wandte er sich in dem Moment um und sah mir direkt in die Augen.

»Du!« Mein Schrei ließ ihn zusammenzucken. Der Anflug von Panik verschwand allerdings sofort aus seinen Zügen und machte dafür Hass Platz.

Ich hob meinen Finger und zeigte auf ihn. »Du!«

»Guidry«, flüsterte Keos vollkommen fassungslos. »Ist das wirklich Guidry?«

Lumiel und Nec traten neben mich. Beide schauten verwirrt zwischen Keos, dem Waldgeist und mir hin und her. Sie verstanden nicht, was gerade passiert war. Wie konnten sie auch? Diese Geschichte lag so lange zurück, da waren ihre Existenzen noch nicht einmal ein Gedanke im Universum.

»Ja, ich!«, fauchte er zurück. Etwas Getriebenes trat in seine Augen, das mich in seiner Intensität erschreckte.

»Was hast du dir nur gedacht?«, schoss es aus mir heraus.

Der Waldgeist kam auf uns zu. Und obwohl ich wusste, dass es in den Kampfgeräuschen vollkommen unmöglich war, bildete ich mir ein, das Absetzen seines Stockes auf dem Boden zu hören.

»Was ich mir gedacht habe? Was hast du dir gedacht? Wir waren deine Freunde.« Er blieb mit ein bisschen Abstand zu uns stehen und schaute mich noch immer voller Hass an.

»Ähm … Was ist hier los?«, fragte Nec.

»Das wüsste ich allerdings auch gern.« Keos stellte sich dicht neben mich. »In den letzten Jahrhunderten ist anscheinend eine Menge passiert. Wie kommt es zum Beispiel, dass Guidry noch lebt?«

Der Waldgeist lachte hart auf. »Du hast es ihm nicht erzählt?« Er schaute zu Keos. »Natürlich nicht. Sonst würde er schon längst versuchen, mich zu töten«, gab er sich selbst die Antwort.

»Nein«, erwiderte ich kalt. »Möchtest du diesem Versäumnis nicht selbst nachkommen?« Ich verzog meine Lippen zu einem höhnischen Grinsen. »Ich würde zu gern seine Reaktion darauf sehen.«

Guidry spuckte zwischen uns auf den Boden. »Pah! Du selbstgefällige Pute. Hör auf, so zu tun, als wäre ich der Bösewicht dieser Geschichte.« Seine Finger zitterten vor Wut. Ich erkannte aus den Augenwinkeln wie Nec und Lumiel noch näher zu uns traten. »Dabei bist du es. Du gehst für deine Ziele über Leichen und opferst selbst deine beste Freundin. Eiskalt«, fauchte Guidry in meine Richtung.

»Nein.« In meine Stimme hatte sich eine Traurigkeit geschlichen, die wahrscheinlich nur Keos heraushören konnte. Er war der Einzige, der mich so gut kannte, dass ... Dann legte sich Lumiels Hand auf meinen Rücken zwischen die Schulterblätter und Necdet verlagerte sein Gewicht so, dass sich unsere Unterarme ganz leicht berührten. Diese Gesten waren Trost. Mehr als sie es je erahnen könnten. Doch verstärkten sie ebenso die Traurigkeit, die die Erinnerung heraufbeschwor. Ich erwiderte den gramvollen Blick des Waldgeistes. »Sie war meine Freundin. Und du hast sie verraten.«

Guidrys Augen wurden groß, bevor er in Gelächter ausbrach. Seine dünnen Beinchen wackelten dabei so stark, dass die Knie immer wieder aneinanderstießen. Kleine Speicheltropfen stoben aus seinem Mund und verfingen sich in seinem Bart. Ein lauter Schrei ließ uns alle zusammenzucken, sogar Guidry wandte den Kopf. Ich schaute über seine Schulter, nur wenige Schritte entfernt kniete ein Fluchmagier am Boden. Ein Arm abwehrend ausgestreckt, sank er nach vorn und knallte ungebremst mit dem Gesicht voran auf den harten Stein.

Neben mir wimmerte Lumiel leise. Es musste die Hölle für sie sein. All der Schrecken. All der Tod. Trotzdem durfte die Banshee nicht schreien.

»Hey, Schicksalsgöttin. Hier spielt die Musik. Sag mir, war der Fluch nicht gebrochen?«, fragte Guidry mit so viel Abscheu in seiner Stimme, dass ich scharf die Luft einsog. »Oder hast du immer noch Erinnerungslücken?« Guidrys Worte troffen vor Hass. »Du hast sie verraten, Taleyi. Verraten und einem furchtbaren Schicksal überlassen.«

Dieses Mal sprach er meinen Namen richtig aus, mit diesem Hauch von Magie, den die alten Wesen nutzten. Der Akzent einer uralten Sprache, die längst vergessen war. Die Betonung der Namen war bei einigen wenigen magischen Wesenheiten noch bekannt. Mir wurde übel. Er hatte kein Recht, mich so zu rufen. Er hatte mir so vieles gestohlen. Er hatte alles zerstört.

»Nein, Guidry«, begann ich ruhig. »Ich hatte einen Plan. Wir hatten einen Plan.« Zorn brannte in mir. »Du hättest nur noch eine weitere Sekunde ausharren müssen. Aber du hast uns nicht vertraut. Du hast ihr nicht vertraut.«

Guidry schüttelte seinen Kopf. Sein Bart bewegte sich hektisch im Takt seiner Bewegungen. »Das stimmt nicht«, rief er fast panisch aus. »Das ist nicht wahr.«

Keos versteifte sich in der Sekunde, in der ihm klar wurde, was das Ganze zu bedeuten hatte. »Du«, knurrte er. »Du hast den Plan vereitelt?«

Nun sah Guidry zu Keos. Sein selbstgerechter Ausdruck bekam Risse. Angst blitzte in seinen Augen auf, die aber sofort wieder Feindseligkeit wich.

„Verdammte Scheiße, Xavier! Hilf mir!", drang Etiennes Stimme an mein Ohr. Ich drehte meinen Kopf automatisch in die Richtung. Die Made hatte sich auf ihn fixiert und griff in schnellen Abfolgen an. Xavier warf etwas nach ihr, das gefährlich nach einem gebrauten Fluch aussah. Wir mussten das hier beschleunigen, ich hatte eine wichtige Aufgabe.

Keos baute sich bedrohlich auf. Seine Magie knisterte finster an der Oberfläche. »Du hast das alles zu verschulden?« Der Chaosdämon sprach nicht laut. Dennoch war jedes Wort eine Drohung. »Wegen dir war ich Jahrhunderte weggesperrt? Wegen dir glaubte ich die ganze Zeit, sie hätte mich betrogen? Ich habe an ihr gezweifelt.« Keos' Worte schossen wie spitze Pfeile direkt in mein Herz. Ich spürte seine Verzweiflung. Seinen Selbsthass. Und seine Wut. »Und Kami«, rief er schockiert »Kami ist wegen dir immer noch …«

Mein Herz zog sich zusammen. Kami. Als Keos ihren Namen ausgesprochen hatte, klang sofort wieder ihr glockenhelles Lachen in meinen Ohren. Ich spürte ihre Umarmung und hörte ihre leise Stimme: *Unser Band wird selbst dem Tod standhalten. Wenn ich nicht mehr bin, und du immer noch hell erstrahlen wirst, werde ich bei dir sein. Wir sind Herzensschwestern. Verwandte Seelen. Auch wenn ich sterblich bin. Und du ewig.*

Die Steine in meiner Hand drückten sich warm gegen meine Haut. »Weshalb musstest du nur so ungeduldig sein, Guidry?«

»Du hast sie überredet, sich zu *opfern*.« Der Waldgeist schrie mir die Worte entgegen. Sein Gesicht war mittlerweile eine vor Hass verzogene Fratze. Er legte sein Gewicht fest auf den Gehstock und beugte sich vor. »Weißt du eigentlich, was für einen Verrat du begangen hast?! Du hast deine Seelenschwester geopfert! Sie hätte alles für dich getan. Sie hat dich so geliebt.«

Er hielt den Stock so fest, dass seine Fingerknöchel weiß hervortraten. »Und du hast sie dazu überredet, sich zu opfern. Meine Kami.«

»Dummer Junge.« Ich schloss meine Augen. »Du warst ein dummer Junge. Aber jetzt bist du ein törichter Mann. Ein törichter Mann, der so viel zu verschulden hat. Du hast die Siegel gebrochen, nicht wahr? Geht deine Rache wirklich so weit, dass du die ganze Welt als Kollateralschaden ansiehst? Sieh dich nur um, Guidry. Sieh dich um!«

Genau in diesem Moment hastete eine Frau in unsere Mitte. Sie hatte beide Hände fest auf ihre Schläfen gepresst. »Seid still!", schrie sie verzweifelt. »Seid still!« Ich machte einen Schritt auf sie zu, sie richtete ihren wilden Blick auf mich. »Bleib weg. Sie gehört jetzt mir.« Die Stimme klang nicht mehr wie gerade eben. Sie war sehr viel tiefer. Bevor ich handeln konnte, rannte die Frau davon. »Tötet sie. Töte sie alle!«, schrie sie dabei.

Ich schaute hilfesuchend zu Keos, aber Lumiel trat schon vor. »Ich versuche sie aufzuhalten«, sagte sie und setzte sich in Bewegung.

»Mit Sicherheit nicht ohne mich«, knurrte Necdet und folgte ihr.

Einen Sekundenbruchteil sah ich ihnen nach. »Sieh dich nur um. Was hast du getan?«, wiederholte ich meine Frage leise und schaute Guidry traurig an.

»Du!«, kreischte er zurück, »Du hast den Schutz der Menschen – Menschen, die du nicht einmal kanntest – über das Leben deiner besten Freundin und meiner Gefährtin gestellt. Meine Rache ist berechtigt. Du bist eine Verräterin, eine elende Verräterin«, brüllte er zornig.

Er steckte hinter all dem, er stritt es nicht ab. Aber wie hatte er es geschafft, die Siegel zu brechen? Wie konnte er überhaupt noch am Leben sein?

»Kami musste sich opfern. Nur so funktionierte dieser Bannfluch. Opfermagie birgt immense Macht in sich. Sie hat mir angeboten, sich zur Verfügung zu stellen, als ich meinen Plan mit Keos und ihr teilte.«

»Warum sie? Warum nicht du? Weil du dich für wichtiger erachtest?«

Ich seufzte traurig. »Ich musste den Bann sprechen, du Narr. Aber ich hätte weder Keos noch sie jemals einfach verraten. Meinst du wirklich, ich hätte meine beste Freundin und meinen Gefährten geopfert?« Die Erinnerung an meine süße, sanfte Kami legte sich schwer auf mein Herz. Es hätte nicht so kommen müssen. Es hätte nicht so kommen dürfen. »Ich hätte Keos und sie da rausgeholt. Ich *hätte*… wärst du nicht gewesen.«

Guidry erblasste. »Du lügst«, fauchte er.

»Nein. Sie sagt die Wahrheit«, warf Keos ein. »Ich frage mich allerdings, warum Kami dich, ihren Gefährten, nicht eingeweiht hatte«, fügte der Chaosdämon düster hinzu.

Der Waldgeist blickte zu Boden und ich konnte sehen, wie er die Nacht abermals durchlebte.

»Nein«, flüsterte er schließlich.

»Doch. Dank dir, dank deiner vergifteten Wut und deines voreiligen Zorns, dank deiner unsinnigen Rachegelüste ist Kami nun das Siegel, und Keos war eingesperrt. Dank dir war ich für Jahrhunderte in ein Bild gebannt!« Ich schaute voller Abscheu zu Guidry. Ich konnte sein Handeln nicht verstehen. Damals nicht und heute nicht. Er hatte meinen Plan zunichtegemacht. An Keos' und Kamis Stelle hätte ich Teile meiner Essenz geopfert und meine zwei Herzensmenschen wieder befreit. Bevor ich dazu kam, hatte er mich mit einem mächtigen Fluch belegt, der mich auf ewig in dieses Bild sperren sollte.

Nur mit sehr viel Glück hatte ich den Fluch ein klein wenig abändern können, sodass ich freikommen sollte, sobald das Siegel nicht mehr intakt wäre. Für mehr reichte die Zeit nicht.

»Und nun befreist du die Kreaturen? Wie?«, fragte ich.

Guidry starrte mich nur aus großen Augen an. Bis ein seltsames Glitzern in seinen Blick trat. »Wie hast du dich aus dem Bild befreit? Ein Erdbeben hätte es niemals geschafft, meinen Fluch zu brechen.«

»Ich habe den Fluch leicht verändert, bevor er mich vollkommen verschlungen hatte. Das Erdbeben war nicht natürlich.«

»Die Kreaturen …«, hauchte er.

Eigentlich hatte sein unstillbarer Rachedurst mich wieder befreit.

»Dann kannst du sie ja jetzt wieder befreien.« Guidry sah mich eindringlich an. »Befreie sie jetzt«, forderte er schroff.

Sie … Kami.

Ich schloss die Augen und seufzte schwer. »Das kann ich nicht. Es waren zu viele Jahre. Zu viele Jahrhunderte. Ihre Lebenskraft ist unumgänglich mit ihrem Dasein als Siegel verbunden, Guidry. Kami gibt es nicht mehr. Nicht mehr so, wie wir sie kennen.«

In Guidrys Blick blitzten für einen Sekundenbruchteil Reue und Schuld auf. Aber genauso schnell verschwanden sie auch wieder. Ich erkannte den Moment genau, als er die Schuld von sich wies und weiterhin Hass und Rache in sein Herz einlud darin zu wüten.

Ich schaute mich um. Lumiel und Nec kamen schnaufend neben Keos zum Stehen. Meine beste Freundin schüttelte nur den Kopf, als ich ihrem Blick begegnete. Ich ahnte, was es bedeutete. Es bestand keine Hoffnung für diese Frau. Hatten die Kreaturen erst einmal Zugang zu einem Geist erhalten, war das Schicksal besiegelt.

Mein Blick glitt von Lumiel zu Necdet. Beide sahen abwechselnd Guidry und mich vollkommen überfordert an. Dann blickte ich zu meinem Gefährten, der den Waldgeist nicht aus den Augen ließ.

»Wer hat dir geholfen?«, knurrte Keos. »Mächtige Flüche? Brechende Siegel? Deine Lebensspanne? In welch dunkle Magie hast du dich verstrickt?« Der Chaosdämon starrte ihn unnachgiebig und eiskalt an.

Das brachte Guidry zum Glucksen. »Das wüsstest du gern, was? Aber da ihr ohnehin nichts dagegen ausrichten könnt, erzähle ich es euch.« Er schaute uns der Reihe nach an, ließ seinen Blick dann über die Kämpfenden, die Toten und Gequälten gleiten. Seine Augen glitzerten dabei wahnhaft, bevor er die Hände ausbreitete. »Ich habe einen Pakt mit dem Petro Ti-Jean geschlossen.« Er sprach voller Stolz und Arroganz.

Ich keuchte erschrocken auf. O bei der heiligen Nana Buluku, ich hatte mit vielem gerechnet, aber damit? Der Petro Ti-Jean war einer der bösartigsten und mächtigsten der Petro-Nachon zugehörigen Loa.

»Der Fluch, den du auf mich belegt hast, kam gar nicht von dir – zumindest nicht von dir allein. Ich hätte es wissen müssen. Schon damals hattest du mit Ti-Jean zu schaffen?!«

»Ja«, fuhr mich der Waldgeist an. »Ich habe die Macht des Fluches von ihm verliehen bekommen. Der Preis war es wert. Doch meine Wut auf dich – auf euch«, er sah Keos und mich an, »diese Wut blieb. Ich habe angefangen nach Möglichkeiten zu suchen, Kami zu befreien. Die Zeit reichte nicht. Ich rief Ti-Jean erneut an, um mein Leben zu verlängern. Irgendwann erbat ich von ihm die Macht, Kami zu befreien. Und er gab sie mir, aber es ist schiefgelaufen. Nicht Kami kam frei, sondern eine dieser Kreaturen. Bei dem nächsten Versuch erneut. Das lag an dir, Taleyi. Dein Bannfluch war so verstrickt. So mächtig und verworren. Mein Hass auf dich wuchs, obwohl ich das nicht für möglich hielt. Und dann bist du«, er zeigte anklagend mit dem Finger auf mich, »dann bist du lächelnd, gesund und munter durch New Orleans spaziert. Oh, ich hätte dich am liebsten mit bloßen Händen erwürgt. Vor allem als ich erfuhr, dass dir jegliche Erinnerung fehlte. Ich musste mit dem Schmerz leben und du kanntest nicht einmal mehr den Namen der Frau, die du so hinterhältig verraten hast«, jaulte Guidry und streckte mir eine Faust entgegen.

Ich schüttelte schweigend den Kopf. Dieser Narr.

»Also bat ich Ti-Jean darum, die Kreaturen zu befreien«, fuhr der Waldgeist fort und verzog seine Lippen zu einem hämischen Grinsen. Die lauten Kampfgeräusche und gepeinigten Schreie um uns herum, schienen ihn kein bisschen zu stören. Schlimmer, sie schienen seine Motivation zu sein. »Aber ich wollte, dass sie in der Bibliothek bleiben. Ich wollte, dass sie dich quälen, dich foltern, dich all den Schmerz fühlen lassen, den ich die Jahrhunderte über durchlitt. Du warst schließlich nicht mehr die starke Schicksalsgöttin. Nur noch Taleyi. Taleyi, die so gut wie keine Magie nutzen konnte.« Guidry lachte boshaft, was in ein missmutiges Knurren überging. »Die Wesen sind so mächtig und willensstark, dass selbst Ti-Jean sie nicht binden konnte. Die meisten flohen in dem Moment in die Welt hinaus, in dem er sie befreite. Also forderte der Petro immer mehr für den Versuch, sie zu kontrollieren. Ich habe so vieles geopfert. Meine Seele. Das Leben von Frauen, die dachten ich liebte sie. Ihre Kinder.«

Ich ballte meine Hand zur Faust, als die Worte Sinn ergaben. Er hatte Frauen geopfert. Und Kinder. Seine Kinder. Was für ein Monster war aus ihm geworden? Oder war er schon immer so gewesen?

Guidry lachte wieder hart auf. »Sobald die Kreaturen dich verschlungen hätten, hätte ich Ti-Jean gehorcht. Ihm auf ewig gehört. Meine Seele und meine Unschuld besaß er ohnehin längst. Warum nicht auch meine Freiheit.“ Der Waldgeist zuckte mit den Schultern und in seinen Augen blitzte Erheiterung auf. »Ich sah, wie du verzweifelt versucht hast die Kreaturen zu stoppen. Es war eine solche Befriedigung, dich zu beobachten. Abgehetzt bemüht es aufzuhalten, und von der gesamten Gemeinschaft verspottet.« Der Waldgeist leckte sich über die Unterlippe und kicherte. »Ich hätte jeden Preis für deine Qual bezahlt. Als ich zu euch kam, an dem ersten Abend …«

»Du hast uns geholfen«, fiel ich ihm ins Wort. »Weshalb hast du uns mit Heilsalben versorgt? Und uns behandelt?«

Guidry spuckte mir vor die Füße. »Ich dachte, ich würde auf deiner Leiche tanzen, wenn ich in die Bibliothek komme.« Er fauchte wie ein wildes Tier. »Du hast mir höchstpersönlich die Tür aufgemacht, aber bis auf ein paar Prellungen und Kratzern hat dir nichts gefehlt. Also musste ich meine Taktik ändern. Immer und immer wieder bin um die Bibliothek herumgeschlichen und habe die mächtigen Befreiungsformeln von Ti-Jean gesprochen. Wer hätte mich verdächtigt? Den verschrobenen, alten Waldgeist, der dir so freundlich gesonnen war?«

»Was hast du dem Petro gegeben? Was hast du ihm für diesen letzten, großen Akt versprochen, sie alle freizulassen?« Ich machte eine Armbewegung, die die Bibliothek einschloss.

Guidry grinste mich breit an. Sein Bart wackelte rhythmisch und seine Zunge schnellte zweimal zwischen seinen Lippen hindurch.

»Ich habe ihm vieles gegeben. So, so vieles. Aber dieser letzte Clou hier … dafür bekommt er meinen Körper, um die Schattenwelt nach Belieben zu verlassen.« Er schaute Beifall heischend durch die Runde. Lumiel keuchte leise auf. Keos knurrte und Necdet stieß einen so unflätigen Fluch aus, den ich ihm niemals zugetraut hätte.

Dieser Narr! Wenn Ti-Jean auf Erden wandeln würde, würde die Hölle losbrechen. Seine Macht könnte es wahrscheinlich fast mit den Kreaturen um uns herum aufnehmen. Er war grausam, bösartig und durchtrieben bis ins Mark.

»Ist dir nicht klar, dass dein Geniestreich unser aller Leben kosten wird?« Ich starrte den einstigen Gefährten von Kami fassungslos an.

Guidry starrte zurück, als wäre ich die Närrin. »Was kümmert mich das? Schließlich gehört mein Körper ohnehin nicht länger mir.«

»All die Opfer. All die Unschuldigen.« Mir verschlug es bei so viel Ignoranz die Sprache und ich wandte mich kopfschüttelnd ab. Ich konnte ihm nicht mehr zuhören, ihn nicht mehr ansehen. Er widerte mich an. Wie leichtfertig er mit Leben und der Welt umging. Nur um seine stupide Rache zu bekommen. Damit war nun Schluss. Mit alledem.

»Dieses Mal wird es anders. Du wirst frei sein, das schwöre ich dir«, flüsterte ich Keos zu. Dann schmetterte ich die Träne auf den Boden. Als sie nicht sofort zersprang, trat ich fest darauf. Das Knirschen der Splitter unter meiner Sohle ließ mich grinsen. In wenigen Momenten war es endlich vorbei.

»Nein. Was machst du da?« Guidry sah sich panisch um, als eine Sturmböe durch die Bibliothek fegte, die von einem fremdartigen Wispern begleitet wurde. Ich schaute auf. Eine der Kreaturen kreischte auf. Sie sprintete drei Schritte nach vorn, hielt dann aber inne. Ein unsichtbarer Sog schien Besitz von ihr zu ergreifen. Mit Händen und Füßen wehrte sie sich, versuchte vorzupreschen. Stattdessen wankte sie einen widerwilligen Schritt zurück, dann noch einen und noch einen. Ein wütendes Schnauben ließ mich zur Seite schauen. Auch da kämpfte ein Wesen gegen den Sog an. Eine Kreatur nach der anderen rauschte an uns vorbei. In den hinteren Bereich der Bibliothek, wo sich die Geheimtür, die nun wohl einem offenen Geheimnis glich, befand.

„Wo ist er?“, fragte eine Mambo ein paar Schritte entfernt fassungslos. Sie deutete auf die Stelle, wo gerade noch ein Ungetüm mit zwei Köpfen gestanden und gegen sie gekämpft hatte.

Hinter einer der Türen.

Schnell drehte ich mich zu Keos herum, der mich wortlos musterte. »Ich schwöre es dir.«

Er schaute mir tief in die Augen, beugte sich vor und hauchte mir einen Kuss auf die Stirn.

Ich schloss die Augen und als seine Lippen von meiner Haut verschwanden, wusste ich sofort, dass sie nicht das einzige waren. Meine Lider hoben sich und trotzdem traf es mich, als der Platz vor mir leer war.

»Taleyi«, rief Nec. »Keos ist …«

»Ich weiß. Alles ist gut. Ich habe einen Plan.« Ich trat

schnell auf die beiden zu und drückte Lumiel den Stein in die Hände. »Ich werde Keos' Platz mit Jemandem besetzen, der ihn wirklich verdient. Sobald ich so weit bin, gebe ich dir ein Zeichen«, ich ließ grüne Funken aus meiner Handfläche sprühen, »dann zerbrichst du den Stein. Er stärkt das Siegel. Sein Bann versperrt die Türen wieder vollends.«

Lumiel sah überfordert zwischen dem Stein und den Funken in meiner Handfläche hin und her.

»Lumiel.« Ich griff nach ihrer Schulter und brachte sie dazu, mich anzusehen. »Schaffst du das?«

Meine Freundin starrte mich stumm an, bis Nec ihre Hand nahm und sie einmal fest drückte. Daraufhin ging ein Ruck durch ihren Körper. »Ja. Du kannst dich auf mich verlassen. Beeil dich.«

Ich atmete auf. Dann wandte ich mich Necdet zu. »Du musst ihr helfen, ihr den Rücken freihalten, falls nötig.«

Necdets Zeichnungen stoben auf. »Natürlich. Jetzt geh und hol Keos da wieder raus.«

»Bis später.« Ich rief meine Magie an und verstärkte meine Schnelligkeit und Kraft. Dann stürmte ich auf Guidry zu.

Der Waldgeist sah sich immer noch fassungslos um. »Ich verstehe das nicht. Das ist unmöglich. Ti-Jean hat doch … Was geht hier vor?«, murmelte er vor sich hin.

Ich packte ihn grob und raste durch die Bibliothek und das Kellergewölbe. Dank meiner Magie ging es schnell. Aber damit waren meine Magiereserven auch schon wieder fast versiegt. Ich war wirklich nicht in Bestform. Verzweiflung, Angst und der unbedingte Wunsch, dem Ganzen hier und heute ein Ende zu setzen, trieben mich an.

Mein Ziel war eine ganz bestimmte Tür. Die einzige Tür, die weit offenstand. Als ich sie endlich erreichte, stürmte ich durch den Bogen ins Innere und setzte Guidry ab. Er schwankte und fiel zu Boden. Als er sich von unserem Sprint erholt hatte, kroch er wimmernd zurück, bis er gegen die Wand gegenüber dem Eingang stieß.

»Wenn die Tür ins Schloss fällt, wird dieser Raum zu einer ewigen Dunkelheit ohne Anfang, ohne Ende, ohne Wände.« Das Flüstern kam von der Tür und ich drehte mich um, obwohl ich wusste, wer gesprochen hatte. Keos stand im Türrahmen – mit beiden Füßen in dem Verließ. Er hob seine Hand, doch stieß auf eine unsichtbare Barriere vor ihm. Er war wieder ein Gefangener.

»Was soll das?«, kreischte Guidry.

Keos' Hand glitt plötzlich hindurch und er stieß ein überraschtes Geräusch aus.

Schnell trat ich hinter den Chaosdämon und gab ihm einen leichten Stoß, der ihn durch den Türbogen beförderte. Ich musste mich beeilen. Ich musste ihn in Sicherheit wissen.

Keos schnellte herum und sein Blick traf auf meinen. Die Wehmut, die sein altes Verlies in ihm hervorgerufen hatte, wich Verwirrung.

»Ich habe es dir geschworen.« Nervös hob ich meine Hand. Als sie auf keinerlei Hindernis traf, atmete ich auf.

Keos runzelte die Stirn, dann klärte sich sein Blick und er lenkte ihn zu Guidry. »Dieses Mal opferst du nichts von dir«, murmelte der Chaosdämon. »Ich verstehe.« Anerkennung klang in seinen Worten mit.

Ich drehte mich um. »Mach's gut, Guidry«, flüsterte ich. »Möge die Schuld dein ewiger Begleiter hier drin sein.«

Guidry schrie auf. »Was? Nein. Nein. Das ist …«

Ich ignorierte seine panischen Rufe, die in boshaftes Gezeter umschwenkten, und wandte mich der Tür zu. Als ich hindurchtreten wollte, zischte Keos warnend und ich traf auf die Barriere, die nicht bestehen sollte. Nicht für mich. Ich kam nicht durch den Türbogen. Was? Mein Blick richtete sich auf Keos, der mit aufgerissenen Augen hinter mich sah. Als ich herumfuhr, keuchte ich erschrocken auf. Guidry löste sich langsam in Luft auf. Er war kaum noch zu sehen. Ich sprang auf ihn zu, doch fasste ins Leere, als ich ihn packen wollte.

Der Waldgeist lachte nur. »Es schadet nicht, mächtige Freunde im Schattenreich zu haben. Jemanden wie den Petro Ti-Jean zum Beispiel.« Dann war er verschwunden.

35. Mein Schicksal. Dein Schicksal.

Ich schloss die Augen. Das war nicht gut. Das war gar nicht gut. Ein wimmerndes Geräusch ließ mich herumfahren.

Keos stand vor der unsichtbaren Wand und hieb mit den Fäusten darauf ein. »Nein. Nein. Taleyi, komm da raus. Schick mich zurück. Bitte. Komm da raus, verdammt.«

Die Verzweiflung in seiner Stimme zerriss mich. Langsam kam ich auf ihn zu. Ich hatte eine Ewigkeit Zeit, mit meinem Schicksal zu hadern. Jetzt musste ich für ihn da sein. Langsam legte ich eine Hand flach auf die Barriere. »Das geht nicht, Keos.«

Er schaute mich an und in seinem Blick brannten Schmerz und Pein. Selbsthass und Verzweiflung.

»Und selbst wenn würde ich dich niemals hierhin zurückschicken. Ich habe es dir geschworen, Liebster. Es ist jetzt an mir, hier meine Schuld zu verbüßen. Du wirst leben. Verschwende es nicht damit, in Schuld und Hass zu zergehen. Lebe für uns beide. Feiere, tanze, und richte Unfug und Chaos an.« Ich lächelte. Schon allein die Vorstellung daran, wie der Mann, den ich liebte, die Welt bereiste und für das ein oder andere Durcheinander sorgte, zauberte mir ein Lächeln auf die Lippen. Zu gern wäre ich an seiner Seite und könnte ihm dabei zusehen.

Bei Nana Buluku, wie ich diesen Dämon liebte.

»Ich dachte, du hättest mich verraten. Ich wollte dir das Leben zur Hölle machen. Und dann standest du da, und du sahst mich an, wie …« Er stockte und ich sah, wie eine Träne sich befreite und ihm über die Wange rann. Über den tiefen Riss, den ihm eine der Dornen zugefügt hatte. Ich hätte alles dafür getan, wenn ich sie hätte fortwischen können.

»Wie damals, als wir uns zum ersten Mal gegenüberstanden. Zum wirklich ersten Mal.« Ich erinnerte mich an diesen Moment. Ich hatte auch damals mit einem Monster gerechnet. Der Chaosdämon der höchsten Riege. Nur war da kein Monster. Da war nur ein Mann. Ein Mann, dessen Anthrazit-Augen mich ab dem ersten Moment eingenommen hatten. Sein Blick war herablassend, cool und so voller Gewissheit, allen überlegen zu sein. Doch da lagen auch Wärme und Freundlichkeit und ein freches, schelmisches Aufblitzen verborgen in dem tiefen, dunklen Grau.

Keos legte seine Handfläche ebenfalls auf die Barriere. Genau gegenüber von meiner. Ich stellte mir vor, wie es wäre, wenn ich seine Berührung spüren könnte. Ein letztes Mal.

»Da wusste ich, dass ich es nicht konnte. Dass ich niemals dazu fähig wäre, dich nicht zu lieben. Dir etwas anzutun.« Keos sah mich verzweifelt an.

Ich versuchte, mir jedes kleine Detail von ihm einzuprägen. Auch wenn ich längst jeden Schatten, jedes Grübchen, jede Locke verinnerlicht hatte. Bis in alle Ewigkeit würde ich dieses Bild in meinem Gedächtnis tragen. Aber ich würde ihn nie wieder sehen. Nicht so. Nicht wahrlich. Plötzlich forderte etwas anderes meine Aufmerksamkeit. Ich wusste, dass die Zeit gekommen war.

Ich musste Lumiel das Zeichen schicken, dass sie den Stein zerbrechen sollte.

Ich brauchte nur noch eine Sekunde. Einen Moment.

»Keos ich …« Nein. Ich durfte unseren Plan nicht gefährden, indem ich selbstsüchtig mehr Zeit mit ihm herausschlug. Diese gestohlenen Sekunden waren zu gefährlich.

»Du musst Lumiel mit deiner Magie ein Zeichen geben, dass sie den zweiten Stein zerbrechen soll.«

»Nein«, flüsterte er. »Das kannst du nicht von mir verlangen. Alles, aber nicht das.«

Ich schaute im tief in die Augen. »Bitte. Bitte lade nicht die Schuld auf meine Schultern, dass das hier nicht geklappt hat. Dass mein Preis umsonst war.« Ich spürte die Tränen über meine Wangen laufen und konnte nichts dagegen tun. In Keos' Blick leuchteten so viele Gefühle auf, dass ich ihnen kaum folgen konnte. Liebe, Zärtlichkeit, zerbrechende Hoffnung, Selbsthass. Und Schuld. Immer wieder Schuld. Leise seufzend legte er seine Stirn an die Barriere. Dann schickte er Magiefunken los. Begleitet von einem gequälten Seufzen.

»Ich danke dir.«

Er wollte gerade etwas erwidern, da wurde er zurückgeworfen und prallte mit dem Rücken an die gegenüberliegende Wand.

»Nein«, schrie er. Und ich sah, wie sich die Türlangsam zu schließen begann.

»Nein, nein.« Er schrie immer wieder dieses eine Wort.

Ich ließ ihn nicht aus den Augen. Sog ein letztes Mal jedes Detail in mich auf. Als die Tür ihn vollends verbarg, hörte ich nur noch seine Schreie. Sie fuhren mir ins Herz und in meine Seele. Die Tränen flossen immer noch. Ich konnte mir nicht vorstellen, jemals wieder aufzuhören, zu weinen. Aber es war gut so. Es war mein Preis dafür, dass die Welt weiterbestand. Mit all ihren Wundern. All ihren Lebewesen und der Magie, die sie barg. Ich hoffte nur, mein geliebter Chaosdämon würde irgendwann Frieden damit schließen können. Sein Leid war mein Leid. Sein Schmerz war mein Schmerz. Ich ertrug es nicht, ihn so gequält zu wissen. Der Spalt zwischen Tür und Angel war kaum noch sichtbar. Ich schloss ergeben meine Augen. Dunkelheit hüllte mich ein. Rauchige, nebelige Dunkelheit. Keos hatte recht. Es war eine ewige Dunkelheit.

»Du hast viel geopfert«, erklang ein grollendes Flüstern an meinem Ohr.

Ich riss die Augen auf, konnte jedoch nichts in der rauchigen Schwärze meines Kerkers erkennen.

»Ich berichtige einen kleinen Fehler. Dein Preis war hoch genug dafür«, drang Damballahs Stimme wie aus dem Nichts zu mir.

Ein schwacher Lichtschein erhellte meine Umgebung. Es sah aus, wie das Flackern einer Kerze, auch wenn ich weit und breit keine Quelle ausmachen konnte. Ich runzelte die Stirn. Was war hier los?

»Nein«, kreischte es neben mir auf. »Nein, das ist nicht möglich.«

»Guidry?«, fragte ich fassungslos.

»Wie hast du das gemacht?«, fauchte es vor mir. So wie er verschwunden war, tauchte er nun wieder auf. Aus den Schemen formte sich eine Gestalt, bis der Waldgeist wieder vor mir stand.

»Komm jetzt, Taleyi. Auch ich habe keine unbegrenzte Macht.«

Das ließ ich mir gewiss nicht zwei Mal sagen. Ich schloss die Augen und gab mich der nebeligen Dunkelheit hin, aus der das Flüstern gekommen war. Zuerst fiel ich, dann fingen mich Nebel und Rauch auf. So fühlte es sich zumindest an. Und dann …

»Taleyi?« Starke Arme umschlossen mich und drückten mich fest an eine breite Brust. Ein aufgeladenes Sommergewitter umfing mich. Knisternde Elektrizität unter Blut und Schweiß.

Mir entfuhr ein Schluchzen, und ich erwiderte die Umarmung. Spürte Keos' Haut an meiner. Hörte seinen Herzschlag an meinem Ohr.

»Du bist es. Du bist zurück.« Er drückte mich noch fester an sich.

Ich krallte meine Hände in sein T-Shirt, fuhr aber augenblicklich zurück, als er aufstöhnte.

»Deine Wunde. Bei allen Loa. Es tut mir leid.«

»Schon gut. Komm zurück. Nur für eine Minute.« Er wartete meine Antwort nicht ab, sondern zog mich sofort zurück in seine Umarmung. »Ich dachte, ich hätte dich verloren«, murmelte er in mein Haar.

»Es war auch ziemlich knapp.« Ich schmiegte mich in seine Arme. Darauf bedacht, keiner seiner Verletzungen zu nahe zu kommen.

Keos schwieg. Wir hielten aneinander fest, schöpften Kraft aus der Nähe zueinander. Der starke, beständige Schlag seines Herzens beruhigte mich.

»Ich möchte das Schicksal nicht herausfordern, im Gegenteil, ich werde ihm auf ewig dankbar dafür sein, dass es mir seine Göttin zurückgebracht hat. Aber, wie bei allen Höllenfürsten, bist du rausgekommen? Ich habe in den Jahrhunderten meiner Gefangenschaft alles nur erdenklich Mögliche versucht. Und nicht nur ein Mal.«

Die Haut in meiner linken Handfläche fing an zu kribbeln und ich schaute überrascht darauf.

Eine neue Zeichnung nahm fließend Gestalt an. Ein Stein in Form einer Träne. »Dein Geschenk wird in Ehren gehalten. Für all die Liebe, die Wärme und das Licht, habe ich lediglich einen kleinen Fehler richtiggestellt«, flüsterte mir Damballahs Stimme ins Ohr.

Ich zeigte Keos meine neue Zeichnung. »Damballah hielt es für richtig, jemand anderem diesen Platz zuzuweisen. Jetzt befindet sich der Richtige hinter dieser Tür.«

»Guidry?«, fragte Keos.

»Ja.«

»Wie hoch war der Preis, dass er sich sogar noch einmal in deine Belange eingemischt hat?« Er klang fast ein bisschen ängstlich. Als ich nicht gleich antwortete, schob er mich ein Stück von sich weg und musterte mich forsch. »Was war es, Taleyi?«

»Eine Erinnerung.«

Keos presste die Lippen zusammen und sah mich traurig an. »Welche?«

»Ich …« Ich schaute zu Boden. »Ich weiß es nicht. Auch das gehörte zu unserer Abmachung.«

Er starrte mich noch einen weiteren Moment voller Traurigkeit an. »Ich habe dir doch gesagt, du sollst keinen zu hohen Preis zahlen.«

»Er schien mir angemessen für die Rettung unser aller Leben.«

Keos zog seine Augenbrauen hoch und grummelte leise. »Darüber unterhalten wir uns noch ausgiebig, Liebes.« Er schaute über meine Schulter Richtung Ausgang. »Ich würde gern noch eine kleine Ewigkeit mit dir in meinen Armen dastehen. Mawu-Lisa sei mein Zeuge, wie gern ich das würde. Aber wir sollten uns auf den Weg machen und nachschauen, ob oben alles in Ordnung ist.«

O verdammt. Er hatte recht. Da stand ich, egoistisch wie ich war, herum und kuschelte mit meinem Chaosdämon, während ich keine Ahnung hatte, ob es meinen Freunden gut ging. Ich fasste nach seiner Hand, er zog mich zurück in seine Arme. Gerade als ich mich widersetzen wollte, umfing mich seine Magie und er brachte uns innerhalb einer Sekunde zurück in den oberen Bereich der Bibliothek.

Kaum, dass Keos mich losließ, drehte ich mich um die eigene Achse. Es sah verheerend aus. Ein paar Schritte vor mir ließ sich gerade eine hochgewachsene Mambo gegen ein umgeworfenes Regal sinken. Ihr Bein stand in einem unnatürlichen Winkel ab und auf ihrem Oberarm prangte eine furchtbare Verbrennung, die verdächtig nach einem Handabdruck aussah. So viele Verletzte. Ich sah so viele Verwundete. Und leider auch Körper, die reglos auf dem Boden lagen.

»Taleyi!« Ich hatte kaum eine Chance auf den Ruf zu reagieren, da schloss mich schon ein Wirbelsturm aus Armen ein.

Tränen traten mir in die Augen.»Lumiel. Necdet.« Ich drückte mich tiefer in die Umarmung und schluchzte vor Erleichterung auf. Sie waren da. O Nana Buluku, Mawu-Lisa und dem großen Bondye sei Dank! Es ging ihnen gut. Als wir uns endlich voneinander lösten, erkannte ich, dass meine Freunde Keos ebenfalls ganz selbstverständlich in die Umarmung einbezogen hatten. Das überwältigte mich beinahe. Was hatte ich nur für ein Glück, so wunderbare Freunde gefunden zu haben.

»Du hast es geschafft.« Ich drückte den Oberarm meiner Freundin und sah sie voller Stolz an.

»Nein. *Du* hast es geschafft«, erwiderte sie fassungslos. »Ich habe nur einen Stein kaputt gemacht.«

Ich hob eine Augenbraue und deutete in den Raum. »Ja, klar. Das war alles, was du getan hast. Du bist …«

»Taleyi«, unterbrach mich eine tiefe Baritonstimme. Ich drehte mich überrascht um. Lafayette Dubolouis stand vor mir. Er betrachtete mich voller Zweifel und Betroffenheit.

»Ich«, setzte er an und brach ab. »Ich hatte keine Ahnung, dass du eine …«

»Dass sie eine Göttin ist«, half Lumiel ihm aus.

Überrascht wandte ich den Kopf.

Die Banshee schüttelte nur den Kopf. »Was? Glaubst du, ich kann eins und eins nicht zusammenzählen?«

»Gö … Göttin«, stotterte Nec neben mir. »Bei allen Loa.«

Plötzlich umringten mich immer mehr Mitglieder der magischen Gemeinschaft. All jene, die nicht zu den Schwerverletzten oder denen mit heilenden Fähigkeiten gehörten.

Und eine weitere Person.

»Taleyi«, rief Mama Safiya. »Lasst mich durch.« Eine Schneise bildete sich und das Orakel schritt auf uns zu. »Du hast es geschafft, alte Freundin.« Sie trat vor mich und lächelte verheißungsvoll.

»Was für ein Glück, dass wir es waren, die dich aufgenommen haben. Wer weiß, was hätte passieren können. Wo du hättest landen können.« Lafayette drängte sich näher an mich.

»Glück«, schnaubten das Orakel und Necdet fast gleichzeitig voller Missbilligung.

»Nun ja«, erwiderte Lafayette und trat von einem Fuß auf den anderen. Er wusste ganz eindeutig nicht, wie er sich geben sollte. Demütig? Wie der liebevolle Onkel, der er niemals gewesen war? Oder selbstsicher, als das Oberhaupt, das er war?

»Du hattest hier in der Bibliothek deinen Platz. Genügend Zeit und Ruhe, um deine Erinnerung zurückzuerlangen.« Er rieb sich über die Brust, die ihm wahrscheinlich von dem Angriff des Luftwesens noch schmerzte.

Lumiel wollte gerade aufbegehren, da hob ich eine Hand und stoppte sie. »Du hast recht, Lafayette, Oberhaupt der magischen Gemeinschaft. Du hast mich aufgenommen.«

Er atmete erleichtert durch und richtete sich zu seiner imposanten Erscheinung auf.

»Du hast mich aufgenommen und, sobald du erfahren hast, dass ich keine mächtige Gabe habe, hast du mich in die Bibliothek verbannt. Mich aus der Gemeinschaft ausgegrenzt und mich deren Spott und Hohn ausgesetzt.«

Lafayettes Selbstsicherheit begann zu bröckeln. »Etienne und seine Freunde waren …«

»Etienne und seine Freunde«, fiel ich ihm ins Wort »waren die Schlimmsten. Und das wusstest du. Du hast deine Augen davor verschlossen, es ging ja nur um das Mädchen, das einem entfernten und verwässerten Stamm der Dubolouis entsprungen war.«

Lafayette öffnete seinen Mund, um zu widersprechen. Aber er wagte es nicht. Stattdessen reckte er trotzig das Kinn.

»Als ich dich bat, meinen Worten, meiner Warnung, mehr Beachtung zu schenken, hast du mir offen ins Gesicht gelacht und gesagt, ich solle meine Schauermärchen für mich behalten.«

»Es gab kein Anzeichen dafür, dass«, er machte eine öffnende Armbewegung, »all das auf uns zukommen würde. Die Orakel haben kein Wort gesagt.« Er schaute anklagend zu Mama Safiya, in der Hoffnung von sich abzulenken.

»Die Orakel durften nicht ins Schicksal eingreifen. Denn dieser Weg, diese Strömung war magischer Natur. Die Richtung stand nicht festgeschrieben. Also mussten sie schweigen, um kein Ungleichgewicht zu schaffen.«

Mama Safiya nickte mir zu. Ich verstand nun, weshalb sie meinem unwissenden Ich so derart verworrene Rätsel aufgegeben hatte. Nicht dass sie sich sonst klar äußern würde. Nicht einmal annähernd. Doch dieses Mal war es zumindest berechtigt geschehen.

»Aber«, setzte Lafayette an, wurde jedoch von einem Kreischen unterbrochen, das uns alle aufschrecken ließ. War es noch nicht vorbei? Hatte das Siegel versagt? Das konnte nicht sein.

Dann stahl sich ein Lächeln auf mein Gesicht. Ich spürte, wer sich mir näherte.

Mama Safiya klatschte in ihre Hände. »Oh«, hauchte sie. »Oh, das wird ein Fest.«

Wieder kreischte jemand aus der Menge auf, die sich abermals teilte. Nicht zögerlich, wie bei Mama Safiya. Die Leute sprangen panisch zur Seite. Und da sah ich den ersten dreieckig geformten Kopf in der Größe einer Wassermelone. Er war in leuchtendem Grau geschuppt.

»Meine Freunde.« Meine Begrüßung kam nur als ersticktes Hauchen über meine Lippen. »Meine Nooris, meine Seelentiere.«

Der Bann war gebrochen. In dem Moment, als ich meine Erinnerung zurückerlangt hatte, war er gebrochen. Sie waren frei. Sie hatten sich selbst übertroffen, als sie bei meinem ersten Besuch bei Mama Safiya das Gemälde trotz des Bannfluchs für einen Moment verlassen hatten. Um mich zu sehen und, um mich zu begleiten, ergänzte ich, als ich an die zischenden Stimmen zurückdachte. Sie hatten mich durch die Gefahren geleitet. Kaishi und Jiewei waren mächtige Seelentiere, das wusste ich schon immer. Welche Kraft sie in sich bargen, wurde mir erst jetzt klar. Einen so starken Bannfluch, wenn auch nur kurze Zeit, zu umgehen, das sprach tatsächlich von unfassbarer Macht.

Kaishi schlängelte voran. Ich beobachtete gebannt, wie ihr geschmeidiger, riesiger Körper tanzend auf mich zukam. Sie bäumte sich auf und fauchte Lafayette an, der so schnell zurückwich, dass er hintenüberfiel.

»B-bei al-l-en Pe-t-ro«, brachte er stotternd hervor und kroch noch ein Stück rückwärts, bis er gegen Etiennes Beine stieß.

Mit Absicht zeigte Kaishi jeden Millimeter ihrer langen Giftzähne und grinste zischend, als sowohl Lafayette als auch sein Sohn leichenblass wurden. Ruckartig wandte sie sich ab, schlängelte auf mich zu. Ihr Körper malte einen Halbkreis um mich, bis sie sich hinter mir aufbäumte und ihren schweren Kopf auf meine Schulter bettete.

»Endlich.« Ihr weich klingendes Zischen ertönte in meinem Kopf und ich berührte mit meiner Fingerspitze ganz sanft ihre Stirn zur Begrüßung.

Wie hatte ich sie vermisst. Sie beide.

Jiewei züngelte über Etiennes Körper, als dieser seinen Vater aufhelfen wollte. Für Jiewei war es ein Spiel. Eines, das eine klare Drohung enthielt, keine Frage. Aber doch ein Spiel. Für Etienne Dubolouis nicht. Sofort ließ er die Hand des Oberhauptes los, der wieder auf seinen Allerwertesten plumpste, und schrie gellend auf. Jiewei lachte schadenfroh in meinem Kopf, bevor er seinen smaragdgrünen Körper hinter mir aufbäumte und seinen Kopf, wie Kaishi, auf die andere Schulter schob.

»Deine Familie.« Etienne schob sich vor und ich versuchte, seinen Blick einzufangen, doch er vermied es, mir in die Augen zu sehen.

»Ja?«, fragte ich, als er nicht weitersprach.

»Deine Familie, die dich aufgenommen, dir ein Heim geschenkt und sich um dich gekümmert hat, verdient deine Ehrung Göttin, nicht die Bedrohung durch diese …«

Ich zog warnend meine Brauen hoch. Weder konnte ich den schneidenden Unterton meines Cousins noch die doppeldeutige Beleidigung ignorieren.

»Du hast vollkommen recht«, erwiderte ich.

Etienne schaute mich überrascht an. Damit hatte er anscheinend, trotz seines anmaßenden und fordernden Tons, nicht gerechnet.

»Meine Familie verdient sogar die größte Ehrung, die ihr zuteilwerden kann.«

Lafayette hatte sich endlich aufgerappelt und schob sich nun neben seinen Sohn.

»Die magische Gemeinschaft wird ab sofort jedes Mitglied, das ich als meine Familie bezeichne, voller Respekt und mit dem zustehenden Dank behandeln. Hier und heute fangen wir damit an: Ihr werdet dafür sorgen, dass die Banshee Lumiel nicht nur ihren Schrei zurückerhält und wieder in der Sippe der Banshees aufgenommen wird, sofern sie das will. Sie wird außerdem zu deren Oberhaupt ernannt.«

In der Bibliothek blieb es für eine Minute mucksmäuschenstill.

»Aber … Was?!« Etienne schaute mich fassungslos an. Das erste Mal, dass er meinen Blick erwiderte, seit er wusste, dass ich mehr war, als die Mambo, die er zu kennen glaubte.

»Lumiel ist Teil der Familie, die mich aufgenommen,

mir ein Heim geschenkt und sich um mich gekümmert hat. Waren das nicht deine Worte?«

»Taleyi«, warf Lumiel beschwichtigend ein. »Das ist nicht nötig.«

»Das *sollte* nicht nötig sein. Ich berichtige nur einen Fehler.« Und dabei stahl sich ein Lächeln auf meine Lippen, denn ich wiederholte nur zu gern Damballahs Worte.

»Das ist …« Lafayette schluckte schwer.

»Längst überfällig«, beendete ich seinen Satz.

Er hob seinen Kopf und erwiderte meinen Blick. Dann schaute er auf meine Zeichnungen, bis er an dem Schicksalsrad hängen blieb. Mit zusammengepressten Lippen und gerunzelter Stirn neigte er den Kopf. »Sehr wohl, Taleyi, Göttin des Schicksals.« Entweder hatte er die sehr alte Zeichnung der ersten Tarot-Karte erkannt oder er hatte Mama Safiya vorhin gehört. Woher sonst sollte er wissen, welche Göttin ich war. Taleyi – seit Jahrhunderten vergessen.

»Was?«, rief Etienne entgeistert und fuhr zu seinem Vater herum.

»Schweig!« Lafayette fasste Etienne grob in den Nacken und zwang ihn, auch seinen Kopf zu neigen. »Schweig, du närrischer Junge.«

Ich nickte. »Diese Ehrung Lumiels wird noch heute geschehen. Außerdem wird Necdets Zugehörigkeit zur magischen Gemeinschaft endlich voll und ganz respektiert. Mit jedem beleidigen Wort, das gegen ihn gerichtet wird, beleidigt ihr mich.«

»Und mich.« Das böse Lächeln hörte man praktisch aus Keos' Worten heraus. Er versteckte sich nicht mehr. Die Augen der nahestehenden Personen wurden groß vor Schreck. Seine Magie umfloss ihn. Er musste sie nicht länger zurückhalten. Keos' Magie war ungezähmt, auch wenn er sie in jeder Sekunde kontrollierte. Aber sie ließ sich nicht gern wegsperren. Am liebsten floss sie immerzu über seine Haut hinweg oder zumindest nahe an der Oberfläche. Es musste ihn einiges gekostet haben, sie in den letzten Wochen so sehr in Ketten zu legen.

»Necdet wird außerdem in die Führungsriege der Gemeinschaft berufen.«

»Das kann ich nicht.« Lafayette schaute auf und schüttelte den Kopf. »Es liegt nicht in meiner Macht, jemanden in die Elite zu berufen.«

»Nun«, ich zuckte die Schultern, »dann ist ja gut, dass ihr mich habt. Ich werde in nächster Zeit einige überfällige Änderungen vornehmen und sollte Necdet seinen Posten annehmen wollen, gehört er ihm.«

Necdet entwich ein ersticktes Geräusch. »Taleyi«, setzte er schließlich an. »Ich weiß nicht, ob das so eine gute Idee ist.«

»Ich halte es auch für keine gute Idee. Sie ist ausgezeichnet.« Meine Antwort ließ ihn verdattert schweigen.

»Und wenn wir schon dabei sind, wird ab sofort meine liebe Freundin Mama Safiya zum neuen Oberhaupt der magischen Gemeinschaft ernannt.«

Lautes Gemurmel setzte ein. Jiewei und Kaishi fauchten als Antwort auf die eintretende Unruhe. Ich drehte mich zu meiner alten Freundin um, löste langsam den Ring mit dem imposanten D darauf von meinem Finger und hielt ihn ihr hin. Als sie ihre Hand ausstreckte, ließ ich ihn hineinfallen.

»Danke«, flüsterte ich.

Das Orakel schloss grinsend ihre Finger um das Schmuckstück und ließ es dann in eine ihrer Rockfalten gleiten. »Du musstest doch hierher zurückfinden, meine liebe Taleyi.« Sie hatte das Gemälde zusammen mit dem Ring, der das Familienwappen der Dubolouis trug, an einem sicheren Ort versteckt. Und gewartet. Sie hatte auf genau den Moment gewartet, in dem der Bann brach und eine verwirrte Frau ohne Erinnerung dem Gemälde entstieg. Eine Frau, die nur das Familienwappen der Dubolouis bei sich trug, deren Familiensitz in New Orleans lag.

Ich erwiderte ihr Lächeln und wandte mich dann erneut der Menge zu.

»Aber auch dein Einsatz soll nicht unerwähnt bleiben, Lafayette Dubolouis. Du hast uns Zeit verschafft. Zeit, die ich brauchte, um das Schicksalsrad neu zu drehen.«

Lafayettes Blick fuhr hoch. In seine Augen traten Demut und auch ein wenig Stolz. Nicht der falsche Stolz, mit dem er sich als Oberhaupt der magischen Gemeinschaft gebrüstet hatte. Echter Stolz, den man fühlte, wenn man etwas getan hatte, das mutig war. Ich hoffte, dass er dieses Gefühl nicht vergaß. Ich hoffte für ihn, dass er verstand, dass er es sich selbst schuldete, nach mehr zu streben als Macht, Reichtum und falscher Anerkennung.

»Keos, Chaosdämon der höchsten Riege, verdient unseren Respekt, unseren tiefsten Dank und alle Höflichkeit. Auch ihn zähle ich zu meiner Familie.«

»Einen Dämon?«, zischte Etienne aufgebracht.

Mein Blick fuhr zu ihm herum und meine Blicke hätten eigentlich schon genügen müssen, um ihn zu erdolchen. »Ja. Ein Dämon, wegen dem ihr überhaupt noch hier seid und atmet. Er hat in den letzten Wochen mehr für die Welt und für euch getan als ihr in eurer gesamten bisherigen Amtszeit.«

Etienne riss seinen Blick los und schaute finster auf seine Schuhspitzen. Sein hasserfülltes Gemurmel ignorierte ich geflissentlich. Heute war genug Blut geflossen. Doch ich schwor mir, den Dubolouis noch einmal mit Nachdruck klarzumachen, in welch tiefer Schuld sie meiner Familie standen.

»Für alles Weitere ist morgen noch Zeit. Wir haben Verletzungen davongetragen, um die wir uns kümmern sollten.«

Nichts geschah. Alle sahen mich schweigend an. Ich erkannte ehrfurchtsvolle Blicke. Dankbarkeit. Freude. Aber auch Missmut und Wut. Wut darauf, dass ich ihnen vielleicht ihre Stellungen streitig machte.

»Ihr habt es gehört, lasst uns unsere Wunden versorgen. Unsere Verluste betrauern. Füreinander da sein.« Madam Aurelie begleitete ihre Worte mit einer aufscheuchenden Handbewegung. Mein Blick traf den ihren. Sie neigte leicht ihren Kopf und lächelte mir zu. Die weise Frau, die einen Laden führte, der sowohl Touristen anlockte als auch die magische Gemeinschaft würde bald eine weitere Rolle einnehmen. Wenn es auch in ihrem Sinne war, zumindest. Die Führungsriege brauchte dringend mehr Weisheit in ihren Reihen. Weisheit. Mut und Toleranz.

Endlich löste sich die Traube um uns auf. Mambos, Magier und Houngan begannen die Verletzten von hier fortzubringen, nach Überlebenden zu suchen und Opfer des Kampfes zu betrauern.

»Taleyi, das wäre wirklich nicht nötig gewesen. Das ist zu viel.« Necdet versuchte, meinen Namen auszusprechen, wie Keos es tat. Mit diesem Hauch alter Magie. Aus seinem Mund klang es plump. Noch. Aber ich wusste, dass er schon bald den Funken Magie einweben würde. Sehr, sehr bald. Und das musste er auch, bei den Aufgaben, die ihm bevorstanden. Die uns bevorstanden, verbesserte ich mich. Niemals würde einer von uns vieren alleinstehen. Necdet war auf dem Weg zu jemandem zu werden, dem Achtung und allergrößter Respekt, zuteilwerden würde. Genau wie Lumiel.

»Nec hat recht, Taleyi.« Lumiel schüttelte ihren Kopf. Ich spürte einen Hauch Schärfe, einen Gedanken an Sazerac in der Kehle brennen. O ja, meine Freunde waren zu etwas Großem bestimmt.

»Wir sind ein Team. Unser Dank ist, dass wir noch atmen. Dass wir alle hier zusammen sind. Und dass diese Kreaturen weggesperrt sind. Das sind sie doch, oder? Ich meine, besteht die geringste Möglichkeit, dass du morgen aufwachst mit einem bösen Gefühl in der Magengegend und das Ganze wieder von vorn anfängt?«, fragte Lumiel und zog eine Augenbraue hoch.

Das brachte mich zum Lachen. Mein Bauchgefühl. Eine schwache Karikatur eines Bruchteils meiner Magie. Wir waren vom vorgesehenen Weg abgekommen. Das bisschen an Macht, das sich nicht versiegeln ließ, hatte mich davor gewarnt. Ich wusste nicht, weshalb meine Magie erst jetzt ganz zum Vorschein kam. Nicht mit Sicherheit. Ich hatte die Ahnung, dass mein Unterbewusstsein mich selbst davor geschützt hatte. Es wäre zu viel gewesen, vor allem für jemanden, der keine Ahnung hatte, wer er war. Ich musste erst wieder zu mir finden.

»Nein. Das Siegel sollte halten.« Ich strich über die Träne in meiner Hand. »Für eine sehr, sehr lange Zeit zumindest, so Damballah will.« Die Zeichnung leuchtete strahlend grün auf und mir war, als hörte ich ein leises donnerndes Lachen am Rande meines Geistes.

»Und jetzt?«, fragte Necdet.

Ich schaute zu ihm. Er hatte einen Arm um Lumiel gelegt und sie fest an sich gedrückt.

Die Frage umfasste viel. So viel.

»Jetzt kümmern wir uns um unsere Verletzungen.« Ich betrachtete meine Freunde eingehend.

Necdet hinkte verdächtig. Seine Hände und Unterarme zeigten Abschürfungen und tiefe Kratzer. Lumiels Gesicht zierte einige Blutergüsse. Ebenso ihr Hals. Außerdem leuchtete eine blutrote Strähne in ihren weißen Dreadlocks. Falls das ihr Blut war und das Resultat einer Kopfverletzung, sollte sie sofort behandelt werden.

Keos hatte dunkle Ringe unter den Augen, was nur aufzeigte, dass auch er weit mehr Schaden genommen hatte, als er zeigen wollte.

»Ich kümmere mich um euch. Kommt mit.« Madam Aurelie deutete auf eine Nische, in der wir unsere Ruhe haben würden. Sie schritt voran und kramte schon während des Gehens in ihrer schweren Umhängetasche.

✧ ✧ ✧

Eine Stunde später ließ Aurelie uns in der Nische zurück. Sie hatte jede einzelne Wunde, Blase und Abschürfung gereinigt, behandelt und gegebenenfalls verbunden.

Meine Schlangen, die sich während der Behandlung in die Nähe des Türbogens zurückgezogen hatten, schlängelten sich nun wieder an mir hoch. Während sie das taten, wurden ihre Körper kleiner, sodass sie Platz hatten sich auf mich zu legen. Sie betteten ihre schönen Köpfe auf meine Schultern und züngelten einmal zufrieden.

Lumiel wich einen Schritt zurück und stieß ein ersticktes Geräusch aus.

Necdet schaute sie erstaunt an, legte dann aber einen Arm um ihre Schulter und lächelte sanft. »Schlangen? Du jagst Riesenspinnen, Ghule und andere Monster.

Aber du hast Angst vor Schlangen?«, fragte er amüsiert.

Lumiel blickte ihn bitterböse an, doch als sich Jiewei ein wenig räkelte, wurde sie stocksteif.

»Du gewöhnst dich daran«, lachte Keos und küsste meine Schläfe. »Das habe ich auch.« Das schiefe Grinsen erweckte in mir den Wunsch, ihn zu küssen. Die Jahrhunderte aufzuholen, die uns genommen wurden.

»Also. Was machen wir jetzt?«, fragte Lumiel erneut.

Ich zog meine Achseln hoch. »In meinem Kühlschrank sind noch Reste. Was haltet ihr von Essen, Trinken, Reden?« Es gab einiges, was ich ihnen zu erklären hatte.

»Das hört sich gut an.« Lumiel klang heiser.

Ich hatte bemerkt, dass sie sich immer wieder verstohlen an den Hals fasste. Natürlich war das auch Aurelie nicht entgangen. Ihr milchiger Blick hatte sich stets auf Lumiels Kehle geheftet, sobald diese mit ihrer Hand auch nur gezuckt hatte. Selbstredend war Aurelie Laveaux nicht gegangen, ohne ihr einen Beutel Heilkräuter zu übergeben.

Lumiel sah von mir zu Keos. Auf ihm haftete ihr Blick eine Spur länger. Dann drehte sie sich zu mir und umarmte mich fest. »Komm, Nec. Wir gehen schon einmal vor. Ich glaube, die beiden brauchen einen Moment.« Sie hob den Kopf und zwinkerte mir verschwörerisch zu. Plötzlich erblasste sie. »Darf ich dich überhaupt umarmen?«, fragte sie geschockt.

Ich schob mich ein Stück von ihr weg und schaute sie verwirrt an. Lumiel betrachtete meine Tätowierungen.

»Ich bin immer noch ich. Taleyi. Nur dass ich jetzt ein kleines bisschen mehr Magie habe.« Kopfschüttelnd zog ich sie noch einmal enger an mich und drückte sie. »Du *darfst* mich nicht nur umarmen, ich *bitte* darum, dass sich nicht das Geringste zwischen uns ändert.

Dazu gehören deine wunderbaren, stürmischen Umarmungen auf jeden Fall.«

Lumiel löste sich ein wenig und schaute mich ernst an. Dann schüttelte sie den Kopf. Es wurde eng in meiner Brust. Meine Freunde sollten mich nicht anders sehen, keine Angst vor mir haben. Niemals.

»Du hast mir nie geglaubt, aber du warst schon immer eine Granate.« Lumiel kniff mir zart in den Oberarm. Nun ja eigentlich war es mehr meine Armbeuge und irgendetwas sagte mir, dass es an Jieweis silbernen Kopf an meiner Schulter lag. Die vertraute Geste ließ eine unfassbare Schwere von mir abfallen.

Dann löste sie sich von mir und bevor sie Necdet bei der Hand nahm und mit sich zog, drückte auch er mich noch mal an sich. »Du bist und bleibst unsere kleine, unfassbar tapfere Taleyi.« Als auch er sich von mir löste, grinste er verschwörerisch. »Wir wärmen schon mal die Reste auf.«

Als Nec und Lumiel aus der Nische geschlüpft waren, schluckte ich. Keos saß neben mir. Seine Nähe beruhigte mich, brachte mein Blut aber gleichermaßen in Wallung. Was sollte ich sagen? Wo beginnen? Es gab so vieles, was er wissen musste. Was ich endlich aussprechen musste. Doch jetzt, wo ich die Zeit und Möglichkeit hatte, klebte meine Zunge an meinem Gaumen fest. Meine Nooris lösten sich von mir und schlängelten gemächlich hinaus. Sie gaben uns Raum. Außerdem waren sie vermutlich neugierig und erkundeten die Bibliothek. Ich schaute ihnen nach und suchte immer noch nach Worten. Irgendwann hörte ich Keos seufzen. Es klang zufrieden. Abrupt hob ich meinen Kopf und drehte ihn zu ihm. Er sah auf meinen Schoß und ich folgte seinem Blick unwillkürlich.

Ich hatte meine Hände daraufgelegt und spielte verlegen mit den Fingern.

»Als du in mein Unterbewusstsein geschlichen bist, dachte ich du wärst ein Gedanke«, begann Keos zu sprechen. Immer noch sah er auf meine Hände.

Ich versuchte, meinen Fingern Einhalt zu gebieten, es gelang mir nicht. Je schneller mein Herz schlug, desto weniger konnte ich stillhalten.

»Nur ein närrischer kleiner Tagtraum, den ich heraufbeschworen hatte. Ich habe so viel Zeit damit verbracht, an dich zu denken, dass es mich nicht wunderte, dass sich allein dieses Trugbild so sehr nach dir anfühlte. Ich konnte dich beinahe riechen.« Er atmete tief ein. »Und dann wurde mir klar, dass du es wirklich warst. So unbedarft und unschuldig. Ich konnte es nicht glauben, dass du wirklich zu mir zurückgekommen bist. Nach all der Zeit. Noch weniger konnte ich fassen, dass all die Wut und die Verbitterung, in dem Moment, als ich dich erkannte, einfach verrauchten. Als wären sie nie da gewesen. Da war nur noch der alte Schmerz. Mein verletztes Herz.« Gedankenverloren rieb er sich über die frischverbundene Brust. »Du hast mir all diese Fragen gestellt und ich wusste, dass etwas nicht stimmte. Auch wenn ein Teil in mir, mich anflehte dir nicht zu vertrauen und mich vor einer grausamen Falle warnte. Und dann hast du deine Vorbehalte gegen mich vorgebracht. Ich wollte dich zur Hölle schicken. Stattdessen habe ich von dem Schwuramulett erzählt.« Keos schnaubte belustigt. »Dieses blöde Ding. Ich weiß nicht einmal, weshalb es mir in den Sinn kam.« Dann wurde er wieder ernst und atmete tief durch. »Meine Träume hätten dich fast eingefangen und da wurde mir klar, dass sich nichts verändert hatte. Mein Herz gehörte dir. Und meine Seele.

In eine Welt ohne dich, würde ich weder zurückkehren wollen noch darin leben können. Vollkommen egal, ob du mich verraten hattest. Oder Spielchen mit mir treiben wolltest, um mir erneut einen Dolch in den Rücken zu rammen. Oder ins Herz. Ich liebte dich, wie eh und je. Ich werde dich immer lieben.«

Mir rannen lautlos Tränen über die Wangen, während *mir* mit jedem Wort ein Dolch tiefer ins Herz stieß und sich in der Wunde drehte. Mein Keos.

»Als tatsächlich meine Tür aufschwang und mein Blick deinen traf, hast du mich genauso angesehen, wie damals als wir uns das allererste Mal gegenüberstanden. So ungläubig. Überrascht. Erleichtert. Und ein wenig fasziniert.«

Ein schwaches Lächeln umspielte meine Mundwinkel, als mich die Erinnerung einholte, wie er vor der Tür im Labyrinth der 888 Türen stand und mich direkt angesehen hatte. Und wie sein erster Spruch mich schon gereizt hatte.

»Sofort erstarben all die Schmerzen in mir«, sprach Keos weiter und ich hörte an seinem melancholischen Tonfall, dass auch er an den Moment im Labyrinth zurückdachte.

»Ich konnte wieder atmen. Seit Jahrhunderten bekam ich endlich wieder Luft. Du hattest keine Ahnung, wer ich war. Wer du warst. Obwohl du dich nicht an dein Leben, deine Vergangenheit erinnern konntest, warst du so sehr du. Meine Taleyi. Du brauchtest nur ein wenig Selbstvertrauen und die Chance zu begreifen, wie unglaublich du eigentlich bist. Und dann hast du das erste Mal das gemacht, als wir allein waren.« Er deutete mit dem Kinn auf meine Finger. »Schon immer, wenn du in meiner Gegenwart verlegen warst, hast du mit deinen

Fingern gespielt. Wenn ich dich nervös gemacht habe.« Mein Blick wanderte zu den Händen auf meinen Schoß. Die Spitze meines Zeigefingers tippte gerade in einem aufgeregten Takt über die Nägel meiner anderen Hand.

»Dir war es nicht einmal bewusst. Ich habe diese Geste in all unserer Zeit, all unseren Jahren geliebt. Denn sie gehörte ganz mir. Erst als du zum ersten Mal wieder neben mir mit deinen Fingern gespielt hast, wurde mir bewusst, wie sehr ich es vermisst hatte. Ich schwor mir, dass ich diese Geste von dir für immer mein Eigen nennen möchte. Dass ich dich niemals mehr gehen lassen würde.« Er lachte leise auf und legte dann seine Hand auf meine. Sein Daumen strich sanft über meinen Handrücken und malte kleine Kreise darauf.

Meine Haut begann zu kribbeln. Ohne mein Zutun neigte sich mein Kopf und ich lehnte mich an Keos. Er wirkte wie ein Magnet auf mich. Schon immer. Ich liebte es, ihn zu reizen. Ich liebte unsere Wortgefechte. Die Spannung zwischen uns, die sich wie ein Sturm aufbauen konnte. Aber auch unser Vertrauen ineinander. Dass wir uns niemals absichtlich verletzen würden. Dass wir ehrlich zueinander sein konnten. Und uns immer gegenseitig Halt gaben.

»Ich musste jeden Tag, jede verfluchte Minute, jede verdammte Sekunde dagegen ankämpfen, dir zu erzählen, wer du bist. Wer wir sind.«

Meine Brust zog sich bei seinen Worten schmerzhaft zusammen und ich beugte mich leicht nach vorn. Nicht um dem Schmerz zu entgehen, sondern um mich in ihn hinein fallen zu lassen.

»Vor allem als dir Baba Jaga mit ihren dummen Sprüchen in den Kopf gesetzt hat, dass es jemanden gab, dem mein Herz gehörte«, sprach Keos gequält weiter.

»Du ahntest nicht einmal, dass du es warst, über die sie gesprochen hatte. Und ich war ständig so kurz davor, es dir zu erzählen. Liebend gern hätte ich es dir einfach gesagt, dir entgegengeschrien oder es vom Dach über ganz New Orleans geschmettert. Doch es ging nicht.«

Als er geendet hatte, holte ich zitternd Luft. »Du hast es geschafft, dass ich mich zum zweiten Mal unsterblich in dich verliebte. Ich habe dir zum zweiten Mal mein Herz geschenkt. Was kein Wunder ist, weil du es längst besaßt. Ich hatte es nur vergessen. Ich hatte dich vergessen. Uns.« Ich schluckte. »Es tut mir so leid. Das alles. Deine Gefangenschaft. Dass du dachtest, ich hätte auch nur in Erwägung gezogen, dich zu verlassen. Das alles tut mir so leid, Keos.«

Er nahm seine Hand von meiner und rückte von mir ab. Ich schluchzte auf.

»Taleyi.«

Plötzlich spürte ich beide Hände auf meinen. Ich schlug meine Augen auf. Keos kniete vor mir und sah mich so unendlich zärtlich an, dass mir das Herz zerspringen wollte.

»Das alles ist nicht deine Schuld. Wir haben vielleicht Jahrhunderte verloren, aber Äonen an Zeit sie aufzuholen. Wir werden uns Galaxien an weiteren gemeinsamen Erinnerungen schaffen.«

Ich hing an seinen Lippen und sog die Worte förmlich in mich auf. Sie waren wie ein Rettungsboot, das mich vor dem Ertrinken bewahrte.

»Ich werde nicht zulassen, dass du dir die Schuld dafür gibst.« Er erhob sich und zog mich mit sich. Als wir uns gegenüberstanden, fasste er mein Gesicht so sanft, als wäre ich etwas Kostbares. Und dann legte er seine Lippen auf meine. Der Kuss war sanft. Er erzählte von Sehnsucht und Liebe. Ich schmeckte meine salzigen Tränen zwischen unseren Lippen.

»Ich liebe dich, Taleyi.« Er sprach die Worte aus, als wären sie in Stein gemeißelt. Als handele es sich um eine Gesetzmäßigkeit wie die Schwerkraft. Ich schaute hoch und erwiderte sein offenes Lächeln.

»Und ich liebe dich, Keos. Bis zu den Grenzen des Seins und darüber hinaus«, vollendete ich unser Gelübde.

»Ich weiß«, raunte er und ich spürte sein Grinsen an meinen Lippen, als er mich wieder küsste.

»Was hast du jetzt vor?«, fragte er, als wir uns nach einer schieren Ewigkeit voneinander gelöst hatten. Ich wusste, dass er von der magischen Gemeinschaft sprach.

Als ich ihm lächelnd ein paar meiner Ideen ins Ohr flüsterte, wurden seine Augen groß. »Du bist außergewöhnlich, Liebes. Du bist mein Schicksal. Meine Bestimmung. Mein Herz.«

Ich lächelte. »Und du meines, Keos.«

»Gehören zu deinen Plänen zufällig auch heiße Küsse, Musik, engumschlungene Tänze und …« Er hauchte mir einen Kuss unter mein Ohr.

Ein Schauder rieselte durch mich hindurch. Halb lachend, halb seufzend neigte ich meinen Kopf. »All das und noch viel mehr, Keos. Mit dir.«

ENDE

Lied aus Kapitel 23

THE DARK SECRETS OF THE DEEP SWAMPS OF NEW ORLEANS

von Lisa Doberauer

If you think you know what to expect
and think you are even up to it.
Then i'll give you a piece of advice,
maybe you should sit
show a little more respect.
Because this area is different, totally different
even if you don't want to believe it to the end.
There's a hazardous place in the world,
that's nasty and wild
where the creepy, unknown open your mind.
You better close your eyes and don't listen
to the whisper.
The cruel and beautiful true lies
can send you on a twister.
stay away
stay away
Otherwise it drag you in the terrible Bayou.
stay away
stay away
Otherwise you´ll drown in
the dark secrets of the deep swamps of New Orleans.
You better close your eyes and don't listen
to the whisper.
The cruel and beautiful true lies
can send you on a twister.

stay away
stay away
Otherwise it drag you in the terrible Bayou
stay away
stay away
Otherwise you'll drown in
the dark secrets of the deep swamps of New Orleans.
Either you lose yourself, lose your soul
or you get part of the dark secrets,
your nightmare
that lurk in the depths, you better beware
either way you will never be the same again.
never
never
you are the victim of this terrible, wonderful,
bizzare kind of live.
You´ll be forever
ever
ever
You better close your eyes and don't listen
to the whisper.
The cruel and beautiful true lies
can send you on a twister.
stay away
stay away
Otherwise it drag you in the terrible Bayou.
stay away
stay away
Otherwise you'll drown in
the dark secrets of the deep swamps of New Orleans.
You better close your eyes and
don't listen to the whisper.

The cruel and beautiful true lies
can send you on a twister.
stay away
stay away
Otherwise it drag you in the terrible Bayou.
stay away
stay away
Otherwise you'll drown in
the dark secrets of the deep swamps of New Orleans.
And you hear the ominous whisper of
the dark secrets of the deep swamps of New Orleans.
The dark secrets of the deep swamps of New Orleans.
Now you are a dark secret,
one of the dark secrets of New Orleans.
The Dark Secrets of New Orleans.

GLOSSAR

Banshees
erscheinen Menschen kurz vor ihrem Ableben, um sie auf den Tod vorzubereiten und die Seele mit ihrem Schrei zu sich zu rufen, sobald diese den Körper verlässt. Die Seele überführen sie anschließend ins Totenreich. Wenn in ihrem Umfeld ein großes Unglück oder eine Gefahr bevorstehen, stößt eine Banshee ebenfalls einen schrillen Schrei aus. Sie halten sich an strikte Regeln, um das Gleichgewicht der Reiche aufrecht zu erhalten.

Bocor
ist ein männlicher Voodoo-Priester, der sich der dunklen Magie verschrieben hat.

Damballah
gehört zu den Rede-Nachon. Er wird als Vater aller Loa, Menschen und Schutzgeister angesehen und gilt als besonders wohlgesinnt und freundlich.

Houngan
ist ein männlicher, weißmagischer Voodoo-Priester

Loa
sind die Geistwesen des Voodoo-Kults. Sie teilen sich in drei Zugehörigkeiten, den so genannten Nachon. Die hauptsächlich wohltätigen Rede-Nachon, die Totengeister Ghede-Nachon und die zerstörerischen, bösartigen Petro-Nachon.

Sie können mit ihrer Macht so gut wie jeden Wunsch erfüllen. Ein Handel mit einem Loa ist allerdings ein gefährliches Unterfangen, weil der zu zahlende Preis meist hoch und selbstzerstörerisch ist. Dies gilt auch für die wohltätigen Rede. Geistwesen kennen kaum Mitleid, wenn es um einen Handel geht. Ihre Symbole, die Veve, werden für Rituale und Gebete benutzt, um den jeweiligen Loa um seinen Segen oder Schutz zu bitten. Die Loa werden verehrt und mit Opfergaben beschenkt.

Mambo
ist eine weibliche Voodoo-Priesterin.

Mawu-Lisa
ist die Schöpfungsgottheit und Kind der Urmutter Nana Buluku.

Nana Buluku
ist die höchste Gottheit der Voodoo-Religion. Sie ist die Urmutter selbst und Mutter von Mawu-Lisa.

Schattenreich
ist der Ort, an dem die Loa leben. Außerdem wüten dort Schattenwesen, eine dunkle und gefährliche Wesensart, die aus Gier, Bosheit und Dunkelheit entsteht. Die magische Essenz eines verstorbenen Wesens fließt ebenfalls in das Schattenreich.

Schattenmann
hat die Macht Loa oder Essenzen aus dem Schattenreich anzurufen. Ein paar wenige, sehr mächtige von ihnen können auch hinübertreten.

Ti-Jean
gehört zu den Petro-Nachon. Er gilt als bösartigster und zerstörerischer Loa. Selbst die meisten Bocor schrecken davor zurück, ihn anzurufen.

Totenreich
ist der Ort, an dem die Seelen Verstorbener überführt werden. Sowohl die der Menschen als auch der magischen Wesen.

KREATUREN

Keos
ist der Chaosdämon der höchsten Riege. Das Chaos folgt dem mächtigen Dämon auf Schritt und Tritt. Den Titel *Chaosdämon der höchsten Riege* erhielt er, um ihn von den gewöhnlichen Chaosdämonen abzugrenzen.

Anali
ist ein mächtiger Succubus. Sie schaffte es sogar Höllenfürst*innen und Gött*innen zu verführen.

Arenyen
ist die Mutter aller Spinnendämonen und selbst die mächtigste von ihnen.

Lys
ist eine sehr mächtige Wesensart, die keinerlei Sinn für Richtig oder Falsch hat. Es kann in einem übermütigen Spiel eine ganze Galaxie mit einem Wimpernschlag vernichten, ohne zu verstehen, was es zerstört hat.

Qorxu
ist ein Geist, der seine Opfer in Angst-Realitäten sperrt und eine ihrer größten Ängste durchleben lässt. Sollte es die Angst überleben, nimmt das Opfer Verletzungen seelischer und körperlicher Natur mit in die *wahre* Welt.

Raghba
ist aus dem Begehren des ersten Gottwesens und der Gier seines dämonischen Zwillings erschaffen worden. Er nährt sich von den Seelen seiner Opfer und ihren tiefsten Wünschen, Gefühlen und Geheimnissen.

Skyggen
ist eine Kreatur, die rein aus vielzähligen Schatten besteht. Er verleibt sich seine Opfer ein und macht sie so zu einem Teil von sich selbst.

Yaatana und Peeda
sind äußerst sadistische Wesen. Die Horrorzwillinge quälen und foltern Lebewesen und machen lebendige Spielzeuge aus ihren Opfern.

Ich habe mich nicht strikt an die Fakten des Voodoo-Kults, der magischen Wesen und ihrer Aufgaben oder Kräfte gehalten. Meine Geschichte und die Mitwirkenden darin, formten sich in meiner Vorstellung und sprengten ihre eigenen Grenzen. Die sie für *The Dark Secrets of New Orleans* auch gar nicht brauchten.

DANKSAGUNG

Wow. Hier sitze ich nun und schreibe meine erste Danksagung. Die letzten Worte am Ende meines ersten Romans. Das ist unglaublich! Ein Traum, der wahr wird. Und darum gilt mein erstes großes Dankeschön auch dem **THEIL** Verlag, allen voran Virginia, meiner Traumerfüllerin. Ich werde wohl niemals den Moment vergessen, als ich ganz unbedarft meine Nachrichten gecheckt habe. Auf der Arbeit wohlgemerkt. Und dann bin ich bei einer ganz besonderen Nachricht fast vom Stuhl gefallen. Die kam natürlich von dir, liebe Virginia, und enthielt eine Zusage. *The Dark Secrets of New Orleans* hatte damit ein wunderbares zu Hause gefunden. Ich danke dir für dein Vertrauen in mich und meine Geschichte und dafür, dass du mich so lieb in der Theil-Familie willkommen geheißen hast. Außerdem könnte *The Dark Secrets of New Orleans* ohne dich niemals dieses wunderschöne Cover sein Eigen nennen. Ich liebe jedes kleine, geniale Detail, dass du darin versteckt hast! Danke für all deine Arbeit, Mühe und die Liebe, die du in jedes Buch steckst.

Dank gilt auch meiner Lektorin Cara Kolb. Zuallererst für all die fliegenden und wandernden Augen, die du mit mir eingefangen hast. Die Anmerkung »Die Augen tun schon wieder etwas« hat mich mehr als nur ein Mal zum Lachen gebracht. Danke für all die Arbeit und Zeit, die du in meine Geschichte gesteckt hast. Und dafür, dass du in deine Lektoratsarbeit auch ein wenig Sensitivity Reading miteinfließen lässt. Das finde ich wunderbar und so, so wichtig.

Ich möchte mich auch bei meiner Korrektorin Anna bedanken. Dafür, dass du jedem Rechtschreibfehler und jedem fehlenden oder überflüssigen Komma zu Leibe gerückt bist. Und dafür, dass du so, so viel mehr gemacht hast. Du hast mir wieder Sicherheit geschenkt, als der metaphorische Boden unter mir ziemlich instabil war und ich das Gefühl hatte gleich zu fallen. Außerdem musstest du dich auch noch mit dem Dialekt-Dilemma herumschlagen. Auch wenn ich versucht habe alles auszumerzen, ist doch so einiges durchgerutscht. Aber deinen Argusaugen ist nichts entgangen! Die kleine Namens-Verwandtschaft tut mir übrigens immer noch leid.

Außerdem gilt mein ganz besonderer Dank meiner wundervollen Kollegin, Testleserin und Freundin Katharina Gersch. Du warst die erste Person, die an *The Dark Secrets of New Orleans* geglaubt hat und jeden Schritt, jedes Kapitel, jedes Wort mitverfolgt hat. Du warst von Anfang beinahe so begeistert wie ich von der Geschichte und meinem kleinen Lieblings-Squad. Ohne deine aufbauenden Worte würde ich wahrscheinlich, anstatt eine Danksagung zu schreiben, immer noch auf halbem Weg im Morast der Selbstzweifel feststecken. Ich bin gespannt, was die Zukunft für uns bereithält.

Danke auch an meine liebe Kollegin Jou F. Hall, die *The Dark Secrets of New Orleans* angelesen hat. Danke für deine Lesezeit und deine Anmerkungen, liebe Jou. Wir sind die allerersten Schritte Seite an Seite durch eine sehr turbulente, aufregende und wundervolle Zeit gegangen.

Simon und Johanna, euch ist dieses Buch gewidmet. Ich könnte mir keine besseren Geschwister wünschen. Obwohl die Buchwelt so gar nicht die eure ist, habt ihr mir zugehört und versucht zu verstehen, was ich da von mir gebe. Ich liebe es, dass wir, so verschieden wir auch sein mögen, soviele schöne und tiefe Augenblicke teilen – und ein Band, das selbst innerhalb der Familie nur selten vorkommt. Ich habe euch lieb!

Johanna, du warst außerdem der erste Mensch, dem ich von dem Traum des Schreibens erzählt habe, als er noch ein kleines, geheimes Flüstern war. Dein »Warum nicht? Tu es einfach. Schreib ein Buch!« war eine Aussage, die mir zum rechten Zeitpunkt einen kleinen Schubs gegeben und mir kleiner Zweiflerin genug Mut geschenkt hat, es tatsächlich *einfach zu tun*. Ohne dich gäbe es *The Dark Secrets of New Orleans* vielleicht gar nicht.

Danke auch an meine ganze Familie, die seit meiner ersten Kurzgeschichte an mich geglaubt hat.

Zu guter Letzt danke ich euch, liebe Leser*innen. Wenn ihr nun diesen Satz lest, heißt das, ihr habt meinen kleinen Lieblings-Squad durch ihre Geschichte begleitet und damit habt ihr mir die größtmögliche Freude bereitet. Ihr habt also bizarre Rätsel gelöst, gekämpft, gelacht und vielleicht sogar geweint. Ihr habt von Freundschaft gelesen, von Familie und von Liebe. Ich hoffe sehr, dass euch *The Dark Secrets of New Orleans* gefallen hat und ihr die Charaktere genauso ins Herz geschlossen habt, wie ich. Ich danke euch und hoffe, wir lesen uns bald wieder.

TRIGGERWARNUNG

(Achtung: Enthält Spoiler für das gesamte Buch)

The Dark Secrets of New Orleans enthält folgende potentiell triggernde Inhalte:

Explizite Darstellungen von psychischer, körperlicher und sexualisierter Gewalt
Darstellungen von Angst
Trauma
Tod
Mobbing
Tierquälerei
Folter
Ausgrenzung
Explizite Darstellungen des Voodoo-Kults und furchterregenden Horror-Elementen

Bitte lies dieses Buch nur, wenn du dich momentan emotional dazu in der Lage fühlst. Falls es dir mit diesen (oder anderen) Themen nicht gut geht, findest du hier kostenlose und anonyme Hilfe.

Telefonseelsorge Deutschland
0800–1 110 111 // 0800–1 110 222
https://www.telefonseelsorge.de/

Hilfetelefon *Gewalt gegen Frauen*
24h/ANONYM
08000- 116 016

Pass auf dich auf.
Deine Lisa

Das war:

THE DARK SECRETS OF NEW ORLEANS

von Lisa Doberauer
aus dem **THEIL** Verlag

Dieses Buch erscheint auch als E-Book.

Print: ISBN 978-3-96857-035-8
eBook: ISBN 978-3-96857-039-6

THEIL